大秦帝國

第二部《國命縱橫》上

孫皓暉 著

全新增訂版

目錄

楔子　007

第一章　鐵腕平亂

一、義渠大牛首接受了羊皮血契　018
二、百騎揚威　震懾草原　028
三、北阪痛殲牛頭兵　050
四、咸陽老世族的最後時刻　058
五、犀首挾策入咸陽　065

第二章　山東雄傑

一、洛陽蘇莊的故事　076
二、雙傑聚酒評天下　081
三、洛陽試劍　蘇秦成名不成功　091
四、安邑郊野的張家母子　106
五、張儀第一次遭遇挑釁　116

六、函谷關外蘇秦奇遇　126

第三章　西出鎩羽

一、新人新謀棄霸統　142
二、關西有大都　158
三、夤夜發奇兵　169
四、雄心說長策　177
五、命乖車生禍　186
六、孑然一身出咸陽　203

第四章　談兵致禍

一、十六字訣震撼了齊威王　214
二、一席說辭　大軍掉頭　221
三、策士與君王的交換　234

四、雲夢澤訪出了逃隱名將 243
五、昭關大戰　老軍滅越 250
六、錯也數也　不堪談兵 264

第五章　天地再造

一、異數中山狼 274
二、荒田結草廬 285
三、亙古奇書陰符經 297
四、戰國亂象大演繹 304

第六章　風雲再起

一、紅衣巫師的鼎卦 324
二、奉陽君行詐蘇秦 333
三、燕山腳下的古老城堡 342

四、明大義兮真豪傑 356
五、大節有堅貞 367
六、秋霧迷離的張氏陵園 378

第七章　大成合縱

一、大梁公子出奇策 400
二、南國才俊多猛志 414
三、壯士捨身兮濰水茫茫 441
四、烈士暮年的最後決策 455
五、蘇秦佩起了六國相印 477

楔子

一場千古罕見的暴雪湮沒了秦川。

秦人諺云：秋後不退暑，二十四個火老虎。誰能想到，火老虎還在當頭，滾滾沉雷便不斷在天空炸開，碩大的雪花從天空密匝匝湧下，彌漫了山水，湮滅了原野。無邊的嘭嘭嚓嚓之聲從天際深處生發出來，直是連綿戰鼓，敲打得人心顫。雄視關中的咸陽城四門箭樓，頃刻間陷入了茫茫雪霧之中。九里多寬的渭水河面本來還是碧波滾滾，半個時辰中便被暴雪封塞成了一馬平川。涇水、灞水、澧水、滻水、滈水、潏水、洛水，全部在一頓飯的辰光雪雕玉封。巍巍南山，蒼蒼北阪，盡被無邊無際的白色帳幔覆蓋。倏忽半日，鳥獸歸巢，行人絕道，天地間一片混沌飛揚的白色，整個世界都被無邊的風雪吞沒了。

渭水南岸，卻有一支黑色馬隊，正在茫茫雪霧之中向南疾行。

驚雷閃電，暴雪壓頂撲面。這支馬隊依然保持著整肅的部伍，不徐不疾地走馬行進，沒有絲毫的驚惶失措。馬隊護衛著一輛黑色篷車，在無邊雪幕中越過灞水，爬上藍田塬，徐徐沒入了被秦人稱為「南山」的連綿群峰。奇怪的是，馬隊一進南山口，駭人的連天暴雪頓作了紛紛揚揚的鵝毛飛舞，馬隊所必須經過的峽谷險道上，也只積了薄薄一層冰雪，無礙於馬隊篷車的行進。爬上南山主峰時，莽莽蒼蒼的青山綠水在漫天飛舞的雪花中影影綽綽地顯了出來。

一座雄峻的主峰在連綿群山中突兀拔起，於蒼茫天地間生發出一片巍巍霸氣。這是南山主峰，大河長江的分水嶺。由此向南向北，都是墮入塵寰的長長的下山道。在這般雨雪天氣中，尋常商旅與行人車馬，是不敢走這南山主峰峽谷道的。僅是這段十里長的坡道，就足以令行者變色止步了。這支馬隊在峰頂停了下來，一個身披黑色斗篷者跳下馬，回首瞭望籠罩在無邊雪幕中的混沌秦川，撲地跪倒，對天三拜，又霍然站起，轉身高聲命令道：「二十人下馬護車！下山路滑，千萬小心了！」

「郡守，我們去何處？」馬隊前一個精瘦的將軍嘶啞著聲音問。

「大蟒嶺——」黑斗篷將馬鞭向東南遙遙一指，「明日午時前，務必抵達！」

「嗨！」將軍答應一聲，立即翻身下馬，刷拉一聲撕下鐵甲鱗片下的衣袖，大喊一聲：「弟兄們，裹住車輪，莫使打滑！」已經下馬的二十個騎士，立即撕下各自衣袖，開始包裹車輪。

「山甲，用這個！」郡守胳膊一揚，一領黑斗篷向那個精瘦將領飛了過去。

「郡守，這可不行！你要受風寒。」精瘦的山甲又將斗篷擲了回來。

「嘿嘿，有何不行？」郡守說著下馬，將斗篷三兩下撕成布片，「你捨得前軍副將不做，我樗里疾捨不得一件斗篷？來，包結實，只要商君不受驚……」說話間已是語聲哽咽了。

「郡守……」山甲臉上一抹，甩出一把淚水汗水雪水，嘶啞地喊了一聲，「弟兄們，小心了！商君回家要平安！」

「將軍放心！商於有商君，打斷骨頭連著筋！」士兵們一片吼叫，齊刷刷分作兩邊擁住了車輪。後邊數十名騎士也全部下馬，用兩根大繩連環拴住馬鐙，再拽住車廂，騎士們牽住戰馬。顯然，這是要連排倒退著下坡。

山甲一甩令旗：「小心！下坡——」

「嗨——喲！下坡了喲！莫打滑喲！」隨著緩慢沉重的號子，篷車倒退著向山坡慢慢滑下。大約用了一個時辰的工夫，在步卒與馬隊的前扛後拉下，篷車方才緩緩地滑下了長長的山坡，湮沒在紛紛揚揚的雪霧中。經過一晝夜奔波馳驅，次日將近正午時分，馬隊終於到達了險峻奇絕的大蟒嶺。

大雪已住，紅日初出，崇山峻嶺間一片潔白晶瑩。

遙遙看去，這大蟒嶺大體上是一片南北走向的山峰，北接桃林高地，東接崤山群峰，南邊數十里是秦國要塞武關，幾是一條逶迤盤旋的龍蛇，商於人便呼之為大蟒嶺。這片山地雖然不算十分隱祕，但卻是臨近武關、崤山的邊界山地，要出秦國可算得十分便當。商於郡守樗里疾與商於望族的老族長祕密計議，決意將商君與白雪的遺骨安葬在這裡；其中深意，是秦國一旦有變，商君遺體便能迅速轉移。

強悍倔強的商於山民，一直為當初沒有能保護住商君痛悔不已，如今要安葬保護商君遺骨，官民一體萬眾一心，沒有絲毫的猶豫。所有從商於山地走出去闖世事的商於子弟，無論從戎的兵將，還是從政的吏員，都義無反顧地將商君看成了商於大山的「自己人」，商君的歸宿理當屬於商於。做了名臣封地的庶民，將功臣封主看作至高無上的聖賢，這是春秋戰國以來久遠的大義傳統。自然，更深的根基在於，商君對秦國有無上功勳，對窮困的商於有再造之恩，卻又從來無求於封地絲毫。如此封主，商於人如何不刻骨銘心？上天將商於賜予了商君，就是將商君的危難沉浮託付給了商於子民。商君臨難，商於人若袖手旁觀，天下大義何存？商於人顏面何存？那個做了前軍副將的山甲，就是昔日商君在櫟陽南市徙木立信時的扛木少年。正是這個山甲，帶了一百名商於子弟兵從函谷關祕密趕到咸陽刑場，要在刑場搶屍，發誓將商君遺骨運回商山。與此同時，在咸陽為官為吏為商的商於人也紛紛走動，祕密聯絡，私相籌錢，打製了堅固的篷車，準備為商君收屍。

在渭水大刑場，商於郡守樗里疾與商於族長與這兩股商於「鄉黨」不期而遇，一個眼神，三股力量便湊到了一起，不消片刻，已迅速祕密地計議停當。

行刑即將結束之際，秋雷暴雪驟然降臨。監刑官員還在手足無措的時刻，商於人以他們特有的精明算計，三方配合，從無數要為商君收屍的力量中捷足先登，搶走了散落在刑場草地的商君屍骨，也搶走了白雪的遺體，乾淨利落得連一根頭髮都沒有落下。及至甘龍、杜摯與孟西白們一片驚呼，尋覓商君遺體以「驗明正身」時，商於人的馬隊已經消失在茫茫雪霧之中了。

商於人的神速隱祕乾淨利落，讓侯嬴率領的富有祕密行動傳統的白氏門客驚歎不已。他們是要將商鞅和白雪的遺骨運送回魏國，安葬在安邑涑水河谷的白氏墓地，利用白圭的巨大聲望，保護商君夫婦的墓地不遭破壞。侯嬴雖然想到了秦人絕不會教商鞅曝屍街頭，但也以為，在甚囂塵上的反變法聲浪中，秦國即或有人行動，也是頗為顧忌，豈能有他以商君「親屬」名義公然行動來得快捷？沒有想到，商於人竟在如此混亂的人海中有如此神奇的快速行動。驚怔之中，侯嬴得知了這股搶屍者是商於人，感慨地長吁一聲，命令白氏門客停止了行動。

咸陽刑場還有另外一股祕密收屍的力量，這是玄奇率領的墨家弟子。玄奇在陳倉河谷安頓好虛弱昏迷的熒玉之後，便與身邊的十多名少年弟子開始籌劃安葬商鞅與白雪。以墨家弟子的訓練有素，本當穩妥辦成。然在人山人海的刑場上，在驚雷暴雪的混亂中，玄奇的十幾個人顯得力不從心。剛剛擠挨到刑臺附近，玄奇眼見一隊騎士圍住了刑車，一群精壯的黑衣人呼嘯而至，飛奔著撿拾散落的屍骨，頃刻之間煙消雲散。問一個老人，得知這是商於人的行動，玄奇當即放棄搶屍，率領弟子直奔商於大山來了。

千山萬壑的大蟒嶺中，有一座高聳入雲的孤峰，商於人叫它孤雲峰。

尋常時日，總有一片白雲纏繞在這座孤雲峰的半山腰，誰也沒看見過這孤雲峰究竟有多高，有多險。此時大雪初晴，紅日高照，孤雲峰雲霧盡收，清亮亮地顯露了出來。遙遙看去，一柄長劍直刺青天，又恰似銀裝素裹的長髮仙女，亭亭玉立在萬仞群山。峰頂一片皚皚白雪，幾株蒼松翠柏，在陽光下分外高潔。接近峰巔處生出一片小小的岩石平臺，掛下一簾晶瑩透亮的冰瀑，直伸向幽幽谷底。

這裡，便是商於人為商君和白雪選擇的墓地。

樗里疾與十三縣令並數十名老族長，為了安葬商君，大費了心思。按照傳統禮法，商君當以公侯國葬待之。如今商君蒙冤，身受極刑，國葬禮遇夫復何求？反覆計議，商於人決意按照山民最古老最隆重的禮儀來安葬商君。原先，人們想到的，只是將商君遺體神聖地安葬在綿綿大山的隱祕地帶，卻沒有想到，會有一個如此美麗的女子為商君殉情而死。白雪在刑場殉情剖腹，血染法場，使商於人和千千萬萬老秦人一樣熱血沸騰，唏噓不已。再度計議一拍即合，商於人決然要用「懸棺大貞」來安葬商君夫婦。

在這崇山峻嶺之中，山民們有一種古老習俗——對那些生死相許有口皆碑的忠烈殉情者，將他們的遺骨安葬在高高的山峰，稱之為「懸棺大貞」。懸棺者，安葬之方式也。大貞者，生者對死者之定位也。凡被懸棺安葬的死者，都被山民們尊為聖潔之神，受到人們世世代代的景仰。商君極心為民，是尊神，是法聖，更是成就忠貞癡愛的高潔名士，理當葬以「懸棺大貞」，理當受到民眾最為隆重最為久遠的祭祀。

正午時分，從四野山鄉趕來的民眾已經聚集在四面山頭，擺好了各自帶來的祭品，遙遙眺望著雪白蒼翠的孤雲峰。由商於十三縣遴選出來的一百三十六名精於攀岩的藥農子弟，在精瘦的前軍副將山甲的指揮下，一錘一鑿地打成了通向孤雲峰平臺的一道山梯。藥農子弟上到平臺，在岩縫松柏上繫好了十多條粗大的麻繩。

一聲號令，大繩齊刷刷沉到山根。

山根下早已經整治平坦。樗里疾率領十三縣令與數十名白髮蒼蒼的老族長，正在兩名巫師指點下，恭敬莊重地對商君夫婦舉行入殮儀式。

中間空地的一張大案上香煙繚繞，繫著紅綾的牛頭、羊頭、豬頭整齊排列。這是最隆重的三牲祭禮。尋常山民即或是祭拜祖先天地，也不捨得用這三牲祭品的。祭案前，是一口打造得非同尋常的大型雙葬棺木。說它非同尋常，一則是用材柏木，二則是三重棺槨，三則是棺槨外的保護裝飾層用了「水兕之革」——水牛皮。

按照古禮，這都是有違禮法的僭越。棺木用材，禮儀規定是「尊者用大材，卑者用小材」。具體說，天子用柏木，諸侯用松木，士與尋常官吏用雜木。如今，商於人給商君用的是柏木。棺槨規定照樣嚴格。就實用性說，「棺」是直接裝屍體的木器，「槨」則是棺外的套層。棺外套槨，禮儀規定是天子四重，諸侯三重，大夫二重，士一重。而今商君棺外三重槨，是與諸侯同禮。棺槨外的保護與塗彩裝飾，只有天子可以用「水兕之革」，其他諸侯貴族只能用不同等級的絲織品，或其他低等皮革了。商於人根本不理會這些煩瑣的禮儀，山鄉多水田，不缺水牛，為何不用？如此安排之下，本來就很大的雙葬棺木，擺在那裡更是華貴顯赫，不亞於王室葬禮的聲勢。

「置冰——」棺槨安頓就緒，一名紅衣巫師高宣了下一道入殮程序。

四個老人上前，小心翼翼地將山岩上鑿下的四箱乾冰，穩妥地安放在棺材四角。這叫「置冰」，即屍體旁放置冰塊，也有極為嚴格的禮法講究。冰塊來之不易。王室與諸侯均有一個稱之為「凌人」的作坊，專門職司製冰用冰；只有貴族屍體可用冰塊降溫，而且盛冰的器具（玉盤或是瓦盤）、冰塊的大小（幾尺之冰），均以死者品級之高低與死時的氣溫而定。商於人不理會這些，採來了孤雲峰冰瀑上那幾乎永遠不化的乾冰，又用上好的藍田玉石雕成方匣，將乾冰盛入，端的是人間極致，雖天子無以做到。

裝好乾冰，巫師仔細地將商君屍骨拼裝起來，並且神奇地為屍骨穿上了白絲長衫，戴上了高高的白玉冠，再覆蓋一件白色斗篷。那名白髮蒼蒼的紅衣女巫師，將白雪屍體仔細地擦拭潔淨，裝扮得栩栩如生，而後將她與商君並排入棺。按照禮法，入棺之後要在棺中放置「殮服」若干套。春秋時期，死者無論尊卑，「殮服壽衣」至少需要十九套。戰國之世葬禮大大簡化，但基本的程序也還都保留著。棺中放置「殮服」，就是必需的不能簡化的一道葬禮程序。恰恰是這一點，商於人大感為難。商於沒有大商人，最好的衣服也就是郡守縣令的官服了，然則品級太低，與商君身分大不符合；以庶民尋常衣物入棺，多倒是多，只是商於人心中不忍。反覆計議，一時間束手無策。

樗里疾思忖有頃，斷然下令：「商君非俗人，心敬禮敬可也，無須拘泥，往下走。」白髮蒼蒼的巫師一舉木劍，便要招魂。招魂之後，蓋棺殮成，棺槨就不能再打開了。

正在此時，山道上一聲高喊：「且慢蓋棺——」話音落點，馬蹄如雨，一隊長衫騎士在場外滾鞍下馬。一個鬚髮灰白的中年漢子匆匆走到樗里疾面前，拱手高聲道：「白氏總執事侯嬴，特來為商君、白姑娘送上葬禮殮服。」

樗里疾長吁一聲：「天意也天意……敢問義士，殮服幾何？」

「殮服四十八套，均為白姑娘生前為商君所置。」

場中官民頓時一片感慨唏噓。此時又聞馬蹄聲響，一個蒙面女子領著一隊少年下馬，走進場中道：「樗里疾大人，奉熒玉公主之命，特來為商君、白姑娘送葬，帶來殮服三十套，均為二人常用衣物。」

樗里疾大為感慨，向二人深深一躬：「二位大賢，非但解我商於之難，若商君夫婦地下有知，也當安息九泉矣！來，入殮服！」

兩個巫師恭敬地接過一個個衣包，仔細平整地擺放在棺木之內。

一時穩妥，老巫師舉劍向天，長聲呼喚：「商君歸來兮——三生為神——」

女巫接著舉劍長呼：「夫人歸來兮——三世聖女——」

反覆呼喚中，巨大的棺槨被披麻帶孝的工匠們訇然合蓋，砰砰釘封了。

樗里疾捧起一罈清酒，緩緩地灑到棺前，跪地長拜：「商君、白姑娘，安心地去了，商於子民永遠守護著你們的魂靈……」

白茫茫人群全體跪倒了，四面山頭哭聲大起，山鳴谷應間天地為之悲愴。

「商君、白姑娘，升天了——起——」

粗大的繩索伸直了，孤雲峰平臺上傳來整齊的號子聲，巨大的合葬棺槨穩穩升起。專門守候在山腰石梯上的藥農子弟伸直了手中的木杈，穩穩地頂住了棺槨，使其始終在距離山體兩三尺外緩緩上升。數不清的陶塤竹篪，吹起了激越悲壯的秦風送葬曲。

第一章 鐵腕平亂

一、義渠大牛首接受了羊皮血契

車裂商鞅，咸陽的世族元老大相慶賀了。

連日來大雪封門，太師府邸卻是門庭若市。總管府務的家老督促著二十多個僕役不停地清運院落、門庭與車馬場半人深的積雪，才堪堪容得流水般的車馬停留轉圜。到太師府拜訪的，都是清一色的世族貴胄。他們駕著華貴的青銅軺車，穿著歷代國君親賜的各種色式的勳貴禮服，談笑風生地連袂而來，喜慶之情超過了任何盛大節日，在冰天雪地肅殺凜冽的咸陽城，映出了另一道風景。

太師府的正廳早已滿當當無處立足，臨時應急在庭院中搭起的防雪席棚下，也站滿了衣飾華貴的賓客。貴人們擠擠挨挨地走動著相互寒暄，卻都只是高聲談笑著老天有眼、雪兆豐年之類的萬能話語，時不時爆發出一陣舒暢之極的哄然大笑。奇怪的是，沒有一個人談論邦國大事，盡都在閒扯，卻無不興味盎然。秦人管這種閒扯叫「諞閒傳」，是窩冬時節親朋鄰里相聚時消磨寒天的傳統工夫。但這些華貴的賓客高車駿馬冒雪而來，卻不是為了在這裡諞閒傳來的，他們顯然在等待什麼，卻是誰也不說，只管高興。

冬日苦短，看看暮色已經降臨，暴雪雖然小了，可雪花還是紛紛揚揚地飄舞著，寒氣襲來，已經有人開始跺腳了。這時候，華貴的賓客們漸漸安靜下來，喧譁談笑在不知不覺間凝固了。

「哎，怪也！我等沒吃沒喝，在這裡磨叨了一天？」有人驚訝了。

「對呀，老太師該出來說幾句了。」有人恍然醒悟過來。

「然也，冠帶如雲，還不是要老太師定奪一番？」

「是也是也，老太師為何還不出來？」

議論紛紛中，有老人大聲咳嗽起來。一聲方落，引來滿庭院一片喀喀之聲，有幾個白髮老人被猛烈的咳嗽憋得滿臉通紅，蹲在地上上氣不接下氣地大喘起來，抹鼻涕擦涎水忙個不停。華貴的賓客們在整日亢奮中原是不覺，一旦亢奮平息，那隨著一整天喋喋不休的談笑侵入體內的冰雪風寒之氣驟然發作出來，使這些久不任事的勳貴大是難堪，在庭院席棚下紛紛蹲坐，自顧喘息不暇了。

「老太師接見諸位大人！」偏在亂紛紛之際，家老走出正廳高高喊了一嗓子。

華貴的賓客們突然來了精神，一齊站了起來，殷殷望著正廳通向寢室的那一道拱形門。

一聲蒼老的咳嗽，白髮蒼蒼的老太師甘龍顫巍巍走出了隔門。他扶著一支桑木杖，身著一領沒有漂染的本色麻布袍，一頭白髮披散，頭上沒有玉冠，腰間沒有錦帶，活似一個鄉間老翁，與盈廳滿室的華貴賓客相比，老甘龍寒酸得禿雞入了鶴群一般。但就是如此一個老人，當他穿過廳堂，走到廊下，目光緩緩掃過正廳，掃過庭院時，華貴的賓客們卻都羞愧地低下了頭，避開了他那呆滯尖利的目光。

「老太師，我等都，都想聽聽，你的高見。」太廟令杜摯期期艾艾地開了口。

「哼哼。」老甘龍冷冷笑了一聲，「老夫唯國君馬首是瞻，何來高見？爾等都是老於國政了，邦國大事要在朝堂商議，懂麼？」說完，逕自顫巍巍轉身，誰也不搭理地回去了。滿室勳貴大是尷尬，你看我我看你，一臉大惑不解。新任客卿趙良極是聰敏，略一思忖恍然透亮，高聲道：「諸位大人請回，天氣冷得緊也。」說完逕自回身走了。

「回去回去。」杜摯似乎也明白了什麼，粗聲大氣道，「也是，只能做，不能說也。」

勳貴們這才活泛過來，紛紛抬頭望天：「走吧走吧，冷凍時天，回家窩著去。」不鹹不淡地相互議論著，各自匆匆去了，連三三兩兩的同路都沒有，與來時的成群連袂高聲談笑大相徑庭。片刻之間，太師府門可羅雀，又恢復了清冷的光景。

當家老走進書房稟報時，老甘龍正偎著燎爐，用一柄長長的小鐵鏟翻動著紅紅的木炭，彷彿要看透木炭火一般。聽完家老稟報，他那溝壑縱橫的臉只是抽搐了幾下：「家老，叫甘成來。記住，太師府從今日起，不見任何客人。」家老恭敬點頭：「曉得了。」匆匆去了。

片刻之後，一個四十多歲的中年人進了甘龍書房。他是老甘龍的長子甘成，也是一領麻布袍，樸實得像個村夫，唯獨那炯炯發亮的目光，那赳赳生風的步態，自然透露出一種精明強悍。老甘龍有三個兒子，次子甘砜與三子甘兗都早早在國府做了相當於下大夫的實權吏員。唯獨這最有資格做官的長子甘成，卻一直是白身布衣，在家閒居，而且極少與人來往。除了過從甚密的幾個門生故吏，朝中許多人甚至不知道老甘龍有這個長子。但是，恰恰是這個白身布衣的兒子，才是老甘龍真正的血肉股肱，才是支撐甘氏部族的棟梁。老甘龍被完全湮沒的二十三年中，所有的密謀都是通過這個貌似木訥的甘成實施的。沒有甘成，甘龍當初便不可能製造太子殺人事件，也不可能知道公孫賈的真相，更不可能與他共謀密聯世族力量從而促成車裂商鞅。甘成是老甘龍的祕密利器，是斡旋秦國政局的主軸。現下車裂了商鞅，秦國正當十字路口，老甘龍又要使出他的祕密利器了。

撥旺了燎爐木炭，啜吸著濃稠的米酒，父子從天黑一直密談到東方發白。

半個月後，封堵道路的大雪還沒有完全消融，一輛牛車出了咸陽北門，咯吱咯吱地上了北阪，冒著呼嘯的寒風駛進了北方的山地。

趕車的兩個人一身紅袍，一口大梁官話，任誰看也是魏國商人。他們不急不慌地在冰雪地裡蠕動著，每遇村莊便用藥材換取獸皮，偶爾也在哪個山村歇息兩天，與獵戶、農夫、藥人盡興地諞著閒傳。如此這般走走停停，連過年都在路上晃盪，待到雪消冰開楊柳新綠的三月初，這輛牛車終於來到了隴西地帶的山林河谷。這一日，牛車翻過一座高山，一片蒼黃的林木，一片凌亂的帳篷赫然顯現在眼前。

「甘兄，義渠國麼？」年輕商人指著樹林帳篷，興奮地喊了出來。

「何有甘兄？謹細些了。」四十多歲的紅衣商人老成持重地斥責了一聲。

「一高興忘記了，掌嘴！」年輕商人嬉笑著打了自己一耳光。

「高興事在後頭，急甚來？先歇口氣兒，聽我說說義渠國的底細。」

「早該說了！害我做了一路悶葫蘆，憋氣！」年輕人一邊高聲大氣地嚷著，一邊利落地從牛車上取出一塊乾肉與一只酒囊走了過來。中年商人接過酒囊拔開塞子，咕咚咚大喝了一氣，大袖沾沾嘴角，長長地喘了口粗氣，便指著河谷密林中的帳篷，緩緩說了起來……

義渠，一個古老的部族。商末周初的時候，義渠是西戎中有數的大部族，也是少數幾個以「國」自稱的強大部族。那時候，義渠的活動區域在漠北草原，是個完全遊牧的草原部族。義渠人剽悍善戰，占據著漠北最好的河谷草原。到了西周末年，周幽王失政亂國，要廢黜太子宜臼。中侯（中國國君）是太子舅父，便祕密聯絡西戎發兵保護太子。西戎本來就對中原敬慕垂涎不已，黃髮、紅髮、義渠、犬丘等八個最大的部族聯合組成了八萬騎兵攻進了鎬京，號稱「八戎靖國」。八戎騎兵本打算為中原王室建立一個大功，從新天子手裡得到一個封爵、一片邊緣草場就滿足了。及至攻進鎬京，發現王室軍隊竟不堪一擊，中原諸侯也無人敢於應戰，八戎野心大為膨脹，殺死了周幽王，將王室洗劫一空，又大火焚毀了鎬京。其中義渠騎兵殺戮最烈，被周人呼為「牛魔義渠」。太子宜臼發憤雪恥，祕密跋涉到隴西請求秦人發兵靖難。秦部族舉族祕密東進，五萬騎兵與八戎八萬騎兵展開了血戰，將八戎騎兵殺得屍橫遍野。從此，八戎與秦人結下了血海深仇。尤其這義渠部族，死傷最多，兩萬精壯只逃回了五千，仇恨最大。

兩百多年後，東周衰弱，西戎各族又開始殺進中原。南邊的山夷、東邊的東夷、北邊的諸胡、西邊的戎狄，四面喊殺蠶食，汪洋大海般包圍了中原。義渠最為強悍，竟一路燒殺到了黃河南岸，占了兩三百里大的一片荒原，宣布稱「王」，要將這裡作為建立「義渠國」的根基。這時，齊桓公聯合諸侯，尊王攘夷，九次聯合中原諸侯，對入侵中原的夷狄展開了大戰。義渠部族西撤時，被剛剛即位的秦穆公率領秦軍堵住了退路。一場驚心動魄的血戰，義渠一族被殺得只剩下兩三萬人突圍逃竄，又一次和秦人結下了血海深仇。

後來，中原爭霸，秦穆公卻全力平定西方戎狄。大大小小一百多個戎狄部族，全部被秦軍打敗，變成了秦國的附庸諸侯。也就是說，戎狄臣服秦國，繳納貢賦，但依然自治。秦穆公唯獨對義渠國恨之入骨，將義渠精壯三萬人全部遷徙到秦國腹地，罰做奴隸民戶，將其餘老幼女人則全部驅趕到陰山以北的荒漠地帶去了。義渠部族對秦人又記下了一筆血仇。

秦穆公之後，秦國四代衰弱，義渠部族又頑強地殺了回來，占據了涇水上游的河谷草原。直到秦獻公即位，秦國整軍經武，要先除義渠這個眼中釘，而後再對魏國開戰。打了幾次，義渠都敗了，但卻逃得極快，始終未傷元氣。秦軍一退，義渠立即捲土重來，氣得秦獻公哭笑不得。這時，年輕的上大夫甘龍提出了「安撫義渠，以定後方」的謀略，又慨然請命，隻身前赴義渠和談。歷經三月，甘龍與義渠首領達成了「義渠稱臣，秦國罷兵」的血契。秦國後方安定了，義渠也獲得了休養生息。

當時，義渠占據的只有涇水上游的河谷草原。可是在秦獻公無暇西顧的二十多年間，義渠又趁機占據了漆水河谷與岐山、梁山一帶的山地草原，變成了半農半牧的大部族。秦孝公與商鞅二十多年間忙於變法，只要西部戎狄不生叛亂，也不會去觸動他們。如此這般，義渠國安定地繁衍了五十多年，已經變成了一個富庶強盛的部族。

「我說也。」年輕人一笑，「老哥哥成算在胸，原是老伯於義渠有再生之恩，好！」

「雖說如此，還是不能大意。」中年人凝望著河谷密林中的縷縷煙柱，「戎狄凶頑，只是可用之利器罷了，不能與他認真。好了，走。」

牛車嘎吱嘎吱地下了山坡，順著小道走向林中。只見河谷兩岸的山坡上大火熊熊，圍著山火的大群赤膊男女揮舞著手中的木耒鐵耜歡呼雀躍，嬉鬧一片。山火一熄，歡呼的人群立即撲進還冒著火星的草木灰中，揮舞著木耒鐵耜猛力挖翻熱土，又是一陣呼喝喧鬧。中年人低聲告訴年輕同伴：義渠部族認定牛是自己的祖先，是神靈，不能用牛拉車耕田，更不能宰殺，只能騎著牛打仗，拓荒種田都是人力。

「怪誕！」年輕人輕蔑地搖搖頭，冷笑一聲。

「別亂說。到了，看。」

前方的河谷樹林已經是枯葉蕭疏，一片大瓦房顯露出來。房前空場上飄著一面黑色的大纛旗，依稀可見旗面繡著一頭猙獰的牛頭人身像。兩人在林外停下牛車，徒步向瓦房走來。

突然，林中「哞」的一聲低沉的牛吼，有人高聲喝道：「牛，生身父母！」

「人，牛身靈性！」中年人奮力回答。

林中小道走出一名壯漢，身穿筒狀的獸皮長袍，粗聲大氣問：「秦人麼？」

「正是。」

「要做甚來？」

「要見大牛首，特急公事。」

「啊，懂了，是否甘、杜二位公子？」獸皮長袍者審視一番，顯然是個知情頭領。

「正是，在下甘成。」中年人一指同伴，「這位乃公子杜通。我等見過將軍。」

「將軍算個甚來？我是二牛！」獸皮長袍者認真糾正著自己的官號，又向樹林外一瞥，臉黑了下來，「你，敢用牛神爺拉這爛車？」

「二牛大人，」甘成拱手答道，「這是頭神牛，它自己非要拉著車來見大牛首。」

「噢？車裡可是給大牛首的貢物？」二牛黑著臉。

「正是。藥材、獸皮、刀劍。」

二牛突然哈哈大笑：「難怪難怪！當真神牛！」又轉身高喝，「五牛，去將牛爺爺卸套，叫兩個女人去侍候。你自己拉車到宮裡來！」

「嗨！五牛遵命！」林外有人粗聲答應。

「好了。你，你，隨我二牛來。」頭前大步帶路走了。

杜通拚命憋住笑意，跟在鄭重其事的甘成身後，穿過曲曲折折的林間小道。不經意一瞥，杜通卻發現密林中隱藏著至少一兩百身穿土黃色獸皮的弓箭手，引弓對準林間小道，心中一驚，不禁冒出了一身冷汗，四面環顧，卻又不禁「噗」地笑出聲來。原來林間疏疏落落的空隙處，閒走著幾頭壯碩的黃牛，一群男女正爭相鑽在牛腹下吮奶，更有幾個半裸少女爬在牛脊梁上氣喘噓噓，呻吟不斷……甘成回身，向杜通嚴厲地瞪了一眼，拉起他的手大步向前。

出得樹林，來到那片大瓦房前，甘成拉著杜通便向那面牛頭人身的大纛旗撲地拜了三拜。領路的二牛兩手圈在嘴邊，向大瓦房內高聲傳呼：「哞！秦國老太師公子，求見大牛首！」

大瓦房內也「哞」的一聲牛吼，隨即一個悠遠的聲音應道：「進——」

甘成、杜通來到正中的大瓦房前，卻見一扇整石大門洞開著，六名虎皮弓箭手雄赳赳站立門外。進得門內，幽暗一片，渾如夜晚。原來房內沒有窗戶，進深又深，若非一盞粗大的獸油燈吱吱冒著油煙搖曳閃爍，還真難以開目見物。甘成、杜通不由揉揉眼睛，才看見大屋最深處有一方極大的義渠人叫作「火炕」的土榻。炕上一大張虎皮，虎皮上斜臥著一個鬚髮花白的老人。甘成心知，這是大牛首無疑了。大牛首的火炕下有一個大洞，洞裡火光熊熊，滿屋子都熱烘烘的。兩個半裸的女奴正偎在郲著雙眼的大牛首身旁，一個為他仔細地梳理白髮，一個用小木槌輕叩他的小腿。火炕旁邊的地上，昂首挺立著一頭彎角閃亮的威猛公牛，牛身披著紅布，牛頭戴著銅面具，不斷出蹄踩踏著伏在地上的一個裸體女人。女人輾轉反側輕輕呻吟著，似乎並不感到痛苦。

甘成還算得鎮靜如常。杜通卻因第一次來義渠，驚訝得進了夢境一般。

「來者可是甘、杜二位公子？」火炕上的老人沙啞地悠然開口了。

「甘成、杜通，參見大牛首。」

「好了好了。老太師給我老牛帶甚個好物事來了？」

「稟報大牛首，家父奉送藥材一百斤、獸皮一百張、上好刀劍一百口。」

「噢，都是老牛想要的物事嘛。說，是要我出兵咸陽麼？」老人依然瞇縫著眼睛。

甘成拱手道：「大牛首，義渠靖難咸陽，並非家父一人之意，實是萬眾國人之心。商鞅新法不廢，穆公祖制不復，義渠人也將大禍臨頭。」

「老太師可有親筆書信？」大牛首沒有理睬甘成的慷慨陳詞。

「大牛首明察，家父陰書隨後便到，只怕……只怕義渠無人可以整讀，是故，先由甘成杜通為特使，以彰誠信。」

「嘎嘎嘎嘎！」突然一陣老鴰似的長笑，大牛首道，「中原陰書算個甚？老牛懂得！敢小視我義渠麼？」

杜通一直沒敢插話。他當然明白「陰書」的講究：但凡軍國大事要傳遞祕密命令，便將一份書信的十多支竹簡打亂分成三五份，由幾個快馬騎士分路急送，每個快馬騎士只送一份，若萬一被敵方截獲，任誰也看不懂其中意思。收信人收齊竹簡後，按照竹簡背後的暗符重新整理排列，便知原意。這叫「三發一至」或「五發一至」，若無有經驗的書吏，確實容易弄錯順序，導致錯解密信內容。義渠蠻戎，何來此等書吏？想想生氣，杜通不禁高聲道：「大牛首不明事理！老太師派出公子，還不如一封陰書麼？」

大牛首又是一陣嘎嘎怪笑：「你這小子，說得還算有理。好，這件事擱過，老牛也不在乎那幾片竹板子。」

「大牛首明斷。」甘成不失時機地奉承了一句。

「哼哼。」大牛首冷了臉，拾起了方才的話題，「甘成，你也休得欺瞞老夫。商君變法，與我諸族有約：戎狄祖制，三十年不變。我義渠，有何大禍可言？」

「大牛首差矣！」甘成連連擺手，「縱然三十年不變，大牛首的安寧時光也只剩得五年了。五年後新法推行西陲，義渠人就得用牛耕田拉車了，族奴也得廢除。大牛首也只能做尋常族長，再也不是義渠封國的大牛首了。義渠人，也得編入官府戶籍，男丁得從軍，女子得種桑麻，一人犯法，十家連坐。到得那時，義渠封國的牛神日月，只怕要從涇水河谷消失了。」

一時間，屋內的義渠牛官都驚慌憤怒地望著甘成。

大牛首霍然坐直，推開身邊女奴，冷冷一笑：「恢復了穆公祖制，義渠又有甚個好處？」

「祖制恢復之日，秦國世族元老將擁立新君。義渠國可得散關以西三百里地面，正式立國，大牛首可稱義渠大公，與秦國並立於天下！」甘成慷慨豪爽，儼然一國使臣。

「只可惜呀，空口無憑，嘎嘎嘎嘎！」大牛首又是一陣老鴰大笑。

杜通跨步上前：「大牛首，這是世族三十二元老的血契！」雙手捧上的是一方白色羊皮。火炕上的大牛首接過，湊近吱吱冒煙的獸油燈，一片血字赫然在目。最後是大牛首耳熟能詳的一片名字。大牛首端詳一陣，抖抖羊皮笑道：「那我就留下這篇血契了，日後也有個了結。」

杜通急道：「大牛首，這可不行，我等還要到其他部族……」

甘成連忙搶斷話頭：「大牛首，旬日間我便可從狄道歸來，屆時留下血契為憑，如何？」

大牛首陰沉著臉沉吟道：「也好，我不怕你等騙詐。但有血契，我便發兵。否則，甭怪我老牛說了不算。」

甘成愣怔住了。按照他父子的謀劃，血契「只做看，不做留」。如此重大的裂土分國的憑據，絕不能留在這些素無定性的蠻夷手裡。然則這個老奸巨猾的大牛首，沒有血契便不發兵，這卻如何是好？他之所以要從最近的部族開始聯結，就是怕萬一在他們的聯結還沒有完成的時候咸陽突變，已經聯結的部族就能立即發兵；如果不給他留下血契，這個萬全謀劃等於落空，豈不壞了大事？思忖片刻，甘成拱手道：「大牛首如此看重血契，我等就留它在義渠。然則，我有兩個約件。」

「說吧。老牛只要不受騙，就不為難你。」

「其一，若其他部族頭領派人來查，大牛首須得出示血契。」

「這血契，原本是對西陲諸部的，自然應你。」

「其二，若我等尚未回程而咸陽有變，大牛首得立即發兵。」

「啪！」大牛首雙掌一拍，「我義渠與秦人有五百年血仇，用得你說？一言為定！」

在義渠盤桓了一夜，甘成、杜通又詳細詢問了義渠的兵力與可聯結的同盟部族，為狡黠的老牛首出了許多主意，第二天早晨方才離去。

一路上，杜通對留下血契有可能引發的後患憂心忡忡，絮叨幾次。甘成又氣又笑道：「你是昏頭了？不知第二步謀劃麼？」杜通怔怔道：「第二步？第二步是何謀劃？」甘成劈手一鞭，甩斷了一根粗大的攔路枯枝：「掌權之後，立即剿滅戎狄！秦國後院有此等鳥國，談何穆公祖制？他留下血契，鳥用！」

杜通恍然大笑：「甘兄儒士，粗話卻忒妙。直娘賊！走！」

二人大笑，揚鞭催馬，向西去了。

二、百騎揚威　震懾草原

西出陳倉的山道上，還有一支馬隊在兼程疾馳。從整肅奔馳的陣勢看，這不是一支普通的馬隊。但是，既沒有旗號，又身著布衣便裝，還押著幾輛遮蓋得嚴嚴實實的篷車，卻又分明不是軍中騎隊。馬隊中有一輛軺車，車中站著一個又矮又黑的肥子，卻是那個商於郡守樗里疾。這支奇特的馬隊一路疾行，不在任何驛站休整，只在偏僻無人的荒涼河谷飲馬打尖，然後又是無休止地奔馳。旬日之間，馬隊越過葫蘆水、上游渭水、祖厲水、關川水、莊浪水，進入了戎狄部族聚居的隴西大草原。

神祕馬隊引起了戎狄牧人的驚奇，飛馬跟蹤，一路報到了郡守單于的大帳。

卻說樗里疾料理完商君喪事後，寫好了辭官書呈遞咸陽，將郡署的公文、印信並一應府庫錢糧打點清楚，準備回祖籍老家種田了。窩冬本來就沒有甚公事，今年冬天更是冷清，樗里疾心頭鬱悶，除了隔三差五地找山甲飲酒，倒也悠閒地收拾妥當，準備開春後封印離去。看看過了二月頭天氣變暖，竟還沒見罷黜君書下來，便想自顧離去。不想正在這日，官署外馬蹄聲疾，一騎快馬堪堪趕到，報說咸陽特使到了。樗里疾生性豁達，不想將辭官弄得生硬而去，出門接了特使君書，打開一看，大大地吃了一驚——國君急命：宣他與前軍副將山甲緊急趕赴咸陽！

樗里疾大是迷惑。將他當作「商鞅黨羽」問罪麼？君書中卻隻字未提商於官民與他樗里疾在冬天的作為，彷彿商於郡沒有發生過任何事情一般。細細一想，國君要是拿他治罪，豈能等到今日？即或處置遲緩，派公室禁軍來拘捕也完全來得及，因為他並沒有逃跑的準備。是國君有所顧忌麼？不會。

這個新君的作為，樗里疾從遠處大處看得很透，他能對商君這樣的棟梁權臣動手，又何須對一個小小的郡守閃爍其詞？然若非治罪，還有何種可能？莫非要升官？念頭一閃，樗里疾不禁哈哈大笑，自己當真滑稽，竟在辭官歸隱之時還能想到如此美事，人心，真真不可思量也。愣怔半日，樗里疾覺得還是該當走一趟咸陽，問心無愧，怕他何來！悄悄地辭官而去，日子過不安寧，心裡也舒坦不了。思忖妥當，找來山甲一說，山甲也是欣然贊同。

第二日清晨，二人快馬出山，直奔咸陽而來。

咸陽城的雪災還沒有徹底消弭，幾乎被掩埋的四面城門，費了數萬步兵之力，方才清理出來。城內街巷則大費周折，官吏、禁軍、國人全部出動，鏟雪堆雪運雪，整整一個冬天，咸陽才從冰封雪擁中掙脫出來。饒是已經開春，國人還是懵懵懂懂，依然沉浸在那心有餘悸的驚雷暴雪之中。放眼望去，到處晃動著茫茫白色，凍乾了的雪人觸目皆是，漫無邊際的雪原遲遲不能消融。眼看就要春耕大典，街巷卻一片冷清。店鋪沒有開門，作坊沒有工匠，官市沒有生意，街上沒有行人。這個生機勃勃的新國都，第一次在春天陷入了無邊的沉寂。

樗里疾和山甲恰恰在這時來到咸陽，心裡也是冷冰冰的不自在。進了宮門，行經車馬廣場，滿當當一片乾冰雪人。山甲不管不顧，狠狠啐了一口：「直娘賊！世事咋變成了這樣子！」樗里疾笑了：「嘿嘿嘿，既來之，則安之，先聽天由命。」前邊領路的內侍彷彿沒聽見，自顧領著兩人曲曲折折地來到一座小殿前，伸手一做請，輕捷地走了。

兩人進殿，又被一個鬚髮灰白的老內侍領進了國君書房。新國君笑著請他倆入座，卻對他們在商於的事情問也沒問，就展開了書案上的那張羊皮大圖道：「兩位看看，這裡是何地方？」樗里疾眼睛一瞄道：「隴西，戎狄草原。」山甲只是點點頭沒有說話。新君嬴駟正色點頭：「知道就好。今日就是要派你二位做特使，到隴西去，做一件大事。」樗里疾驚訝地睜大了眼睛，一時不知如何應對，看看山甲也是木呆呆地犯迷糊。終於，樗里疾期期艾艾地拱手道：「君上，這，這，合適麼？我的辭官書？」

嬴駟哈哈大笑道：「有甚不合適？二位都是奇能忠義之士，難道做不了特使？辭官書？我沒看見過啊。」愣怔片刻，樗里疾覺得沒必要多說了，看了山甲一眼，二人深深一躬：「請君上明示使命。」

「好！」嬴駟親自掩上了書房大門，回身笑道，「我說完了，你等要是還不願去，許你辭官。」坐在了書案前，一口氣祕密交代了整整一個時辰。

出宮時，已經是天色暮黑了。回到驛館，二人一番商議，次日立即分頭準備。樗里疾準備一應文事，山甲則祕密挑選騎士並做一應武備。三日後的一個夜晚，一支馬隊便從咸陽北阪的松林中祕密出發了。

這是一次最模糊最艱難也最沒有把握的出使，使命是：拆散戎狄部族與世族元老可能產生的叛亂同盟，釜底抽薪，防患於未然。說實在話，樗里疾確實沒有成算。但當他聽完新君的一席肺腑之言，還是二話不說慷慨應承了下來。「赳赳老秦，共赴國難」，有商君的錚錚硬骨在前，身為商君變法的地方幹員，他能推辭麼？但說到底，樗里疾還是被新君嬴駟剷除復辟、維護新法的膽識征服了，有這樣的國君，商君總算沒有白死。

然則，如何完成這趟使命，先到哪裡，後到何方，樗里疾卻大費了心思。

秦國大勢：關中的老秦人絕不會跟隨世族反對變法；唯一的危險，就是具有動亂傳統的西部戎狄部族。戎狄諸部若不動盪，剷除上層的世族力量，就變成了一件比較簡單的事情。否則，秦國的半壁河山大動盪，剷除世族也就變成了投鼠忌器的棘手大事；秦國必然要花很長的時間，來銷磨這些反對變法的勢力；搞得不好，新法功敗垂成亦未可知。然則要穩定西部，卻是談何容易。

戎狄，是春秋戰國時期對西部遊牧部族的一個總稱。實際上，西部戎狄包括了大小一百多個遊牧部族。他們的生存地域極為廣闊，東起涇渭河谷，西到無邊無際的草原群山，根本沒有確切的邊界。這還只是與秦國相關的遊牧部族，若要再算上燕趙兩國北部草原大漠的遊牧部族，那簡直是數不勝數；若再算上楚國東南部眾多的山林南夷部族，華夏中原便處在了遊牧部族與山林蠻族的四面包圍之中。雖然這些遊牧部族與山林部族落後愚昧，一般不會對中原構成真正威脅，但在特定時期，若有誘發因素，遊牧部族與山林部族從四面蠶食中原，災難也是毀滅性的。春秋初期，由於王權衰落諸侯爭奪，中原自顧不暇，這種災難總爆發了。遊牧部族與山林部族從四面大舉進攻中原，中原農耕文明被壓縮到了僅僅剩下黃河流域與淮河流域，一時岌岌可危。當時的齊桓公聯結諸侯，倡行「尊王攘夷」，放棄諸侯之間的爭奪，全力消滅遊牧夷族的威脅。二十餘年，大小百戰，入侵中原的遊牧部族與山林部族，方才被全部驅趕出中原。自那次大災難之後，與蠻夷接壤的諸侯國，便將征服遊牧部族與山林部族當作了頭等大事。北部的趙國、燕國，東部的齊國，南部的楚國，西部的秦國，都不遺餘力地對蠻夷大動干戈。當時的秦穆公最徹底，索性放棄東進爭霸的雄心，全力對西部遊牧部族開戰，二三十年中，征服戎狄遊牧部族一百多個，基本上安定了西部地區，也為秦國打下了一片廣闊的後院。從那以後的百餘年間，西部戎狄部族便做了秦國屬地。

畢竟，遊牧部族化入農耕文明的過程是艱難緩慢的。西部地區既是秦國的後院，也始終是威脅秦國的一座活火山。穆公之後，秦國但凡有動盪，戎狄部族必然是作亂一方的借用力量。秦國為使戎狄部族徹底歸化，花費了極大氣力。秦獻公時，為全力東出，確保後院安定，將許多功勳世族舉族安插進戎狄部族區域，督導遊牧部族盡速地化為真正的秦人。

這一舉措的結果，一方面是安定了戎狄部族，另一方面也使秦國世族與戎狄部族產生了盤根錯節的關聯。有些戎狄部族，逐漸地變成了某些世族直接的部族力量，唯世族之命是從，而不知公室國府為何物。而今，有可能在咸陽作亂的，幾乎包括了秦國所有的世族元老，利用西部戎狄部族的力量做最後一爭，便成為秦國世族最有可能的選擇。

要使戎狄部族脫離世族控制，以秦國君主之命是從，絕非一件容易的事。

樗里疾知道，新君選定自己，一大半是因了自己的戎狄血統。

樗里疾祖上，本是隴西渭源河谷的大駝族人。大約還在嬴秦部族作為殷商王朝的西部常駐軍時，樗里族因給駐軍牧馬，漸漸地變成了半牧半農家族。後來又因與華夏人通婚，化成了完完全全的耕戰農人。秦穆公時，樗里疾的祖先與戎人英雄由余一起為秦國平定西部立下了汗馬功勞，一時成為隴西望族。秦出公時，樗里疾的曾祖娶了出公的一個堂妹，算是與公室聯姻，成了國親。不幸的是，秦出公命蹇事乖，做了三年國君，便被逃亡在外的公子嬴師隰（秦獻公）發動政變奪去了國君大位。樗里族由此被株連，地位家道一落千丈。秦獻公時，樗里疾的祖父不能做官，只好回到隴西河谷蒔弄桑麻。十年勤奮，掙得個富裕小康，又兼經常為戎狄頭領們排解糾紛，竟成了戎狄部族中人人敬仰的「樗里公」。但樗里疾的父親卻又很想返回秦國腹地，於是在四十多年前，又回到了陳倉山地的河谷居住。在秦國新派力量中，子車氏一族、樗里一族，算是與戎狄部族淵源最深的家族了。但是，子車氏的車英身為國尉，地位太過顯赫，顯然不適宜作為祕密特使。於是，樗里疾便成了最合適的特使人選。國君若不清楚樗里族的家族歷史，如何會教他這個文職郡守深入隴西去完成如此重大的使命？

但是，除了少年時代的模糊記憶，樗里疾還沒有回到過隴西草原。這裡的一切，對於他都是陌生的。路途倒是不用他操心，秦軍中熟悉隴西的騎士大有人在，加上山甲又是個人精，一路上的事務幾乎不用他過問。樗里疾唯一要思謀定奪的，是權衡先後次序與對付戎狄部族的眾多單于頭領。

國君沒有交代任何具體方略，只是反覆強調了一個目標：一定要切斷戎狄部族與咸陽世族的任何盟約，穩定住戎狄部族。具體的行動方略，「悉聽特使決斷」。國君如此放得開手，倒教樗里疾心裡分外沉甸甸的。一番認真琢磨，樗里疾決定走一條「先西後東」的路子——不在東部戎狄區域滯留，直插最西部的遊牧部族區，從西向東穩定戎狄部族。

這是一個超乎尋常的大膽思路。尋常人做這件事，都會由近（東）及遠（西），逐一安定。這樣做保險——咸陽一旦有變，距離咸陽最近的戎狄部族，不會借地利之便對秦國腹地造成壓力，而遠在隴西草原的戎狄要開進關中，至少得二十天左右，畢竟還有時間做防範準備。

但樗里疾卻完全是另一種判斷。

從大處著眼，東部的戎狄部族大都與秦國來往很早，淵源較深，雖在表面上仍然保持著原先的生活風貌，然在實際上已經緩慢地脫離了粗放的純粹遊牧，逐漸成為半農半牧的「半老秦人」。更重要的是，他們都不是遊牧大部族，真正遊牧部族的那種狂野好戰，也在他們身上逐步消退，部族的獨立戰鬥力也大大下降。這一帶唯獨值得擔心的，只有一個義渠國。但若沒有西部的戎狄後援，義渠國的牛頭兵則根本不是秦國新軍銳士的對手。

另一面，上邽、臨洮以西廣闊的山林河谷草原上的遊牧部族，才是保持著好戰傳統與眾多人口且有真正強悍戰鬥力的遊牧部族。這些部族雖然也臣服了秦國，但關係卻很鬆散，治權也相對獨立得多。這裡的郡守、縣令都是由大部族的單于輪流擔任，實際上不起甚作用，但有大事，還得國君派遣特使直接調停。秦國真正的動盪根源，正是這裡的戎狄部族。秦孝公初期，六國策反戎狄，瞄準的也正是這些部族。

在這些部族中，勢力最大的是四大部族：山戎、犬戎、赤狄、白狄。若遇戰事，這四大部族各自均能發動兩三萬騎兵，在草原山林區域算得上聲威赫赫。西周末年周幽王時，便是這四大部族受申侯拜請，聯結義渠與其他三族共八萬騎兵攻陷鎬京、豐京，將西周的兩座京城大火焚毀，渭水平原被搶掠一空。中原諸侯的戰車兵聞風喪膽，無人與之爭鋒。也就是那一次，嬴秦部族受太子宜臼（後來的周平王）之命，從隴西河谷奮然起兵勤王。五萬黑色騎兵與戎狄的八萬騎兵在渭水平原浴血廝殺，將戎狄大軍殺得屍橫遍野，唯餘一兩萬人逃回西陲。自那以後的四百多年間，西部戎狄再也沒有與已經成為諸侯國的嬴秦部族展開過如此血戰，相安無事了一百多年。

直到秦穆公再次起兵平定西戎，大散關與陳倉谷以西的游牧戎便歸附了秦國。但在穆公之後的百餘年間，由於秦國內亂迭起，國力衰弱，西部戎狄與秦國的關係也就日漸鬆散。秦孝公即位之初發生的西獂部族叛亂，正是秦國在西部無暇維持的結果。商鞅變法時期，為了穩定西部戎狄，秦國採取了「三十年不變西族」的國策，與戎狄維持了一段井水不犯河水的歲月。若秦國大勢穩定並不斷強大，西部戎狄自然可以慢慢消化，甚或可以對西部開始一體變法。然則，商鞅被殺，朝局不穩，世族發動了「請命復辟」，西部戎狄的動亂就有了一個大大的誘發因素。四大部族素有敵視中原的傳統，又加上對即將來臨的「西族變法」忐忑不安，野心自然會蠢蠢欲動，此時若有世族元老出面，約請戎狄發兵「靖難」，難保不會發生四百年前的鎬京之變。

這就是西部四大部族的危險所在，也是樗里疾直奔草原深處的用意所在。

六天之後，樗里疾的馬隊看到了枹罕（註：枹罕，今甘肅省臨夏市西南）。枹罕，秦國最西部的一個要塞，實際上就是一座方圓三里多的夯土城堡。因為地處三條河流的交會地帶，所以成為戎狄四大部族遊牧的中心區域。這地方北臨黃河，南臨大夏水與洮水，東臨莊浪水與灕水，方圓千里，山水相連，草原廣闊，是秦國西部一塊水草豐茂的遊牧區域。西部戎狄最有實力的四大部族，在這一區域已經生存繁衍了千餘年。

樗里疾在山頭遙指草原土城，對便裝騎士們下令：「進入枹罕，你等便是我這馬商的馴馬師。山甲將軍便是我的家老。安住營地，不得外出滋事，違令者斬！」

「謹遵將令！」山甲與騎士齊聲應命。

「牛角號起，走馬下山。」樗里疾一聲令下，十名號手「嗚嗚」吹動號角，一名壯實騎士扯出一面寫有「馬商樗里」大字的黑旗，跟在樗里疾車後，不疾不徐地向灰色的小城堡而來。暮色中，又大又圓的落日掛在枯黃的草原盡頭，羊群牛群馬群，都在轟轟隆隆地向這座土城靠攏。有的已經在選定的避風窪地搭起了帳篷，燃起了篝火，用木柵欄圈定了牛羊，肉香和歌聲也開始飄盪了起來。放眼一看，靠土城最近的是羊群牧主，外圍是牛群牧主，最外圍則是馬群牧主，遍野煙塵中倒是頗有章法。見有吹著號角的商旅馬隊下山，紮定的帳篷中湧出了各色男女老幼，驚喜地高喊著：「秦貨來了！」「馬商來了！」「要羊皮麼？羊皮！」

尚未關閉的土城中湧出了十多個皮袍長髮的戎人，迎著樗里疾的馬隊走來，為首壯漢老遠就張開雙手喊了起來：「噢嗬——哪國馬商？——」

樗里疾也張開雙手做蒼鷹飛翔狀，高聲回答：「秦國馬商。咸陽樗里——」

「啊哈！咸陽馬商，好！」皮袍壯漢興奮得雙手向天高喊，「枹罕人歡迎你們！」

樗里疾知道，來者是當值郡守的迎商吏，下車深深一躬，將一袋半兩錢遞上：「天冷辛苦，弟兄們喝酒了！」迎商吏哈哈大笑著將錢袋扔給身後：「貴客心意，平分了！」回頭也是深深一躬，「請貴客隨我入城，營地已經安排好了。」樗里疾笑道：「多謝了。當值郡守是哪一位頭領啊？」皮袍迎商吏頓時沒了笑臉，高聲回答：「山戎單于，烏坎大人！」

「單于郡守在城內駐守麼？」

「馬商貴客大人，烏坎單于的營地駐在外邊，吶，那裡。」

樗里疾心中一動道：「啊，那我們也就不住城裡了。走，向馬群帳篷區紮營。」說完，跳上軺車，帶領馬隊向最外圍的草原深處衝去。身後皮袍迎商吏卻快馬趕來，遙遙高喊：「馬商大人慢走——我來帶路！有狼群——」

月亮掛在湛藍的夜空時，樗里疾馬隊的十多頂帳篷紮好了。騎士們雖然便裝，卻完全按照軍法行動，紮營完畢，立即埋鍋造飯。樗里疾熱情地邀請帶路迎商吏品嘗了秦中乾牛肉、烙麵餅與羊羹湯，迎商吏吃得滿頭流汗，嘖嘖讚歎不已。飯後，樗里疾請求迎商吏連夜帶他到山戎單于郡守的大帳去，迎商吏現出驚訝的神色道：「好馬多多了！明天不行麼？」樗里疾笑道：「馬商講究快捷。天一亮，單于郡守拆帳走了，豈不好幾天？」

「噢——明白！」迎商吏恍然點頭，「好商人。走！」

樗里疾對山甲叮囑了幾句，教他留守營地，自己帶了兩名騎士出帳，隨迎商吏向單于郡守的大帳疾馳而去。

在臣服的遊牧部族區域，秦國雖然也設置了郡縣，但一直沒有像秦川腹地那樣設立官署與駐軍。因為這些遊牧部族歸附秦國後，遊牧生計並沒有改變，若常設官署與駐軍，對遷徙無定的遊牧部族事實上起不了任何作用。對於秦國，這些遊牧部族的歸附，除了為秦國提供大部分戰馬與少數騎士，財貨上反倒是國府倒貼。秦國重視西部區域的根本原因，是消除背後威脅與提供馬匹兵源，保持一個真正安定的後院。基於這個目的，西部區域的郡縣官吏，都是由國府賜封各部族頭領兼任。枹罕區域草原遼闊，四大部族又不相上下，秦孝公當年西巡時就訂立了一個新盟約：四大部族首領（單于）輪流做郡守，每人一年，統轄枹罕四大部族與其他小部族；四大部族各出五千騎兵，組成永遠不解散的兩萬常設官騎，只聽當年郡守的命令；其他騎兵則都是老傳統，不固定地屬於各部族，所謂「聚則成兵，散則為牧」。如此一來，國府省了許多人力財力，部族之間也減少了諸多衝突，頭領們樂於輪流執政，牧民們也很少為水草之地大打出手，二十多年來倒是一片昇平氣象。

山戎單于的大帳，坐落在枹罕土城最外圍的草原深處。

樗里疾快馬趕到時，單于郡守的大帳裡正在舉行一場不尋常的聚飲大宴。

枹罕土城坐落在一片連綿大山的南麓，非但向陽避風，且有大夏水從土城南流過，天然的水草形勝之地。冬天是草原部族的休牧窩冬期，從第一場大雪開始，大大小小的部族都從水草之地聚攏到這座土城周圍來了。直到來年四月，方圓數十里的大草原，各色帳篷紮得無邊無際，馬牛羊犬的叫聲此起彼伏。冬天聚攏，對牧人們還有一個特殊用場，便是「互市」。所謂互市，一來是相互交換多餘物品，二來是與東方商旅交換鹽鐵布帛等物。一年積攢的皮張、牲畜、乾肉等，都要在冬天脫手，換來糧食、鹽巴、布帛、兵器、帳篷及各種日用雜物，待得冰雪融化春草泛綠，無數帳篷便星散而去，消失在無垠的綠色草原。那時候，想要找牧人做大筆生意，當真比登天還難。東方商旅總是在秋高氣爽的時節，就開始向西部進發，為的就是趕冬天的草原互市。

樗里疾祖居西戎，自然十分清楚冬天對戎狄牧人的意義。

一入草原，他便嗅到了今年冬天草原的不尋常氣息。以往的單于擔任郡守時，除了兩萬官騎駐紮土城牆外，牧民帳篷都是自選地點，雜亂無章，牛群馬群羊群全然不分。非但給互市帶來諸多不便，猝遇風雪或外族入侵，馬隊牛羊相互奪路，往往混亂不堪。今年迥然有異，土城外只駐了一千官騎馬隊，其餘牧民均按照羊群、牛群、馬群的次序，從土城向外延伸：羊群帳篷在最裡層，牛群帳篷在第二層，馬群帳篷在最外圍。乍看之下，僅僅是整順了一些，似乎無甚其他作用。然則樗里疾看在眼裡一琢磨，便覺得大有文章。這種部署的要害作用，是大大便利了軍事行動——羊群牛群行動遲緩，又是真正的財富，就駐紮在最靠近土城的最避風處；馬群與官騎快速剽悍，卻駐紮在最外圍的草原深處。這便是不尋常處，明白是戎狄部族進入了備兵狀態，一旦有事，隨時可戰。枹罕向西，杳無人煙，更為廣袤的大漠高山中，從未出過有威脅的敵人；北邊是陰山胡人，距離這裡有數千里之遙，更不可能驟然南下；當此之時，戎狄部族的兵鋒所指何在，已經不難看出端倪了。

樗里疾的體察沒錯，山戎單于的這場宴會，正是要議定東進大計。

入冬之前，山戎單于就接到了孟西白一發三至的陰書，請他們準備兵馬，一旦特使到達，立即東進靖難。山戎單于曾與最親密的犬戎單于做過祕密商議，二人都覺得這件陰書很突兀，還是先擱置一段再說。入冬不久，斥候飛騎回報——商鞅被車裂，世族元老請命復辟，咸陽陷入混亂。這個消息雖然大出意料，但卻點燃了戎狄部族已經熄滅了許久的反東方火焰，人人亢奮，躍躍欲試地要做大事。山戎單于雖然只有三十二歲，剛剛繼位兩年，但卻是個很有膽識謀略的頭領。他覺得，必須在咸陽特使到達之前定下大計，才能做到動則同心，否則，牛拽馬不拽，如何打仗？

大帳中聚集了四大部族的大小頭領三十餘人，每五人圍成一圈，中間一個鐵架上吊兩隻烤得焦黃發亮的全羊，身邊是堆積如山的酒罈子。頭領們大碗喝酒，短刀剁肉，高聲呼喝，一片喧鬧。待到人人汗津津臉泛紅光時，山戎單于站起來一聲高喊：「靜了——我有話說！」呼喝聲頓時停止，目光都轉向了這個年輕威猛的單于郡守。戎狄人雖然粗野狂放，但卻很是尊敬主人。今夜的全羊大宴是山戎部族請客，而不是山戎單于以郡守身分動用「官貨」請客，自然要對主人禮敬有加，主人要說話，頭領們自然安靜下來。

「小羊事一樁。」山戎單于一拍手，「咸陽新君殺了商鞅，老世族要復辟祖制，請我族群起兵，攻入咸陽，另立新君，共享秦國。去不去？放開說話。」三言兩語便告完畢，大手一揮，「就這事，說！」

「哄嗡」一聲，滿帳頭領炸開。有人不禁高喊：「還羊事？馬事牛事！」

戎狄習俗，大事小事均以「馬牛羊」比喻，「馬事牛事」是大事，「羊事」是小事。有人高喊「馬事牛事」，足見頭領們的興奮重視。他們原本已經聽到了各種口風，也預感到今夜有大事，卻沒想到果然如此，亢奮得不能自已，立即哄哄嗡嗡地嚷嚷起來。但這件「羊事」畢竟非同尋常，半天沒有一個人站出來說話。亂了一陣，一頭紅髮的赤狄老單于陰陰笑道：「單于郡守，咸陽殺商君，可曾與我等商議？」

「沒有。」山戎單于只說了兩個字。

「好麼，只要我做殺人刀，鳥！去做甚？」

「赤老單于大錯了！」一山戎頭領高聲道，「咸陽老世族要與我共享秦國，何等肥美牛事？商議不商議，管他個鳥來！」

「肥美牛事？啊哈哈哈哈！」白狄單于揚著手中紅亮亮帶著血絲的羊肉，一頭黃白鬚髮分外顯眼，「當真小兒郎也！知道麼？當年我族攻入鎬京，下場如何？蒼鷹勇猛，啄不得虎豹皮肉！」

一時間大嚷大爭起來，赤狄白狄兩部族的頭領們似乎不太熱中，反反覆覆只是喊「不做咸陽殺人刀」，實際上卻是對與秦人血戰幾乎滅族的慘痛故事猶有餘悸。山戎犬戎兩部族的頭領們卻亢奮激動，大叫「羊換牛，不能錯過市頭」！當值郡守的山戎單于一言不發，聽任眾頭領面紅耳赤地爭論，如此半日之間，莫衷一是。

正在此時，武士進帳稟報：「迎商吏帶一咸陽馬商，求見單于郡守。」

單于郡守眼睛一亮，高聲道：「有請馬商。」帳中頭領們也是一陣驚喜，頓時安靜下來。正說秦國事，便來咸陽人，探聽虛實正是機會，誰不高興？

「咸陽馬商樗里氏，參見單于郡守！參見諸位單于頭領！」樗里疾進得大帳，笑容可掬，一圈躬身拱手的大禮。

赤狄老單于哈哈大笑：「樗里氏？可是大駝樗里氏子孫啊？」

「回老單于：在下正是大駝樗里氏之後，樗里黑！」

「好好好！」赤狄老單于拍案笑道，「有個樗里疾，與你如何稱呼？」

「樗里疾乃我同族堂兄，他做官，我經商，相互幫襯。」

單于郡守豪爽地一揮手：「老族貴客，來呀，虎皮墊設在首座，再烤一隻羊來！」一名壯碩的女僕立即捧來一張虎皮座墊，安置在單于郡守的座墊旁。這是四大單于的首座區域，設在大帳正中的三尺土臺上。座墊安好，立即就有一名赤膊壯漢提來一隻剛剛剝去皮毛的紅光光肥羊，「咣噹」一聲，吊在了首座中間的鐵架上。石頭圈內不起煙的木炭火躥起高高火苗，肥羊立即冒出吱吱細響騰騰熱氣。

一通來回走動呼喝寒暄完畢，肥羊皮肉已經吱吱冒油，只是未見黃亮。樗里疾回到座前雙手一躬：「多謝單于郡守！」坐到虎皮墊上，順溜地抽出腰間一柄尺把長的雪亮彎刀，逕自在烤羊身上「噗噗」兩刀，卸下一隻滴血的羊腿，擺在面前的大盤上，然後舉起陶碗高聲道：「樗里黑重回祖居之地，先敬單于頭領們一碗！」話音落點，汩汩飲乾，揚手亮碗，滴酒未下。陶碗一撂，彎刀剁下一塊血絲羊肉，怡然自得地大嚼起來。

「好——」「夠猛子！」單于頭領們齊聲喝采，一齊舉碗飲乾。

赤狄老單于哈哈大笑：「這黑肥子！敢咥此等血肉，有老根！」

單于郡守笑道：「今年一冬，東方商人沒一人來枹罕互市，樗里兄孤旅西來，好膽氣！」

樗里疾心知郡守話中之意，啃著肉笑道：「單于郡守，東方商人今冬有一怕：怕秦國新法有變，西進互市，反被秦國截留財貨。這是秦穆公老辦法，果真恢復了，誰敢來也？」

「你樗里氏就不怕秦國有變麼？」白狄老單于急迫插話。

樗里疾大笑：「秦國不會變，有何可怕？東商多疑，樗里黑樂得獨占馬利！」

單于郡守盯住客人：「秦國誅殺商君，世族元老復出請命，眼見就要變了，樗里老客如何說不會變？」此話問得扎實，帳中頓時安靜下來，頭領們的目光齊刷刷聚在這咸陽馬商的身上。

樗里疾悠然一笑道：「單于郡守，樗里氏原本西域大駝族，與桅罕四大部族本來一家，但有實情，樗里黑不敢相瞞。我兄樗里疾說：秦國誅殺商君，一是迫於六國壓力，二是新國君怕商君權力過大。若為廢除新法而誅殺商君，世族元老何須請命復辟？黑肥子臨走時，國君已經書告朝野，秦國新法不變！否則，黑肥子吃了豹子膽，敢繼續西來互市？單于郡守，你沒有收到君書麼？」

「如此說來，世族元老是違抗君命了？」單于郡守迴避了君書一問。

樗里疾點頭：「單于郡守，明察！」

「既然如此，國君為何不誅殺世族元老？」犬戎單于驟然氣勢洶洶。

「君心如天心，難測難說。」樗里疾不做確定回答，更像是個商人。

帳中一個頭領突然一揚手中的切肉彎刀，高聲喝問：「秦國新軍，戰力如何？」

樗里疾見此人黑髮披散，粗猛異常，知是山戎部族的勇猛將領，思忖笑道：「咱黑肥子在商不知兵，難以確實回答。不過，將軍若想知道秦軍戰力，黑肥子倒有個辦法。」

帳中一片亢奮，「哄嗡」一聲，紛紛問何辦法。四大單于也一齊盯住樗里疾，停食了酒肉。樗里疾悠然一笑道：「也是天意。黑肥子這次買馬，是給秦軍補充戰馬的。後軍主將特許，給我撥了一百個騎士隨行，專門試馬、圈馬、馴馬。要想知道秦軍戰力，與這個百人隊比比，不就明白了？」

「好！好主意！」「比武！」「草原騎士，戰無不勝！」聽說與秦軍較量，帳中一片鼓譟。

單于郡守思忖一陣，也覺得這是個試探秦軍虛實的好主意。要想東進，畢竟兩軍實力對比是最重要的。風聞秦國新軍練成後戰力大增，曾一舉戰勝魏國鐵甲精騎收復河西。然戎狄部族素稱騎兵鼻祖，歷來蔑視中原騎兵，現今的秦國縱然練成了新軍，能有多精銳的騎兵？一個百人馬隊的較量，是決然可以看出騎兵實力的。無論怎麼說，這都是一個極好的機會，既試探了虛實，又不傷和氣。雖作如是想，但這個輪值郡守的山戎單于卻很有心計，看著樗里疾詭異地笑道：「黑老客，莫非有意帶來了最精銳的騎士？」樗里疾哈哈大笑道：「精銳？哪個將軍會把最精銳的騎士交給商人圈馬？不過，實話實說吧，他們都是老兵，對驗馬馴馬倒真有一套。不然啊，老族人騙了我，黑肥子可要掉腦袋喲！」帳中哄然大笑，誰也沒有因此而感到羞惱。

單于郡守又笑了：「既非精銳，有甚比試？刀劍無情啊。」

「不是精銳，才是常情。單于的騎士勝了他們，黑肥子老戎人，臉上也有光。」

「一言為定？」單于郡守看了看四周。

「慢。」赤狄老單于站了起來，「馬隊比武得有個規矩。比兩陣，第一陣官騎上，第二陣散騎上，死傷不論，如何？」

樗里疾略微思忖，雙掌一拍：「好！有事黑肥子擔了，左右只是個比武。」

一經說定，又是狂飲大嚼，樗里疾直喝得胡天胡地的呼喝喊叫，才得踉蹌出帳。

四大單于與頭領們卻一點事兒也沒有，還祕密計議了半個時辰，方才散了。

樗里疾到了黑糊糊的草地上，立即手指伸到喉嚨裡一陣亂摳，大大地嘔吐了幾陣，才被兩名「馬師」馱了回來。一路寒風顛簸，到得營地樗里疾已經清醒，即刻喚來山甲與騎士百夫長商議。山甲雖是步卒出身，但對馬戰也算通曉，更重要的是他精明過人，實戰急智極為出色，是秦軍中有名的「山精」，教他做樗里疾助手，為的就是比武這一著。樗里疾將事情引上了道，便教山甲們商討應對戰法。

山甲與百夫長興奮得眼睛放光，一通計議，又找來伍長、什長一說，再會聚百名騎士布置了半個時辰。騎士們精神大振，立即分頭對馬具兵器檢查準備，一個時辰後方才歇息。

太陽升起在山頭，枯黃的草原遼闊靜謐，沒有風，沒有霜，難得的好天氣。

日上三竿時分，「嗚嗚」的牛角號響徹了河谷土城。草原深處煙塵大起，隱隱的旗幟招展，馬蹄如雷。瞬息之間，單于郡守帳外的空曠窪地上聚來了千軍萬馬。又一陣牛角號聲，旗幟翻飛，馬隊迅速列成了兩個大方陣。戎狄的兩萬官騎也是秦軍裝束，黑旗黑甲，在單于郡守帳外的高臺下面南列開。四大部族各自的騎士，則是戎狄的傳統裝束，無盔無甲，長髮披散，羊皮裹身，彎刀在手。旗幟分為紅白藍黑：赤狄紅旗、白狄白旗、山戎藍旗、犬戎黑旗。四面大旗下各有一萬餘騎士，列成了一個比官騎更壯闊的方陣。列陣之間，遙聞草原上馬蹄雜沓，各部族牧民紛紛從枹罕四周趕來，聚攏在四面山頭，要看這場罕見的結陣大比武。

方陣列成，四大單于登上了大纛旗旁的高高土臺。單于郡守揚鞭一指臺下方陣，狂放大笑：「如此軍威，秦軍豈非以卵擊石？啊哈哈哈哈！」

犬戎單于雄赳赳高聲道：「殺死這個百人隊，祭我戰旗，殺進咸陽！」

赤狄老單于擺擺手：「莫急莫急，比完再說，但願我戎狄有五百年大運。」

白狄單于正要說話，卻突然一指南面山口：「來了來了，看！」

谷地入口處，一隊鐵騎如狂飆般捲地而來。當先一面迎風舒捲的黑色戰旗，旗面無字，旗矛卻是閃爍生光，正是秦軍百人隊的無字戰旗。清一色黑色戰馬，清一色黑色鐵甲，在枯黃的草原上如一團黑雲壓來，其聲勢恍若千軍萬馬。

四面山頭與草原上的萬千人眾肅然寂靜，一時忘記了喝采。

頃刻之間，馬隊已經飛馳到中央高臺下列成了一個小方陣。此時，樗里疾才騎著一匹走馬氣喘噓噓地趕到，向高臺遙遙拱手道：「單于郡守——如何比法啊？——」

高臺上的單于郡守搖搖馬鞭作為招手禮節，高聲道：「老客上來看。你在下邊，沒有用處！」

樗里疾哈哈大笑：「對也！黑肥子原本不懂戰陣，他們有百夫長。」說著就上了土臺，與秦軍騎隊一句話也沒說。

單于郡守又搖搖馬鞭，向四面山頭與谷地巡視一圈，拉長嗓子高聲喊道：「父老兄弟人眾軍兵聽了：秦軍騎士與我族騎士比武，兩陣。每陣，雙方各出五十騎。第一陣，戎狄官騎對秦軍鐵騎；第二陣，戎狄勇士對秦軍鐵騎。明白沒有？」

「嗨！」谷地方陣雷鳴般答應。

「回稟單于郡守——」秦軍旗下精瘦的山甲高聲道，「兩陣並一陣比了，更有看頭！」粗重激昂的聲音充滿了激奮，全場大為驚詫。

戎狄騎兵不禁大笑，一片哄嗡嘻哈之聲彌漫到四面山頭，連趕來觀戰的牧民也笑了起來，高臺上的四大單于也笑成了一團。只樗里疾一本正經道：「單于郡守，他們好心，想教父老們看個熱鬧紅火。草原如此之大，人少了，不好看的了。」

一頭紅髮的赤狄老單于呵呵笑著：「你個黑肥子，馬上百騎，遮天蓋地，規矩不好立，死傷了人，如何得了？」

樗里疾一副漫不經心的商人樣兒笑道：「他們沒有和草原騎兵對陣過，高興著呢。死也好，傷也好，我出錢抹平便是。哎，可有一樣，死的人多了，你們可得給我派人趕馬。」

單于郡守哈哈大笑：「好！真砍真殺最來得！但有死傷人命，不要你商人出錢。按草原規矩，獎賞戰死勇士！如何？」

「好！」其餘三個單于一臉笑意，立即回應。

單于郡守轉身向谷地揮動馬鞭，高聲喊道：「兩軍聽了：今日較量，不用弓箭，真砍真殺，死傷有賞！戎狄官騎與戎狄勇士各出一百騎，與秦軍百騎隊一陣交鋒！」馬鞭「啪」地一甩，「開始——」

谷地山坡上的兩排牛角號嗚嗚吹動，官騎陣前的大將彎刀一劈，一個百騎隊從大陣邊飛出，眨眼便到了谷地中心。領頭騎士頭盔插著一支五彩翎羽，顯然是一員勇士戰將，而不是尋常的百夫長。與此同時，四大部族的勇士騎陣也各自飛出二十五名騎士，連成一隊，尖聲呼喝著飛向谷地中心。他們身裹各色獸皮，裸肩長髮，彎刀閃亮，與裝束齊整的秦軍和戎狄官騎形成鮮明對比。

論傳統戰力，這些裸肩長髮的勇士，才是戎狄部族的中堅力量。秦孝公與四大單于盟約建立官騎時，各部族都不願將最精銳的勇士交給官騎，最精銳的戎狄勇士仍然保留在四大部族的「部兵」裡。儘管這些騎士裝束不一五顏六色，卻比戎狄官騎更有驕橫氣焰，壓根兒就沒有將秦軍騎士放在眼裡。本來他們要百人對百人，一陣擊潰秦軍百人隊。可單于郡守堅持要比兩陣——官騎與勇士散騎各出五十騎，各自對秦軍五十騎較量。不想秦軍小小一個百夫長，竟然提出兩陣當一陣，秦軍一百騎對戎狄兩百騎。戎狄騎士人人怒不可遏，決意一陣便將這些老秦人剁成肉醬。枹罕草原是他們世代生存的大本營，他們的身上本來就湧動著狂猛好戰的熱血，豈能在本土教秦人猖狂？

散騎勇士們呼嘯卷出，在距官騎百人隊一箭之地，戛然勒馬，雄駿的戰馬齊刷刷人立嘶鳴，彎刀閃亮，騎隊頓時列成了黑白紅藍四個衝鋒隊形。這一勒、一立、一展，盡顯戎狄勇士的馬上功夫，草原上一片暴風雨般的歡呼喝采。

顯然，戎狄勇士是以部族為單元，要分成四個梯次對秦軍側翼發起衝鋒，以便各顯其能，看誰能一舉擊潰秦軍；相鄰的官騎百人隊，則列成了一個「十十方陣」，要從正面衝擊秦軍騎陣。

南面一箭之地，是秦軍鐵騎。黑色戰旗下清一色的年輕騎士，唯有當先的百夫長連鬢短鬚，估摸當在二十五六歲。這個百人隊是典型的秦軍鐵騎，無論是戰馬還是裝具抑或隊列，都與戎狄官騎和勇士騎迥然不同。胯下戰馬，都是清一色的陰山胡馬，高大雄駿，絲毫不輸於戎狄騎士的草原駿馬；不同的是，秦軍戰馬的馬身都裹著一層黑色皮革軟甲，馬頭則戴著包裹鐵皮的軟甲面具，只露出戰馬的雙眼；馬上騎士全身鐵甲鐵胄，人手一口閃爍生光的闊身短劍。按照秦軍裝備，每個騎士還當有一張硬弓與二十支長箭，今日較量不許用箭，所以他們的弓箭已經全部卸下。此刻，秦軍的隊形很是怪異，沒有列成司空見慣的方陣，而是列成了一個由三十三個三人騎組成的大三角陣勢，百夫長單人獨騎，在全隊的最頂端。山甲則站在一座土山包上靜靜觀望，看不出他有甚手段發號施令。秦國新軍的步兵是千卒一旗，騎兵是百騎一旗，旗手均不在兵卒騎士之內計數。所以，這百騎隊實際是一百零一人。旗手是專門挑選訓練的特種騎士，非但要騎術高超，而且要身強力壯，能夠同時使用旗槍與短劍搏殺。戰場之上，旗手只跟定百夫長衝鋒，所有騎士都看戰旗的走向，號令分合聚散。

戎狄官騎則還是老式軍制，千騎一旗。今日特殊較量，官騎散騎均有一面戰旗作為聲威標誌，實際上並無號令作用。

見兩軍列陣就緒，高臺上一聲令下，山坡上的兩排牛角號嗚嗚吹動了。戎狄官騎與勇士騎隊一聲吶喊呼嘯，同時從正面與側翼猛撲秦軍。四面山頭與谷地草原，也是鼓譟喊殺，聲若海潮沉雷，直要吞沒撕裂秦軍。

秦軍百人隊卻沒有同時發動，百夫長一瞄戎狄衝鋒隊形，低喝一聲：「二三列！」只見戰旗嘩啦一擺，馬蹄沓沓，大三角瞬息間分為兩個小三角。戎狄騎兵堪堪將近半箭之地，秦軍百夫長突然高喊一聲：「殺——」黑色鐵騎驟然發動，兩支黑三角風馳電掣般迎向兩個戎狄百人隊。

秦軍百夫長帶領的十六個「三騎錐」，迎戰正面的戎狄官騎，另外十七個「三騎錐」則迎向側翼衝來的勇士百人隊。按照戎狄將領會商的戰法，認為百人隊是秦軍最小的騎兵單元，必定是一體衝鋒結陣而戰，善於結陣而戰的戎狄官騎從正面頂壓，悍猛善戰的戎狄勇士從側面展開搏殺，秦軍必敗無疑。及至衝鋒發動，戎狄騎兵卻發現秦軍竟分兩路展開，等於每五十騎對他們一百騎。戎狄騎兵大為驚訝，卻也更加狂傲，一片呼喝嘯叫：「殺死秦人！」「一個不剩！」「秦軍猖狂個鳥來！」閃亮的彎刀瞬間便包裹了兩支秦軍鐵騎。

迎戰戎狄官騎的秦軍百夫長騎隊，在接敵的剎那之間，閃電般排成了五個梯次，每個梯次三個「三騎錐」，最前列是百夫長、旗手與一個「三騎錐」組成的大三角。戎狄官騎則是「十十方陣」，每排十騎，共十排，捲地殺來。兩相碰撞，秦軍鐵騎的三角隊形像尖刀般銳利地插入方陣之中，三騎一組，將戎狄官騎的百人隊立即分割為十幾個小塊搏殺起來。這種奇特打法，大出戎狄官騎意料。按照騎兵的傳統戰法，兩軍衝鋒相遇之後就是展開搏殺；大軍之中，尋常都以百人隊為搏殺單元，百人隊單獨作戰，卻向來沒有成法，只是散騎搏殺而已。戎狄部族的騎兵歷史，比中原諸侯國早了許多，當中原諸侯還在笨重的車戰時期，戎狄部族就依靠剽悍的騎兵屢次攻進中原。所以，戎狄部族素來自詡為騎戰鼻祖，在騎兵搏殺方面歷來蔑視中原諸侯，以為騎兵的取勝根本就是騎術、刀術加勇猛，沒有其他。

今日，戎狄騎兵卻突然遇上了從來沒有見過的衝鋒隊形——不散不展，釘子般直插核心，當真是匪夷所思。一時之間，戎狄官騎大為混亂，不由自主地被攪成了大大小小十幾個小圈子，每個圈子都是十幾二十騎對秦軍九騎或六騎。戎狄官騎紛亂組合間，已經有十餘人負傷落馬。小陣搏殺，秦軍三騎一組，相互保護，配合得嚴密異常。戎狄官騎雖勇猛衝殺，卻對這種「三騎錐」毫無章法，散開則各自為戰，落單被殺，聚攏則重疊掣肘，相互碰撞，威力大減。每遇戎狄騎兵最擅長的單打獨鬥，就有秦騎前後包抄而形成三打一。剛剛圍住一個「三騎錐」，外圍就有兩三個「三騎錐」殺來解圍。於是戰場上怪異迭起：分明是戎狄官騎多出了秦軍鐵騎一倍，卻經常出現秦軍鐵騎圍困戎狄官騎的搏殺圈子。戎狄官騎漸漸喪失了反擊能力，一個個紛紛落馬。

不到半個時辰，戎狄官騎的百人隊大部被殺，其餘斷腿斷臂者均躺在枯黃的草地上喘息。奇怪的是，秦軍百夫長並沒有率領自己的五十騎來增援另外一陣，而是勒馬外圍，靜靜地看著另一場還沒有結束的酷烈搏殺。這種做法，意味著秦軍五十騎篤定了能夠戰勝戎狄的一百勇士騎，根本無須增援。四面山頭的牧民看得氣憤極了，一片山呼海嘯般的噓聲口哨聲。

另外一陣的搏殺，更是驚心動魄。戎狄勇士本來就分為四隊衝殺，想為各自部族爭光，完全沒有整體隊形。秦軍鐵騎也根本不用強行分割，很自然地分為四個三角陣迎擊，每陣四個「三騎錐」，十二騎對二十五騎，餘下一個領頭什長的「三騎錐」做游擊策應。論個人馬術、刀術與體魄強猛，戎狄勇士顯然強於戎狄官騎，就是與秦軍相比，也略勝一籌。但秦軍的精良裝具與整體配合卻遠遠勝過戎狄勇士，結陣而戰，秦軍竟絲毫不顯人數劣勢。戰馬穿插，劍器呼應，極為流暢。相比之下，戎狄勇士一旦相互間三五騎並馬衝殺，總是要出現磕磕碰碰，只有不斷地高聲呼喝同伴「閃開！」「上！」「外邊！」「我在裡邊！」等各種口令，彼此的呼喚聲與戰馬的嘶鳴、跳躍糾結在一起，亂成了一團。

秦軍則極少出聲，但有呼叫，必是隊形變換。在電光石火般的激烈搏殺中，任何一個遲滯或混亂都可能致命。戎狄勇士的單騎本領，在訓練有素配合嚴密的秦軍鐵騎面前無從施展。在一聲聲憤怒的嘶吼中，裸臂散髮的戎狄勇士紛紛落馬，或死或傷，重重地摔到堅硬的凍土地上。失去主人的戰馬不斷在草原上狂奔嘶鳴，繞著小小戰場不肯離去。饒是如此，戎狄騎士沒有一個脫離戰場逃跑，重傷落馬者依然奮力揮刀，砍向秦軍馬腿。

秦軍事先議定，不殺落馬傷兵。這是軍令，自然不能違犯。但幾次這樣的襲擊之後，秦軍騎士隊形難以保持，漸漸出現了小混亂。正在此刻，突聞小山包傳來一聲悠長尖厲的呼哨聲，響遏行雲般貫徹戰場！

陣中頭領精神大振，怒喝一聲：「殺——殺光——」一陣憤怒的呼喝嘶吼，殺紅了眼的秦軍騎士縱馬馳突，劍光霍霍，戎狄傷兵與殘餘的騎士悉數躺倒在血泊之中。

不到一個時辰，戎狄官騎全數瓦解，勇士騎兵全部被殺。

草原上安靜了下來，人山人海的山頭谷地，空曠得寂然無聲。戎狄人無論如何不能相信，半個多時辰內兩百名騎士竟全數被傷被殺，而秦軍竟只是有傷無死。

四大單于臉色鐵青，狠狠盯住樗里疾，彷彿要活吞了這個滿臉木呆黑黑肥肥的秦商。樗里疾卻恍然大悟般叫了起來：「咳呀！這新軍小子們恁般厲害？單于郡守，跟他們再比！總要我族贏了才是！」

「呸！」赤狄單于怒吼，「你教戎狄丟人麼？還再比？」

單于郡守思忖良久，突然哈哈大笑道：「老客啊，說好的生死不論，戎狄人沒有信義麼？收兵！」

當天夜裡，單于郡守大帳裡的燈光亮了整整一夜。

第二日，四大單于親自宴請樗里疾與秦軍百人隊，連連誇讚秦軍騎士「天下無雙」，並向每個騎士贈送了一把戎狄短刀。單于郡守還親自在一張白羊皮上寫了「永做秦人，永守西陲」八個大字，指派特使與樗里疾同赴咸陽面見國君。

一場痛飲，秦軍騎士將自己的甲冑贈送給了戎狄的一百名勇士，人人換上了戎狄騎士的裸肩皮袍，惹得滿帳笑聲。樗里疾高興極了，出了兩千匹馬的大價，卻只「買」了五百匹戰馬。戎狄牧民高興得連呼「萬歲」！草原上一片歡聲笑語。

十日後，樗里疾馬隊帶著戎狄特使，趕著五百匹戰馬，浩浩蕩蕩地向東進發了。

剛過上邽（註：上邽，今甘肅天水西南），樗里疾就接到雍城縣令送來的祕密戰報：義渠國發兵叛亂，函谷關守將司馬錯率軍兩萬，正在咸陽北阪迎敵。

三、北阪痛殲牛頭兵

老甘龍第一次感到了不安。

三月頭上，到了約定日期，還沒有甘成的陰符傳回來，甘龍的心頭隱隱跳了幾次。倒不是擔心陰符被人截獲，那東西就是一片竹板上畫了長短不等顏色不同的一些線條，除了約定人自己，任誰也休想看懂。這陰符比陰書更為隱祕。陰書是「明寫分送，三發一至」，能傳達複雜的祕密命令；陰符則是「暗寫明送，一發抵達」，不怕截獲，但卻只能傳達簡單的信號——成了還是沒成、定了還是沒定等。甘成辦這種祕密要務特別穩妥，老甘龍從來沒想過辦事出了意外，諸如送陰符的人是否病倒中途等，那種意外甘成完全可以想到，而且有辦法克服。甘成的陰符杳無音信，只有一個可能，有人在針鋒相對地和他「對弈」，這件事本身出了意外。

老甘龍專門進宮走了一趟，任何異常也沒有覺察出來。國君嬴駟和他說了半個時辰的話，只是虔誠徵詢世族元老的「國是高見」。甘龍只含含糊糊地說，世族貴冑被商鞅害得太慘了，老秦人還是懷念秦國祖制。嬴駟則憂心忡忡地說，商鞅已經死了，事情要慢慢來，欲速則不達，要老太師多多斡旋，不要逼他，等等。末了還說到要晉升趙良為上大夫，輔助老太師理亂定國，徵詢甘龍意下如何。老甘龍一概地含糊其辭，不置可否。他從這位新君的眼睛裡看到的是無奈，是暗淡，心下長長地吁了一口氣。

按照他的預想，新君嬴駟應當是這樣的，否則，便是他大大地走了眼。

雖然如此，老甘龍還是決定提前發動「穆公定國之變」。這是他定下的事變名號——託穆公之名，引進戎狄，剷除新法，再將「殺戮亂國」的罪名加於戎狄而剿滅之。那時候，秦國就是老秦世族的，誰想推翻祖制都是癡心妄想。老甘龍不圖在秦國攝政，圖的就是光復穆公百里奚的王道大政。本來這件大事須當徐徐圖之，不能輕舉妄動。但是，甘成的陰符失蹤卻使他驀然警覺：目下這國君還在懵懂之中，他若轉而求助變法新派，豈非一切宏圖都要付諸東流？就眼下實力而言，秦國實權還是操在變法派手中，元老們雖然都恢復了爵位，但卻沒有一個人派定實職，縱然趙良要做上大夫是真的，也是遠水解不了近渴。當此之時，只要國君一轉向，一切都會毀於一旦；機會，機會稍縱即逝；沒有機會，老甘龍可以等待；有了機會，片刻的猶豫，也會招致永遠的悔恨。

這日夜裡月黑風高，一輛東方商人的轺車隨著人流駛出了咸陽北門，駛上了北阪松林。片刻之後，一騎駿馬飛出密林，在料峭春風中向北方的大山疾馳而去了。

半月之後，一個驚人的消息傳到咸陽——義渠國大牛首親率十萬大軍殺來了。對他來說，要思謀的只是甘龍終於鬆了一口氣。義渠國發兵，說明西戎的狂猛騎兵也就要到了。對他來說，要思謀的只是如何引導國君清理逆黨，理順朝局，同時防範戎狄亂兵不要毀滅了咸陽，重蹈鎬京之變的覆轍。老甘龍不再韜晦了，他穿起太師官服，一撥又一撥地接見元老貴胄，祕密部署著一件又一件大事。太師府儼然成了秦國軸心，聲勢比商君府主政時還要顯赫。這次老甘龍沒有進宮，他在等待，相信國君嬴駟會親自到來，敦請他出面定國。他相信，嬴駟一定會來。那時，他的安排將震驚天下——嬴駟將像周文王為姜尚拉車一樣，親自在脖頸套上馬具拉車，將他甘龍一直拉到咸陽宮門。

然則，三天過去了，嬴駟沒有露面。

這日正午，老甘龍正在與杜摯、趙良、孟西白幾人密商朝中大臣的任免，突然聽得府門一陣沉重急促的腳步聲，接著一聲高宣：「國君君書到——」杜摯趙良等驚訝得面面相覷。老甘龍哼哼冷笑幾聲：「好不曉事，不用理會他。」老甘龍號稱大儒，此刻說出這等有違禮法的話來，座中人人變色。正在此時，庭院中使者已經在逕自高聲宣讀君書：「大秦國君書：凡秦國臣工，聞書立即前往咸陽北阪，以壯我軍聲威。違書不前者，即行拘拿！」

「要我等觀戰？去不去？」杜摯輕聲問。

「義渠大兵到了？當真快捷！」趙良顯然很興奮。

孟西白三人陰沉著臉不說話，似乎心事重重。甘龍霍然站起，走到廊柱下對使者冷冰冰道：「回去，我等自然要去壯威。」

不想使者也冷冰冰回答：「不行。老太師必須立即登車。」又高聲向廳中喊道：「裡邊尚有何人？立即前往北阪，否則一體拘拿！」杜摯等人聞言出來，看看使者身後刀矛明亮威風凜凜的一隊甲士，甚話也沒說，便出門上馬向北阪去了。

甘龍思忖片刻，覺得事有異常，但一想到義渠有十萬兵馬，秦國充其量也就五萬多兵馬，心中頓時踏實，冷笑著登上軺車出了北門。老甘龍相信，塵埃落定之時，便是他與嬴駟算總帳的日子，一時屈辱何須計較。

咸陽北阪的陣勢，貴胄元老做夢也想不到。

北阪，是咸陽北門外的一道山塬，也是渭水平原北邊的第一道塄坎。從咸陽北門出來，一道十里長坡上到了塬頂，便是一馬平川赫赫有名的咸陽北阪。其時，渭水還沒有被引上北阪，塬頂除了一大片松林，便是莽蒼蒼平展展的林木荒原。義渠國兵馬從涇水河谷南來，北阪是攻取咸陽的必經之路。秦軍迎擊的地點，也正是選在這裡。

嬴駟接到樗里疾的快馬陰書，心中底定，對義渠的叛亂決意採取根除後患的殲滅戰。

還在商君赴刑之前，對世族勢力高度警覺的嬴駟，就已經通過堂妹嬴華，在各個元老重臣的府邸布下了祕密查勘的眼線。去年冬天，他接到密報——甘龍的長子甘成與杜摯的長子杜通祕密北上，意圖不明。嬴駟很是敏銳，立即察覺到這是世族元老要借用戎狄力量，逼迫自己廢除新法復辟舊制。嬴駟沒有急於行動，他在等待一個合適的時機。在樗里疾的西路出使沒有分曉之前，對咸陽貴冑與義渠國，無論如何也不能有任何行動。按照嬴駟的推測，隴西戎狄安定之後，咸陽世族可能改弦易轍，義渠國也一定會偃伏下來，那時候要引誘義渠出兵從而根除後患，還真得頗費周折。反覆權衡，嬴駟決定對隴西戎狄懾服的消息祕而不宣，看看咸陽貴冑與義渠大牛首如何作為。能誘發他們出動更好，誘發不成，再圖分而治之。

沒有想到，義渠竟舉族出動，十萬大軍向咸陽壓來！

義渠發兵，意味著咸陽世族沒有將嬴駟放在眼裡，要將他這個國君撇在一邊，要直接摧毀秦國新法了。那些老東西想的是，只要殺死變法派大臣，宣布恢復穆公祖制，新國君還不是他們鞭下的陀螺？想到這裡，嬴駟一陣冷笑，在他看來，這恰恰是一舉廓清朝局國政的大好機會，也是自己露出真面目贏得秦國民心的大好機會。此中關鍵，在於一舉殲滅義渠國的牛頭兵。嬴駟沒有帶兵打仗的經歷，說到軍事上，自然要倚重伯父嬴虔、國尉車英甚至還得加上將軍出身的上大夫景監。但嬴駟想得更多更遠，他要在處置這場特殊動亂中培植更年輕的真正屬於自己一代的才具之士，在國事板蕩中聚集未來的骨幹力量。樗里疾、司馬錯是商君生前特意推薦的兩個文武人才，一定要教他們在這場板蕩中顯出本色，能則大用，不能則早早棄之。嬴駟雖然相信商君的眼光，但還是要親自考量一番。畢竟，許多才具之士在風浪之中也有把持不定處。譬如趙良，也算是大名赫赫的稷下名士了，不也在風浪中不倫不類，被朝野嗤之以鼻麼？自古以來，才具卓絕而又風骨凜然者，畢竟鳳毛麟角。秦國所需要的，嬴駟所需要的，正是這種才具風骨之士，而不是趙良那種學問滿腹卻入缸必染的「名士」。唯其如此，嬴駟對樗里疾在商於的特立獨行，內心很是讚賞；不過他不能公然褒獎，只能佯裝不知罷了。目下，樗里疾祕密出使隴西已經大獲成功，證實了樗里疾確實是一個堪當大任的能臣。那司馬錯如何？一個出色的將帥，在當今天下可是第一等珍寶。

嬴駟大大破例，派出快馬特使，急召函谷關守將司馬錯星夜趕赴咸陽。

君臣五人會商時，嬴虔滿臉殺氣，申明必須一戰徹底消滅義渠，不留任何後患。至於如何打，他教國尉車英與上大夫景監說話。車英與景監都是謹慎周密的老臣，提出集中秦國五萬新軍，在涇水谷口伏擊義渠的萬全方略。最後，嬴駟看了看剛剛三十歲出頭的司馬錯，道：「司馬將軍以為如何？」

此時的司馬錯，只是一個函谷關守將，按軍中序列，只算得一個中級將軍。面前除了國君，都是秦國軍中的老一代名將，在尋常人看來，這裡根本沒有他說話的資格。可是，見國君垂詢，司馬錯一語驚人：「君上，司馬錯請兵兩萬，一戰痛殲義渠兵。」語氣卻平靜得出奇。一語既出，舉座驚訝。嬴虔沉聲斥責：「司馬錯，你與戎狄打過仗麼，兒戲一般。」車英倒是笑了笑：「司馬錯素來不是輕狂之輩，請君上、太傅聽聽他如何籌劃。」

「君上，司馬錯以為，國尉與上大夫之見，雖則萬全，卻失之遲緩。秦國新軍分駐西部散關，中部藍田、灞水，東部函谷關三處。全部集中到涇水谷口，至少得十日，定然貽誤戰機。其二，義渠所謂十萬大軍，乃舉族出動，徒有其表。真正的兵卒，也就兩萬左右。以我新軍戰力，藍田兩萬步騎足以痛殲，無須大動干戈。」

「決戰地點？」嬴駟目光炯炯。

「咸陽北阪。最利於騎兵馳騁。」

「何時？」

「三日之後。義渠兵正好抵達。」

「好！」嬴駟沒有絲毫猶豫，立即拍案定奪，「晉升司馬錯為前軍主將，率兩萬新軍，迎戰義渠！」

贏駟並沒有將北阪之戰當成一場尋常的戰爭，儘管從實力對比與戰國傳統來說，這確實是一場平淡的小仗。但在贏駟眼裡，這場北阪之戰卻是大大的不同尋常，根本處便在於它的震懾力與旗幟性。正因為如此，贏駟不但率領全體官員親臨戰場，形同國君親征，而且強令所有貴胄元老必須到北阪觀戰。

當老甘龍來到北阪時，被一名全身甲冑的宮廷內侍領到了靠近松林的一面山坡上。這面山坡正好向北，滿滿站著一大片鬚髮花白的貴冑元老，人人都陰沉著臉悄無聲息。見甘龍來了，太廟令杜摯悄悄擠過來低聲道：「老太師你看，王駕親征。」老甘龍冷笑一聲：「打完了再說。」手搭涼棚，瞇起了老眼向山塬瞭望。

時當初夏，廣闊的北阪山青草綠。秦軍兩萬已經列好了陣勢——中央是五千步兵列成的一個向內凹陷的弧形壁壘，當先的一道鐵灰色盾牌，就像是一道弧形鐵牆，在正午的太陽下閃爍著一片凜凜青光。弧形大陣的邊緣，立著一面高約三丈的「秦」字大纛旗，旗下一架高高的雲車，車上站著黑色斗篷的司馬錯；東邊西邊，各是兩個五千騎兵列成的巨大的黑色方陣；步兵的弧形陣地之後，整肅排列著一百輛戰車和一百面牛皮大鼓，戰車上站著的卻不是車戰將士，而是贏駟率領的朝中官員；戰車之後，卻只有一隊全副戎裝的內侍兵卒，竟沒有任何護衛大軍。

「膽子忒大！」當過戎右將軍的西弧低聲道，「一萬五對十萬？匪夷所思！」

「看看那邊，」曾經是車兵將領的白縉指著那列戰車笑道，「不要護衛大軍，五千步兵能擋住幾萬牛頭兵衝擊？有熱鬧看。」

只有不懂打仗的老甘龍臉色鐵青，一言不發。他覺得，今日這陣勢很是怪異。秦國新軍至少五萬，連同老軍加緊急徵召，湊集十萬大軍不是難事，為何今日只擺出了一萬五千新軍？有埋伏麼？還是去抄義渠國老窩了？大牛首啊大牛首，你可不能大意也……

正在思忖間，突聞北方沉雷滾動連綿不絕，須臾之間，那道遠遠的青色山梁上煙塵大起，一道黑線在煙塵下隱隱展開。隨著滾滾沉雷的逼近，煙塵變成了彌漫的烏雲，將正午的太陽也遮蓋了。煙塵下的那道黑線越來越粗，終於變成了漫山遍野的人潮與山呼海嘯般的狂野吼叫。遠遠望去，遍野都是牛頭人身，遍野都是彎刀閃亮。當先的一大片野牛狂奔著，絲毫不比戰馬的速度遜色。野牛身上的騎士，也都頂著牛頭，赤膊揮舞著彎刀，一片狂野吶喊。大片的野牛後邊，一面血紅色的大纛旗在風中舒捲，隱隱可見旗面的牛頭和旗下的車隊、馱隊與大片紅衣赤膊的長髮女人；東西兩翼，則是漫無邊際的牛頭步兵，他們縱躍跳躍吶喊呼叫，彷彿無數的山猴，其快捷不比當先的野牛陣落後多少；最後邊，則是潮水般的「農獵兵」，他們扛著斧頭、鐵耒、鋤頭、柴刀、木棍等各式各樣的兵器，趕著馬車（牛神是不能拉車的），呼嘯吶喊，追趕著前邊的大軍，將無邊的原野淹沒得昏黃。

南面的秦軍大陣靜如山岳，肅殺無聲，唯聞戰旗的獵獵風動。

堪堪將近兩箭之地，只聽義渠大纛旗下一聲大吼：「牛神在上，停——」轟轟隆隆的牛群竟在驟然間放慢了狂野的奔馳，湧動磨蹭到大約一箭之地，緩緩停了下來。前方的野牛騎士陣轟隆分開，中間擁出了那面大纛旗和騎在一頭怪牛身上的大牛首，花白的長髮散亂地披在肩上，手中一柄鋥亮閃光的長大銅刀揚起，突然沙啞地大笑起來：「嗨——我說老秦，就你這一疙瘩兵娃子，想擋住牛神財路麼？啊——」

「敢問大牛首——」一個聲音從高高的雲車傳來，分明還帶著笑意，「你的牛頭兵，列好陣勢了麼？」

大牛首驚訝地抬頭望去：「你是誰？要和牛神比試陣法？牛神打仗，只說殺法！」

「我，只是秦軍一員偏將而已。」雲車上的將軍高聲道，「和你比陣，你這牛頭兵配麼？大牛首聽仔細了：大秦國君在此，義渠投降，遷入關中，還來得及。否則，我這萬餘秦軍就與你野戰一場，只比殺法！」

「啊哈哈哈哈！」大牛首仰天大笑，「遷入關中？嬴駟碎崽子想得美！牛神偏要殺光秦人，報我義渠血海深仇！」說完大銅刀一舉，「牛神在上——兵娃子殺啊——」「嗚嗚嗚」的牛角號聲淒厲地四面吹起，轟轟隆隆的野牛與漫山遍野的牛頭人身兵吶喊著潮水般漫捲而來。

司馬錯在雲車上看得分外清楚，令旗一劈，一百面牛皮大鼓雷鳴般響起。中央的步兵大陣巋然不動，待野牛陣衝到五六十步的半箭之地，一片尖厲的號角響遏行雲。鐵盾後的弓弩手「刷」地站起，長箭如暴雨般射向野牛兵。秦軍步兵弓弩，都是特備的專門射穿皮革甲冑的長鏃箭，野牛目標極大，箭箭沒有虛發，野牛陣頓時「哞哞」慘吼，不是轟隆倒地，便是瘋狂回躥。秦軍射手訓練有素，每千人一個大弧形，共是五層，一層射出立即蹲身，後排續射，如此波浪起伏般銜接得毫髮無差，長箭暴雨般澆了過去。野牛陣被持續密集的箭雨始終逼在一箭之外，嗷嗷狂叫著硬是無法靠近。片刻之間，五六千頭的野牛陣大亂起來，自相踐踏，向四面山野瘋狂奔竄。

在強弩擋住野牛陣的同時，司馬錯兩面令旗同時東西一劈，第二通戰鼓再起。東西原野上，兩個騎兵大三角呼嘯殺出，捲向野牛陣後面的牛頭步兵。這是司馬錯謀劃的特殊戰法——強弓對野牛，鐵甲騎士對步兵。義渠國狂妄驕橫，仗恃的就是他們那防無可防的幾千頭野牛，戰馬騎士與野牛兵正面衝鋒對陣，驟然間還真是難分高下。一顛倒就大不一樣，野牛陣在秦國銳士的連排步兵弩面前毫無衝擊能力，散漫成習的牛頭步兵則根本不懂「結陣抗騎」的戰法，只是狂呼亂吼盲目拚殺，一時間分明成了秦軍鐵騎的劈殺活人靶。堪堪半個時辰，一兩萬牛頭步兵銳減大半，吼叫著向來路逃去。

此時，司馬錯一擺令旗，身邊三丈高的大纛旗大幅度地東西擺動。隨著大纛旗擺動，北方山塬後突然冒出一線散開隊形的黑色鐵騎，倏忽之間線形擴展，就像無邊的烏雲從天邊向義渠牛頭兵與最後的農獵兵壓來。南面的步兵大陣也發動起來，丟下弓弩，操起與人等高的鐵盾與厚背大刀，隨著戰鼓的隆隆節奏，如黑色城牆般向義渠兵壓了過去。南北夾擊，中間又有一萬鐵騎猛烈砍殺，義渠部族的「十萬大軍」眼看就要被徹底埋葬了。

這時，戰車上一直不動聲色的嬴駟卻突然向雲車上的司馬錯連連擺手。司馬錯似乎明白國君的用意，立即下令，大纛旗緩緩擺動，十面巨大的銅鑼也「噹——噹——」地響了起來。這是軍法上的「鳴金收兵」。片刻之間，北阪原野上的秦軍停止了衝鋒廝殺，緩緩撤向戰場邊緣。

突然，百輛戰車旁一騎飛出，黑色戰馬黑色斗篷，宛如一道黑色閃電，直插義渠大纛旗而去。遙遙可見騎士頭上的銅面具與手中彎月形的長劍閃爍生光，瞬息之間逼近了那面牛頭大纛旗。千軍萬馬驟然愣怔，誰竟敢違抗軍令獨騎衝殺？未待四野軍兵與秦國君臣緩過神來，便聽義渠人海中一聲蒼老的慘嚎，黑色閃電又飛了回來，手中提著一顆血淋淋的白髮人頭！

嬴駟沉重地歎息了一聲：「公伯何其魯莽也！」

銅面具騎士提著血淋淋的白髮人頭，飛馬繞著戰場高呼：「義渠大牛首，被俺嬴虔殺了！這就是找秦人復仇的下場！義渠不降，全部殺光！說！降也不降？」

沒有任何人號令，義渠人漫山遍野地跪倒哭喊：「義渠降了——降了——」

四、咸陽老世族的最後時刻

北阪之戰，對貴冑元老不啻炸雷擊頂。

這些元老雖然都曾經有過或多或少的戰場閱歷，但在變法的年代裡，都早早離開了軍旅，離開了權力，對秦國新軍已經完全不熟悉了。況且，時當古典車戰向步騎野戰轉化之時，軍旅的裝備，打仗的方略，甚至傳統的金鼓令旗，都在迅速發生變化。二三十年的疏離，完全可以使一個老將變成軍事上的門外漢。他們熟悉義渠國這種傳統野戰的威力，還記得當年秦國的戰車奈何不得這聚散無常的牛頭兵，否則，義渠國可能也早被秦國徹底吞沒了。但是，元老們卻不熟悉秦國新軍。在他們眼裡，新軍就是取消了兵車、變成了騎兵步兵而已，能厲害到何處去？看到義渠牛頭兵漫山遍野壓向北阪，而秦軍只有三個五千人方陣時，他們都以為一萬多對十萬多，義渠縱然戰力稍差，也是勝定無疑。尤其是孟西白族人與那些舊時將軍出身的元老們，早已在津津評點秦軍的缺陷了。

「雲車上是誰？還說和人家野戰？」

「義渠牛頭兵，野戰老祖宗。誰不知道？」

「完了完了，嬴駟這小子完了！」

「何能不完？連個大將都沒有！老秦國幾時弄成了這樣？」

「老太師，義渠兵蠻勢得很，將來難弄，誰能打敗大牛首？」

那時候，這群貴胄元老已經不是老秦人，而是觀戰使團了。當野牛陣在「哞哞哞」的連天吼叫中壓過來的片刻之間，元老們一片驚呼：「哎呀——野牛陣太狠了！」一片悲天憫人的哀歎，卻分明滲透出無法抑制的狂喜。可驚呼未了，那舒心的笑意就驟然凝固了。秦軍步陣弓弩的威力教他們目瞪口呆，秦軍鐵騎摧枯拉朽般的衝鋒殺傷，使他們心痛欲裂，北方山野冒出來抄了義渠後路的那支黑色鐵騎，更教他們欲哭無淚。貴胄元老在義渠人遍野的慘叫哭喊與鮮血飛濺中，死一樣的沉寂了。及至嬴虔閃電般殺了義渠國大牛首，被殺怕了的義渠人茫茫跪倒時，元老們大都軟癱在了山坡上。

老甘龍幾乎變成了一根枯老的木樁。整整一天一夜，不吃不喝不睡，一個人在後園石亭下呆呆地望著蒼穹星群的閃爍，望著圓圓的月亮暗淡，望著紅紅的太陽升起。家老輕悄悄走來稟報說，大公子甘成被山戎單于押解到了咸陽，國君卻派人送到太師府來了，大公子渾身刀劍傷痕，昏迷不醒……老甘龍依然木樁一樣佝僂著，沒有說話。

夜晚再次來臨，老甘龍進了浴房，開始了齋戒沐浴。這是一種古禮，在特別重大的事情之前盡戒嗜欲潔淨身體，此所謂「齋戒以告鬼神，潔身以示莊敬」。老甘龍本來就欲念全消，此刻更是平靜，枯瘦如柴的身子泡在碩大的木盆中，淹沒在蒸騰的水霧中，竟恍恍惚惚地睡去了……隱隱約約的，外邊有杜摯的哭聲和哄哄嗡嗡的說話聲，良久方散。可是，老甘龍還是沒有出來。

三日後的清晨，老甘龍素服隻身來到了咸陽宮的殿下廣場。他從容地展開了一幅寬大的白布，肅然跪坐，抽出一柄雪亮的短劍一揮，齊刷刷削去了右手五根指頭。看著鮮血汩汩流淌，老甘龍仰天大笑，揮起右手在白布上大書——穆公祖制，大秦洪範。費力寫完，頹然倒在了冰冷的白玉廣場。

及至老甘龍醒來，周圍已經全是素服血書的貴胄元老。他們打著各種各樣的布幅，赫然大書：「棄我祖制，天譴雪災」！「新法逆天，屬國叛亂」！「貶黜世族，殷鑒不遠」！如此等等。一片白衣，一片白髮，倍顯悲壯淒慘。

消息傳開，國人無不啞然失笑，紛紛圍攏到廣場來看稀奇。在老秦人看來，突如其來的那場驚雷暴雪，無疑是上天對誅殺功臣的震怒，對商君的悲傷。如今，卻竟然有人說這場暴雪是上天對放棄「祖制」的譴責，當真離奇得匪夷所思。看來這天象也是個麵團團，由著人捏磨，到誰手裡都不一樣，尋思著便哄哄嗡嗡地議論，有的竟高聲叫罵起老天來。

正午時分，元老們向大殿一齊跪倒，頭頂請命血書齊聲高呼：「臣等請命國君，復我穆公祖制——」

殿閣巍巍，沒有任何聲息。本來異常熟悉的秦國宮殿，此刻對於貴胄元老來說，卻如同天上宮闕般遙遠。北阪大戰後，國君本來要召見他們，可那時卻沒有一個能夠清醒地站出來說話的元老。他們眼看著國君輕蔑地笑了笑就走了，那真是令人寒心的笑。今日，無論如何也不能喪節屈志，要拿出老秦人的風骨，要讓朝野盡知：世族元老別無所求，要的就是穆公祖制。

嬴駟的書房，正在舉行祕密會商。

對於世族元老的請命舉動，嬴駟並無太大壓力。他所思謀的是，如何利用處置元老請命而一舉恢復自己在國人心目中的地位，如何使這場國是恩怨就此了結。要達成此等目標，就不是他一個人一道君書所能解決的了，他必須與應該參與的所有相關力量聯手。

雖是初夏，早晨的書房裡還是有些涼氣，燎爐裡的木炭火也只是稍稍小了一些。嬴駟抄起鐵鏟，熟練地加了幾塊木炭。他在這種小事上從來有親自動手的習慣，尤其在和大臣議事的時候，內侍僕役從來不能進來，瑣細事務都是自己做，顯得很是隨和質樸。加完木炭，他看了看在座臣子笑道：「還有互不相熟者，我來介紹一番。上大夫、國尉盡皆知曉，無須多說。這位乃公伯嬴虔，這位乃函谷關守將司馬錯將軍。剛趕回來的兩位，文員乃商於郡守樗里疾，將軍乃前軍副將山甲。諸位奉書即到，嬴駟甚覺快慰。今日，世族元老要恢復穆公舊制。諸位之見，該當如何處置？」

樗里疾、司馬錯與山甲三人，一則爵位官職較低，二則剛匆匆趕到，所以都沒有說話。景監、車英則因為是朝野皆知的商君臂膀，答案不問自明，所以也沒有說話，只是看著國君嬴駟。殿中沉默有頃，公子虔淡淡道：「人同此心。我看君上就部署了。」

「正是如此，人同此心！」樗里疾突兀開口，聲音響亮得連自己也嚇了一跳。

「噢？」嬴駟笑了，「人同何心啊？」

「剷除世族，誅滅復辟！」樗里疾毫不猶豫地回答。

「樗里卿皂白未辨，何以如此論斷？」嬴駟還是笑著。

「嘿嘿嘿，不除世族，無以彰顯天道，無以撫慰民心。」

「司馬錯、山甲二位將軍，以為如何？」

「人同此心！」兩員將軍同聲回答，精瘦的山甲還加了一句，「早該如此。」

「上大夫，國尉。」嬴駟輕輕地歎息了一聲，「不要有話憋在心裡，說。」

車英驟然面色通紅，高聲道：「君上，臣請親自緝拿亂臣賊子！」

景監陰沉著臉道：「臣請為監刑官，手刃此等狐鼠老梟！」

「公伯以為如何？」

蒙著長大面罩的嬴虔身子不自覺地抖了一下，聲音卻很是平淡道：「為國鋤奸，理當如此。」

「好。」嬴駟輕輕叩了叩書案，「山甲將軍輔助國尉，樗里疾輔助上大夫，其餘刑場事宜，司馬錯將軍籌劃。也該了結了。」

會商一結束，車英帶著山甲立即出宮，調來五百步卒五百馬隊。車英派山甲帶領大部軍兵去世族各府拿人，一個不許走脫。自己卻親自帶了兩個百人隊來到廣場。老貴胄們正在涕淚唏噓地向著宮殿哭喊，突聞鏗鏘沉重的腳步，不禁回頭，卻是大驚失色——車英手持出鞘長劍，正帶著一隊甲士滿面怒色地大步逼來。

「你，你，意欲何為？」杜摯驚訝地喊了起來。

「給我一齊拿下！」車英怒喝一聲，長劍直指，「國賊豎子，也有今日！」

杜摯嚇得踉蹌後退，正巧撞在一個甲士面前，立即被扭翻在地結結實實捆了起來。一時間，蒼老的吼叫接連不斷，百餘名元老貴胄統統被捆成了一串。只剩下枯瘦如柴鬚髮如雪的老甘龍，甲士們卻難以下手，只怕捆壞了這個老朽，殺場上沒了首犯。車英大踏步走了過來，盯住渾身血跡斑斑的老甘龍，冷冷笑道：「老太師，想甚來？」

「豎子也，不可與語。」老甘龍閉上了眼睛。

「老賊梟！」車英一聲怒吼，劈手抓住甘龍脖頸衣領一把拎了起來，又重重地摔到地磚上，「捆起來！這隻賊老梟，撞石柱，割耳朵，斷手指，照樣害人，死不了！」變法後的秦國新軍中平民奴隸出身者極多，對變法深深地感恩，對舊世族本能地仇恨，今日拘拿逼殺商君的老貴族，本來就人人爭先，要不是怕殺場沒了主犯，豈容老甘龍自在半日？此時一聽國尉命令，兩名甲士大步趕上，將地上猥瑣成一團的老甘龍，一繩子狠狠捆了起來。

一個月後，秦國大刑，刑場依舊設在渭水河灘。

圖謀復辟的世族八十餘家一千餘口男丁，全數被押往渭水刑場。依嬴虔的主張，株連九族，斬草除根，殺盡老世族兩萬餘口。可是嬴駟斷然拒絕了，在這種斡旋權衡的大事上，嬴駟向來是極為清醒的。他相信，只要除掉頑固元老嫡系的成年男丁，就足以穩定大局，物極必反，太狠了只能傷及國家元氣。

消息傳出，舉國震動。老百姓們從偏遠的山鄉絡繹不絕地趕到咸陽，都要看這為商君昭雪的天地大刑。關中的老秦人更是拖家帶口，趕大集一般從東西官道流向咸陽城南的渭水草灘。六國特使也匆匆趕來了——這是秦國的大事，但六國卻都擔著干係，當初逼殺商鞅，六國都是對秦國強硬施壓的。如今秦國又要翻個個兒，會如何對待原先這筆舊帳？山東六國心中忐忑不安，都覺得這是件摸不透的棘手事。如今的秦國不是從前了，誰願意輕易開罪這個強鄰？

時當初夏，東西十多里的渭水草灘一片碧綠，此刻變成了人山人海。聰明的商人們乾脆將雜貨帳篷搬到了草灘，農人們趁著看熱鬧，還買了夏忙農具鹽鐵布帛等，一舉兩得，生意分外紅火。然最引人注目的，還是那逶迤數里的酒肆長案。咸陽的有名酒家全都在草灘擺開了露天大排案，包紅布的酒罈黑壓壓地望不到邊。其中最有聲勢的，是魏國白氏渭風古寓的露天酒肆，一溜三排木案長達一裡餘，各種名酒擺得琳琅滿目，大陶碗碼得小山一般。但有祭奠商君者，饋贈美酒，分文不取。人們本來就喜氣洋洋，有酒更是興奮。長案前人頭攢動，灑酒祭奠者川流不息。已經是鬢髮灰白的白門總事侯嬴，親自督促著僕役們，為每一個祭奠商君的秦人斟酒，忙得滿頭大汗，卻是樂此不疲。

到得午時，一陣大鼓沉雷般響起，人山人海呼嘯著湧向高處的河岸土包。一千多人犯被甲士們魚貫押進了刑場中央。為首者，正是白髮蒼蒼的甘龍。人犯所過之處，無不騰起一片怒吼：「誅殺國賊——殺——」本想赳赳赴刑以彰顯骨氣的老甘龍，在萬千人眾的憤怒喊殺中，不由自主地低下了一顆白頭。時至今日，他才知道「國人皆曰可殺」這句古語的震懾力，一股冰涼的寒氣滲透了他的脊梁，一切賴以支撐的氣息都乾涸了。踉蹌幾步，他癱倒在草地上，再也無法挪動半步了。挾持的兩名甲士一陣緊張，生怕他被嚇死在這裡，不由分說，架起老甘龍飛步來到行刑椿前，緊緊捆在高大的木樁上，使這個最為冥頑的老梟不至於軟癱下去。

人犯就位，身穿大紅吉服的監刑官景監在土臺上高聲宣道：「大刑在即，朝野臣民，聽國君訓示——」

國君要出來麼？這是誰也沒有想到的。人山人海，頓時安靜了下來。

刑臺中央緩緩推出了一輛高高的雲車，嬴駟的聲音彷彿從天上飄向河谷草灘，從來沒有這樣高亢：「秦國朝野臣民們：本公即位之初，國中老舊世族勾連山東六國，逼殺商君！又勾連戎狄部族，圖謀復辟！賴朝野國人之力，秦國得以剿滅義渠，擒拿復辟國賊，為商君昭雪！從今日起，秦國恪守新法，永久不變！大秦國人，當萬眾一心，向逼殺商君的山東六國，復仇！」

黑茫茫山海般的人群振奮了。此刻，還有什麼能比國君親自出面說明真相，並為商君昭雪更能激動人心？一片連天徹地的歡呼聲，頓時彌漫在河谷草灘：「國君萬歲！」「新法萬歲！」「向六國復仇！復仇——」

被綁縛在刑樁上的甘龍抬起了頭，目光死死盯住了高高的雲車，卻一句話也喊不出來。

最為震驚的還是臺上觀刑的六國特使，最不願意看到的事情恰恰發生了——秦國國君當著萬千國人，竟公然將誅殺商鞅的罪責推到了六國頭上！當此之時，誰能辯駁得清白？更何況，當初還有「請殺商君書」留在秦國。可那是「請殺」，如何竟變成了「逼殺」？特使們慌亂地交頭接耳，一個個面色蒼白。看來，老秦和山東六國這血海冤仇是結定了。

又是一通大鼓，景監一劈手中令旗，高聲喊道：「行刑——殺——」

一片刀光閃亮，碧綠的草灘上滲出了汩汩流淌的紅色小溪，渭水又一次變紅了。

渭水南岸，正有一騎快馬飛來。馬上騎士的紅色斗篷飛動如一團火焰，望著北岸刑場的人山人海，他突然勒馬，哈哈大笑：「好好好！」一飛馬向渭水白石橋飛馳而來。

五、犀首挾策入咸陽

嬴駟大為振作，大半年來壓在心頭的鬱鬱之情，冰化雪消了。

國政大局終於在謹慎斡旋中穩定了下來。誅殺商鞅、平息戎狄、剷除世族、恢復民心，一番作為環環相連，任何一件事出了差錯都可能導致秦國崩潰。他居然在連貫行動中有驚無險，不能不教他感謝上蒼。然最令嬴駟欣慰感奮的，還是大刑場上民眾之心的回復。車裂商君後本來已經是朝野冰冷民心盡失，然則一舉誅殺復辟世族的鐵腕壯舉，卻使秦人大大出了一口惡氣，復仇的快感將壓抑的積怨沖洗得乾乾淨淨，最難得的民心終於安然歸來，當真令人匪夷所思。嬴駟不失時機地在刑場申明了「逼殺商君」的兩大罪魁，將自己完全開脫了，將民眾完全征服了。這是他最為得意的權力大手筆。他知道，終會有人罵他卑鄙，可是只要能爭取到民心，能使他權力地位穩固，能使他推進秦國大業，能使他成為青史留名的不朽君主，些許唾罵指責實在是微不足道；運用權力縱橫捭闔的滋味真是特異，那是芸芸眾生所無法企及的一種另類境界；只要用權有道，國君永遠都是天理正義的同義語——誅殺世族沒有錯，平息叛亂沒有錯，車裂商鞅也沒有錯。作為國君，只要堅持新法，教民眾富裕邦國強盛，民眾對上層權力場中的血腥犧牲就永遠不會耿耿於懷。畢竟，民眾是最實在的。

秦國終於真正掌握在自己手中了。可是，下一步如何？

想到往前走，嬴駟心裡總有些不踏實。自己要成為像公父那樣的偉大國君，就必須在自己手裡將秦國變成天下第一強國，變成唯一霸主。否則，自己必將湮沒在公父與商君的身影裡，史冊將把他變成「殺人有術，治國無方」的乖戾君主。可是，如何向前走呢？危機消除了，朝局穩定了，需要在更大的天地裡把握秦國方向時，嬴駟第一次感到了自己才智的匱乏，第一次感到了茫然。公父有商君，自己有何人？說到底，只有公父與商君那樣的君臣結合，才是成就大業的氣象：商君全力處置國事政務，公父一力化解各種內部危機，精誠同心，相輔相成，才使得秦國在二十年餘中變法成功，徹底地脫胎換骨。嬴駟思忖，在穩定朝局方面的才能魄力，自己並不比公父差，自己所缺乏者，就是一位像商君那樣的乾坤大才做丞相。商君用過的那些老臣子，如上大夫景監、國尉車英者，雖忠心可嘉，卻都不是乾坤之才也。

這樣的大才，可遇不可求。

正在乍暖還寒的時節，景監、車英兩老臣一齊呈上了辭官書，請求歸隱林泉。兩人的理由幾乎也都一樣：「內憂已除，叛亂已平，朝局穩定，老臣心力衰竭，無能輔政，請歸林下，以利後進。」嬴駟一看，頓感一股壓力沉甸甸地擱在了肩上。

思忖良久，嬴駟斷然拍案，准許上大夫景監與國尉車英辭官退隱。甚至沒有預聞伯父嬴虔，嬴駟就頒布了公室君書，賞賜兩位老臣各千金，一個月內將公事交割完畢，即許離開咸陽。君書一發，朝臣譁然，以為新國君又要對「商君餘黨」動手。商君時起用的大臣、郡守、縣令都是一陣緊張。有臣工惶惶然問計於嬴虔，嬴虔大笑道：「諸公且大放寬心，老臣請辭，新銳必進，與新法何涉耶！」

嬴虔沒有料錯。新君嬴駟所想，正是以老臣請辭為契機來盤整朝局。景監是上大夫，商君後期實際主持日常國政的中樞大臣；車英是國尉，掌握著軍政實權；兩人一文一武，執掌了秦國樞要。嬴駟要有任何出新舉措，都不可能越過這兩根梁柱。嬴駟不乏識人眼光，絲毫不懷疑兩位老臣的忠誠，但卻總覺得很是彆扭。他們對商君，有一種近乎對尊神一樣的景仰，處置國務言必稱「商君之法」而不越雷池半步，與嬴駟更上層樓開創自己功業的宏圖大志，總是有所疏離。因了知道這兩人早有辭官之意，嬴駟也就沒有急於動手轉移權力；今見兩人同時請辭，商鞅的陰影又在他心頭隱隱遊移，仔細思量，此事只在遲早，何不順水推舟，自己的新朝新功也好早日開始？主意一定，當即實施，而且一如當年商君說公父變法之名言「大事賴獨斷而不賴眾謀」，竟連伯父嬴虔也沒有與之商議。嬴駟向秦國朝野發出了一個威嚴的信號：最高權力牢牢掌握在國君手裡，任何人也不能動搖。

這時，內侍報說：商於郡守樗里疾求見。

嬴駟恍然笑道：「等這黑子，黑子便來，快請他進來。」

樗里疾並沒有接到召見君書，是自己找進宮的。從隴西回到咸陽，樗里疾嗅到了一股改朝換代的氣息。他雖是一方諸侯，但畢竟只是地方臣子，加之疏於結交，在咸陽幾乎沒有一個可通肺腑的至交，與官員碰面也是無甚可說。憑著自己的直覺，他覺察到了彌漫官場的那種難以言傳的惶惶之情。按照職責管轄，他照常到上大夫府邸覆命，要備細稟報隴西之行的經過，要向國府提出安撫戎狄部族的新謀劃。接待的吏員們卻神不守舍，他請見上大夫景監，掌書卻是虛於應酬不接話，硬是沒聽見。樗里疾心中明白，也打著哈哈離開。如此大事，總不能沒有個交代，於是他只有直接到宮城請見國君了。

「樗里卿西出辛勞，居功至偉。」嬴駟一臉淡淡的微笑，卻突兀問道，「聞得卿多年鰥居，何故啊？」

樗里疾實在想不到國君劈頭就問這件事，笑道：「臣欲備細稟報隴西之行。」想迴避開這個話題。

「隴西之行，我已盡知，回頭再說。」嬴駟笑道，「今日就說你家室之事。」

「嘿嘿嘿，此事無關痛癢，何勞君上過問？」樗里疾黑臉變成了紅臉。

「何謂無關痛癢？」嬴駟臉上雖笑語氣卻是認真，「今日，本公要助卿成婚也。」

樗里疾連忙拱手作禮：「多謝國君美意。然則，臣與亡妻情意篤厚，尚無續弦之心。再說了，嘿嘿，我這黑肥子，哪家女子嫁我，都是暴殄天物。」

粗魯的自嘲卻點綴著高雅的詼諧，嬴駟不禁大笑：「樗里疾呀樗里疾，虧你說得出，黑肥子？暴殄天物？不不不，男兒鰥身，才是暴殄天物，啊哈哈哈哈……」向來不苟言笑的嬴駟，破天荒大笑起來。

「嘿嘿嘿，黑肥子殊非天物，暴了也罷。窈窕淑女，可惜了人家。」樗里疾臉色通紅，說得期期艾艾，神情大是滑稽。

嬴駟更是樂不可支，笑得伏在書案上咳嗽起來，須臾平靜，臉上猶是忍俊不禁道：「樗里疾不許抗命，三月後成婚。窈窕淑女，不用你黑肥子操心了。要許身國事，豈能沒有家室根基？」

「君上，這這這，不是甩給黑肥子一個大包袱麼？」樗里疾急得無所措辭，紅著臉狠狠心道，「臣無才無行，無意做官，只想回歸故土，做個隱士。」

嬴駟驚訝地看著樗里疾，突然又是大笑：「黑肥子也欲辭官？不准！你又奈何？」

樗里疾一臉沮喪，思忖一陣，嘿嘿笑道：「君上，樗里疾舉薦一個棟梁大才，換下我這根綠葉朽木，國君意下如何？」

「噢？大才？姓甚名誰？現在何處？」

「此人三日內必到咸陽。國君若重用此人，便是准了臣之請求。」

「若不重用？」

「臣便甘做綠葉朽木。」

「好！」嬴駟陡然拍案正色道，「棟梁到來之前，著綠葉朽木樗里疾暫署上大夫一職，即日任事。」

「國君，這，這如何使得？」樗里疾欲待長篇大論，國君嬴駟卻揚長而去。樗里疾頓時僵在廳中，懵懵懂懂，東張西望起來。正在這時，只聽一陣笑聲，一個戴著面紗的白髮黑衣人從帷幕後走出道：「上大夫，別來無恙？」

「你？」驚訝之間樗里疾恍然大悟，「樗里疾，參見公子。」

嬴虔揶揄道：「頃刻之間有了高官嬌妻。好個綠葉朽木，分明要開花了。」

樗里疾大為窘迫道：「公子何當取笑？樗里疾並未應承。」

嬴虔冷笑道：「自詡無行，卻偏偏跟一班老朽邯鄲學步，也鬧著辭官做隱士，博取清名。還有我老秦人本色麼？」

樗里疾已經平靜，淡淡笑道：「言行發自本心，何須邯鄲學步？」

「樗里疾，可知曉何人舉薦你麼？」嬴虔看他油鹽不浸地蔫笑，突然正色道。

「舉薦樗里疾者，可謂有眼無珠。」樗里疾淡淡頂了一句。

嬴虔一陣冷笑：「樗里疾，好大膽子！商君難道是有眼無珠之輩麼？」

樗里疾大為驚訝，繼而搖頭大笑：「公子高明，樗里疾佩服了。」

嬴虔卻沒有笑，黑色面紗後面是低緩認真的語調：「樗里疾，莫以為我抬出商君糊弄你。嬴虔雖與商君有私恨，卻無公仇。說到底，國君也是如此。」嬴虔深深地歎息了一聲，「極刑商君，一則是私恨使然，一則是商君自請服刑使然。否則，僅是你那個商於郡，就可保商君性命無憂，加上朝野鼎沸，國君如何殺得了商君？然則，商君極心無二慮，盡公不顧私，自覺赴死方可化解秦國危機，方可維護新法。唯其如此，商君臨刑之前在雲陽國獄，與國君有過一次密會長談，交代了身後一應大事。就是在那一次，商君舉薦了你樗里疾，還有函谷關守將司馬錯。否則，國君如何能召你二人緊急入咸陽，參與攘外安內之重任？商君之心，本望你拋卻私情，大局為重，做新君維護新法的股肱之臣。誰想你樗里疾，卻斤斤計較於國君與嬴虔的一德之失，耿耿於商君的一己知遇之恩，在秦國最需要良臣支撐的時候，卻步人後塵，僅求良心自安。如此器局，豈非大大寒了商君之心？負了國君厚望？」一席話坦率之極，赤裸裸毫無遮掩，對自己甚至對新君都做了深重的貶斥，可謂堂堂正正，大義凜然。

樗里疾不禁大為震撼，良久沉默，肅然長躬道：「樗里疾，謹受教。」

次日，嬴駟舉行了平亂後的第一次朝會，頒布書令：樗里疾職任上大夫，總署國政；司馬錯職任國尉，掌秦國軍務並統領新軍；公子嬴虔仍居太傅，晉爵一級；所有郡守縣令晉爵一級，原職不動。此時，靠世襲爵位在國居官的秦國老世族已經悉數清除，商君時期的變法新銳也經過了一番整肅，國中人人振作，朝局重新煥發出一片勃勃生機。

一番部署安頓完畢，正要散朝，內侍總管匆匆稟報：「宮門有一士子求見，自稱魏國犀首，說有長策獻於秦國。」

「犀首？」嬴駟驚訝地看著樗里疾，「可是樗里卿所說之人？」

「正是。」樗里疾道，「此人本名公孫衍，師楊朱之學，自稱天下第一權變策士；曾在魏國、楚國、趙國奔走任職，屢次擊敗官場對手；人言如犀牛之首，銳不可當，故犀首名號多為人知，本名反倒湮滅無聞。臣與此人曾在隴西不期而遇，勸他入秦效力。」

「好！請先生上殿。」嬴駟大有順風行船天授予人之感，很是振奮。

片刻之間，一個英氣逼人的中年名士疾風般進得殿來，一領大紅斗篷，散髮無冠，長鬚連鬢，眾人眼前頓時一亮。此人進殿來四面一掃，人人都領略了那雙炯炯生光的眼睛。只見他快步上前，深深一躬：「山東犀首，參見秦王——」

殿中頓時一驚。嬴駟頗有不悅：「本公並未稱王。先生何意耶？」

犀首朗聲道：「此乃犀首獻給秦國之第一策：立格王國。」

「果然犀利，要言不煩。」嬴駟淡淡笑道，「總該有一套說辭也。」

犀首站在大殿中央，拱手環視一周：「天下四王，周、魏、齊、楚。周不足論，魏正衰落，齊亦日過中天，楚則底蘊有差。唯秦之元氣，旭日東升。守定一個公國，如何激勵國人雄心？如何震懾山東六國？犀首斷言，欲得中原逐鹿，先須正名稱王！」

殿中一片沉默，對這突兀的「長策」一時反應不靈。樗里疾覺得不能總教國君直接應對而無迴旋餘地，一拱手笑道：「先生長策，不妨一併講出，國君方有參酌。」

犀首傲然大笑道：「好！犀首長策乃十六字：正名稱王，東出爭霸，中原逐鹿，一統天下。」

「楊朱之學，拔一毛利天下而不為。先生為秦國謀劃，所為何求？」樗里疾知道此人從不隱藏自己，欲弄清他的想法。

「樗里疾當真可人也。」犀首笑容中頗帶揶揄之色，「人不為己，天誅地滅。楊朱一派主張利己，卻不主張損人。策士為邦國謀劃，邦國得利，自然要授策士以高官厚祿，此為兩利不損，天下正道也。天下熙熙，皆為利來；天下攘攘，皆為利往。舉凡士子，誰不為名利而來？除了高官重爵，犀首豈有他哉？」一番說辭，舉殿臣工都驚訝得睜大了眼睛，人人面紅耳熱心頭亂跳。

嬴虔卻忍耐不住，冷冷笑道：「然則，先生能為秦國帶來何等好處？大而無當的十六個字，就換得了高官重爵？」

這在常人看來很是刻薄的問話，犀首卻沒有絲毫難堪，微微一笑道：「十六字為綱，綱舉目張。至於如何使秦國謀得大利，自當另有謀劃，秦公請看——」瀟灑地一撩斗篷，從隨身牛皮袋中抽出一卷竹簡，右手一拍，「王霸之圖，俱在其上也。」

「先生可否見告？」嬴虔冷冷道。

犀首揶揄笑道：「長策可白，細策不宣。此乃權變之要，太傅當真不知？」嬴駟一直在沉思默想，此刻突然拍案高聲道：「書命：犀首為秦國上卿。散朝。」在朝臣驚詫的目光中，神祕的犀首隨著國君大步去了。

當天夜裡，嬴駟召來公伯嬴虔、上大夫樗里疾、國尉司馬錯三人，一起為犀首接風洗塵，聽犀首解說他的王霸細策，直到三更，方才將正題談完。

嬴駟始終沒有表現出犀首所期待的興奮與震驚，凝神傾聽之外只是默默思忖。倒是正題談罷，樗里疾請犀首說說天下策士，嬴駟才高興地不斷詢問起來。秦國君臣自孝公病危商君處刑以來，兩三年之中危機不斷，無暇旁顧，對中原情勢已感生疏。犀首講述的山東策士崛起的消息，的確使他們感到新鮮興奮。

犀首說，近年來，諸子百家中出了一個策士流派。這個流派的士子很是奇特，各家弟子都有，無分原本所修習的學問，只是專一地鑽研揣摩列國形勢格局，遊說諸侯，為所嚮往的邦國謀劃王霸之策。犀首說，他自己就是「楊朱策士」，即楊子門下的策士名家。齊國的稷下學宮，敏銳地看到了策士無可限量的勢頭，已經有名家大師專門教習弟子「策士之學」了。其教習有兩大特異處：一則，不再單一地修習某家學問，而是融諸子百家於一體，摘其強國富民與邦交縱橫部分，混成策士的「合體學問」；二則，策士以錘鍊辯才為增長才幹的主要方式，常懸重賞激勵連戰獲勝的辯士；稷下學宮的莊辛、魯仲連、觸龍、辛垣衍等少年銳士，已經很有策士才名了。說到末了，犀首信心十足地預言：

「未來之戰國，將是策士之風雲叱咤，不再是法家之變法稱雄！」

「如此說來，目下之策士氣候，尚在發軔之初？」嬴駟似在推測，又似在詢問。

「不然。」犀首大手一擺，「策士氣候已經形成。一則是真正的新銳策士已經出山，二則是戰國變法浪潮已過，天下均勢已經形成。爭霸逐鹿，正當策士謀國之時。」

樗里疾笑道：「先生所言『真正的新銳策士』可有所指？莫非先生自詡？」

犀首爽朗大笑：「非也非也。國君、諸公，可知鬼谷子其人？」

「鬼谷子誰人不知？」樗里疾悠然一笑，以問作答。

「只怕諸公只知其一，不知其二。」犀首正色道，「世人皆知鬼谷子高深莫測，前有李悝、商鞅為法家弟子，後有孫臏、龐涓為兵家弟子。然卻沒有人知曉，這位高人於二十年前，已經開始雕琢策士弟子了。也是兩個，諸公可知？」犀首露出一絲神祕的笑意。

這個消息當真意外。眾人一齊驚訝搖頭。嬴駟急迫問：「兩人是誰？」

「蘇秦、張儀。」犀首一字一頓，分外清晰。

「蘇秦、張儀？何國人氏？」嬴虔淡淡問。

「洛陽蘇秦，安邑張儀。」

「先生以為，蘇秦張儀，較之先生如何？」樗里疾似乎漫不經心。

「唯聞其名，未見其人，教我這天下第一策士如何作答？」犀首驟然一本正經。話未落點，座中君臣已是同聲大笑。

第二章 山東雄傑

一、洛陽蘇莊的故事

二月初，冰雪消融，草木泛綠。

洛陽王畿耕牛點點，沉寂的原野上終於有了些許生機。

不知從哪一年起，周王就再也沒有親自舉行過春耕大典。每年都是太子或丞相代為扶犁啟耕，年復一年，二月初旬的春耕大典也就成了一個虛應故事。在蒼龍抬頭的二月，王畿國人再也沒有了「一年之計在於春」的奮發勤耕。這一片明媚的春光，也僅僅成了結束窩冬的一個節令而已。郊外王田的啟耕儀式冷清寂寥，幾乎沒有國人再去聽那肅穆祥和的〈周頌〉，去看那陳舊鋪排的天子儀仗。家居城內的農夫，三三兩兩絡繹不絕地牽牛負犁，走出城門，住進井田中的茅屋，在暖和的陽光下慢悠悠地開始了公田的春耕。這是周人的古老傳統，春耕必須首先從井田中央的那一塊公田開始。在周室興盛的時候，年年這一天，王室官員都要親臨王畿每一井的公田，代天子給八家啟耕的農人賞賜，其樂融融的繁忙春耕就此正式開始。如今，這一切都沒有了。春日原野的歡聲笑語，耕耘勞作的勃勃生機，都隨著洛陽王氣的沉淪而淡淡地消逝了。王畿國人只是踩著祖先久遠的足跡，順從著積澱了千百年的忠誠，依舊首先耕種著屬於王室的公田。

時當正午，洛陽南門飛出三騎快馬，在井田溝洫的堤道上向原野深處奔馳。

「哎——快看，天子使者，要賞耕了！」有人驚喜地喊了起來。

「我看看。咳！何以是天子使者？蘇氏三兄弟。」

「別做好夢了。天子，還沒睡醒也。」井臺旁打水的漢子蔫蔫兒笑了。

「蘇氏兄弟出城，看啟耕王典麼？嘖嘖嘖！」一個女人不勝驚訝。

共耕公田的八家男女哄然笑了起來，一個老人停下犁道：「你且不去看，蘇氏兄弟有閒心看那老古經？往東瞅，那是蘇氏乘軒里，蘇門有大事了。」

「乘軒里是官府叫的，一大片地哩！那座莊，老民都叫蘇氏別莊。」一個女人笑道。

城外原野的東南處，一片柳林剛泛青綠，在枯黃的原野上鮮嫩醒目。柳林深處，掩映著一片青色磚瓦的大莊園。莊園外的土地溝洫縱橫，井田中耕牛點點，歌聲隱隱。莊園內炊煙裊裊，雞鳴狗吠。在慵懶困窘的洛陽郊野，這片莊園難得的一片興旺。

這就是洛陽國人眼熱稱奇的蘇氏別莊。

這座莊園，坐落在乘軒里地面。里，是周室井田制的名稱，大體三井（二十四家）為一里。按照周人的禮法，王城四野的土地直屬天子管轄，叫作王畿。王畿之民叫作國人。那時土地廣闊，人口稀少，國人都住在王城之內。只是沒有國人身分的隸農，才居住在城外原野叫作「田屋」的茅舍裡。直到春秋之世，城池依然是國家命脈，集中了幾乎全部的社會財富與人口精華。所以，那時的戰爭才以攻取城池為戰勝目的，每戰不說占地多少，而只說「拔城」幾座。每逢收種耕耘的時節，住在城裡的國人才出得城外，住進原野井田的耕屋。農事結束，又回到城中居住。滄海桑田，世事變遷。到了戰國之世，這種「國人居於都」的情況漸漸發生了很大變化。中原諸侯實行變法，廢除了隸農制，昔日只能住在荒郊野外田屋的奴隸也大都變成了平民。平民有了自己的土地，房屋莊園慢慢好了起來，既便利耕作飼養，住著又寬敞自在。人口慢慢增加了，土地卻在日漸減少，拓荒開墾便成為天下農人的家常便飯。住在城外的新平民不受出入城門的時間限制，也不受城內官署工商的無端干擾，開墾的荒地多，又可以起早貪黑地勤耕細作多養牛羊家畜，便有許多農人迅速富了起來，超過了居住在都城內的「國人」。時間長了，城池裡的國人農戶也漸漸醒悟，紛紛變通，在郊田中蓋起了長期居住的瓦房院落，家族中的精壯人口便長年住在郊田莊園，大養牛羊家畜，隨時照料田園溝洫；城池中的老宅便留下老幼病弱養息看守，活泛之人便將多餘的房子改成店鋪作坊，做點兒市易買賣。

於是，城池的人口慢慢發生了結構的變化——農耕人口漸漸遷出了城池，原野中出現了星羅棋布的村莊，城池漸漸變成了官署、士人、工匠、商賈聚居的處所和交易的中心。從此，土地和人口財富連在了一起。打仗也開始看重對土地的爭奪了，占地多少里，得民多少戶，也開始成為戰勝的成果。戰敗者也漸漸以割讓土地取代了割讓城池。

然則，在這熙熙攘攘的天下潮流中，洛陽王畿卻幾乎沒有變化。

就像洶湧波濤中的一座孤島，洛陽王城依然浸淫在萬世王國的大夢裡。國人依然住在王城之內，郊野井田裡依然只有星星點點的耕屋與隸農破舊的茅屋。三百餘年前，周平王東遷洛陽時，周圍的王畿之地包容了方圓千里的三川地區，天下諸侯稱為「千里王畿」。三百餘年過去，洛陽王畿萎縮到了「方七十里」，站在洛陽城頭即可一覽無餘，成了汪洋大海裡的一葉孤舟。儘管如此，洛陽王城裡的國人還是一如既往地守著祖宗的禮法，守著久遠的井田，守著蒼老的王城，守著「日出而作，日落而息，躬耕而食，鑿井而飲」的永恆準則，淡淡漠漠地做著周天子的忠順臣民。

在這片王畿土地上，蘇氏別莊是顯赫的，也是孤獨的，無異於鶴立雞群，如何不令國人眼熱歎羨？在啟耕公田的大典之日，蘇氏兄弟鮮衣怒馬地奔馳在初綠的原野，又如何不令國人嘖嘖側目？但聞馬蹄聲中，洛陽國人特有的洪亮口音隨風飄來：

「四弟，張兄此來，卻是何意？」

「我如何曉得？這要二哥說。」

「休要多問，回去自然知曉。」

說話之間，三騎駿馬已經消失在綠色搖曳的柳林之中。

田埂的老人搖搖頭，一聲深重的歎息：「世風若此，國將不國了。」躬耕壟上的農人也紛紛跟著搖頭歎息一番，無可奈何地開始了默默勞作。

蘇氏別莊的主人叫蘇亢，論原本身分，卻也平常得很，一個專門從事長途販運的生意人而已。那時候，生意人分為兩類，行商坐賈——行走四方採購貨物者叫「商」，坐地開店零售貨物者叫「賈」。這蘇氏一族本是殷商後裔，身體裡流淌著殷商部族駕牛車奔走天下的血液，做的自然是行商。殷商王朝被周人革了命，殷商部族的平民卻遠遠沒有上層貴族那麼多仇恨與憂戚，依然是一輛牛車走天下，過著傳統的商人生活。但周人禮法嚴格，市易皆由官營，不許私人做生意，自然也就瞧不起商人。但周王室卻有罕見的冷靜，一則為了銷磨商人的仇恨，二則也覺得商人周流四方財貨，對民生國計有好處，也就對商人網開一面，允許他們在官營市易之外繼續做商人，並沒有一刀硬砍，強迫商人變為耕耘的農人。這一寬鬆果然見效，醉心於財貨積累的商人一心奔走謀利，大大削弱了殷商貴族的根基力量。西周初年的周公旦能一舉平息殷商貴族與管叔、蔡叔的叛亂，使周室河山真正安定了下來，不能說與殷商庶民根基的流失沒有關聯。

蘇氏一門在「管蔡之亂」前就已在洛陽定居。那時候，洛陽還是個不大不小的城堡，僅僅因為是拱衛鎬京東部的屏障而頗有名聲。誰想三百多年後周平王東遷，洛陽竟做了京都王城。在「王城料民」（註：料民，上古時期清理登記人口的專門用語）時，禮法規定：居住在洛陽城內的國人只能是周人部族。蘇氏作為「商人」，本當遷出洛陽。當時的蘇氏族長冒死求見周平王，陳述蘇氏居住洛陽三百多年，早已成為「國人」，不當遷出。周平王為安定人心，破例下詔：凡在洛陽居住百年以上的「商人」，均可成為「國人」。

蘇氏族長犯難請命，安定了商人，也使蘇氏一門名聲大振，成為「新國人」的望族。但幾百年下來，蘇氏一門的「行商」生計卻沒有發達起來，依舊是個平庸的商人家族。到蘇亢做了族長，繼承了祖業，天下已經是大爭之世的戰國了。

這蘇亢聰穎智慧，非但通達商道，使家業重新振興，而且知書達理，與天下名士交往頗多。久為商旅，蘇亢周遊天下見多識廣，深感洛陽國人的活法簡直與活棺材無異，與天下大勢相去甚遠。他很想變個活法，活得自由自在一些，便獨出心裁，一步一步地做了起來。第一步，他在洛陽城外私下買了一家「國人」荒蕪的百畝棄地，蓋了一座小院子做別居。半年之後，洛陽官署無人過問他的「私相易田」之罪。蘇亢的膽子大了起來，也看到了王室官署無暇治民，便找那些無力耕耘荒田的「國人」私下商議，將他們井田中的「私田」一塊一塊地買了下來。十幾年工夫，他逐步買下的「荒田」竟達兩千多畝。

買田之後，不愁耕耘。每逢收種，蘇亢便「買工」——付錢給住在郊野的隸農，教他們幫自己耕種收穫。洛陽王畿的隸農是「國隸」，也就是官府奴隸，只歸官府管轄派工。王室整天戰戰兢兢地防備戰火，對奴隸的管束鬆弛得幾乎是放任自流——只要不逃亡，就是好隸農，誰還來整天督導你耕作？於是蘇亢有了取之不竭的勞動力，加上他厚待隸農工錢多，隸農為蘇莊做工便特別踴躍。商路生意好，土地收成好，蘇家就蓬蓬勃勃地發了起來。

蘇莊不斷擴大，蘇家便成了唯一在洛陽城外擁有豐厚田業的國人。

但是，這些還並不是蘇亢的最終謀劃。他的大志在於改換門庭，使蘇氏家族從世代商人的身分中擺脫出來，成為士大夫貴族世家。雖說商人在戰國之世已經不再公然被人蔑視，但在官署與世人眼裡，卻終究是言利小人。蘇亢在自己的經商交往中，對這種身分差別有痛徹心肺的體察。一介商賈，別說與高車駟馬的王公顯貴有天壤之別，即便是清貧士子與尋常國人農夫，也常常不屑與商人為伍，更甭說結交了。

有一年，蘇亢到魏國安邑採購絲綢，不知哪條溝渠沒有滲到，安邑官市竟要驅逐他這個洛陽商人。蘇亢憤而爭執，鬧到了丞相公叔痤府裡裁決。公叔痤官聲頗好，蘇亢對丞相裁決滿懷厚望。誰知進得府中，那個官市小吏氣昂昂進去了，蘇亢卻被府吏擋在院中等候，嚴令不許走動窺視。在北風呼嘯的寒冬，蘇亢整整站了一個時辰，渾身凍得僵硬，也不能到廊下避風處站立，更不要說到客廳取暖。那時候，他流下了屈辱的淚水，暗暗對天發誓，一定要教兒子入仕做官，永遠不要做這種「富而賤」的商人。

後來，蘇亢有了四個兒子。經過仔細審量，他教資質平庸的長子蘇昌跟自己經商掌家，卻將聰慧靈秀的三個小兒子送出去求學了。他給三個求學的兒子立下了規矩：若不能成名入仕改換門庭，死後不許入蘇氏宗祠。

蘇家的舉動，是無聲的告示。王畿國人有人嘲笑，有人驚歎，有人豔羨，口風相傳，成為一時佳話。蘇氏家族的命運能否改變？成了洛陽國人拭目以待的謎。

但是，沒有等得多少年，洛陽國人便對蘇亢刮目相看了——蘇家三個兒子個個學問非凡，都成了洛陽名士。這三個兒子，便是縱馬原野的蘇氏三兄弟——蘇秦、蘇代、蘇厲。

二、雙傑聚酒評天下

三騎剛入柳林，便聞一陣爽朗大笑：「走馬踏青，蘇氏兄弟果然瀟灑也！」隨著笑聲，林中小道走出一個身材高大的年輕士子，青衣竹冠，抱拳拱手間氣度不凡。

馬上為首青年紅衣玉冠，英挺脫俗，卻正是蘇氏次子蘇秦。他翻身下馬聞大笑：「聞訊即來，如何成了走馬踏青？張兄好辭令。」疾步向前，四手相握，相互打量著又一陣大笑。

「蘇兄別來無恙？」來者無意套了一句官場之禮。

「有恙又能如何？」蘇秦當了真，揶揄反詰。
「張儀頗通醫道也。」
「張儀者，醫國可也。醫人？嘖嘖嘖！」
「國中難道無人乎？」
「國有人，人中無蘇秦也。」
「子未入國，安知國中無蘇秦？」
「子非蘇秦，安知蘇秦定入其國？」
兩人邊說邊走，應對快捷不假思索，彷佛家常閒話一般。跟在後邊的兩個少年驚訝新奇，稍大者踩腳高聲道：「慢一點兒好不？這就是名士學問？」
前行的蘇秦和張儀大笑回身。蘇秦笑道：「啊呀，還有兩個小弟也。張兄啊，這是三弟蘇代，這是四弟蘇厲。三弟四弟，這就是我平日向你們提起的張兄儀者也！」
蘇代蘇厲拱手躬身，同聲道：「久聞張兄大名，見過張兄！」
張儀一本正經道：「兩位小兄莫笑，與蘇兄打了十幾年嘴仗，見面不來幾句心慌也。」
四人哄然大笑，蘇秦道：「三弟四弟，錘鍊學問辯才，可得多多討教張兄。」
「請張兄多多指教。」蘇代蘇厲不待張儀說話，再次大禮一躬。
張儀揶揄道：「蘇氏兄弟，個個聰明絕頂，做好套子讓人鑽也。我，不上當。」語態之滑稽，將蘇代蘇厲兩兄弟逗得哈哈大笑。
蘇秦拉起張儀道：「走，進莊，話可是多也。」
張儀邊走邊感慨：「蘇兄啊，我可真是沒想到，洛陽王畿竟有如此美妙莊園。安邑郊野亦多有莊園，可擠擠挨挨，如何比得這無邊曠野，一座孤莊，占盡天地風光也。」

蘇秦不禁「嗤」地笑了出來：「張兄，你這可真是將窮瘦當細腰也。安邑領先天下時勢，數十年前城郭之外已經多有村莊，自然是炊煙相望，雞鳴狗吠相聞，一片興旺了。洛陽王畿破敗荒涼，張兄不見其衰朽頹廢之氣，獨見其曠野孤莊之美，真道別出心裁也。」

張儀原本是觸景生情，沒想到這一層，經蘇秦一說，不禁慨然一歎：「還是蘇兄立論端正，張儀佩服。」

「佩服？只怕未必。四弟，知會家老，為張兄接風洗塵。」

蘇代卻道：「四弟，還是先給大嫂說管用，她有絕學好菜。」說著與蘇厲一起，搶先跑步進莊去了。

從外面看，蘇氏莊園是個影影綽綽的謎。不太高的院牆外裹著層層高樹，即或是樹葉凋零的枯木季節，也根本看不見莊園房舍。面南的門房，也是極為尋常的兩開間。一隻高大凶猛的黃狗蹲在門道，見主人領著生人進來，霍然挺身，邊搖尾巴邊從喉嚨發出低沉的嗚嗚聲。蘇秦笑道：「黃生，這是張兄，認得了？」大黃狗「汪」的一聲，蹭著張儀的衣服嗅了嗅，搖搖尾巴逕自去了。張儀笑道：「蘇家一隻狗，竟也如此通靈？嘖嘖嘖！」蘇秦笑道：「此乃老父從胡地帶回的牧羊犬，的確頗有靈性。張兄，這邊。」

繞過一道將庭院遮得嚴嚴實實的青石影壁，第一進是一排六開間尋常茅屋，看樣子是僕人住的。過了茅屋，是一片寬敞空曠的庭院，三株桑樹已經發出新葉，兩邊茅屋的牆上掛滿了犁鋤耒鍬等各種農具，儼然農家庭院。庭院盡頭又是一排六開間茅屋，中間一道穿堂卻被又一道大影壁擋住了。

走過穿堂，繞過影壁，一座高大的石坊立在面前，眼前景象大變——一片清波粼粼的水面，水中一座花木蔥蘢的孤島；水面四周垂柳新綠，繞水形成一道綠色屏障；柳林後漏出片片屋頂，幽靜雅致得令人驚奇。張儀驚訝笑道：「裡外兩重天，天下罕見！」蘇秦卻是淡淡一笑：「也無甚新奇。蘇莊裡外之別，就是天下變化的步幅。」

張儀恍然笑道：「如此說來，外院是世伯第一步試探，內院是近十多年所建？」

蘇秦點頭道：「張兄果然明澈。然到底也與家父心性關聯，不喜張揚，藏富露拙而又我行我素。等閒人等，家父從來都是在外院接待的。」

張儀若有所思地點點頭：「蘇世伯真乃奇人，只可惜見他不得了。」

蘇秦笑道：「家父與長兄，一年中倒有大半年在外奔波，我也很少見。」

說話間兩人穿過柳林，曲曲折折來到一座孤立的青磚小院前。蘇秦指點道：「張兄請，這便是我的居所。」張儀四面打量一番，見這座小院背依層林，前臨水面，與其他房舍相距甚遠，確實是修學的上佳所在；抬頭再看，小院門額上四個石刻大字赫然入目——雷鳴瓦釜。

張儀凝神端詳：「蘇兄，志不可量也。」

蘇秦揶揄道：「你那『陵谷崔嵬』又如何說去？」兩人同聲大笑一陣，走進了小院。

院內只有一座方形大屋，很難用尋常說的幾開間來度量。大屋中間是一方不大不小的廳堂，西首隔間很小，隱在一架絲毫沒有雕飾的木屏風後面；東首隔間很大，幾乎占了整座房屋的三分之二，門卻虛掩著。廳中陳設粗簡質樸，沒有一件華貴的家具飾物。

張儀由衷讚歎道：「蘇兄富貴不失本色，難能可貴也。」

蘇秦不禁笑道：「我等瓦釜，何須充作鐘鼎？」

張儀大笑：「蘇兄妙辭！惜乎瓦釜竟要雷鳴，鐘鼎卻是鏽蝕了。」

蘇秦搖搖頭：「張兄總能獨闢蹊徑，蘇秦自愧弗如也。」

張儀聽得更是大搖其頭：「蘇兄差矣！不記得老師考語了麼？『蘇秦之才，暗夜點火。張儀之才，有中出新』。蘇兄原是高明多了。」

蘇秦默然有頃，歎息道：「老師這考語，我終是沒有悟透。哎，他們來了。」腳步雜沓間，門外已經傳來蘇厲稚嫩的嗓音：「二哥，酒菜來了——」便見蘇代推開院門，兩個僕人抬著一個長大的食盒走進，身後還跟著一個豐滿華貴的女子。

蘇秦指著女子笑道：「張兄，這是大嫂，女家老。」

家老是當世貴族對總管家的稱呼，張儀自然立即明白了這個女子在蘇家的地位，忙深深一躬：「魏國張儀，見過長嫂夫人。」

女人臉上綻出了明豔的笑容，隨和一禮道：「先生名士呢，莫聽二叔笑話。小女子癡長，照料三個小叔自是該當，蘇家指靠他們呢。這是我親手為先生做的幾個菜，來，抬進去擺置好了。」快人快語，連說帶做，片刻間在客廳擺好了四案酒菜。

蘇秦對張儀輕聲道：「大嫂古道熱腸，能飲酒。」

「別奉承我。」女人笑道，「來，落座。先生西首上座，二叔東首相陪。兩個小叔南座。好，正是如此。」快捷利落，免去了任何謙恭禮讓。

蘇氏三兄弟與張儀俱各欣然就座。張儀正待對這位精明能幹的大嫂家老表示謝意，卻見微笑的蘇秦還是望著大嫂，便沒有開口。這時大嫂已經走到最小的蘇厲案邊笑道：「老公公與夫君不在，我自然要敬先生一爵。」張儀一瞥，已經看見蘇厲的案上擺著兩個酒爵，知道這位大嫂一切都是成算在胸，便也像蘇秦一樣微笑著聽任擺布。

女子舉起酒爵道：「先生光臨寒舍，蘇家有失粗簡，望先生見諒。小女子與三位小叔，為先生洗塵接風。來，乾了！」一飲而盡，笑吟吟地望著張儀。

「多謝長嫂夫人。」張儀一飲而盡，蘇秦三兄弟也一起乾了。

女子笑著一禮：「先生與小叔們談論大事，小女子告辭。」轉身又道，「四弟，我在門外留了一僕，有事儘管說。我走了，啊。」待蘇厲答應一聲，她已經輕捷地飄出了院子。

蘇秦道：「如何？大嫂是個人物也。」

張儀微笑：「不拘虛禮，精於事務，難得。」

蘇厲天真笑道：「二哥最怕大嫂，說她『言不及義』。」

「四弟差矣！那是怕麼？那是煩。」蘇代認真糾正，「義利兩端。言不及義，必是言利之人，二哥焉得不煩？」

張儀大笑：「蘇代如此辭令，蘇兄教導有方啊。」一句話岔過了對大嫂的品評。

「張兄，」蘇秦笑道，「來，再飲一爵說話。」

「好。」張儀舉爵，「三弟四弟，同乾。」飲盡置爵，目光向案上一掃，見兩尊銅鼎赫然冒著騰騰熱氣。再看蘇秦三兄弟案頭，也是銅鼎燦燦，張儀不禁驚歎：「蘇兄啊，今日只差鐘鳴了。」

蘇代搶先道：「張兄不知，大嫂喜歡顯擺貴氣，二哥煩得很。今日她聽說來了魏國名士，硬是將這套鼎具搬了出來，忒是俗套。如今殷實富貴之家誰沒有這物事？只是洛陽國人不敢用，做稀罕物事罷了。大嫂井底之蛙，張兄見笑了。」

張儀大笑一通，煞有介事地長聲吟道：「開鼎——」打開一只鼎蓋，透過裊裊熱氣便見油紅明亮香氣噴鼻，不禁驚歎一聲，「好方肉也！」又打開另一鼎，卻見一汪雪白濃湯擁著一叢晶瑩碧綠，煞是好看，「噫！這是何菜？香得如此奇特！別急，有點土香味兒，野菜麼？不像。」

蘇秦微微一笑：「張兄不用琢磨，你不識得的。此物乃西域野草，胡人叫作『木須』，中原有人寫作『苜蓿』，本是胡人牧馬之上等飼草。多年前，家父通商西域買馬，時常在草原野炊，不耐整日吞食肥羊。有一次忽發奇想，採了大把鮮嫩的牧草和在肉湯裡煮。一食之下，竟是清爽鮮香，美味無比。家父便向牧人討了一捆老苜蓿帶了回來，打下種子，在莊內種了半畝地。目下正是春日，野苜蓿鮮嫩肥綠，大嫂視若珍品，等閒人來，還不肯獻上。」

張儀聽得神往，不由夾起一筷入口，略一咀嚼拍案驚歎：「妙哉！仙草也！」

蘇氏三兄弟一齊笑了起來。蘇厲一拍手：「張兄，我給你偷一包苜蓿種，何以謝我？」

「偷？」張儀忍住笑低聲道，「得仙草種一包，我贈你祕典一冊。如何？」

「好！一言為定。」蘇厲轉著眼珠，「大嫂管得緊，不好偷也。」

三人不禁大笑一陣，一起夾出碧綠的苜蓿品嘗，盡皆讚歎不絕。笑語稍歇，蘇秦悠然一笑：「張兄呵，千里迢迢從安邑趕來，為了這味野菜麼？」

張儀一聲歎息道：「不瞞蘇兄，我是遇到了難題。家母逼我娶妻，我想避開，又不知該去何方。就想躲過來，也順便聽聽蘇兄高論了。」

「是麼？」蘇秦聞言心中暗笑，知道這個師弟機變過人卻又心高氣傲，即便討教於人也要找出個「順便聽聽」的理由，也不去計較，順著話題問道，「卻不知張兄志在何方？」

「我想先去齊國，若無甚樂趣，再去楚國。」張儀沒有再提逃婚之事。

「張兄以為，齊國楚國堪成大事？」蘇秦眼睛一亮。

「齊國，田因齊稱王已經三十餘年，民眾富庶，甲兵強盛，國力已經隱隱然居六國之首。乃天下第一可圖大業之邦，自然當前往一遊。至於楚國，數十年雖無戰勝之功，但其地廣人眾，潛力極大，也是可造之國。蘇兄以為如何？」話入正題，張儀很認真。

蘇秦道：「張兄難道對魏國沒有心思？」

張儀道：「說起我這祖國，實在令人感慨萬端。強勢雖在，卻屢遭挫折。被秦國奪回河西之地，又遷都大梁，朝野不思進取，一派奢靡頹廢，令人心寒齒冷也。」

「我倒以為，張兄當從魏國著手。」蘇秦目光炯炯，「奢靡頹廢，人事也。魏國若有大才在位，整飭吏治，掃除奢靡，何愁國力不振？以魏國之根基，一旦振興，雄踞中原，天下何國堪為敵手。張兄生乃魏人，何捨近而求遠？」

「既然如此，蘇兄何不前往魏國？」張儀狡黠地一笑。

「人云，良馬單槽。我去了魏國，置張兄於何地？」蘇秦還以揶揄的微笑。

張儀哈哈大笑：「如此說來，蘇兄是給張儀留個金飯碗也。」

蘇秦釋然笑道：「豈有此理？原是我不喜歡魏國朝野的風華奢靡之風。張兄若得治魏，也要費大力氣移風易俗，譬如商鞅在秦國之移風易俗。」

張儀思忖點頭：「你我在魏國王屋山浸泡了十年，那時蘇兄就說過厭煩魏國，張儀如何能忘記了？只是我已占了三個強國，蘇兄卻向何處立足？」

蘇秦微笑：「張兄不妨為我一謀，天下之大，我欲往何方？」

張儀心知蘇秦雖機變稍差，但慮事深徹，總能在常人匪夷所思處振聾發聵。這一問顯然在考量自己，略一思忖便道：「蘇兄志在北方，燕趙兩國，可是？」

「何以見得？」

「燕國，奇特之邦也。」張儀侃侃道，「周武王所分封最古老之大諸侯國中，唯有燕國沉舟未泯，成為七大戰國之一。若說根基，天下無出其右。且燕國北接胡地，東連大海，縱深廣袤，國風剽悍。假以整飭，焉知不會對天下成泰山壓頂之勢？再說趙國，現已是三晉中最有戰力的邦國，騎兵之強，天下第一；數十年來連敗匈奴，擴地接近敕勒川，又吞滅半個中山國，勢力大增；更兼山川險峻，西有上黨之東要塞，東有大河屏障，易守難攻。君主趙語，持重勤奮，朝野氣象頗為興旺。如此之國，前途不可限量也！」張儀說得興奮，見蘇秦只是微笑搖頭，驟然打住，「難道，燕趙當不得蘇兄大才？」

蘇秦悠然一笑：「燕趙之長，張兄寥寥數語悉數囊括，可謂精當。然則燕趙之短，張兄卻未言及，此短足以抵消其長也。」

「未曾慮及，願聞兄論。」忽然之間，張儀覺得自己對大勢尚欠揣摩。

蘇秦道：「燕趙兩國之最大短處，在於舊制立國，未曾變法。七大戰國，魏國、楚國、齊國、韓國、秦國，已經先後變法，唯獨燕趙兩國未曾大動。趙國由三家分晉而立國，之後陷於軍爭，無暇變法，算得半新半舊。燕國則舊罈老酒，幾乎絲毫未動，若不是地處偏遠，中間有趙國相隔，難保不被魏國齊國吞滅。未經變法，國無活力，自保圖存尚可，斷無吞國圖霸之心力。若入此等邦國，無異於自縛手腳，豈能大有伸展？」

張儀心中已是豁然明白，暗暗歎服，口中卻又追問：「難道你我不能做變法之士，像李悝、吳起、申不害、商鞅那般，成一代強國名臣？」

蘇秦聽得大笑：「張兄真能想入非非，佩服！」

「未曾修習法家之學，當真可惜也。」張儀自嘲地歎息一聲，「蘇兄莫非看好秦國？」

「張兄以為如何？」蘇秦認真地點了點頭。

顯然沒有想到這是蘇秦的認真選擇，張儀困惑地搖搖頭：「不瞞蘇兄，我對秦國素來憎惡，所知甚少。這個西陲諸侯，半農半牧，國小民窮卻又蠻勇好戰，忝列戰國已是一奇，何有遠大前程？縱有商鞅變法，也是一時振作而已，充其量與韓國不相上下。況秦國新君寡恩薄義，車裂商鞅，故步自封，豈能寄予厚望？」

蘇秦沒有絲毫驚訝，悠然笑道：「張兄啊，你還是沒有脫開魏秦夙仇之偏見，對秦國可說是不甚了了。實言相告，我對秦國原本也無好感。但有一個疑問始終在我心頭：像商鞅這般大才名士，何以要去秦國？秦國若是愚昧平庸，又如何能重用商鞅變法二十餘年？若商鞅變法果如中原所言，殘暴苛虐，何以秦國竟能有如此軍力，一舉奪回千里河西？有此疑惑，去冬我便隨家父去了一趟秦國，所見所聞，當真令人大開眼界。一進函谷關，田疇精細，村莊整齊，雖是北風寒天，田頭卻熙熙攘攘地修繕溝洫，渭水貨船來往穿梭。可以說，當今天下任何邦國，都沒有這番勃勃生機！家父乃走遍天下的老商，他指著渭水中穿梭般往來的貨船，對我說：商家入國看貨流，貨流旺，百業興，秦國了不得也。進入咸陽，街巷整潔，國人淳樸，人人視國法如神聖；民無私鬥，官無賄賂，商無欺詐，工無作偽，道不拾遺，夜不閉戶；外國商人大覺安全，倒是十有八九都將家眷遷到了咸陽。十多天中，我聽到見到的犯罪者，竟全部都是東方商賈！張兄，我等也算遊歷頗多，你說，當今哪個國家有此等氣象？」見張儀默默搖頭，蘇秦打住話頭，「張兄以為不然麼？」

雖然魏國與秦國接壤，但張儀卻從來沒有去過秦國。雖則如此，他堅信自己對秦國的根柢還是有把握的。這番話要是別人說出來，張儀一定會不屑一顧地大加嘲笑，但師兄蘇秦沉穩多思，素來不謬獎人物，他既然親歷，說出來斷然無虛。但是，張儀還是感到驚訝不已，按照蘇秦之說，秦國豈非大治之國？這如何可能？見蘇秦看著自己，張儀若有所思地一笑：「表面大治，魯國也曾經有過，結果如何？」

「張兄之意，我明白。」蘇秦將三弟蘇代斟的一爵清酒一飲而盡，慨然道，「魯國雖曾以禮法大治，國中一度康寧繁盛，但其君臣食古不化，且內爭劇烈，終至萎縮衰微。周公封邑，原本天下第一諸侯，竟至連殷商後裔的宋國也不如了，令人扼腕歎息也！然則，秦國與魯國迥然有異，斷不可同日而語。秦國新法根基空前穩固，舊世族勢力二十多年沒有抬頭。新君嬴駟雖車裂了商鞅，但也徹底剷除了圖謀復辟的世族力量，一次整肅舊世族。商君新法非但不會動搖，而且將更進一步，即將向隴西戎狄區域推行。跟隨商君變法的上大夫景監、國尉車英等股肱大臣也必然隱退。新君嬴駟，將起用忠於新法的商於郡守樗里疾，函谷關守將司馬錯。商君時期的郡守縣令，一個也不會罷黜，變法派大權在握。你說如此秦國，能是一時之治麼？更有一個奇人，去冬到了秦國。張兄可知？」

張儀感到驚訝：「奇人？可是那個犀首？」

「然也！」蘇秦興奮拍案，「你們魏國的一個縱橫高士，他已做了秦國上卿！」

「犀首已經捷足先登，蘇兄為何還要去秦國？良馬不單槽了？」張儀頗不以為然。

蘇秦頗為神祕地一笑：「張兄，天下策士，可有人在你我之上？」

張儀恍然大笑：「蘇兄是說，有你入秦，犀首無所作為？」

「正是。」蘇秦胸有成竹，「犀首第一策就是勸秦國稱王，可謂不識時務。今春沒有動靜，足證新君嬴駟沒有採納，所以只教他做了上卿。秦國之上卿，從來都是虛職了。」

「如此說來，蘇兄入秦之心已定？」

蘇秦點點頭：「張兄以為如何？」

張儀慨然一歎：「我對秦國原不甚了了，蘇兄如此推重，看來定然不差。然則有犀首在秦，蘇兄還當謹慎為好。」

「自當如此。」蘇秦笑道，「十年鑄劍，一朝出鞘，天下誰堪敵手？」

張儀被蘇秦激勵得豪情大發，開懷大笑：「好！蘇兄入秦，張儀入齊，馳騁天下！來，乾此一爵！」兩人同時舉爵，「噹」地一碰，一飲而盡。

三、洛陽試劍　蘇秦成名不成功

次日，張儀匆匆走了，安邑還有許多事等著他辦。

蘇秦開始忙起來，除了籌劃上路物事，便沉浸在書房裡瀏覽搜集到的秦國典籍。過了幾日，一切就緒，只待次日西行去秦國了。天剛暮黑，四弟蘇厲來雷鳴瓦釜小院送飯，說老父從宋國回來了，估摸膳後就會來二哥處。蘇秦對父親很是敬重，正為不能向父親辭行感到缺憾，聽說父親回來了自然高興，連忙用飯，準備吃完飯去拜望老父。誰想就在他與蘇厲走出小院時，卻見父親迎面走來。

「父親。」蘇秦看見老父疲憊的步態，心中一陣酸熱，忙深深一躬，扶住了父親。名動洛陽的蘇亢，已經是白髮蒼蒼的老人了。他點了點頭，拂開了蘇秦要扶他的手，卻沒有說話，逕自往院中走來。蘇秦素知父親寡言少語，事大事小都是只做不說，也不再多話，陪著父親默默走進了院中。

進廳堂坐定，蘇厲重新點亮了銅燈，蘇秦給父親捧來了一盅鮮綠的春茶。老人依舊只是默默啜茗。蘇秦坐在父親對面，將張儀來訪以及自己的謀劃說了一遍：「父親，季子明日就要西行入秦，望父親多加保重，莫要再奔波勞碌。蘇氏已經富甲一方，商事交由大哥料理足矣，父親早當在家頤養天年了。若再高年奔波，季子於心何安？」

季子，是蘇秦的「字」，也就是舉行加冠禮時取的另個別名，這個別名（字）是專供社會人群稱呼的，以示對父母取的本名的尊重。但是「字」在戰國史料中卻不多見。蘇亢喜歡呼兒子這個被自己叫作「小名」的名字，蘇秦在父親面前也多以此名自稱。老人一直凝神地聽著，彷彿沒有看見兒子含淚的眼睛，也沒有理會兒子最後的話題，若有所思沉默了許久，終是滯澀開口：「何去何從，憑你學問見識。為父唯有一想，你自揣摩：無論厚望於何國，都應先說周王，而後，遠遊可也。」

蘇秦大為驚訝——自他離家求學，父親從來不與他交談政事。他偶然向父親談及天下大勢，父親也只是留神細聽，從來不問不對。今日，老父卻在如此重大的事情上提出了如此匪夷所思的「一想」，當真令蘇秦莫名驚訝。蘇秦深深知道，老父親久經商旅滄桑，遇事不斷則已，斷則每每有成算在胸。然則，要將奄奄一息的洛陽王室做第一個遊說對象，在任何策士看來都是不可想像的荒誕之舉，更何況蘇秦這樣的名門高士？但無論如何荒誕，蘇秦都沒有立即回絕。他了解父親，他要再想想。

老人已經站了起來，看著茫然若有所思的兒子，淡淡地說了一句：「祖國為根，理根為先。」說完逕自走了。

這一夜，蘇秦無法入睡，索性到莊園中轉轉去了。

春寒猶在，夜空碧藍深邃，星光閃爍，隱藏著天地間無窮的隱祕。蘇秦仰望星空，終於找到了那顆暗淡的大星。那是填星（註：填星，古占星學又稱決星、卿魄，即土星），是洛陽周王室的國運之星。在占星家眼裡，填星乃是黃帝之星、德政之星、「執繩而制四方」的中央之星。這顆填星晨出東方，夕伏西方，每年停留（填）在二十八宿的一宿中間，二十八年填完二十八宿，完成一個周天，活似一個至尊老人在眾多兒孫家輪流居住，故此叫了填星。填星的常色極為明亮，幾與北極星不相上下，填於任何星宿之中，都可以一眼認出那燦爛的光華。可是，目下這填星隱隱約約地填在東方房四星之中，暗淡發紅，幾乎要被湮沒。蘇秦雖然不精於占星之學，但跟隨那位博大精深的老師修學十餘年，耳濡目染，對星象基本變化的預兆還是清楚的。老師曾說，填星在周平王東遷洛陽後就漸漸暗淡了，近百年以來，填星更是回填女四星即暗。而女四星，恰恰便是中原洛陽的星宿座。天象若此，地上之周室也確實已經失去了德政，如同湮沒在茫茫天宇中的填星一樣，已經湮沒在戰國大爭的洶洶潮流之中了。

這樣的王國，值得去殉葬麼？

蘇秦並不完全相信此等頗見神祕的占星學，他修習的是實實在在的策士謀略之學。要說天象，他更欣賞趙國年輕士子荀況說的「天行有常，不為堯存，不為桀亡」。但因為對星象學有所了解，反而是經常在夜裡總要習慣性地抬頭端詳夜空，一看便知天下將有何種「預言」流傳。師弟張儀淡漠此道，經常嘲笑他在山頂觀星是「蘇秦無事憂天傾」，經常取笑地問他，「蘇兄啊，可知上天要將我填到哪個坑裡啊？」蘇秦則總是微微一笑：「學不壓身。我還想做甘德、石中的學生（註：甘德、石申，戰國著名星象學家，最早記載了彗星現象），要不要再做一回師兄弟？」

遐想之中，一陣寒風撲面，蘇秦頓時清醒過來。老父要自己先入洛陽，肯定有他的道理。父親是久經滄桑的老商旅，不可能對洛陽周室的奄奄待斃視而不見。既然如此，老父之意究竟何在？

「祖國為根，理根為先」——老父最後的話猛然跳了出來。蘇秦心中不禁一亮——入洛陽遊說，意不在於周王重用，而在於向天下昭示氣節！生為王畿子民，在祖國奄奄待斃時不離不棄，敢於做救亡圖存的孤忠之士，傳揚開來，這是何等高潔名聲？殷商末年的伯夷、叔齊二人沒有任何功業，生平只做了一件事，那就是在殷商滅亡後不食「周粟」，餓死在首陽山上，於是乎名滿天下了。

看來，老父的心思頗有殷商遺老的印痕，由對伯夷叔齊的敬重而生發出對兒子的唯一要求。雖然是個很老派的謀劃，若公然與新派名士商討，一定會引來滿堂嘲笑。但細細一想，這個很老派的謀劃，卻恰恰符合了權力場亙古不變的名節要求。從古至今，無論是官場廟堂還是山野庶民，人們都敬重忠誠氣節，都蔑視反覆無常。交友共事、建功立業、居家人倫、廟堂君臣，一個「忠」字，一個「義」字，從來都是第一位的品行名節。庶民不忠不義，毀掉的是家人友人；臣子不忠不義，毀掉的是邦國命運。唯其如此，「忠臣義士」成為當世諸侯取士用人的一個基本準繩。所謂「德才」二字，德之基點便在於忠義兩則。儘管戰國之世，對「義」的推崇更甚於「忠」，但「忠」的重要也是顯而易見的。大爭之世，哪個國家都有倏忽間興亡傾覆的可能，誰不希望自己的朝臣庶民盡皆忠義之士？人同此心，心同此理，豈有他哉！而一個遊說天下建功立業的士人，最容易被人懷疑為朝三暮四的無行才子，若在大動之前已證明了自己的高風亮節，無異於獲得了一方資望金牌，豈非事半功倍？

思忖之下，蘇秦對老父的「一想」不禁刮目相看了。他想改變次序，先行入洛陽覲見周王，視情形再定入秦之事。可是，覲見周王呈獻何等興國大計？總是要有一番說辭的，沒有驚世之策，豈有名節效果？蘇秦又是久久地仰望星空，要在明暗閃爍的群星中尋找那個閃光的亮點。

突然之間，他放聲大笑，對著星空手舞足蹈了。

三日後，蘇秦騎了一匹尋常白馬，布衣束髮，出得蘇莊向洛陽王城走馬而來。

真正的王城是城中之城，坐落在洛陽正中，幾乎占了整個大洛陽的一半。三百多年前周平王東遷時，洛陽城已經是函谷關外拱衛鎬京的要塞重鎮了。那時候，洛陽就屬於天子直轄的王畿，而沒有分封給任何一個諸侯國。經過東周初期近百年的不斷擴建，洛陽已經堪堪與當年的西周鎬京相媲美了。就地理而言，洛陽雖不如鎬京那樣居於關中而易守難攻，但也算是天下上佳的形勝之地——北面大河，南依嵩山，三川環繞（洛水、伊水、汝水），八津拱衛（黃河與三川的八處渡口），沃野千里，溝渠縱橫，較之關中卻是更加廣闊豐饒。尤其是經過戎狄之亂，洛陽更顯出了它優於鎬京的最突出之點：與西部戎狄有著較遠的距離，更為安全可靠。西面的關中與函谷關，恰恰成了抵禦戎狄的堅固屏障。那時候王權尚盛，中原安定，主要的威脅在於西部的遊牧部族。如此情勢，洛陽就顯得特別適合於做京師王畿。春秋中期，戎狄動亂，大舉入侵中原，東周都城洛陽雖然經受了巨大的衝擊，終究巋然不動，最根本之點就在於洛陽地處中原，諸侯勤王極為便捷。於是，齊桓公的「尊王攘夷，九合諸侯」才能極有成效，全部將戎狄驅逐出中原腹地。

那時，國人無不驚歎天子神明——東遷洛陽，挽救了周室。

然則，滄桑終是難料。戎狄消退了，諸侯卻迅速坐大，王權也無可奈何地衰落了下去。原本遠離夷狄安全可靠的中原，卻翻騰得驚天動地，洛陽王畿也變成了驚濤駭浪中的一葉扁舟。百餘年下來，諸侯變著法兒蠶食，洛陽的千里王畿漸漸萎縮得只剩下了城外七八十里的「王土」了。

洛陽國人傷心之餘，又每每懷念四面要塞的鎬京，說東遷洛陽毀了周室。

就這樣背負著周王朝的興衰榮辱，走過了三百多年，洛陽老了，如同她的王室主人一樣老了。高厚拙樸的城牆，堅固巍峨的箭樓，盡皆年久失修，城磚剝落，女牆破裂，鐘鼓鏽蝕，樓木朽空。昔日旌旗招展矛戈生輝的四十里城頭，如今竟只有些許老兵在懶洋洋地閒晃，寬闊的護城河堤岸也是雜草叢生，淤塞得只剩下一道散發著腐腥味兒的溪流。那座幽深的城門，終日洞開著。護城河上寬大破舊的吊橋，也是終日鋪放著，竟至斷了鐵索埋進了泥土，變成了固定的土木橋。城門洞外，則站著一排衣甲破舊的老卒，對進出人等不聞不問，泥塑的儀仗一般。

洛陽的衰老，令蘇秦感到震撼。

身為王畿國人，進出洛陽自是家常便飯。然而，蘇秦對洛陽卻從來沒有仔細品味過。少年離家求學，洛陽在他的記憶中只是一座碩大的古老城池，一片金碧輝煌的王城宮殿。出山歸來，進出洛陽不知幾多，卻也熟視無睹，從來沒有留意過洛陽的變化。十多年修學遊歷，蘇秦對天下潮流時勢瞭若指掌，對大國新城的興旺氣象也頗為熟悉，臨淄、安邑、大梁、新鄭、咸陽、邯鄲、郢都、薊城，所有這些著名都會，他都能如數家珍般評點一番，唯獨對王城洛陽卻不甚了了。在他的心目中，周室天子已經是昨日大夢，洛陽王城已經是過眼雲煙，留下的，只是一道古老神祕的天符，混沌得幾乎沒有任何的具體感知。

今日，當蘇秦以名士之身進入洛陽，要對周天子獻上振興大計時，才發現自己對洛陽是何等生疏。一路行來，仔細打量，感慨萬千。在當今天下，唯有洛陽完整地保留了古老的《周禮》規範：「農人井田，工賈食官」，一切都由國府料理。如今的王室國府，再也沒有力量承擔這細緻繁冗的管治了。井田、作坊、官市、店鋪，一切都在鬆弛地潰爛著。目下正是春耕時節，農人一出城，街巷就冷清得幽谷一般，連平日最熱鬧的官市也人跡寥寥，只有打造日用百器的作坊街傳出叮叮噹噹的錘鍛聲，使人感到這座城池的些許生氣。蘇秦油然想到了臨淄齊市與咸陽南市，那真是市聲如潮，綿延數里的汪洋人海，摩肩接踵，揮汗如雨，置身市中，當真是一片生機勃勃。兩相比較，洛陽是一座令人窒息的古墓。尋常時日，總是振振有詞地評說洛陽王室的奄奄待斃，實際上卻並無真實體察，如今身臨其境，用心品味，方實實在在地感到了這個輝煌王朝的垂垂老矣。

進入王城，蘇秦已經不再驚訝了。只是他沒有想到，覲見天子竟如此容易。王城宮牆外，無所事事的守軍對有人覲見天子似乎感到很詫異，問了姓名國別，聽說是洛陽國人，領哨將軍揮揮手叫過城門內一個小內侍：「領他進去便是。」

走過寬闊幽深的門洞，是天下聞名的王場。

這片包圍在高大樓宇中的廣場，全部用三尺見方的白玉岩鋪成，兩邊巍然排列著九座大鼎，中間形成寬約六丈的王道。這便是象徵王權神器的九鼎？那時候，九鼎是王權的標記，具有無上的神聖與權威，如同後來的傳國玉璽一樣，誰擁有九鼎，幾乎是名正言順地擁有天子權力。九鼎代表著天下九州，鼎身鑄刻了本州地貌，鑄刻了人口物產與朝貢數字。這巍然九鼎立於王城，曾經意味著「普天之下，莫非王土，率土之濱，莫非王臣」的皇皇威權。百餘年來，諸侯國舉凡向王權挑戰，第一件大事便是圖謀取得九鼎。從楚莊王問鼎中原之後，九鼎便成了天下大國密切關注的王權神器。刀兵連綿的大爭之世，人們之所以還能記得洛陽，十之八九，是因為洛陽有至高無上的天賦權力的象徵——矗立在這裡的九鼎。

逐一凝望著丈餘高的巍然大鼎，蘇秦眼前油然浮現出使節雲集山呼萬歲的盛大儀典，不禁一聲深重的歎息。宮殿依舊，九鼎依舊，這裡卻變成了空曠寂涼的宮殿峽谷，白玉地磚的縫隙中搖曳著泛綠的荒草，銅鏽斑駁的九鼎中飛舞著聒噪的鴉雀，簷下鐵馬的叮咚聲在空洞地回響，九級高臺上的王殿也在塵封的蛛網中永久地封閉了。

再也沒有昔日的輝煌，再也不是昔日的洛陽了。

王城裡的周顯王很有些煩悶，總找不出一件要做的事來。

他二十三歲即位，已經做了三十二年天子，算是少見的老王了。即位之初，他曾經雄心勃勃地要振興周室，做一個像周宣王那樣的中興之主。試了幾回身手，卻都是自討沒趣。先是蕞爾小諸侯梁國與王畿爭奪洛陽之南的汝水灌田，屢次挑釁，挖斷了王畿井田的幹渠。顯王大怒，親自率領兩千兵馬與一百輛戰車興師討伐。誰想梁國附庸於韓國，「借」了韓國五千鐵騎，竟將王師殺得大敗而歸。

後來又是「東周」、「西周」兩個自家封邑大打出手，攪得洛陽王畿雞飛狗跳，國人不敢出城。周顯王破天荒地在王殿舉行了三公（太師、太傅、太保）並卿大夫議國朝會，決意取消先祖周考王留下的這兩塊封邑，將洛陽王畿統一到天子治下。誰想這些白髮蒼蒼的老臣竟沒有一個贊同，反而都替「東周」、「西周」請命，喋喋不休地說：分封制乃周禮根本所在，不能悖逆祖制。顯王哭笑不得，便堅持要將「東周」、「西周」的朝貢禮品增加兩倍。誰知天子剛一出口，三公大臣一齊亢聲死諫，說從三皇五帝到商湯周武，諸侯朝貢歷來都是量力而行，若像戰國一樣將貢品變為賦稅，王道德政何在？吵鬧了一整日，王制絲縷也不能擅動，氣得周顯王拂袖要去。

誰知走也不行。司寇硬是拉住天子衣袖犯顏直諫，責以「我王有違禮法，朝會失態」。周顯王無可奈何地長吁一聲，只得坐下來聽老臣們聒噪，直到散朝也沒說一句話。

從那以後，一百餘里的洛陽王畿，便固定裂為三塊：東周四十里，西周三十里，天子七十里，整天攪鬧得不可開交。東周欲種稻，西周不放水；西周要灌田，東周就掘堤；天子要例貢，兩周就一齊叫苦。

大事不能做，周顯王就想在小事上來一番氣象，一搭手，還是不行。

顯王通曉古樂音律，要將王室的鐘樂〈周頌〉重新編定演奏。消息傳出，一班公卿大夫與東周公、西周公連袂進諫，堅稱「禮樂天授，不能擅改」。無可奈何，只得作罷。後來，周顯王又想改制王室禁軍的禮儀與侍女內侍的服裝。還沒動手，便「朝野」譁然，似乎天要塌將下來一般。再後來，周顯王想將王殿與九鼎廣場整修一番，與尚商坊官員計較商議。不料尚商坊官員搬出了《王典》，說觸動神器要舉行祭天大典、天子沐浴齋戒一月，方可擇吉動工。天子府庫空空如也，何來財力舉行祭天大典？周顯王只好歎息一聲作罷。

百無聊賴，周顯王想起了魯國孔子的話：「飽食終日，無所用心，難矣哉！不若博弈可乎？」便整日與幾個內侍侍女消磨在圍棋案前打棋博彩，倒也優游自樂。誰知又是好景不長，股肱老臣與襲爵幼臣一齊發難，辭色肅然地責備天子「嬉戲玩物，徒喪心志，不思振作，何顏得見先祖」。一氣之下，周顯王燒掉了棋枰，砸碎了棋子，蒙頭大睡了三天三夜。

天下之大，無奇不有。一個真命天子，竟至一件事也做不得。

歎息之餘，周顯王覺得孔子老頭兒是個知己了。

「飽食終日，無所用心，難矣哉！」

雖則如此，周顯王畢竟豁達，很快就將天子生涯簡化為一日三件事：吃飯、睡覺、觀樂舞。食不厭精，膾不厭細，餓了就吃，吃得極少，時間卻長得驚人。睡覺則全無規則，睏了就睡，零零碎碎一日總能睡個幾十次。樂舞則是十二個時辰內將〈風〉、〈雅〉、〈頌〉一首挨一首奏將過去，不奏完不算一日結束。周顯王不圈不點不評，只是聽只是看，往往是長夜竟日的樂舞聲中，天子已經沉沉睡去。待舞女樂師們睡著了，周顯王卻醒了過來，睡眼惺忪地品評著東倒西歪的各種睡態，高興了便摸摸這個翻翻那個，不亦樂乎地獨自大笑一通。

歲月如梭，倏忽間過去了三十二年。

一個英氣勃勃的王子，變成了白髮皓首的老天子，周顯王總算習慣了這飽食終日無所用心的活法兒，漸漸地，那種「難矣哉」的心境也淡漠了，一切都變得自然平淡起來。

今日，周顯王卻有些不耐。他在夢中朦朦朧朧聽到了鐘鼓樂舞和肅穆清雅的〈周頌〉，「執競武王，無競維烈，不顯成康，上帝是皇……斤斤其明，鐘鼓喤喤……降福簡簡，威儀反反……」在那追念先祖功業的悠遠歌聲中，他莫名其妙地哭醒了，淚流滿面，泣不成聲，嚇得樂師舞女們齊齊匍匐，不敢抬頭。

「起去起去，不關爾等事。」周顯王揮揮手，破例地點了一首〈秦風〉：「奏那個那個，噢，對了，〈蒹葭〉。」當高亢悠遠而又略帶蒼涼的樂曲奏響時，周顯王低聲和著這首著名的情歌，「蒹葭蒼蒼，白露為霜。所謂伊人，在水一方……」漸漸地，他又朦朧了迷糊了，扯起了悠長的呼嚕聲，睡得分外香甜。

「如何？不奏樂了？」周顯王突然睜開了眼睛，習慣了和樂入睡，竟被這突然的寂靜驚醒了。

「稟報我王，洛陽名士蘇秦求見。」一個領班侍女恭敬地回答。

「有人求見？」周顯王斜倚臥榻，不禁失笑，「誰？哪個名士？」

「稟報我王，洛陽蘇秦。」

「蘇秦何人？洛陽還有名士？」周顯王念叨著，打了個長長的呵欠，「那就，宣他，進來也——」

「小臣啟奏：我王當更衣正冠，升殿召見，方有王室禮儀。」領班侍女躬身勸諫。

「罷了罷了。」周顯王不耐地揮揮手，「教他進來。」

「謹遵王命。」女官飄然出門。

頃刻間，廊下傳來老內侍尖銳的長調：「洛陽蘇秦，進殿——」隨著銳聲長調，一陣腳步聲傳來，清晰有力，毫無拖泥帶水的沙沙聲。

周顯王耳力敏銳，一聽之下竟離開臥榻大枕，坐正了身子，揮手讓樂師舞女們退了下去。

隨著女官走過了幽暗的長廊，蘇秦眼前豁然明亮，卻又十分驚訝。青天白日之下，這座大殿竟是燈燭齊明，紅氈鋪地，四面帳帷，雖然空蕩蕩的，但顯然是一座富麗時新的寢宮。在洛陽王城衰頹幽暗的古典貴族的氣息中，這座小小寢宮顯得極不協調，倒像是哪個諸侯的國君寢宮。略一打量，發現中央高高的帳帷中一張長大的青銅臥榻，上面坐著一位寬袍大袖的老人，鬚髮灰白惺忪疲憊。

女官眼波示意，蘇秦恍然大悟，深深一躬：「洛陽蘇秦，拜見我王——」

周禮定制：士之身分與百工、農人等同，不能覲見天子，即或敬賢破例，也須匍匐大拜，山呼「萬歲」。然時世變遷，戰國之世，士人已經迅速成為天下變革的主要力量，地位大長，成為一個新興的文明階層。於是，天下有了「士不拘禮」一說。名士晉見各國君主，躬身拱手便算是大禮了。蘇秦遊歷天下，讀書萬卷，又是洛陽國人，自然知道覲見天子的禮儀，可是他卻沒有以周禮參拜。蘇秦心思，是想試探這個深居簡出的周天子，對外界天翻地覆的變化究竟知道多少，自己的說辭該定到何種尺度。

周顯王卻只慵懶地一笑：「蘇秦啊，有事麼？坐。」家常若和善老人。

那位唯一站在「殿」中的女官，向正中一個樂師的坐臺一指輕聲道：「先生，請坐。」

蘇秦正襟危坐，覺得那坐臺還留有餘溫，不禁飛快地閃過一個念頭，這裡方才有人。暗笑之間心神一定，肅然拱手道：「蘇秦敢問我王，醉死夢生，可是天子日月？」

「先生明言，天子又能如何？」一言未了，周顯王打了兩三個呵欠。

蘇秦精神一振：「天子之道，興國為本。王室衰敗，天子豈能無所作為？蘇秦以為，目前危局尚可挽回，若運籌得當，定可中興大業，恢復王權。」

「先生高論。」周顯王沒有絲毫驚訝，嘉許地點了點頭。

蘇秦頓時覺得洩氣。按照他設想的對策過程，一個尖銳問題的提出，君主一定會大感興趣，追問如何中興，說辭自然就噴發而出。然則這個天子根本沒有提問的興趣，一副萬事都明白萬事都無動於衷的樣子，當真大殺風景。但蘇秦的沮喪瞬間便消失了，這是出山後第一次遊說，原本就沒有指望有成，試劍沽名而已，何須當真？能見到天子陳說對策，這就是成功，何能半途而廢？定定神，蘇秦侃侃道：「蘇秦乃我王子民，素懷赤子報國之心，中興王業，更是責無旁貸。蘇秦的方略是：策動天下二十三個小諸侯結成盟約，以周室為盟主，組成聯軍，與七大戰國並立。而後利用戰國間之利害衝突，逐一分化削弱。如此五十年內，王權定可中興！此乃聚眾抗強之大略也。我王明察，二十三諸侯結盟，國土約占天下三分之一，人眾將近千萬，可徵發兵士八十餘萬，任何一個戰國都不足以與之抗衡。長久相持，周室王權當再度統領天下！」

「好——謀略。」周顯王說話間又打個呵欠揉揉眼睛，看著面前這個英挺俊朗的名士，彷彿來了興趣，隨和地笑道，「先生，你想過沒有，以何結盟天下小諸侯？糧食、財貨、兵器、衣甲、戰車、馬匹、鐵材、銅材、金錢，王室有麼？沒有這等物事，如何做得盟主？再說，二十三小諸侯天各一方，被各個大戰國擠在旮旯縫隙之中，稍有動靜，輒有滅頂之災，誰敢做仗馬之鳴？」搖搖頭苦笑一聲，「蘇秦，你尚欠火候也。」

蘇秦一怔，亢聲道：「瓦全何如玉碎？只要天子舉起王旗，諸多難題當迎刃而解。」

「玉已成瓦，想做玉碎，難矣哉！」周顯王搖頭擺手，顯然不想再說下去。

蘇秦無計可施，歎息一聲便想告辭。周顯王卻招了一下手，讓女官扶他下了那張特大的青銅臥榻，踱著步子慨然道：「蘇秦啊，看你也非平庸之士。原先有個樊餘，也勸過我振作中興。非不為也，實不能也。人力能為，何待今日？子為周人，便是國士。找個大國去施展吧，周室王城已經是一座墳墓了，無論誰在這裡，都得做活死人。」說罷一聲深重的歎息。蘇秦默然，撲地一拜，起身拱手告辭。

「先生，且慢了。」周顯王眼睛有些濕潤，「王室拮据，賜先生軺車一輛，望先生為周人爭光。」說罷，深深一躬。

蘇秦大為驚訝，連忙撲地拜倒：「天子大禮，蘇秦何敢當之？謝過我王賞賜！」

「汗顏不及，何須言謝？」周顯王擺擺手，吩咐女官，「燕姬，你帶先生去，尚商坊青銅軺車。」便回過身去了。

那位女官向愣怔的蘇秦微微一笑：「先生，請。」

蘇秦恍然醒悟，跟著女官走出了燈燭殿堂，走出了幽暗長廊。乍到陽光之下，兩人同時搗了搗眼睛。待蘇秦放開手，卻驚訝得說不出話來——這個女子竟是如此之美！一領翠綠的曳地絲裙，一片雪白的搭肩直垂在腰際，一根玉簪將長髮攏成一道黑色的瀑布，身材修長纖細卻又豐滿柔軟。如此簡單的衣著，如此單純的色調，在她身上卻顯出了一種非常高雅的儀態，當真令蘇秦不可思議。看那女子，也在默默地注視自己，含蓄的笑意充盈在嫣紅的臉龐。

「蘇子，請向這廂。」女子輕聲禮讓。

一聲「蘇子」，蘇秦心頭驀然一陣熱流。這不經意的稱謂改變，在蘇秦卻有一種微妙的震顫。按當世習慣，稱「先生」乃完全的敬意，「子」雖用於卓然大家，但在非禮儀場合，卻有著敬慕親切的意味。這種微妙，非其人其時不可以言表。心念一閃，蘇秦拱手道：「敢問女官，如何稱謂？」

「我叫燕姬，祖籍燕人。蘇子直呼可也。」女子嫣然一笑，領步前行。

「燕姬辛勞，蘇秦多謝了。」

「敢問蘇子：洛陽城外，今夕何年？」

蘇秦愕然止步，隨即恍然歎息道：「天上宮闕，竟不知今夕何年？洛陽之外，早已天地翻覆了。」

今歲是：齊威王二十三年，魏惠王三十七年，楚威王六年，秦新君二年，韓宣侯元年，趙肅侯十六年，燕文公二十八年。紀年已亂，不知燕姬想知道哪國紀年？」

「方今燕國，情勢如何？」

「燕國大而疲弱，法令國制沒有變革。然則，尚算安定。」

「蘇子離周，欲行何方？」

蘇秦慨然道：「天子不振，我欲去一個最具實力的國家，一展胸中所學。」

說話間不覺已到了王城府庫。這是一座有上千間堅固石屋的城中之城，除了糧食，所有的朝貢物資及王畿尚坊製品都收藏在這裡。周平王東遷初期，這座天下第一府庫當真是滿當當盈積如山，銅幣、衣物、兵器、車輛等，多有鏽蝕腐朽而白白扔掉者。滄桑巨變，這座天子府庫像刺破了的皮囊，倏忽間癟縮了下來，只剩下大約十分之一的石屋有物事可放了。整個王城，只有這裡駐守著數百名老軍。箭樓下，府庫城堡的大石門緊閉著，只留了一車之道的小門供人出入。城堡外矗立著一座司庫官署，不時有侍女內侍出入領物，倒略有些人氣。

燕姬將一面小小的古銅令牌交司庫驗看，宣明了賞賜蘇秦的王命。

老司庫滿面通紅，尷尬地笑著：「我王不知，封贈賞賜用的青銅軺車，唯餘六輛了。還都是輪破轅裂，如何是好？」燕姬倒是坦然，淡淡道：「古云：雷霆雨露皆王恩。天子賜車，原不在富麗堂皇。蘇子以為如何？」蘇秦不禁暗暗欽佩這個美麗女子的見識，她完全知道「王車」對於他的意義，由衷笑道：「燕姬所言極是，天子賞賜，原在獎掖臣民。」

老司庫說聲「如此請稍等片刻」，便進了府庫石門。大約半個時辰，咣噹咣噹的車聲駛出了石門道，駕車的兩匹白馬瘦骨嶙峋，確實是毫無氣象。老司庫臉上流著細汗，將古銅令牌與鏽跡斑駁的軺車一起交到燕姬手中。

燕姬看看蘇秦，遞過馬韁馬鞭：「可會駕車？」

「尚算不差。」蘇秦躬身一禮，從燕姬手中接過馬韁馬鞭，「蘇秦告辭。」

「莫忙，我送你出王城，許多路不能走了。」燕姬笑笑，「你得先牽著馬走。」

古老的青銅軺車在石板地面咣噹咯吱地響成一片。蘇秦富家名士，對高車駿馬熟悉不過，生平第一次挽如此破舊的王車，竟有些侷促起來，不知如何應對身旁這位美麗的女子，更不知該不該對這般王車評點一二，一時竟無話可說。燕姬似乎毫無覺察，默默行走間突然問道：「蘇子家居何街？」

「洛陽城北乘軒里，蘇莊。」

燕姬驚訝了：「如何？蘇子不是國人麼？」

蘇秦笑道：「女官有所不知，方今世事大變，國人出城別居已成時尚，只洛陽尚算罕見。蘇氏老宅在城內官市坊，已經做了店鋪，無人居住了。」

「郊野孤莊，定然是清爽幽靜了。」燕姬一句讚歎，神往之情油然而生。

突然之間，蘇秦覺得面前這個高貴美麗的女子封閉在這古老幽暗的城堡之中，直是暴殄天物，脫口而出道：「惜乎女官身在禁地，否則，蘇秦當邀女官一遊天下。」

「王城裡的樹葉，都難綠也。」燕姬望著枯枝丫杈的老樹，幽幽一歎。

「樹猶如此，人何以堪？」蘇秦慨然止步。

燕姬抬頭望望王城宮牆：「蘇子，今日一別，後會有期。」

「人間天上，何得有期？」蘇秦悵然了。

燕姬淡然一笑道：「若得有期，蘇子莫拒人於千里之外。」說罷飄然去了。

蘇秦怔怔地凝望著那個美麗的背影消失在高高的宮牆之內，良久不能移步，驀然之間，覺得自己在這裡長久佇立很不得體，跳上軺車咣噹咯吱地去了。出得洛陽，已是日暮，眼見夕陽殘照，金碧輝煌的壯麗王城化成了紅綠相間的怪誕色塊，大片烏鴉在宮殿上空聒噪飛旋，隱隱的編鐘古樂夾雜其中，一派莊嚴的沉淪，一派華貴的頹廢。蘇秦不禁感慨中來，猛然打馬一鞭，破舊沉重的軺車咣噹叮咚地去了。

四、安邑郊野的張家母子

離開洛陽，張儀星夜趕回了安邑。

和蘇秦相比，張儀不能那麼灑脫地不管不顧。

張家祖上本是附庸農戶，隸農身分。還在魏文侯任用李悝變法的時候，張儀的曾祖有幸成了第一批脫籍的自由庶民，分到了兩百畝私田。曾祖勤奮力耕，晚年時已經成了殷實富戶。其時吳起正在魏國招募士兵，準備與秦國爭奪河西之地。張儀的大父（註：大父，春秋戰國時期對祖父的正式稱呼）投軍做了「武卒」。吳起訓練的魏武卒是步兵，必須身穿鐵片連綴的重鎧、手執長矛、身背強弓與三十支長箭，並攜帶三天乾糧乾肉，連續疾行一百里且能接戰方算合格，是魏軍最精銳的攻堅力量。武卒的地位與騎士同等，是很難得的榮譽。在魏國變法前，隸農子弟是沒有資格做騎士與武卒的。大父本是苦做農夫，做了武卒，感念新法功德，在軍中任勞任怨勇猛作戰，幾年後便被賞罰嚴明的吳起晉升為千夫長，十年後又做了統轄萬卒的將軍。張家從此成為新興貴族。後來，吳起受魏國上層排擠，離開了魏國，大父再也沒有晉升。

再後來，父親一輩棄武從文，做了魏武侯時期的一個下大夫，主司鹽業。誰想在魏武侯死後，父親卻莫名其妙地捲入了混亂的權力漩渦，成了公子罃政敵中的一員。後來公子罃戰勝即位，成了魏王，父親一黨慘遭塗炭。雖說是職位最小的「黨羽」，父親還是被放逐到離石要塞做了苦役。沒有三年，父親便在苦役折磨中死去了。那時候，父親還不到三十歲，母親正是盈盈少婦，他們唯一的兒子張儀才只有三歲。大難臨頭，母親沒有絲毫的慌亂，她賣掉了安邑城內的府邸，埋葬了父親，安頓遣散了絕大部分僕役，搬到了安邑郊外的僻靜山谷。遷出後，母親切斷了與官場的所有「世交」，也切斷了與族人的一切往來，帶著幾個義僕，在幾乎與世隔絕的山谷裡艱難謀生。

那時，母親最大的事，是為小張儀尋覓老師。

也是遇合湊巧。兩年後，幽靜的山谷居然撞來了一位雲遊四海的白髮老人。老人在山溪邊遇見了唱著《詩》採藥的小張儀，問答盤桓了大半個時辰，老人帶著小張儀找到了張家簡樸幽靜的莊園。老人說了他的名號，母親喜極而泣大拜不起。老人只說了一句話：「此子難得，乃當世良才也。」便帶走了小張儀。倏忽十三年，張儀沒有回過家，母親也沒有到山裡找過他。

張儀出山歸家，堪堪四十歲的母親已經是白髮蒼蒼的老嫗了。偌大莊園，只有一個老管家帶著三個僕人料理。張儀心痛不已，決心擱置功業，在家侍奉母親頤養天年。誰想母親卻是個剛強不過的女子，見張儀守在家裡不出門，便知兒子心思。一日，母親命小女僕喚來張儀，開門見山問：「張儀，你修學十餘年，所為何來？」

「建功立業，光耀門庭。」張儀沒有絲毫猶豫。

母親冷笑：「你習策士之學，卻離群索居，如何建功立業？」

「母親半世辛勞，獨自苦撐，雖是盛年，卻已老境。兒決意在家侍奉母親天年，以盡人子孝道。」張儀含淚哽咽著。

母親正色道：「論孝道，莫過儒家。孟母寡居，孟子卻遊說天下。孟子不孝麼？孟母不仁麼？你師名震天下，你卻不識大體，拘小節而忘大義，有何面目對天下名士？」

「兒若離家遊國，高堂白髮，淒淒晚景，兒於心何安？」沉默半日，張儀還是堅持著。

「你隨我來。」母親拄著木杖，將張儀領到後院土丘上那間孤零零的石屋，推開門道，「這是張氏家廟。你來看，張氏祖上原是隸籍，自你曾祖開始小康，大父為將，乃父為官，至今不過四代。張儀，你對著張氏祖宗靈位說話，你這第四代張氏子孫，如何建功立業？」

看著石屋內三座木像並陪享祭祀的歷代尊長，驚訝之中，張儀對母親產生了深深的敬意。他從來沒有來過這座家廟，也不知道這後院有一座家廟。按照禮法，立廟祭祖是諸侯才有的資格，尋常國人何談家廟？蘇秦可謂富裕大家了，可莊園裡也沒有家廟。凝神端詳，張儀明白了，這家廟一定是母親搬出安邑後建的，而且就是為了他建的。

張氏幾遭滅門大禍，男丁唯餘張儀，還不能留在身邊；建家廟而激勵後人，決意守住張氏根基，這便是母親的苦心。張儀望著白髮蒼蒼的母親，不禁悲從中來，伏地跪倒，抱住母親放聲痛哭。母親毫不動容，頓頓手杖道：「張氏一族是重新振興，還是再次淪落，全繫你一人之身，這是大義。孝敬高堂，有心足矣，拘泥厮守，忘大義而全小節，豈是大丈夫所為？」

張儀思忖半日，起身一禮：「母親教誨，醍醐灌頂，張儀謹遵母命！」

從那日開始，張儀重新振作。第一件事，就是趕赴洛陽會見蘇秦。他與蘇秦做了十多年師兄弟，山中同窗修習，遊歷共沐風雨，雖非同胞，卻是情同手足。去年夏日，二人一起出山，商定先各自回歸故里，拜見父母並了卻家事後再定行止。半年過去了，自己蝸居不出，安邑幾個世交子弟邀他去大梁謀事，他也都拒絕了。如今要定策士大計，張儀第一個想見的，不是那些張氏「世交」的膏粱子弟，而是蘇秦。在張儀心目中，只有蘇秦是自己的知音，如同俞伯牙的琴中心事只有鍾子期能夠聽懂一樣。蘇秦非但志向遠大，且多思善謀，與他謀劃大業，真是一件令人愉快的事情。

離開蘇莊，張儀很是振奮。他已經有了自己的明晰計畫——先謀魏，次謀齊，再謀楚。三國之中，總有自己一展抱負的根基之地。更重要的是，他與蘇秦達成的默契——各謀一方，只有呼應而沒有傾軋。蘇秦說得好：良馬單槽。有此一條，兩人都感到了輕鬆。同別士之間的競爭，他們都不屑一顧。兩人都覺得，只有對方才是自己勢均力敵的對手，只要他們之間不撞車，縱橫天下就沒有對手。蘇秦不久就要西行入秦，自己也要立即奔赴大梁。不久，兩人的名聲就會傳遍天下，豈非快事一樁？

快馬疾行，天未落黑時，張儀回到了安邑郊外的山谷。

看著兒子風塵僕僕卻又神色煥發，母親臉上的皺紋第一次舒展開來。她默默地看著張儀吃飯，待他狼吞虎嚥地大嚼完畢，淡淡笑道：「儀兒，要走了？」

「回母親，兒明日要去大梁，歸期尚是難定。」

母親笑了：「尚未出門，何論歸期？娘是說，要送你一件禮物。」

「禮物？」張儀一笑，「一定是上好的酒囊飯袋了。」

「就曉得吃。」母親疼愛地笑笑，篤篤篤頓了幾下手杖，一個清秀少年走了進來，向母親躬身一禮：「見過主母，見過公子。」母親喟然一歎：「儀兒，這孩子叫緋雲，是娘給取的名字。六年前，這孩子餓昏在山谷裡，娘救了他。他無家可歸，娘又收留了他。這孩子聰慧伶俐，幫著娘料理家事，也粗粗學會了識文斷字。你孤身在外闖蕩遊歷，娘就教緋雲給你做個伴當。」

「母親……」張儀心頭一陣酸熱，「兒不能盡孝侍奉，原已不安。緋雲正是母親幫手，兒萬萬不能帶走，再添母親勞累。」

「傻也。」母親笑道，「莊中尚有幾個老僕，不用娘操持。娘想過了，兒既為策士，周旋於諸侯之間，難保沒有不測。緋雲跟了你，緩急是個照應。這個孩子，難得也。」

「母親……」張儀知道母親的性格，她想定的事是無法改變的。

三日之後，張家的一輛輕便軺車上路了。

軺車是母親按照父親生前爵位的規格，在安邑作坊打造的。桑木車身，鐵皮車輪，只要一馬駕拉，簡樸輕便卻又很是堅固。車蓋規格只打了四尺高，是中等爵位的軺車，既實用又不顯張揚，倒很合乎張儀布衣之士的身分。按照官場規矩，這種軺車應由兩馬駕拉，再有一名專門駕車的馭手。但戰國以來名士出遊，但凡有車者都是親自駕馭。如此，軺車可以打造得更加輕便，只稱一人之重一馬之力。母親打造的這輛軺車也是此等時尚規格，宜於一人一馬，若加一馭手，軺車便顯滯重。但令張儀驚訝的是，這個青衣短打布帶束髮的小緋雲彷彿沒有重量，扭身飄上車轅，張儀在車廂中竟沒有任何感覺。也不見他揚鞭，馬韁只輕輕一抖，軺車便輕靈上道，轔轔飛馳，不顛不簸很是平穩。張儀不禁脫口讚道：「好車技。」少年回眸一笑：「公子過獎了。」驀然之間，張儀注意到這個小僕人竟是如此一個英俊少年，清秀明朗，雙眸生光，一頭長髮黑得發亮，若再健壯一些，當真是個美男子。張儀高聲道：「緋雲，你有姓氏麼？」

「沒有。」緋雲答了一聲，沒有回頭。

華夏族人的姓氏，原本不是人人都有。夏商周三代，只有世家貴族才有姓氏，且多以封地、封爵或官號為姓，如同一個部族的統一代號。尋常國人有姓者很少，隸籍庶民就更不用說了，都是有名無姓。春秋時期，禮崩樂壞，身分稍高的「國人」也都有了姓，或從族中官吏尊長，或從原本的封國，或從自己所賴以謀生的行當，譬如鐵工就姓了「鐵」，不一而足。戰國以來，變法此起彼伏，各種奴隸紛紛成為自由平民，姓氏也就普及起來了。張儀的「張」姓，就是曾祖脫去隸籍後從了「老國人」中的姻親定的姓，至今已經四代。現下還沒有姓氏的，就是那些還沒有脫去隸籍的官奴與山野湖海的隸農、藥農、漁人、獵人等所謂賤民。而這些人在魏國已經很少，燕趙楚三國則依然很多。如此說來，這位俊僕倒有可能不是魏國人，而很可能是逃離本土到魏國謀生的饑荒遊民。心念及此，張儀也就沒有再問，他不願意這個英俊少年傷心。

大梁、安邑是新舊兩個都城。兩地之間的官道寬闊平坦，輕便軺車馬不停蹄，一天一夜便可到達。但張儀原非緊急軍情，神色疲憊地急吼吼趕道，反倒有失名士氣度，自然就不想趕得緊。日暮時分，渡過大河，他便想在南岸的廣武歇息一夜。緋雲自然是聽他安排，主僕二人在廣武城外一家可以餵馬的小客棧住了下來。

安頓好馬匹，緋雲問：「公子，往房間裡送飯吧，外邊人多。」

張儀笑道：「人多好啊。走，外邊。」

兩人來到客棧大堂，只見寬大簡樸的廳堂座座有人。緋雲正在皺眉，正好侍者收拾完窗口邊一張案几，走過來殷勤地請他們入座。一落座，緋雲便向侍者吩咐道：「一葷一素，兩份湯餅。」侍者連聲答應著去了。張儀驚訝道：「緋雲，你如何知曉廣武的湯餅名吃？」緋雲笑道：「學的。主母教了我許多。」說著看看窗外，只見廳堂外的大院子裡蹲滿了人，淨是布衣短打，一邊嚼著乾餅一邊呼嚕呼嚕地喝著菜湯，一片熱氣騰騰。緋雲詫異道：「這地方忒怪吔，城小，卻車多人多，擠得像個水陸碼頭吔。」

張儀笑了：「這廣武，雖是大河南岸的一座小城，卻因東南數十里有一座著名的敖倉，便生出了商旅大運。敖倉是魏國的最大糧倉，每日進出運糧的牛車馬隊絡繹不絕。但敖倉周圍十里之內都是軍營，不許車馬停留。繳糧調糧的車馬隊，只有到最近的廣武城外歇腳打尖。時間一長，這廣武便成了敖倉的連體根基。你看，廣武最大的怪異處，是城外繁華，城內冷清。窗外吃喝的，是各郡縣的車役挑夫；廳堂裡用飯的，十有八九都是押運的縣吏。」

緋雲不由肅然起敬：「公子懂得真多，緋雲長見識了。」

張儀哈哈大笑，覺得這個俊僕當真聰慧可人。

此時飯菜酒已經上齊，一方正肉，一盆青葵，兩碗羊肉湯餅，小小一罈楚國的蘭陵酒。緋雲對侍者說：「你去，我來。」利落地打開酒罈，給張儀斟滿一碗捧到面前：「公子請。只此一罈。」張儀恍然，心知母親怕自己飲酒誤事，教緋雲時刻提醒自己，感慨笑道：「一罈三斤，只飲一半，餘下的留在路上便了。」緋雲大約沒想到公子如此好侍候，意外地高興。張儀大飲一碗，連連讚歎，教緋雲也來一碗。緋雲連連搖頭，說自己從來不飲酒。張儀慨然道：「大丈夫同路，如何能滴酒不沾？這楚國蘭陵酒甜潤清涼，醉不了的，來！」緋雲無奈，皺著眉喝下一碗，一時滿面潮紅，嗆得連連咳嗽。

張儀不禁笑道：「滿面桃花，緋雲像個女兒家。」緋雲大窘，臉更加紅了。

第二天太陽上山，張儀的輕便軺車駛出廣武客棧，直上官道。經過敖倉時，忽見敖倉軍營的馬道上塵土飛揚，直向官道而來。緋雲怕前行趕得太急，跟在後面又要吃落土，便停車靠在道邊，要等敖倉馬隊去遠了再走。片刻之間，馬隊從軍營中衝來，當先一面幡旗在煙塵中迎風招展，旗上分明大書一個「先」字。

張儀驚喜，霍然站起高喊：「先兄——張儀在此！」

喊聲方落，馬隊驟停，當先一輛軺車拐了過來。車蓋下，一個高冠紅服長鬚拂面的中年人遙遙拱手笑道：「張兄好快！我正要去大梁先期周旋也。」

張儀已經下車，走到對方車前拱手笑道：「不期而遇先兄，不勝欣慰。本說下月去大梁，怎奈家母催逼，早了日子，先兄見諒。」

來人也已下車，拉住張儀笑道：「無妨無妨。好在我只是引見，無須多費周折。成事與否，全在張兄自己了。」

「自當如此。張儀不會連累你這個敖倉令擔保舉薦。」

「哪裡話來！張兄國士，我區區小吏，何有資格擔保舉薦？」

兩人一齊大笑，敖倉令道：「張子，並車同行如何？」

張儀拱手道：「不必了。先兄官務在身，多有不便。到得大梁，張儀自來府上拜訪。」

「張子既不想張揚，先轢也不勉強，大梁見。」回身登車，揚塵而去。

待敖倉令的馬隊走遠，張儀方才登車緩行，向大梁轔轔而來。這個敖倉令先轢，祖上本是晉文公時的名將先軫。似乎應了一句古老的讖語，「名將無三世之功」，先氏後裔竟棄武從文，始終沒有大進。先轢也只做了個司土府轄下的敖倉令，算是個有實權而無高位的中爵。雖然如此，先氏的聲望猶在，先轢在大梁依舊是魏國聞人。張儀的父親也曾在司土府任事，與當時做司土府都倉廩的先轢父親同事，有通家之好，所以張儀與先轢也算得是世交了。後來張氏罹禍，搬出安邑，兩家往來也就中斷了。張儀年少入山，與這先轢從未謀面，自然也不認識了。但張儀從王屋山修習歸來，在大梁安邑的士大夫中已經有了名士之譽，先轢慕名拜訪，世交又自然恢復了。先轢為張儀引見了諸多「朋友」，都是當年司土府官吏的後裔，自嘲是大梁的「司土黨」。敘談世交情誼之餘，眾人紛紛鼓動張儀來大梁做官。張儀只是高談闊論，並沒有接這個話題。在他心目中，魏國雖是祖國，但吏治太腐敗，正是自己這種才具之士的天敵，所以並沒有想留在魏國。再則，他對憑藉朋黨裙帶謀官謀事素來厭惡蔑視，自然也不想過深捲入到「司土黨」裡去。

洛陽之行，與蘇秦一夜長談，張儀大受啟迪，重新審視了魏國，覺得自己不應該放棄在魏國的努力。無論如何，魏國的強大根基猶在，若能根除侈靡腐敗而重新振作，統一六國還是比其他戰國有利得多。有了這一番思謀，便在從洛陽回家的途中取道大梁，似乎無意，拜會了一個「司土黨」，酒酣耳熱間透露了自己想在大梁謀事的想法。張儀的本心，是給自己原先的婉拒打個圓場，不想無端開罪於「司土黨」，並沒有請「司土黨」斡旋引見的意思。誰知對方是個官場老手，世故老到，認準了是張儀放不下名士身分而做出的委婉含蓄姿態，其實就是要「司土黨」給他修橋鋪路。「司土黨」中若有了張儀這等名士身居高位，自然是勢力大漲，所以對張儀的清高也毫不計較。

消息傳開，便有了「司土黨」首吏——敖倉令先轢回大梁為張儀斡旋之事。

凡此種種，張儀都蒙在鼓裡。張儀走的是當世名士的路子，直接求見君主，無須任何人從中引見。這種方法簡單扎實，既能充分體現名士天馬行空特立獨行的風骨，又對君主的識人眼光與用人膽略有直接考量的效果；成則一舉公卿，不會陷於任何官場朋黨；敗則飄然另去，不會將大好光陰空耗在無休止的折衝斡旋之中。這是春秋戰國以來，實力派名士不約而同的路子。孔子、孟子、范蠡、文種、吳起、李悝、商鞅，以及他們身後的諸多名士，幾乎無一例外地採取了這種做法。張儀一身傲骨，如何能狗苟蠅營於朋黨卵翼之下？因了這種想法一以貫之，堅定明確，所以張儀從來沒有求助於人的企圖，與誰都是海闊天空；不合多了一番心思，想消除一個無端對手，卻引出了一場額外的「援手」；偏偏張儀渾不知曉，見了敖倉令先轢也還是左右逢源地虛應故事，使先轢不得要領，悻悻而去。

一路消閒，夕陽銜山時到了大梁。

北門外，早有敖倉令先轢帶了「司土黨」幾個實權官員在迎候，要接張儀到先轢府上接風洗塵。此時，張儀才覺得事情有些擰，好在他心思靈動，略一思忖，吩咐緋雲驅車去安置客棧，而後在先轢府外等候自己，他則與先轢同乘一車去赴酒宴。這便是委婉地與「司土黨」保持了距離，顯示了自己的獨立。「司土黨」本來已經商定，張儀住在先轢府，覲見魏王謀官一事，由「司土黨」合力斡旋，如今見張儀如此作派，一時頗感難堪，氣氛不由彆扭起來。

張儀一擰，接風酒宴便顯得客氣拘謹起來。雖然張儀做出渾然不覺的樣子，照樣海闊天空，然卻閉口不談大梁覲見之事。這在對方，覺得大失體面，人人尷尬，自不想再與這個不識抬舉的名士著實結交，酬酢便冷淡了下來。直到酒宴結束，也沒有人提及引見舉薦之事。不到初鼓，接風洗塵告罷，沒有一人送張儀前去客棧。張儀毫不在乎，一一打拱辭行，跳上緋雲的軺車大笑著揚長而去了。

回到客棧，緋雲已經事先關照客棧侍者備好了沐浴器具與大桶熱水。張儀在熱氣蒸騰的大木盆中浸泡，心中卻思謀著明日的說辭對策，「接風」酒宴的些許不愉快，也煙消雲散了。沐浴完畢，緋雲捧來一壺冰鎮的涼茶。張儀咕咚咚牛飲而下，胸中的灼熱酒氣蕩滌一去，頓感清醒振作，吩咐緋雲自去歇息，自己從隨帶鐵箱中取出了一卷大書，在燈下認真琢磨起來。緋雲知道這是公子每日必做的功課，不再多說，掩上門去了。

這是一本羊皮紙縫製的書，封面大書「天下」兩個大字。大皮紙每邊一尺六寸有餘，攤開占了大半張書案。竹簡時代，這種羊皮紙縫製的書算是極為珍貴的了，只有王侯公室的機密典籍與奇人異士的不傳之祕，才用這種極難製作的羊皮紙繕寫。面前的這本《天下》，是老師積終身閱歷，並參以門下諸多著名弟子的遊歷見聞編寫的，書中記載了七大戰國與所存三十多個諸侯國的地理、財貨、國法、兵制、吏治、民風等基本國情，頗為翔實。更重要的是，各國都有一幅老師親自繪製的地理山川圖，要隘、關塞、倉廩、城堡、官道路線等無不周詳。在當世當時，只有鬼谷子一門有能力做如此大事。因為，非但老師本人是五百年一遇的奇才異士，所教弟子也盡皆震古鑠今的經緯之士。別者不說，獨商鞅、孫臏、龐涓三人，就足夠天下側目而視了。這本《天下》，就是包括了蘇秦張儀在內的這些學生的心血結晶，如何不彌足珍貴？臨出山前，老師特意教他與蘇秦各自抄寫了一本《天下》，作為特別的禮物饋贈兩人。抄完書的那天，老師親自在封皮題寫了書名，又在扉頁寫了「縱橫策士，度勢為本」八個大字，便送他們出山了。

張儀將《天下》中的七大戰國重新瀏覽一遍，對獻給魏王的霸業對策已經成算在胸，思謀一定，倦意頓生，上得臥榻呼呼大睡了。

清晨起來，張儀精神奕奕。緋雲笑道：「吔，公子氣色健旺，要交好運了。」張儀攬住緋雲肩頭笑道：「緋雲，不要叫公子，我又不是世家膏粱子弟，聽得不順。」緋雲驚訝：「吔，教我如何稱呼？」張儀略一思忖道：「共車同遊，就呼我張兄可也。」緋雲面色脹紅：「如何使得？壞了主僕名分吔。」張儀揶揄道：「不知曉禮崩樂壞麼？你只管叫就是。」緋雲囁嚅道：「張兄……我，等你回來中飯？」

張儀大笑：「便是如此了。中飯我不定回來。你收拾好行裝車輛，也許，就要搬到大地方了。」說罷揚長而去。

五、張儀第一次遭遇挑釁

大梁王宮今日特別忙碌。

魏惠王要出城行獵。陪獵大臣及內侍、禁軍從五更就開始忙起來。這是遷都大梁以來魏惠王首次出獵，王宮上下特別興奮。車輛、儀仗、馬匹、弓箭、帳篷、酒器、賞賜物品、野炊器具等，忙得上下人等穿梭般往來。天一亮，丞相公子卬進宮檢視。他是魏王族弟，又是圍獵總帥，逐一落實細務後又調撥各路軍馬、指定各大臣的陪獵位置、確定行獵路線、委派各路行獵將軍、宣布獵物賞賜等級等，又是大忙一番。一切妥當，剛好太陽升起到城樓當空的辰時，只等魏王出宮，行獵大軍便要浩浩蕩蕩地開出。

「大王出宮——」大殿口老內侍一聲長呼，魏惠王全副戎裝甲冑，大紅斗篷，後邊跟著婀娜多姿的狐姬走出了長廊。殿外車馬場的王子大臣軍兵內侍齊聲高呼：「魏王萬歲！王后萬歲！」魏惠王步履輕捷，矜持微笑著向三軍與大臣招手，似乎從來都是這般欣然。

三年前丟失河西之地，而後遷都大梁，魏惠王一直很是鬱悶。龐涓戰死，龍賈戰死，公子卬竟被商鞅俘虜了一回。魏國非但丟失了占據六十多年的大河西岸土地，而且連河東的離石要塞與包括函谷關在內的崤山，也一併讓秦軍占了去。安邑屏障頓失，簡直就在秦軍的鐵蹄之下。無奈之中，提前遷都大梁，舉國上下很是灰溜溜了一陣。好在遷都大梁準備了好多年，本來就在籌劃之中，也算是朝野盡知，沒有引起很大的混亂。再說，魏國的本土也還算完整，丟失的都是祖宗奪取的秦國土地，所以還沒有動搖根本。要在其他缺乏根基的邦國，遭逢這「失地千里，喪師遷都」的重大打擊，引起內亂逼宮都是經常有的。開始，魏惠王倒也是心驚膽戰了好一陣子，後來見國人權臣尚算安定，便漸漸緩了過來。回頭一想，暗自好笑，自己平定內亂於危難之中，振興國威三十年之久，縱有小敗，何至國人不容？如此一想，負罪歉疚之心頓消，精神又振作了起來，圖謀好好地搜羅幾個吳起商鞅那樣的名士大才，將失去的霸業再奪回來。

魏惠王決意要重振雄風，蝸居書房，宣來丞相公子卬很是謀劃了一陣子。公子卬盛讚魏王「宵衣旰食，為國操勞」。魏惠王大是欣慰，立即覺得身為一國之君須得張弛有度。於是，公子卬的行獵主張當即被欣然採納。於是，就有了這場「將大長國人志氣」的狩獵舉動。

「稟報我王——」掌宮老內侍氣喘噓噓跑來，「孟子大師率門生百人，進入大梁，求見大王。」

魏惠王大為皺眉，覺得這老夫子來得實在掃興。但這孟子乃儒家大師，算得上是天下第一老名士了，若因行獵不見，傳揚開去可是大損聲望，魏國正當用人之際，如何拒絕得如此一個招牌人物？思忖有頃，魏惠王對公子卬無可奈何地笑笑：「撤銷行獵，儀仗迎接孟夫子。」片刻之間，早已準備好的行獵鼓樂手列隊奏樂，王宮中門大開，魏惠王率領陪獵大臣迎出宮來，一切就便，快捷非常。

然這聲勢，卻使孟子大吃了一驚。

孟子在列國奔波多年，來魏國也不知多少次了。儒家的為政主張已是天下皆知，無論大國小國，雖然無人敢用儒家執政，卻也沒有哪個國家敢無故開罪於這個極善口誅筆伐的學派。時日長了，孟子也明白了此中奧妙，打消了出仕念頭，將遊歷天下看作了講學傳道的生涯。各國君主也看出了奧妙，對孟子師生也不再心懷芥蒂，而樂得為自己博個禮賢下士的名望。如此一來，儒家竟與各國君臣奇妙地融洽了起來，舉凡所過國家，都是一番祥和隆重的禮遇，比起當年孔夫子的惶惶若喪家之犬，可要氣派堂皇多了。國君不問政事，孟子也只談學問，留下了許多膾炙人口的問答篇章。

這次，孟子回歸魯國故里，路經大梁，本沒有想拜見魏惠王。畢竟，孟子對這些徒有聲勢而不涉實際的應酬也有些不耐。但在路上卻聽到一個消息：魏惠王要出大梁行獵三日。孟子突發心思：既然魏惠王要出獵，不妨前去拜望，既免去了應酬之苦，又還了魏惠王平素對孟子禮敬有加的情誼，豈不妙哉？這一手也是孔子首創。當年，孔子不想與陽貨交往，又脫不得禮儀，故意在陽貨不在家時前去「回拜」，結果自然是兩全其美。今日之拜見魏惠王，正與孔老夫子見陽貨有異曲同工之妙，孟子還真有些小小得意。

孟子熟知各國禮儀，知道魏國行獵的王制是「卯時出城，無擾街市庶民」，便吩咐大弟子萬章教車隊緩行，趕辰時到達大梁即可；此時魏王出城已經一個時辰，正好「全禮」而歸，不誤自己的行程。孰料人算不如天算，偏偏魏惠王因遷都大梁後首次出獵，宣布改了王獵規制，變作「辰時出城，以利庶民觀瞻」，意在教國人看看王室的振作氣象。不想恰恰遭逢了孟子前來拜會，就勢行事，大張旗鼓地開中門率群臣迎接孟子。這一番意外，如何不教正在悠然自得的孟子大為驚訝。

「孟老夫子，別來無恙啊？」魏惠王遙遙拱手，滿臉笑意。身後的大臣也是一齊躬身作禮：「見過孟夫子！」

孟子遠遠地聽見鼓樂奏起，就已經下車了，及至看見魏惠王君臣戎裝整齊地迎來，就知道自己算計不巧觸了霉頭，心中大是彆扭。但孟子畢竟久經滄海，立即換上了一副坦然自若的笑容迎了上去，長躬到底：「孟軻何能，竟勞動魏王大駕出迎，孟軻無地自容也。」

魏惠王嫻熟地扶住了孟子：「當今天下第一名士光臨大梁，為大魏國帶來文昌隆運，本王敢不盡地主之誼乎？」說完順便拉起孟子的左手，環顧左右大臣：「諸位臣僚，到大殿為孟夫子接風洗塵。

孟老夫子，請。」便與孟子執手走向富麗堂皇的王宮正殿。孟子的學生也壓根沒想到會有這場突如其來的隆重禮遇，一個個被禮賓官員們「侍奉」得方寸大亂。最後總算是紛紛聚合到大殿，開始了接風酒宴。

禮賓應酬，魏惠王向來喜歡鋪排大國氣度，場面宏大，極盡奢華。這次又是借行獵之勢接待天下大宗師，自然更不會省略。鐘鼓齊鳴，雅樂高奏，燦爛的舞女教孟子眼花撩亂。酬酢反覆，禮讓再三，孟子依然淡淡漠漠，一副若有所思的神態，沒有往日高談闊論的興致。魏惠王是應酬高手，很善於找話題，見孟子落落寡歡，便關切地問起孟子在齊國的境況。孟子見問，不勝感慨，說已經辭了稷下學宮的館爵，準備回魯國興辦儒家學宮了。

魏惠王大為興奮，立即力勸孟子來魏國興辦學宮，職任學宮令，爵同上卿。

孟子淡然一笑：「孟軻兩鬢如霜，老驥不能千里，望大王恕罪。」

魏惠王哈哈大笑，連連勸慰孟子不要歉疚，並慨然許諾，將資助孟子在魯國興辦學宮。這是一件實事，孟子倒是著實感謝了一番，氣氛便漸漸融洽熱烈起來。

猛然，魏惠王心中一動，離席起身，恭恭敬敬地向孟子一躬：「孟夫子領袖天下士林，敢請為魏國舉薦棟梁大才，魏罃不勝心感。」

孟子大是意外，這是魏惠王麼？他也想起了求賢？

戰國以來，天下名士十之八九出於魏齊魯三國。魯國以儒家、墨家發祥地著稱。齊國以門類眾多號稱「名士淵藪」的稷下學宮著稱。魏國則以治國名士輩出著稱，李悝、樂羊、吳起、商鞅、孫臏、龐涓等皆出魏國，若再加上後來的犀首、張儀、范雎、樂毅、尉繚，魏國簡直可以稱為名將名相的故鄉與搖籃。雖然群星如此璀璨，魏國的光芒卻是一天天暗淡了下去。魏國湧現的大才，除了魏文侯、魏武侯兩代用了一個李悝、大半個樂羊、小半個吳起而使魏國崛起於戰國初期以外，從魏惠王開始，魏國就再也留不住真人才了。

孟子很清楚，舉凡天下才士，莫不以在魏國修學若干年為榮耀。事實上，魏國才是真正的名士淵藪。魏國若要著力搜求人才，完全可以悉數網羅天下名士於大梁。然則，天下事忒煞奇怪。魏惠王的魏國竟成了名士的客棧，往來不斷，卻鮮有駐足。孟子本人也是終身奔波求仕的滄桑人物，如何不知其中就裡？要他薦舉賢才原也不難，非但自己門下盡有傑出之士，就是法家兵家，孟子也大有可薦之名士大才。譬如稷下學宮的鄒衍、慎到等第一流的名士，以及後起之秀荀子、莊辛、魯仲連等。可魏惠王能真心誠意地委以重任麼？禮遇歸禮遇，那與實際任用還差著老遠。有魏罃這樣的國王，公子卬這樣的丞相，誰要給魏國薦賢，那必是自討沒趣。但無論如何，公然的求賢之心，孟子卻是不好掃興的。

思忖有頃，孟子肅然拱手道：「魏王求賢，孟軻欽佩之至。然則，孟軻多年來埋首書卷，與天下名士交遊甚少，急切間尚無治國大才舉薦，慚愧之至。」

「既然如此，日後但有賢才，薦於本王便是。」魏惠王極有氣度地笑著。

殿中一人突然站起：「啟奏我王，臣有一大賢舉薦！」

「噢？」魏惠王一看，竟是敖倉令先轢。他素來不喜歡小臣子搶班奏事，先轢雖是名將之後，畢竟只是個司土府低爵臣工，何來大賢可薦？但方才公然向孟子求賢，此刻也不好充耳不聞，於是矜持地拉長了聲調：「諺云：物以類聚，人以群分。敖倉令職司細務，也有大賢之交？卻是何人也？」

「啟奏我王。」先轢走出一步拱手高聲道，「臣雖職司低微，然因先祖之故，與名士賢才尚有交往。臣所舉薦之人，乃齊國稷下名士惠施。此人正遊學大梁，機不可失。」

「惠施？何許人也？噢——想起來了，他不是在安邑做過幾天外相麼？才情如何？」魏惠王恍然轉向孟子，「若是名士，孟夫子定然知曉也。」

孟子見魏國官場有人薦舉惠施，自然明白是惠施想重回魏國下力斡旋所致，心下便對這種有失名士身分的做法大不以為然。但孟子在公開場合不能計較這些，惠施畢竟還不算徒有虛名之輩，微笑答道：「惠施乃宋國人，久在稷下學宫致力於名家之學，持『合同異』之論，確是天下名士也。」

魏惠王素知孟子孤傲，他說是名士，那一定是大名士無疑，欣然笑道：「好啊！我大魏國正是用人之際。先軫，明日即帶惠施隨同行獵，本王自有道理。」

「謹遵王命！」先軫興奮了，應答得格外響亮。

正在此時，正殿總管老內侍匆匆進殿道：「稟報我王，名士張儀求見。」

「又是名士？」魏惠王不耐地皺起眉頭巡視大殿，「張儀何許人也，誰知道？」

丞相公子卬等幾位重臣齊聲回道：「臣等不知。」

末座中的先軫與左右對視會意，也齊聲答道：「臣等不知。」

「舉朝不知，談何名士？賞他五十金罷了，本王要就教孟夫子，不見。」

「魏王且慢。」孟子擺擺手，臉上露出一絲莫測高深的笑意，「這個張儀，雖則未嘗揚名於天下，然孟軻卻略有所聞。他與蘇秦同出一隱士門下，自詡縱橫策士。魏王不妨一見，或能增長些許見識。」

「好。孟夫子既有此說，見見無妨。」魏惠王大度地揮揮手，「教他進來。」

片刻之間，一個年輕士子悠然進殿，舉座目光立即被吸引了過去——一領黑色大袖夾袍，長髮鬆散地披在肩上，頭上雖然沒有高冠，高大的身材卻隱隱透出一種偉岸的氣度；步履瀟灑，神態從容，在貴冑滿座的大殿中非但絲毫不顯寒酸，反有一股逼人的清冽孤傲之氣。士子從容地躬身作禮道：「安邑士子張儀，參見魏王。」

魏惠王大皺眉頭，冷冷問：「張儀，你是魏人，卻為何身著秦人衣色？」

這突兀奇特的一問，殿中無不驚訝。孟子不禁感到好笑，身為大國之王，婦人一般計較穿戴服色，真乃莫名其妙。此時卻見張儀不卑不亢道：「張儀生地乃魏國蒲陽，與秦國河西之地風習相近，民多黑衣。此無損國體，亦不傷大雅。」

「此言差矣！」丞相公子卬深知魏惠王心思所在，覺得由自己出面更好，便指著張儀高聲道，「魏秦，世仇也！目下正當大魏朝野振作，圖謀復仇之際，魏國子民便當惡敵所好，尚我大魏本色。一介士子，就敵國服色而棄我根本，大義何在！」

張儀滿懷激切而來，迎頭就碰上這令人啼笑皆非的一問，心中頓時膩味，及至聽得這首座高冠大臣振振有詞的滑稽斥責，不禁哈哈大笑道：「公之高論，當真令人噴飯。若以公之所言，秦人好食乾肉，公則只能喝菜湯；秦人好兵戰，公則只能鬥雞走馬；秦人好娶妻生子，公則只能做鰥夫絕後了；秦人尚黑衣，公也只能白衫孝服了？」

話音未落，大殿中已哄然大笑。魏惠王笑得最厲害，一口酒「噗」地噴到了下首公子卬的臉上。公子卬面色脹紅，本想發作，卻見魏惠王樂不可支，頓時換了一副面孔，竟也一臉酒水地跟著眾人哈哈大笑起來，於是禁忌全消，大殿中笑聲更響了。

魏惠王向孟子笑道：「孟老夫子，如此機變之士，常伴身邊，倒是快事也。」

孟子帶著揶揄的微笑：「魏王高明。此子，當得一個弄臣也。」

張儀本傲岸凌厲之士，長策未進卻大受侮辱，不禁怒火驟然上沖，欲待發作，腦海中卻油然響起老師蒼老的聲音：「縱橫捭闔，冷心為上。」瞬息間便冷靜下來。又正色拱手道：「魏王為國求賢，大臣卻如此怠慢，豈非令天下名士寒心？」

魏惠王哈哈一笑道：「張儀，孟夫子說你乃縱橫策士，不知何為縱橫之學？」

「魏王。」張儀涉及正題，精神振作，肅然道，「縱橫之學，乃爭霸天下之術。縱橫者，經緯也。經天緯地，匡盛霸業，謂之縱橫。張儀修縱橫之學，自當首要為祖國效力。」

「經天緯地？匡盛霸業？縱橫之學如此了得？」魏惠王驚訝了。

孟子冷笑著插了進來：「自詡經天緯地，此等厚顏，豈能立於廟堂之上？」

「孟夫子此話怎講？倒要請教。」魏惠王很高興孟子出來辯駁，自己有了迴旋餘地。

孟子極為莊重道：「魏王有所不知。所謂縱橫一派，發端於春秋末期的狡黠之士。前如張孟談遊說韓魏而滅智伯，後如犀首遊說楚趙燕秦。如今又有張儀、蘇秦之輩，後來者正不知幾多。此等人物朝秦暮楚，言無義理，行無準則；說此國此一主張，說彼國彼一主張，素無定見，唯以攫取高官盛名為能事。譬如妾婦嬌妝，以取悅主人，主人喜紅則紅，主人喜白則白；主人喜肥，則為饕餮之徒；主人喜細腰，則不惜作踐自殘；其說辭之奇，足以悅人耳目，其機變之巧，足以壞人心術。此等下作，原是天下大害，若執掌國柄，豈不羞煞天下名士！」孟子原是雄辯之士，一席話慷慨激昂義正詞嚴，殿中一片默然。

魏國君臣雖覺痛快，卻也覺得孟子過分刻薄，連死去近百年的「三家分晉」的功臣名士張孟談也一概罵倒，未免不給魏國人臉面。然則，此刻卻因孟子對的是面前這個狂士，便都不作聲，只是盯著張儀，看他如何應對。

事已至此，張儀不能無動於衷了。他對儒家本來素無好感，但因了敬重孔子孟子的學問，所以也就井水不犯河水，今日見孟子如此刻薄凶狠，不禁雄心陡長，要狠狠給這個故步自封的老夫子一點顏色。只見張儀悠然轉身對著孟子，坦然微笑道：「久聞孟夫子博學雄辯，今日一見，果是名不虛傳也。」

「國士守大道，何需無節者妄加評說。」孟子冷峻傲慢，不屑地回過了頭去。

突然，張儀一陣哈哈大笑，又驟然斂去笑容揶揄道：「一個惶惶若喪家之犬的乞國老士子，談何大道？分明是縱橫家鵲起，乞國老士心頭泛酸，原也不足為奇。」

此言一出，孟子臉色驟然鐵青。遊歷諸侯以來，從來都是他這個衛道士斥責別人，哪有人直面指斥他為「乞國老士子」？這比孔子自嘲的「惶惶若喪家之犬」更令人有失尊嚴。孟子正要發作，卻見張儀侃侃道：「縱橫策士圖謀王霸大業，自然忠實與國，視其國情謀劃對策，而不以一己之義理忖度天下。若其國需紅則謀白，需白則謀紅，需肥則謀瘦，需瘦則謀肥，何異於亡國之奸佞？所謂投其所好，言無義理，正是縱橫家應時而發不拘一格之謀國忠信也！縱為妾婦，亦忠人之事，有何可恥？卻不若孟夫子遊歷諸侯，說遍天下，無分其國景況，只堅持兜售一己私貨，無人與購，便罵遍天下，猶如娼婦處子撒潑，豈不可笑之至？」

「娼婦處子？妙！」丞相公子卬第一個忍不住擊掌叫好。

「采——」殿中群臣一片興奮，索性酒肆博彩般喝起「采」來。

魏惠王大感意外：這個張儀一張利口，與孟老夫子竟是棋逢對手。好奇心大起，笑問張儀：「有其說必有其論，『娼婦處子』，卻是何解啊？」

張儀一本正經道：「魯國有娼婦，別無長物，唯一身人肉耳。今賣此人，此人不要。明賣彼人，彼人亦不要。賣來賣去，人老珠黃，卻依舊處子之身，未嘗箇中滋味。於是倚門曠怨，每見美貌少婦過街，便惡言穢語相加，以泄心頭積怨。此謂娼婦處子之怨毒也。」

「啊——」殿中輕輕地一齊驚歎，臣子們一則驚詫這個年輕士子嬉笑怒罵皆成文章，二則又覺得他過分苛損，大非敬老之道。

魏惠王正自大笑，一回頭，孟老夫子竟簌簌發抖欲語不能，頓時覺得有點兒不好收拾。孟夫子畢竟天下聞人，在自己的接風宴會上被一個無名士子羞辱若此，傳揚開去，大損魏國。想到此處，魏惠王厲聲道：「豎子大膽，有辱斯文！給我轟了出去！」

「且慢。」張儀從容拱手，「士可殺，不可辱。孟夫子辱及縱橫家全體，張儀不得不還以顏色，何罪之有？魏王莫要忘記，張儀為獻霸業長策而來，非為與孟夫子較量而來。」

魏惠王益發惱怒：「陰損刻薄，安得有謀國長策？魏國不要此等狂妄之輩，轟出去！」

「既然如此，張儀告辭。」大袖一揮，張儀飄然而去。

緋雲在客棧忙了大半日，先洗了張儀昨夜換下的衣服，趁晾衣的空隙收拾了行裝，清理了客棧房錢，直到晌午過後還沒來得及吃飯。一想著公子要在大梁做官，緋雲就興奮不已。在張家多年，緋雲深知老夫人對公子寄託的殷殷厚望，大梁之行一成功，公子衣錦榮歸，那張家就真的恢復了祖先榮耀。老夫人可搬來大梁，緋雲自己也能在這繁華都市多見世面，豈非大大一件美事。漸漸地日頭西斜，衣服曬乾了，張儀還沒回來。緋雲想，遲歸是吉兆，任官事大，豈能草草？如此一想，便將行裝歸置到軺車上，趕車到客棧門前等候張儀，免得到時忙亂。

正在等候，張儀大步匆匆而來。緋雲高興地叫了一聲：「張兄。」卻見張儀一臉肅殺之氣，不禁將後面的話吞了回去。張儀看看緋雲，倒是笑了：「走，進客棧吃飯，吃罷了上路。」

「你還沒用飯？那快走。」緋雲真是驚訝了，將軺車停在車馬場，隨張儀匆匆進了客棧大堂。

剛剛落座，一個小吏模樣的紅衣人走了進來，一拱手問：「敢問先生，可是張儀？」張儀淡淡點頭：「足下何人？」紅衣人雙手捧上一支尺餘長的竹筒：「此乃敖倉令大人給先生的書簡。」張儀接過，打開竹筒抽出一卷皮紙展開，兩行大字赫然入目：「張兄魯莽，咎由自取。若欲入仕，我等願再做謀劃。」張儀淡漠地笑笑：「煩請足下轉覆敖倉令：良馬無回頭之錯，張儀此心已去，容當後會。」紅衣人驚訝地將張儀上下反覆打量，想說話卻終於沒有開口，逕自轉身走了。張儀也不去理會，自顧默默飲酒。緋雲靈動心性，看樣子知道事情不好，一句話不問，只是照應張儀飲酒用飯，連自己也沒吃飯都忘記了。

從客棧出來，已是日暮時分。緋雲按照張儀吩咐，駕車出得大梁西門，卻不知該去哪裡，便在岔道口慢了下來。

「緋雲，洛陽。」張儀猛然醒悟，高聲笑道，「教你去看個好所在，走！」

緋雲輕輕一抖馬韁，輜車順著官道向正西轔轔而去。見張儀似乎並沒有沮喪氣惱，去的又是自己做夢都不敢想的王城洛陽，緋雲也高興起來，高聲道：「張兄，天氣好吔。晚上定有好月亮，趕夜路如何？」

「好！」張儀霍然從車廂站起，「月明風清，正消得悶氣。」於是扶著傘蓋銅柱，望著一輪初升的明月，揮著大袖高聲吟哦起來，「北冥有魚，其名為鯤。鯤之大，不知幾千里也！化而為鳥，其名為鵬。鵬之背，不知幾千里也！怒而飛，其翼若垂天之雲……水擊三千里，摶扶搖而上者九萬里也！」

「張兄，這是《詩》麼？好大勢派！」

張儀大笑道：「《詩》？這是莊子的〈逍遙遊〉。『天之蒼蒼，其正色邪？其遠而無所至極邪？』大哉莊子！何知我心也？」

緋雲一句也聽不懂，卻莫名其妙地被那一串「三千里」、「九萬里」、「水擊」、「垂天」一類的很氣派的詞兒感染得笑了起來，飛車在明月碧空的原野，覺得痛快極了。

六、函谷關外蘇秦奇遇

從洛陽王城回來後，蘇秦一直悶在書房裡思忖出行秦國的對策。

自覺胸有成算，他走出了書房，卻發現家人似乎都在為他的出行忙碌。蘇代蘇厲兩個小弟為他籌劃文具，上好的筆墨刀簡裝了一只大木箱，還夾了一疊珍貴的羊皮紙。在外奔波經商的大哥也回來了，從洛陽城重金請來兩名尚坊工師，將周王特賜的那輛軺車修葺得華貴大方，一望而知身價無比。利落的大嫂與木訥的妻子給蘇秦收拾衣物，冬衣夏衣皮裘布衫斗篷玉冠，滿當當裝了一只大木箱。

「好耶！二叔終歸出來了，看看如何？」大嫂指著衣箱笑吟吟問。

「有勞大嫂了，何須如此大動干戈？」舉家鄭重其事，蘇秦很是歉疚。

「二叔差矣！」大嫂笑著轉了一句文詞兒，「這次啊，你是謀高官做，光大門楣，不能教人家瞧著寒酸不是？你大哥老實厚道，就能掙幾個錢養家。蘇氏改換門庭，全靠二叔呢！」

蘇秦不禁大笑：「大嫂如此厚望，蘇秦若謀不得高官，莫非不敢回來了？」

大嫂連連搖手，一臉正色：「二叔口毒，莫得亂說。准定是高車駟馬，衣錦榮歸！」

「好了好了，大嫂等著。」蘇秦更加笑不可遏。大嫂正要再說，蘇代匆匆走來道：「二哥，張儀兄到了，在你書院等著。」

「噢？張兄來了？快走。」蘇秦回頭又道，「相煩大嫂，整治些許酒菜。」

「還用你說？放心去。」大嫂笑吟吟揮手。

到得雷鳴瓦釜書院外，蘇秦遠遠就看見散髮黑衣的張儀站在水池邊，一輛軺車停在門外；一個少年提著水桶，仔細梳洗著已經卸車的馭馬，倒是一派悠閒。蘇秦高聲道：「張兄好灑脫。」張儀回身笑道：「如何有蘇兄灑脫？足未出戶，已是名滿天下了。」兩人相遇執手，蘇秦笑道：「張兄來得正好，我後日便要西入函谷關了。走，進去細細敘談。這位是？」張儀招招手笑道：「我的小兄弟。緋雲，見過蘇兄。」緋雲放下水桶走過來一禮：「緋雲見過蘇兄。」蘇秦驚訝笑道：「啊，好個英俊伴當。張兄遊運不差。走，進去飲酒。」緋雲紅著臉道：「我收拾完就來，兩位兄長先請了。」

過得片刻，又是大嫂送來酒菜，蘇代蘇厲相陪，加上緋雲共是五人。酒過三巡，寒暄已了，張儀慨然道：「蘇兄，我一路西來，多聽國人讚頌，言說周王賜蘇兄天子軺車。不想這奄奄周室，竟還有如此敬賢古風？蘇兄先入洛陽，這步棋卻是高明！」

蘇秦釋然一笑道：「你我共議，何曾想到先入洛陽？此乃家父要先盡報國之意，不想王城一行，方知這個危世天子，並非『昏聵』二字所能概括。一輛軺車價值幾何？卻並非每個國君都能辦到。在我，也是始料未及也。」

「一輛天子軺車，愧煞天下戰國！」張儀拍案，大為感慨。

蘇秦心中一動，微笑道：「軺車一輛，何至於此？張兄在大梁吃了閉門羹？」

張儀「咕」地大飲了一爵蘭陵酒，擲爵拍案道：「奇恥大辱，當真可恨也！」將大梁之行的經過詳說一遍，末了道：「可恨者，魏王竟然不問我張儀有何王霸長策，便趕我出宮。一個形同朽木的老孟子，值得如此禮遇麼？」

蘇秦素來縝密冷靜，已經聽出了箇中要害，慨然拍案道：「張兄何恨？大梁一舉，痛貶孟子，使魏王招賢盡顯虛偽，豈非大快人心？依我看，不出月餘，張儀之名將大震天下！」又悠然一笑，「你想，那老孟子何等人物？以博學雄辯著稱天下，豈是尋常人所能罵倒？遇見張兄利口，卻落得灰頭土臉。傳揚開去，何等名聲？究其實，張兄彰的是才名，實在遠勝這天子軺車也。」

張儀一路行來，心思盡被氣憤湮沒，原未細思其中因果，聽得蘇秦一說恍然大悟，開懷大笑道：「言之有理！看來，你我這兩個釘子都碰得值。來，浮一大白！」說著提起酒罈，親自給蘇秦斟滿高爵，兩人一碰，同時飲乾，放聲大笑。

這一夜，蘇代、蘇厲等早早就寢。蘇秦與張儀依然秉燭夜話，談得很多，也談得很深，直到月隱星稀，雄雞高唱，二人才抵足而眠，直到日上中天。

第二日，張儀辭別，蘇秦送上洛陽官道。拙樸的郊亭生滿荒草，二人飲了最後一爵蘭陵酒，蘇秦殷殷道：「張兄，試劍已罷，此行便是正戰了，你東我西，務必謹慎。」

「你西我東，背道而馳了。」張儀慨然笑道，「有朝一日，若所在竟為敵國，戰場相逢，卻當如何？」

「與人謀國，忠人之事。自當放馬一搏。」

「一成一敗，又當如何？」

「相互援手，共擔艱危。生無敵手，豈不落寞？」

張儀大笑：「好！相互援手，共擔艱危。此蘇張誓言也！」伸出手掌與蘇秦響亮一擊，長身一躬，一聲「告辭」，大袖一揮，轉身登車轔轔而去。

送走張儀，蘇秦回莊已是日暮時分。

連日來諸事齊備，明日就要啟程西去了。蘇秦想了想，今夜他只有兩件事：一是拜見父親，二是辭別妻子。父親與妻子，是蘇秦在家中最需要慎重對待的兩個人。父親久經滄桑，寡言深思又不苟笑談，沒有正事從來不與兒子閒話。所以每見父親，蘇秦都必得在自己將事情想透徹之後。對妻子的慎重則完全不同，每見必煩，需要蘇秦最大限度的克制，須得在很有準備的心境下見她，才維持得下來。

一路上蘇秦已經想定，仍然是先見父親理清大事，再去那道無可迴避的敦倫關口。

蘇莊雖然很大，父親卻住在小樹林中的一座茅屋裡。母親於六年前不幸病逝了，父親雖娶得一妾，卻經常與妾分居，獨守在這座茅屋裡。從陰山草原帶回來的那隻牧羊犬黃生，成了父親唯一的忠實夥伴。黃生除了每日三次巡嗅整個莊園，便亦步亦趨地跟在父親身後，任誰逗弄也不去理會。父親若商旅離家，黃生便守候在茅屋之外，不許任何人踏進這座茅屋，連父親的妾和掌家的大嫂也概莫能外，氣得大嫂罵黃生「死板走狗」。蘇秦倒是很喜歡這隻威猛嚴肅的牧羊犬，覺得它的古板認真和父親的性格很有些相似。

踏著初月，蘇秦來到茅屋前，老遠就打了一聲長長的口哨。幾乎同時，黃生低沉的嗚嗚聲就遙遙傳來，表示它早已知道是誰來了。待得走近茅屋前的場院，黃生已經肅然蹲在路口的大石上，對著蘇秦發出低沉的嗚嗚聲。蘇秦笑道：「好，我站在這裡了。」話音剛落，黃生回頭朝著亮燈的窗戶響亮地「汪汪」了兩聲，接著聽見父親蒼老的聲音：「老二麼？進來。」蘇秦答應道：「父親，我來了。」黃生喉嚨嗚嗚著讓開路口，領著蘇秦走到茅屋木門前，蹲在地上看著蘇秦走了進去，才搖搖尾巴走了。

「父親，」蘇秦躬身一禮，「蘇秦明日西去，特來向父親辭行。」

父親正坐在案前翻一卷竹簡，「嗯」了一聲沒有說話。蘇秦知道父親脾性，也默默站著沒有說話。片刻之後，父親將竹簡合上：「千金之數，如何？」

「多了。」雖然突兀，蘇秦卻明白父親的意思。

「嗯？」父親的鼻音中帶著蒼老的滯澀。

「父親，遊說諸侯，並非交結買官，何須商賈一般？」

「用不了，再拿回來。」父親的話極為簡潔。

「父親，」蘇秦決然道，「百金足矣。否則，為人所笑，名士顏面何存？」

父親默然良久，喟然一歎，點了點頭：「也是一理。」

蘇秦知道，這便是父親贊同了他的主張，撇開這件事道：「父親年高體弱，莫得再遠行商旅。有大哥代父親操勞商事，足矣。兒雖加冠有年，卻不能為父親分憂，無以為孝，唯有寸心可表，望父親善納。」

父親還是「嗯」了一聲，雖沒有說話，眼睛卻是晶晶發亮。良久，父親拍拍案頭竹簡：「最後一次。可保蘇氏百年。大宗。須得我來。」說完這少見的一段長話，父親又沉默了。

蘇秦深深一躬，出門去了。與父親決事從來都是這樣，話短意長，想不透的事不說，想透的事簡說。蘇秦修習的藝業，根基是雄辯術，遇事總想條分縷析地分解透徹，偏在父親面前得濾乾曬透，不留一絲水氣，不做一分矯情，否則無法與父親對話。曾有好幾次，蘇秦決定的事都被父親寥寥數語顛倒了過來，包括這次先入洛陽代替了先入秦國。事後細想，父親的主張總是更見根本。蘇秦少年入山，對父親所知甚少，出山歸來，對父親也是做尋常商人看待。包括國人讚頌父親教他們三兄弟修學讀書的大功德，蘇秦也認為，這是光宗耀祖的人之常心罷了，並非何等深謀遠慮。可幾經決事，蘇秦對父親刮目相看了。這次，父親居然能贊同他「百金入秦」而放棄了「千金」主張，當真是奇事一樁。父親絕非只知節儉省錢的庸常商人，只有確實認同了你說的道理，他才會放棄自己的主張。在平常，這幾乎是不可能的，今日居然變成了事實。雖然，蘇秦還沒有體驗過說服諸侯的滋味，但在他看來，說服一國之君絕不會比說服父親更難，今晚之功，大是吉兆。

懷著輕鬆平和的心情，蘇秦來見妻子。

這座小院落，才是他與妻子的正式居所。父親稟承了殷商後裔的精細，持家很是獨特。每個兒子加冠成婚後，便在莊園裡另起一座小院居住，不配僕役，日常生計是各對夫婦獨自料理。從大帳上說，蘇氏是一個整體大家。從小帳上說，蘇氏卻是一個個小家，恰似春秋諸侯一般。如此之家，省去了諸多是非糾紛，非常和諧。蘇秦從來不理家事，只覺得父親是為了省卻麻煩，也不去深思其中道理。

將近庭院，蘇秦看見了燈光，也聽見了機杼聲聲，頓時放慢了腳步。

母親病危將逝時，父親做主給他娶過了妻子。那時候，蘇秦還在山中修習，父親沒有找他回來奔喪守孝，他自然也無從知曉自己已經有了明媒正娶的妻子。妻子，是洛陽王城裡一位具有「國人」身分的工師的女兒，端莊篤厚，勤於操持，很是得老父親與掌家大嫂的歡心。及至蘇秦歸來，面對這個比自己大兩歲的生疏女子，其尷尬是可想而知的。按照蘇秦揮灑獨行的個性，很難接受這個對自己相敬如賓的陌生妻子。然則，這是母親臨終時給自己留下的立身「遺產」，是父親成全母親心願而做出的選擇，如何能休了妻子而擔當不孝的惡名？對於蘇秦這種以縱橫天下諸侯為己任的名士，名節大事是不能大意的，身負「不孝」之名，就等於葬送了自己。當年，吳起身負「殺妻求將」的惡名，天下無人敢用。「不孝」之名，幾與「不忠」同惡，一個策士如何當得？反覆思忖，蘇秦終於默默接受了這個妻子。但蘇秦卻常常守在自己的雷鳴瓦釜書院，極少「回家」與妻子行敦倫之禮。彷彿心照不宣一般，父親、大哥、大嫂與所有的家人，都從來不責怪或提醒蘇秦，甚至妻子自己，也從來不到書院侍奉夫君。在蘇秦的真實生活中，似乎根本沒有一個妻子的存在。

如今要去遊說諸侯，不知何年歸來，全家上下視為大事。唯獨妻子依然故我，只是默默地幫著大嫂為蘇秦整理行裝，見了蘇秦也依然是微笑作禮，從來不主動問一句話。蘇秦突然覺得心有不忍，也從家人欲言又止的語氣與複雜的眼神中，悟到了他們對自己的期待。夫妻乃人倫之首，遠行不別妻，也真有點兒說不過去……

機杼聲突然停了，妻子的身影站了起來，走了出來，卻掌著燈愣怔在門口：「你？你……有事麼？」

「明日遠行，特來辭別。」蘇秦竭力笑著。

妻子的眼睛亮晶晶地閃爍著，手中的燈卻移到了腋下，她的臉驟然隱在了暗影中：「多謝……夫君……」

「我，可否進去一敘？」蘇秦的心頭突然一顫。

「啊？」妻子的胸脯起伏著喘息著，「你，不是就走？夫君，請……」

藉著朦朧的月光和妻子手中的燈光，蘇秦隱約看見院子裡整潔非常：一片茂密的竹林前立著青石砌起的井架，井架前搭著一片橫桿，上面晾滿了漿洗過的新布；井架往前丈餘，是一棵枝葉茂盛的桑樹，樹下整齊擺放的幾個竹籮裡傳來輕微的沙沙聲；東首兩間當是廚屋，雖然黑著燈，也能感到它的冷清；西首四間瓦屋顯然是機房和作坊，牆上整齊地掛著耒鋤鐮等日常農具，從敞開的門中隱約可見一大一小兩架織機上都張著還沒有完工的苧麻布；上得北面的幾級臺階，是四開間三進的正房。第一進自然是廳堂，第二進是書房，第三進便是寢室。輕步走進，蘇秦只覺得整潔得有些冷清，似乎沒有住過人的新房一般。

妻子將他領到廳堂，侷促得滿臉通紅：「夫君，請，入座。我來煮茶，可好？」

蘇秦還沒有從難以言傳的思緒中擺脫出來，迷惘地點點頭，便在廳中踱步。妻子先點起了那盞最大的銅燈，廳堂頓時亮堂起來；又匆匆出去找來一包木炭，跪坐在長大的案几前安置好鼎爐、陶壺、陶杯，開始煮茶。蘇秦已經稍許平靜下來，坐在妻子對面默默地看著她煮茶。明亮的燈光照著窘迫的妻子，蘇秦有些驚訝了。這個他從來沒有正眼細看過的妻子，竟然很美。五官端正，額頭寬闊，體態婀娜豐滿，稍厚的嘴唇與稍大的嘴巴配在滿月般的臉龐上，顯得溫厚可人；一身布衣，一頭黑髮，不加絲毫雕飾，卻自然流露出一副富麗端莊的神態。若在春日踏青的田野裡，如此一個布衣女子唱著純情的〈國風〉，灑脫無羈的蘇秦說不定便要追逐過去，忘情地唱和盤桓……

「啊！」妻子低低地驚呼了一聲。窘迫忙亂的她，被鼎爐燙了手指。

蘇秦恍然醒過神來，不禁關切道：「如何？我看看。」拉了妻子的手便要端詳。妻子卻緊張地抽了回去，歉意笑道：「茶功生疏了，夫君見諒。」

這一下，蘇秦也略有尷尬，笑道：「搽少許濃鹽水，會好一些。」

「夫君，你如何知曉此等細務？」

「山中修學，常常遊歷，小疾小患豈能無術？」

「啊——」妻子抬頭望著蘇秦，「那……夫君須得珍重才是。」

蘇秦笑笑：「這個自然。」卻再也不知道該說何等話了。看著妻子緊張得額頭上滲出了晶晶細汗，臉頰上也有慌亂中沾抹上的木炭黑印，蘇秦心中一動，猛然想用自己的汗巾給她沾去汗水，拭去木炭灰。手已觸到汗巾，看著妻子正襟危坐一絲不苟的神色，卻又無論如何拿不出手來，沉吟再三道：「不要煮茶了，說說閒話了。」

「夫君初歸，當有禮數，豈能簡慢？」妻子低頭注視著鼎爐，聲音很輕。

「一日，能織幾多布？」蘇秦找著話題。

「一日丈三，三日一匹。」

「家道尚可，何須如此辛勞？」

「家道縱好，亦當自立。夫君求學累家，為妻豈能再做累贅？」

「一朝功成名就，自當報答家人。」蘇秦既感歉疚，又生感慨。

妻子卻只默默低頭，輕輕歎息了一聲。

「你信不過蘇秦？」

妻子搖搖頭：「居家唯求康寧，原本無此奢求。」

平平淡淡的一句話，蘇秦頓時生出索然無味之感。從總角小兒開始，蘇秦就是個胸懷奇志的孩童，與木訥的哥哥迥然有異。在他五歲時，父親用殷商部族的古老方法為兩個兒子做「錢卜」——這是殷商部族試驗小兒經商才能的一種方法——根據總角小兒朦朧冒出的「天音」，決定給他請何等商人為師。聰敏靈動者大體學行商（長途販運），木訥本分者大體學坐賈（坐地開店）。父親拿出五十金，放置在廳中長案上，將兩個兒子喚到面前，指著燦燦發光的一盤金餅問：「給你兄弟每人五十金，如何用它？」八歲的哥哥紅著臉道：「置地，建房，娶妻。」小蘇秦卻繞著金餅轉了一圈，童聲昂昂道：「華車駿馬，周遊天下！」父親不禁大為驚訝，覺得小兒志不可量，才產生了後來與尋常商家迥然相異的種種苦心。十多年修學遊歷，在曠世名師的激勵指點下，蘇秦心懷天下志在四海，成了雄心勃勃的名士。與張儀一樣，他最喜歡讀莊子的〈逍遙遊〉，常掩卷慨然：「生當鯤鵬九萬里，縱南海折翅，夫復何憾！」他最瞧不起的，便是那種平庸自安的凡夫俗子，常嘲笑他們是「蓬間雀」。尋常與人接觸，他本能地喜歡那種縱然平庸但卻能解悟名士非凡志向，並對名士有所寄託的俗人。譬如大嫂，對蘇秦奉若神明般地崇拜，口口聲聲說二叔要帶蘇家跳龍門。蘇秦就不由自主地有幾分喜歡，連大嫂的聒噪也覺得不再那麼討人嫌。蘇秦最厭煩的，就是那種自己平庸但還對名士情懷不以為然，對名士也淡然無所依賴的俗子。

想不到，妻子恰恰是這樣一個人。

她恪盡妻道，恪守禮數，安於小康，不追慕更大的榮華富貴，對夫君可能給她帶來的魚龍變化，也顯然有一種淡漠。片刻之間，蘇秦對妻子因生疏而產生的一種神祕一絲敬慕一縷衝動，也煙消雲散了。驀然之間，他覺得妻子很熟悉，熟悉得已經有些厭倦了。

「還有諸多預備，我告辭了。」蘇秦站了起來。

妻子正在斟茶，窘迫地站了起來：「夫君……禮數未盡，請，飲杯茶，再走。」

「好。」蘇秦接過陶杯，呷了一口滾燙的茶水，放下杯子道，「善自珍重，我走了。」

妻子默默送到門口，臉龐依然隱沒在燈影裡：「夫君……可有歸期？」

「成事在天，難說。」大袖一揮，蘇秦的身影漸漸隱在朦朧的莊園小道裡。

那一點燈光，卻在門庭下閃爍了很久很久很久。

天色一亮，蘇秦的軺車駛出了洛陽西門。

兩個時辰後，蘇秦渡過洛水，沿大河南岸的官道向函谷關進發了。蘇秦是兩匹駿馬駕拉的青銅軺車，堪稱高車駿馬。——三弟蘇代認為，天子賞賜的軺車不能沒有良馬相配，說動大哥，在將軺車修葺得煥然一新後，又買了兩匹雄駿的胡馬駕車。按照蘇代的做法，大哥還要給蘇秦配一名高明的馭手以壯行色。可這些都被蘇秦堅持拒絕了。按照蘇秦本意，這輛天子軺車雖然銅鏽斑駁，輪廂鬆動，然卻是六尺車蓋的大臣規格，氣魄自在，只需將車輪車廂修葺堅固即可；目下既然已經整修得燦爛如新，也不可能復舊了，只好作罷。再有駿馬馭手，搞成天子特使一般的氣象，便太過招搖了，若使風習質樸的秦人側目而視，豈不弄巧成拙？所以，蘇秦堅持自己親自駕車，不要馭手，也不要童僕。

如今一上官道，這高車駿馬大大顯出了非凡氣度——車聲轔轔純正，馬行和諧平穩，高高的青銅車蓋下，蘇秦的大紅斗篷隨風飄搖，掠過商旅的隊隊牛車，引來路人驚歎的目光與時不時的喝采，當真是瀟脫名士。

日暮時分，到得函谷關外。但見兩山夾峙，關城當道，車輛行人皆匆匆如梭，要忙著在閉關之前進關出關。蘇秦第一次經函谷關入秦，不禁駐車道邊，凝神觀望。這時的函谷關已經回到秦國將近十年，關城整修得雄峻異常，關門只有一洞，城牆箭樓卻有百步之寬。關城上黑色的「秦」字大旗隨風招展，女牆垛口的長矛甲士釘子般一動不動。關下門洞前百步之遙，佇立著兩排甲士，一名帶劍軍吏一絲不苟，認真地盤查著出入車輛行人的貨物與照身帖，一邊不斷正色拒絕著華貴商人塞過來的錢袋，並高聲宣示：「秦法不容賄賂，商賈勿得犯法！」道邊有幾家客棧店鋪，門前已挑起了風燈。其中一家風燈上大書「渭風古寓」，顯然是最講究的一家，時有準備安歇在城外的行人車馬，紛紛駛進了客棧。

觀望一番，蘇秦覺得井然整肅，不禁油然生出一股敬意。

「蘇子別來無恙？」

蘇秦回頭，卻見自己車後站著一個面戴黑紗通體黑衣的人，不禁大為驚訝道：「足下可是與我說話？」

「函谷關下，有第二個蘇秦麼？」

好熟悉的聲音！蘇秦猛然醒悟，一躍下車道：「你是？燕……」

「噓——」黑衣人搖手制止，「敢請蘇子移步，到客棧說話。」

「好，我將車停過去。」

「函谷關下，道不拾遺。不曉得麼？」

蘇秦興奮歉然地一笑，將馬韁丟開，便跟著黑衣人來到道邊那家最大的渭風古寓。雖是道邊客店，卻也整潔寬敞，毫無齷齪之感。穿過兩進客房來到後院，院門有兩名帶劍軍士守護，見了黑衣人肅然躬身，蘇秦不禁驚訝莫名。進得大門，只見庭院中赫然搭著一座軍帳，帳外院中遊動著幾名甲士。蘇秦大惑不解，卻也不問，跟著黑衣人一直走進了正房。

「蘇子請入座。」黑衣人招呼了一句，進了隔間，片刻出來，卻變成了髮髻高綰紅裙曳地的美麗女子。站在廳中，默默微笑地看著蘇秦，臉上一片紅暈。

「燕姬？」蘇秦驚歎著站起來，「你如何到得這裡？欲去何方？」

「莫急。」燕姬嫣然一笑，對門外高聲道，「給先生上茶。」

一個侍女應聲飄入，輕盈利落地托進銅盤將茶水斟妥，又輕盈地飄了出去。恍惚之間，蘇秦彷彿覺得又回到了洛陽王城那陳舊奢靡的宮殿。

侍女退去，燕姬在蘇秦對面跪坐下來，一聲歎息道：「蘇子，我已奉王命，嫁於燕公了。」

蘇秦恍然大悟，怔怔道：「噢——賜親北上？省親南下？」

「天子特使賜親。北上。」燕姬淡淡笑道，「周禮廢弛，他們又都與我相熟，蘇子莫得拘泥。燕姬等在這裡，就是要見你一面。」

蘇秦總有一種恍惚若夢的感覺。自從洛陽王城與這位天子女官不期而遇，直覺這個女子非同尋常，鑲嵌在自己的記憶裡揮之不去。一夜，蘇秦夢見自己高車駿馬身佩相印回到了洛陽王城，飄飄若仙的燕姬飛到了他的車上，隨他雲裡霧裡地隆隆去了……倏忽醒來，兀自怦怦心跳，覺得自己夢見這遙遠飄忽的女官實在荒唐。想不到今日竟能在函谷關外與她相逢，更想不到，此時的她已經成了燕國國君的新娘。

一個美麗的夢中仙子，倏忽之間變成了實實在在的世俗貴夫人。那縹緲的夢幻，在蘇秦心底生成了一種空蕩蕩的失落，化成了一聲難以覺察的輕聲歎息：「漢之廣矣，不可泳思。江之永矣，不可方思……」

驟然之間，燕姬的雙眼朦朧了。蘇秦輕聲吟誦的〈周南〉，她自然是聽見了。那本是洛陽王城的布衣子弟唱出的失意情歌，歌者追慕春日踏青的美麗少女，卻因身分有別而只能遙遙相望。那第一句便是「南有喬木，不可休思」——南方的樹木啊，雖然高大秀美，卻不要想在她的樹蔭下休憩……當年，這首真誠雋永的情歌一傳進王城，打動了無數嬪妃侍女的幽幽春心，燕姬自然也非常熟悉，而今，蘇秦喃喃自語般地吟誦，在燕姬聽來卻是振聾發聵。

燕姬緩緩起身，走到廳中琴臺前深深一躬，打開琴罩，肅然跪坐，琴弦輕撥，歌聲隨著叮咚琴音而起：

南有喬木　不可休思
漢有游女　不可求思
漢之廣矣　不可泳思
江之永矣　不可方思
……

蘇秦的恍惚迷離，在美妙的琴音歌聲中倏忽散去了。他從琴音歌聲中品出了燕姬的同一番心曲——君之於我，亦是「南有喬木」。心念及此，蘇秦大感慰藉，空蕩蕩的心田忽然便有一層溫暖瀰漫開來。燕姬款款走來，似乎方才的一切都已經隨著琴音歌聲消失了。她跪坐案前，平靜地微笑著：「蘇子，我在此相候，為的是問君一言，請君三思而答。」

蘇秦認真地點點頭。

「你可願去燕國？」

蘇秦驚訝地看著燕姬，良久沉默了。倒不是這個問題不好回答，而是想不到燕姬如何能想到這樣的去向？莫非是她向燕國國君推薦了自己？不可能。未曾入燕，何得進言？那莫非是周天子藉「賜親」之機向燕國舉薦了自己？依周王個性與處境，也不大可能。但無論如何，蘇秦對功業大事還是有決斷的，他思忖著搖搖頭道：「燕國太弱，了無生氣，不能成就王霸大業。」

「蘇子評判，自然無差。」燕姬毫無勸說之意，「日後，蘇子若有北上之心，我當助君一臂之力，諒無大礙。」燕姬說完自己的意思，默默看著蘇秦。

蘇秦慨然一歎：「燕姬有如此襟懷，蘇秦刮目相看了。然則，蘇秦只能去秦國。只有秦國，堪當大業。」

「若秦國不用蘇子？」

蘇秦爽朗大笑：「我有長策，焉得不用？燕姬但放寬心也。」

「既然如此，雲遊到燕，蘇子須來會我。」

「從今而後，蘇秦可能再沒有雲遊閒暇了。」突然之間，蘇秦覺得自己不能心存旁騖，留戀這樣一個諸侯夫人，平靜笑道，「若當出使燕國，也無由會晤國君夫人也。」

燕姬默然有頃，卻淡淡笑道：「蘇子車馬太過奢華，留一匹馬與我，可否？」

「大是。」蘇秦連連點頭，「我一路頗覺不安。乾脆，換我一輛軺車如何？」

「這有何難？」燕姬很高興，她本來想委婉地幫蘇秦糾正有損名士高潔的氣象，不想蘇秦如此痛快自責，便可想見高車駿馬定是家人所為，心念及此，燕姬多了一分欣慰，起身拍掌，對門外走進的一個內侍總管吩咐道：「將店外道邊那輛華車趕進來，換一輛王車，再留下一馬，車上行囊妥為移過。仔細了。」

「謹遵夫人命。」內侍總管快步去了。

燕姬輕鬆笑道：「函谷關日落閉關，雞鳴開關，蘇子可與我做一夜之飲，如何？」

「恭敬何如從命。」蘇秦愉快地答應了。

燕姬命人打開了天子賞賜的一罈邯鄲趙酒，請渭風古寓烹製了一鼎肥羊燉與幾樣秦菜，特以純正的秦風筵席做了二人的告別小宴。更重要的，當然是為了給蘇秦壯行。兩人默默飲得幾爵，醇洌的趙酒使他們如醉如癡，你一言我一語地說將開來。綿綿不斷而又感慨良多，話題寬泛，卻又似乎緊緊圍繞著某個圓圈，說得很多很多，不覺雄雞三唱，函谷關的開關號角已經悠揚迴盪了。

蘇秦酣暢大笑，向燕姬慷慨一拱，跳上青銅軺車，轔轔進入了函谷關。

第三章 西出鎩羽

一、新人新謀棄霸統

第一次，嬴駟遇到了令他難以決斷的微妙局面。

上卿犀首鄭重上書，提出了完成秦國霸業的具體方略——立即稱王，一年內攻取三川，三年內吞滅三晉，五年內統一中原，十年內廓平四海。就嬴駟本心而論，很是讚賞犀首方略橫掃山東六國的大氣魄，果真如此，他也是成就千古大業的一代英主了。一想到夢寐以求的輝煌，嬴駟就有一股本能的衝動。可是仔細揣摩，總覺得有些虛處。畢竟，嬴駟在磨難之際對秦國境況有過長期的踏勘思索，認定秦國在商鞅變法之後雖然國力大長，但與掃滅六國所應當擁有的實力，還有不小距離。基於這一判斷，他確實沒有立即奮起與山東六國決戰的想法。然則，犀首作為天下名士，絕非輕言冒進之輩，他能提出如此方略，自當有所依據。莫非是當局者迷，自己低估了秦國力量？或者山東六國腐朽透頂，確實已經不堪一擊，而秦國君臣卻閉鎖不知？反覆思忖，嬴駟不能決斷。

最後，他想出了一個辦法：下詔太傅嬴虔、上大夫樗里疾、國尉司馬錯三人在三日之內，各自上書對犀首方略做出評判。嬴駟之所以不召集朝會議決，是因為將如此經國大策驟然交朝會眾議，紛紛揚揚，傳到山東六國反而打草驚蛇。萬一此策可行，反而教山東六國有備無患，豈非大大輕率？再則，朝會之上，大臣易於受人誘導啟發，更有許多臣工量勢附和，反而不容易將事情利害說透。單獨上書，則上書者必要有深徹思索，且可免去當面相爭的諸多顧忌，利害剖陳必然徹底。若三位股肱大臣上書相合，見諸朝會便是一場激勵朝野的定策部署，與朝議論爭大不相同。嬴駟還有一個心思，就是想留下憑證，測試誰在這迷茫難決的歧路口見事更深透眼光更遠大，更可作為秦國未來的真正棟梁。

三日之中，嬴駟忐忑不安。茲事體大，關乎他畢生功業能否登峰造極，實在令他不能閒適以對。雖然他表面上一如既往地沉靜穩健，但貼身內侍卻從他進食減少、寢枕夢囈、書房長踱中覺察到了他的焦躁，一個個謹小慎微，不敢弄出些微聲響，偌大宮廷沉寂得如同幽谷一般。焦急的等待中，嬴駟隱隱約約地希望自己原先的判斷有錯，希望看到三位大臣異口同聲地贊同犀首的宏大方略，自己便能放手一搏，真正統一華夏，成為與夏禹商湯周武齊名的一代聖王。

新君嬴駟的不安沒有持續到第三天，一卷書奏先行送到，是太傅嬴虔的上書。

嬴虔的上書很短，主張也很明確：東出函谷關非今日提出，先君孝公已有此圖謀；犀首所議，勢在必行，無須自疑多議；然後是慷慨請戰：「臣尚在盛年，思及昔日國恥，每每熱血沸騰，願自領一軍，東出函谷關與三晉首戰，立我大秦國威！」

嬴駟讀罷，覺得不得要領，不禁歎息了一聲。公伯嬴虔在三十年前就是秦軍猛將，也頗具政事頭腦，若非他的堅實支持，公父當初的即位以及後來的變法，都是不可能穩當的。包括自己誅殺商鞅、平定叛亂、肅清世族、站穩根基，如果沒有公伯的鼎力支持，同樣不可能順利。然則，公伯就像大多數老秦元勳一樣，耿介固執，恩怨分明，任何時候說起與中原諸侯的仇恨，都是咬牙切齒；任何時候說出關作戰，都踴躍萬分，既不想能不能打勝，更不問打得是不是時候。老秦部族長期奮戰自保，做諸侯立國後，又遭遇山東諸侯蔑視而長期掙扎圖存，數百年的閉鎖奮爭傳統，使老秦臣工大都養成了褊狹激烈的個性——疏離於天下大勢之外，耿耿於秦國苦難之中，但凡對外，人人莫不喊打。公伯的上書也大體上循了這條路子：先君圖謀—國恥所在—熱血沸騰—堅請一戰。

嬴駟的特殊閱歷，使他能夠清楚看到老秦人的這種缺陷，如此做法，圖小霸足矣，圖天下差矣。從長遠謀劃著眼，他所需要的並不是這種盲目喊打的一片呼應，而是高屋建瓴洞悉天下的行動方略，從而決定秦國究竟該不該在這時候大打出手。看來公伯並沒有冷靜下來。也許，在這件事情上，他永遠不可能冷靜下來了。

第四日清晨卯時，上大夫樗里疾的書奏送到了，嬴駟立即閉門展卷：

臣啟國君：犀首之策，大長秦國志氣，實堪稱道。然臣捫心靜思，以為尚有可商榷處：其一，山東六國，其勢未衰：齊國實力大增，已取代魏國而成第一強國。魏楚兩國實力尚在。趙韓燕三國，大弱之後正圖恢復，亦未病入膏肓。其二，秦國實力，只可謂強出任何一國，不可謂以一敵六。若倉促東出，敵國相援，以一敵二尚可，以一敵三則勝算極小。其三，秦國內治尚有諸多難事：人口不足以擴充大軍，良田不足以長資軍食，新法尚未在隴西、北地及收復之失地生根。大戰一起，綿綿無期，傾國之力，能否持久，臣不敢斷言。有此者三，大業似當徐徐圖之，不可期盼於朝夕之間。至於秦國目下之攻守方略該當如何？臣尚無成算定策，容臣思之而後奏。臣樗里疾上。秦公二年四月初三

「可惜……」嬴駟掩卷歎息了一聲。

樗里疾的上書是一面性的，只對犀首方略提出了「商榷」，實際上是從三個方面否定了犀首的「稱王東進，統一六國」的方略。這幾條清楚明白，切中要害，往出一擺便立即顯出了犀首方略的缺陷。以嬴駟對秦國的透徹了解，自然掂出了沉甸甸的分量。應該說，樗里疾的眼光還是足以勝任治國大任的。

但是，樗里疾卻沒有提出秦國應該採取的大謀方略，使嬴駟總覺得空蕩蕩的。如果既不採納犀首方略，卻又拿不出自己的方略，往前走還不是盲人瞎馬？嬴駟需要的，也是秦國朝野需要的，是一套能夠振作國人激勵士氣指引大道的興國方略。譬如在公父時期，商君提出的「變法強國，雪我國恥」，一直激勵秦國朝野發憤了二十多年。如今到了一個新生代，國家已強，國恥已雪，自然需要新

的目標激勵國人，激勵自己。若無此急迫，當時犀首只說出了十六個字，嬴駟如何能當殿封他為上卿？樗里疾畢竟久居郡縣之職，缺乏對天下大勢的鳥瞰洞察，也不能求全責備於他。

又是久久地陷入沉思。嬴駟以為，對司馬錯的上書也不能期望過高。樗里疾身為一代才士，尚且不能籌劃出切實大計；司馬錯畢竟軍人，縱是名將之後，又豈有此等籌劃全局之才？看來，此事還得與犀首商議，請他像商君那樣：先行將秦國勘察一遍，再重行謀劃，也未嘗不可……

「稟國君：國尉府呈來司馬錯上書。」傍晚時分，長史捧著一卷竹簡輕步走進書房。

「噢？」嬴駟稍許感到了意外。天已暮黑，三日限期已到，司馬錯竟有了上書？嬴駟一陣興奮，要立即看看這個國尉如何說法。內侍挑亮大燈，又在書案頂端放置了一座一尺多高的銅人座燈，書房分外明亮，嬴駟立即打開了竹簡：

臣啟君上：犀首方略，倚重軍爭，看似遠圖，實為近謀。近謀者，必以當下國力為根基。秦國新軍尚未擴充，以五萬之眾欲吞滅天下，難矣哉！秦國元氣雖成，然不足以對抗六國之力。以臣確算，欲東出大戰，非三十萬精兵不能言勝。而擴充軍力、訓練士卒，非兩年不能完成。另則，秦國目下之可耕良田，唯關中近百萬畝，餘皆山地廣漠，無以提供數十萬大軍長期征戰之軍糧。故此，犀首之謀，近不可行。

秦國方略，可做兩期：前三年預期，後十年動期。三年之內，韜晦猛進，暗拓國土，充實國力，整軍經武，是為預期方略。三年之後，大舉東出，遠圖可謀。不積跬步，無以成千里。不思寸功，無以成大業。願君上冷靜思之。臣司馬錯謹上。秦公二年四月初四

「啪！」嬴駟合上竹簡。

「嘩——」嬴駟又不自覺地打開竹簡。

整整一個時辰，嬴駟一動不動地反覆琢磨。終於，他霍然起身道：「備車出宮，國尉府！」

國尉府的後園很是奇特。司馬錯正在這裡忙碌。

四棵大樹上掛著八盞風燈，照得樹下一片「山川」溝壑分明。司馬錯手中拿著一支丈桿，凝神繞著這片「山川」踱步鳥瞰，不斷用丈桿度量著山頭、道路、河流，念出一串串數字，等旁邊的一名司馬記錄完畢，又是一陣沉默審量，時而搖頭，時而點頭。

從來沒有想到自己會做國尉，司馬錯的夢想，是成為馳騁疆場的一代名將。戰國時期的國尉，並不是實際上的三軍統帥，而只是處置日常軍務的武職大臣。尋常時日，國尉在丞相府節制下要做的是：徵召兵員、訓練新兵、籌備軍資軍食、打造兵器裝備、統籌要塞防務等，並不領兵打仗；遇有戰事，統兵出征的上將軍才是真正的軍隊統帥；國尉府，只是統帥的後方官署而已。按照傳統，國家的上將軍一職平常是可設可不設的，只在戰事來臨的時候才選定任命。但進入戰國之世，大仗連綿，軍爭不斷，上將軍便逐漸成為常設重職，其爵資與統攝國政的丞相同等，足見其地位顯赫。初期魏國的吳起和繼任的龐涓，便始終是上將軍；後來的齊國上將軍田忌，燕國上將軍樂毅，趙國大將軍廉頗與李牧，楚國上將軍項燕，秦國的三代上將軍白起、王翦、蒙恬等，都是在統兵大戰中湧現出的赫赫名將。司馬錯想做的，正是這樣的名將，而不是操持兵政的國尉。

然則，命運卻偏偏教他做了國尉。

司馬錯很是沉默了一段，不想將國尉做得出色，總想給自己統兵出戰留下退路。幾次議事，卻發現國君並沒有將自己當作尋常軍政臣子對待，而頗有倚重之意。司馬錯猛然悟到，自己錯了。眼下，秦國統兵出戰的資深上將軍唯有嬴虔，可嬴虔是老軍時期的名將，對如今的步騎野戰已經很生疏了，加之閉門十三年足不出戶，要勝任新軍統帥幾乎已經不可能。當此之時，自己必然會成為秦國的統兵將領，然則自己資望尚淺，且沒有統兵大戰的皇皇軍功，驟然授予上將軍大任，在素有軍爭傳統的秦國，必然引起非議；國君先授自己爵位較低的國尉之職，既不誤事，又無非議，可謂用人獨到，自己如何能懈怠軍政？

一旦豁然，司馬錯便開始了對秦國軍爭大略的深究謀劃。

司馬錯出身兵家，祖上本為齊國的田氏部族。先祖田穰苴，本是春秋時齊景公的名將，百戰沙場，軍功卓然，封為齊國司馬。田穰苴晚年寫了一部兵法，傳抄傳讀者皆以習慣的官稱冠名，呼為《司馬穰苴兵法》（註：根據今人考證，《司馬穰苴兵法》與流傳的《武經七書・司馬法》不是同一部兵書）。這是春秋時期的第一部兵法，比後來的《孫子兵法》早了數十年。子孫以此揚名，便也姓了司馬。後來，司馬一族在齊國動盪中沉淪式微，輾轉曲折地遷徙到了洛陽王畿，以示對田氏奪政的不滿和對天子王室的忠誠。

誰知世事多變，王畿迅速萎縮，司馬一族的小城堡在三家分晉後又成了韓、魏爭奪的目標。為了避戰，司馬一族又遷徙到了函谷關外的大河南岸。後來，魏國吞併了秦國的河西地帶，司馬一族便被魏國官府遷徙到了函谷關內做「鎮撫之民」。秦獻公時，秦國一度反攻到函谷關，將魏國「鎮民」全數遷徙到秦國腹地。司馬一族便在渭水南岸定居了。

到司馬錯出生，司馬一族已經是三代秦人了。司馬錯十九歲應召從戎，加入秦國新軍，從騎士做到什長、百夫長、千夫長。在商鞅收復河西的大戰中，司馬錯獨領千騎夜襲大河東岸的離石要塞，一舉成功，拔掉了魏國在河東的最大根據地；又馬不停蹄地長途奔襲函谷關，從魏國手中接收了秦國最重要的隘口要塞，切斷了魏國華山大營的退路。商鞅對這位青年千夫長的用兵才能大為驚歎，立即破格晉升司馬錯為函谷關守將。在秦國歷史上，鎮守函谷關為秦軍第一要務，守將歷來由公族大將擔任。而今，這一重任交付給堪堪三十歲的司馬錯，足見商鞅對司馬錯之器重。非但如此，臨刑前，商鞅還將司馬錯鄭重推薦給新君嬴駟，終於使這顆將星冉冉升起。

司馬錯要謀求的，是一條扎實可行的用兵之路。

他的謀兵思路深受先祖兵法影響，最大特點是不「就兵論兵」，而是「據勢論兵」。《司馬穰苴兵法》共有四篇，分別是〈形勢篇〉、〈權謀篇〉、〈陰陽篇〉、〈技巧篇〉。其中只有〈技巧篇〉是純粹論兵，其餘三篇都是論述戰地用兵之外的廣闊基礎。這是司馬兵家獨有的深邃兵謀。司馬錯從少年時代浸淫於先祖兵法，心無旁騖，思考用兵之路從來與人不同。這次是他第一次擔當大任，第一次從一個國家的角度尋求用兵出路，自然對兵事之外的整體形勢尤為關注。他的第一舉措，是吃透國力。除了國尉府的典籍，他又在上大夫府、長史府做了不厭其煩的查詢，對秦國的土地、賦稅、人口、國庫、生鐵、糧食、馬匹、兵器等，都一一了然於胸。第一步做完，他立即有了清醒的判斷——三年之內，秦國沒有同時擊敗兩個戰國的能力，也就是沒有全面東出爭雄的能力。

既然如此，秦國在三年之內應當如何行動？兵事上是否無可作為？

按照尋常思路，全面東出，就要冒以一敵六的風險，如果沒有抗禦至少三國聯兵的實力，就當穩妥採取守勢，待實力具備時再魚躍而出。然則，司馬錯的過人之處正在這裡，他不想教秦國裝備精良的五萬新軍三年無事，空耗大量財貨糧食。對於秦國這樣方興未艾的強國，又在刀兵連綿的大爭之世，精兵閒置三年是無法忍受的。對於一個名將，三年無戰也是無法忍受的。他要謀劃一條出路，出奇制勝，打能打之仗，縮短積聚國力的時間。

犀首入秦之前，他的思路已經大體上醞釀成熟。但是他多謀深思，不喜歡在「大體有致」的時候和盤托出。犀首一番慷慨長策，激發了他更加認真地揣摩自己的方略。

別出心裁的司馬錯，在國尉府後園修造了一大片縮小的秦國邊境地形。這種縮小，時人謂之「寫放」，也就是以原比例縮小建造，堪稱古典仿真地形。寫放成就，司馬錯便整天站在這片「山川」前凝神發怔。國君的君書送到他手裡時，他的思路已經到了用兵的細枝末節。直到國君限定的第三天午後，他才開始坐在書案前動筆上書。書簡送走，他又來到後園對這些細枝末節做最後的核查。司馬錯的穩健，正在於清醒冷靜，深諳再宏大巧妙的謀兵方略，如果沒有細枝末節的精確算計，同樣會招致慘敗這樣的基本道理。

「稟報國尉：國君駕到，已進大門！」一名軍吏匆匆走來急報。

司馬錯一驚，來不及細想，丟下手中丈桿向外迎去，尚未走到後園石門，卻見國君只帶著一名老內侍迎面走來。

「國尉司馬錯，參見國君！」

「免禮了。」嬴駟笑著虛扶了一把，「燈火如此明亮，國尉在做灌園叟？」

司馬錯不慣笑談，連忙答道：「臣何有此等雅興？臣正在度量『山河』。」

「噢？度量山河？」嬴駟大感興趣，大步走到風燈下，略一端詳便驚訝地「啊」了一聲，「國尉，這不是秦楚邊界麼？」

「國君好眼力。這正是秦國商於與楚國漢水地區。」司馬錯從軍吏手中接過丈桿指點著。

嬴駟心中一歎，此地使他飽受磨難，焉得不熟？仔細再看：「西邊呢？」

「這一片是巴國，這一片是蜀國，這道橫亙的大山是南山。」

嬴駟目光炯炯地盯住司馬錯：「國尉揣摩這片奇險邊地，卻是何意？」

「臣想謀劃一場祕密戰事，可立即著手。」司馬錯語氣很是自信。

「祕密戰事？尚能立即著手？」嬴駟不禁大為驚訝。

「君上，臣雖不敢苟同犀首上卿的大戰方略。但秦國數萬精銳新軍，亦當有所作為，不能閒置空耗。為此，臣欲在兩年之內謀劃兩場奇襲，拓我國土，增我人口，充實國力。」司馬錯顯然深深沉浸在既定思慮之中，竟忘記了請國君到正廳敘話。

嬴駟更是專注，盯著一片「山川」頭也不抬：「奇襲何處？這裡麼？」

司馬錯手中的丈桿指向秦楚交界處：「君上請看，這條河流是楚國漢水，南與江水相距千里。江漢之間，雖是山地連綿，然卻溫暖濕潤，土地肥沃，比我商於郡富庶許多。漢水之南二百三十六里，便是房陵，楚國西部重鎮。更要緊者，房陵的房倉儲糧三百六十餘萬斛，幾與魏國的敖倉相匹。臣以為，第一戰可奇襲房陵，奪過這片寶地。」

「有幾成勝算？」嬴駟的聲音喑啞了。

「八成。」司馬錯硬生生嚥回了「九成」兩個字，坦然道：「其一，房陵與我接壤，用兵便利。楚國向來畏懼魏齊兩國，而蔑視秦國，其最大的糧倉，不敢建在比鄰魏國的江淮之間，也不敢建在比鄰齊國的泗水之間，甚至也不敢建在江水下游的江東地帶，只因東南的越國雖已成強弩之末，卻素來與楚國不和。這房陵地帶，僻處兩江之間的山谷盆地，與郢都所在的雲夢大澤相距僅六百餘里，水路運糧很是便利。房陵北面是秦國的商於郡，窮山惡水，多少年來不駐守軍馬。楚國認為這裡最安全，便在這裡修建了最大的糧倉。」

嬴駟怦然心動：「家門有大倉，好！再說。」

「其二，房陵守備虛弱，是楚國弱地。」司馬錯長桿一圈秦楚邊界，「天下皆知，秦國的用兵路子歷來是東出函谷關。楚國從來沒有想過秦國會打到房陵，所以軍備鬆懈之極，房陵只有三兩萬輜重兵，主要用於協助糧食吐納，防衛戰力很弱。其三，時間對我軍極為有利。郢都大軍要馳援房陵，山地行軍，至少需十日方能到達。旬日空餘，對於秦軍來說，足以占領房陵所有關隘要塞。其四，楚國援軍不足懼。楚國沒有新軍騎兵，車兵與水軍又無法施展，能開到的只有步兵，而楚國的步兵恰恰最弱，戰力與秦國銳士不可同日而語。有此四條，臣以為勝算當有八成。」

這一番透徹實在的侃侃論述，嬴駟立即掂出了分量，不禁大喜過望。但他素來深沉，面上卻是振奮中不失冷靜：「兩成不利，卻在何處？」

「舉凡戰事，皆有利弊兩端。」司馬錯的丈桿又指向了那片連綿山川：「其一，山地不利於騎兵馳騁，須得步兵長途奔襲；若遇急風暴雨、山洪暴發等緊急險情，我軍兵員可能銳減。其二，奇襲貴在出其不意，若有洩密，大為不利。」

一言提醒了本來就很機警的嬴駟，笑著拉住司馬錯的手：「還是到廳中說話，牆太薄。」

司馬錯恍然道：「臣粗疏無禮，君上恕罪。」趁著拱手作禮很自然地抽出了手，恭敬地將嬴駟讓在前邊，「君上請。」

來到正廳，嬴駟堅持教司馬錯與自己一案對坐，燈下咫尺，促膝相談，直到雄雞高唱東方發白，猶自意興未盡。司馬錯又詳述了第二場奇襲戰，目標是巴蜀兩個邦國，方略是奪得楚國房陵後，就地屯兵休養並訓練山地戰法，一旦準備妥當，立即輕兵奔襲。嬴駟本來不諳兵事，但他素來細心多思，一連串提出了十多個具體困難，詢問司馬錯如何解決。司馬錯雖然謀劃縝密，還是對國君的細緻入微深感驚訝，便一一對巴蜀國情、巴蜀地形、道路選擇、兵士裝備、糧草供應、作戰方式、雙方兵力戰力對比、占領後如何治理等，做了詳盡回答。嬴駟聽得極為認真，很少插話，更沒有點頭搖頭之類的可否表示。

「此兩戰若開，需要多少兵力？」這是嬴駟的最後一問。

司馬錯知道國君的擔心所在，明白答道：「兩場奔襲戰，臣當親自為將，只需兩萬步兵銳士足矣。新軍三萬鐵騎，分駐函谷關、武關、大散關，只做相機策應，重在防備北地胡人南下擄掠。至於山東六國，臣以為彼等自顧不暇，兩三年內決然無力覬覦秦國。」

嬴駟一陣大笑，登上軺車轔轔去了。

三日後，嬴駟在咸陽大殿朝會上宣布：國尉司馬錯巡查關隘防務時日較長，離都期間，國尉府公務交由上大夫樗里疾一併署理。國中大臣，誰也沒有在意這個變動。國尉視察防務，本來就是分內職責所在，況乎秦國收復河西之地後，也確實需要大大整肅各個要塞隘口，自然需要花費時日，豈能朝夕就了？

犀首卻覺察到了此中微妙，心中大是不安。

他來秦國，獻上的是「稱王圖霸，統一天下」的大計。按此大計方略，秦國應擴整大軍準備東出，才是目下急務。而擴整大軍，正是國尉職責所在，是國尉最不能離所的重大時刻；而今國尉卻突然去視察「防務」，實在莫名其妙。視察關隘防務雖說也是正常，然則此舉此時與「霸統」大計南轅北轍，卻是極不正常。莫非秦國要採取守勢，拋棄他的「霸統」大計？否則，如何解釋司馬錯的作為？

司馬錯新貴失勢，受了國君冷落被變相貶黜？不可能。如果那樣，上大夫樗里疾或者自己，總應有一人擔負擴整大軍的重任。最重要的人物突然離都，做的又是與「霸統」大計毫無關聯的事，「霸統」所急需的大計籌劃也泥牛入海……種種跡象，還能說明何事？

心念及此，犀首大大的不是滋味兒。身為天下名士，謀劃之功歷來都是功業人生的根基。謀劃落空，一切皆空。若秦國不用自己的「霸統」大計，自己在秦國就是寸功皆無，自然也就黯然失色，還有何面目居於上卿高位？像他這樣赫赫大名的策士，又奉行楊朱學派的「利己不損人」準則，素來講究「無功不受祿，受之則無愧」，若大計不被採納，留在秦國必然令天下人恥笑；若厚著臉皮留在秦國，一刀一槍地苦掙功勞，也只能是大失其長……想想還不如早日離去，免得自取其辱。

可是，秦公的真實意圖究竟如何？畢竟還沒有水落石出，匆忙離去，似乎又大顯浮躁。反覆思忖，犀首決意晉見國君，而後再決定行止。犀首歷來是名士作派，灑脫不拘細行。此時進宮，不坐那氣度巍巍的青銅軺車，卻是快馬一鞭，徑直飛馳咸陽宮。

嬴駟正在湖邊練劍，聽得犀首請見，立即收劍迎了出來。尚未走出湖邊草地，高冠大袖的犀首已經快步而來，迎面一躬：「臣犀首，參見秦公。」

「上卿何須多禮？來，請到這廂落座。」

綠油油的草地中央，有光滑的青石長案和鋪好的草席，旁邊的木架上掛著嬴駟的黑色斗篷和一柄銅鞘長劍，石案上擺著一只很大的陶盆和兩只陶碗。來到石案前，嬴駟笑道：「上卿可願品嘗我的涼茶？」犀首心思一動道：「一國之君，如此粗簡，臣欽佩之至。」嬴駟大笑搖頭：「積習陋俗，與君道無干，上卿謬獎了。」說著拿起陶盆中的長柄木勺，將兩只陶碗打滿紅綠色的茶水，「來，共飲一碗。」

國君如此平易如友，犀首自然也不便恪守名士作派，不待國君動手，雙手捧起一碗遞上：「秦公請。」又自己端起一碗，一氣飲下。茶水入口，但覺冰涼清洌微苦微甜，胸中悶熱的暑氣一掃而去。

犀首不禁大為讚歎：「好茶！臣請再飲三碗。」

嬴駟爽朗大笑：「此茶能得上卿賞識，也算見了天日。來，多多益善！」說著又親自用木勺為犀首打茶。

連飲三碗，犀首笑道：「謝過秦公，臣有一請。」

「噢？」嬴駟以為犀首要談正題，斂笑點頭，「上卿但講。」

「請秦公賜臣涼茶炮製之法。」犀首肅然一躬。

嬴駟不禁莞爾道：「此等涼茶，本是商於山民田中勞作的解渴之物。原本以茶梗與粗茶葉入水，大鍋混煮片刻，注滿陶罐，放置於陰涼石洞，次日正午，由送飯女子連同飯籮挑到田頭，供農夫飲用。上卿欲長飲之，不怕落人笑柄？」

「秦公已為天下先，臣本布衣，何懼人笑？」

「說得好！」嬴駟雙掌一拍，對走來的老內侍吩咐道，「將煮製涼茶的家什並一擔粗茶，即刻送到上卿府。」

「謝過秦公，臣今夏好過矣！」犀首拱手稱謝，著實高興。

「可本公的夏天，卻是大大的不好過。」嬴駟的揶揄笑意中頗有幾分親切。

「秦公何難？臣當一力排遣。」犀首本就灑脫，此時更是豪爽。

嬴駟開始就注意到犀首一直稱他為「秦公」，而不是秦國臣子慣常用的「國君」或「君上」。戰國以來，臣子對國君的稱謂本無定制，只要表示景仰之意，君臣朝野誰也不會計較。但如犀首這般，按照王制諸侯的規格生生稱為「秦公」的，確實不多。依據周禮分封制，諸侯封國分為三等：公國，國君稱「公」；侯國，國君稱「侯」；伯國，國君稱「伯」。其餘領有五十里以下土地的爵位，如「子」、「男」等，不足以成為邦國諸侯，自然不在諸侯序列。春秋時代，這種等級稱呼還算流行，是公就稱公，是侯就稱侯，是伯就稱伯，尤其是使節覲見異國之君，這種稱謂必須顧及。然進入戰國以後，邦國等級大亂，楚、魏、齊三國已經自稱王國，國君的稱謂等級也就名存實亡了。其間微妙的變化，是各國臣子對自己的國君也不再明確地以老規格稱呼，而模糊地變為「君上」或「國君」這樣的事實稱號。這種變化的實際內涵，是給本國國格的「晉級」留下廣闊的餘地，而不再自我拘泥於「公」或「侯」。

當此之時，犀首這般連國號（秦）帶爵號（公）一齊稱謂，便極為罕見了。

嬴駟何等機敏，自然不會忽視這個經常出口的稱謂禮節。他明白，這是犀首在提醒他，秦國還是個二等戰國，應該稱王晉級，圖霸統大業。今日犀首匆匆而來，雖並未急於切入正題，但一有機會就呼出「秦公」二字，其意不言自明。

嬴駟對犀首的個性做過一番揣摩，知道他自尊過甚，對國君的待賢禮遇極為看重，喜歡國君移樽就教，而絕不會急迫地獻策並敦促國君實施。要正題深談，就要自己主動。因為在犀首看來，入國主動獻策已經在先，剩下的就是國君明斷，他只要覺得自己探清了國君之「斷」，無論結果如何，都不會糾纏。

作為國君，嬴駟也不想在此等大事上模糊，犀首一問，他就勢說開：「上卿方略，甚是宏大，然秦國之軍力、國力倉促間不能匹配。嬴駟苦思無解，豈不大大難過？」

「秦公之難若在此處，臣以為不難。」犀首的雙眸驟然發亮。

「上卿教我。」嬴駟座中深深一躬。

「舉凡霸統大業，必有準備期間，任誰不能一蹴而就。此謂預則立，不預則廢，其要害在於決斷。早斷早預，遲斷遲預，不斷不預。依臣之見，秦國可在一年內做好一切預備。其一，秦國人口已與齊國大體相當。加之秦國民氣高漲，半年內徵集十五萬大軍並非難事。再有半年訓練，二十萬銳士指日可成；其二，秦國民眾富庶，國庫盈滿，已直追魏齊兩國，軍資糧草兵器的籌集，亦在舉手之間；其三，秦國有北地郡與胡地相接，又有隴西草原河谷，戰馬來源大大優於中原，一年內建成十萬鐵騎，應不是難事；其四，國尉司馬錯乃兵家名將之後，臣已詳知其在河西之戰中的用兵才能，堪為秦國統兵上將；其五，秦國上下同欲，君明臣良，如臂使指，列國無可比擬！有此五條，霸統大業，何難之有？」犀首一口氣說了五條，目光炯炯地看著國君。

「上卿所言甚是，秦國必得一番認真準備。」嬴駟明明朗朗地肯定了犀首的主張，話鋒一轉，「然則，這準備一年不行，可能要三年，甚或五年。」看著犀首驚訝的目光，嬴駟微笑道，「上卿姑且聽嬴駟算算大帳，可否？」

「臣洗耳恭聽。」犀首倒真想聽聽國君的盤算。

「其一，擴軍在於人口。就總數而言，秦國人口目下與齊國相當，大體不到八百萬，青壯男丁當在七八十萬左右。按照三丁抽一的成法，可成軍二十餘萬。上卿肯定也是如此計算。然則，秦國人口分布與中原戰國大有不同，有三處人口不能徵兵：一、北地郡與胡地接壤，素來是國府不駐軍，而由庶民結兵抵禦，若在北地徵兵，無異於自毀長城。二、隴西戎狄部族不能徵兵。隴西有近百萬遊牧族人，悍勇善戰，是秦國抵禦西部匈奴的天然屏障。西部匈奴飄忽無定，隱藏在天際雲海，往往在毫無徵兆的情勢下遮天蔽日地壓來，唯戎狄這樣的馬上部族可針鋒相對，其兵員戰力不能削弱。三、新收復的河西之地不能徵兵。公父、商君與河西父老有約：十年之內唯變法，不徵賦稅不徵兵。而今河西收復剛剛五年，國府何能食言自肥？除此三地之外，商於十三縣窮山惡水，歷來減徵減賦，也要大打折扣。如此一來，所餘兵員之地，唯有關中腹地的老秦部族。老秦人眾將近四百萬，青壯男丁四十萬左右。關中農耕為秦國之本，不能三丁抽一，只能四丁抽一。如此折算，大體可徵兵十萬左右。即或不將原有的五萬新軍記在徵兵之內，也只能得兵十五萬。要大出山東，卻是差強人意。上卿以為然否？」

犀首凝神傾聽，不禁對這位秦國新君生出了一股朦朧敬意。他在列國做官數十年，接觸的國君各式皆有，也不乏勤奮明君，但只要談及國情國事，大都不甚了了。即或是天下公認的強悍君主魏惠王與齊威王，也是無丞相不談國情，如秦公嬴駟這般對國情數字隨手拈來，如數家珍般的清晰，天下絕無僅有。

「犀首願聞其二。」犀首絕非知難而退的尋常之輩，他要徹底弄清國君的打算。

「秦國府庫尚需充實，然軍輜糧草並無上卿估測的那般殷實充盈。」嬴駟飲了一碗涼茶，喟然一歎，「公父與商君變法二十三年，國府始終不曾加徵加賦。秦國庶民死保新法，根源正在於此。府庫所增收的財貨五穀，全因了賦稅來源大有擴展，而非提高稅率。譬如隸農二十萬戶，全部變為獨立繳納賦稅的平民戶，府庫收入自然增加。直到今日，秦國的賦稅額大體還是以先祖簡公『初租禾』時的徵發為底數。這在秦國叫『變法不變賦』，然卻從來不對天下昌明，上卿曉得麼？」

「臣不知此情。」犀首第一次聽說秦國實際的賦稅徵收法，確實感到驚訝。中原各國與天下士流，都想當然地認為秦國變法是「苛政虐法」，是「橫征暴斂」，否則何以興建新都、訓練新軍、收復河西、一朝富強？誰能想到，商鞅變法竟真正將富庶給予民眾，國府只依靠擴展稅源來增加收入。仔細咀嚼，如此簡單的國策中大有奧祕。非但使庶民死保新法，而且依靠這種保法激情，化解了各種變法阻力。犀首也曾經是密切關注秦國變法的名士，當初無論如何都想不通，商鞅何以能使愚昧蠻荒的老秦人在短短幾年間移風易俗歸化文明？那時天下眾口一詞——如無暴政威逼，斷然不能使老秦人有此驟變！如今想來，箇中奧妙竟是如此簡單——國讓利於民，民忠心於國。此等大手筆，非治國巨匠，何能為之？

嬴駟見犀首愣怔沉思，以為這個以精明著稱的大策士不相信他的剖陳，坦率笑道：「上卿以為本公是託詞搪塞麼？」

「秦公何得此言？」犀首拱手笑道，「臣在揣摩『利心互換』的治國大法，無得有他。」

「無愧楊朱傳人，上卿竟將商君治國概括為『利心互換』，匪夷所思也！」嬴駟的笑聲中不無揶揄。

「秦公明察。」犀首坦然笑對，「天下之要，一則利，一則心。孤臣能死國難，無非國君以高官厚祿換之；士為知己者死，無非知己者以利換之。鮑叔牙當年不慷慨，何來管仲之高義？周厲王若不專利，何得失國出走，而致『共和執政』？輕利者必得大義，專利者必失人心。大哉孝公！大哉商君！此乃臣之心得也。」

「一家之言，一家之言。」嬴駟不禁大笑，覺得犀首這番話泥沙俱下魚龍混雜，硬生生將原本要說的「有失偏頗」嚥了回去，卻也不便於一概褒獎。

笑得一陣，犀首正色拱手道：「秦公所思，犀首盡知。臣告辭。」

嬴駟一怔：「上卿何得匆忙？正要共商長策。」

「秦公定策在胸，何用犀首多言。」說完，大袖飄飄而去。

次日傍晚，老內侍稟報：「上卿府總管來報，上卿封印離都，留下一卷書簡。」

嬴駟打開竹簡，寥寥數行，盡行入目：

秦公明察：無功不居國。犀首言盡事了，耽延無益，自當另謀他國。秦國機密，自當永守，以報公三月知遇之恩。犀首昨聞洛陽名士蘇秦已入咸陽，或可有奇謀良策，公當留意。犀首拜辭。

嬴駟看罷，不禁一陣悵然。一策不納，飄然辭去，犀首未免太過自尊也。但設身處地仔細一想，如此稟性的特立獨行之士，要他無功居於高位，無異折辱其志節；強留彆扭，不如順其自然，日後也是一個長情。

拿起書簡再看，嬴駟方注意到「洛陽名士蘇秦已入咸陽，或可有奇謀良策，公當留意」這句話，不禁精神一振。想起犀首初到時曾經說起蘇秦、張儀二人，思忖一陣，嬴駟吩咐老內侍：「祕查洛陽蘇秦行止，著速報來。」

二、關西有大都

仲夏，蘇秦終於到咸陽了。

夕陽下的咸陽城郭，分外壯麗動人，背靠莽莽蒼蒼的北阪，南面滾滾滔滔的渭水，一道白色石橋披著金紅色的霞光橫亙水面，恰似長虹臥波，旌旗招展的巍峨城樓，與青蒼蒼的南山遙遙相望，氣勢分外宏大。蘇秦駐車觀望良久，一時大為感慨——人言金城湯池，天下非咸陽莫屬也。

駕車上得長橋，卻見橋面兩道粗大的黑線劃開了路面，車馬居中，行人兩側，井然有序地在各自道中流向城內。放眼看去，十里城牆的垛口上掛滿了風燈，暮黑點亮，宛如一條燈火長龍，照得城下一片通明，儼然一座不夜城。但最令蘇秦驚訝的，是咸陽城門沒有吊橋，渭水大橋直通垂柳掩映的寬闊官道而直抵城門。城門下也沒有守軍，而只有兩排帶劍門吏在接應公事車馬。尋常行人無須盤查，逕自入城，在戰國之世，直是匪夷所思。

進得城中，正是華燈初上。但見寬闊的街道兩邊，每隔十數步一棵大樹，濃蔭夾道，清爽異常。所有的官署、民居、店鋪，都隱在樹後的石板道上，街中車馬通暢無阻。但最令蘇秦感到意外的，還是咸陽的整潔乾淨——車馬轔轔，滿街不見馬糞牛屎。炊煙裊裊，道邊無一攤棄灰堆積。偌大都市，彌漫出的草木清新之氣，令人心氣大爽。

在中原士子眼裡，而今天下大都，莫如大梁、臨淄、安邑、洛陽四大城。洛陽不必說，大則大矣，其衰老破舊與蕭條凋敝早已不堪為人道了。安邑乃魏國舊都，繁華錦繡有之，然則終是要塞擴展，其格局狹小重疊，卻是任誰也不敢恭維。大梁新都，王城鋪排得極有氣勢，其繁華商市堪稱天下第一，但街市混亂，常見雜物草灰隨處堆積，腳下亦常遇馬糞牛屎，大是令人尷尬。臨淄鵲起數十年，齊市已經號稱「天下第一大市」，其市面之繁華擁擠，曾令蘇秦驚歎不已。他遊齊歸來曾對老師說：齊市之人海可「連袂成幃，揮汗如雨」。老師被蘇秦的繪聲繪色引得大笑不止。但是，臨淄除了稷下學宮與王城有樹林掩映頗為肅穆外，街市卻是狹窄彎曲，全無樹木，花草更是極少；冬春兩季，光禿禿的街巷常有風沙大作；夏秋暑日，烈日曝曬下難覓一處遮蔭，雖時有海風，也教人燠熱難耐。相比之下，咸陽簡直是無可挑剔。地處形勝，氣候宜人，肅穆整潔，繁華有致，一派大國氣象。山東士子都說秦人愚昧骯髒，睡火炕燻得大牙焦黃，髒衣服上蝨子亂竄，街道上牛屎遍地。臨行時，大嫂還特意給蘇秦塞了一包草藥末，笑著叮嚀他：與秦人見面時，藥末要撒在領袖上，防備秦人的蝨子滿身爬過來。可置身咸陽街市，行人整潔，街巷乾淨，比山東六國的大都會清新多了。剎那之間，蘇秦實實在在感覺到了這個西部戰國的天翻地覆，彷彿看到了一座大山正在大海中蒸騰鼓湧，正崛起於萬里狂濤。

「先生，住店麼？街邊不能停車。」

蘇秦回頭，見一箇中年女子站在身後，長髮黑衣，滿臉笑意盈盈。

蘇秦恍然拱手：「敢問大姊，這是何街？距宮城多遠？」

「長陽街。端走到頭，東拐一箭，便是宮城，近得很。」女人比畫笑答。

「如此，我住在你店了。」蘇秦爽快答應。

「小店榮幸。先生站開，我來趕車。」女人從蘇秦手裡接過馬韁，熟練地「吁」了一聲，將馬韁一抖，軺車左靠，拐向了大樹後人行道的一座木門。女人一個清脆的響鞭，兩扇木門咯吱拉開，軺車輕快地駛了進去。女人返身出來笑道：「先生請從這廂進店。車上行裝自有人送到房內，不用操心。」一邊說，一邊領著蘇秦走到客棧正門。

蘇秦方才在端詳街市，沒有看到這家客棧，及近打量，見客棧門前風燈上大字分明——櫟陽客寓。街燈照耀下，可見三開間大門敞開，迎面一道影壁卻遮住了門外視線。門口肅立著兩個黑衣僕人，恭敬地向客人一躬。

蘇秦恍然道：「這是櫟陽老秦人開的客棧？」

女子笑吟吟道：「先生有眼力。這客棧正是櫟陽老店，與國府一道遷過來的。」

蘇秦點頭笑道：「如此門面的客棧，在大梁、臨淄也不為寒酸。」

女子淡淡一笑：「秦人老實，不重門面。先生且請進去，看實受的。」

繞過影壁，便是一個大庭院，兩排垂柳，一片竹林，夾著幾個石案石墩，很是簡樸幽靜。從竹林邊的鵝卵石小道穿過，迎面兩扇沒有門扇的青石大門，門口風燈高懸，每座門口都端端正正站著兩個少女。左首風燈上大書「無憂園」，右首風燈上大書「天樂堂」。

蘇秦止步笑問：「這無憂、天樂，是何講究？」

女子笑答：「無憂園是客官居所，高枕無憂嘛。天樂堂是飲宴進食處。哪個夫子說的？民以食為天嘛。」

蘇秦不禁大笑讚歎：「好！盡有出典，難得！此等格局，在中原與國府驛館不相上下。在咸陽，定然是首屈一指了？」

女子咯咯咯笑個不停：「先生謬獎，我這客棧連第十位都排不到，敢首屈一指？」

「噢？第一誰家啊？」蘇秦不禁大為驚訝。

女子道：「自然是渭風古寓了。魏國白氏在櫟陽的老店，搬來咸陽，讓秦人買了過來。一日十金，先生若想住，我領你過去。」

「一日十金？」蘇秦內心驚疑，嘴上卻笑道，「秦人做商來得奇，給別家送客人？」

「量體裁衣，唯願客官滿意了。」女子明朗笑道，「渭風古寓多住商賈，我這櫟陽客寓多住士子。我看先生軺車清貴古雅，定是遊學士子初來咸陽，不然，不敢相請呢。」

蘇秦看著朦朧燈影裡的這個商賈女子，對她的精明大起好感，拱手道：「多承夫人指點，我就住在這裡了，只是日期不能確定。」

「喲，甚個夫人，不敢當，還是叫我大姊好。」女人親切的口吻像家人親朋一般，「要甚定期？出得遠門，由事不由人。先生請。」

進得無憂園裡，蘇秦又一次感到了一種新穎別致。中原大城的一流客棧，尋常都是廳房連綿，修葺得富麗堂皇，根本不可能有空地山水。這裡卻是大大的一片庭院，樹林草地中掩映著一幢幢房屋，夜晚看來，燈光點點，人聲隱隱，好似一片幽靜的河谷。恍惚間，蘇秦好像回到了洛陽郊野的蘇氏別莊，倍感親切。女子將他領到了一座竹林環繞的房屋前，蘇秦藉著屋前風燈，看見門廳正中大書三字「修節居」，不禁大為讚歎：「修節明志，好個居處。」

女子看蘇秦高興，嫣然一笑道：「春上住得一個先生，他取的名字。」

「噢？此人高姓大名？」

「名字很怪，好像是……對了，犀牛？不對，犀——首。」

「犀首？」蘇秦頗為驚訝，「姓公孫？魏國人？」

女子歉意地搖搖頭：「我再想想。」

蘇秦笑了：「不用，你想不起來，他沒說過。」說著進了門廳。女子靈巧地繞到了前邊高聲道：「鯨三，接客官了。」話音落點，一個樸實整潔的少年挑著風燈從屋內走出，向蘇秦一個大躬道：「鯨三侍奉先生。請。」女子利落吩咐道：「你且侍奉先生入住。我去教人送先生行李過來。」待少年答應一聲，女子又向蘇秦一笑，「先生好生安頓，我先去了。」一溜碎步搖曳而去。

這座獨立的房子三間兩進，頗為寬敞。中間過廳分開，形成兩個居住區間。少年將蘇秦領到東首區間打開門，必恭必敬道：「先生看看中意否？不中意可換房。」蘇秦原沒打算換房，然少年一說之下，倒也想看看這犀首住過的「修節居」究竟如何？抬眼打量，只見進門一間大客廳，紅氈鋪地，陳設整潔。最令人滿意的是東面牆上開了兩面大窗，窗櫺用白細布繃釘得極為平整，白日一定敞亮非常。客廳東南角有一道黑色木屏，繞進去是一間精緻的小書房。兩面都是烏木書架，很是高大堅固。長大的書案上除了常備的筆墨硯，還有刻刀與一箱單片竹簡。繞過屋角木屏，便是寢室。中間一張極大的臥榻上吊著一頂本色麻紗帳幔，四周牆壁用白土刷得平整瓷實，更顯屋中潔白明亮纖塵不染。

「噢？為何只有寢室做成白牆？」蘇秦問。

「回先生，寢室圖靜，沒有窗戶，白牆有亮色。」少年恭敬回答。

蘇秦點頭，暗自佩服主人的細心周全，正要舉步走出，少年卻道：「先生，還有一進。」

「還有一進？」蘇秦不禁困惑，天下客棧住房，最華貴的也就是廳堂、書房、寢室，所不同者大小文野而已，這裡竟還有一進，能做何用？再說，滿牆潔白，也沒有門，如何能還有一進？該不是少年懵懂，誤將後院也當作一進了。蘇秦疑惑間，少年一推屋角，白牆竟自動開了一道小門。少年站在門口恭敬道：「先生，裡邊是沐浴室與茅廁間，為防水氣進入寢室，這裡裝了一道假牆，一推即開，方便呢。」

「茅廁間？」蘇秦更是驚訝，茅廁間哪有安在房內之理？看來，秦人的蠻荒習俗還是沒有盡掃。剎那之間，彷彿恍然窺見了野狐尾巴，蘇秦幾乎啞然失笑。想了想，還是進去看看再說，不能忍受就立即搬走。進得屋內，卻見很是敞亮，幾乎有兩個書房大，三面牆上均有大窗，卻裝得很高。房中微風習習，絲毫沒有尋常茅廁間的刺鼻異味兒，想來白天也一定敞亮乾爽。

「窗戶如此之高，卻是為何？」蘇秦仰視問道。

「先生……」少年憨厚地笑著，有點兒窘迫。

蘇秦恍然大笑：「啊，沐浴如廁，自要高窗。小哥見笑了。」

「不敢。」少年恢復了恭敬神態，「先生，這廂是沐浴室，我每晚會送熱水來。」

屋中用黑色石板隔成了兩部分。進門大半間是沐浴室，牆壁地面全部用黑色石板砌鋪，中間一個箍著兩道鐵圈的碩大木盆，木盆中還有一條橫搭的木板與一只長柄木瓢。蘇秦一看即知，這是製作極為講究的大梁浴盆。如此看來，另外小半就是廁間了。蘇秦小心翼翼地繞過高於人頭的石板，眼前豁然一亮——原來，牆上掛著一盞晝夜明亮的大大風燈。地面是明亮如銅鏡般的黑色石板，牆面卻是木板到頂；靠外牆一面，立著一個一尺多高的方形石甕，甕中滿當當清水；甕旁一方小小石案，案上木盤中一摞摺疊好的柔軟布頭；石甕石案旁邊的地面上扣著一個鼓面大小的凸形「木板」。除此而外，別無長物，只能聽見隱隱約約的水流聲。

「這？是茅廁間？」蘇秦有些茫然，如此乾淨整潔的屋子，卻到何處如廁？

「先生請看——」少年俯身將凸板揭開，隱約的水聲立即清晰可聞，「這裡是如廁處，完後蓋上即可。」少年又指著石甕石案，「這裡清洗，這些軟布頭用來擦拭。」

蘇秦俯身盯著如廁處，只見黝黑中水波閃亮，怔怔問：「這水何處來？竟無惡臭？」

「回先生，這是咸陽建城時引入的渭水。陶管埋在地下，流經宮城、官署、官市、作坊與大店的地下，流出城外便引入農田，不再回流渭水。水流從高往低，很大很急，任何穢物都積存不住，沒有腐臭氣息。」少年一如既往地恭敬。

蘇秦聽得愣怔半日，慨然一歎：「好！住這裡，很中意了。」

少年高興了：「多謝先生。送飯來？還是到天樂堂自用？」

「我自去天樂堂，看看秦風。」蘇秦笑了。

「如此我去挑擔熱水，先生沐浴後再去不遲，夜市熱鬧。」少年輕快地出去了。

犀首好動，用過晚飯左右無事，換了一身布衣出得上卿府，向咸陽街市漫步而來。

咸陽夜市頗為特異，與中原大城不同，街市冷清如常，而客寓酒店熱鬧非凡。這是因為秦人勤奮儉樸，加之法令限酒，一到夜間，除了確實需要購物者匆匆上街外，大多數庶民工匠都是早早安歇，預備黎明即起操持百業。但是，秦國對外國客商與入咸陽辦事的本國外地人卻不限酒。所以，每逢入夜華燈初上，外國客商、遊學士子、外地遊人客商及來咸陽辦理公務的吏員等，便聚在了各個酒店客寓，盡情地飲酒交遊。

犀首出來，是想找個酒肆小酌一番，消消胸中塊壘。

午間晉見秦公後，他已經明確無誤地知道了秦國不會採用他的「霸統」方略，心反而定了下來。從加冠之年，他開始周遊列國，先後在大小十三個諸侯國做過官，最長的在楚國三年多，最短的在宋國大約只有半年。辭官的原因雖各不相同，但最主要的起因，還是官高無事的尷尬。他精明過人，又加辦事認真，總能在極短的時間內毫不費力地將管轄事務處置得精當無誤，同僚們總是對他讚不絕口，國君也總是時常褒獎，誰與他都一團和氣，議爵時也都眾口一詞地薦舉他，人望口碑一片蒸騰。然則，奇怪的是，無論他的爵位多高，卻怎麼也掌不了實權，做的淨是些少傅、太傅、少師、太師、太史丞、太廟令之類的「望職」。誰都知道，他的長處在兵家在權謀在治國治民，可上將軍、丞相、上大夫、令尹、大司土一類的實權重職，偏是輪不到他，結果總是不堪無聊，掛冠辭國。

這次入秦，是犀首最為認真的一次謀劃。可是，秦公當場拜他做上卿時，他心中卻不自覺地咯噔了一下，一種不祥之感立即在心頭隱約彌漫。上卿一職，在春秋時期頗為顯赫，像晉國的上卿趙盾，本身就是相國（丞相）。但在戰國之世，權力結構相對穩定也相對簡化，國君、丞相、上將軍三權鼎立治國，上卿早已成了虛職。秦國素與中原隔膜，官職名號與中原大不相同，一是庶長治國（大庶長、左庶長、右庶長），大夫輔助（上大夫、中大夫、下大夫）；二是沒有虛職，太師、太傅、上卿等統統沒有。自從秦孝公與商鞅變法，秦國的官制才開始向中原靠攏，逐漸推行了「君—相—將」三權共治，官員設置的怪誕名稱也漸漸淡出。對於秦國的這些歷史沿革，犀首很是清楚。而今，秦公陡然封自己一個例無執掌的「上卿」，顯然是靈機所動當場周旋而已。及至秦公擱置「霸統」，訴說困境，犀首已經明白，自己若要在秦國長居任官，前景依舊是高爵無事。

時也？命也？驀然之間，犀首生出了一種濃厚的天命感——一個立志掌權任事的策士，卻無論如何不能擺脫無聊的富貴，豈非造化弄人？一番思忖，犀首笑了。他想起了孔老夫子周遊列國不得志時的自嘲：「飽食終日，無所用心，不若博弈乎？」孔夫子不失樂天知命的豁達，求官不成便下棋、編《詩》、揣摩《周易》、教導弟子，倒也忙得不亦樂乎。可自己呢，如何了此一生？

「先生！你還記得小店？」一聲清脆驚喜的問話，一個長裙女子當道一躬。

漫步之間，犀首不自覺地來到了住過的櫟陽客寓前，竟又遇上了熱情可人的女店主，他恍然大笑：「好好好，正要舊地重遊，痛飲一番。」

「剛剛進得一車安邑烈酒，先生請。」女人高興極了。

櫟陽客寓的天樂堂，實際上是間很講究的食店。大廳呈東西長方形，南北兩面沒有牆而只有紅色圓柱，形成兩道寬敞的柱廊；靠南一面臨著庭院大池，碧波粼粼；靠北一面臨著一片竹林，婆娑搖曳；木屏將很大的廳堂分割成了若干個幽靜的座間，每間座案或兩三張或五六張不等，但卻都恰到好處地臨竹臨水，各擅勝場；晚來柱廊上掛滿紅燈，每個座間外面還各有兩盞寫著名號的銅人風燈，明亮璀璨，整潔高雅；大部分座間都有客人，談笑聲隱約相聞，絲毫不顯得喧鬧嘈雜。

犀首對這裡很熟，信步而來，走到臨池的一間：「好，還是這『羨魚亭』。」

女子一路跟來，笑道：「這名字是先生取的，先生準到這裡。翠子，侍奉先生。」

一個女侍飄然而來，蹲身一禮笑問：「先生，老三式不變麼？」

犀首不禁大笑：「然也！安邑老酒、櫟陽肥羊、秦地苦菜。」

「這名號取得不好。」一個冷冷的聲音從角落傳來。

「噢？」犀首驚訝打量，才發現座間還有一人，坐在靠近木屏的案前，紅衣散髮，自斟自飲，頗為悠閒。

「喲，是先生！」女店主驚喜地笑了，「先生，這位先生今日住進，就在修節居。先生，這位先生就是原先那位先生，兩位先生……」

犀首沒有理會女店主的繞口辭，盯住紅衣人淡淡道：「足下之意，當取何名？」

「結網亭。」紅衣人淡淡回答。

「結網？」犀首心念一閃，肅然拱手，「先生何意？」

「臨淵羨魚，何如退而結網。」紅衣人也拱手一禮。

「好！臨淵羨魚，何如退而結網。先生高我一層。」

女店主看這兩位開始都大有傲氣，驟然之間又禮敬有加，左右相顧恍然笑道：「喲！兩位先生都喜歡打魚，沒說的，明日我出小船，渭水灣，一網打十幾斤魚！」

一語未畢，犀首與紅衣人同聲大笑。笑得女店主也高興起來：「一言為定，明日打魚！」犀首笑得大喘氣道：「此魚，不是彼魚也。將這兩案合起來，我與這位先生共飲。」

「也是。共舟打魚，同案飲酒，忒對竅。」女店主也沒叫女侍，一邊說一邊親自動手，快捷利落地將兩張酒案拼起。方才侍奉的女侍也正好捧盤而來，擺好了酒菜，女侍跪坐一旁開桶斟酒。

「二位先生，慢飲了。」女店主笑著一禮，逕自去了。

「請教先生，高名上姓？」犀首侍酒爵斟滿，肅然一拱。

「不敢當，在下洛陽蘇秦。」紅衣人恭敬地拱手作答。

「蘇秦？」犀首不禁大笑，「好！真道人生何處不相逢，我乃魏國犀首。」

「先生進堂，在下一望便知，否則何敢唐突？」蘇秦也同樣興奮。

「噢，你知道我是犀首？看來，你我聚首竟是天意，來，乾此一爵！」

蘇秦連忙搖手：「我飲不得安邑烈酒，還是用這蘭陵酒，醇厚。」

「也罷，君子所好不同也。來，乾！」「咣噹」一聲，銅爵相撞，兩人一飲而盡。

蘇秦置爵笑道：「公孫兄棄楚入秦，氣象大是不同。蘇秦當敬兄一爵，聊表賀意。」說罷從女侍手中接過木勺，打滿兩人酒爵，「來，蘇秦先飲為敬！」

犀首搖搖頭，卻又毫無推辭地舉爵一飲而盡，置爵慨然道：「蘇兄莫非入秦獻策？」

「正是。」蘇秦坦然點頭。

「不怕犀首先入，你已無策可說？」犀首目光炯炯。

「同殿兩策，正可分高下文野，求之不得，何懼之有？」蘇秦微笑地迎著犀首目光。

「好！」犀首哈哈大笑，「蘇秦果然不同凡響，看來必是胸有奇貨也。」又突然收斂笑容，低聲正色問，「蘇秦兄，可知我所獻何策？」

蘇秦悠然一笑：「稱王圖霸，豈有他哉？」

「你？從何處知曉？」犀首不禁驚訝。

「秦國強盛，但凡有識之士必出此策，何用揣測探聽？」

此話表面輕描淡寫，實則傲氣十足，犀首豈能沒有覺察。但是，此刻他的心境已大有變化，非但不以為忤，反倒覺得蘇秦直率可親，樂哈哈笑道：「如此長策，蘇秦兄卻看得雕蟲小技一般，犀首佩服。然則，蘇兄可知，秦公之情如何？」

「束之高閣，敬而遠之。」

犀首倏然一驚。這一下，可是當真對面前這個素聞其名而不知其人的年輕策士刮目相看了。大事知其一易，知其二難，蘇秦既能料到他的獻策，又能料到秦公的態度，足見他對秦國揣摩之透，也足見自己獻策之平庸無奇。剎那之間，犀首心頭一閃，覺得與蘇秦邂逅相遇，似是上天對他的命運的一個警示——若再沉溺策士生涯，必將身敗名裂。心念電閃，拱手微笑道：「犀首辭秦，指日可待，原不足為慮。然則，蘇兄入秦，卻是何策？可否見告？」

「無得新策，有新說。」蘇秦自信地回答。

「如何？」犀首先是一驚，繼而大笑，「你仍能以王霸之策，說動秦公？」

蘇秦當然感到了犀首的嘲笑與懷疑，依舊淡淡笑道：「此事原非荒誕。秦國原本便有王霸之心，兄之說辭不透而已。但凡長策立與不立，在可行與不可行也。公孫兄唯論長策，忽視可行。秦公顧忌難處，自當束之高閣。」

犀首聽得仔細，覺得這個蘇秦的話雖在理，但卻自信得有些不對味，想警告一下這個年輕氣盛的名門策士，喟然一歎道：「犀首看來，蘇兄若別無奇策，大可不必在秦國遊說，以免自討無趣。」

蘇秦不禁大笑道：「公孫兄既在咸陽，何不拭目以待？」

「無論身在何地，犀首都會知曉。來，再乾一爵……」犀首醉眼朦朧了。

「此爵為公孫兄餞行了。乾！」蘇秦豪氣頓生，一飲而盡，高聲吩咐笑吟吟趕來的女店主，「大姊，用我車送回先生。」

一通忙碌，青銅軺車終於轔轔啟動了。犀首扶著軺車傘蓋的銅柱喃喃自語著：「呵呵呵，王車？難怪……啊哈哈哈哈哈！」

三、夤夜發奇兵

司馬錯突然出現在藍田軍營，將領們確實驚訝莫名。

藍田塬駐紮著秦國的兩萬五千新軍，步騎各半。如果說函谷關是秦國的門戶要塞，那麼藍田塬就是秦國的咽喉命脈。這片方圓近百里的高地，南接連綿大山，北面鳥瞰渭水平原，正卡在兩條從南部進入關中腹地的要道——東邊的武關與西邊的南山子午谷——中間。萬一武關失守或強敵偷襲子午谷，藍田軍營都可迅速設置第二道防線，鐵騎馳騁，半個時辰可在平原展開。從東部防禦看，藍田塬距離函谷關六百餘里，若強敵鐵騎攻破函谷關，到藍田塬下恰是三兩日行程，可從容部署狙擊強敵。藍田塬西北面，距重鎮櫟陽不到一百里，極易獲得策應。再向西二百餘里，是秦都咸陽，國君兵符半日可達，號令極為便利。秦國收復河西之後，北地胡人、河東魏趙、西域匈奴對於秦國的威脅都大大減小，西部大散關與陳倉要隘的重要性也相對降低，秦國的防禦重心自然向了東南，藍田塬的重要位置驟然突出。

這時候，秦國五萬精銳新軍的部署是：東面函谷關駐紮一萬，北面離石要塞駐紮五千，東南面武關駐紮五千，西面大散關駐紮五千；其餘兩萬五千新軍精銳，全部駐紮在這個可四面策應的中央高地。

國尉夜臨軍營，必有重大戰事。然則將領們事先卻毫無所聞，這是他們驚訝莫名的根本原因。此時，秦國沒有正式封號的上將軍，國尉就是最高武職，誰敢掉以輕心？轅門外一陣尖厲的號角，中軍大帳頓時緊張起來。

「擊鼓聚將！」藍田將軍車震一聲令下，帳外大鼓轟隆隆響起，萬千軍燈驟然點亮，軍營一片通明。片刻之間，士卒躍出軍帳，頂盔貫甲在帳外列隊待命。戰馬嘶鳴，戰旗獵獵，頃刻間便可開拔。

輕裝快馬的二十名軍吏，簇擁著司馬錯飛馳而至。自從接掌國尉，司馬錯是第二次來藍田軍營。第一次是配備新打造的精鐵兵器，來去匆匆，對這座最重要的軍營與藍田將軍車震的帶兵才力，都還不夠熟悉。這次夤夜前來本是祕密舉動，不想一出兵符令箭，轅門口就是一陣驚心動魄的牛角號，號聲一落，滿營啟動，竟似頃刻間便可開出列陣；尚未進得轅門，便聞一片馬蹄聲急風暴雨般捲來。快捷連貫，當真罕見。

一將翻身下馬：「藍田將軍車震參見！三軍就緒，國尉可即刻下令發兵！」

司馬錯一揚手中青銅令箭：「偃旗息鼓，全部回帳。」

車震驚訝地抬起頭來，稍一思忖，高聲下令：「偃旗息鼓，將軍回帳！」

「嗨！」二十多員頂盔貫甲的大將一聲雷鳴，一片甲葉響亮，上馬返回。

司馬錯對車震一陣低聲吩咐，馬隊向中軍幕府從容而來。片刻之後，中軍幕府傳出將令：「軍帳熄燈，軍士安歇，勿得驚擾。」一陣嗚嗚悠揚的號聲，廣袤的山塬又在疏疏落落的軍燈與叮噹呼應的刁斗聲中恢復了寧靜。

中軍幕府卻是燈火通明。

按照軍中法令，司馬錯先與主將勘合兵符，驗證令箭。明亮的燈光下，司馬錯帶來的兵符與車震的兵符鏘然合一，變成了一隻刻滿字符的青銅猛虎。車震將整合兵符供於帥案中央，深深一躬，轉身接過了司馬錯手中令箭。這是一支形似短劍般的青銅令箭，沉甸甸金燦燦，令箭中央鐫刻四個大字「如君親臨」。大字下面，是嬴秦部族崇敬的鷹神。秦法有定：持此令箭而無詔書者，都是身負重大使命的特使——其機密甚至不能見於公開君書，而必得由特使口頭宣布施行。

車震一看令箭，轉身對中軍司馬下令：「帳外一箭之內，不許任何人靠近！」司馬大步出帳，車震對司馬錯肅然一躬：「請國尉升座行令。」

司馬錯緩步走到帥案前站定：「諸位將軍：我奉君命，籌劃一場戰事。此戰之要，在於祕而不宣。諸將但聽軍令，莫問所以。凡有洩密者，軍法從事！」

帳中將領凜然振作，「嗨」的一聲，滿帳肅然。

「步軍主將山甲聽令！」

「山甲在！」

「你部一萬步兵，卸去重甲長矛，全部輕裝，三日乾糧，務必在五鼓時分聽令開拔！」

「嗨！」精瘦的山甲雙腳一碰，接過令箭，疾步出帳。

「後軍主將嬴班聽令！」

「嬴班在！」

「你部作速改裝一百輛牛車，全部裝運長矛羽箭。你親自帶領三百名士卒，扮作商旅押運，晝夜兼程南出武關，六日後，在上墉谷地待命！」

「嗨——」嬴班沉穩接令，大步出帳。

「藍田將軍車震聽令！」

「車震在！」

「明日開始，立即祕密監視南山各條路口。但有北上商旅，一律許進不許出。步兵班師之前，藍田軍營不得收縮營帳旗幟，日日照常操練！」

車震與十多員將領齊聲領命，「嗨」的一聲，大帳轟鳴。

司馬錯部署完畢，走出帥案向車震微微一笑：「將軍，請再為我遴選一百名精銳騎士，一員驍將。我要明火執仗地巡視商於防務。」

「國尉放心。」車震轉身向一個青年將領下令，「嬴豹，即刻選出一百名鐵鷹騎士，由你率領，護衛國尉南下！」

「嬴豹得令！」英氣勃勃的小將抱拳一拱，大踏步出帳去了。

車震笑道：「國尉莫看嬴豹年輕，他可是新軍第一猛士。」

「是公室子弟麼？」

「應該是。」車震歉意地笑道，「可無人知道他是哪家公族子孫。」

司馬錯笑了：「猛士報國，貴賤等同。他不說，又何須問之。」

說話間，眾將已經匆匆出帳，分頭各去調度移防。司馬錯又對車震備細交代了諸多事項，在中軍大帳匆匆吃了一塊乾肉一個乾餅，已到了四鼓時分。秦國新軍訓練有素，行動極為迅速，刁斗方打四鼓，步軍主將山甲進帳覆命：一萬步卒準備完畢，已經集結河谷待命。司馬錯立即帶領兩名軍吏出帳，與山甲飛馬馳向西山河谷。

河谷塬坡下，黑壓壓的步兵與荒草叢林連成了一片，卻肅靜得唯聞小河水聲。司馬錯立馬山崗，低聲讚歎：「好！可算得靜如處子。」隨即對身邊山甲下令，「山甲將軍，三日後你部須在上墉谷待命。這位行軍司馬，就是你的嚮導。他會領你穿出大山，直達上墉谷地。」

精瘦的山甲也換上了輕便軟甲，左手長劍，右手一支光滑的木棍。出使歸來，他已經晉升為步軍主將，爵位與中大夫同等。這位在大山中長大的藥農子孫，對開進自己老家作戰興奮極了，赳赳慷慨道：「稟報國尉，山甲藥農子孫，踏遍南山險道，嚮導留給車隊好了。山甲誤事，甘當軍法！」

司馬錯不熟悉山甲，對這種回答感到驚訝，肅然正色道：「將軍者，統兵大將也，不是百夫千夫長。若一味前行辨路，何能居中提調？奇襲戰孤軍深入，不得有絲毫差池。一將生死，豈可擔待國家興亡？將軍若不戒魯莽，司馬錯立即換將！」

山甲膽大心細，悟性極高，被國尉嚴詞驚出一身冷汗：「山甲受教，不敢以國事兒戲，但聽國尉號令便是！」

「出發！」司馬錯斷然發令。

山甲右手兩指向嘴邊一搭，一聲呼哨響徹河谷。無邊無際的「荒草叢林」從河谷霍然拔起，刷刷刷地向南山口移動而去，漸漸地消失在沉沉夜色之中。

司馬錯選定的行軍路線極為奇特，連尋常以為極隱祕的子午谷小道，也嫌不夠機密。他給山甲的道路，是一條無名山溪：只許沿有水河道趟水而上，到得南山巔峰，再沿另外一條山溪趟水而下，直達漢水谷地。

這條無名山溪，是從南山腹地流向關中的無數小河之一。水量不大，淙淙如溪，但卻穿山而出，流入灞水，再入了渭水；溯流而上，無名小溪的源頭直達南山（秦嶺）巔峰。這南山巔峰是一道分水嶺，越過巔峰，這種小溪又成了淙淙向南的漢水支流，最終併入浩浩江水。這種小溪流大體相似，河床河谷布滿了歷經千百年衝擊的光滑鵝卵石，輕裝步兵完全可以沿河或趟水前進。

那時候，要從關中進入層巒疊嶂的南山群峰，而到達商於山區或漢水盆地，只有東南的武關小道、西南大散關的褒斜小道，兩條路都是官道。再有中央一條小道，就是最近便直接的子午谷小道。這條小道從關中中部直入南山，比兩邊迂迴要近數百里路程。子午谷雖然不是官道，卻經常有楚國商旅北上，或秦國商人南下。如此一來，這種小道還是有「曝師」的可能。經過精心揣摩探查，司馬錯定下了「以溪為路，隱匿蹤跡」的行軍方略，要一萬輕裝步兵三五日之內祕密越過南山，到達漢水山谷。

此時，這支精銳的秦國新軍步兵，拋棄了重甲長矛與硬弩長箭，每人手中一支短劍、一支木棍，身背三天乾糧，在萬山叢中疾進，山溪沖刷了他們的一切蹤跡，山林湮沒了他們的任何動靜。戰國之世第一場最長距離的奔襲戰，便這樣悄悄地開始了。

次日天亮，藍田塬上出現了一支長長的牛車隊，悠悠駛上了通往武關的官道。車輪尖厲的咯吱聲在原野上分外刺耳，聽聲音，便知道這遮掩得嚴嚴實實的牛車都是吃重滿載。當先開道的，是一面黃色大旗，繡著「猗頓」兩個黑色大字，分外顯眼。大旗後三十多名勁裝騎士，一律腰懸吳鉤彎劍，身背硬弓長箭。車隊逶迤里許，最後才是一輛華貴的篷車。看旗號聲勢，顯然是名滿天下的楚國大商猗頓的車隊。猗頓氏，素以與中原做鹽鐵生意聞名，進出中原各國的車隊動輒便是數百輛。這樣一支車隊經藍田出武關，進漢水入郢都，便是很平常的商旅路線了。

日上三竿，藍田軍營轅門大開。騎將嬴豹率一隊鐵騎當先衝出，一輛高掛「特使」幡旗的青銅軺車緊隨其後，車上站著斗篷飛舞的國尉司馬錯。出得轅門，軺車正要拐上官道，突聞西邊官道馬蹄聲疾。司馬錯轉身一看，卻見一隊便裝騎士簇擁著一輛黑色篷車風馳電掣而來，不禁一怔，命令嬴豹：「讓過馬隊，後行。」

話音落點，疾馳的馬隊突然勒韁，十多匹駿馬人立嘶鳴，篷車也戛然停下，激揚起一片煙塵。司馬錯未及細看，便見車簾一掀，國君嬴駟跳下車來笑道：「驚擾國尉了。」

司馬錯大是驚訝，連忙下車：「參見國君。」

嬴駟一揮手，制止了要下馬參拜的騎士，笑道：「別無他事，特來為國尉送行。」

司馬錯心念一閃，便知國君對這第一戰放心不下，肅然拱手道：「臣啟國君，一切均按籌劃進展。臣不敢掉以輕心。」

「勝敗兵家常事，國尉放手去做便是。」嬴駟微笑搖頭，「我是想求教國尉，奇襲若成，國尉做何謀劃？」

司馬錯又是一怔，這本來是謀劃清楚也對國君剖析清楚的：奔襲一旦成功，兵屯漢水稍事休整，再行奔襲巴蜀。國君有此一問，莫非國中有了變故？當此臨行決斷之時，不能含糊不清，略一思忖，司馬錯坦率問：「國君之意，莫非放棄巴蜀？」

嬴駟搖搖頭：「兩戰連續，當在一年以上，時日太長。再者，兵力分散，大將遠處，難保山東無變。巴蜀，似可稍緩。國尉三思了。」

司馬錯恍然：「臣有應變之策。若山東有變，臣即刻班師北上，何能拘泥於一途？」

「如此甚好。來人，拿酒！」嬴駟一聲吩咐，軍士捧來兩只大爵，頓聞酒香清洌。嬴駟親捧一爵雙手遞於司馬錯，自己又端起一爵：「千山萬水，國尉保重。乾！」

「君上保重，但等佳音。乾！」司馬錯一飲而盡，深深一躬，「臣告辭了。」轉身大步上車，一跺車底，「開行！」騎隊轔轔遠去了。

嬴駟望著遠去的車馬，望著莽莽蒼蒼的南山，良久佇立。

「國君，可到藍田大營歇息？」御車內侍低聲問。

「不必了。」嬴駟跳上篷車，「返回咸陽。」馬隊又颶風般捲了回去。

嬴駟是昨夜與上大夫樗里疾密商後趕來的。為求穩妥，嬴駟就司馬錯的奔襲謀劃徵詢樗里疾主張。樗里疾大是贊同奔襲房陵，但認為連續進行兩場奔襲戰值得揣摩。從兵家戰事的眼光看，占領巴蜀勝算很大。然則，司馬錯沒有慮及兵家之外的民治。巴蜀地險人眾，民風刁悍，要化入秦國，初治必得駐軍，否則占領巴蜀沒有實際價值。但如此一來，司馬錯精兵必得滯留巴蜀，急切不能班師。當秦國軍力尚未擴展之時，大將精兵久屯於荒僻之地，國中空虛，是為大忌。若在秦國擁兵二十萬時，再分兵襲取巴蜀，更為穩妥。嬴駟一聽，大是贊同，便在黎明時分火急趕來。

一路沉思，嬴駟心裡老是沉甸甸的。犀首雖然走了，但犀首的「霸統」方略卻久久縈繞在他的心田。何年何月，秦國能著手霸統大業？

「稟報國君，洛陽名士蘇秦求見。」剛剛下車，內侍總管匆匆走來稟報。

「蘇秦？真來了？」一個念頭閃過，嬴駟吩咐老內侍，「請這位先生在東殿等候。再請上大夫與太傅進宮，也到東殿。」

四、雄心說長策

悠然打量著這座宮殿，蘇秦全然沒有尋常士子等待覲見的那種窘迫。

咸陽宮前區只有三座宮殿，中央的正殿與東西兩座偏殿。正殿靠前突出，建在六丈多高的山塬上，開闊的廣場有三十六級白玉臺階直達正殿，恍然若巍巍城闕，大有龍樓鳳閣之勢。這是秦國的最高殿堂，非大型朝會與接見外國特使，輕易不在這裡處置日常政務。兩座偏殿，則坐落在正殿靠後的平地上。除了殿前廣場是白玉鋪地，三面都是綠色：西面竹林，北面青松，東面草地。西偏殿是國君書房與寢室所在，除了召見親信重臣，這裡很少有禮儀性會見。東偏殿比西偏殿大出許多，九開間五進，是國君日常料理國務的主要場所，重門疊戶，劃分了諸多區域。除了最後一進另有門戶，是長史與所屬文吏起草、謄刻君書與處置公文的機密官署外，其餘四進通連，分為東中西三個區域：中間區域是議政堂，東邊是出政堂，西邊是庶長堂。

遠看咸陽宮，蘇秦頗有一種奇特的感覺。洛陽王城與山東六國的宮殿，都是大屋頂長飛簷，遠處看去，飛簷重疊連綿，氣勢宏大，富麗華貴，飛簷下鐵馬風動，叮咚悅耳，一派宮闕天堂的氣象。咸陽宮雖然也不失宏大，但卻很簡約，一眼望去，總覺得視線裡少了許多東西。仔細打量，才看出咸陽宮屋頂很小，大約只能長出牆體五六尺，斜直伸出，沒有那王冠流蘇般的華麗飛簷。乍一看，就像巨人戴了一頂瓦楞帽，雖然也覺英挺，卻總是缺了些許物事，光禿禿的。蘇秦思量，秦人本來簡樸務實，建造咸陽時又是墨家工師擔任「營國」（註：先秦時代，一般將建造都城稱為「營國」，具體包括對都城及建築式樣的設計與施工、監督）籌劃。墨家的節用主張與秦人的簡樸傳統正好吻合，產生如此的宮殿樣式也就不足為怪了。

進得殿中，只見廳堂寬闊高大，陳設卻極為簡單。中央一張幾乎橫貫廳堂的黑色木屏，屏上斗大的兩個銅字分外醒目——國議。屏前正中位置有一張長大的書案，兩側各有幾張稍小的書案。書案區域外，有兩只巨大的銅鼎，兩只幾乎同樣巨大的香爐，除此而外，再看不見任何裝飾性陳設。白玉地面沒有紅氈，連書案後的座席也是本色草編。入得廳堂，立即有空曠冷清之感，絲毫沒有東方宮殿那種帳幃重重、富麗華貴的舒適與溫暖。與大梁王宮的殿堂相比，這裡處處都透著「冷硬」二字。奇怪的是，蘇秦卻對這種毫無舒適可言的「冷硬」殿堂，油然生出了一種敬意，覺得一進入這座殿堂，一看見「國議」那兩個大字，就心思凝聚，不由自主振作起來。

「太傅、上大夫到——」殿外傳來內侍悠長細亮的報號。

蘇秦恍然醒悟，舉目望去，只見殿廊外有兩個黑衣人走來，樣子都很奇特。一個戴著類似斗笠的竹冠，冠簷垂著一幅寬大的黑色面紗，身形粗壯筆挺，步態勇武，步幅很大。另一個則壯碩短小，羅圈腿晃著鴨步，搖搖擺擺走在蒙面者旁邊，樣子頗為滑稽。蘇秦掃視一眼迅速斷定：蒙面者是名聞天下的復仇公子嬴虔，肥壯鴨步者當是化解西部叛亂的樗里疾。一個是公族柱石，一個是總攬政務的上大夫，都是目下秦國舉足輕重的人物……心念一動，蘇秦轉過身背對著殿門，注視著「國議」兩個大字。聽得身後腳步聲進殿，卻沒有任何動靜。憑感覺，蘇秦知道這兩人的目光正在自己身上端詳，依舊凝神沉思般地站著。

「敢問足下，可是王車西行的洛陽名士？」

聽這隨意而又帶笑的口吻，蘇秦便知此人是誰，恍然回身從容拱手道：「在下正是洛陽蘇秦。」

樗里疾嘿嘿一笑：「先生遠道而來，秦國大幸也。這位乃太傅公子虔。在下嘛，上大夫樗里疾。想必先生也明白。」

蘇秦淡淡帶笑，微微點頭卻不說話，既對樗里疾的中介表示認可，又對樗里疾的詼諧不置可否，但卻沒有對兩位重臣行「見過」常禮。一直冷眼沉默的嬴虔，卻是深深一躬：「先生遠道入秦，多有辛苦。」蘇秦始料不及，連忙一躬道：「士子周遊，原是尋常。謝過太傅關愛之情。」

「嘿嘿，入秦即是一家，忒得多禮？來，先生入座。」樗里疾笑著請蘇秦坐在了中央大案的左下首，也就是東方首座，又推嬴虔坐在了右首首座，自己則坐在了右首末座，隨即拱手笑道：「先生遠來，定有佳策了？」

蘇秦本想按照禮儀，等待秦公入殿行過參見大禮後再入座。及至見樗里疾安排，不由閃上一個念頭：莫非秦公安排這兩位對我先行試探？便覺不是滋味。然則蘇秦心思極快，剎那之間心意已定，隨對方如何安排，自己篤定便是。此刻見樗里疾如此發問，自然是所料非虛，從容拱手道：「上大夫執掌國政，定有治秦良策，蘇秦願受教一二。」

樗里疾嘿嘿嘿笑道：「先生有回頭之箭，果然不凡。」拍拍自己凸起的肚皮，「你看，樗里疾酒囊飯袋，內中盡是牛羊苦菜。先生若有金石之藥，不妨針砭，何須自謙？」

「諺云：腹有苦水，必有慧心。上大夫滿腹苦菜，安得無慧心良策？」蘇秦見樗里疾在巧妙地迴避，依然逼自己開口，笑著迂迴開去。

樗里疾一怔，迅即拍案：「好！來人，拿國圖來。」

猛然，卻聞內侍高聲報號：「國公駕到——」尖細的嗓音還在飄忽環繞，嬴駟已經從容地從「國議」木屏後走了出來，未容三人站起，一擺手道：「無須煩冗，盡自坐了。」

敏銳機警的蘇秦，目光幾乎與內侍尖細的聲音一起瞄向木屏左面的出口。剎那之間，便與那雙細長的三角眼中射來的晶亮目光驟然碰撞。蘇秦正要低眉避過，三角眼卻已經眼簾一垂光芒頓失。只此一瞬，蘇秦心中一個激靈——這位秦公非同尋常！心念一閃之間，起身長躬：「洛陽蘇秦，參見秦公。」

嬴駟尚未入座，立即虛手相扶：「先生遠道而來，嬴駟不得郊迎，何敢勞動大禮？先生入座，嬴駟這廂受教了。」說完，回頭吩咐內侍，「上涼茶。」

兩名黑衣內侍抬著一個厚布套包裹的物事輕步而來，走到座側空曠處放好。有兩名侍女輕盈飄出，一個用大銅盤托著幾只陶碗和一個長柄木勺，一個解開了厚布套的棉帽兒。蘇秦不禁驚訝，原來布套包裹的是一口細脖陶缸。只見侍女從銅盤中拿下長柄木勺，將木勺伸入缸中，舀出一種依稀紅亮的汁液，輕快地斟滿了幾只陶碗。捧盤侍女輕盈走來，竟先向蘇秦案上擺了一只大陶碗，然後再在秦公、嬴虔、樗里疾面前一一擺上。蘇秦不禁又是驚訝感慨——天下豪爽好客之地他無不熟悉，然則無論多麼好客的國度，只要國君在場，無論多麼尊貴的客人，禮遇也在國君之後；也就是說，上茶上酒，當然都會先敬獻國君，而後才論賓客席次。即或在禮崩樂壞的戰國，這也是沒有任何異議的通例，即或最孤傲的名士，也認為這是理所當然。可是，秦國殿堂之上，卻將「第一位」獻給賓客，當真是放眼天下絕無僅有。只此一端，便見秦國強大絕非偶然也。

蘇秦恍惚感慨間，秦公嬴駟已經雙手捧起大陶碗笑道：「夏日酷暑，以茶代酒，權為先生洗塵接風了。」說完，咕咚咚一飲而盡，直如村夫一般。

出身王畿富商之家，受教於名師門下，且不說已經有了名士聲譽，僅以洛陽王畿與魏國的文化禮教薰陶而言，蘇秦的言行都無不帶有濃厚的貴族名士色彩——豪爽而不失矜持，灑脫而不失禮儀，沒有絲毫的粗俗野氣。驟然之間，見秦公飲茶直如田間村夫，蘇秦心頭猛然泛起一種卑薄輕蔑，方才的感慨敬意消失得蕩然無存。

雖則如此，卻也是無暇細想，他雙手捧起大陶碗恭敬回道：「多蒙秦公厚愛，蘇秦愧領了。」又對兩位大臣笑道，「太傅、上大夫，兩位大人請。」說完，輕輕地呷了一口——噫？冰涼沁脾分外爽快。瞬間猶豫中，竟不由自主地舉起粗大的陶碗咕咚咚一飲而盡，飲罷「嘭」地放下大碗，嘴角猶自滴水，胸膛起伏著不斷喘息。倏忽之間，一股涼意直灌丹田，周身通泰涼爽，分外愜意。猛然之間，蘇秦面紅過耳，拱手道：「慚愧慚愧，蘇秦失態……不知這是何等名茶？」

「嘿嘿，這種茶，就要這種喝法。」

嬴虔道：「先生有所不知。這是商於山中農夫的涼茶，粗茶梗煮之，置於田頭山洞，勞作歇晌時解渴。國公在地窖以大冰鎮之，是以冰涼消暑。」

「秦公雅致，點石成金也！蘇秦佩服。」

嬴駟微微一笑：「先生謬獎了。庶民如汪洋四海，宮廷中能知幾多？」

「鄉野庶民，原是國家根本。秦公有此識見，秦國大業有望矣！」

嬴駟細長的三角眼猛然一亮。他欣賞蘇秦不著痕跡的巧妙轉折，心知便是這位名士說辭的開始，肅然拱手道：「秦國大業何在？尚望先生教我。」

蘇秦坦然地看著這位被東方六國視為「梟鷙難以揣摩」的秦國新主，語調很是平和：「秦國出路何在？犀首已經昌明，秦公腹中也已定策，無須蘇秦多言也。」

「先生知曉犀首策論？」嬴駟頗為驚訝。

「先生與我不期而遇，酒後感慨，言及策論。」

「既然如此，先生定然另有長策高論，嬴駟願受教。」

蘇秦搖搖頭：「秦國大業所在，蘇秦與犀首相同，無得有他。」

「噢？如此，先生何以教我？」嬴駟嘴角泛出一絲揶揄的微笑。太傅嬴虔、上大夫樗里疾也現出驚訝困惑的神色。

蘇秦仿佛沒有覺察，從容答道：「強國圖霸圖王，如同名士建功立業，乃最為尋常，而又最為必然之歸宿，縱是上天也不能改變，況乎犀首、蘇秦？唯其如此，王霸之策並非奇策異謀，原是強國必走之路。奇策異謀者，乃如何實現王霸圖謀，秦公以為然否？」

「大是！敢請先生說下去。」嬴駟精神頓時一振。

「自古以來，王霸無非兩途：其一，弔民伐罪，取天子而代之，商湯、周武是也。其二，聯結諸侯，攘外安內，成天下盟主，齊桓、晉文是也。然則，如今戰國大爭之世，天子名存實亡，弔民伐罪已成無謂之舉。戰國比肩而立，稱雄自治一方，盟主稱霸也已是春秋大夢。唯其如此，以上兩途均無法實現王霸之業，須得開創第三途徑，此為如今王霸大業之新途。如何開創這條新路，方為真正的奇策異謀。」

大殿中靜悄悄的。嬴虔向輕柔走來斟涼茶的侍女與守候在座側的老內侍不耐地揮揮手，內侍侍女便都退到木屏後去了。空闊的國議殿更顯空闊，蘇秦清朗的聲音帶了些許回聲，如同在幽幽深谷一般。嬴駟只是專注地看著蘇秦，臉上卻平靜得沒有任何表情。

蘇秦相信他的開場說辭已經深深吸引了秦國君臣。雖然如此，深諳論辯之道的他知道，此刻的開場說辭只是導入正題的引子，尚不足以讓聽者提問反詰，便做了極為短暫的一個停頓，立即迎著他們的目光侃侃而論：「王霸新途，必出於戰國，此乃時也勢也。蘇秦以為，戰國之王霸大業，既不在弔民伐罪，也不在合同諸侯，而在於統一中國。此等統一，既不同於夏商周三代的王權諸侯制，更不同於春秋的諸侯盟約制，而必當是大爭滅國，強力統一，使天下庶民土地，如同在一國治理之下。成此大業者，千古不朽！放眼天下，可擔此重任者，非秦國莫屬。此蘇秦所以入秦也。」

說到這裡，蘇秦猛然停了下來。這是一個嶄新的話題，更是他經過深思的一個嶄新見解，他要看看秦國君臣有沒有起碼的反應。如果他們不具備相應的決斷與見識，這秦國也就了無生趣了。

「先生之見，戰國之王霸大業，必得滅人之國，取之於戰場？」黑面罩嬴虔的聲音有些沙啞喘息。

「甚是。方今大爭之世，較力之時，非比拚實力，無以成大業。」

「滅國之後，不行諸侯分治，而以一國之法度統一治理天下？」樗里疾跟問。

「然也。這是戰國王霸的根基。分治，則散則退。統治，則整則合。」

嬴駟的臉色依然平靜淡漠。但蘇秦從他驟然發亮的目光中，卻感到了這位君主對自己見解的認同。只見他習慣性地用右手輕叩著書案：「先生說，擔此重任非秦國莫屬，何以見得？」

蘇秦精神大振，清清嗓子道：「秦國可當一統大任者，有四：其一，實力雄厚，財貨軍輜超出六國甚多，可支撐長期大戰。其二，秦人善戰，朝野同心，舉國皆兵，擴充兵力之速度遠快於山東六國，戰端一起，數十萬大軍只是期年之功。其三，秦國四面關山，東有崤山函谷關，西有陳倉大散關，南有南山武關，北有高原橫亙。被山帶河，據形勝之要，無異乎添十萬大軍。唯其如此，秦國無後顧之憂，可將全部兵力投入山東大戰。僅此一點，中原四戰之國無法匹敵也。其四，秦國變法深徹，法度成形，乃唯一可取代諸侯分治，而能統治天下之國家。有此四者，王霸統一大業，唯秦國可成！」

就在蘇秦侃侃大論中，嬴駟的目光卻漸漸暗淡下來，黑面罩嬴虔似乎也沒有反應了。有何不妥麼？蘇秦似乎也覺察到了異樣，停頓下來，殿中一時寧靜。唯有常帶笑容的樗里疾目光巡睃，拱手笑問：「先生所言，為遠圖？為近策？」

蘇秦道：「霸業大計，自是遠圖。始於足下，亦為近策。」

「左右逢源，好辯才！」樗里疾哈哈大笑，「然則，先生究竟是要秦國做遠圖準備抑或立即東出？」

「上大夫，秦國自當立即著手王霸大計。唯其遠圖，必得近舉也。」

黑面罩的嬴虔喘了一口粗氣，似乎憋不住開了口：「先生前後兩條，嬴虔不敢妄議。然則中間論兵兩條，嬴虔頗不敢苟同。一則，先生對秦國擴充兵力估算過高，又對山東六國兵力估算過低。且不說秦國目下現有新軍，遠遠不足以大戰六國，即以擴軍論之，一支數十萬的大軍，如何能一年成功？春秋車戰，得萬乘兵車，至少需十年積聚。而今新軍是步騎野戰，以十萬鐵騎十萬甲士，共計二十萬兵力計，且不說精鐵、兵器、戰馬之籌集，僅以徵兵訓練而言，至少三年不能成軍。先生知曉魏國的二十多萬精兵，龐涓訓練了多長時日麼？再有，山東六國的兵力，魏國趙國各二十多萬，楚國齊國各三十多萬，偏遠的燕國與小一點的韓國也各有十萬左右。相比之下，倒是秦國兵力最少。二則，秦國關山形勝，固然易守難攻，然則若無實力，也不盡然。吳起有言，固國不以山河之險。若關山必能固國，當年魏國何能奪我河西六百里，將我壓縮到一隅之地？」

嬴虔是秦國著名將領，一生酷愛兵事，雖然在秦國變法中退出政壇深居不出，但並沒有停止對軍旅生涯的愛好揣摩。這番話有理有據，顯然是不堪蘇秦的議兵之說衝口而出。以嬴虔的資望與持重，這番話簡直就是宣布：蘇秦的說辭荒唐不足信。

但蘇秦並沒有慌亂。他是有備而來，自然設想過各種應對。略加思忖，蘇秦笑道：「太傅既知兵，蘇秦敢問，何以山東六國兵力俱強，卻皆居防守之勢？何以秦國兵力尚未壯大，卻已居進攻之勢？」

嬴虔一怔，喉頭「咕」的一聲，急切間想不透，未反上話來，默在那裡了。

樗里疾機警接上：「以先生之見，卻是為何？」

「此中要義，在於不能以兵論兵。兵爭以國力為基石，並非盡在成形之兵。無人口財貨之實力，雖有善戰之兵，必不能持久。反之亦然。先年，秦國獻公率能征慣戰之師，而終於少梁大敗，喪師失地，導致列國卑秦而孝公憤立國恥石。此中因由何在？當時非秦國兵弱也，實秦國國弱也；非六國兵強也，實六國國富也。今日之勢則相反，秦國富強，故兵雖少而對山東居於攻勢；六國實力大減，故兵雖眾而自甘守勢。此攻守之勢，絕非單純兵力所致，實乃國力所致。唯其如此，以兵論兵，不能窺天下堂奧也。太傅以為如何？」蘇秦覺得必須以深徹見解使這兩位大臣無反詰之力，才能達到說服秦公目的，一番話說得很有氣勢。

樗里疾卻嘿嘿笑了：「先生一番話倒頗似名家詭說，國力兵力猶如雞與蛋，孰先孰後，卻看如何說法了。」

「避實就虛，不得要領。」嬴虔冷冷一笑，霍然站起，「君上，臣告退。」說完竟大步去了。蘇秦心中一沉，大是驚訝——秦國臣子如何恁般無禮？

國君嬴駟卻彷彿沒有看見，淡淡笑道：「先生之論，容嬴駟思謀再定。來人，賞賜先生二百金。」話音落點，木屏後一聲尖細的應答，一個黑衣老內侍捧盤走出，彷彿準備好的一般。

剎那之間，蘇秦面紅過耳，滿腔熱血湧向頭頂。他低下頭咬緊牙關，一陣長長的鼻息，強迫自己鎮靜下來，從容站起拱手道：「多謝秦公厚意，蘇秦衣食尚有著落。告辭。」說完大袖一揮，揚長而去。

「先生慢走！」樗里疾氣喘噓噓地追到車馬場，在軺車前攔住蘇秦深深一躬，「先生莫得多心，國君賞賜乃是敬賢之心，並非輕慢先生。」

「無功不受祿，士之常節也。」

「先生可願屈居上卿之職，策劃軍國大計？」

蘇秦仰天一陣大笑：「犀首尚且不屑，蘇秦豈能為之？上大夫，告辭了。」一拱手轉身跨上那輛青銅軺車，一抖馬韁轔轔而去。樗里疾怔怔地站在廣場，迷惘地看著蘇秦遠去的背影，沉重地一聲歎息。

五、命乖車生禍

一輛青銅軺車從長街駛過，車聲轔轔，馬蹄脆疾，行人紛紛側目。

並非秦人少見多怪，實在是這件事大為奇特。按這輛青銅軺車的華貴典雅，慣常當是四匹同色駿馬駕拉，方合高車駟馬的規矩。再不濟，至少也應當是兩匹駿馬駕拉，方算得輕車簡從。這不僅僅是威儀匹配，還因為這種青銅軺車堅實厚重，絕非一馬之力可以長行。但這輛軺車卻只有一匹並不雄駿的棕色馬駕拉，偏又跑得輕鬆急促。秦人素有馬上傳統，豈能不大為驚奇？更有眼疾者驚呼：「呀，還沒有馭手！」「布衣無冠，如何有此等高車？」一驚一乍，招來市人駐足觀望。

車上主人卻彷彿沒有看見紛紛聚攏的行人，逕自抖韁催馬，直向東南一片燈火汪洋的街區而來。時當暮色剛剛降臨，夕陽還沒有隱去，眼前這片明亮的燈海與身後已經陷入沉沉暮靄的國人區，彷彿兩個天地。

這片遙遙可見的燈海，是秦都咸陽名動天下的尚商坊。

老秦人常說周秦同源。秦人所建的咸陽都城，大格局上師法了鎬京古制，只不過規模大了許多，小布局略有變通而已。整個咸陽分為兩個區域，即「城」與「郭」。「城」是國君宮殿與官府官署集中的區域，四面有城牆，民間稱為小城或王城；「城」外的街市區域稱為「郭」，是國人、軍隊、商賈、作坊集中的區域。春秋戰國之世，「郭」的區域遠遠大於「城」，所以有「三里之城，七里之郭」的說法。至於大多少，則無定制，要取決於都市的建造目標與可能進入的人口。咸陽的城、郭都很大，建造時的規模已經與當時的大梁、臨淄、洛陽比肩，成為天下第四大都城。歷經十多年的擴展，事實上已經超過了東方三都，成為天下第一大都城。舉凡國都，堂皇氣勢在於「城」，殷實富貴在於「郭」。真正能夠對天下商旅與民眾生出吸引力的，還是「郭」區。工匠、百業、商賈、店鋪、財貨、器物以及國人文明，統統都在「郭」裡體現出來，其中最具影響力的是「郭」中商市的繁榮程度。商旅通則物流通，物流通則財貨不乏，物流暢通，非但彌補了本國物料的短缺，而且增加了國庫錢稅。如果一個國都的「郭」區能夠成為天下著名的商旅都會，給這個國家帶來的好處，那可真是難以估量。

歷經春秋三四百年，商人商業就像無孔不入的涓涓溪流，非但滲透瓦解了古老的禮治根基，而且融通了天下財貨，給庶民官府帶來了許多好處。周王室時期那點兒可憐的官商官市早已被生機勃勃的私商取代，新興的諸侯國對商業商人也早已刮目相看了。齊國管仲做丞相時，官府介入商業，經營最重要的鹽鐵，又對私商統一管理，使商業在齊國成為與農耕並存的兩大經濟支柱，也使齊國臨淄成為春秋時期最發達的商旅大都。

進入戰國，商旅與自由工匠融合起來，商賈不再僅僅是販賣成物的牛車商旅，而且成為直接製造各種器物的作坊主，他們的作用更大了。這時候，最早實行土地變法的魏國，成了天下最大的市場。丞相李悝發明了一種平糴法——豐年穀賤時由國庫用比較高的價錢收買農民的餘糧，荒年米貴時將國庫儲存的糧食低價（平價）賣出；具體價格由年成豐歉的程度（豐年三等，荒年三等）核定。這樣一來，但凡豐年，商旅們就將在別國低價收購的糧食運到魏國來，賣給國庫，魏國府庫便極為充盈；而但凡荒年歉收，商旅們卻又無法在魏國高價賣糧，因為他們無法抵禦魏國府庫源源不斷的低價糧食；運走吧，幾百里路途人吃加牛馬飼料更是折本，無奈只好自認倒楣，跟著降價。

如此一來，魏國糧食只進不出，幾乎將天下商旅手中的糧食財貨大半吸引到了魏國的安邑商市。魏國的富強，一半功勞便在於有此吐納天下財貨物流的力量。直到魏國遷都到大梁，大梁依然是天下著名商市。

在秦國變法的商鞅，本來就對魏國熟透，如何能忽視魏國這個基本的致富途徑？然則秦風古樸，民眾素來淡漠商人。這種民風很有利於保持秦國的農戰本色，但卻不利於在秦國生發商業。權衡利害，商鞅創立了一套內外有別的獨特路子——對老秦國人，板上釘釘地重農抑商，商人不得入仕為官，國府不授商人爵位，國人經商須得官府准許並得繳納高於農耕兩倍的稅金。對山東六國則大開商門，建立咸陽大市，稅率也只有山東六國的一半，吸引六國商旅財貨大量西來。

因了如此，建造咸陽都城時，「郭」區的一半是規模最大的秦市與六國商賈區，命名為尚商坊——崇尚商人若賢士一般。對於這個商區，秦人只能白日進去買東西，夜晚不能進去飲酒揮霍，此為限酒。

一開始，秦人與六國商人都覺得彆扭。時間一長，便都習慣了。在秦人，一則是懾於法令，二則是對商人世界本來就嗤之以鼻，不去也罷。在六國商人，則是貪於厚利來得便捷。秦人雖只在白日入市，卻是入市必買，極少有山東商市那些閒逛之客；更兼秦人已經富有，出手豪爽，既不還價又不囉唆，買完物事就走，極為爽利；若遇秦國官府上市購物，更是利市大開，精鐵、生鹽、毛皮、兵器、馬匹、絲綢等諸般物事，只論好壞，不講價錢不欺商旅。這在山東六國可是難得之極。眾口相傳，咸陽尚商坊的口碑便高大起來，名頭越來越響，前來建立各種作坊與店鋪的商人越來越多，咸陽也越來越繁華了。

尚商坊分為兩個區域：西邊是咸陽南市，也就是山東六國稱為「秦市」的交易街區，五里長街，店鋪林立，貨物極為豐盈；東邊是外國客棧、作坊、酒店與六國商賈集中居住的坊區。在整個咸陽，這尚商坊真正是一片不夜城，其車馬如流錦衣如梭繁華奢靡之景象，非但在質樸簡約的秦人天地裡顯得格格不入，即或在山東六國也是寥寥無幾。入夜之後，這裡沒有了黑色布衣的秦人，整個尚商坊便成了山東遊客的中原大市。人流如梭，燈紅酒綠，恍如天上街市一般。

那輛青銅軺車急急駛入尚商坊的東街，在一家最大的酒店前駐馬停車。一個紅絲斗篷束髮無冠的青年跳下車來，將馬韁甩給一個殷勤迎來的紅衣侍者，昂昂大步走進店堂。

「敢問先生，吃酒？吃茶？博彩？對弈？」一個美豔的女侍迎了上來。

「吃酒。」來人冷冷一句，面色鐵青著向裡便走。

「先生，這廂清靜。」女侍依舊笑意盈盈，飄在客人前面領路。

寬敞明亮的廳堂已經座座皆滿，女侍將客人領到一個木屏隔間：「這間剛才退酒了，先生好氣運。」

「好氣運就是吃酒？」來人冷笑，「趙酒一罈，逢澤麋鹿一鼎，即刻便上。」

「敢問先生幾位？一鼎麋鹿三斤，一金之價呢。」

「啪」的一聲，紅斗篷人拍案：「赫赫大名的渭風古寓沒有麋鹿？還是怕我少金？」

「先生恕罪。本店規矩：麋鹿稀缺昂貴，定菜須得提醒客人。先生意定，自當遵從。」女侍不卑不亢地笑著行禮，轉身走了。

片刻之後，三個紅裙女侍魚貫而入，輕盈利落地擺上熱氣蒸騰的銅鼎與酒罈酒爵並一應食具，笑吟吟地退了出去。先前那位紅衣女侍立即毫無間隔地飄了進來：「先生，我來侍奉。」說話間打開酒罈，一股凜冽的酒香立即彌漫開來。

「趙酒猛烈，先生飲得，豪俠之士也。」女侍一邊熟練地斟酒，一邊瞄瞄這位英挺俊朗卻又滿面憤然的客人，自然地提起話題。誰知這位客人卻極為不耐地拍拍長案：「你且下去，這裡不用侍奉。」女侍驚訝地看了一眼客人，迅速換上笑臉起身道：「先生，我守在外面，你擊掌我便進來。」客人煩躁地揮揮手：「曉得曉得，去，拉上木屏。」女侍依舊笑著，輕輕拉上活動的木屏，輕盈地走了。

女侍一直在木屏外悠然徘徊，不時向經過的客人點頭微笑。

這渭風古寓，便是聞名天下的魏國白氏開在秦國的老店。最早開在櫟陽，執事侯嬴與東家女主白雪，與秦國都有很深的淵源。白雪隨商鞅死後，侯嬴等元老不甘白氏商事泯滅，各掌一支繼續經營。侯嬴便成了統管白氏天下酒店的總事。當初秦國遷都咸陽時，因了渭風古寓的聲望，商鞅為了吸引六國客商，力勸侯嬴與白雪將渭風古寓遷到咸陽，並且擴大了幾倍，幾乎與當年安邑的洞香春比肩。商鞅慘遭車裂，白雪殉情而去，侯嬴便想將這渭風古寓賣給楚國大商人猗頓，白氏商家永遠離開秦國。誰知秦國看重白氏對天下商旅的感召力，新君嬴駟兩次親自到渭風古寓拜訪侯嬴，希望白氏商家繼續留在咸陽，做山東客商的大纛旗。反覆思慮權衡，侯嬴終於還是留了下來。

這時，魏國的都城已經遷出安邑多年，安邑的洞香春已經繁華不再。侯嬴索性將安邑洞香春的貴重設施與經營老班底全部遷來咸陽，又將渭風古寓的格局按照洞香春的經營之道重新改制，乾脆大做起來。這一番舉措名聲大噪，渭風古寓頓時成了六國商賈與天下名士在咸陽的聚會中心，也成了消息集散地。這裡的一班主管、侍女與僕人，都是原來安邑洞香春的老班底，見多識廣，駕輕就熟，不用侯嬴操心，一切都是井井有條。這位女侍是這裡的「長衣」領班。與其他女侍不同的是，她身著一領紅色的大袖長裙，莊重大方中透著精明幹練。而其他女侍則短裙窄袖，多了幾分柔媚活潑。她們雖然都是豆蔻年華，但特殊的職業閱歷，卻使她們對人有著一種獨有的敏銳眼光。客人進店，一瞄其言談舉止步態神色，「長衣」立即發出一個自然的手勢暗號，便有適合接待此類客人的女侍上前應對，桑田滄海，竟是很少差池。

目下，「長衣」領班親自應對侍奉木屏後的客人，這是極為少見的。

大約小半個時辰，長衣似乎聽見了什麼，輕疾地推開木屏，不禁一驚，竟不知如何應對了。客人已經是滿面通紅，大汗淋漓，左手的酒爵還在搖搖晃晃，右手卻不斷拍案長笑：「秦公哪秦公——你，好蠢也——不識蘇秦大計長策，你，你，你，啊哈哈哈哈……」笑聲淒楚憤激，長衣不禁陡然激靈了一下。略一思忖，長衣還是走了進來，輕柔地跪坐案前：「先生第一次飲趙酒，立下半罈，豪量也。」

「笑我蘇秦？不會飲趙酒？噢——你如何又來了？出……去！」

「是。先生慢飲，我去拿醒酒湯來。」長衣站起身來，沒有立即就走。

「我，蘇秦，醉了麼？休得聒噪，去……」話未落點，一頭軟在了案上。

正在此時，一個短裙女侍匆匆走了進來，輕聲在長衣耳邊說了幾句。長衣大是皺眉：「這如何使得？我去看看。你叫酒侍來，關照這位先生。」說完，與女侍匆匆走了出去，徑直向車馬場而來。

渭風古寓的車馬場，是一道高大的木柵欄圈起來的大場院，有六名通曉劍術的男僕專司守護，有十多名僕役專司照料車輛馬匹。來渭風古寓的客人都不是等閒庶民，人人都是高車駟馬，每輛車又都各不相同，這車馬場便成了天下名車駿馬彙集的大場院。每逢夜色降臨，樓外車馬場便成了渭風古寓最有聲勢的招牌。那道高大的木柵欄上，高高掛著一圈特製的碩大風燈，照得滿院通明。轔轔進入的各色車輛，立即被侍者引領到不同車位穩妥排列。按照慣常規矩，車主人一般都在酒店正門下車進店，然後由僕役馭手駕車進入車馬場，安頓車馬等候主人。一班喜好親自駕車的豪客，便有渭風古寓的「車侍」在酒店正門接過車輛，駕到車馬場安頓妥當。車馬一旦停好，馭手們便大搖大擺地進入車馬場內專門為他們開設的店堂，或進食飲酒，或博彩玩樂。車馬場的僕役們則按照車輛主人或馭手的要求，或刷車擦車，或洗馬餵馬。明光鋥亮的車輛間人影如梭，駿馬嘶鳴，一片忙碌。

於是，這偌大的車馬場不期然成了一個獨特的車馬較量場。那些酷愛名車駿馬的客人，往往在應酬玩樂之後信步來到這裡，欣賞形制各異的不同車輛，一一評點，甚或豪興大發，以驚人的高價買下一輛自己喜歡的好車，或一匹駕車的駿馬。時間一長，這渭風古寓車馬場便成了車馬愛好者約定俗成的獨特交易場。有一班「車癡」、「馬癡」來渭風古寓，為的就是看車看馬，往往不入酒店而逕自進入車馬場徘徊觀賞。

長衣領班與短裙女侍匆匆來到車馬場時，一群華麗客人正圍著一輛青銅軺車興奮議論。

「大雅大貴，好車！」

「六尺車蓋，六尺車廂，品級頂天了！」

「噢呀，六尺車蓋者不稀奇，好多去了。貴重處在這裡。看看，車蓋銅柱鑲嵌紅玉！誰人見過啦？」一個黃衣商人操著楚語高聲驚歎。眾人眼光順著他的手一齊聚集到車蓋銅柱上，果然見一塊兩寸見方的紅玉鑲嵌在鋥亮的古銅中間，熠熠閃光。不禁紛紛驚訝歎羨，爭相圍著軺車撫摩品評。

「快來！看這裡！」有人在腳下驚叫一聲。眾人哄笑起來：「呀，真是車癡！韓兄好興致！」原來有個人提著一盞小風燈鑽到了車廂下，坐在地上自顧端詳車底，聽見同好們笑聲，他的腔調頓時尖銳：「別笑了！快來看也！」

一圈十多人顧不得錦衣貴體，紛紛匍匐著鑽到車下伸長了脖頸，端詳之下，一時鴉雀無聲。原來，車廂底部的銅板雖然銅鏽斑駁，但依稀間仍可看見「冬官坊」三個刻字。那時候誰都知道，「冬官」就是周王室的司空，職掌百工製造；銅板上有此三字，證實這青銅板料是王室煉製的專用銅材，也就意味著，這輛車極有可能是周王室特製的青銅軺車。

「西周還是東周？」有人忍不住輕聲問了一句。

「這裡！還有刻字！」一個跪在地上的貴公子模樣者仔細摳著車轅內側的銅鏽，一字一頓：「輈——人——皂，黎，氏！看見了麼？輈人！快！再看車床、車輪！」眾人激動，紛紛找來幾盞風燈舉著，仔細端詳摳摸著這輛神祕軺車的銅鏽部分。片刻之後，蹲在車廂的一個人喊了出來：「車床有字！輿人夭黃氏！」又有人喊：「車輪銅箍有字！輪人蚣閭氏！」眾人驚訝紛亂間，又響起貴公子尖銳的聲音：「這裡！車轅內——王馭造父！天哪，造父！造父也！」

一連串的發現，當真使這些嗜車癖們驚訝萬分——面前這輛車，竟當真是千古難逢的西周王室的名器。那刻有「冬官」字樣的銅材是王室專用的，那「輈人」是西周王室作坊專門打造車轅的工匠官號，皀黎氏則是這位工匠的名字；打造車床的「輿人」是夭黃氏，打造車輪的「輪人」是蚣閭氏。這些刻字，本來就已經足以證實這是一輛西周王室的王車，是天下難覓的至寶了。可是，更令這些車癡們咋舌的是，這輛車竟然還是造父曾經駕馭的王車！造父，那可是神靈一般的「車聖」，在車癡們心中比三皇五帝還要神聖光彩。造父本是周穆王的勇士馭臣，能降伏馴化野馬。周穆王西遊崑崙，正是造父以四匹馴化的野馬駕車，風馳電掣日行千里，使周穆王及時趕回鎬京消弭了一場叛亂。從此以後，造父就成為「馭神車聖」，成為駕車者永恆膜拜的英雄。五六百年後，這些車癡們竟親眼見到造父駕馭過的青銅軺車，這簡直是做夢也想不到的，如何不令他們大喜若狂？

車癡們木呆呆地看著這輛車，這裡摸摸，那裡摸摸，你看我我看你不知如何是好了。良久，貴公子猛然醒悟過來，失驚喊道：「神車在此，還不參拜？」說著整衣肅容，一個大拜，長長地跪伏在車前。車癡們恍然大悟，也連忙跟著大拜長跪。

正在這時，一盞風燈悠悠飄來，兩個女侍站在了車旁：「喲，先生們灰頭土臉一身汗，參拜土神麼？」長衣領班笑吟吟瞄著剛爬起來的車癡們。

「哪裡啦，我等想買這輛車，誰的車啦——」楚國黃衣商越急拖腔越長。

「噢，先生們要買這輛破車？」長衣女侍笑吟吟反問。

「正是。」剛剛爬起來的貴公子一邊對車癡們眼風示意，一邊大咧咧笑道，「這輛車尚算古樸可人。我等想與車主人博彩賭車，長衣侍姊，能將主人請來否？」

「那位先生正與一位大梁貴客聚酒長談，不能前來，先生們改日再議了。」長衣領班臉上彌漫著可人的笑意，明亮的目光卻掃著每個人的神色。

「大粱貴客？何人？」一個紅衣商人操著魏國口音高聲道，「咸陽的魏國人，十有八九我都識得，沒個不愛好名車的，我去請來便是！」

「先生且慢。」長衣笑道，「諸位都是老客，此間規矩想必不用我說。客人正事未完，不得隨意邀客人博彩。先生大人們多多關照，小女先行謝過了。」

貴公子沉吟著：「也是。長衣侍姊，得等候幾多時辰？」

「渭風法度：不許問客人行止。我如何說得定準？」

「嘿嘿嘿……」貴公子大咧咧笑著眨眨眼，突兀地提高聲音，「還是明日相約，那位先生也是渭風古寓常客，對麼？」

車癡們紛紛點頭：「行。」「明日就明日。」「那我就再看看這車。」

長衣女侍施了一禮：「如此謝過諸位。先生們且看，我去侍奉客人了。」說完，對一臉茫然的短裙女侍笑道，「茜姊兒，走。」風燈又悠悠飄去了。

長衣女侍匆匆回到店堂時，那位英挺俊秀的客人已經大醉，躺在厚厚的地氈上長長地喘著粗氣。酒侍呆呆地站在一旁，卻不敢動他。長衣頗覺奇怪，輕聲呵斥酒侍道：「黑猢，如何發呆？還不快給客人服冰酒。」酒侍忙答：「回掌堂姊姊，這位先生醉得蹊蹺。我進來時他還在大笑吟詩，叱責我多事，喊我將冰酒拿走。這陡然之間又大醉倒地，小可正不知如何是好。」長衣端詳一番，斷然命令：「來，扶起先生，我來餵他。」渭風古寓的「酒侍」不同於其他侍者，一律都是粗通武道的少年健僕，很有勁力，專門關照那些爛醉如泥的客人。黑猢聽得吩咐，跪坐於地，熟練輕巧地將客人扶靠在自己懷裡，好像是客人自己坐起來一樣自然。長衣拿過旁案上一個布套包裹的陶罐，打開布套與罐蓋跪伏在地，用一把細巧的長木勺給客人餵服醒酒湯。

渭風古寓的「醒酒湯」大不一般，是山果淺釀後藏於地窖的淡酒，本來就酸甜滲涼，用時再加地窖冰鎮，便成了一種甘美冰涼酸甜爽口的佳釀，老客皆稱其為「冰酒」。酒醉之人皆渾身燥熱口乾心燒，然則飲水又覺過於寡淡。些許冰酒下肚，一股冰涼之氣直通四肢百骸，神志便頓時清醒許多。只是這冰酒釀製困難且是免費，不能見客皆上，只有大醉者才有資格享受。於是常有老客故意狂飲大醉，為的就是享受這能使人由麻木而驟然清醒的冰酒滋味兒。

「掌堂姊姊，他是有意麼？」酒侍黑猢輕聲問。

「胡說。這位先生初飲趙酒，過猛了……他一定有心事。」餵下半罐冰酒，長衣怔怔地跪在客人對面端詳，聲輕如喃喃自語。

「呼——」客人猛然長長地出了一口粗氣，趙酒濃烈的氣味瞬間彌漫在小小隔間。

酒侍皺皺眉頭，知道客人就要醒了，雙手準備隨著客人的動作助力將他扶起。卻見長衣向他輕輕搖手，便停了下來。片刻之間，客人睜開眼睛霍然坐起，聲音沙啞道：「你？你？我沒醉。起開！」說話間一瞄長衣身旁的陶罐，哈哈大笑，「好啊！渭風古寓有此等好酒，竟不寫明點賣，是何道理？」幾乎同時，敏捷地伸手一抓端過陶罐，揚起脖子咕咚咚一氣飲乾，罐子一擲哈哈大笑，「好啊好啊，蘇秦也能牛飲了！端的趙酒如此提神！張兄，知道麼？啊哈哈哈哈……」身子一挺，酒侍一扶，竟然灑脫地站了起來！

長衣也連忙站起來笑道：「先生且請安坐，飲些許淡茶，聽小女唱支歌兒可好？」

「唱歌兒？啊哈哈哈哈，你唱？何如我唱？」

「那是最好了。我為先生吹塤。〈雅〉曲麼？」

「〈雅〉曲？不好。〈風〉曲，〈秦風〉？好，〈秦風〉！」

長衣一怔，亮閃閃的眼睛看著手足虛浮而又極度亢奮的客人。

士子詠唱，一般都是〈大雅〉、〈小雅〉的曲調，縱然唱風曲，至少也是〈王風〉。前兩種是王室歌曲，莊重優雅。後一種是王畿國人的流行歌曲，也是清遠婉轉。還有〈頌〉曲，因了那是歌頌天子盛德的廟堂歌曲，已經很少有人唱了。自孔丘將傳世的歌詞分類刪定，編為《詩》三百篇，歌兒的旋律曲調便也隨著歌詞大體確定了下來。各種〈風〉，原是各諸侯國流行的庶民曲調，一般的官吏名士顧忌身分，在公開場合是不屑於吟唱的。如同說話一樣，自西周將王畿語言規定為「雅言」官話，其他諸侯國的語言便成為不登大雅之堂的庶民俗語（方言）。後來的荀子曾經說：「楚人安於楚，越人安於越，君子安於雅。」楚國庶民說楚國話，越國庶民說越國話，但是天下有身分的君子都應當說雅言官話。一個唱歌，一個說話，雖不是根本大事，卻也直接顯示著一個人的身分地位，以及士子本身的學問水準。眼前這個客人無論怎麼看，也是確定無疑的名士，僅僅那輛令大商車癡們垂涎的青銅軺車，就表明他絕非等閒士人。可是，他竟然開口要唱〈秦風〉，這不能不讓這位頗有閱歷的女領班驚訝。秦人的曲調粗樸激越蒼涼淒苦，簡直就是發自肺腑的一種嘶喊。若非長年在曠野山巒草原湖泊的馬背上顛簸，那種高亢激越的曲調根本不可能吼得出來。

這個英挺斯文的士子，能唱出這等撕心裂肺的〈秦風〉？

片刻愣怔，長衣已經從貼身裙袋中摸出一個碧綠的玉塤來，湊近秀美的嘴唇，一聲裂帛破竹的高亢音律破空而出，長長地迴盪在整個店堂。客人開懷大笑，陡然間縱聲高歌，酒後嘶啞的嗓音平添了幾分蒼涼苦楚——

天地悠悠　我獨遠遊
家國安在　落葉作秋
渭水東去　西有源頭
彼當爭雄　長戈優柔

……

一個激越高亢的尾音，歌者戛然而止，偌大廳堂靜悄悄地無人作聲。

一陣大笑，「嘩啷」一聲，客人丟下一袋金餅，搖搖晃晃地大步出門去了。

「先生，用不了如此多也！」長衣驚訝地拾起錢袋，那人卻已經踉踉蹌蹌地走遠了。

「快追上！送他回住所！」長衣吩咐酒侍一聲，兩人急忙追了出來。及到得車馬場，那輛青銅軺車已經轔轔而去了。長衣連忙詢問車馬場的當值車侍，粗壯勇武的車侍回答：「車侍胡鯨駕車送客人回去了，先生住長陽街櫟陽客棧。」

長衣長長地出了一口氣，大是放心，轉身回店堂去了。原來，這渭風古寓關照客人的細緻周到是天下聞名的。但凡客人酒醉而又沒有馭手駕車的，都是由渭風古寓的車侍駕車送回。客人也滿意，車侍也高興。因為客人大抵總是要給車侍一些賞金的，縱是當時酒醉未付，次日也一定派人送來。況且，長陽街櫟陽客棧也是老秦人開的著名客寓，絕不至於出事的。

然則，這輛青銅軺車卻沒有駛往長陽街，而是一路出了北門，直向北阪去了。

阪者，高坡也。北阪是橫亙咸陽城北的一道山塬，林木茂密，有三條大道直通塬頂。登上塬頂又是一望無際的平坦沃野。與秦昭王之後的北阪相比，這時的北阪還只是一道莽蒼粗樸的山塬，比咸陽城南的渭水之濱荒涼多了。秦法整肅，通往北阪的三條道各有專用。中間最寬闊的大道，坡度稍緩，是官府車馬軍隊以及所有單人軺車的專用車道。東道稍窄稍陡，是農夫商旅工匠的運貨車輛走的專用道。西道最窄最陡卻也最短，是國人庶民步行登塬的專道。眼下這輛青銅軺車出得北門，直入中央大道，一路向林木蔥蘢的高坡駛去。時已天交四鼓，更深人靜，青銅軺車駛上塬頂，拐入一條便道，在北阪松林間的空地上停了下來。

那匹駕車健馬似乎感到了異常，一個人立嘶鳴，幾乎要將「馭手」掀下車來。十多個黑影驚訝唏噓地圍了上來。一個貴公子模樣的人上前一拱手：「胡鯨，這是你的賞金。我這匹胡馬賞你了，回城去，這裡沒你的事了。」

車侍被駿馬的突然發作驚嚇，一個縱躍幾乎是跌下車來，驚魂未定卻又是受寵若驚，連忙拱手作禮：「先生，賞金太多了。還有如此好馬，胡鯨如何消受得起？」

「公子賞之，領了就走，恁般聒噪啦？」一個黃衣肥子不耐地呵斥。

「是是是，胡鯨去了。」車侍忙不迭上馬抖韁，箭一般穿出了松林。

黃衣肥子呵呵笑道：「猗矛兄，你和呆子談這筆買賣啦。」說著走到青銅軺車旁使勁兒拍打車廂，「呔！醒醒啦——耶，酒氣忒重！看來這兄臺喝了不少啦。」看車中人仍然是鼾聲大作，肥子探身車廂拍打車主人的臉：「呔！醒來啦……」話音未落，一聲驚叫，「通」的一聲跌坐到車輪旁，手中火把差點兒燒了眉毛。

車中人霍然坐起，火把照耀下，只見他長髮披散滿面通紅，目光犀利得嚇人，四面打量，冷冷問道：「這是何處？爾等何人？」

黃衣貴公子拱手笑道：「先生，我等多有得罪，尚請見諒。我乃楚國客商猗矛，這廂有禮了。敢問先生高名上姓。」

「洛陽蘇秦。」車上人一騙腿已經下車，腳下雖有虛浮，但顯然與方才的酣醉酣睡判若兩人。他矜持地整整衣衫，一雙大袖背後，輕蔑地掃視了一圈冷笑道，「看模樣都是富商大賈，卻行此等勾當？」

猗矛恭敬笑道：「雖不聞先生大名，但料先生也非等閒人物。我等出此下策，皆因渭風古寓不便洽談。我等酷愛高車，人稱『車癡』。今見先生軺車古樸典雅，欲以千金之數，外加一輛新車、四匹駿馬，買下此車。不知先生意下如何？」

蘇秦恍然，不禁一陣大笑：「足下竟能買通渭風古寓的車侍，將客人劫持到北阪松林，可見用心良苦。然則，我若不賣，諸君何以處之？」

「不識人敬啦！」肥子商人喝道，「既是車癡，豈有買不下的車馬啦？」

「如此看來，爾等是要強人所難了？」蘇秦冷笑，眉宇間輕蔑之極。

貴公子模樣的猗矛依舊是滿臉微笑：「尚望先生割愛了。看先生氣度，一定是心懷天下，區區一輛青銅軺車又何須在乎？我等商賈，以奇貨可居為能事，先生肯與我等比肩而立麼？」這番話極是得體，對於一個名士來說，的確是不屑與商賈比肩的；而作為名動天下的大商，能如此恭維一個名士，確實也是難得。僅此一端，便知這個猗矛絕非尋常商人。

蘇秦本是性情中人，若在功業遂心意氣風發之時，這番話完全可以教他放棄這輛王車。儘管這是周天子賞賜的王車，而且是燕姬重新換過的一輛舊王車，其中非但有著天子親賜的榮耀，還有著燕姬換車的情誼，絕不是一輛尋常的軺車。縱然如此，蘇秦依然將它視作身外之物，並沒有特別看重它，如同他對任何財貨金錢都恬淡處之一般。

但是，眼下的蘇秦卻沒有這種恬淡心境，他只感受到了一種強烈的侮辱。在咸陽宮碰了個大大出乎預料的釘子，鬱悶無從發洩，一罈天下聞名的邯鄲烈酒，使他在飄飄忽忽中湧出一腔濃烈的憤世嫉俗之情，也平添了幾分豪俠之氣。此刻，亢奮奔放而又鬱悶在心的他，覺得眼前這幫商人實在是齷齪極了，尤其這個貴公子模樣的猗矛，更是可惡。蘇秦本來就是商賈世家出身，又對天下大商瞭若指掌，自然知道猗矛是楚國巨商猗頓的胞弟，是商界一言九鼎的霸主。唯其如此，蘇秦覺得他的恭敬外表下隱藏的是金錢，是強暴，是欺人太甚。蘇秦何許人也，功業失意，難道隨身之物也要被人無端劫持？怒火湧動間，蘇秦陡然仰天大笑：「猗矛啊猗矛，可曾聽說過，士可殺不可辱？」

「先生何出此言？猗矛豈敢辱沒名士？唯做買賣而已。」平和的話語中猗矛的笑容已經收斂，眼中滲出一股陰毒的光芒。

「天下名士，不與你做車馬買賣！」蘇秦聲色俱厲，大步走到車轅旁，便要上車離去。

「吠！不能走啦——」肥子商人大喝一聲，大手一揮，車癡同夥舉著火把圍了上來，七嘴八舌地喊：「士不可辱，我等商人可辱麼？」「是也！誰敢與我等商人不做買賣！」「不識敬，千金買一輛舊車，還不知足？」「甚名士？我看是個野士！」「沒個了斷，如何能走？商人好欺麼？」「是名士就拔劍，商人也要雪恥！」

蘇秦轉身冷冷一笑：「要做劫匪？還是要私鬥？這是秦國。」

話音落點，車癡們頓時愣怔——秦國新法如山，搶劫與私鬥都是死罪，一經查實，立即斬首。誰都會顧及自己的生死，更何況這些富商大賈？猗矛卻是狺狺笑著走了過來道：「我等並未用強，買賣不成，仁義尚在。先生卻自恃名士，辱及我等，這該當有個了結吧？秦法縱然嚴明，也總須講個公道。」

「對！該當有個了結！」車癡們又哄然動了起來，舉著火把湊集到蘇秦周圍。

「噢——」蘇秦冷笑，「天下之大，無奇不有啊，強盜也要講公理了。我倒想聽個說法，如何了結？」

猗矛依舊陰柔地笑著：「先生與這位肥兄決鬥一場，便了卻今日恩怨。」

私相決鬥，本是春秋以來士子階層的風氣。士人興起之初，多受貴族挑釁與蔑視，為了維護自己的尊嚴與聲譽，往往拔劍而起與挑釁者做殊死拚搏，以表示雖死不受侮辱的名節氣概。此所謂「士可殺，不可辱」。幾百年下來，決鬥便成了維護尊嚴名節的古老傳統。決鬥殺人，官府歷來是不加追究的。猗矛不知蘇秦根柢，提出決鬥只是個試探：若蘇秦劍術高強，自然只好收場；若蘇秦是那種只文不武的士子，則必定要「成交」這筆生意了。

聽得決鬥二字，蘇秦被激怒了，右手向車廂一探，一柄青光凜凜的長劍鏘然在手：「談何決鬥？一齊來。」

猗矛卻擺擺手道：「不能，肥兄一人替代我等便了，如何能以眾凌寡？」

「好，便是我來啦——」黃衣肥子拉著長長的楚腔，丟掉手中火把，笑眯眯地拔出了一口彎月似的吳鉤，腳步像水牛般沉重地挪了過來，「出劍啦！——」肥胖的雙手攥著一口半月形的細劍，樣子頗為滑稽。

蘇秦不禁哈哈大笑。他練劍十多年，從來沒有與人真正交過手，今日第一遭就遇到了如此一個滑稽人物，不由自主地大笑起來，學著他的楚腔：「肥子先出劍啦——」

「敢笑我？找死啦——」黃衣肥子大怒，吳鉤一揮，一道弧形的寒光向蘇秦胸前逼來。蘇秦渾身灼熱，渾不知這吳鉤「斜啄」的厲害，只一劍直刺當前，又快又準。這吳鉤「斜啄」是當胸橫劃，速度稍慢，攻擊的範圍卻是極寬。尋常劍士但見一片彎月形劍光逼來，往往不知從何處防禦，若有剎那猶豫，吳鉤劃到胸前，人便會被攔腰劃開。偏偏蘇秦是簡約劍法，不管你如何揮舞，我只一劍直刺。只聽叮噹一聲大響，火星飛濺，兩劍相交，吳鉤劍光芒頓失，黃衣肥子噔噔噔後退了三步。

「啊哈哈哈哈哈！」蘇秦暢快無比地大笑起來，心思老師這簡約劍還當真高明，第一劍便將這楚劍吳鉤震退，不由膽氣頓生。原來，蘇秦劍術缺乏天賦，老師便教他反覆練習快劍突刺，說不管敵人如何揮劍，你只一劍快刺，只要做到「快穩準狠」四個字，自保足矣。蘇秦自然信奉老師，尋常練劍便是千遍萬遍地突刺快劍，經常惹得張儀大笑不止。蘇秦卻不管不顧，只是一劍一劍地認真突刺。今日臨敵，這一劍快刺大是威風，如何不高興萬分？

黃衣肥子惱羞成怒，吼叫一聲：「真找死啦——」要衝上來拚命。

「且慢。」猗矛卻伸手攔住了肥子，對蘇秦拱手笑道，「決鬥完了，先生勝。日後我等絕不再找先生聒噪便是。」

「算你明理。蘇秦告辭。」

「且慢。」猗矛輕捷一閃，攔在了蘇秦面前。

「猗矛，還做劫盜麼？」蘇秦冷笑。

「先生差矣。」猗矛滿面笑容，「先生快劍，猗矛生平未見，斗膽想與先生走幾圈。十劍為限，點到為止，可否？」

蘇秦初嘗快劍之妙，內心正在興奮處，聽得猗矛要和他比劍，而且「點到為止」，樂得再嘗試一番，欣然應道：「好！就陪你十劍。」

四周火把頃刻又圍成了方圓兩三丈的一個大圈子。猗矛拔劍，卻是一口小吳鉤，長不到兩尺，與蘇秦的三尺長劍相比，顯得寒瘦萎縮。猗矛右手持劍，左手是彎彎的青銅劍鞘，顯然是劍、鞘雙兵。他貓腰蹲身，喝聲「起——」，挺著劍緩緩圍著蘇秦打起了圈子。

蘇秦的快劍有兩個前提，一是正面對敵，二是敵不動我不刺後發先至。如今猗矛圍著他打圈，他也便挺著長劍轉圈，始終與猗矛保持正面相對。轉得兩三圈，猗矛突然一聲大喝，吳鉤與劍鞘一劃一擊，同時兩路攻到。蘇秦在他喝聲一起時一劍刺出，直指猗矛胸膛。

「好！第一劍！」猗矛一躍丈許，閃出蘇秦劍光，卻又立即逼上來繞著蘇秦打圈子。

蘇秦狂飲了一罈趙酒，能夠一時清醒，全因了渭風古寓特製的醒酒湯。但那醒酒湯解得一時醉意，卻並不能消解酒力。本來就飄飄然如騰雲駕霧的蘇秦，幾圈轉下來便覺眼前金星亂冒，心中明白上了猗矛的惡當，卻是已經晚了，一聲「猗矛……」喊出，腳下虛浮，天旋地轉，硬生生栽倒在地。

「好！妙！」「小子倒——倒——倒了——」車癡們揮舞著火把跳了起來。

「還是公子高明啦！各位聽公子的啦——」黃衣肥子揮舞著吳鉤叫起來。

猗矛冷冷笑道：「肥兄帶兩個人，立即將那輛車祕密運出秦國，藏到郢都家庫中。韓兄帶兩個人，立即將這個不識敬的主兒抬到官道旁邊，好衣服全部剝了，弄出遭劫的樣子。各位該得的利金，我改日如數奉上。如何？」

「好！便這樣了。」其他商人車癡也知道猗頓家族財勢太大，王車肯定是人家的，平白得一筆巨額利金也就知足，異口同聲答應了。

「立撤！半年內，誰也不許在咸陽露面。」猗矛一聲令下，車癡們熄滅了火把，悄悄分頭出了北阪松林。

六、子然一身出咸陽

日上三竿時分，北阪漸漸熱了起來，蟬聲開始無休止地聒噪了。

麥收已過，秋禾初起，新綠無邊無際地彌漫了北阪原野。這時正是最為燠熱的三伏天，田野的農人開始三三兩兩地向北阪松林聚攏，要在這裡等待家人送飯，吃過飯便在松林中消暑一個時辰，避過最酷熱的正午時刻，再繼續午後的勞作。

「噫！快來看，有人在這兒睡大覺！」松林邊的村姑尖叫起來。

一個老人扇著大草帽走了過來：「人家睡覺，關你甚事……哎，這是睡覺麼？不對！快來呀，有人遭劫啦！」

田頭走出的農人聞聲陸續趕來，圍住了路邊大樹下這個酣睡者，不禁驚訝得鴉雀無聲。

此人赤裸著身子，渾身只有貼身的一件絲綢短褂，臉上、腿上、胳膊上，到處都是細細的劃傷，好像光著身子從荊棘林中穿過來的一般，腳上兩隻繡花白布襪倒很是講究，卻鞋子也沒有，炙熱的陽光已經將他曬得渾身通紅，可他猶自在呼呼酣睡，粗重的鼾聲鼻息聲，不在任何一個村夫之下。

「細皮嫩肉，肯定是個富家子！」

「廢話！光這絲綢小衣，咱三輩子也沒見過。」

「吔！布襪上的繡花好針腳，多細巧！」一個送飯的女子叫起來。

「嘖嘖嘖，是個俊後生，鼻梁多挺！眼睛不睜也好看哩。」另一個女子跟著嚷起來。

「大姊，乾脆給碎女子招贅個女婿罷了，值哩！」一箇中年漢子恍然高喊，眾人哄地笑了起來。那個女人罵道：「天殺的你！招你老爹！」眾人更是跌腳大笑，那箇中年漢子上氣不接下氣地喘息著：「哎呀呀，老爹好福氣哩。」女人滿面通紅，抽出送飯扁擔就來追打那個漢子，漢子笑得癱在地上舉手連連求饒，一片哄笑，亂作一團。

「起開！」最先趕來的老人高喝一聲，「路人遇難，有這等鬧法麼？都給我閉嘴！」老人顯然很有權威，一聲大喝，眾人頓時靜了下來。

「里正，先報官府吧。」那箇中年漢子歉疚地擠了上來，低聲出主意。

「在我里地頭，報官自然要報。先把人抬到樹蔭下，別要曬死人了。」

「來！快抬！」中年漢子一招手，兩個後生過來，三人搭手，將路邊酣睡者平穩地抬進了松林，平放在一塊大青石板上。這位酣睡者依舊爛泥般大放鼾聲。

老里正湊近打量，眉頭大皺：「好重的酒氣！誰家涼茶來了？」

「我這有。」一手裡還拄著扁擔的那個女人，連忙從飯筐裡拿出一個布套包裹的陶壺。老里正吩咐道：「你手輕，就給他餵。要不，我估摸他要睡死的，臉都赤紅的了。」

女人很細心地蹲下身子，將陶壺嘴輕輕對著酣睡者的嘴唇，陶壺稍稍傾斜，冰涼的茶汁便流了出來。奇怪，那火紅滾燙的嘴唇竟然像片乾旱的沙土，絲毫不見動靜，茶水卻一絲不漏地吸了進去。女人倒得快，「沙土」就吸滲得快，片刻之間將大大的一陶壺冰茶吞了個一乾二淨。

「嘖嘖嘖！」女人驚訝得咋舌，「快，誰還有？這人要渴死了！」立即有人應聲，遞過來兩個大陶壺。女人如法灌餵，那酣睡者在片刻之間又吸乾了兩陶壺冰茶。

圍觀人眾不禁駭然，目光不由一齊聚向老里正。

老里正湊近酣睡者鼻息，聽聽聞聞搖搖手道：「不打緊了，過會兒能醒來。」

眾人還未散開，便見那人長長的一個鼻息，兩手伸展開來打了個大大的呵欠：「好風涼！好舒坦！」眼睛悠然睜開一瞥，卻突然立即閉緊，兩手拚命揉著眼睛，揉得一陣，霍然坐起睜開眼睛，左右一陣打量，又看看自己身上，不禁滿臉脹紅，期期艾艾道，「諸位，父老，我，這，這是在何處？我的，我的衣物何在？」急得眼中要噴出火來一般。

老里正肅然道：「後生啊，我等瞅見你時，你正在這官道邊野臥。老夫估摸你是酒後遭劫，被劫匪拋在了這荒郊野外。想想，可是？」

後生雙眼死死盯著天空，腮幫咬得臉都變青了。

餵水女人小聲道：「里正，邪門兒，快叫叫他，失心瘋了不得哩。」

老里正擺擺手：「我看這後生不是凡人，教他靜靜。起開，不要圍在這，各咥各飯去！」

眾人不言聲地散開了，眼睛卻都時不時地瞄著青石板。良久，那後生從青石板上站起，默默地向老里正和眾人深深一躬，轉身大步就走。老里正疾步趕上攔住道：「我說後生啊，你有志氣，老夫看得出。可你如此模樣，走得多遠？誰沒個三災六難，老秦人能看著你這模樣走了？來，先咥飯，再穿一身衣服，老夫決然不攔你，咋樣？」

愣怔片刻，後生又默默地一躬，跟著老里正走進了松林。老里正親自拿來了幾張乾餅幾塊乾肉一把小蔥一罐豆粥：「後生，咥吧，莫嫌粗淡。」後生二話沒說，大嚼起來，吃著吃著，淚水斷線般流了下來。老里正長長地歎息一聲，向身邊一個少年低聲吩咐了幾句，少年飛快地跑出了松林。半炷香的工夫，少年氣喘噓噓地跑了回來，交給老人一個黑布包袱。老里正打開包袱對後生道：「這是我大兒子的一身見客衣裳，後生穿了，莫嫌粗簡。」說著一件一件地遞到了後生手中：一件黑色麻布長衫，兩件未染顏色的本色褲褂，一雙結實端正的厚底布靴；簇新的布色，漿洗得平平整整。在老秦庶民來說，這的確是上好的衣裳了。那後生沒說一句話，拿著衣裳就走進了樹林，片刻出來，已經變成了一個英挺的布衣士子，要不是那鐵青脹紅的臉色，倒是另有一番精神。後生手中捧著自己那兩件汗污不堪的絲綢褲褂與那雙起花細布襪，恭敬地向老里正一躬，將手中衣物放在了老人面前，轉身便走。

「後生慢走。」老里正拿著衣裳過來，「後生啊，這兩件衣裳你自己帶著，萬一不濟就賣了它。絲綢的，二十個秦半兩差不多，也值幾頓飯錢。」

後生看看老人手中已經包好了的衣裳，也不說話，便接了過來。老人又道：「後生啊，老夫是里正，得說兩句官話，如何處置，你自思量了。依得秦法，路人遭劫，但凡路遇知情者，須得報官。你是酒後遭劫，老夫估摸你有難言之隱。你說，我等報官不報？報官，你就得隨我等到咸陽令官署，追回你的物事。不報，你就不能說自己遭了劫，得吃個暗虧了。你思謀咋個辦好？老夫絕不難為你。」

後生略一思忖，堅決地搖搖頭，顯然是「不要報官」的意思。老里正點點頭道：「老夫曉得了。你走，咱是誰也沒遇見過誰。」後生卻深深一躬道：「老人家，我乃洛陽人氏，名叫蘇秦。多蒙你救我大難，容當後報了。」這是面前後生第一次開口說話，老里正溝壑縱橫的古銅色臉上不禁盪出了一絲笑意：「老了，記不得那麼多了，你走。」

蘇秦咬咬牙，轉身大步走了。這個老里正真是個風塵人物，若在平日，蘇秦定要和他結個忘年知己，然則目下落魄如此，卻只能匆匆去了。雖然沒有問老里正名諱，但蘇秦永遠都會記住咸陽北阪的這個村子，記得這片松林的，日後能否報答老人，只有天知曉了。目下燃眉之急，是如何渡過這道難關。蘇秦很清楚，搶劫他王車的這批人絕非尋常盜賊，他們早就離開秦國隱匿得無蹤無影了，秦國官府如何緝拿他們？一旦報官，非但麻煩多多，「蘇秦說秦不成，醉酒遭劫」也會成為天下醜聞，豈不是生生地毀了自己？唯一的選擇，只能隱忍不發，自己了結這場災禍，再圖去處。看看進了北阪小道，蘇秦沒有立即進咸陽城。他找了路邊一片小樹林，躺在了一塊石板上假寐沉思，想著想著又朦朧睡去了。

直到日落西山，北阪一片暮色，蘇秦才出了小樹林，匆匆進了咸陽城。

北門街市內車馬行人很少。這裡是老秦人居住區，不比尚商坊，入夜行人稀疏車馬罕見。蘇秦一個人急匆匆行走，分外顯眼。走走問問過了幾條街，才見一片客寓外風燈高掛，行人稍多了一些，仔細一看，正是長陽街到了。蘇秦駐足打量，已經看見了前面不遠處風燈上「櫟陽客寓」幾個大字，也看見了在大門前招徠客人的女店主的身影，卻只是站在燈影裡躊躇不前。過往行人都要奇怪地瞄他一眼，幾家客寓門前的迎客侍者也都不斷地向他打量，只是沒有一個人邀他住店。思量老站在這裡也不是辦法，蘇秦終於硬著頭皮向櫟陽客寓走來，看看離女店主只有幾步遠了，可她竟然沒有看見自己，只顧向街中車馬張望著。

「吭——咯！」蘇秦很響亮地咳嗽了一聲。

「喲——恁般粗野，好嚇人！沒瞅這是啥地方？你家炕頭麼？」女店主一連串嘮叨著轉過身來，卻猛然僵住了，「你你你，你是誰呀？」

蘇秦勉強笑著：「大姊不認識客人了？」

「哪裡敢喲！」女人兩隻眼睛滴溜溜轉，笑得親切極了，「有般粗人，天黑便不規矩，我也是怕。先生，到北阪走村去了麼？一身布衣，多灑脫！如何不見你的車？在後邊麼，我去趕來。」

「不用了，車送一個老友了。」蘇秦冷冷笑著，向客寓大門走去。

「嘖嘖嘖！多好的車喲，先生出手好闊也。」女人臉上笑，嘴上說，眼睛還向街面飛快地打量，看看周圍確實沒有車來，一溜碎步跟了上來，「先生沒喝晚湯吧，我去叫人準備。」

「不用了。」蘇秦擺擺手，「我要離開咸陽，片刻後你來兌帳。」

「先生客氣了。先生慢走，鯨三在修節居收拾呢，先生沐浴休憩一會兒再說。」待蘇秦走進庭院，女店主對前庭一個年輕侍者輕聲耳語了一陣，年輕侍者匆匆出店去了。

那個木訥樸實的男侍鯨三剛剛將房間收拾完畢，蘇秦便回到了修節居。鯨三小心翼翼道：「先生氣色不太好，是否酒後受了風寒？要不要我去請個醫官來？」蘇秦見他顯然沒有任何疑心，淡淡道：「不用了。有熱水麼？我沐浴一番。」

「現成的。先生稍待，我立即去挑來。」說完匆匆去挑熱水了。

鯨三一走，蘇秦立即打開兩只大箱翻了起來。這是兩個上好的楠木大箱，一個是衣箱，一個是文箱。衣箱是大嫂與妻子收拾的，文箱是蘇代蘇厲收拾的。來到咸陽，蘇秦只打開了幾次文箱，拿出了最上面的幾卷竹簡和幾張羊皮紙，並沒有仔細翻檢過。他目下最關心的是，箱中有沒有金錢。蘇秦出門時說定的只帶百金，按照大哥的商旅閱歷，這一百只金餅分作三處，放置在車廂的三個暗箱中。函谷關與燕姬換車，金餅原封不動地轉移了過來——自西周以來，王車的打造規格從來不變，車中暗箱的位置也都是同一的。大哥叮嚀過：這一百金都是家傳的殷商金，金餅上有商王銘文，每金足抵十多個戰國流行的金餅，一百金足當千金之多。目下，這些金餅自然不去想了。蘇秦想看看，衣箱文箱裡有沒有大嫂她們放的零金。翻到衣箱底層，蘇秦看見了一只皮袋，手一碰便知道是金幣。拎出來「嘩啷」倒出一數，卻只有二十個。再翻文箱，只有十多枚魏國的老刀幣。蘇秦知道，那是因為他平日喜歡收藏刀幣，蘇代帶給他贈送同好用的。

正在蘇秦翻檢得滿屋都是凌亂物事的時候，院中響起了沉重的腳步聲，應該是鯨三挑水來了。蘇秦連忙將金錢放進箱中鎖好，打開了房門。

「先生，我在門外，有事喚我了。」鯨三將熱水添好，拉上房門就要出去。

「鯨三，這櫟陽客寓，日金幾多啊？」蘇秦一副不經意的樣子。

「看如何說了。」鯨三低著頭，「這修節居，每日一到兩金。」

「好了。隨意問問，你去。」

待鯨三出門，蘇秦到裡間沐浴，泡在熱水中頓時一身大汗，渾身癱軟了一般。蘇秦思忖，自己在這裡住了幾近兩個月，少說也得五十金，如今手邊只有二十金，差得太多；隨身值錢之物也都沒了，那些衣物雖是上好，可也得看人家認不認。看今日街市上情景，這個女店主似乎也不是個善主。是啊，人都如那老里正一般，也就沒有這「利欲」一說了。蘇秦啊蘇秦，你當真是命蹇事乖也，說秦不成尚不打緊，如何偏偏遇上了這幫冠冕堂皇的車癡劫匪？蘇秦自呱呱墜地，從來沒有體察過缺少金錢的滋味兒，方得出山，正在雄心萬丈之時，竟突然遭遇了這匪夷所思的事端，一夜之間，淪為赤手空拳的布衣窮漢，還真有些亂了方寸。

沐浴完畢，蘇秦覺得精神稍許好了一些。他換了一身新的內衣，外邊還是穿上了那件布衫，方得收拾妥當，聽見門外腳步聲。仔細一聽，卻是兩個人的腳步聲。

「喲，先生精神氣色好多了。」女店主笑臉盈盈，身後卻沒有別人。

「大姊，兌帳，我該給你多少金？」蘇秦看著這笑臉覺得彆扭，毫無打趣的興致。

「不多不多。」女店主笑吟吟站在那裡，一雙眼睛卻在房間滴溜溜轉，「人家魏國白氏的渭風古寓一日十金，我這兒一日只兩金。先生住了五十三日，權作五十日計，也就百金之數。店小情薄，先生見笑哩。」

「好說。」蘇秦心中暗暗一驚，果然是個毫不通融的厲害女人。如果自己不遭橫劫，要說遲付一月，那女人肯定還巴不得。可如今不同，這女人好像知道了甚事，那副神情顯然是要立馬兌金，只是不知曉自己囊中底細，先行客氣罷了。自己若顯出底氣不足，只怕今日大是尷尬。想到這裡，蘇秦悠然一笑，「倒是不多。然則，我的金匣在車上，友人趕車辦件急事去了。先兌你二十金，一個月後再加你百金，如何啊？」

「喲！先生真是闊主。」女店主雖然還是一臉笑意，卻不屑地撇了撇嘴，「我這小店可是負債周旋，不敢賒欠。那一個月後的利頭，小女子也不敢貪。秦國新法，誠實交易，暴利有罪，詐商也有罪哩。」話語之中隱隱地帶了些許威脅。

蘇秦雖是商家出身，對商道卻大是生疏，對此等商人更是拙於周旋，聽得女店主笑語不善，面色頓時脹紅：「那就兌。除了我的文箱，一應物事都給你。」

「喲——」女店主笑臉頓時帶了嘲諷，「先生當我這兒是南市大集，羊皮換狗皮麼？住我這店的客人，可沒有拿東西抵帳的。小女子倒是有個主張，先生願不願聽？」

蘇秦點點頭，冷著臉沒有說話。

「先生若能找個官員給我招呼一聲，也就罷了。或者，有個山東商人也成。」

「沒有！」蘇秦臉色鐵青，「我任誰也不認識。你自己看，那些物事夠你了。」

女店主咯咯笑了：「也好。只是小女子不曉得貴賤，我叫抱大帳的先生進來看看。」說罷向外高聲道，「先生進來。」話音落點，一個黑胖胖矮墩墩的中年漢子推門進來，也不向蘇秦作禮，只對女店主一躬身道：「請女主吩咐。」女店主笑道：「沒甚事。先生將先生的這些物事檢檢看看，估個價，看值得幾多？」

黑矮胖子眼睛一瞄，便知屋中兩口楠木大箱是要檢看的物事，上前先打開衣箱一件件抖落，末了淡淡說了一句：「大體值得二十金。」說完要來翻檢另一只木箱，蘇秦「啪」的一拍箱蓋：「這是文箱，不許動。」又冷冷一笑，「你識得好賴麼？僅那件化雪於三尺之外的貂皮斗篷，就值得五十金！」

「先生所言，乃是市價。若先生拿去南市賣了，再來兌帳，自是另說了。」黑矮胖子也綳著臉冷冰冰的。

「喲——」女店主咯咯咯笑道，「小女子原是只喜歡兌金，不喜歡這些物事抵帳。算了算了，衣裳先生還得穿不是？先生就兌金算了，多乾淨啊？」

蘇秦咬著牙冷冷道：「不說了，都給你們，了帳。」

「喲——差那麼多，如何了帳啊？」

「先生，我還是檢檢這只木箱，文箱有甚用？不值錢。」黑矮胖子說著逕自打開了文箱。蘇秦臉色脹紅得出血一般，生生咬緊牙關，拿出了那幾卷竹簡抱在懷中：「那些都給你！」

黑矮胖子邊檢邊報：「羊皮紙五十張，白簡一百支，刻刀兩把，翎筆十支，玉硯一口，老刀幣二十枚，銅管三支。沒有了。大體值得十金罷了。」

聽得這喋喋不休的念叨，蘇秦直是心頭滴血。他的文箱可說是件件皆寶，那羊皮紙在戰國時期是極為貴重的文房至寶，一張至少值得一金。二十枚老刀幣已是古董，至少也是一枚一金，更不要說玉硯翎筆了。可是，自己能拿到市上去賣麼？能去做天下笑柄麼？既然不能，就得忍耐，就得聽任這般屈辱。

驟然之間，蘇秦仰天大笑，一腳踹開房門，抱著竹簡揚長去了。

第四章 談兵致禍

一、十六字訣震撼了齊威王

在洛陽和蘇秦分手，張儀終於到了臨淄。

對於臨淄，張儀並不生疏，一入城便直奔王宮。在宮門廣場停下軺車，他對緋雲吩咐道：「車就停在此處，你可去逛逛街市，臨淄可是熱鬧得很。」緋雲笑道：「吔，逛個甚來？我就在車上睡覺等你。」張儀說聲隨你，便向宮門去了。

張儀對齊國是充滿嚮往的。在他看來，齊國是天下大變化的樞紐，齊王田因齊則是天下僅存的第一雄主。這田因齊即位三十餘年，做了三件大事，每件事都改變了天下格局。第一件，鐵腕整肅吏治，啟動了戰國之世第二次變法的潮流，帶出了韓秦變法；第二件，與魏國霸權對抗，打了圍魏救趙、圍魏救韓兩場大勝仗，使魏國霸權一落千丈，天下由魏國獨霸變為齊秦魏三強鼎立；第三件，建立稷下學宮，使天下士子由爭相「留魏」變成了爭相「赴齊」，天下文明潮頭自然也由魏國轉到了齊國。在三十年裡，齊國能夠從中等戰國一躍成為首強，自然是齊威王扭轉乾坤。秦孝公英年早逝，在方今天下君主中，齊王就成為當之無愧的第一雄主。正是看中了齊國的強盛與齊威王的雄明，張儀才選定了齊國。

張儀的步履是從容的，也是自信的，因為他清楚齊國目下的危機，也已謀劃好了化解危機的對策，只看這個老齊王如何對待他了。

齊威王正在王宮園林踽踽漫步，偏偏傳來密報：東南的越國正在祕密集結大軍，準備奪取齊國南部的膠濰地區。他頓時煩悶起來，望著垂柳在波光粼粼的湖面上輕拂，直如夢幻一般。即位三十年餘了，他第一次感到了疲憊，第一次心中發虛。老了麼？五十多歲，正在如日中天。累了麼？心中明明還憋著一股勁兒使不出來。

半日徘徊，齊威王總算明白了自己——最教他不安者，是沒有一個高明的爭霸方略。齊國在他手裡是無可置疑地強大了，可如果僅僅如此，你田因齊畢竟是個庸才。論強國功業，天下數秦孝公首屈一指。老實說，那才叫急起直追迎頭趕上。你田因齊稟承的基業家底兒，可是比秦孝公雄厚多了，與嬴渠梁比，你至多做個第二。和老魏王那個酒囊飯袋比麼，未免顯得窩囊，可不想窩囊還不行，齊國現下也就是與魏國不相上下。若說到財富根基，說不得魏國還略勝一籌。只有使齊國更上層樓，完成統一霸業，你田因齊才算得天下第一雄主，做出了千古第一功業。否則，就只能是個二等明君而已。可是，從何處著手呢？

現下秦魏齊三強並立，面對一個老霸主，一個新強國，齊國該如何擺布？齊威王竟思謀不出一個滿意的對策。當年的上將軍田忌出走了，洞察天下的孫臏也不辭而別隱居去了。只剩下一個老丞相騶忌，雖長於處置國務，卻素來沒有大謀略，與他商議多次都是不得要領。多方派員打探孫臏下落，也是一無所獲，使得齊威王終日悶悶不樂。

目下又是越國要進犯。越國雖不是勁敵，但對於十多年沒有大戰的齊國來說，也是一件很頭疼的事。不怕打不過，只怕陷入糾纏。別看這個快被人遺忘的越國，山高水深林密，你要打他找不見，他要打你陡然冒出一大片，若陷入糾纏，急切間不能脫身，中原霸業就等於白白地拱手送給了兩個強大對手。此等局面，齊威王如何能夠忍受？可是，如何全盤籌劃，急切間卻難以權衡決斷。齊威王又一次想起了田忌和孫臏在國時的氣象，不禁深深懊悔當初對騶忌、田忌將相傾軋的失策處置，非但逼走了田忌，還帶累孫臏也走了，這是他即位以來犯下的最大錯失，想起來就隱隱心痛……

「魏國名士張儀，求見我王。」內侍匆匆走來稟報。

「張儀？」齊威王一愣，「是那個罵倒孟子的張儀麼？」

「稟報我王：正是那個張儀。」

「好！有請先生，到湖邊茅亭。」

內侍匆匆去了。齊威王立即吩咐侍女在茅亭擺下簡樸的小宴，他要與這個能罵倒孟子的天下第一利口小酌對談。在齊威王眼裡，一個能將孟子罵倒的人物，一定不是等閒之輩。孟子何許人也？天下第一雄辯大師，天下第一衛道士，清高之極淵博之極智慧之極，但遇對手從來都是高屋建瓴滔滔不絕，鮮有對手走得了三五個回合。這是齊威王在稷下學宮多次親眼目睹的。就是幾個鋒銳無匹的新秀，也只和孟子堪堪戰了個平手，更不要說其餘人物了。可這個張儀，竟在大梁魏王宮以牙還牙，罵得孟子幾乎要背過氣去。連素來喜歡在名士面前打哈哈的老魏王都惱羞成怒了，可見其人辭色之鋒利。

一個月前，當這個故事傳到齊國時，有人說張儀有失刻薄，齊威王卻不禁哈哈大笑：「好好好！天下出了此等人物，孟夫子一口獨霸從此休矣！」齊威王明白，要說尖酸刻薄，孟子絕非厚道之輩，痛斥貶損從來毫不口軟，而且往往都是搶先發難，何獨怨張儀？想不到這個張儀今日竟來到了齊國，可得用心體察一番，若果真是個名士大才，那可真叫上蒼有眼。

片刻之間，垂柳下草地小徑上走來了一個黑衣士子，大袖飄飄，身材偉岸，束髮無冠，步履輕捷，恍若一朵黑雲從綠色的草地飄了過來。

「好人物！」齊威王暗自讚歎，大笑著迎了上去，「先生光臨齊國，幸甚之至也！」

張儀也遠遠看見齊威王迎了過來，心中大感欣慰。這個老國王是天下有名的鐵面君主，天性傲慢凌厲，生殺予奪嬉笑怒罵從來都是毫不給臣下臉面，對待稷下學宮的名士，也極少對誰現出讚賞，只有即位頭幾年，才對孟子孫臏這樣的人物恭迎如大賓。如今，老國王卻親自起身迎接自己，雖然僅僅是一個湖邊相迎，談不上大禮相敬，但張儀已經預感到自己所料不差。思忖間齊威王已是咫尺之遙，張儀連忙恭敬地深深一躬：「魏國張儀，參見齊王。」

「先生拘泥了。」齊威王大笑著扶住了張儀，並拉住他一隻手，「來來來，這廂茅亭落座。」親切豪爽如見老友一般。

張儀本來灑脫不羈，對齊威王的舉動絲毫沒有受寵若驚的緊張難堪，任齊威王與自己執手來到茅亭。這座茅亭坐落在湖畔垂柳之下，三面竹林婆娑，腳下草地如茵，寬大的亭子間裡青石為案，草席做墊，異常的簡樸雅致。進得亭中落座，微風習習一片清涼，酷暑之氣頓消。

「好個茅亭，令人心醉。」張儀不禁讚歎。

齊威王笑道：「先生可知這茅亭名號？」

「張儀受教。」

「國士亭。惜乎國士亭，冷清近二十年也。」齊威王慨然歎息了一聲。

「張儀無功，齊王何以國士待之？」突然，張儀覺得這個老國王有些著意高抬自己，心中掠過一絲陰影。

「大梁挫敗孟子，先生之才可知。生為魏人，先行報國，先生之節可知。挾長策而說諸侯，先生之志可知。如此才具志節，安得不以國士待之？」齊威王說得字字板正。

張儀第一次受到大國之王的真誠推崇，不禁心頭一熱，慨然拱手道：「齊王以國士待張儀，張儀必以國士報齊王。」

齊威王親自斟滿了一爵：「來，先共飲一爵，為先生洗塵！」

「謝過齊王。」兩只青銅大爵一照，張儀一飲而盡。

「先生遠道來齊，欲入稷下學宮？抑或入國為官？」

張儀不禁對齊威王的精明由衷佩服——心中分明著急國事大計，卻避開不談，先徵詢你的實際去向，既顯得關切，又試探了你的志向；更重要的是，就此隱藏了齊國最緊迫的困窘，卻要試探你是否一個真正洞察天下的大才？尋常士子順著話題走下去，熱中於自己的去向安排，也就必然對齊國的急難茫然無覺，果真如此，這場小宴也就到此結束了，「國士」云云也將成為過眼雲煙。心念一閃而過，張儀拱手作禮道：「謝過齊王關切。然則，張儀不是為遊學高官而來，卻是為齊國急難而來。」

「噢？」齊威王驚訝微笑，「一片富庶昇平，齊國有何急難？」

「歧路亡羊故事，齊王可知？」張儀也是微微一笑。

「歧路亡羊？先生請講。」

「楊子的鄰人丟了一隻羊，請了許多人幫著尋找，也請楊子幫忙順一條直路尋找。楊子驚訝問：一隻羊，何用如此多人尋找？鄰人說：歧路多也。楊子就幫著去找了。整整一日過去，找羊者晚上在鄰人家會合了。楊子問：誰找見羊了？都說沒有。楊子驚訝不解。鄰人說：歧路中又有歧路，我等不知所以，只有回來了。此所謂歧路亡羊也。張儀以為，歧路可亡羊，歧路亦可亡國。目下，齊國正當歧路，齊王以為然否？」

「齊國歧路何在？」齊威王目光炯炯地盯住了張儀。

「齊有大國強勢，卻無霸業長策，此歧路一也。西有中原大業，南有海蛇糾纏，何去何從，了無決斷，此歧路二也。大道多歧路，若貽誤時機，一步出錯，齊國就會紛擾不斷，日漸沉淪。殷鑒不遠，在夏后之世。魏國之衰落，也只在十餘年也。」

一席話簡潔犀利，齊威王面色肅然，起身離席，深深一躬：「先生教我。」

張儀坦然道：「霸業長策，首在三強周旋，次在四國捭闔。我有十六字，齊王思之：聯魏鎖秦，和秦敬魏，北結燕趙，南遏楚韓。」

「煩請先生拆解一二。」齊威王精神大振。

「三強之勢：齊國處東海之濱，秦國處西陲關山，魏國居於中原要衝。秦國與齊國少有戰事，但卻都是近三十年來崛起的新銳強國，都是實力雄厚的大國，都有雄心勃勃的君主。統一中原，是齊國與秦國的共同志向。唯其如此，只有秦國才是齊國真正的、長期的敵手。魏國則是沉淪腐敗、外強中乾，不堪威脅天下。然則，這個魏國對於秦齊而言，卻又是極為重要的一個力量，魏國倒向何方，就可能獲得立足中原的巨大優勢！秦魏百年深仇，素來敵對，迄今為止，秦國還沒有洞悉到爭取魏國的重要。當此之時，聯魏鎖秦，使秦國不能輕易東出函谷關，為齊國霸業之要。此其一也。其二，秦國雖是齊國的真正敵人，但在列強並立之時，齊國卻不能與強悍之秦國結怨，而要和解為上，盡量沖淡兩國爭霸之真面目，多多向秦國宣示修好願望。如此一來，秦國這個火炭團便推給了魏國。而聯魏、敬魏之根本，在於利用魏國做齊國的石頭，打向秦國腳跟。若按如此方略，三強之中，齊國穩操勝券也。」張儀侃侃而談，顯然是早已想透。

「好！後邊八字如何？」齊威王一動也不動。

「天下戰國，三強連成東西一線。其餘四國，北方燕趙，南方韓楚，應對所以不同，在於他們與齊國的利害關聯各不相同。燕趙兩國均與齊國接壤，多有邊民衝突，小戰不斷。齊國要聚力壓向中原，必須與這兩個大鄰國結盟修好，騰出手來專力與秦國、魏國周旋抗衡。齊對趙有救援之恩，對燕有戰勝之威，只要齊國示好，趙國燕國定會樂於跟從，如此北方大安。此為北結燕趙。」

齊威王微微點頭，目光如火焰般灼熱。

張儀侃侃道：「遏制楚韓，因由不同。韓國雖小，卻地處中原要害，又有宜陽鐵山，各國大是垂涎。得韓，則南可威脅楚國，西可封鎖秦國，東可壓迫魏國，洛陽王室更在韓地包圍之中。然則，申不害變法失敗後，韓國實力銳減，勁韓之名大為暗淡，已經成為最弱戰國。齊對韓有再生大恩，韓對魏有血戰之恨，韓國人恨魏而愛齊。只要齊國繼續與韓國修好，韓國就會成為齊國的附庸。要韓國長久附庸齊國，就既不能教韓國強大，又不能教韓國受欺。齊國需要一個馴服的韓國，此為遏制韓國的根本所在！南方楚國，山高水深，地域荒僻廣袤，任誰不能一戰數戰滅之。然則，楚國歷來冥頑不化，對中原野心勃勃，任何國家也不能控制。唯一有效對策：聯合魏國，封鎖楚國與淮水陳地以南，使其不能北上。此為遏制楚國。如此縱橫捭闔，齊國安得不成千古大業！」

微風吹拂，湖畔垂柳搖曳，張儀咬字很重的魏國口音在風中傳得很遠。

聽著聽著，齊威王緊緊握住了銅爵，雙手微微有些發抖。這一番鞭辟入裡的解析，使他如醍醐灌頂般猛醒。驟然之間，三強格局與天下大勢格外透亮。尋常名士泛論天下大勢，齊威王也聽得多了，往往都是不得要領。張儀卻迥然有異，以齊國利益為立足點，剖析利害應對，句句要害，策策中的，堪稱高屋建瓴。連齊威王都覺得是一團亂麻的七國糾纏，被他刀劈斧剁般幾下就料理清楚。

「此人大是奇才！」瞬息之間，齊威王幾乎立即就要拜張儀做齊國丞相。然則，這位久經風雲變幻的老辣國王還是生生忍住了，他要再看看張儀，這可是託國重任啊。儘管已經平靜下來，他還是情不自禁地一拍石案道：「先生一席話大是解惑。但不知這聯魏鎖秦，卻有何具體方略？如何聯？如何鎖？」

張儀幾乎不假思索：「齊魏相王。齊秦通商。」點到為止，沒有再說。

齊威王默默思忖有頃，已經想得清楚，覺得張儀的方略實在高明，心中大是快慰，不禁又起身為張儀斟滿一爵道：「來，為先生長策，一乾此爵！」先自飲盡，還笑著向張儀亮了一下爵底。酒諺云：先乾為敬。但在國君待臣的禮儀中，卻沒有任何一個國君這樣做。張儀自然深感齊威王敬重之情，舉爵一氣飲乾，也笑著亮了一下爵底，只不過是雙手握爵，以示更為謙恭的回敬。

「先生對越國北進，有何化解之策？」齊威王知道，面對如此奇人已經無須隱瞞，直截了當地問出了這件頭疼事。

「化解越禍，易如反掌也。」張儀頗為神祕地笑了笑，「只是，此事須得張儀親自出馬。」

「如何？」齊威王顯然是不願張儀離開了，「先生定策，派特使交涉不行麼？」

「齊王且先聽我策謀。」說著湊近齊威王身邊，一陣悄聲低語，彷彿怕遠遠站著的老內侍聽見一般，說完坐回笑問，「如此捭闔，特使可成？」

齊威王聽得頻頻點頭，卻又大皺眉頭：「先生孤身赴險，我卻如何放心得下？然則，此事要派別個前去，確實也可能壞了大事，當真兩難……」

知道齊威王已經是真正地為自己擔心了，張儀心中大是感奮，慨然拱手道：「齊王以國士待我，張儀敢不以國士報之？齊王但放寬心，張儀定然全功而回。」

齊威王思忖一番，終於一拍石案：「好！先生返齊之日，便是齊國丞相。」

「謝過我王。張儀今日便要南下。」

齊威王慨然一歎：「先生如此忠誠謀國，田因齊心感之至。只是無法為先生一壯行色了。」說罷回身對老內侍下令，「立即帶先生到尚坊府庫，一應物事財貨，任先生挑選！」

張儀笑了：「謝過我王，快馬兩匹，黃金百鎰，足矣！」

二、一席說辭 大軍掉頭

廣袤荒原上，一片藍蒙蒙的軍營。大纛旗上的「越」字，三五里之外都看得清楚。

這裡正是齊國南長城外，越國北征的大軍營地。

在中原大國眼裡，越國是個神祕乖戾的邦國——人情柔曬卻又野蠻武勇，國力貧弱卻又強悍好戰。遠古時期，越人本是蚩尤部族的一支。蚩尤部族極善於鑄造劍器，在中原部族尚在蠻荒石兵的時候，蚩尤部族就開始了以銅為兵，鑄造的銅劍無敵於天下。仗著這神兵利器，蚩尤部族北上，與中原的黃帝部族展開了浴血大戰。誰也說不清其中的奧祕，蚩尤銅兵反而戰敗了，被黃帝誅殺了。蚩尤部族逃亡避禍，星散瓦解了。後來，有一支歸入了夏王少康的部族，從此便以夏少康作為自己的始祖，再也不說自己是蚩尤部族的一脈了。可是，蚩尤部族的神祕圖騰，酷好鑄兵的久遠傳統，卻深深滲在了這個部族的血液中。後來，夏少康將越地封給了這個部族，從此有了「越人」。

說也神奇，越人造不出一輛好車，可是卻能鑄造出罕有其匹的鋒利劍器。春秋戰國的名劍，十有八九都出自越人之手。吳國有一段打敗了越國，將越國的鑄劍師劫掠到了姑蘇城，要越國鑄劍師為吳國打造出天下獨一無二的兵器。越國鑄劍師竟沒有為難，打造出了一種形似一勾彎月的劍器，無論形制還是鋒銳，盡皆天下無雙。吳王夫差大喜過望，將這彎月劍器命名為「吳鉤」，命令大量打造，吳兵人手一口。此後百餘年，吳鉤成為楚、吳、越三國的主戰兵器，威力毫不遜色於中原直劍。

歷代越王都是收藏劍器的名家，越人中也常有著名的相劍師。越王勾踐的父親允常，藏有數十口天下名劍，曾經請來相劍大師薛燭，從中相出了天下十大名劍。從此，鑄劍藏劍相劍之風彌漫越人，人人愛劍，人人練劍，縱是山鄉女子中也常有劍道高手。「越女善劍」便成為流行天下的美談。

就是如此一個劍器之國，國運卻像海上飄蓬一般沉浮無定。

越國不是西周的正封諸侯，而是以「聖王後裔」的名義，獨自立「國」生存的部族。由於地處偏僻的東海之濱，西周王室鞭長莫及，便也在天下安定後漸漸認可了這個諸侯。越國在春秋之前的歷史，只有越人自己的傳說，中原人沒有一個說得清楚。張儀也不例外。

進入春秋時期，因勾踐復仇滅了吳國，越國才一躍而起，成為南方大國。在勾踐之前，越國是沒沒無聞的蠻荒小邦。正在勾踐謀求良才，求得名士范蠡與文種，欲圖振興時，北邊的吳國強大了。吳國大軍壓境，一戰破了越國都城會稽，越國面臨徹底滅亡的危局。幸虧勾踐臨機忍辱，接受了大夫范蠡的主張——主動請做吳國附庸，保全越國不滅。為了讓吳王夫差相信，勾踐帶著范蠡到姑蘇城做人質去了，只留下大臣文種治理越國。幾年之中，越國君臣用盡了一切手段，收買吳國權臣、離間吳國君臣、給吳國進貢不發芽的稻種、給吳王貢獻西施及數不清的美女等等。最後，勾踐自己竟連吳王夫差的糞便都嘗了，惹得天下諸侯好一陣嘲笑。無所不用其極之後，勾踐終於回到了越國。十年臥薪嘗膽，休養生聚，勾踐君臣終於使越國強大了。後來，趁著吳軍北上與齊國爭霸時，勾踐率領大軍一舉攻破姑蘇，逼殺夫差，又在中途迎擊吳軍並戰而勝之。終於，越國第一次成了江東江南之霸主。

可這第一次也就成了最後一次。勾踐稱霸後，范蠡出走隱居，文種被勾踐殺害，越國就像流星一閃，又迅速暗淡了。南方老霸主楚國，像座大山壓在越國頭上。北面的齊國也眼睜睜警惕著越國，越國絲毫動彈不得。就這樣，窩窩囊囊過了幾十年，漸漸地又被中原淡忘了。

到了戰國三強並立，越國已經是勾踐之後的第七代國君了。這個國君叫姒無疆，是個一心想振興祖上霸業的赳赳勇武之輩。他與幾個謀臣商討，一致認定：振興霸業，就要討伐戰勝齊國。說來，這是「南蠻三國」（楚吳越）北上稱霸的老路。春秋時期，有實力阻擋江淮三國北上的，只有中原的晉國與齊國。楚國稱霸時，主要對頭是晉國。吳國、越國稱霸，則都是戰勝齊國而奠定霸主地位的。而今，齊國依然是中原的赫赫強國，越國戰勝齊國，自然就威震天下。從實際情勢而言，越國滅吳後，已經成為說大不大、說小不小的「準戰國」，北面直接與齊國接壤，用兵極為方便。齊國為了防備這個神祕乖戾的鄰國，特意在南部膠水、濰水地區修築了一道長約三百多里的夯土長城。這道長城以高密為後援基地，長期由檀子將軍率軍鎮守。越王姒無疆卻以為，齊國修長城，正是懼怕越國，更加賣力地準備伐齊大戰。

今歲開春，姒無疆一道嚴令，將都城從僻處南部山區的會稽，遷到了北方的琅邪。南北千里之遙，越國竟然只用了短短兩個月。琅邪，本來只是老吳國的一座要塞邊城，東臨大海，北接齊國，距離齊國南長城僅僅只有百餘里。尋常歲月，這琅邪本是人煙稀少冷冷清清一座小城堡，而今驟然變作了都城，行宮、官署、作坊、商賈、國人，擠得熙熙攘攘熱鬧非凡。

越王姒無疆嫌小城堡憋悶，便將行宮安在了城外原野，說這是效法祖上的臥薪嘗膽，定能一舉破齊。可如此一來，誰還敢住進小城堡？官署大帳與商賈國人，都在城外紮起了帳篷，小城堡變成了都城工地，晝夜叮噹作響，熱鬧得不亦樂乎。再加上十五萬大軍的連綿軍營，氣勢壯闊得令人咋舌。一眼望去，帳篷連天，旌旗招展，炊煙彌漫，人喊馬嘶，市聲喧鬧，琅邪原野活生生成了一個遊牧部族的天地。

姒無疆下令：休整一月，討伐齊國，一舉成就大越霸業！

就在這時，張儀風塵僕僕地趕到了。他將自己的軺車留在了臨淄府庫，與緋雲各騎一匹雄駿胡馬，兼程南下，一天一夜出了齊國南長城，很快，琅邪城已是遙遙在望。

「吔——大軍營寨就是這樣兒啊？大集似的！」緋雲揚鞭指著鬧烘烘無邊無際的帳篷，驚訝得叫了起來。

張儀哈哈大笑：「你以為，天下軍營都這樣麼？走。」

原野上的大道小道人道馬道縱橫交錯，緋雲手足無措。張儀揚鞭一指：「看見那面越字大纛旗了麼？照準下去。」一說著一抖馬韁，緩轡走馬嗒嗒前行。

雖說是望眼可及，卻因原野上到處都是匆匆行人與牛馬車輛，時不時得停下讓道，這段三五里小路走了足足半個時辰。看看夕陽將落，方才到得大纛旗前的華麗大帳。帳外幾十輛破舊的兵車圍成了一道轅門，轅門外站滿了手執木桿長矛身穿暗污皮甲的越國武士。見有人來，一個身佩吳鉤的軍吏高聲喝道：「此乃王帳！快快下馬！」

緋雲下馬，赳赳拱手高聲道：「中原名士張儀，求見越王，請作速稟報。」

「好脆亮的嗓門。」吳鉤將軍嘿嘿笑著，「中原與我大越何干？快走開！」

張儀在馬上高聲道：「我給越王帶來了千里土地。小小千夫長敢阻攔我麼？」

吳鉤軍吏圍著張儀的駿馬打量了一圈，終於拱手道：「先生請稍待。」一溜小跑進帳去了，片刻又匆匆出來在張儀馬前端正站好，高聲喊了一嗓子：「張儀晉見——」

張儀下馬，將馬韁交給軍吏，昂然進入了華麗的行宮。轅門內長長的甬道上鋪著已經髒污不堪的紅地氈，將華麗的帳篷陪襯得格外怪誕。內帳口一個女官清亮地喊了一聲：「中原士子到——」張儀進得內帳，見正中一張長大的竹榻上斜臥著一個頭戴紫色天平冠的精瘦黝黑漢子，心知這是越王姒無疆無疑，長長一躬道：「中原張儀，參見越王。」

越王姒無疆目光一瞥，沒有起身，傲慢地拉長腔調問：「身後何人噢——」

張儀正要回答，緋雲一拱手道：「張子書僕緋雲，參見越王。」

「書僕？書僕也配進王帳噢——」

張儀一本正經道：「越王乃上天大神，小小書僕自然不配。然則，我這書僕身上有帶給越王之大禮，不得已而來，尚望越王恕罪。」

「噢哈哈哈哈！」越王大笑，「張子好氣派，還有捧禮書僕。好說了，入座。」說著不自覺從竹榻上坐直了身子，又瞄了緋雲一眼。

一名綠紗女侍輕盈地搬來一只竹墩，放置在越王竹榻前丈許。越王連連搖手：「遠噢遠噢。」女侍連忙將竹墩挪到榻旁兩三尺處，方自退去。張儀坦然就座，緋雲站在張儀身後，卻直聳鼻頭緊皺眉頭。越王黝黑的臉上掠過一道閃電般的笑容——張儀看見的只是嘴角抽動了一下而已——晶亮的目光定在了張儀臉上道：「張子僕僕而來，要給我千里土地？」

張儀笑道：「啟稟越王：張儀要酒足飯飽，方可言人之利也。」

「噢哈哈哈哈！」越王大笑，「得罪得罪噢。來人，酒宴為張子洗塵。」

片刻之間，幾名女侍魚貫而入，擺上兩張長大的竹案並兩張竹席。越王被兩名女侍扶著從榻上下來，再入座竹案前。一起一坐，方見他兩腿奇短，身子卻很是長大，站起來矮小精瘦，坐下去卻頗為偉岸。緋雲拚命憋住笑意，轉過身響亮地咳嗽了兩聲。張儀渾然無覺，只是打量了一眼地上的竹席，覺得編織得極為精美，坐上去清涼滑爽愜意之極，心思有如此精美之物，卻偏偏要學中原鋪什麼髒兮兮的紅地氈，當真是東施效顰糟踐自己。暗自思忖間，酒菜已經擺好，卻是一酒兩菜：酒是越國的大罈米酒，盛在白玉杯中一汪殷紅，煞是誘人；一只大銅盤中盛著一條洗剝得白亮亮的大生魚，生魚旁是一口五六寸長的小吳鉤；另一只銅盤中是一盞濃醬、一撮江南小蔥、一盞紅醋、一小盤近似小蝦的銀色小魚，還有一雙竹筷。本色竹案本就淡雅，加上紅白綠相間，分外入眼。

張儀不禁暗自讚歎：「越人烹飪，倒算是自有章法。」緋雲坐在旁邊一張小竹案前，一臉茫然，不知這等生物卻如何吃法。

越王端起白玉杯向張儀一伸：「來，本王為張子洗塵了。乾噢！」呱呱飲乾搖搖玉杯，「張子，我越酒比中原酒如何噢？」

張儀方得飲乾，正在品咂滋味兒，覺得不辣不烈卻是力道醇厚，毫不寡淡，入喉下肚便有一陣熱氣在體內倏忽彌漫開來，卻又與那清洌柔曼的楚國蘭陵酒大相徑庭，著實別有神韻。不禁拍案讚歎道：「好個越酒！強過楚酒多矣！」

「噢哈哈哈哈！」越王兇無疆一陣得意的大笑，「張子尚算識得貨色，對路！」又伸手在竹案上一圈，「可知我越食吃法噢？」

張儀微微一笑，從容地從大銅盤中拿起小吳鉤，在肥厚的生魚尾部切下薄薄一片，拿起來向燈光一照，魚片兒亮得透明。越王大笑著點頭。張儀便將生魚片兒在濃醬中一蘸，就一撮小蔥入口，又悠然地呷了一口殷紅的越酒；再拿起竹筷夾一個銀白似蝦的小魚，在醋中一蘸，又是悠然一口殷紅的越酒下肚，笑道：「此乃震澤銀魚，生蘸苦酒，大是美食。」

緋雲看得童心大起，也跟著張儀一魚一酒地品咂：「吔，酸得有趣。」

「張子師徒對越國很熟噢，何以教我啊？」越王姒無疆又是一陣大笑。

「敢問越王：十五萬兵馬攻齊，能得幾何利市？」張儀不急不慌地反問一句。

越王目光陡然一閃：「齊國乃我大越世仇，伐齊一則可重振越國聲威，二則可得齊南五百里土地。此乃越國大業所在，豈在利市二字噢？」

張儀大笑搖頭，一副大是不屑的模樣。越王被他笑得一臉困惑：「你，笑從何來噢？」

「敢問越王：楚人刻舟求劍，可曾聽說過麼？」

「刻舟求劍？張子倒是說說噢。來人，酒！」這越王酷好傳說，一聽有故事大感興趣。

「有個楚國商人，在越國買了一口名劍。」張儀說得煞有介事。越王聽說故事中還有越國，更是大長精神：「噢，這劍是在越國買的？」「正是。」張儀接道，「坐船過江時，商人抽出劍來反覆觀賞。不防船一搖晃，名劍脫手掉入江中。船上客人都替商人惋惜。商人卻不慌不忙地又拿出一把短劍，在船邊刻了一道印痕。船至江邊，客人上岸，商人卻脫光了衣服要跳水。船家大驚，拉住商人詢問。商人說，我的名劍從這裡掉進了江水，我自從這裡下去撈回。船家問何時落水？商人答曰：一個時辰之前。船家大笑，連呼蠢商蠢商。敢問越王，這商人蠢在何處？船家何以笑他？」

「這有何難？」越王大咧咧笑道，「商人不會游水噢，要是本王，早撈上來了！」

「越王做如此想？」張儀頗見揶揄，又有些驚訝。

「那是噢——」越王傲慢地拉長了聲調。

話音落點，帳中一片竊竊笑聲。剛剛聞訊趕來的幾位大臣連忙大袖遮面，一片吭哧咳嗽，侍女們也背過身去嘻嘻笑了。緋雲笑得最響亮，想說話，卻軟在了小竹案上。越王自覺不大對勁兒，大喝一聲道：「笑個鳥！聽張子說話！」帳中頓時安靜下來。

張儀見這個越王憨直粗樸，心思須得直截了當，莊容拱手道：「越王，這楚商求劍，與會不會游水卻是無關。船固無變，流水已逝。一個時辰過去，劍已經在數里之外，縱然精於游水，也永遠找不到那口劍了。以船體刻痕，求流水之勢，此乃楚國商人之蠢也。船家所笑，原是在此。」

「噢哈哈哈哈哈！」越王恍然大笑，「原來如此。蠢！蠢！楚人蠢！」猛然又回過神來，笑聲卻戛然而止，「這刻舟求劍，與我大越霸業，有何相干噢？」

「事雖不同，理卻一轍。」張儀侃侃道，「越國僻處東海一隅，越王尚沉浸在先祖霸業的大夢裡。殊不知，三十年來中原已經是天地大翻覆。春秋一強獨霸之路，早已如流水逝去了。中原戰國，目下是秦魏齊三強鼎立，誰也不是霸主。越王圖謀北上爭霸，正如同那楚國商人在船行數十里之後，卻要下水尋劍。數十年來，天下征戰已經不再是爭霸大戰，而是利市之戰，每戰必得奪取大量土地、人口與財貨，方算得實實在在的實力擴張。越王圖謀，只求戰勝稱霸，而不求奪取土地利市，早已是陳腐過時之老戰法了。」

「噢——」越王傲慢地拉著長調，「我就奪齊國土地人口，不也利市麼？」

「此處，正是事理交關也。」張儀從容笑道，「若不圖爭霸而圖謀利市，齊國便索然無味了。」

「噢？此話怎講？」

「齊國乃中原三強，軍力正在全盛之期。張儀觀越軍氣象，伐齊猶如以卵擊石耳。此其一。其二，齊國南長城以內的百里地面，盡皆海濱鹽鹼荒灘，葦草蒼茫，杳無人煙。縱然戰勝，不獨沒有利市可言，荒地反成越國累贅，這便是索然無味。越王以為然否？」

越王的傲慢大笑沒有了，低頭思忖良久，突然抬頭道：「大越白白折騰了？」

「非也。」張儀搖搖頭，「箭在弦上，豈能不發？」

「還是噢——」越王又大笑起來。

「然則，這支箭須得射中一隻肥鹿，才算本領。」

「肥鹿？肥鹿在哪裡噢——」

「楚國。一隻肥大麋鹿。」

「噢哈哈哈！張子是說打楚國？」倏忽間，傲慢的大笑卻洩了底氣，低聲咕噥著，「楚國楚國，打得過麼？」

張儀不禁莞爾：「越王敢打齊國，卻疑懼一個楚國，匪夷所思也。」

「莫非，楚國比齊國還好打？」越王顯然對楚國心有顧忌。

百年以來，楚越吳三國雖然都是中原諸侯眼中的「南蠻」，但相互間卻是勢同水火。吳越兩國是真正的濱海邦國，比楚國更為偏遠閉塞。楚國占據長江中游與淮河流域，堪稱「半中原半江南」大國。楚國的中心區域始終在長江中游與淮北地帶，所以有「荊楚」之名。三國間多有衝突征戰，吳國、越國都分別強盛過一段，也都有過打敗楚國的一兩次勝利。但從大處說，楚國始終是南三國中最強大的國家。吳越兩國即或在最強盛的時期，也從來沒有正面突破楚國而長驅中原的。吳越兩國的稱霸，始終都是走偏鋒——從東北一角攻擊齊國得手。楚國就像一座大山，橫亙在正面，吳越兩國始終都無法逾越這座大山而直達中原大地。這樣的歷史，就沉澱成了這樣的心態——懼楚不懼齊。越國吞滅吳國的初期，曾經是實力大長，但對楚國卻從來是井水不犯河水。

張儀自然已經將其中的奧祕揣摩清楚，收斂笑容道：「越王有所不知，近三十餘年來，楚國每下愈況，已經和當年的吳國沒有兩樣。雖則楚國地廣人眾，卻是數十家貴族割據封地，一盤散沙。就實力而言，楚國幾乎沒有騎兵，只有古老的戰車與步兵，可謂師老兵疲；更兼沒有名將統兵，戰力可想而知。越王掀十五萬精兵，又是王駕親征，必然一鼓戰勝楚國！」

越王姒無疆精神大振，「啪」地一拍竹案道：「能敗楚國，利市大了去噢！」

張儀微笑接道：「楚越接壤兩千餘里，交界處無一不是魚肥水美。此等豐饒土地，得之尺寸，也強於齊南百里荒野。若能占據整個雲夢澤水鄉，越國便是天下第一強國！」

「噢哈哈哈哈哈！」越王一陣縱聲大笑，「好！我便攻楚，白魚大大有得吃了噢！」笑著笑著，戛然而止，猛然盯住了張儀陰聲問，「張子，老實說噢，為何要我棄齊攻楚？」

張儀悠然笑道：「越王神明，外臣自是有所圖而來。」

「噢？求官還是牟利噢？」

「張儀有一癖好，酷愛名劍。此來為求越王一口名劍也。」

「噢？一口名劍？」越王目光閃爍，打著哈哈道，「本王之意，張子做我越國上大夫，如同范蠡一般謀劃軍國大事。本王封你一百里土地如何？那名劍頂得白魚美酒麼？」

張儀強忍笑意，一本正經道：「張儀布衣閒散，四海漂泊，不善居官理事，豈敢與范蠡相比？能得越王劍一口，張儀生平足矣！」

「噢哈哈哈哈，好說好說！」越王打著哈哈躊躇踱步，「張子求劍，有個名目麼？」

「張儀斗膽，敢求蚩尤天月劍。」

「噢？」越王大為驚詫，「你如何曉得這蚩尤天月劍？」

「生平揣摩名劍，張儀知道，唯有越王藏有蚩尤劍。」

越王姒無疆急得面紅耳赤：「不不不！聽噢：這蚩尤天月劍，連本王也是只聽過沒見過，據先人留言，蚩尤劍數百年前已經流入中原。噢，對了！你若能找到蚩尤劍，你來做越王，本王給你做上大夫噢！」一急迫之情，顯見是個大大的劍癡。

「噢——」張儀不自覺學著越王腔調，沮喪地長歎一聲，「還是你做越王，我卻只要名劍便了。張儀是個劍癡，慚愧慚愧。」

「噢哈哈哈哈，同道同道。」越王大笑著，「張子獻大計與我，豈能沒有回報？來人，取龍泉劍出來！」

「龍泉劍？張儀如何聞所未聞？」

越王又是一陣得意的大笑：「越劍之祕，豈是中原人所能盡知噢？大越西南有甌水，知道麼？甌水有山溪一道，從高山密林湧出，匹練洶湧，大有氣象，鑄劍師名為龍泉溪。這龍泉之水噢，鑄劍一絕！當年的吳鉤，就是越國鑄劍師在龍泉溪建爐鑄造。龍泉劍，吳鉤之神品噢！張子見識見識了。」

張儀心下暗暗歎息，說到鑄劍，這個姒無疆倒是比軍國大事有見識多了。此等劍癡玩物有餘，可上天卻偏偏教他治國理民擔一國興亡之重任，真乃上蒼作孽也。正在歎息感慨間，一個鬚髮花白的內侍捧來了一個陳舊暗淡的長條紅木匣，恭敬地放置在越王案頭。姒無疆恭敬起身，向木匣深深一拜，然後抖起絲衣大袖，小心翼翼地打開木匣，鄭重其事地招招手道：「張子請來看噢。」張儀走過去一看，見木匣中又有一個長方形的青銅匣子，銅鏽斑駁，頗有古董氣韻。姒無疆伸手摁了一下青銅匣中央邊緣部位的一個凸起銅扣，只聽「噹」的一聲，銅匣彈開，一柄彎月形的劍器卡在金紅的絲綢之中，紫紅色的皮鞘，如清秀的處子躺臥在朝霞中一般，幽靜而羞澀。

「張子，請來品評這龍泉吳鉤噢。對了對了，先要拜劍噢。」

張儀本是照葫蘆畫瓢，學姒無疆的樣子裝作一個真正的劍癡，卻因了煞有介事，竟得到姒無疆的讚賞。待上前雙手捧起這口彎劍，立即感到一股沉甸甸冰涼涼的寒氣滲進了骨髓。略微一掂，便聞一陣隱隱約約的金鐵振音。張儀雖然並非劍癡，卻也與蘇秦的劍盲大是不同，是名士中罕見的劍器愛好者，否則不會充作劍癡來了結姒無疆最後的疑慮。一搭手，張儀便知這「龍泉吳鉤」絕非凡品。仔細審量，見這劍鞘是罕見的鯊魚皮製作，光澤幽幽，貼手滑爽，與木銅合製的劍鞘相比，別有一番神韻；連同劍鞘、劍格看外形，這劍長不過二尺五寸，形似半月，英挺秀美，端的是一口長短適中的實用格鬥利器。

春秋以來，鑄劍術長足進步，劍器形制也日益紛繁，從五六寸的特短劍（世人稱為「匕首」），到劍身三尺（連劍格當在三尺五六寸左右）的長劍，從窄如柳葉的細劍，到騎士用的闊身短劍，從柔若錦帶的軟劍，到厚重威猛的鐵劍，數不勝數品形各異。但以實際用途而言，長劍在戰國初中期尚不普及，僅僅是國君、豪士、貴族將領的佩劍，極少用於隨身攜帶。最為實用的，還是這種劍身二尺許的「中劍」。所以張儀一掂分量，便覺這口劍十分稱手。再看劍格，與劍身連鑄，工藝十分考究。出手一握，掌寬很是舒適。護手的銅擋並不厚，卻是特別的堅挺明亮，毫無鏽蝕。劍格工藝歷來是鑄劍師的門面，一口劍是否名器，一看劍格便知十之八九。

戰國之世，豪華講究的風習已經滲透鑄劍領域，劍格已經不再成形連鑄，而是只鑄「鐵根」，而後再在「鐵根」上另行裝飾劍格，於是出現了「木格」、「銅格」、「玉格」等各種劍格不同的劍器，甚或有豪闊者在劍格鑲嵌珠寶的所謂「寶劍」。劍格連鑄，事實上已經成為春秋時期一種老式鑄劍工藝了。它要一次成形，難度當然比後來的只鑄劍身與「鐵根」的鑄劍術要大得多。這也是名震天下的鑄劍師只出在春秋時期的原因。這口劍是連鑄劍格，自然是春秋越國的鑄劍師作品，也自然是一口兼具古器神韻的名劍。

張儀興奮，熟練地拔劍出鞘。但聞一陣清亮悠長的振音鏘鏘然連綿不斷，劍身出鞘，一道幽幽藍光在劍鋒之上磷火般悠悠滑動，在半月形的劍身形成了一彎美妙的弧光。

「當真好劍！」張儀不禁脫口讚歎，「可以試手麼？」

越王姒無疆見張儀神往的樣子，大是得意，噢哈哈哈一陣大笑道：「來人！牽一頭活豬進帳。」

張儀連忙道：「越王不妥，名劍試於豬，大是不敬。不試也罷，好劍無疑了！」

越王又是大笑：「張子孤陋寡聞噢：牛羊豬三牲祭物，唯天地配享之，試劍正是得其所哉！這是越國鑄劍師的風習，曉得噢？」姒無疆好容易博識了一次，得意非常。

「越王神明，張儀受教。」鑄劍歷來是最為神祕的行當，張儀也真是第一次聽說這個講究，實實在在謙遜了一回。

一頭肥大的生豬被圈趕進來，聲聲尖叫分外刺耳。越王鄭重其事地向肥大生豬深深一躬，回頭高聲喊道：「張子試劍噢！」張儀從來沒有用劍器殺過豬，總覺得這種試法有些荒誕不經，加之不熟悉吳鉤的使用技法，有些遲疑發怔。此時肥豬在大帳左衝右突，將竹案王榻紛紛拱倒，侍女們驚叫著跳竄躲避，亂紛紛笑鬧一片。

張儀覺得不能猶豫，雙手捧劍喊道：「敢請越王賜教。」

越王姒無疆噢哈哈哈哈一陣大笑：「張子畢竟書生，你來看噢！」接過龍泉吳鉤，向張儀喊著，「吳鉤之法：斜劈為上。看好了！」恰逢那頭肥大生豬正尖叫著奔突竄來，姒無疆手中吳鉤在空中一劃，青藍色的光芒閃出一勾彎月似的弧線，但聞「噗」的輕微一聲，豬頭已經齊刷刷滾落在地，兀自在地氈上尖叫蹦彈。

眼見粗大的豬脖子變成了白生生一道切口，竟沒有噴血，張儀不禁大是驚愕。不想正在此時，切口血柱卻四散噴射如挾風疾雨。隨著侍女們的一片驚叫，大帳中所有人的衣裳都變成了血點紅。最神奇的一股豬血，竟將越王姒無疆的王榻噴成了一汪血紅。

「噢哈哈哈哈！」姒無疆一陣大笑，「張子請看，劍鋒有血麼？」

張儀接過龍泉吳鉤，見那劍身劍鋒依然是藍汪汪一泓秋水，彷彿只是從風中掠過一般，不禁大是驚歎：「龍泉吳鉤，真神器也！」

「好！」越王豪氣大發，「你我兩清了。待我滅得楚國，再送張子一個大大的利市——越國上大夫！如何噢？」

張儀大笑道：「那時啊，越國天下第一強，越王真要發市也。」

三、策士與君王的交換

輕舟揚帆，三五日之間，張儀從琅邪南下入泗水、江水，進入了雲夢澤。

在遙遠的洪水時期，長江中游彌漫出了一片遼闊汪洋的水域，東起江漢平原，西至漳水下游，北接涓水下游，南抵湘水、資水、汨羅水，縱橫千里，占了當時楚國的三分之一。從長江西上，一入江漢交會處，煙波浩渺雲遮霧障莽蒼蒼水天一色，水勢汪洋充盈，島嶼星羅棋布，氣象宏大極了，揚帆其中，直如煙雲大夢，當世呼之為雲夢澤。

張儀雇用的小帆船，是越國有名的出海輕舟。船家水手對雲夢澤的水路極是熟悉，根本不用張儀操心。郢都在雲夢澤西岸，從東向西横渡雲夢澤，要整整漂流四五個晝夜。所幸雲淡風輕，倒是一帆風順。張儀雖不是水鄉弟子，更沒有在茫茫水上連續漂泊的經歷，但由於經常出山遊學，遇水乘舟也是常事，總算還能支撐。只是緋雲大大的辛苦，在泗水平靜的水面時，尚能在船頭走動。一入長江，大覺發暈，只得躺在艙中昏睡，進入雲夢澤，波濤洶湧舟行如浪，小船免不得多有顛簸，緋雲覺得天旋地轉，不停地嘔吐起來，一日之間吐無可吐，只有乾嘔了。

張儀著急，請教船家。船家說，初涉大水都是一樣，慢慢會好的，一定要吃水物，只要吃得下，日後沒事。張儀親自洗乾淨了一盤雲夢小白魚，連同一小碗紅醋端到艙中。緋雲兀自昏睡，面色蒼白。張儀笑著輕輕拍了拍緋雲的臉蛋兒：「咳，小哥兒，醒醒。」緋雲睜開眼睛，見張儀俯身咫尺之間，滿面通紅霍然坐了起來：「我，我又睡著了麼？」張儀不禁笑了：「我又睡著了麼？都睡兩天了。快來，雲夢白魚。船家說了，多吃白魚，水神護佑。」緋雲大是困窘道：「張兄，我，我倒成了你的累贅了……」說著竟是要哭的模樣。張儀哈哈大笑道：「跟主母讀了兩天書，成小木頭了？來，吃了雲夢白魚，明日就好。到了郢都，吳鉤殺豬給你吃。」一說吳鉤殺豬，緋雲也忍不住「噗」地笑了出來：「好，我吃。不能習水，緋雲如何跟張兄漂泊四海？」說著精神大振，拿過盤子用手抓起白魚吃了起來。張儀驚訝笑道：「哎哎哎，苦酒！蘸苦酒！白吃有腥味兒。」「不怕。」緋雲邊吃邊說，「就要這樣吃，將這水腥魚腥全吃熟了，誰怕誰吔？」片刻之間將一盤雲夢生白魚淡吃了下去。張儀高興得拊掌大笑：「好！世有小子，其犟若牛，夠氣魄！」緋雲卻驚愕地笑了：「不對吔！白魚有這麼香？」張儀驚訝：「你覺得淡吃香了？」緋雲困惑地點點頭：「對，怎麼回事吔？」張儀恍然大笑：「站起來，走走，還暈不暈？」緋雲小心翼翼地站了起來，走得幾步，沒有絲毫的搖晃：「不，不暈了？吔——不暈了！」幾步跑過來猛然抱住了張儀，兩人一起大笑起來。

漂得幾日，船到雲夢澤西岸。張儀付了佣金，船家去兜回路客了。張儀主僕安步當車，向郢都城而來。不消兩個時辰，已經進了郢都西門。張儀不去接待官員國使的驛館，卻找了一家上等客棧住了下來。他要先摸摸楚國情勢，再相機行事。

就張儀的使命而言，將越國這場「伐齊」麻煩引開，他便算南下圓滿成功了。北返齊國，張儀便是可一展宏圖的齊國丞相了。可張儀想得深遠，深知齊國權臣世族之間傾軋甚烈，要在齊國站穩腳跟，甚至在齊威王身後也安如磐石，就必須將根基扎得更深一些。張儀的祕密盤算是：藉機進入楚國，將逃隱的上將軍田忌與軍師孫臏找出來，說動他們重返齊國，與他形成「張田孫鐵三足」，穩固長久地鼎立齊國。根據他的觀察揣摩，齊威王對田忌、孫臏的出走已經大為後悔，丞相騶忌的權勢已經大為暗淡。只要他與田忌、孫臏同時回到齊國，騶忌一定會被貶黜，齊國的大振興一定會在他們三人手裡完成。三人之中，張儀肯定是丞相，田忌、孫臏兩人實際上合成了一個天下無敵的上將軍。更重要的是，這兩個人都屬於專精軍事而疏淡權力的那種貴胄名士，既不會擁兵自重威脅權力中樞，又能為開創大業建立汗馬功勞，確實是天下難覓的大業伴當。騶忌與這兩個人傾軋爭鬥，實在是缺乏大器局，小聰明過了頭。兩人一走，騶忌捉襟見肘，丞相地位搖搖欲墜，何其愚蠢也。

這一番謀劃要想實現，必須借助楚國。春秋戰國數百年，已經形成了一個才士流動傳統：大凡在位名臣出走他國，只要他國接受，本國不得干預；但出走名臣在他國無論隱居還是做官，要想重新返回祖國，都必須他國贊同放行；否則，出走者被殺被害，他國沒有任何顧忌。中原名臣每每在遭受陷害時，多是逃隱楚國。當年的吳起，連同目下的田忌、孫臏，以及後來的趙國上將軍廉頗等，都曾經逃隱楚國。其中原因，一則是楚國縱橫遼闊山重水複，利於隱居藏匿，常有隱居多年而楚國朝堂尚不知情的名臣才士；二是楚國長期疲軟，用人見識褊狹封閉，吳起之禍後，楚國對中原的人才名臣一向淡漠，逃隱名臣大都不受糾纏。儘管如此，像田忌這樣的當世名將，要離開楚國，還是以穩妥為上，求得楚王的放行方算上策。難處是，張儀還不知道田忌孫臏隱居何處，楚王會不會放行便無從談起了。一路思忖，張儀已經拿定主意，先見楚王，再訪田忌。

這時的楚國已經改朝換代，執政三十年的楚宣王羋良夫死了。年輕的太子羋商即位已經三五年了。中原各國對楚宣王頗為熟悉，也深諳如何與其打交道，但這個新楚王稟性究竟如何？張儀還拿不準。策士遊說，最根柢的工夫，就是對遊說對象的基本了解，此謂「非其人，不與語」的準則，盲人瞎馬是策士最忌諱的。但如何對國君的志向作派進行判定，策士之間便大有不同了。

次日，張儀帶著緋雲，在郢都城外的村野田疇轉了整整一天，日落西山才回到客棧。第二日，又在城內閒逛，走商市，進酒肆，看作坊，僻靜街巷遇見老嫗老翁討碗水喝著，天上地下地閒扯一通。

天黑時分，張儀見滿城燈火，街市依舊熱鬧，饒有興致地拉著緋雲進了一家酒肆，飲了一罈蘭陵酒，與鄰座幾個楚國文吏熱熱鬧鬧地說了一個多時辰，回到客棧，已經是午夜子時了。緋雲侍奉張儀沐浴完畢，卻站在房中不走。張儀笑問：「還不困乏麼？休憩去，明日還有許多事。」

「整日閒逛，不務正經。」緋雲突然紅著臉，氣沖沖冒出了一句。

張儀恍然大笑：「你個小子，吃飯不多，管事不少。那叫閒逛？」

「吔，不是閒逛？走東串西，閒話飲酒，還能叫甚？」緋雲兀自嘟囔著。

張儀正在心情舒暢，呵呵笑道：「你個小子坐好了，聽先生一課。那叫『入國四問』，明白麼？是說，到了一個陌生國度，要知道國君品性，就問四種人：一農、二工、三商、四老。這是我師祕傳，明白？」

「你問國君品性了麼？淨東拉西扯說閒話。」緋雲依舊低著頭嘟囔。

「你個小木頭。」張儀又氣又笑，打了一下緋雲的頭，「那叫『勘民生，度民心，大問於天』。逢人打問宮廷祕聞，那是三流痞士。明白？」

「那如何不早說？」緋雲嘟囔一句，「噗」地笑了。

「誰能想到，老娘派了個小家老也。」張儀哈哈大笑著拍了拍緋雲的頭。

「主母叮囑：『不守正，戒之。』緋雲不敢造次吔。」

「好了好了，收拾歇息，明日可要務正了。」

緋雲高興地去了。張儀卻在燈下踱步良久。雖說自己對這位年輕楚王的大作為已經有所了解，但他在「人」上究竟胸懷如何？還很難揣摩。畢竟，這個新楚王即位幾年，真實面目還是雲遮霧障，沒有什麼大舉動令人足以判定其志向品性。楚國歷來是個頗難捉摸的國家，國王似乎歷來有神祕作派的遺風，即位初期總有一段模糊時期，使人很難對他的趨向做明確評判。最甚者，大概就是楚莊王的

「三年不鳴，一鳴驚人」。其後，用吳起變法的楚悼王，頭兩年也是不知所云。後來大殺貴族為吳起復仇的楚肅王，開始很長時間也是隱匿極深，殺了貴族，卻又莫名其妙地復辟了舊制。再後來的楚宣王，篤信星象莫衷一是。現下這新楚王，已經是五年無大舉，模糊得就像雲夢澤的茫茫水霧。

楚威王接到了快馬急報，越國十五萬大軍從琅邪南下，向楚國東北壓來！

楚國上層對吳越兩國已經淡漠了很長時間，數十年間，幾乎沒有任何邦交來往。從根本上說，也是楚國與吳越兩國恩怨糾葛太多，最終導致了楚國與越國的疏離斷交。春秋時期，吳國地處震澤荒島，越國更是「文身斷髮，被草萊而居」的弱小愚昧部族的時候，楚國就是聲威赫赫的大國了。那時候，吳越兩國都以楚國馬首是瞻，兩國間的摩擦也依賴楚國調停。這一時期，楚國吞併了大小數十個小諸侯邦國，可是沒有吞併很弱小的吳越兩國。從根本上說，一則是兩國都是水域蠻荒部族——吳國以震澤（今日太湖）島嶼為中心區域，越國以東海之濱為中心區域——楚國要消滅這些流動在水域山林的部族，確實力有不逮；即便千難萬險地滅了兩國，也是無力治理，反倒成為累贅。對於志在中原的楚國來說，向北面淮水流域的良田沃野推進，自然要比與吳越糾纏有利得多。其二，吳越兩國素來臣服楚國，定期納貢，滅不滅一個樣，又何須大動干戈？那時候，諸侯分封制是天經地義的王國樣式，就是做了天子，也是求得個「諸侯臣服，四夷來貢」，吳越已經是臣服之邦了，再要吞滅，就是有違天道的乖戾了。

楚國與吳越兩國的連環恩怨，是從兩百年前的楚平王時期開始的。

其時，楚平王昏暗失政，竟奪自己親生長子（太子）建的新婚之妻。太子傅伍奢據禮力諫，被處滅族酷刑。伍奢在外領兵的兩個兒子伍尚、伍員逃奔到了吳國。按照吳國對楚國的臣服關係，伍尚、伍員自然不能在吳國藏匿，須得將「叛臣」獻給楚國。可這一回，事情卻偏偏出了差錯。吳王僚看準了機會，非但不交出伍員，還委伍員以祕密練兵的重任。後來，好歹交出了伍尚，對伍員則謊稱逃竄無著。從這時候開始，楚國的大災難便接踵而至了。三年後，吳國將軍伍子胥，也就是那個懷著血海深仇的伍員，率領三千死囚練成的敢死孤旅做先鋒，吳王僚親率五萬大軍隨後，大敗楚軍，攻入淮水以北的楚國腹地，俘虜了楚平王的王后。楚平王惱羞成怒，封大將囊瓦為令尹，修築郢城，與越國聯手建立舟師（水軍），南下攻吳。不想伍子胥率領的吳軍卻抄了楚軍後路，一舉占領了楚國的腹地重鎮鍾離、居巢（註：鍾離，今安徽鳳陽東北地區；居巢，今安徽壽縣東南），楚國又一次戰敗。這次大敗，楚平王聲名狼狽，在只做了十三年國王的盛年之期活活給氣死了。

楚昭王剛剛繼位，吳軍又立即殺到。這次卻是楚軍將士合力，圍困了吳軍。期間恰遇吳軍發生了內亂，公子光遣劍士專諸於宴席間刺殺吳王僚，自立為吳王。楚軍將領聞吳國內亂，即行退兵，錯過了一舉滅吳的大好機會。這公子光，就是赫赫大名的吳王闔閭。他以伍子胥為大將，雄心勃勃地修築了闔閭城（註：闔閭城，後稱姑蘇，今蘇州城），使吳國有了中心根基地，準備全力對楚。兩三年間，伍子胥率軍不斷襲擊楚國，楚國卻抓不住吳軍蹤跡，疲於奔命，沒有一次戰勝之功。這時候，楚國感到了吳國真正的威脅。防禦這個昔日的臣服小國，一時變成了楚國最要緊的存亡大計。

但是，真正的大災難卻還剛剛開始。一年之後，兵家名士孫武到了吳國，吳王闔閭立即拜孫武為上將軍，對楚國發動了長距離的奔襲戰，三次攻入楚國淮北腹地。期間吳國又大敗越國，顯然成了江東江南霸主。吳王闔閭九年（西元前五〇六年），吳國北聯中原晉國，對楚國南北夾擊。晉國聯結魯、宋、衛、陳、蔡等十餘諸侯，從北面壓制楚國。吳國則由孫武、伍子胥親率大軍越過大別山長途奔襲楚國腹地，在柏舉（註：柏舉，今湖北麻城東部）大敗楚國令尹囊瓦的大軍，並一舉占領郢都。囊瓦逃亡鄭國，楚昭王逃匿雲夢澤，遭遇匪盜襲擊，又逃亡隨地。

這是楚國數百年來最深重的一次亡國危機。幸虧了那個申包胥，在秦國宮門外哭了七天七夜，秦哀公才發兵救楚。

楚國雖然沒有滅亡，卻從此在中原丟盡臉面，非但北上爭霸無望，而且不得不與吳越兩國長期周旋。從這時開始，楚國扶植越國與吳國對抗。越國野心由此而引發出來，以楚國為後盾訓練軍旅，襲擾吳國。期間雖然也幾次打敗吳國，但卻總是無法遏制吳國對楚國的攻勢。吳王闔閭十一年，吳軍大敗楚國水軍，又大敗楚國的戰車陸師於繁陽（註：繁陽，今河南新蔡北部）。楚昭王恐懼之極，將都城東遷了數百里，在郡城（註：郡城，今湖北宜城東南）暫時避難。至此，吳國成了真正的南部霸主。後來，便是那盡人皆知的故事——吳王夫差滅了越國，越王勾踐臥薪嘗膽，恢復越國後又滅了吳國。

至此，楚國背後最大的威脅消失了。可是，被楚國扶植起來的越國，絲毫不念楚國之情，雖然沒有大舉進犯，卻也與楚國齟齬不斷。這時天下已經進入戰國，楚國在吳越爭鬥中歷經吳起變法，元氣已經大大恢復，重新將注意力轉向了中原。越國則對吳起變法時的楚軍頗為忌憚，也龜縮回震澤島嶼與東海之濱，遠避楚國鋒芒。

從此，楚越兩國大大冷淡，幾乎沒有邦交往來了。

今年春日，楚威王得報：越王姒無疆遷都琅邪，要北上攻齊。楚威王哈哈大笑道：「越蠻不知天高地厚，死期到了也！」這才幾個月，如何便要掉頭南下來找楚國尋釁生事？正在疑惑間，又接斥候密報：中原策士張儀說動越國放棄攻齊，南下攻楚！

楚威王大是惱火，對這個張儀恨得咬牙切齒。原來，楚威王大有雄心，幾年來正在祕密物色人才，準備第二次變法，剛剛有了頭緒，越國卻又大兵壓境，一旦陷入戰事糾纏，誰知道要耽擱多長時日？楚威王如何不感到氣惱？

這天風和日麗，楚威王正在王宮湖畔練習吳鉤劈刺。說是練劍，卻有一搭沒一搭地想著心事。越國既然來犯，不想打也得奉陪，可目下楚國連個像樣的將軍都沒有，誰來操持這件軍國大事？楚威王第一次感到了窩囊：一個幾次做過天下霸主的堂堂楚國，竟被一個昔日附庸欺侮，當真是豈有此理！然則天下就是這樣，你不強大，就要受氣，就要受辱，就要挨打。看來，楚國不振作不訓練新軍是不行了。可是，遠水不解近渴，關鍵是眼前這場兵災如何消弭。想著想著，楚威王手中的吳鉤偏了方向，一劍沒有劈到木樁，卻劈到湖畔石案上，「噹」的一聲大響，火星飛濺，震得楚威王一個趔趄，手中吳鉤飛出老遠，「噗」地插進了粼粼波光的湖水中。楚威王怔怔地望著湖面，甩著生疼的胳膊，沮喪到了極點。

正在此時，內侍急急走來：「稟報我王，中原張儀求見。」

「誰？張儀？他在何處？」楚威王牙齒磨得咯咯響，卻沒有轉身。

「在宮門外候見。」

「教他進來。」

「遵命。」內侍一溜碎步跑了出去。

片刻之間，布衣大袖的張儀飄飄而來。楚威王遠遠打量，見這個黑衣士子與自己年齡相差無幾，不由冷笑幾聲，紋絲不動地站著。張儀自然將這位年輕國王的臉色看得分外清楚，一副渾然不覺的樣子深深一躬：「中原張儀，參見楚王。」

「張儀，爾在列國翻雲覆雨，不覺有損陰騭麼？」劈頭冷冷一句斥責。

張儀不禁恍然笑道：「原來楚王為此不悅，幸甚如之。張儀周遊天下，彰天道而顯人事，使該亡者早亡，當興者早興，正當延年益壽，何能有損陰騭？」

「無須狡辯。」楚威王冷冷一笑，「引兵禍入楚，還敢張揚郢都，不怕絞首麼？」

「張儀給楚國帶來千里魚米水鄉，何由絞首？」張儀平靜地微笑著。

楚威王何其機敏，微微一怔：「你是說，越國是送上門的魚腩？」

「正是。難道楚王不以為然麼？」

「越為江南大國，善鑄利器，悍勇好鬥，十五萬大軍壓來，豈是孱弱小邦？」

張儀哈哈大笑道：「楚王何其封閉耳。今日越國，豈能與五十年前之越國相比？越國自勾踐之後，人才凋零，內鬥不休，非但無力北上，連昔日豐饒無比的震澤，也成了人煙稀少的荒涼島嶼。三代以來，越國遠遁東海之濱，國力大大萎縮。目下這姒無疆不自量力，卻要攻打楚國，豈非送給楚王大大一個利市？楚國滅越，其利若何？楚王當比張儀清楚。」

楚威王半信半疑：「如你所說，這姒無疆是個失心瘋？」

張儀揶揄笑道：「楚王為君，自然以為君王者皆高貴聰明了。然則在張儀看來，天下君王，十之八九皆是白癡木頭。這姒無疆，除了劍道，連頭豬都不如。」

楚威王想笑，嘴角卻只是抽搐了一下：「既然如此，你為何將越國大軍引開齊國？難道不想在齊國討一份高官重爵麼？」

張儀在草地上踱著步子，侃侃道：「滅國大禮，天有定數。齊國雖強，滅越卻非其長。楚國雖弱，滅越卻是輕車熟路。百年來，楚國與吳越糾纏不休，對吳越戰法也大是熟悉，水戰陸戰，楚國皆是吳越鼻祖。天道有常，越國向楚國尋釁，豈非楚國的雪恥振興之日？」

楚威王思忖有頃，拱手歉意笑道：「多有得罪，先生請坐。來人，蘭陵酒！」

片刻酒來，楚威王頻頻與張儀舉爵，飲得一時，楚威王停爵笑問：「先生給楚國魚腩，難道無所求麼？」

「雖無所求，卻想與楚王做一交換。張儀一老友隱居楚國，要請楚王高抬貴手也。」

「噢？先生老友隱居楚國？何人？」

「齊國田忌。」

「如何？」楚威王驚訝間不覺站了起來，「田忌隱居楚國？在何處？」

「請楚王高抬貴手，易人。」張儀沒有正面回答，只是悠然地拱手一笑。

楚威王繞著石案急促地轉著，突然止步：「莫急。放走田忌可以，然也須得有個交換。」

張儀大笑一陣：「楚王但講。」

「田忌為將，率楚軍滅越。」

張儀頓時愣怔，心中飛快盤算，躊躇笑道：「此事尚須與將軍商議，不敢貿然作答。」

「芈商與先生同見將軍商議，如何？」楚威王顯然很急迫。

「這卻不必。」張儀笑道，「我能說動將軍，自來稟報楚王。楚王突兀出面，有差強人意之嫌，這樁交易便不能做了。」

楚威王思忖一番道：「也是。只是先生萬莫遲延。來人，給先生備輕舟一隻、快馬三匹、駟馬軺車一輛，隨時聽候先生調遣。」一老內侍答應一聲，匆匆去了。

張儀笑道：「多謝楚王，張儀還真不知用哪種好也。」

四、雲夢澤訪出了逃隱名將

雲夢澤水天茫茫，一葉輕舟扯著高高的白帆，悠悠地向深處飄盪。

張儀真是不知道田忌隱居處，只是在大梁酒肆聽過一個遊學士子與人論戰時的一番感慨，說齊國已是強弩之末，「名將逃隱雲夢，權相故步自封，老王踽踽獨行」等等。當時張儀倒是沒有留意盤詰，待入臨淄得齊威王青睞而謀及遠事，才重新想起了那個士子的話。本想在臨淄祕密探詢一番，無奈行程匆匆無暇得顧。這次向楚威王提出放行田忌，本想是一種交換，不教楚國欠他這個「國情」。不想楚威王臨機多變，以其人之道還治其人之身，也與他交換了一番。這一「交換」不打緊，卻將尋覓田忌的事情由從容打探變成了當務之急。尷尬之處在於，張儀既不能說自己不知田忌隱居何處，又不能拒絕楚威王的急切敦促，分明自己給自己出了一道難題。

好在張儀生性灑脫不羈，自認對名士隱居的選擇好惡還算摸得透，決意到雲夢澤尋覓一番，撞撞大運。從越國一路西來時，張儀對沿途水域的島嶼已經大體有數，十來個看去蔥蘢幽靜的小島都在心裡了，尤其是郢都附近的山水島嶼，張儀都以名士眼光做過了一番評判，也大體上心中有數。

因不知田忌確定居處，張儀婉辭了楚王的官船，自家雇了一隻輕舟進入雲夢澤。小舟漂出了郢都水面，船家問去何處，張儀便答：「好山好水，但有人居，靠上去便是。」這小舟是專門載客覽勝的那種快船，船家鬚髮花白精瘦矍鑠，一看就是個久經風浪飽有閱歷的江湖老人。見張儀說得大而無當，老人操著一口柔軟的吳語笑道：「先生是閒遊？是覓友？好山好水勿相同呢。」張儀笑道：「老人家好見識，正是覓友。只知他隱居雲夢，卻不知何方山水？」老人站在船頭四面瞭望，一一遙指：「先生瞧好了，東南西北這幾個小島，我都送過貴客，不知先生先去何方？」張儀凝神觀望了一番，指著北面一座隱隱青山道：「就那裡了。」老人點點頭：「儂好眼力，陽水穿過那片山，長陽谷真是好山好水呢。」說著操舵轉向，長長地一聲喝號，「長陽谷——開也——」隱蔽在艙面下的四名水手「嗨——」的一聲答應，便聞槳擊水聲，小舟悠悠向北漂去。

大約半個時辰，那座青山近在眼前，穿過一片彌漫交錯於水面的紅樹林，輕舟靠在了岸邊一塊碩大的石條碼頭旁。老人將船停靠穩當道：「先生，半山腰的茅屋便有貴人，我曉得，小貨船常來呢。」張儀對老人一拱手：「老人家，相煩等候了。」老人拱手笑道：「先生自去無妨，曉得呢。」張儀與緋雲便踏石上岸，順著踩開的小道上了山。

還在進入紅樹林之前，張儀就已經看見了那座茅草屋頂。按照他的推斷，茅屋建在山腰，這是北方名士的隱居習慣，圖的是氣候乾爽，登高望遠。若是南國名士，這茅屋該當在水邊了。看來，這裡的主人即便不是自己要找的人，也很可能問出些許線索來。及至上岸登山，才知這座遠看平淡無奇的小山竟大有城府。登上一個小山頭，翠綠的山谷豁然展開，一道清澈的山溪從谷中流過，鳥語花香，谷風習習，不覺精神頓時一振。

「吔——蒸籠邊還有口涼水鍋！」緋雲高興得手舞足蹈。

張儀大笑：「粗粗粗！甚個比法？蒸籠涼水鍋，就知道廚下家什。」

「吔——那該比個甚來？」緋雲臉紅了，一副請教先生的樣子。

看緋雲認真受教的神情，張儀煞有介事地想了一陣，竟真想不出什麼更好的比法，對於自己這般爐火純青的舌辯大策士來說，這的確是破天荒第一遭。憋了片刻，張儀不禁哈哈大笑：「民以食為天，我看也就大蒸籠、涼水鍋了。」

緋雲咯咯咯笑得喘不過氣來：「不是說，君子遠庖廚麼？張兄下廚了吔。」

「被你個小子拖下去的。」張儀故意板著臉大步走向溪邊。

緋雲咯咯笑著追了上來：「吔吔吔！慢走，要脫靴子呢。」說著推張儀坐在了一塊青石上，咯咯笑個不停地跪坐在地，利落地為張儀脫下了兩隻大布靴，又脫了自己的兩隻布靴，順手從腰間解下一條布帶子，將兩雙布靴三兩下綁定，褡褳似的搭在肩上，兀自笑意未消：「吔，走了。」張儀卻笑了：「小子，倒像個老江湖。」緋雲邊走邊道：「跋山涉水，打柴放牛，緋雲天下第一吔。」張儀見他左肩包袱右肩褡褳，手上還有一口吳鉤，卻絲毫沒有累贅趔趄之相，猶自走得利落端正，不禁笑道：「看來比我是強一些了。」「那可不敢當吔。」緋雲笑道，「張兄是高山，緋雲只一道小溪，能比麼？」張儀大笑：「高山小溪？兩回事兒，能比麼？」「能吔。」緋雲一梗脖子紅著臉，「有山就有水，山水相連，不對麼？」張儀看見緋雲長髮披肩臉泛紅潮聲音脆亮，不禁莞爾：「緋雲，我如何看你像個女孩兒？」緋雲大窘道：「吔！瞎說，你才是女孩兒。」說完一溜碎步跑了。

兩人一路笑談，不覺到了山腰。腳下坑坑窪窪的草叢小路，已經變成了整潔乾淨的紅土碎石小徑，一道竹籬笆遙遙橫在眼前，幾間茅屋錯落隱沒在綠茵茵的竹林中，後面的一座孤峰蒼翠欲滴，啁啾鳥鳴，更顯得青山杳杳空谷幽幽。面南遙望雲夢澤，卻是水天蒼茫，島嶼綠洲星羅棋布，有鳥瞰塵寰之境界，大是超凡脫俗。

「何方高人？選得此等好去處也！」張儀不禁高聲讚歎。

「誰在門外說話？」隨著一個蒼老的聲音，竹籬笆門「吱呀」拉開了，出來一個鬚髮雪白的老人，手搭涼棚悠悠地四處張望。

「老人家，攪擾了。」張儀拱手高聲道，「敢問將軍在莊否？」

「將軍？」老人搖搖頭，「這裡只有先生，沒有將軍。」

「請恕在下唐突，先生可在莊上？」

「足下何人？到此何事？」一個渾厚冰冷的聲音突然從身後傳來。

緋雲大驚，快步轉身，手中吳鉤已經出鞘。張儀沒有回身卻哈哈大笑道：「先生到了，安邑張儀有禮。」轉過身正待深深一躬，卻突然釘在了當地——面前一個偉岸的大漢，一頂斗笠，一件蓑衣，手中一支大鐵槳，活生生一個生猛的雲夢澤水盜。張儀不禁愣怔，按照他的推想，盛年之期的田忌縱然隱居，也必定是名士清風瀟脫雅致，能與孫臏那樣的名士結成莫逆，能有如此超凡脫俗的隱居莊園，田忌當是一位風華將軍才是。可眼前這位鐵塔般的猛漢，與張儀想像中的田忌大相徑庭。瞬息愣怔，張儀恢復常態，拱手笑道：「足下可是此莊先生之客人？與張儀一樣，同來訪友？」

蓑衣斗笠大漢卻冷冷道：「張儀何人？此間主人並不識得。先生請回。」

張儀心中猛然一動，長笑一躬道：「上將軍何拒人於千里之外？昭昭見客，何懼之有？」

「豈有此理？此間沒有上將軍，先生請勿糾纏。」蓑衣大漢手中的鐵槳一拄，碎石道上「噹」的一聲大響火星飛濺。

「上將軍。」張儀肅然拱手，「故國已成強弩之末，將軍卻安居精舍，與世隔絕，專一地沽名釣譽，不覺汗顏麼？」

蓑衣大漢默然良久，粗重地喘息了一聲：「何須危言聳聽？」

「廣廈千間，獨木難支，圖霸大國，一君難為。又何須張儀故作危言？」

「當年有人說，地廣人眾，明君良相，垂手可成天下大業。」

「已知亡羊，正圖補牢。其人已經後悔了。」

又是良久沉默。終於，蓑衣大漢喟然一歎：「田忌得罪了。先生請。」

「承蒙上將軍不棄，不勝榮幸。」張儀說著跟田忌進了竹籬笆小門。

這是一座山間庭院，院中除了一片竹林與石案石墩，便是武人練功的諸般設置：幾根木樁，一副鐵架，一方石鎖，長矛大戟弓箭等長大兵器都整齊地排列在牆邊一副兵器架上，顯得粗樸整潔。沿著竹林後的石梯拾級而上，是一間寬敞的茅屋。

「先生稍待，我片刻便來。」田忌請張儀就座，自己進到隔間去了。

這間茅屋木門土牆，廳堂全部是精緻的竹器案几，煞是清涼乾爽，顯然是主人的客廳。後面山上升起一縷青煙的茅屋，才是主人的家居所在。張儀正在打量，只聽草簾「呱嗒」一響，身後響起田忌粗重的嗓音：「先生請用茶。」張儀回身，不禁又是一怔。田忌脫去了蓑衣斗笠，換上了一領長大布衣，身材壯碩偉岸，一頭灰白的長髮長鬚，古銅色的大臉稜角分明溝壑縱橫，不怒自威，氣度非凡。

張儀笑道：「人云齊國多猛士，信哉斯言。」

「先生遠來，清茶做酒。來，品品這杯中物如何？」田忌只是淡淡一笑。

老僕已經在精巧的竹案上擺好了茶具，那是一套白陶壺杯，造型拙樸，色澤極為光潤潔白。茶壺一傾，凝脂般的陶杯中一汪碧綠，一股清淡純正的香氣瀰漫開來。張儀不禁拍案讚歎：「地道的震澤春綠，好茶。」田忌笑了：「好在何處？」張儀笑道：「中和醇厚，容甜澀苦香清諸般色味，卻無一味獨出。堪稱茶中君子也。」田忌欣然道：「張子如此見識，卻是罕見。不知何以教我？」

張儀見田忌改變了稱呼，將恭敬客氣有餘的「先生」變成了尊崇但又坦率的「張子」，心知田忌不是虛應故事了，拱手一禮，開門見山道：「張儀入楚，欲請將軍與軍師重回故國，共舉齊國大業。」

「如此說來，張子要做齊國丞相？」田忌目光一閃，卻也沒有特出驚訝。

「承蒙齊王倚重，張儀有望一展所學。」

田忌喟然一歎：「只可惜，軍師無蹤可尋了。沒有孫臏，田忌庸才也。」

「難道，軍師與將軍不通音訊？」張儀頗為驚訝。

「張子誠心，何須相瞞。」田忌一聲沉重的歎息，「他是看透田忌的平庸無斷了，傷心了。田忌生平無憾，唯對孫臏抱愧終生。孫臏以摯友待我，鼎力助我，成我名將功業，自己卻始終只任軍師而不居高官。桂陵、馬陵兩場大戰之後，軍師提醒我有背後之危，勸戒我經營封地，預留退路。我卻渾然不覺，反笑軍師疑慮太多。就在我逃國三日之前，先生已經遁跡。至今六年，依然是蹤跡難覓。老夫幾乎找遍了所有能想到的地方，都是空有舊跡，物是人非。這次，老夫也是剛從吳地震澤歸來，不期而遇張子的。此生終了，田忌只怕也見不到軍師了……」一絲淚光，分明在田忌的眼中晶晶閃爍。

一陣沉默，張儀豁達笑道：「智慧如孫先生者，不想出山，只恐神鬼也難索得。將軍無心之失，何須抱愧終生？若欲軍師相見，張儀倒有一法。」

「噢？張子教我。」田忌陡然振作。

「重振功業，廓清廟堂。先生聞之，必有音信，縱不共事，亦可情意盤桓。」

田忌恍然拍案：「好主張！以軍師之期盼，報軍師之情誼，正得其所。」

「只是，此間尚有個小小難處。」張儀神祕地笑了笑。

「噢？」田忌神色頓時肅然，「但請明言，絕不使張子為難。」

「錯也錯也。」張儀搖頭大笑，「非是我為難，是你為難。楚王要你先為他打一仗。」

田忌聽得一怔，繼而恍然道：「噢，越國兵禍？」

「正是。這是楚王的交換。」

田忌搖頭苦笑：「寄人籬下，終不是滋味。要緊時刻，只是一枚棋子也。」

「上將軍差矣！」張儀爽朗笑道，「楚王也是一枚棋子。連楚國越國在內，都是天下棋子。世事交錯，利害糾纏，人人互動，物物相剋，此乃天下棋局也。將軍何自慚形穢，徒長他人威風也。」

「說得好！聽張子說事，如聽孫臏談兵，每每給人新天地。」田忌大是感慨。

「多承獎掖。」張儀拱手笑道，「如此請將軍上路了。」

「即刻上路？」田忌驚訝，連連擺手，「不行不行。與越國大戰，須得我認真謀劃一番，胸無成算，如何倉促便行？」

張儀大笑道：「將軍天下名將，越國烏合之眾，列陣一戰就是，何須恁般認真？」

田忌驀然收斂了笑容，盯著張儀沉默了片刻，冷冷道：「田忌庸才，沒那般本領。」

張儀頓時尷尬，但他機變過人，思忖間肅然一拱道：「原是張儀唐突，將軍見諒。請將軍自斷，謀劃須得幾日？」

「五日。」田忌也拱手還了一禮，算是了卻了方才的小小不愉快。

「好！一言為定。」張儀說著站了起來，「將軍跋涉方歸，須得養息精神，告辭了。」

田忌似乎還想說什麼，終於只笑了笑點點頭：「但隨張子。」

雲夢澤邊，田忌久久望著那遠去的一片白帆，凝神沉思了許久，總覺得這個張儀有點兒說不出來的異常之處，才華橫溢豪氣縱橫，見事極快剖析透徹，可自己卻總覺得不踏實。若沒有與孫臏共處共事的那幾年，田忌也許不會有此等感覺。莫看孫臏斷了一條腿，看去像個文弱書生，實際卻是一副傲視天下的硬骨頭。他剖陳利害謀劃行動，往往都是常人匪夷所思的奇路子，然則一經說明，就教人覺得扎實可行，心裡特是踏實。小事如賽馬謀劃，大事如圍魏救趙之桂陵大戰、圍魏救韓之馬陵大戰，都是天下獨步的神來之筆。孫臏在齊國所有的謀劃，都是田忌在實際操持實現。每次最關鍵最危險的環節，都是田忌親自擔當，兩次大戰，帶兵誘敵深入的都是田忌，率領齊軍衝鋒陷陣的還是田忌，心裡踏實，做起來就揮灑自如。今日的這個張儀，與孫臏同出一門，都是那鬼谷子老頭兒的高足，如何自己總覺得有點兒彆扭？

湖畔思忖半日，莫衷一是。田忌苦笑著搖搖頭，踽踽回到了長陽谷，一頭扎進那間本想邀張儀進去共商的「兵室」，悶了整整四天四夜沒出來。

五、昭關大戰　老軍滅越

楚威王在郢都王宮隆重地召見了田忌。

楚國的元老重臣濟濟一堂，悉數參加了召見。楚威王沒有將越戰當軍國機密，而是採取了大張旗鼓的舉動。一來，他要顯示對田忌的最高禮遇。二來，他要著意營造一種「談笑滅越，舉重若輕」的氛圍，以振作楚國衰頹已久的士氣，給第二次變法鋪路。當然，給了楚威王勇氣的，還當首推張儀。

半月以來，楚威王經過張儀反覆的對比剖析，對楚國與越國的實力民心軍情國情，都有了清楚的了解，精神大是振作。他相信張儀的評判：楚國滅越，確實是「牛刀殺雞，一鼓可下」，除了勝利班師，沒有其他任何第二種可能。

身為大賓的田忌，卻對大庭廣眾公然商討大軍行動很不以為然。神速與機密，已是戰國兵家的兩個基本準則。除了有意給敵方釋放假消息，任何軍事機密都不應該在朝堂上公然商討。當初在齊國，大戰運籌除了齊威王之外，只有他與孫臏祕密定策，連丞相騶忌也不能參與。今日這郢都王宮，卻聚集了二十多位重臣元老，以令尹昭睢為首，昭、景、屈、黃、項，楚國五大世族的首領與中堅人物全部到場。田忌不禁深深皺眉，看了一眼坐在楚威王左下首的張儀，古銅色的長臉既淡漠又困惑。

其實，張儀事前也不知道楚威王要搞如此大排場。在他心目中，以何種禮遇召見田忌，在多大範圍裡商討滅越大計，都是不需要他著意提醒的，說多了反而容易生疑。自己入楚本來就是匆匆過客，交換回田忌萬事大吉，又何須多事？如今楚王要田忌統軍滅越，他的擔待便是全力相助田忌順利戰勝，不使生出意外。對於楚國事務，他絕不做任何涉及，楚威王問什麼他回答什麼，而且只說越國楚國的戰事。及至今日入宮，見到如此隆重的場面，起初也頗覺意外。然則張儀畢竟豁達，轉而一想，對楚威王的苦心便也體察了。更重要的是，在張儀看來，縱然事不機密，滅越大戰也必勝無疑，又何須在如此細節上絲絲入扣地計較？看田忌的臉色，張儀便知這位稟性嚴正的上將軍對自己心有不悅，卻苦於大庭廣眾無從解釋。好在田忌坐在楚威王右下首，與自己對面，便對田忌眼色示意無須計較，坦然應對便是。偏偏田忌眼簾低垂，渾然不覺，彷彿不認識他一般，張儀只好心中歎息一聲了事。

「諸位臣工。」楚威王站在整塊荊山玉雕成的王臺上開始說話了，「越國蠻夷舉國犯楚，十五萬大軍向西壓來。本王承蒙中原名士張儀鼎力襄助，請得田忌上將軍入楚，統率我楚國大軍迎擊越蠻。

今日恭迎上將軍，是我大楚國的吉日。上將軍是把整個越國奉獻給大楚國，給楚國帶來土地、民眾、榮譽與勝利！」

「楚王萬歲！」「上將軍萬歲！」朝臣被楚威王的慷慨情緒大大激發，高聲歡呼起來。

令尹昭雎從座中站起，高亢宣布：「楚王授田忌大將軍印——」

殿中樂聲大起，四名老內侍抬著一張青銅大案，穩步走到大殿中央的王臺之下。楚威王在肅穆的樂聲中走下了王臺，向肅立在大殿正中的田忌深深一躬，待田忌還禮之後，將青銅大案上的全套物事一一授予了田忌：一方大將軍玉印、半副青銅兵符、一口象徵生殺大權的王劍、一套特製的大將軍甲胄斗篷。

其時，楚國與中原各國不同，出征的最高統帥稱「大將軍」而不是「上將軍」。其間的差異在於，楚國大將軍的爵位更高一些，權力更大一些。中原戰國在相繼大變法之後，權力體制已經相對成熟，將相分權也已經有了明確的法令。楚國則因為吳起變法的失敗，仍然是「半舊半新」之國，權力體制多有舊傳統。這種舊傳統有兩個基本方面，一是世族分治，二是重臣專權，後者以前者為基礎。在最終以戰爭形式決定國家命運的戰國時代，所謂重臣專權，更多地體現在最高軍事統帥的權力上。由於這種差別，楚國的大將軍更多地帶有古老的英雄時代的遺風——言出如山，肩負國家民眾的生死存亡與榮辱。在尋常時期，楚國大將軍的全套權力，從來不會一次性地授予任何一個統帥。這是君主保持權力穩定的必然制約。但楚威王清楚知道，田忌這次率軍滅越是交換性的，田忌是要回齊國的。一次授予大將軍全部權力，非但能激勵田忌的受託士氣，而且絕不會出現大權旁落，更能向天下昭示楚國求賢敬賢的美名，吸引中原士子更多地流向楚國，何樂而不為？田忌自然深知其中奧妙，所以也坦然接受了。

按照禮儀，楚威王當場侍奉田忌換上了大將軍全副甲胄斗篷：一頂有六寸矛槍的青銅帥盔，一身皮線連綴得極為精緻的青銅軟甲，一雙厚重考究的水牛皮戰靴，一領繡有金絲線紋飾的絲綢斗篷。一經穿戴就緒，本來就厚重威猛的田忌更顯得偉岸非常，直似一尊戰神矗立在大殿之中。

「好——」眾臣一片叫好，分外亢奮。

「田忌謝過楚王。」田忌向楚威王深深一躬，這是全禮的最後一個環節。

楚威王卻並沒有按照禮儀回到王座宣布開宴，他興奮地打量著田忌，高聲詢問：「大將軍，滅越大計實施在即，還需本王做何策應？」

田忌已經將大戰謀劃成熟，也確實想對楚王提醒幾個要點，但卻都是準備私下與楚王祕密商談的，看目下如此這般聲勢，楚威王的確與張儀想的一樣——列陣一戰便是了，完全沒有與自己密談定策的模樣。此時不說，很可能就沒有機會說了。想到這裡，田忌肅然拱手道：「對越大戰，乃楚國三十年來之最大戰事，須傾舉國之兵，方有勝算。田忌唯有一慮：楚國全部精兵南調，則北部空虛，須防中原戰國乘機偷襲；以目下情景，與楚接壤的齊魏韓三國，都無暇發動襲擊，唯有北方的秦國須做防範。臣請派一員大將駐守漢水、房陵一線，一保楚軍糧草接濟，二保後方無突襲之危。」

田忌說完這番話的時候，楚國的元老重臣一片目瞪口呆。

在元老貴冑心中，滅越大戰的方方面面都是楚王早已運籌好的，何有危險可言？如今田忌一說，似乎這場大仗還未必是那麼有把握，好像還有後顧之憂，頓時神色惶惶起來，你看我我看你，人人露出了疑惑的目光。楚國打仗，兵員錢糧的大部分都要從這些世族的封地徵發，沒有世族的支持，王室根本不可能有獨立大戰的根基。此刻他們若心有疑慮，這滅越大計便要麻煩起來了。

楚威王沒有料到，田忌會提出如此一個事先完全沒有想到的嚴重事實，贊同田忌所說麼？很有些掃興。斷然否定麼？田忌是天下名將，他有如此擔心，定然不會是信口開河。楚威王閱歷甚淺，這時對天下大勢的確不甚了了，一時竟沒了主意。猛然，他想到了張儀，轉身笑道：「先生以為，大將軍之言如何？」

張儀灑脫地大笑了一陣道：「大將軍多慮了。秦國目下剛剛從內亂中掙扎出來，民心未穩，急需安撫朝野，根本無力他圖。況且秦國新軍只有五萬餘，還要防北地、西戎叛亂，如何有軍力南下偷襲楚國？大將軍但舉傾國之兵，一戰滅越為上。分散兵力，不能徹底滅越，反倒拖泥帶水，兩端皆失。」

「兵家法則，後方為本，但求防而無敵，不求敵來無防。田忌但盡所慮，楚王決斷便是。」田忌很是淡漠，完全沒有爭辯的意思。

楚威王經張儀一說，頓感豁然開朗，對田忌笑道：「大將軍全力滅越便是。預防偷襲之事有張子籌劃，定能萬無一失。」

「謹遵王命。」田忌沒有多說，平淡地退到了自己座中。

「開宴，為大將軍壯行。」楚威王一聲令下，鐘鼓齊鳴，舉殿歡呼，一場隆重熱烈的宴會一直到華燈齊明方才散去。

曲終人散，田忌向楚王、張儀辭行，帶著一班司馬匆匆趕赴軍中去了。

楚國東北部的原野上煙塵蔽日，大江中檣桅如林。

越國大軍從水陸兩路大舉壓來。

張儀走後，越王姒無疆與一班大臣將軍商討了整整兩日，方才將攻楚的諸般事宜確定了下來。原先進攻齊國，北上的只有馬步軍，今轉而攻楚，自然要動用舟師（水軍），便不得不稍緩了些許時日。早年，只有楚吳越三國有舟師，而以吳國的舟師最強大。吳國舟師以震澤（太湖）為根基水寨，上溯入江可直抵雲夢澤進入楚國，南出震澤則直接威脅越國。當年吳國大敗越國，舟師起了很大作用。後來越國滅吳，舟師也起了同樣作用。吳國滅亡，越國接收了吳國舟師，水軍規模便成天下第一。與吳越兩國對舟師的重視相比，楚國儘管擁有天下最為廣袤蒼茫的雲夢澤，舟師卻一直規模很小，作用也不顯著。根本原因，是楚國的戰爭重心一直在中原大地，舟師派不上大用場。

這次，越王姒無疆大起雄心，要一舉攻占楚國東北部江淮之間的幾百里土地。這一帶平坦肥沃，河流湖泊縱橫交錯，正是水陸同時用兵的上佳之地，越國舟師正好派上用場。議定大計，越王派出快馬特使兼程南下，急令舟師出震澤進長江，直達雲夢澤東岸扼守。他自己親自統率的十五萬馬步大軍，則從北向南壓來，形成「南堵北壓」的攻勢，意圖一舉占領江淮原野二十餘城。

姒無疆是志在必得，詔命舟師多帶空貨船，準備大掠楚國財貨糧食。越國舟師的戰船原是兩百餘艘，徵發的空貨船卻有三百餘艘之多。五百多艘大小船隻張起白帆，在浩渺大江中陡然立起了一片白色的檣桅之林，旌旗招展，號角相聞，聲勢壯闊之極。陸路之上，從琅邪南下的十五萬馬步大軍洶湧展開，更是沉雷般滾過江淮原野。

消息傳來，農戶逃匿，商旅遠避，大小城堡盡皆關閉。

楚國東北頓時陷入了驚恐之中。

就在越國水陸兩路大舉壓來的同時，楚軍也針鋒相對地向江淮地區移動——陸路出昭關，水路下長江。與越國烜赫浩大的聲勢相比，楚國大軍卻是悄無聲息地祕密移動，儘管還達不到田忌要求的那種隱祕與快速，卻也不會將進軍意圖張揚得路人皆知。

戰國之中，楚軍的構成最為複雜。由於吳起變法夭折，新軍訓練沒有成熟定型，楚軍就變成了一種「老根基，新影子」的混雜大軍：戰車兵、騎兵、步兵、舟師四大兵種全都有。舟師不用說，是楚國這種水鄉澤國的特殊兵種，與一百多年前相比沒有任何變化。戰車兵本該早已淘汰，可楚國卻原封不動地保留著兩千輛兵車與十萬戰車兵。鐵甲騎兵是戰國新軍的核心兵種，可楚國卻只有不到五萬騎兵，而且還算不得精銳鐵騎。楚國步兵本來不獨立，在車戰時隸屬於戰車單元，戰車淘汰後，步兵才開始了與騎兵對應的獨立步戰。這種似獨立非獨立的步兵，楚國有三萬多，既不屬於戰車兵，又不是與騎兵有效結合的步騎新軍，只是全部駐紮在房陵山地，守護著這個輜重基地。楚國大軍號稱三十萬，實際上的主戰力量就是十萬戰車兵，其餘的騎兵、步兵、舟師加起來十萬出頭，都不能獨當一面地作戰。

反覆盤算，田忌只有根據楚國的實際軍力來打這一仗。

田忌命令：舟師的一百多艘戰船從雲夢澤直下長江，在彭蠡澤（註：彭蠡澤，古代長江大湖泊之一，在今九江區域）江面結成水寨，斷絕越軍舟師的退路。此時，越軍舟師已經進入雲夢澤東岸的安陸水面（註：安陸水面，古代雲夢澤東部，當在今武漢區域），正在上游。越軍舟師原本就不是為打仗而來，駐紮在雲夢澤東岸，為的只是要堵住「楚軍潰敗之殘部」準備大量裝載搶掠財貨，順流而下。楚軍舟師悄悄卡在下游的彭蠡澤江面，越軍舟師便無法單獨逃回越國。這是田忌的縝密處——若僅僅是陸上戰勝，而讓越軍殘部從水路逃走，那也不能一戰滅越。

與此同時，田忌親自率領十萬戰車兵與五萬騎兵祕密東進，日夜兼程地趕到了昭關外的山谷紮營，準備迎候越國大軍，在這裡決戰。對於駐守房陵的三萬步兵，田忌沒有動用。他始終認為，房陵漢水是楚國大軍的糧草基地，但卻是一根軟肋，需要有所防範。儘管楚王與張儀都拒絕了他的看法，但既然做了楚國的統帥，田忌還是要為楚國認真謀劃，不想顧此失彼。三萬步兵，對於戰勝越國來說，增添不了多少力量，但對於扼守漢水房陵來說，就是一支彌足珍貴的兵力。這是田忌瞞著楚威王君臣與張儀，私自決斷的，假若對越國戰敗，田忌就要承擔「調兵失當」的罪名了。

昭關（註：昭關，今安徽含山北部的小峴山地區）外的丘陵原野，是田忌選擇的戰場。

昭關是楚國東部要塞，也是與老吳國的界關。這裡東臨大江，多有丘陵山地，昭關便坐落在峴山兩座山峰夾峙的谷口，山外是平坦的原野河谷。無論從東部還是北部進入楚國，昭關都正當衝要。田忌率先頭五萬騎兵趕到時，從郢都、淮北幾座軍營陸續趕來的戰車兵還沒有全部到達。等得三兩日，這些笨重的戰車，才在轟轟隆隆的人喊馬嘶中捲著沖天的煙塵到齊了。

這時田忌接到斥候急報：越軍還在三百里之外，兩三日才能趕到昭關。田忌不禁長長鬆了一口氣：「天助楚國也。」原來，他最吃不準的就是楚軍與越軍的行軍速度。當年與孫臏打仗時，都是靠大軍快速調動實施謀略的。圍魏救趙、圍魏救韓，都是千里馳驅，晝夜兼程，否則不能誘敵深入，更不能集中兵力伏擊強敵。這場大戰，楚軍能夠先期到達，以逸待勞，可在國門之外進行決戰，勝算便很大。若越軍先期到達攻下昭關，則楚國朝野震恐，縱能在境內取勝，也必得大費周折。尤其是這種老式戰車兵，如不能先敵從容部署，倉促迎戰，十有八九都會潰敗。

這兩天時間可是太要緊了。田忌立即下令：大軍偃旗息鼓，全數駐紮在隱蔽的山谷，使昭關外的河谷原野看不到一座軍營。暮色時分，田忌升帳聚將，開始詳細部署大戰謀劃。由於楚軍車戰將領對新戰法非常生疏，田忌必得向每個受命將軍反覆說明交代，如此直到四更方散。

一切準備就緒，楚威王與張儀趕到了。看到昭關外一片寧靜的原野，楚威王驚訝了：「大將軍，楚國大軍何處去了？還沒有抵達麼？」田忌悠然道：「虛則實之，實則虛之。楚王但放寬心便是了。」張儀爽朗笑道：「將在外，君命有所不受。楚王明日但看大將軍滅越是了，何須問他細務？」楚威王恍然笑道：「先生說得是。大將軍，虛則實之。好。」

第三日將近午時，山外碧藍的晴空突然變成了灰黃色，隱隱沉雷從東北天邊隆隆逼來，昭關外的河谷也突然陰暗了下來。須臾之間，沙塵天幕中旌旗招展，恍若連天海潮向昭關壓來。峴山峰頂的楚威王與張儀看得特別清楚，不禁相顧變色。再看旁邊的田忌，卻正在指揮軍吏轉動那桿黃紅色的大纛旗。大旗三擺，田忌已經飛馬下山。

片刻之間，楚威王便看見峴山谷口排開了一個巨大的步兵方陣。仔細看去，竟然全部是弓弩手，戰車騎兵不見蹤跡。田忌立馬陣前，懷抱一面紅色令旗，好整以暇。楚威王不禁低聲嘟囔：「如何只有這少許人馬？越軍可是十五萬大軍，仗能這樣打麼？」張儀高聲笑道：「楚王快看，姒無疆到了。」楚威王遙遙鳥瞰，只見土紅色的越軍已經漫山遍野地壓到峴山谷口，東北原野上猶有煙塵蔽天源源湧來。當先兩輛戰車，第一輛載著一面「越」字大纛旗當先奔馳。這是戰車兵的戰陣傳統，叫護旗車。後面一輛戰車四匹白馬駕拉，馳騁如飛，在土紅色的海洋裡分外搶眼。楚威王對戰車還算熟悉，一眼看去，便知這是一輛配備五名車戰甲士的重型戰車。戰車正中，一領大紅斗篷迎風飛舞，頭頂玉冠在陽光下熠熠生輝，顯然是越王姒無疆。

將近楚軍一箭之地，越王戰車停了下來。姒無疆打量著谷口這片土黃色的步兵方陣，揚鞭一指哈哈大笑：「陣前何人？些許黃蟲，能擋得海神天兵麼？」

田忌出馬陣前，拱手一禮：「在下田忌。我有十萬天兵埋伏，越王還是下馬向楚王稱臣，免你死無葬身之地。」大將軍沒有一絲笑意。

「田忌？噢哈哈哈哈！」姒無疆笑得更加驕狂，「無名鼠輩，也學會了本王的海神天兵戰法麼？」

「正是。」田忌又是一拱，「天兵戰法，越國一絕，在下自然向越王討教。」

「好噢！」越王姒無疆一跺腳，大纛旗與重型戰車飛一般馳向右邊一個山包，到得山頂，越王向東海方向深深一拜，猛然回身，拔出青光閃爍的吳鉤大吼，「海神駕臨——天兵奮威——」隨著悠長尖銳的呼號，那面紅色大纛旗左右急速擺動，越軍陣前的三百多輛戰車飛馳兩邊，「嗚嗚」的海螺號聲響徹山谷，土紅色海洋中湧出了一個怪誕猙獰的大陣——青面獠牙的海藍色面具，碩大的棕色皮盾，閃亮的吳鉤彎劍。

這便是天下罕見而越國獨有的「海神天兵陣」。隨著大陣湧出，越軍的三百多輛戰車與兩萬多騎兵分列在「海神天兵」的左右原野，成為側翼力量壓了過來。

田忌曾經做過齊國的南長城守將，對楚越兩軍的軍制戰法都很熟悉。據多路斥候回報：越王這次「伐楚」以戰車與騎兵當先，步兵隨後，而沒有以「海神天兵」做主力大陣的意思。雖然越軍的戰車、騎兵數量很少且戰力較弱，但田忌還是不想用楚國的戰車騎兵正面迎擊。若雙方車騎正面交戰，楚軍最多只能擊潰越軍車騎而不能殲滅。在大體平坦的山原河谷交戰，戰車與騎兵都很容易脫離糾纏而逃跑。最好的情勢是：越軍以步戰為主，戰車騎兵輔助步兵大陣，有利於楚軍一戰成功。越國多山，加之河流縱橫湖泊密布，戰車騎兵難以馳騁，所以歷來以步兵為主力軍。越人劍術普及，精健靈動，幾乎人人都是上佳武卒。所以越軍的十萬步兵是真正不能小視的。中原戰國與越國交兵，最感棘手的還是越國步兵。以常理推測，楚軍似乎不應與越軍步兵正面決戰。

但事有奇正，目下的楚軍偏偏就是越國步兵的對頭。原因很簡單，開到昭關的楚軍只有戰車兵與騎兵。這戰車恰恰是單純步兵的最大剋星。雖然說車、步、騎各有所長，但在特定形勢下卻不能一概而論。兩軍總體對比，都是車戰時代的軍制戰法，無分伯仲。但同是舊軍，戰車衝擊力大大優於步兵。尤其對於沒有深溝高壘的步兵，戰車更是致命威脅。而楚國的五萬騎兵，多少還有一些新軍的影子，對付越國的戰車、騎兵也是遊刃有餘。正因為如此，田忌才要設法引誘越王擺出「海神天兵」的步兵大陣來。而在驕橫的越王姒無疆看來，卻是將計就計，正好牛刀殺雞，何樂而不為？

見戰陣列好，田忌高聲喊道：「請越王發兵——田忌天兵應戰也——」喊聲落點，飛馬馳向楚軍大陣右邊的山頭，站在了一面亮黃色的大纛旗下。

「海神天兵——滅殺黃蟲——」越王姒無疆一聲高喊，土紅色大纛旗急速擺動，山頭上的幾百支海螺號淒厲長鳴，海藍色的猙獰大陣轟轟轟地向楚軍壓了過來，大有排山倒海之勢。

楚軍大陣卻像沉寂的山谷，只聞風捲旌旗的獵獵之聲。待海藍色大陣壓到半箭之地，楚軍山頭突然戰鼓如驚雷滾動，黃色方陣萬箭齊發，海藍色的浪頭便轟隆隆捲了回去。與此同時，田忌所在山頭的黃色大纛旗四面擺動，幾百支牛角號嗚嗚吹動，兩面山谷中驚雷大作，一面湧出的兩千輛戰車如山崩一般壓向海藍色大陣，一面湧出的五萬騎兵如潮水般捲向越國兩翼的戰車。楚國的戰車全部是兩馬駕車、車下五十卒、車上甲士三名的中型戰車。車上甲士配備長矛硬弓，車下步卒都是吳鉤藤牌。越軍步卒的個人技擊能力雖然出色，但卻從來沒有結陣而戰的訓練傳統，其戰法與北方胡人的散漫衝殺如出一轍。如此步兵又無壕溝掩體，與山岳般壓來的戰車正面撞擊，立即被分割得七零八落，兵不見將，將不見兵，一片呼喝吼叫。楚軍戰車後的配伍步卒趁亂猛砍猛殺，漫山遍野的海藍色「天兵」大陣，頓時成了楚軍的大屠場。

車戰是成本極為高昂的一種古典戰法。戰車精良、車上技擊、車下配伍，是車戰的三個基本要素。一輛裝備精良，經得起高速奔馳、劇烈顛簸、強力衝撞而又能保持作戰性能的戰車，大約需要數十家農戶一年的賦稅才能打造出來。春秋時代，一個大諸侯國能擁有一千輛戰車，便是非常難得的了，此所謂千乘之國也。而車上甲士的技擊訓練更是嚴格。且不說在高速顛簸中保持長矛擊刺、強弓遠射的殺敵能力，僅甲士所需要的基礎功夫——駕車、馬術、車上平衡、相互配合保護等，就遠非一般人所能勝任。而與車戰配伍的步卒與尋常步兵也有很大不同，除了跟隨戰車奔跑殺敵的速度與耐力，還得保護戰車不被敵方傷害，同時又必須在高速奔跑中結陣殺敵。也就是說，車戰是一種完整的戰爭方式，對所有方面都有嚴格的要求，絕不僅僅是簡單的馬車加步兵。這種高昂的成本，是車戰消亡的重要原因。到了戰國之世，頻繁的戰爭使車戰所需要的各種資源無法滿足：戰車無法快速打造，車上甲士無法成批訓練出來，配伍步卒也難以大批挑選出來，就連適合駕馭戰車的良馬也根本無法源源提供。

楚國滅越之戰

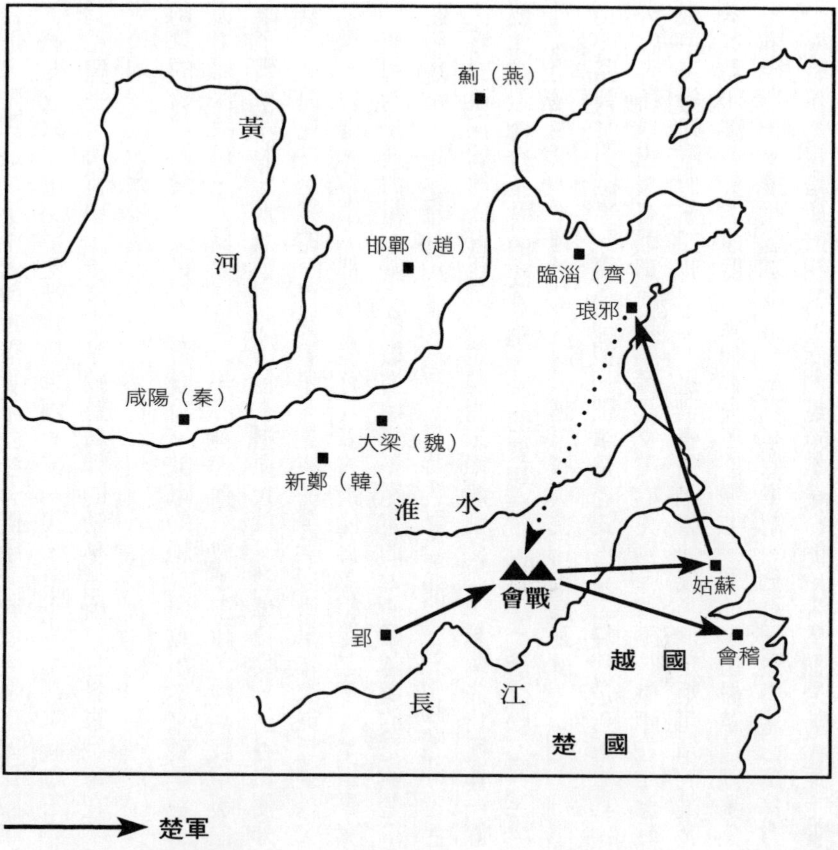
薊（燕）
黃
河
邯鄲（趙）
臨淄（齊）
琅邪
咸陽（秦）
大梁（魏）
新鄭（韓）
淮　水
會戰
姑蘇
郢
會稽
越　國
長　江
楚　國

楚軍
越軍攻楚

目下，楚國這車上甲士與車下步卒就多有濫竽充數者。為了確保戰車的衝擊力，田忌事前對戰車兵做了適度裁減。車上甲士減為每車兩人或一人，車下步卒每車減為三十卒或二十卒，年長遲鈍者全部改為弓弩手，所留甲士步卒都是較為精悍的勁卒。所以，楚軍戰車在平坦的河谷原野上展開，轟隆隆鋪天蓋地，威力大是驚人。

兩翼的騎兵衝殺，又是另一番景象。越軍的騎兵與戰車本來就是越王姒無疆的直轄親軍，尋常都在中央主陣保護越王。偏偏今日以「海神天兵」做了主陣，騎兵戰車被擺在了兩翼，越王的重型戰車也脫離了戰車陣形，飛上了一座山包去指揮大軍。楚軍騎兵一出谷口便分為兩路，一路殺向越軍的三萬騎兵，一路包抄越軍的三百輛戰車。越軍的騎兵與戰車本來缺乏訓練，數十年來幾乎沒有經歷過實戰，戰馬、騎士、戰車，都成了徒有其表的儀仗兵。相比之下，楚軍畢竟長期與中原衝突，騎兵更是最經常使用的快速力量，基本的戰力始終是穩定的。衝擊越騎的這路楚軍騎兵也是三萬，兵力相當，按照騎戰規矩，正是旗鼓相當。但一經在原野上展開，三萬越騎卻大見狼狽——旗幟散亂，盲目竄突，大呼長吼間紛紛人仰馬翻。楚騎尚未衝殺到核心，越騎先自亂作一團，有的要衝過去保護越王，有的要與戰車會合，有的要逃跑，有的要殺敵，自相衝突踐踏，完全不成陣形。楚騎山呼海嘯般殺來，吳鉤閃亮翻飛，不到半個時辰，越軍騎兵便告土崩瓦解。

另一路騎兵對戰車，更是奇觀。戰車是老式重兵，騎兵是新軍重兵。車戰時代沒有集團騎兵（散騎例外），所以也沒有戰車與集團騎兵交戰的先例。目下，戰車在中原戰爭中消亡，集團騎兵也沒有過與戰車交鋒的戰例。如此一來，這場車騎之戰便成了無規矩可循的亂戰。戰車與騎兵，都以快速奔馳為基本點，誰喪失了速度，誰便喪失了衝擊力。戰前，田忌給這兩萬楚軍騎兵的戰法是「百騎對一車，先車後卒」。按照越軍戰車一車百卒的軍制，三百輛戰車共三萬兵力。楚軍的一百騎對越軍一百卒加一輛戰車，也是旗鼓相當。誰知越軍戰車一開始奔馳迎擊，山原上便大是熱鬧起來：越軍的老舊戰車一經劇烈顛簸，有斷軸者，有折轅者，有甲士摔下戰車者，有步卒被戰車輾死者，甚至有車輪四散而戰馬只拖著車廂狂奔者……楚軍騎兵衝殺間忍不住一片哈哈大笑。

日暮時分，戰場的喊殺聲沉寂了，昭關外唯有楚軍歡呼勝利的聲音。

整整兩個時辰，越國的十五萬大軍土崩瓦解，似無疆被亂軍所殺，越軍殘部全部降楚。

在楚軍的歡呼聲中，楚威王在昭關舉行盛大宴會慶功。張儀、田忌被楚威王請到了最為尊貴的中央位置，楚威王自己與隨行大臣則全部在偏座。張儀灑脫不羈，見楚王相邀盛情難卻，也就哈哈大笑入座了。田忌卻是幾番推辭，總算被楚威王扶到了案前，還是如坐針氈般大不自在。

「諸位臣工。」楚威王興奮地舉起了大爵，「一戰滅越，全賴先生謀劃、大將軍統軍大戰之功！來，為先生，為大將軍，乾此一爵！」

「為先生！為大將軍！乾！」全場歡呼，個個痛飲。

「啟奏我王。」令尹昭睢起身高聲道，「臣請賜封田忌大將軍三縣之地，封號武成君，統率大楚兵馬，北上與中原爭霸。」

「臣等贊同！」楚國大臣異口同聲。

楚威王爽朗大笑：「大將軍，本王正有此意，就做楚國武成君如何？」

田忌一臉肅然，拱手答道：「楚王與先生本有定議，田忌只打一仗。」

張儀看看楚威王笑道：「楚王英明，豈肯食言自肥失信於天下？」

「噢，回頭再議了。」楚威王岔開話題道，「先生、大將軍對滅越後事有何見教？」

張儀悠然笑道：「越國立國一百六十四年而被楚滅，使楚開地千餘里，增民兩百萬，幾成半天下之勢，天下待楚國將刮目相看也。然則，越國部族散居荒山、水泊、海島，極難歸心。欲得真正安定，化越入楚，尚須派出一支大軍常駐越地十餘年，待其民心底定後再行常治之法，方為上策。」

「大將軍之見如何？」楚威王似乎更想聽田忌的看法。

田忌坦然道：「先生所言，極是遠慮深徹，田忌以為大是。」

「好！」楚威王拍案，「明日即派大軍開赴越地，化越入楚……」

突然，大帳外馬蹄聲疾，大是異常。楚威王尚在沉吟間，轅門已經傳來銳急的報號聲：「房陵軍使，緊急晉見——」話音落點，一人跌跌撞撞進帳，一身污穢血跡，撲在楚威王案前號啕痛哭。

帳中皆愕然變色，楚威王大是暴躁，拍案怒喝：「敗興！說話！」

「稟報我王。」軍使哭聲哽咽道，「秦軍偷襲房陵，奪我府庫倉廩，殺我兩萬餘人，漢水之地三百里，全都讓秦國占了……」

偌大軍帳，驟然死一般沉寂，方才的隆重喜慶氣氛片刻間蕩然無存。漢水三百里土地尚在其次，房陵數百座糧倉府庫的失守才當真令人心驚肉跳。那裡儲存了楚國十分之七八的糧食兵器財貨，奪走房陵，無異於奪去楚國近百年的府庫積累。對於任何一個楚國人，這都是難以忍受的噩耗。

死一般的寂靜中，楚威王面色鐵青，牙關緊咬，「咣噹」將一只銅爵摔在地上。

令尹昭雎陰沉著臉站起，突然一聲大喝：「張儀——給我拿下！」

田忌憤然高聲道：「且慢！此事與張子何干？田忌敢請楚王說話。」

楚威王冷冷地瞅了田忌一眼，大袖一甩，轉身而去。如此幾番折騰，張儀竟然還愣怔在座中，蒼白的臉上木呆呆沒有絲毫反應。田忌大急，疾步上前掐住了張儀的人中穴，大喊一聲：「張子——」

六、錯也數也　不堪談兵

昏暗的石屋裡，遍體鱗傷的張儀終於醒了過來，恍惚間彷彿一場噩夢。

身下的石板是冰涼的，渾身是冰涼的，心也是冰涼的，那一線微光似乎也是颼颼的涼風，將那一絲朦朧混沌的感覺都變成了冰涼。睜開眼睛，張儀覺得很清醒又很朦朧，明明是一方涼冰冰的天地，如何卻又感到熱烘烘的一片焦躁？還是閉上眼睛想想，究竟發生了何等事情？如何自己突然變成了一片空白？

張儀深深吸了一口氣，日間之事在一片冰涼潮濕中滲了出來——呵，軍使來報，房陵被秦軍偷襲，楚王摔了銅爵，昭睢喊了什麼？是了，拿下張儀。對了，田忌還爭吵了一陣，好像沒用。以後的事麼，不用想了，還能如何？突然，張儀覺得很可笑，入楚原是名士，滅越之後更是尊神，如何正在被楚國君臣的香火供奉之時，虔誠的頌揚突然變成了一記悶棍？一謀之功，由人而神。一謀之過，由神而鬼。世間事當真如此滑稽？是也是也，當真滑稽。心念一閃，張儀突然大笑起來，邊笑邊唱：「習習谷風，維山崔嵬。無草不死，無木不萎。忘我大德，思我小怨。」唱著唱著，又飄飄然去了……

再次醒來時，張儀渾身軟得酥了一般，透體的冰涼如何又換了輕飄飄暖洋洋，彷彿大醉之後一般？那是什麼聲音？窸窸窣窣隱隱約約的好像就在身邊？張儀費勁地睜開眼睛，卻見一個人跪坐在身邊，似乎還在低聲哭泣，閉閉眼睛再睜開，張儀相信這不再是夢，不再是醉眼昏花，這是真實的。

「緋雲？是你麼？」張儀含混地嘟囔了一句，那張嘴彷彿不是自己的。

「張兄！你，你終於醒了……」哭聲停了，淚珠卻滴在了張儀臉上。

「緋雲。」張儀慢慢張開嘴巴，「看，看，我的舌頭還在麼？」

緋雲「噗嗤」笑了，邊抹眼淚邊點頭：「在，在吔。」

「好，好。」張儀長長地喘了一口粗氣，「但有三寸舌在，張儀，還是張儀。」

「先別說話，我給你餵點兒熱米酒。」緋雲輕柔地扶起張儀倚在自己肩頭，轉身拿過一個布套包裏的銅壺，將壺嘴兒搭在張儀嘴唇邊，「來，喝下去會好些。」香甜溫熱的米酒一入口，張儀大感乾渴，咕嚕咕嚕牛飲般呑嚥起來，一壺熱米酒頃刻全部乾淨。張儀大感精神，四顧打量，發現這是一間竹牆茅屋，透過半掩的木門，一座蒼翠的山頭橫在眼前，似曾相識。「緋雲，這，這是何處？」張儀驚訝得有些結巴起來。

「長陽谷，田忌隱居之地。」

「如何能在這裡？田忌何在？」

「張兄莫急。」緋雲歎息了一聲，「我這就說給你聽……」

昭雎緝拿了張儀。田忌大急，一面教緋雲到令尹大帳打探，一面連夜緊急求見楚威王。緋雲火急趕去，用一百金買通了令尹府一個軍吏，才得以守候在令尹府門廳等候。夜半時分，田忌匆匆趕到，出示了楚王的金令箭，才強迫昭雎放出了遍體鱗傷的張儀。出得令尹府，田忌一句話也沒說，連中軍大帳都沒回，就親自駕著一輛戰車將張儀主僕送到大江邊。這時，一艘輕便快船已經在江邊等候了。朦朧月色下，田忌對緋雲說：「先生重傷，好生護持。我稍後便歸。餘事不用操心，上船便知。」說完匆匆走了。

上得輕舟，一個精悍的年輕人來到艙中對緋雲說：「我乃將軍族弟，名叫田登。小哥但放心看護先生便了。這是一個紅傷藥箱，小哥想必會打理紅傷。」緋雲急忙點頭謝了，便在一支粗大的蠟燭下埋頭打理昏迷不醒的張儀。整整一個時辰，緋雲才將張儀的全部傷口擦洗上藥完畢。這時田登又來到艙中，見張儀已經安然昏睡，方才對緋雲說了田忌的安排。田忌叮囑：楚國君臣正在嫌惡張儀，更兼昭雎險惡，先生不能留在昭關，須得先回長陽谷療傷，待痊癒後再作他圖。如此飄飄盪盪地走了六天，才回到了這雲夢澤的長陽谷。

「將軍如何，他沒受牽累麼？」張儀急問。

「田登說，楚王與將軍又做了一個交換：將軍須統兵收復房陵，楚國方能放人。將軍堅持要楚王先放出張兄，否則不接受交換。僵持半個時辰，楚王才出了令箭。送走我等，楚王便敦促將軍連夜帶兵北上了。田登安頓好我等，也隨後追趕將軍去了。」

張儀聽得愣怔，良久道：「緋雲，你去歇息，我好生想想。」

「哎，做好飯我便來吔。」緋雲收拾了零碎物事，扶張儀躺好，輕手輕腳地出去了。

田忌統兵北上的消息使張儀大感意外。田忌為自己開脫辯解，這是很正常的；連夜趕到楚王行轅解救自己，也屬該當之行。畢竟，是張儀給田忌創造了重新返回齊國的機會，而且準備共事圖謀振興齊國。利害關聯，作為報答也都是題中應有之意。可是，以統兵收復房陵為交換，就大大超出了報答舉動。秦國新軍絕非越國的烏合之眾可比，楚國的老戰車與半新半舊的騎兵如何能收復房陵？秦軍能夠千里奔襲，謀劃者與統兵大將一定都是非凡人物，豈能沒有充分的迎戰準備？楚軍北上，豈非以卵擊石？田忌作為當世已經成名的老將，歷來用兵慎重，一個牛刀殺雞的對越之戰，尚且是戰戰兢兢如履薄冰，豈能對秦楚實力心中無數？更重要的是，如此交換，將使田忌在楚國越陷越深，楚人薄情寡恩，敗了走不脫，勝了不能走，後患將是無窮盡的。實際上，做出如此交換，田忌等於將自己的後半生全部押給了楚國，重回齊國的願望很可能因此而永遠無法實現，對於一個齊國王族子孫而言，永遠地客居異國，老死異鄉，那真是一曲磨人終生的悲歌。

顯然，田忌將自己押在楚國，楚國對張儀的恨意才會稍減，他張儀才算徹底地脫離了險境，才有安全養息的可能。張儀啊張儀，你值得田忌付出如此犧牲麼？若是摯友知音如俞伯牙鍾子期者，自然是士為知己者死，死而無憾。可張儀之與田忌，卻只是初次結識，既算不得摯友，更算不得知音。張儀為田忌返齊奔波，也只是出於為自己物色力量的利益之需，本來就是「權衡利害決其行」，所以張儀對田忌也從來不從「義」字上說事，甚至也不從「道」字上說事。豪放不羈的張儀，對人對事從來不講虛偽煩瑣的情理義禮，而只追求透徹地把握利害關聯。田忌雖寡言，卻睿智，豈能不知策士縱橫之準則？所以，張儀與田忌談不上情義之交。那麼，談事定策的見識方面呢？似乎更與知音不搭界。

秦軍偷襲房陵，田忌是經過認真揣摩，事先作為唯一的危險提出來的。而張儀，卻不假思索地立即否定了田忌，最終也導致了楚王對田忌的否定。事實上，田忌並沒有贊同張儀的看法，但卻也沒有像策士那般據理爭辯，非要見個你高我低。現下想來，田忌的那句話是有道理的：「兵家法則，後方為本，但求防而無敵，不求敵來無防。」

回想起來，張儀真是不可思議，當時自己為何對如此要緊的兵家格言充耳不聞，那麼一陣笑談，便否定了一個當世名將的深思熟慮？張儀啊張儀，身為名門策士，如此淺薄輕狂，實在是天下笑柄。當房陵軍使急報噩耗時，你張儀震驚得面色灰白，呆若木雞般連話也說不出來，不覺得羞愧麼？

心念及此，張儀蒼白的臉色脹得通紅，生平第一次生出了無地自容的感覺。仔細想來，自己對秦國從來不甚了了，偏偏竟莫名其妙地蔑視秦國。對兵家戰事之學，自己從來就是皮毛耳耳，偏偏竟莫名其妙地輕率談兵。張儀啊張儀，與蘇秦的沉穩與透徹相比，你是何等的淺薄浮躁？蘇秦常說：「鋒銳無匹，吾不如張儀也。」張儀對蘇秦的這種稱讚，每每總是大笑一通，口中「非也非也」，心裡卻是很得意的。這次，也是生平第一次，張儀驀然醒悟，自己與蘇秦相比，實在是差了一籌。

木門半掩，昏黃的陽光長長地鋪在了茅屋的廳堂，張儀盯著枕在山頭的那一輪殘陽漸漸沉淪，一線冰涼的淚水湧上了蒼白的面頰。

猛然，他心頭一陣震顫，霍然挺身坐起，卻又低低地悶哼了一聲，沉重地倒下，壓得身下的竹榻吱呀吱呀一陣大響。咬牙片刻，他又重新坐了起來，抹抹額頭汗水，撐著竹榻緩緩站了起來。四顧打量，他看見了門後那根撐門的風杖，試圖走過去拿那根風杖助力，不想方得抬腳，膝蓋便一陣發軟，「咕咚」一坐在了地上。張儀哈哈大笑，兀自搖頭嘟囔：「昨日英雄蓋世，今日步履維艱……」喘息得一陣，又全神貫注地兩手撐地著力，竟緩慢地站了起來。咬牙挪得兩步，便將那支風杖抓在了手裡，雖搖搖晃晃卻總算沒有跌倒。借風杖之力，張儀站著穩住了氣息，自覺那種眩暈飄浮和眼前的金星慢慢消失，一身大汗之後，覺得大是清醒。拄著風杖，張儀一步一步地挪出了門外。

夕陽西下，一抹血紅的晚霞還搭在蒼翠的峰頂，一縷裊裊扶搖的炊煙正融進蒼茫的暮色，三面青山如黛，谷底澄江如練，谷風習習，山鳥啁啾——多麼美好的河山，多麼美好的塵世。瞬息之間，張儀生出一種恍如隔世的感覺，癡癡地佇立在晚風之中。

「張兄——」隨著脆亮急切的呼喚，緋雲急匆匆趕來，「吔！你敢站在這兒？田忌這望鄉臺是臨淵孤石，有多險！不知道麼？快下來，慢點兒，踏實了，哎，對了。」

張儀被緋雲一頓嚷嚷，下得孤峰高臺，方才回過神來，抬頭正要說話，卻驚訝地盯著緋雲哈哈大笑起來：「是了是了，這才是真山真水嘛！」緋雲大窘，捂著臉笑道：「你不見了，人家顧不上了吔。」張儀高興得點著風杖笑道：「好啊好啊，我張儀有個小妹了！」

張儀在長陽谷祕密養傷，緋雲全副身心地操持料理。這長陽谷本是隱居之地，除了鹽巴鐵器等物要上市購買外，一切都是自耕自足。下廚做飯，就要先到菜田摘菜，到井中汲水，若米麵沒了，還得搗臼舂麵，便成了古人常說的「兒女常自操井臼」。更不要說還有自釀米酒、漿洗縫補、採茶炒茶、灑掃庭除等活計。但最要緊的，還是全力侍奉重傷的張儀，煎藥餵藥、擦洗傷口、敷藥換藥、扶持大小解、晝夜守候。緋雲雖是精明利落，也忙得陀螺般轉。

長陽谷原是留有兩個守莊老僕，可緋雲堅持自己料理一切，除了田中粗重活計，絕不要僕人幫忙。這些細碎煩瑣而又連綿不斷的活計，要做得又快又好又乾淨，便不自覺地要遵從一些基本規則：每日下廚戴圍裙，頭上包布帕，長髮盤成髮髻，餵藥換藥要跪坐榻前，漿洗縫補免不了要飛針走線。每日操持忙碌之中，緋雲竟漸漸忘記了原來長期訓練成的男身習慣，此刻風風火火趕來，頭戴布帕，腰繫圍裙，一支玉簪插在腦後髮髻上，長長的雲鬢細汗津津，豐滿的胸脯起伏喘息，眼波盈盈，白皙紅潤，活脫脫一個幹練的美少女。張儀如何不驚歎？

母親將緋雲交給他時，並沒有說緋雲是個少女。遊歷蹉跎，雖說也常常覺得緋雲顯出頑皮可愛的女兒神態，但也只是心中一動而已，張儀並沒有認真去想。畢竟，少男少女之間的差別並不是涇渭分明的，而且也確實有那種音容笑貌相類於少女的少男。但更重要的是，張儀出身寒門，襟懷磊落而又灑脫不羈，對僕人歷來不做賤人看，也不想無端地去追問這些一己之祕。在他看來，緋雲不說，那便是不能說不願說或者無甚可說，又何須使人難堪？今日緋雲如此景象，他自恍然大悟，心中莫名其妙地大是暢快。

「吔，別站風裡了，回去。」緋雲羞澀地小聲嘟囔。

「緋雲。」張儀突然正色道，「必須離開長陽谷，收拾一下，後半夜走。」

「吔！這是為何？你傷還沒好，走不得。」緋雲一急，聲音又尖又亮。

「吔，你不知道麼？」張儀學著緋雲獨有的慣常口吻笑道，「田忌換我，身不由己，將我安頓在這裡，也本是權宜之計。只要我在這裡住，田忌便不能甩開楚國。將心換心，我要給田忌自由，他絕不想在楚國陷得更深。必須走！」

「沒有人知道我們住在這裡啊？」緋雲還是想不通。

「小孩子話。」張儀「篤篤篤」地點了點風杖，「那房陵是昭雎封地，秦國挖了他老根，他恨死我了。縱然楚王放我一馬，昭雎也會尋找我的。他是令尹，權勢大了，這裡決然逃不出他的密探刺客。」

「吔！」緋雲驚出了一身冷汗，「那就快走！到齊國的路還算好走。」

「還能回齊國？」張儀苦澀地一笑，「回家，回安邑老家。」

「張兄，你……」緋雲看見張儀眼中淚光，哽咽起來，卻又立即咬牙忍住，「好，回老家。走，你先歇息養神，我去準備便了。」

四更時分，月明星稀，一葉獨木扁舟漂出了滾滾滔滔的長陽山溪，漂進了水天一色的茫茫雲夢澤，漂向了遙遠的北方彼岸。

「張兄，你在想甚？好癡耶。」緋雲的聲音在槳聲中飄盪著。

「蘇秦。他為何選擇了秦國？」

「他覺得秦國好吔。還能有甚？」

張儀哈哈大笑：「倒也是！並無甚個奧妙。只是啊，我也得對秦國重新估量了。這老秦忒惡，跌我出門一個嘴啃泥，忘不了也！」

第五章　天地再造

一、異數中山狼

一個多月了，蘇秦總算進入了上郡，走到了秦長城腳下。

回洛陽的大道是東出函谷關，非但路近，而且沿途人煙稠密多有驛館，窮路富路都很方便。可蘇秦不想走大道，不想教任何人看見自己這潦倒模樣。出得咸陽時分，他已經孑然一身了無長物，唯一的一個青布包袱中，還只是不能吃不能喝且越來越顯沉重的幾卷竹簡，直與乞丐一般無二。理論起來，一次說秦失敗，也遠非陷入絕境，還完全可以繼續遊說其他幾個大國，畢竟成就霸業的雄心絕非秦國一家。可是，一次莫名其妙的車癡之禍，竟使自己一夜之間變成了赤裸裸的窮漢子，舉步維艱，如何能去周旋於王公大臣之間？蘇秦倒是閃過一個念頭，去燕國，燕姬一定會幫助自己。認真一想，不禁失笑。燕姬初為國后，縱然想幫自己也未見得能使上力。縱然燕姬能使自己衣食不愁，可那無聊的日子受得了麼？若在燕國再度被困，那可就真正地陷入絕境了。

蘇秦在北阪道邊想了整整一夜，最後終於想定，只有回家。

蘇秦選擇的這條路很生僻，與其說是路，還不如說只是個方向——出咸陽北阪，經雲陽、栒邑直入北地郡，再沿秦長城到上郡的陽周（註：陽周，今陝北綏德以西，當時是秦長城的要塞），而後東過大河，經離石要塞再南下回洛陽。且不說這條路比函谷關大道遠了多少倍，更重要的是，在進入魏國河內地區之前，這是一條越走越荒涼的險道。可蘇秦顧不得那麼多，他只有一個念頭，不要見人，悄悄回家。至於吃苦冒險，那是上天對自己荒唐行徑的懲罰，原是罪有應得。

夕陽將落，河西高原已經湮沒在暮色之中了。披著晚霞的夯土長城像是一道鱗光閃閃的巨龍，順著山脊蜿蜒地伸向了東北，直達遙遠的雲中大河南岸。無邊林木覆蓋了千山萬壑，極目望去，一片蒼蒼莽莽的空曠寂涼。山風呼嘯，林濤隱隱，唯有長城亭障上那一縷裊裊飄散的炊煙，那一陣召喚巡騎的悠揚號角，給這荒莽的山林溝壑增加了一線生機。

這便是名聞天下的河西高原，一片人煙稀少的荒莽山地。

蘇秦從來沒有到過河西之地，以往也確實難以理解，秦魏燕趙與陰山胡人為何要反覆爭奪這片荒莽的高原？一百多年征戰廝殺，死人無算，爭來這片荒涼的山塬究竟有何大用？這次從關中跋涉北上，歷經山山水水隘口亭障，才明白了這荒莽的河西高原是多麼重要的必爭之地。如果僅僅從生計上看，這裡多是山林溝壑，既沒有適合放牧的廣闊草場，又沒有多少值得耕耘的良田，無論誰占領這片高原，都不能得到當時極為缺乏的人口農田與牛羊。

但若從國家爭霸的整體上看，河西高原便光芒四射。它是矗立在整個大中原腹部的制高點，誰雄踞河西高原，誰便對四面勢力（北方匈奴、東方燕趙、西部秦戎、南部魏韓）有了居高臨下的威懾力。魏國占領河西的五六十年，正是魏國的最強盛時期。秦國收復了河西，便立即成為鳥瞰中原、威懾北胡的強勢大國。秦國要確保河西高原，靠的就是西邊的大河天險，東邊的千里長城。商鞅收復河西後，將大河天險延伸到了東岸的離石要塞，將秦國原來的舊長城一直修築到了雲中（註：雲中，今內蒙呼和浩特西南部，當時有要塞城堡，後有雲中郡）之地。如此一來，河西高原成了穩定的老秦本土，秦國便真正成了被山帶河的四塞之國。天時地利，何獨佑秦國也？

饑腸轆轆地感慨嗟歎了一番，蘇秦不禁失笑，暗自說聲「慚愧」，連忙坐在一塊山石上鋪開包袱布，開始大啖起來。這是老秦人的狩獵路飯，一塊半乾的醬牛肉夾進厚厚的大餅，再加幾根小蔥，便是一頓結實鮮辣的路飯。蘇秦食量本來不大，可一個多月跋山涉水下來，竟變得食量驚人，每次開吃都將所帶路飯一掃而光，兀自感到意猶未盡。饒是如此，也還是變成了一個精瘦黝黑長髮長鬚的山漢子，任誰也認不出這是昔日的蘇秦。吃完路飯，蘇秦到山溪邊咕咚咚牛飲了一通，又跳進水裡擦洗了一番，這才感到清涼了許多。收拾好自己，看看太陽已經完全下山，天色就要黑了下來，連忙背起包袱提起木棒，又開始跋涉。

夜行晝宿，這是老獵戶教給蘇秦的「河西路經」。

一路行來，蘇秦是講書換食。每有農家可夜宿，不管老秦人如何樸實好客，蘇秦都要給主家的少年子弟講一兩個時辰的書，以表示報答。走到白於山麓（註：白於山，今陝北靖邊與吳旗之間的山地，秦長城沿此山北進）時，農戶漸漸減少。一打聽，才知道自從商鞅收復河西之後，將散居深山的農戶全部遷到了河谷地帶，建立新里（村），推行新法，山林中只留下世代以狩獵為生的老獵戶。

那一日，天色已經黑了，卻看不見一戶人家。蘇秦正在著急，卻遇見一個老獵戶狩獵歸來，邀他到家中作客。那是山坳裡的一座小院子，大石砌牆，石板壘房，老獵戶一家在這簡陋堅固的山石小院裡已經居住了四十餘年。老人有兩個兒子，都在深山狩獵未歸，家中只有老夫婦留守。蘇秦無書可講，便與老人在山月下談天說地，請教河西路情民風。老人見蘇秦是個大世面人，談吐豪爽快意，一發打開話匣子，將「河西路經」整整說了個通宵。

「河西山路兩大險，地漏中山狼。」這是老人最要緊的告誡。

所謂地漏，說的是那些被林木荒草覆蓋的無數溝壑山崖。老獵戶說，大禹治水的時候，這河西高原被大大小小的河流山溪沖刷切割得溝溝坎坎峁峁墚墚，山崖多，山坑更多；偏偏又是遍山的林木荒草，一眼望去的平坦山塬，走起來卻是險而又險；一不小心，便要掉進樹枝荒草下的山崖山坑。老人說，許多山坑深不見底，通到了九地之下，掉下去便沒有救了。秋冬草木枯萎，「地漏」之險稍好一些。夏日草木蔥蘢，最是危險。由於這種「地漏」之險，河西人行路都有一支長長的木棒探路，而且大都在白天走路。

「可你不行。不能白天走。」這是老人的又一告誡。本地人行路大都是短途短時，自然是白日最佳。但對長途跋涉竟日行走者，卻要白天睡覺，晚上走路。老人說：「一出白於山，荒山老林無人煙。」長行路，必定疲憊不堪，夜裡一旦睡死，便有極大危險。只有白晝時日選個安全避風的山旮旯，方可睡上一兩個時辰。且次日再睡，一定要離開昨日地點六十里以上，否則仍不能安寧。

這一切，都是因為河西高原還有最大的一個危險——中山狼。

河東有個中山國，乃是春秋早期的白狄部族建立的。那時，西北方的戎狄胡遊牧部族大舉入侵中原，與東南部的苗夷部族一起，對中原形成了汪洋大海般的包圍。白狄是其中一個部族，占據了晉國北部的山地河谷。後來齊桓公尊王攘夷，聯合中原諸侯連年大戰驅趕夷狄，終於將入侵的遊牧部族趕出了中原大地。這時，晉國北部的白狄卻已經化成了半農半牧的「晉人」，被晉國當作屬地接納了。後來晉國衰落，智魏趙韓四家爭鬥不休，白狄又野心大起，趁機自立為諸侯邦國，叫作了「中山國」。中山國建立不久，便被新諸侯魏國吞滅了。後來吳起離魏，魏國軍勢減弱，白狄部族又從草原大漠捲土重來，中山國又神奇地復國了。這個中山國雖然說不上強大，但卻好勇鬥狠，橫挑強鄰，死死咬住燕趙兩國不放，居然還小勝了幾次，被天下人看作與宋國一般的二等戰國。

中山國聲名赫赫，一大半是因了這中山狼。

老獵戶說，中山狼都是妖狼，狡猾賽過千年老狐，凶殘勝過虎豹。它認人記仇，遇上落單的路人，絕不會一下子撲上去將人咬死，而是跟著你周旋挑逗，直到這個人筋疲力盡心膽俱裂，才守在你身邊慢慢撕咬消受；若有人打殺了狼崽，中山狼便會跟蹤而至，日復一日地咬死你家的豬羊牛雞，再咬死你家的小孩女人，最後才凶殘地吞噬主人。更有甚者，中山狼能立聚成群。尋常時日，你無論如何看不見狼群。但若有孤狼遇敵，這孤狼伏地長嗥，片刻之間便會聚來成百上千隻中山狼，連虎豹一類的猛獸也嚇得逃之夭夭。河西高原的獵戶以剽悍出名，可是卻不敢動這中山狼。魏國占領河西高原的幾十年裡，中山狼幾乎就是河西高原的霸主。狼災最烈時，魏國軍營的遊騎夜間都不敢出動。河西高原人煙稀少，一大半都是這中山狼害的。

老人說，早先晉國的權臣趙簡子曾經以狩獵為名，率大軍三次殺狼，中山狼一度不見了蹤跡。可中山國復活後，這中山狼也神奇地復活了。商君收復河西後，為保境安民，下令五千鐵騎專門剿滅狼群。說也怪，這秦軍鐵騎彷彿天生就是中山狼的剋星，狡猾凶殘的中山狼硬是被他們殺怕了。秦軍總是以三五小騎隊馱載帶血的牛羊引誘狼群聚集，而後大隊鐵騎從埋伏地猛烈殺出，窮追狼群，每「戰」必殺中山狼數百頭以上。經過三五年的滅狼戰，河西高原的中山狼漸漸少了。

「還是要小心。獵戶都知道，妖狼還沒有死絕。」老人重重地叮囑。

蘇秦聽得驚心動魄。他想不明白，這中山國與河西高原非但隔著橫亙百里的崇山峻嶺，還隔著一道驚濤駭浪峽谷深深的大河天險，中山狼如何就能翻山渡河而來？天地造化，當真是神祕莫測。蘇秦原是聽老師說過，中山狼是天下異數——白狄部族有馴獸異能，他們當年南侵時從草原大漠帶來了漠北狼群，這種狼以中山國山地為巢穴，卻很少傷害白狄人，只是成群地流竄鄰國，使燕趙魏秦頭疼不已。中山國四鄰都是強大的戰國，但若無充分準備和精銳大軍，都不想與這個「狼國」糾纏。中山狼對於中山國來說，簡直不亞於十萬大軍。

那時候，蘇秦聽了也是聽了，只是將老師這「順便提及」當作了一段天下奇聞，沒有上心。如今想來，這中山狼竟遠非「奇聞古經」四字所能了結，它是實實在在的災難，匪夷所思的天地異數。

老人很是周到細心，特意給蘇秦削磨了一根青檀木棒。這種青檀木堅如精鐵，叩之有金石之聲，尋常利刃砍下連痕跡也沒有。五尺長短，粗細堪堪盈手一握，極是稱手。老人說，河西人幾乎都有一根這樣的青檀木棒，獵戶們都管它叫「義僕」。這「義僕」可探路，可挑包袱，可做手杖，當然更重要的是打狼，簡直比那口長劍還管用。

蘇秦算得多有遊歷了，夜路也走過不少，可那都是一半個時辰的夜路而已，月明風清，倒有一種消遣情趣。可如今這夜路大大不同，從傍晚走到日上三竿，還不定能尋覓到一個合適的山旮旯睡覺。縱然有了山旮旯，也往往是一睡三醒，但有異動就猛然跳起。睡不踏實，那濃濃的睡意就老是黏糊在身上。夜晚上路，走著走著睡著了，不是在石縫裡扭了腳，便是在大樹上碰破了頭，再不然就是衣服掛在了野棘刺上，有兩次還差點兒掉進了「地漏」。幾個晚上下來，蘇秦已經是遍體鱗傷衣衫襤褸了。但蘇秦還是咬著牙走了下去，實在走不動了，便靠在孤樹或禿石上喘息片刻，睏得眼睛睜不開時，便用握在手心的棘刺猛扎自己大腿，往往是鮮血流淌到腳面，自己才清醒過來。

夜路的最大危險，當然還是中山狼，且不說還有山豹蟲蛇等。老獵人教給蘇秦的訣竅是：「有樹上樹，無樹鑽洞，無洞無樹，裝死。」上樹鑽洞的事兒是家常便飯了，雖然還不能說敏捷如靈猿，但在蘇秦說來，已經覺得自己與山猴相差無幾了。有幾次，蘇秦還在枯樹枝杈上睡了一覺，下來後精神大振，高興得直跺腳。只有「裝死」的事兒，還從來沒有做過。老獵戶說，中山狼從來不吃死物，萬一在白日睡覺時驟然遇見中山狼，便要裝死。這本來就是「險中險」，幸虧蘇秦警惕靈動，一直沒有碰上。

三日後，蘇秦出了陽周要塞，順著長城又向東走了兩夜，太陽升上山頂時，終於看見了通向大河的山口。一鼓作氣又趕了半個時辰，蘇秦已經站在了山口大道邊。向東望去，離石要塞的黑色旌旗影影綽綽，橫跨大河的白石橋已經是清晰可見了，身後大道邊的山坳裡是一座秦軍營寨，鼓角馬鳴隱隱傳來。軍營邊一個小小村落，裊裊炊煙隨風飄散，雞鳴狗吠依稀可聞，初秋的朝陽溫暖如春，遼闊的山塬如仙境一般。

「噢嗬——有人了——」蘇秦兀自跳著喊了起來，當真是恍若隔世。

比起長城山地，這裡便是陽關大道了。「比山旮旯強多了，何不在此大睡一番？」蘇秦念頭一閃，頓時便覺渾身無力，軟軟地倒在了光滑的山岩上……

不知過去了多長時分，朦朦朧朧的蘇秦覺得涼風颼颼，「對，該起來了。」陡然，蘇秦覺得不對，是何聲音？如何與父親的牧羊犬大黃一般哈哈喘息？這裡哪會有大黃？中山狼！心念一閃，陡然一身冷汗。

蘇秦強自鎮靜，眼睛微微睜開一道縫隙，立即倒吸了一口涼氣——漆黑夜色下，一隻碩大的側影就蹲在他身邊五六尺開外，渾身白毛，兩耳直豎，一尺多長的舌頭上吊著細亮的涎水，哈哈喘息著，昂首望著天上的月亮——不是中山狼卻是何物？瞬息之間，一陣冰涼如潮水般彌漫了全身。

正在此時，中山狼仰天長嗥，一連三聲，嘶啞淒厲，在茫茫曠野山鳴谷應。蘇秦猛然想起老獵戶的話：白毛老狼是中山狼的頭狼，最是狡猾邪惡，每遇活物便守定不走，召喚它的妻子兒女和臣服它的狼群前來共享。看來，這是一隻白毛老頭狼無疑了，如何對付它呢？蘇秦下意識地悄悄握緊了壓在身下的青檀木棒，卻是絲毫不敢動彈。「打狼無勝算，只有裝死。」這是老獵戶的忠告。可是，這隻老頭狼顯然早已識破他不是死人，正在召喚同伴來享用，裝死是不管用的，難道等著狼群來撕咥了自己？不！蘇秦不能這樣死去！滾下山崖？對，滾……

正在蘇秦屏住呼吸要翻身滾崖時，驟聞崖下大道馬蹄如雨，秦軍鐵騎路過麼？沒錯，這是唯一的機會！心念電閃，蘇秦驟然翻身躍起，大吼一聲「狼——」掄圓了手中青檀棒向中山狼腰上砸下。那中山狼聞聲回頭，「嗷」的一聲躥出棒頭，鐵尾一掃，長嗥著張開白森森的長牙，正對著蘇秦凌空撲來。「狼——」蘇秦又是一聲大吼，掄棒照著狼頭死力砸下。只聽「咣！嘭！」兩聲，那根硬似精鐵的青檀棒竟攔腰斷為兩截。蘇秦渾身一陣劇烈的痠麻，軟軟地倒了下去。那隻老狼卻只是大嗥了一聲，滾跌出幾尺，卻又立即爬起，渾身白毛一陣猛烈抖擻，又猛撲過來……

正在這千鈞一髮之際，馬蹄暴風雨般捲來，一支長箭帶著銳利的呼嘯「嘭」地釘進了中山狼後臀。全力前撲的老狼「嗷」的一聲坐地跌倒，一個翻滾消失在山岩之後。

「快！救人！四面提防！」馬隊中一個粗嗓子高聲大喊。

一騎士飛身下馬搶上山岩：「什長，人死了！」

「胡說！帶人上馬！」

突然，一陣「嗚——嗚——」的吼聲彷彿從地底生出，沉悶淒厲而曠遠，山頭河谷都生出了共鳴回應。

「頭狼地吼了！點起火把！黏住狼群——」

什長話音方落，四野連綿地吼，火把圈外的暗夜裡頓時飄來點點磷火，越聚越多，片刻間便成了磷火的海洋。風中飄來奇異的腥臭與漫無邊際的咻咻喘息聲，在河西高原消失已久的中山狼群復活了。

面對無邊惡狼，戰馬嘶鳴噴鼻，驚恐倒退，一時有些混亂起來。什長嘶聲怒吼：「圓陣不動！放下馬甲！緊急號角——」隨著什長吼聲，三支牛角號尖厲地劃破夜空，一連三陣，短促而激烈。十騎士同時走馬，迅速圍成了一個背靠背的火把圈子，五人弓箭五人長劍地配對花插，一陣鏘鏘聲響，戰馬腹部與馬腿立即放下了一層鐵皮軟甲。這是秦軍鐵騎的誘狼小隊與狼群對峙的獨特陣法：狼群成百上千，小股騎隊絕不能貿然展開衝殺，也不能被狼群衝入馬隊，一旦陷入糾纏，殺不盡的狼群必然將馬隊分割撕咬，其後果不堪設想。尋常情況下，狼群的主動攻擊比較謹慎，至少在半個時辰內要反覆地「偵察與部署」。恰恰這半個時辰，便是秦軍大隊鐵騎所能利用的路途時間。

誰知十人騎隊剛剛列成圓陣，便聽狼群中一聲長嗥，那頭蒼毛老狼猛然衝近了火把圈子，後臀上的羽箭還顫巍巍搖晃。它蹲坐在火把之下，昂首冷冷地盯著戰馬騎士，從容地將碩大粗長的嘴巴拱到地上，「嗚——」地發出一聲長長的沉悶淒厲的嘶吼。隨著這聲地吼，火把圈外的汪洋磷火驟然發出驚心動魄的嗷嗥群吼，隨著吼聲，狼群躥高撲低地從四野擁向火把。

「殺——頂住——」什長令下，騎士們的弓箭長劍同時射殺，幾十隻中山狼頓時血濺馬前。中山狼但成群攻擊，從來都是前仆後繼不怕殺，十人騎隊面對蜂擁撲來的千百隻惡狼，無論如何是頂不住半個時辰的。

陡然，山塬上號角大起，火把遍野，殺聲震天，馬蹄聲如沉雷隆隆滾過，秦軍大隊鐵騎潮水般壓了過來。蹲在山岩上的帶箭老狼一聲怪嗥，成千上萬隻中山狼竟一齊回頭，驟然消失在無邊的暗夜之中。鐵騎火把也在山塬上成巨大的扇面形展開，喊殺窮追，直壓向大河岸邊……

蘇秦醒來時，發現自己躺在一頂軍帳裡。一個壯實黝黑的年輕士兵正在帳中踱步，見他醒了，驚喜地喊了起來：「人醒了！千夫長快來——」便聽腳步匆匆，一個頂盔貫甲手持闊身短劍的將軍走了進來，徑直到軍榻前笑道：「先生好睡，整整三天了，能起來麼？」

蘇秦雖還有些懵懂飄忽，但也明白這必定是秦國軍營，奮力坐起下榻，搖搖晃晃拱手作禮：「將軍大恩，沒齒難忘。」

千夫長哈哈大笑著扶住蘇秦：「先生哪裡話？引來狼群，聚殲除害，這可是先生大功呢。」

「你們，殺光了中山狼？」蘇秦大為驚訝。

「不敢說殺光，也八九不離十。」千夫長顯然很興奮，一手扶著蘇秦，一手比畫著，「這是河西殘留的最後一群中山狼，兩千多隻，追了三年都沒有攏住。不想教先生給引了出來，一戰殺了一千八百隻中山狼。最大的戰果，是殺了那頭白毛老狼！那是狼王，偏偏就教你遇上了，先生命大得很！」

「慚愧慚愧。」蘇秦連連擺手，「若非大軍鐵騎，早已葬身狼腹了。」

「來，先生這廂坐。」千夫長扶著蘇秦坐到軍案前，轉身吩咐，「三豹子，給先生拿吃喝來，不要太多，快！」

「知道。」那個年輕壯實的士兵騰騰大步去了。

片刻之間，三豹子捧盤提壺走了進來：一個是布套包裹的大陶壺，壺嘴還冒著絲絲熱氣，大木盤中是一張白白厚厚的乾餅，一盆已經沒有了熱氣的帶骨肉，還有幾疙瘩小蒜（註：《齊民要術・種蒜》載：小蒜為中原固有，大蒜乃西漢張騫出使西域帶回）。蘇秦但聞肉香撲鼻，頓覺饑腸轆轆，不待千夫長說「請」，便伸手抓起一塊帶骨肉大咥起來，只覺得生平從未吃過如此肥厚鮮美的肉味。眼見盆中肉完，蘇秦抓起溫軟的大餅一扯，一手將盆中剩餘的碎肉全部抓起塞進大餅，咬一口大餅，向嘴裡扔進一疙瘩帶皮小蒜。肉餅吃光，三豹子已經將大陶壺中的濃湯倒入盆中，蘇秦雙手端起咕咚咚牛飲而下。片刻之間風捲殘雲，吃得一乾二淨。蘇秦滿頭大汗，兀自意猶未盡，雙手在身上一抹，又用殘破的衣袖擦了擦嘴角。

「咥得美！」千夫長一陣大笑，「先生猛士之風，高人本色。」

「見笑見笑。」蘇秦不禁紅了臉。

「先生可吃出這是甚肉？」

蘇秦一怔：「好像？」卻總也想不起方才吃肉的味道，忍不住也哈哈大笑，「囫圇吞下，渾不知肉味也。」

「狼肉！中山狼的一隻後腿。」

「啊！狼肉？」蘇秦始而驚愕，繼而大笑不止，「狼可咥人，人可咥狼，誰咥誰，勢也！」

千夫長拱手笑道：「先生學問之人，末將佩服。三豹子，拿先生的竹簡來。」三豹子快步從後帳拿出一個青布包袱放到軍案上，千夫長打開包袱笑道：「先生發力猛烈，這些竹簡全被震飛了。殺完狼群，清理戰場，方才搜尋撿回了。軍中書吏看不懂，不知縫連得對不對，先生查查了。」

「多謝將軍了。」蘇秦深深一躬。

「先生不必客氣，請先擦洗換衣，末將還有求於先生。三豹子，帶先生擦洗。」

「是。先生跟我來。」三豹子領著蘇秦走進一道大布相隔的後帳，指著一個盛滿清水的大木盆道，「先生自擦洗了。這是千夫長的一套襯甲布衣，先生且先將就換了。」說完走了。

蘇秦已經髒得連自己都覺得酸臭難耐，脫下絮絮絡絡的破衣爛衫，痛痛快快地擦洗了一番，換上了短打布衣，頓覺渾身乾爽舒適，精神大是振作。千夫長從帳外回來，見蘇秦雖是長髮長鬚一身短布衣，卻是黑秀勁健別有一番氣度，不由笑道：「末將沒看錯，先生出息大了。三豹子，上茶。先生坐了。」待蘇秦坐定，三豹子斟好殷紅的粗茶，千夫長莊重拱手道：「敢問先生高名上姓？何國人氏？」

「在下蘇季子，宋國人，師從許由農家門下治學。」蘇秦料到遲早有此一問，早已想好以自己的「字」作答。這個「字」除了老師、家人與張儀，很少有人知道，叫的人更少；學問門派，則是因為自己對農家很熟悉，宋國又離洛陽很近，便於應對。蘇秦打定主意不想在這番「遊歷」中留下痕跡，自然不想以真面目示人。

「先生以何為生？欲去何方？」

「農家以教民耕作術為生，在下此次奉老師指派，來河西踏勘農林情勢，而後返回宋國。」

「是這樣。」千夫長笑道，「國尉司馬錯求賢，末將看先生非尋常之士，想將先生舉薦給國尉謀劃軍國大事，不知先生意下如何？」

蘇秦暗暗驚訝，一個千夫長只是軍中最低級的將軍，能直接向國尉舉薦人才？不由微微一笑：「將軍與國尉有親麼？」

「哪裡話來？」千夫長連連搖手，「國尉明令，舉賢為公，不避遠近親疏，但有舉薦，必答三軍。無論任用與否，國尉都要向三軍申明理由。先生放心，秦國只認人才。」

蘇秦心中慨然一歎：「賢哉！司馬錯也。此人掌秦國軍機，列國休矣。」卻對千夫長拱手笑道，「在下於軍旅大事一竅不通，只知農時農事耳，況師命難違，委實愧對將軍了。」

「哪裡哪裡？」千夫長豪爽大笑，「原是末將為先生一謀，先生既有生計主張，自當從業從師，何愧之有？」

「季子謝過將軍了。」

「既然如此，軍中也不便留客。」千夫長快捷爽利，立即高聲吩咐，「三豹子，為先生準備行程，三天軍食要帶足！」

只聽一聲答應，三豹子拿來了一應物事——除了牛皮袋裝的乾肉乾餅與一個水袋，便是蘇秦原來的包袱與青檀木棒。蘇秦驚訝地拿起木棒，但覺中間的銅箍光滑堅固，絲毫沒有曾經斷裂的鬆動感覺，這是自己的「義僕」麼？

千夫長笑道：「青檀棒是稀罕物事，壞了可惜。末將教軍中工匠修補了，稱手麼？」

「稱手稱手。」蘇秦肅然拱手，「不期而遇將軍，不知肯否賜知高姓大名？」

「不足道不足道。」千夫長大笑搖手，「先生記得中山狼就行。」

二、荒田結草廬

老蘇亢突然醒了過來，大黃正扯著他的褲腳「嗚嗚」低吼。

人老了瞌睡見少，卻生出一個毛病——日落西山便犯迷糊，打個盹兒醒來卻又是徹夜難眠。這不，方才正在望著落日發癡，一陣睏意漫了上來，竟靠在石桌上睡著了。明明是剛剛迷糊過去，如何天便黑了下來？對，是黑了，天上都有星星了，這大黃也是，明明方才還臥在腳下自在地打呼嚕，如何就急惶惶地亂拱起來？

「大黃，有盜麼？」老蘇亢猛然醒悟，拍拍大黃的頭站了起來。

「嗚——」的一聲，大黃原地轉了一圈，張開大嘴將靠在石桌上的鐵皮手杖叼住塞進老人手裡，又扯了扯老人褲腳，箭一般向莊外飛去，沒有一聲汪汪大叫。

是盜。老蘇亢二話沒說，篤篤篤點著鐵皮杖跟了出來。大黃的神奇本事老蘇亢領教多了，它的警告絕對不會出錯。洛陽王畿近年來簡直成了盜賊樂園，韓國的，楚國的，魏國的，宋國的，但凡饑民流竄，無不先入洛陽。如今這天子腳下的井田制，可是最適合流盜搶劫了，偷了搶了沒人管，報了官府也是石沉大海。「國人居於城內，莊稼生於城外」，這種王制井田，饑寒流民如何不快樂光顧？莊稼無人看管，夜來想割多少就割多少。普天之下，哪個邦國有如此王田？只是目下秋收已完，遍地淨光，強割莊稼是不可能了，莫非流盜來搶劫我這孤莊？果真如此，蘇莊也就走到頭了。

突然，大黃在門外土坎上停了下來，昂首蹲身，向著那片樹林發出低沉的「嗚嗚」聲。

樹林中沒有動靜，老蘇亢放下了心，篤篤地頓著手杖道：「樹後客官，不要躲藏了。我東邊田屋還有一擔穀子，去拿了走。」

樹林中沒人答話，卻傳來一陣腳踩枯葉的沙沙聲。大黃猛然回頭，對老主人「汪」地叫了一聲，身子一展，撲進了樹林，接著便聽見一陣「汪汪汪」的狂吠。這叫聲怪異。大黃怎麼了？老蘇亢正要走進樹林，卻突然聽見林中傳來低沉的聲音：「大黃，莫叫了。」接著是大黃哈哈哈的喘息聲。

老蘇亢一時愣怔，木呆呆地站在土坎上邁不動步子了。

沒有人聲，沒有狗吠，一陣長長的沉默。終於，林中沙沙聲又起，一個身影一步一頓地挪了出來。朦朧月色下，一身短衣的身影特別瘦長，一根木棒挑著一只包袱，木然地站著，熟悉又陌生，他？他是誰？猛然，老蘇亢一陣震顫，搖搖晃晃幾乎要跌坐在地，死死扶住手杖才緩過神來：「季子，是，是你麼？」

「父親，是我。」

又是長長沉默，唯聞人與狗一樣粗重的喘息聲。

「季子，回家。」老蘇亢終於開口了，一如既往的平淡溫和。

蘇秦尚未抬腳，大黃就「呼」地長身人立，叼下了木棒包袱，回身向莊內跑去。

正廳剛剛掌燈，四盞銅燈照得偌大廳堂亮堂極了。尋常時日，蘇家正廳是只許點兩燈的。今日不同，蘇家妯娌要在正廳辦一件大事，破例地燈火通明了。

「喲，到底是自家大事，妹妹來得好快。」管家大嫂胳膊上挎個紅包袱興匆匆進來，還沒進門就對坐在燈下的蘇秦妻子笑語打趣。

「大嫂取笑我，原是你叫我來的。」寡言的妻子正在廳中一張鋪著白布的木臺上端詳一匹苧絲，一答話滿臉通紅，彷彿犯了錯一般。

「喲，看妹妹說的，他是我的夫君麼？」大嫂將紅包袱往臺上一放，利落地打開，「看看這塊如何？你大哥昨日從大梁捎回來的，說是吳錦呢。」說著攤開了包袱中的物事，便見一方鮮亮的紫紅錦緞鋪了開來，細細的金絲線分外地燦爛奪目。

「啊——」妻子輕輕地驚呼了一聲，「太美了，大嫂可真捨得。」

「看這妹妹說的。」大嫂笑著點了點她的額頭，「二叔高官榮歸，那是光宗耀祖，蘇家一門的風光呢。為二叔做件錦袍，還不是該當的？我這做大嫂的管著家，敢不上心麼？妹妹日後封爵了，可別不認我這鄉婆子喲。這人活著呀，就得像二叔一般！誰像你大哥個死漢，光能賺兩個小錢，不能比喲。」

「我說大嫂。」妻子幽幽一歎，怯怯的，「你從哪裡聽說他成事了？還要榮歸？」

「你看你看，還是不信。」大嫂一臉神祕的笑意，「你大哥說的，洛陽王室大臣都知道了，二叔見了秦王，做了上卿。上卿知道麼？和丞相一樣呢！你大哥託人打問，都說二叔不在咸陽，這不是回來省親是甚？真個糊糊你也。」

妻子又紅著臉笑了：「真的就好哎。我是想，他那心性，成事了不會回來的。」

「喲，說的，莫非不成事才回來？」大嫂大不以為然地撇撇嘴，「二叔是我看著長大的，不是薄情寡義小人。妹妹是正妻，日後可不得亂說。」

「甚個正妻？連碰都沒碰過……」妻子哀怨地嘟囔著，眼淚都快出來了。

「喲喲喲。」大嫂連忙笑著摟住妯娌妹妹，又抽出袖中錦帕為她沾抹去了淚水，悄聲笑道，「沒碰過怕甚？原封好喲。這次二叔榮歸，來個洞房真開封兒，大嫂包了！」

「你包什麼喲？」妻子「噗」地笑了。

「喲——該死！」大嫂恍然大悟，連連搖手，笑得彎下了腰去。

妻子捂著嘴好容易憋住了笑：「我先上機了，錦袍布襯不好織呢。」

「好。」大嫂好容易直起腰來，「上吧，妹妹的織機手藝天下無雙呢。」正在笑語連連，突然「啊」地尖叫了一聲，「妹妹快！狗——」

明亮的燈光下，大黃「呼」地衝了進來，撂下木棒包袱，衝著兩個女人「汪汪」大叫。大嫂歷來怕狗，從來不敢走近這隻與狼無幾的猛犬，見它突然衝進廳堂大叫，嚇得連忙便往妯娌妹妹身後躲藏。

妻子卻很喜歡親近狗，回頭笑道：「大黃，抓住盜賊了？」

「汪汪汪！」

「立功了好啊，一會兒給你大骨頭。」

「汪汪！嗚——」大黃發出一陣呼嚕聲，「呼」地衝過來咬住了妻子的裙角。

「啊！你這狗——」大嫂嚇得飛快地繞到錦緞臺子後邊躲了起來。

「大黃。」院中傳來老蘇亢平淡粗啞的聲音，「莫叫，她們聽不懂你。」大黃聞聲放開了妻子裙角，喉頭「嗚嗚」著耷拉著尾巴走出了大廳，顯然掃興極了。老蘇亢篤篤著鐵皮杖走了進來，瞄了一眼兩個兒媳，回頭淡然道：「季子，進來，免不了的。」

院中傳來緩緩的腳步聲，一個身影從黑暗中走來，兀立在明亮的廳堂門口——短打布衣襤褸不堪，長髮長鬚精瘦黝黑，一股濃烈的汗酸臭味兒頓時彌漫了華貴的廳堂。廳中死一般的沉寂。大嫂慢慢地站了起來，眼睛瞪得滴溜溜圓，張著嘴半天出不了聲氣兒。妻子向門口一瞥，原本通紅的臉色頓時一片煞白，明亮的眼睛立刻暗淡了下去，木頭般地呆了片刻，腳下猛一用力，織機「呱嗒呱嗒」地響了起來。

突然，大嫂尖聲笑了起來，手扇著縈繞鼻息的汗臭：「喲——這是二叔麼？怎的比那叫化子還酸臭？好妹妹，快來看啊，你朝思暮想的夫君回來了！」

織機依舊「呱嗒呱嗒」地響著，妻子彷彿與織機鑄成了一體。

蘇秦的黑臉已經脹成了豬肝顏色，額頭也滲出了津津汗珠。他緊緊咬著牙關沉默著，任大嫂繞著他打量嘲笑。漸漸地，蘇秦額頭的汗珠消失了，臉上的脹紅也褪去了，平靜木然的眼光寫滿了生疏與冷漠。

「大媳婦，季子餓慘了，去做頓好飯。」老蘇亢終於說話了。

「喲！看老爹說的。活該我命賤似的，連一個叫化子也得侍候？」大嫂平日對公爹必恭必敬唯命是從，此時卻換了個人似的，臉上笑著嘴裡數落著，「王車寶馬呢？貂裘長劍呢？古董金幣呢？錦衣玉冠呢？喲，丟了個精光也！還遊說諸侯呢，分明花天酒地採野花去了。不賭不花，帶的金錢夠你打十個來回呢，至於這樣兒麼？還有臉回來呢，指望我再供奉你這荷花大少麼？除非太陽從西邊出來，你蘇季子高官金印！要不啊，沒門兒！想吃飯，自己討去啊，不是已經學會討飯了麼？真丟人……」

「夠了！」老蘇亢鐵杖「篤」地一頓，怒吼一聲。大黃「呼」地躥了進來，驟然人立，兩爪搭在了正在起勁兒數落的女人肩上，血紅的長舌呼呼大喘著。

大嫂「啊」的一聲尖叫，臉色蒼白地倒在了地上。

「大黃，出去。」老蘇亢頓頓手杖，大黃又耷拉著尾巴意猶未盡地出去了。

織機依舊「呱嗒呱嗒」地響著，妻子依舊沒有下機，依舊沒有回頭。蘇秦向妻子的背影看了一眼，牙關一咬，嘴唇上的鮮血驟然滴到了白玉磚地上……他彎腰拿起自己的包袱和木棒，默默地出了廳堂。

老蘇亢搖搖頭，也篤篤地出去了，廳中的織機依舊「呱嗒呱嗒」地響著。

這座小院子還是那麼冷清整潔。

老蘇亢吩咐使女整治了一大盆湯餅，默默地坐在了石案對面。蘇秦吃得吸溜吸溜滿頭大汗，吃相直如田中村夫一般。大黃蹲在旁邊，不斷舔著蘇秦的腳面，喉頭呼嚕不停。這是洛陽湯餅，豬肉片兒和著麵餅條兒煮的，更有綠瑩瑩的秋苜蓿入湯，鮮香肥厚。蘇秦吃得舒暢極了，片刻吸溜呼嚕下肚，一推陶盆：「再來一盆。」

「只此一盆。不能盡飽。」父親睜開了眼睛。

蘇秦默然，看著使女收拾了石案，依舊沉默著，實在不知如何對父親交代這場奇異的變故。他等待著老父親的發問，甚至期待老父親狠狠罵他一頓，掄起手杖打他一頓。可是，老父親卻只是仰頭看著天上的那一勾彎月，什麼也不問，什麼也不說。

「父親，大哥弟弟他們呢？」蘇秦終於想到了一個話題。

「行商去了。」父親也終於不再望月，淡淡的，「季子，可要改弦易轍？」

「不。初衷無改。」

「不後悔？」

「不後悔。」

「吃得苦？」

「吃得苦。」

「受得屈辱？」

「受得屈辱。」

老人「篤」地一頓手杖：「創業三難，敗、苦、辱。三關能過，可望有成也。」

蘇秦肅然向父親深深一拜：「父親，請賜兒荒田半井。」

「商人無恩，唯借不賜。」

「是。請借季子荒田半井。」

「借期幾多？」

「三年為限。」

老人點點頭，疲憊地閉上了眼睛。

次日清晨，老蘇亢帶著蘇秦來到郊野農田。秋收已過，星星點點的私田茅屋已經冷清清地沒有了人煙，田間一片漫無邊際的空曠。秋風吹過，分外蒼涼。普天之下，只有洛陽王畿還保持著古老的正宗的井田制——國人農夫居於王城，收種時節出城住在私田茅屋，收種之後搬回城堡消暑窩冬，田野空蕩蕩地杳無人煙了。從前，作為王畿國人的農戶，各自還都有幾戶、十幾戶的隸農，他們沒有資格住在王城，便在國人的私田裡搭幾間茅屋遮風擋雨，洛陽郊野在冬夏兩季還有些許人煙。可再後來，隸農們也漸漸逃亡，到新戰國當自由民去了，尤其是在商鞅變法的二十多年裡，洛陽王畿剩餘的隸農幾乎全部逃亡到秦國去了。從那以後，秋收後洛陽城外的王畿井田，就真正成了荒漠的曠野，相比於村疇錯落、四季勤耕不輟的戰國都城郊野，這裡就像一片荒涼冷清的陵園。

蘇秦第一次發現，孤零零的蘇莊與遙遙相對的王城，在這蒼涼的曠野都顯得那樣的渺小。甚至，連印在童年記憶中高聳的紅牆綠瓦，長長飛簷下的叮咚鐵馬，也都不再輝煌，看去竟那樣破舊醜陋。奇怪，原來如何沒有這種感覺？

「季子，這是半井荒田。」父親伸出鐵杖，向遠處畫了一個圈子。

荒蕪殘缺的路堤下，有一片荒草茫茫的土地，中間幾面斷垣殘壁，旁邊一副破舊的井架。無邊良田之中，這塊荒草茫茫的荒田透著幾分神祕，幾分恐怖。

按照正宗健全的井田制，一井九田——八家私田，中央公田，井在公田正中。十「井」為一「成」，實際上便是一個灌溉區；「井」內灌田的小水道叫作「渠」，都是各家自己修建的，小渠堤兼做了各家的田間小道；「井」與「井」之間的水道叫作「溝」；「成」與「成」之間更大的水道叫作「洫」。溝洫是官府徵發民力修建的公共水道，溝洫堤岸是田間大道，兩岸栽滿了楊柳，春日柳絮飛雪，夏日綠樹成蔭。這種無數的方格綿延開去，便是一幅靜謐康樂井然有序的王畿井田圖。

一千多年過去，那耕耘相望、踏歌互答、雞犬相聞的井田詩意，早已隨著耕作奴隸的逃亡流失而蕩然無存了。剩下的，只有這空曠的荒野，殘破的茅屋，秋風下無邊的蕭瑟。普天之下，爭城奪地的狂潮正在一浪高過一浪，大約也只有洛陽王畿的井田還能保留這份空曠與蒼涼。快了，那無邊洪峰的浪頭眼看就要壓過來了，這種無風無浪無聲無息死亡般的平靜，眼看也就要結束了，上天啊上天，我能在這裡平靜地度過三年麼？

「季子，過去。」老父親「篤篤」地點著手杖，大黃聞聲，嗖地躥進了荒草。

蘇秦恍然，大步走到父親前面，手中「義僕」撥打著荒草，深一腳淺一腳地來到荒井廢墟前。顯然，父親也是多年沒來這裡了，重重地歎息了一聲，一句話不說，瞇著眼陷入一種迷茫中去了。

蘇秦默默踱著步，四面打量了一圈。父親說，這裡原是一個隸農的家，人在二十年前就逃亡了。父親精明，當初只買隸農逃亡而主家無力耕種的荒田。所謂「半井」，就是蘇家在暗中買下的四家荒田。一井八家，四家便是「半井」了。按照王畿井田制，「半井」大約有三四百畝地的樣子。蘇家經商，無人專司農耕，買下了也只算買下了，荒田依舊是荒田，破屋自然更破了。

三間茅屋已經被風雨沖刷得只剩下了光禿禿的幾面土牆，屋前丈許遠，還留下了一個石舂，舂坑裡竟神奇地生出了一窩野草。門前一方空地，是原來的小打穀場。三五丈外，是一口豎著高高的桔槔木架的水井（註：桔槔，春秋早期已經開始使用的槓桿式汲水工具。北方某些地區現在仍可見到，呼為「秤桿」），井臺用青石條鋪成，修得四方四正，井口還有一副半人高的轆轤樁，只是沒有了轆轤與井繩。雖然荒草已經長上了井臺，但從其規整的井臺與齊備的兩種汲水工具（桔槔與轆轤）仍然可以想見，這是一口老公井，而不是後來私家挖的新井。所謂老公井，是正宗井田制時期，按照官府堪輿的風水走向，合一井八家之力修建的公用水井。這種水井都在公田的中央，而公田又在八家私田的中央，如此各家打水的距離便是一樣的。另外，公用水井的汲水工具也由官府統一安裝，既有轆轤，又有桔槔，加之輪流維護經常修葺，顯得很有器局規格。而所謂新井，則是井田制鬆弛後各家在私田挖的井，這種井只供一家之用，所以一般都只有轆轤，或只有桔槔，井臺也要小得多。

有口老公井，自然方便許多，只是不知道這口井乾了沒有。蘇秦走上井臺，身子伏在轆轤樁上凝神向黑黝黝的井中望去，居然隱隱約約能看見圓圓的一片白光。好！還有水。從井臺上下來，蘇秦又沿著父親說的「半井」地界走了一圈，他走出來時，心中已經盤算好了。

「父親，就這裡了。」

老人點點頭：「何日動手？」

「就在目下。我不回去了。」

老人默默思忖片刻：「也好。午後我再來一次。」說完對大黃招招手，大黃呼地躥過來望著主人。老人拍拍大黃的頭：「大黃，你有大用了，守在這裡吧。」

「汪汪汪！」

老人輕輕撫摩了大黃一陣，回身走了。

「父親。」蘇秦喊道，「你不能沒有大黃！」

「汪汪汪！嗚——」大黃猛叫幾聲，沮喪地趴在地上不動了。

老人沒有回頭，拄著拐杖走了，漸漸地，茫茫荒草湮沒了蒼老的身影。

父親一走，蘇秦立即脫光膀子幹起活兒來。山間修習時，老師對他們經常說到墨家子弟的自立勤奮，也時不時教他們做一些修葺茅舍、山溪汲水、進山狩獵之類的生計活兒。對於自己動手，蘇秦並不陌生，況且跋涉三月，他已經完全習慣了扎扎實實自謀生路，對脫了衣服下田這樣的事兒，非但不再感到難堪，反倒覺得體味了另一種人生，別有一番苦滋味兒。昨夜情景，已經使他一路上對家的思念化為烏有，溫情的夢幻在那一刻突然地破碎了，斷裂了。要不是木訥深遠的老父親，他肯定會憤然離家自己闖蕩去了。大嫂與妻子殘酷地撕碎了自己夢幻的那一刻，他就打定了主意——遠遠離開自己原先華貴的瓦釜書院，離家苦修，再造自己。在荒野中時刻與風雨霜雪為伴，時刻處在痛苦與屈辱的體驗之中，只能更加惕厲奮發。他決意做一次勾踐式的臥薪嘗膽，無情地摧殘肉體，猛烈地刺激靈魂。

第一件事，就是在這斷垣殘壁上結一間能夠遮風擋雨的草廬。

方才他已經留心查看了田裡的荒草，雖然不如河灘茅草那般柔韌，卻也長得頗為茂盛，草身尚算細密，稍加選擇，一定能蓋一道厚實的屋頂。眼下雖說沒有一件工具，但先拔草總是可以的。霜降已過，秋草已經變黃變乾，連草根上的那截綠色也沒有了，正是苫蓋屋頂的合用草材。他一頭鑽進齊腰深的荒草，揀細密的茅草一撮一撮地拔了起來。

大黃一直臥在斷牆下自顧呼嚕，後來終於也鑽到荒草中來了。

「大黃，你還是回去，老父親離開你不方便。」蘇秦拍拍大黃的頭。

「嗚——汪汪！」大黃對著蘇秦叫了兩聲，並沒有回頭走開。

「大黃，那就一起幹活兒了。」蘇秦有過遭遇中山狼的經歷，對良犬的靈異便有了深切的感悟。像大黃這種有靈性的猛犬，對主人的忠誠與服從是無與倫比的，主人派它守在這裡，它就一定不會離去，雖然它更想跟在主人身邊。想了想，蘇秦將拔好的茅草打成小捆子，拍拍大黃：「大黃，叼起來，哎，就這樣。好，送到斷牆下去，那兒——」蘇秦伸手一指，大黃叼起草捆子，嗖地躥了出去。

太陽西斜，父親趕著牛車再來時，蘇秦拔的茅草已經攤滿了斷牆四周。

「看看，還缺不？」父親手中的短鞭指著牛車。

蘇秦有些驚訝。他實在沒想到，父親竟能親自將一輛牛車趕到這裡。一路坑坑窪窪遍地荒草，走路都磕磕絆絆，更別說趕車了。可父親除了額頭上有汗珠，卻是若無其事，轉身看自己拔下的茅草去了。蘇秦知道父親的性格，也沒說話，就去搬車上的東西了。父親送來的物事不多，卻都很實用。鐵耒、泥抹、木桶、麻繩、柴刀等幾樣簡單的工具；鐵鍋、陶壺、陶碗等幾樣煮飯燒水的炊具；一包原先的衣服，一袋夠三兩天吃的乾餅乾肉，剩下的五六個木箱便是自己的書了。搬完東西，蘇秦覺得又渴又熱，拿著麻繩木桶來到井臺，將麻繩在桔槔上繫好，又用繩頭鐵鉤扣牢木桶放下了老井。吊上來一看，水清亮亮的，捧起喝了一口，竟是清涼甘甜。蘇秦將水提到牛車旁，打了一陶碗遞給父親。

「季子，這是口活水井。」父親品著清水，「上天有眼。」

「有吃有喝，夠了，父親回去歇息吧。」

父親用短鞭敲打著一個鏽跡斑斑的銅箱：「這是一箱老書，一併給你。」說完，父親坐在牛車上咣噹咣噹地走了，走得幾步，父親回身向大黃招了招手。大黃「嗷」地叫了一聲，幾個縱躍，跳到了牛車上猛親主人。父親摸了摸大黃，又對它說了幾句，大黃「汪汪」兩聲，又呼地跳下了牛車，蹲在荒草中，看著牛車去了。

父親一走，蘇秦立即重新開始拔草，要趁著天亮盡量地多拔一些。暮色消失天黑定時，斷牆下又堆了一大垛茅草。時下正當九月中旬，秋月將滿，分外明亮。打了一桶清涼的井水，蘇秦與大黃各自吃了一張乾餅一塊醬肉，大喝了一通甘涼的井水，便開始蓋自己的草廬。

這座小院子原來是一排三間草房，如今只剩下了四面斷牆與架在牆頂的椽子。蘇秦趁著月色仔細查看了斷牆，覺得中間兩面牆稍微完整，風雨沖刷的痕跡稍少，就決定用這兩道牆蓋一間草房。不用砌牆，就是屋頂上草抹泥，蘇秦此刻覺得一點兒也不難。他先用鐵耒挖土，圍了一口很大的泥鍋，又打了五六桶水倒進泥鍋，然後向泥鍋裡填滿選好的半乾土塊；等待泥鍋泡土的時刻，用那口柴刀剁了許多細碎茅草，扔進了泥鍋，然後赤腳跳進泥鍋反覆踩踏。月上中天的時分，一鍋軟黏適度的草泥和好了。

雖然是大汗淋漓，蘇秦卻是精神抖擻，絲毫不覺得睏乏。三個月河西夜路的打磨，心力精力比原來有了神奇的增長。一鼓作氣，他開始了屋頂上草。尋常間修建一間普通的茅屋，屋頂上草是技術性最強的一關。防風防雨的性能如何，全在於屋頂上草。講究的茅屋，要上三重茅草，屋內方有冬暖夏涼的功效。蘇秦當然做不到如此講究，更重要的是，他毫不在乎是否冬暖夏涼，只求不要漏雨透風而已。如此要求，自然簡單多了。

土牆原本不高。蘇秦先將一捆削好的樹枝扔上牆頭，再裝好一個泥包提到牆下，然後手拿泥抹、腰纏麻繩爬上牆頭。在牆頭端詳一番，蘇秦放下帶鉤的麻繩，向大黃招手比畫：「大黃，掛住泥包。」

「汪汪汪！」大黃繞著繩鉤轉了兩三圈，真的叼住了鐵鉤，鉤住了泥包。

「大黃，好！」蘇秦高興地吊起了泥包，開始向椽子上鋪搭樹枝，再向樹枝上糊草泥，趕一層草泥糊滿，東方已經魚肚白了。蘇秦沒有歇息，立即開始鋪乾茅草。這是很需要細心與技巧的：要從屋簷鋪起，每排草根部糊泥壓緊，後排蓋住前排的泥根，一排排壓上去直到屋脊。正午時分，蘇秦壓完了一面茅草，高興地從土牆上爬下來，雙腿一軟，倒在了大黃身邊。「汪汪！」大黃已經變成了一隻泥狗，原先絲綢般閃亮的黃毛，糊滿了屋頂掉下來的泥巴。見蘇秦倒地，它驚叫兩聲，湊了過來。

「呼——」一陣粗重的鼾聲響了起來。大黃嗅了嗅蘇秦，搖搖尾巴也臥倒了。

「嗚，呼嚕……」大黃喉頭呼嚕著，也靠在蘇秦身上睡著了。

三、亙古奇書陰符經

北風呼嘯，大雪紛飛，原野上的一切都模糊了，孤獨的草廬已經完全淹沒在漫無邊際的風雪之中。遠遠看去，只有那高高的桔槔與井臺上的轆轤依稀可見，成為尋找草廬的唯一標記。大黃從曠野裡飛奔過來，須得時不時地停下來瞅瞅桔槔，嗅嗅腳下，才能繼續飛奔。大黃終於撲到了草廬門前，「汪汪汪」地抖擻著渾身雪花大叫起來。

門板剛剛拉開一道縫隙，大黃嗖地裹著風雪躥了進去。「大黃，真義士也！」蘇秦嘖嘖讚歎著，連忙拿下大黃口中叼著的絲棉包袱，又連忙頂上門板堵上草簾，才回頭拍拍大黃，「來，一起吃。」

「汪汪！」大黃搖搖尾巴，逕自臥到角落去了。

「啊，你吃過了？好，不客氣了。」蘇秦打開包袱，拿出裡面一個尚有溫熱的銅匣，拉開蓋子，一匣滿當當的軟餅醬肉彌漫出濃濃的香氣。蘇秦拿出一塊餅一塊肉放在大黃身旁的石片上，「這是你的，餓了吃。」說完回身大咥起來。

蘇秦已經兩天沒吃飯了。

草廬一結好，蘇秦便開始了一種奇特的粗簡生活。每日黃昏，大黃準時回莊，叼來一頓乾食。他知道這是父親的苦心安排，便也沒有拒絕。幾天之後，索性自己也不再動炊，就是這每晚一頓乾餅醬肉，喝一通老井的甜水了事。瞌睡了，在草席上和衣睡上一兩個時辰，醒來了到井臺上用冷水沖洗一番，立即又回來揣摩苦讀。日復一日，倒是分外踏實。前兩日突然下起了漫天大雪，蘇秦才恍然大悟，已經是冬天了。看看風狂雪猛，他沒有教大黃回莊，可也忘記了自己動炊，硬是一天一夜沒離開那張破木板書案。直到方才大黃在門外狂叫，他才猛醒，大黃自己偷偷回莊了。

狼吞虎嚥地咥完了軟麵餅與醬肉塊子，蘇秦精神大振：「大黃，雪很大麼？」

「汪汪汪！」

蘇秦笑了：「我去賞雪了，你歇息。」剛拉開門，大黃已經嗖地躥了出去。

茫茫原野，風雪無邊，充斥天地間的只有飛舞的雪花與呼嘯的風聲。極目不過丈許，聞聲不過咫尺。蘇秦什麼也看不見，什麼也聽不見，只能感到冰涼的雪花打上臉頰，呼嘯的寒風掠過原野。久旱必有大水，秋末入冬三個月一直沒有雨雪，上天幽閉過甚，自要猛烈地發洩一番，上天無情，卻有人道啊。

住進草廬，蘇秦心底深處的那股煩躁急迫消失了。他的第一件事，是翻檢書箱挑選書籍。自己書房的那幾箱書，他只選出了老師臨行贈送的《天下》，其餘諸子大師的文章抄本，他都覺得與自己所要做的事太過疏離，沒有必要再花工夫。東歸的路上他已經想好，自己的學問面上淵博，缺乏的卻是專注一點的精深。這一點，就是對天下大勢的洞察。要錘鍊這種見識，需要的不是具體的就事論事的學問，而是高屋建瓴鳥瞰天下的眼光境界。可是，到哪裡尋覓這種啟迪智慧之門的鑰匙呢？記得老師有次對他們講到太公呂尚時說：「人之能，不僅在學，且在悟。悟之根本，不在少學，在難後重學。大難而有大悟，始得大成。」那時，他與張儀都覺得，這只是老師針對太公這種「老才老運」說的，與他們離得很遠很遠。況且，戰國名士大都是年輕成名，都像太公那樣耄耋建功，天下豈不成了老叟世界？然則一番磨難之後，老師的話卻如此清晰地凸顯出來了。天下事原本就不是一成不變，無論耄耋建功還是英年成名，大約這個「大難大悟」都是該當有的。

「必須大悟，方得有成。」這是蘇秦在坎坷屈辱中磨出來的見識。

想不到，上天居然給他打開了一扇大門，竟使他得到了一本久聞其名而尋覓無門的亙古奇書。那天，他在翻檢完自己的書箱後，無意打開了那只鏽蝕斑駁的銅箱。在他想來，父親所謂的「老書」，一定是一些商家典籍。但無論如何，不看看是對不起父親的。就在他打開銅箱翻檢到最底層時，一本破舊的羊皮紙大書出現了。拿起一看，破舊發黃的封面是五個碩大的古篆，仔細端詳，呀——《陰符四家說》！天哪，他幾乎驚訝得要跳起來。這是真的麼？他揉揉眼睛走到茅屋外邊，光天化日之下，「陰符四家說」五個大字鑿鑿在目，旁邊還有兩行小字，拭目細看，隱隱約約便是「伊尹太公范蠡鬼谷子」四個名字。

「上天啊——父親！」蘇秦大喊一聲，撲倒在地，哈哈大笑著連連叩頭。

「汪汪！汪汪汪！」大黃也狂吠起來。

蘇秦發現的，是一本亙古奇書。這本書名叫《陰符經》。世人傳說：這是黃帝撰寫的天人總要。

也有大家名士說：這是一位殷商高人隱名寫的，託名黃帝，只在於增其神祕而已。這部《陰符經》，只有四百二十四字，其神聖地位卻在《周易》之上。在春秋戰國的大家中，認真揣摩《周易》並寫出註文的，只有孔夫子。但將《陰符經》奉為聖典並潛心註文的大家，卻不下十家。更引人注目的是，但凡註文《陰符經》者，都是赫赫大名的將相學問家，譬如伊尹、太公、范蠡等。真正在野的學問家注《陰符經》者，大約只有鬼谷子一人。而這一人，又恰恰是志在精研治世學問的千古奇才。這本身就意味著，《陰符經》既不是《周易》那樣的料事之書，也不是《老子》那樣的論道之書，而是開啟權力大智慧的棒喝之書，是所有志在建功立業者的一把鑰匙。

這就是《陰符經》的永恆魅力。

蘇秦與張儀聽老師專門講過一次《陰符經》。老師說：「陰者，命之宗也，隱微難見。符者，命之本也，妙合大道。此謂《陰符》。天機暗合於行事之機，為《陰符》之根本。唯深微而能燭照，謂之陰。唯變通而無羈，謂之符。燭照以心，契合以符，《陰符》之意盡矣！」那時候，老師手邊沒有《陰符經》，他們也只能唏噓感歎一番。老師說，他對《陰符經》潛心揣摩了二十年，方能貫通經世之學。老師又說：「吾為《陰符經》註文三年，遊歷楚國，卻不意丟失於客棧之中。此為天意，罰我不得盡窺天機矣！」

至今，蘇秦還記得老師說起這件事時的感慨嗟呀。

如此一本亙古奇書，卻如何落到父親手裡做了「老書」？蘇秦當真萬般困惑。但他此刻已經顧不上想那麼多了，二話不說，坐在門外土坎上便翻了起來……幾個月下來，他已經能將《陰符經》倒背如流了。可這《陰符經》就像無邊無際的絲棉套，只要輕輕一擠，就有汁液汩汩流出。一句話明明是懂了，可你聯繫不同的事情去想，便立即有了不同的心解，當真是「變通無羈，深微燭照」。且不說還有伊尹、太公、范蠡與老師四人的註文。蘇秦只覺得，自己還遠遠未將《陰符經》咀嚼透爛，還得再下苦工夫。

風雪撲面，蘇秦逆風而立，一字一字，高聲吟誦起了《陰符經》——

觀天之道，執天之行，盡矣。故天有五賊，見之者昌。

天性，人也。人心，機也。立天之道，以定人也。

天發殺機，龍蛇起陸。人發殺機，天地反覆。天人合發，萬變定基。

性有巧拙，可以伏藏。九竅之邪，在乎三要，可以動靜。

火生於木，禍發必剋。奸生於國，時動必潰。知之修鍊，謂之聖人。

天生天殺，道之理也。

天地，萬物之盜。萬物，人之盜。人，萬物之盜。三盜既宜，三才既安。故曰，食其時，百骸理；動其機，萬化安。

人知其神而神，不知不神所以神也。

日月有數，大小有定，聖功生焉，神明出焉。

其盜機也，天下莫能知。君子得之固躬，小人得之輕命。

瞽者善聽，聾者善視。絕利一源，用師十倍。三反晝夜，用師萬倍。

心生於物，死於物。

機在於目。

天之無恩而大恩生，迅雷烈風，莫不蠢然。

至樂性餘，至靜性廉。天之至私，用之至公。

禽之制在氣。

生者死之根，死者生之根。恩生於害，害生於恩。

愚人以天地文理聖，我以時物文理哲。人以愚虞聖，我以不愚虞聖。人以奇期聖，我以不奇期聖。故曰：沉水入火，自取滅亡。

自然之道靜，故天地萬物生。天地之道浸，故陰陽勝。陰陽相推，變化順矣。是故聖人知自然之道不可違，因而制之。至靜之道，律曆所不能契。

爰有奇器，是生萬象。八卦甲子，神機鬼藏。陰陽相勝之術，昭昭乎進乎象矣。

……

蘇秦的聲音嘶啞了，吼出最後一個字的時候，喉頭一陣發甜，猛然噴出了大大一口鮮血，頹然撲倒在地。大黃「嗚」的一聲低吼，箭一般撲了過來，圍著蘇秦飛快地轉了兩圈，叼住蘇秦的腰帶，狼腰一弓，使勁兒往門口拖。大黃是陰山草原的牧羊猛犬，身材與豹子一般大小，每天要大吞五斤肉或帶肉骨頭，體力戰力都遠遠超過一隻普通的野狼，力氣自是驚人。它將蘇秦拖到門口，又三兩下拱開了門板，將蘇秦拖到了屋內。望望呼嘯著撲進屋裡來的風雪，大黃橫臥在門口一動不動了。

「啊啊……」喉頭一陣呼嚕喘息，蘇秦終於醒來了。睜開眼睛，看見門口隆起了一個高高的雪堆，自己的身邊卻乾乾的。不對，不像，啊，是大黃！蘇秦掙扎著搖搖晃晃站起來，撲上去扒拉大黃身上的積雪，剛觸摸到皮毛，大黃驟然站起，一陣猛烈抖擻，積雪冰塊便全部抖落。「大黃，快進來。」蘇秦喊了一聲，卻沒了聲音。當下也顧不得細想，連忙奮力擋上門板，再用一段準備生火用的樹根撐在門後，又掛上那片又粗又厚的茅草簾子，這才點起了風燈。

「……」蘇秦想對大黃說話，卻沒有了聲音。靜神一想，知道是方才迎著風雪吼叫，喉嚨受傷失音，不再驚慌，喝了一通冰涼的甜井水，又坐在了風燈前。

方才一陣風雪吼誦，使他突然頓悟——《陰符經》正是縱橫捭闔的大法則！其中天地之道、為政之道、君臣之道、創守之道、天人生剋之道、萬物互動之道、邦國互動之道無所不包。將這些大道理揣摩深透，何愁不能窺透天下奧祕？何愁不能找出列國癥結？何愁不能縱橫戰國？

蘇秦又興奮地打開了《陰符經》，一字一字地開始琢磨。讀到「食其時，百骸理。動其機，萬化安」一句，他眼睛突然一亮。老師鬼谷子在這句下邊註文：「食者所以治百骸，失其時而生百病。動者所以安萬物，失其機而傷萬物。時之至間，不容瞬息，先之則太過，後之則不及。是以賢者守時，不肖者守命也。」讀著想著，蘇秦心中一片豁亮——

五穀百草能梳理生命百骸，但服食不應時卻可以導致百病；人之行動可以與萬物和諧，但若不應時而動，該收穫卻播種，該播種卻睡覺，則要傷及萬物；時機之重要，非但要認準它，而且要立即抓住它，此謂應時而動。早了太過，遲了不及。所以，「守時」是賢者的才能，「守命」則是不肖者的愚蠢。老師將「食其時，百骸理。動其機，萬化安」這十二個字的精髓，的確講得透徹之極。

想想自己說周說秦，一個是後之不及，一個是先之太過，如何能夠成功？周不必說了，原本也沒指望成功。入秦是經過反覆思慮的，不成功一定是不應時了。王霸大業，秦國是沒有拒絕的理由的，但秦國卻偏偏拒絕了，而且還拒絕了兩次，犀首失敗了，他蘇秦也失敗了。現下靜心想來，確實是早了。新君即位堪堪一年，秦國內政未安，實力的確也要擴展，這時候要秦國立即實施東出爭霸，事實上是不可能的……

想著想著，他迷迷糊糊地瞌睡了，頭「咚」的一聲撞在了木案上。蘇秦醒來揉揉眼睛，站起來在屋中踱步，念著想著，自言自語地嘟囔著……猛然，他盯住了「機在於目」四個字，頓時陷入了沉思，想著想著心中一閃，覺得似乎抓住了什麼，瞌睡卻又猛然襲來，那閃光又被淹沒了。蘇秦氣惱異常，抓起案上的縫書錐對著大腿猛然一刺，一股鮮血「哧」地噴了出來。

蘇秦猛然清醒，啊，「機在於目」，就是見機而動，不死守一端。

「啊哈哈哈哈哈！」蘇秦仰天大笑，手舞足蹈，腳下一軟，撲在了大黃身上。

冰天雪地的草廬裡，蘇秦抱著大黃睡過去了，人的鼾聲與狗的呼嚕聲交織在一起。

四、戰國亂象大演繹

倏忽三年過去，草廬之外的世事，已經發生了翻天覆地的變化。

第一件大事，「齊魏相王」，東方兩大王國結成了同盟，列國頓時陷入混亂！

蘇秦西出鎩羽，張儀南下折翅，在戰國間倒是引起了一陣小小的波瀾，但很快就在劇烈的爭奪中被人們忘記了。齊威王本來想派特使赴楚，敦請張儀北返齊國，可聽說了張儀在楚國「錯斷兵事」的探報後，對張儀的才能又產生了懷疑，覺得書生畢竟不能成事，便打消念頭，聽任張儀自生自滅了。但是，齊威王卻沒有忘記張儀「齊魏相王」的謀劃，覺得這是齊國打開僵局的妙棋。於是，齊威王立即派靖郭君田嬰主持大計，祕密與魏國聯絡。按照齊國的朝臣狀況，此等軍國大事本當由丞相騶忌主持。可齊威王對騶忌已經失去信任，本來是要等張儀入朝後再處置騶忌的，如今放棄了張儀，自然要另找個適當的時機罷黜了騶忌。反覆權衡，齊威王選擇了「齊魏相王」這個關節，既向天下昭示齊國新氣象，又能藉此樹起新主政大臣的人望。

靖郭君田嬰是齊威王的族弟，與原來的上將軍田忌是堂兄弟。齊威王對王族子弟很少大用，深恐他們擁有大片封地屬民，如果再擁有國府大權，很可能尾大不掉。田忌已經是上將軍了，自然不能再用他的堂弟做文職大臣。當初使用樂師出身且與王族不和的騶忌做丞相，實際上也是牽制王族在國府的勢力。待田忌孫臏出走，齊威王頓時感到國府蕭瑟，少了左膀右臂。可處置田忌的決策是自己做出的，又不好公然遷怒於騶忌，一肚子火氣便憋了下來。自從張儀給他透徹地剖析了齊國的困境，齊威王才感到了真正的急迫。如果再不物色大才，齊國只怕就要無疾而終了。著急是著急，齊威王畢竟久經滄海，還要做得不著痕跡，不能引起朝局動盪。田嬰雖是賢明豁達，卻從來沒有擔當過大任，也沒有建立過大功勳，全靠王族爵位繼承制做了靖郭君。用他的好處在於，此人既不構成威脅，朝臣又提不出異議，即使田忌能夠歸來，拿掉他也很容易。於是，齊威王公開下書，授田嬰上卿之職，主司「齊魏相王」大事。

三天之後，騶忌呈上了〈辭官書〉，請求歸老林泉以養沉疴。

齊威王立即下書嘉勉，對騶忌的功勳與辛勞表彰一番，末了「特賜三百金，准封成侯，回歸封地，頤養天年，以慰朝野感念之心」。隨後立即冊封田嬰為齊國丞相，赴徐州籌劃齊魏會盟。

田嬰與魏國新丞相惠施緊張忙碌了兩個多月，秋天到來的時候，齊威王與魏惠王在徐州的泗水東岸舉行了「相王」大典。徐州本是大禹治水後劃分的古九州之一，《尚書・禹貢》記載：「海（黃海）、岱（泰山）及淮（水），唯徐州。」古徐州的廣大地面除了魏、齊、楚三大國各有領土外，還有宋國、薛國、滕國、鄒國、魯國幾個夾縫中的老諸侯國。以當時的勢力範圍，除了不太安分的宋國，這幾個老小諸侯都是齊國的後院。齊魏會盟的地點，就在這幾個老諸侯的邊緣。這是齊威王選定的地點。他想藉此震懾這幾個小國，從而安定後院，使齊國能夠全力在中原伸展。魏惠王這時已經威風盡失，雄心大減，對齊威王的會盟主張直有受寵若驚之感，生怕呼應不周，如何顧得提出異議？所以，一切都聽從了齊國的安排。

會盟大典上，齊威王與魏惠王各自祭祀了天地，然後鄭重宣告了承認對方為王國的文告；又由兩國丞相田嬰、惠施分別宣告了「修好同盟，永息刀兵」的盟書。

參加大典的五個老小諸侯誠惶誠恐，為兩大國王很是賣力地頌揚了一番。

大典之後，消息立即傳開，遂引發出了亂紛紛的稱王、相王大風潮。

蓄之既久，其發必速。「相王」，實在是當世亂象憋出來的一股山洪。

春秋時期，國君的爵號尚能比較嚴格地代表諸侯國等級，除了楚國擅自稱王，中原大諸侯依然還是公、侯兩大名號。進入戰國，陵谷交替，稱王便成為實力的象徵。中原戰國中，魏國最先稱王，齊國再稱王，天下便有了魏齊楚三個王國。

但是，畢竟這幾個王國都是自己加給自己的冠冕，其他國家並不正式承認。在正式的使節晉見與會盟場合中，他國使者或國君完全可以不以王禮行事。也就是說，你的大國地位並沒有獲得他國正式的認可。齊魏相王所以引起天下騷動，就在於這次相王打破了「天下一王」、「唯天子稱王」的傳統典制，公然承認在「本王」之外，還可以有王號。實際上，這是承認了天下可以多王分治。流傳數千年的「四海之內，莫非王土；率土之濱，莫非王臣」的一王大一統典制，一時被踩在了腳下。

騷動之下，立即引出了第二件大事——三小國稱王，戰國格局大亂。

徐州相王不到半年，立即一個大爆冷門——宋國稱王！驚得天下戰國一齊咋舌。

說起來，宋國也是一個老諸侯。還在殷商末期，商王紂便封了庶兄微子啟為宋國，自此有了「宋」這個國號。殷商滅亡後，周公又平定了殷商舊貴族叛亂，接著分封了一批諸侯國，其中便保留並重封了這個宋國。宋國重封的特別，在於它變成了殷商王族之後的一個特殊封國，又用了微子啟的舊國號。當時，宋國的封地在靠近殷商故都朝歌（註：朝歌，殷商後期都城，在今河南淇縣）的東南地帶，都城建在老宋國的廢墟上，名叫商丘（註：商丘，在今河南商丘市南）。由於殷商王族後裔的特殊地位，宋國一直是戰戰兢兢小心翼翼地臣服於天子，不敢越雷池半步。春秋大亂，宋國才慢慢張揚起來。

到宋襄公時期，宋國發展到擁有一千輛兵車的「千乘之國」，與鄭國並稱天下兩小霸。中原霸主齊桓公死後，宋襄公雄心大發，與楚國爭霸。可幾次都被楚國打敗，自己還當了一回楚國俘虜。但霸業之心始終不泯，又聯合衛國、許國、滕國興兵討伐鄭國，要拔了這個眼中釘。楚國發兵救鄭，兵至泓水與宋襄公大軍相遇。當時楚軍正在渡河，宋軍大將目夷提出：「半渡而擊之，可大敗楚軍。」

宋襄公一副王者氣概，義正詞嚴說：「王者當有仁義道德，豈能乘人之危？」

楚軍安全渡過泓水，但尚未列成陣勢時，大將目夷又請命出擊。

宋襄公又是義正詞嚴：「君子不攻不成陣勢之軍。」

待楚國大軍列成大陣，宋軍士兵已被窩得沒有了火氣。一戰下來，宋軍大敗，宋襄公也重重挨了一箭，第二年傷重死了。從此，這宋國日漸孱弱下去，雖然也時不時出點小彩，可始終只是個三等附庸國。

如今，一個幾乎要被天下遺忘的諸侯國，竟然在一夜之間成了王國，豈能不令天下咋舌？誰知更令天下咋舌的還在後頭。本來，宋國這時候的國君是司城子罕。此公平庸無能，黧黑乾瘦，列國輕蔑地呼其為「剔成肝」。但是，也恰恰因了此公無能，宋國也沒有任何作為，不致開罪於強鄰大國，剔成肝竟轉眼也做了四十一年國君。這剔成肝有個三十多歲的弟弟，名叫偃，以國號為姓，國人呼為宋偃，卻是個生猛狂熱的武士。宋偃歷來不滿兄長的孱弱，多次提出「振興襄公霸業，光復殷商社稷」，卻都在剔成肝那裡做了泥牛入海。

這年春天，忽然有人來報：東城牆拐角處的雀巢裡，生出了一隻剛剛孵出來的雛鷹。剔成肝懶得理會。宋偃卻精神大振，請來巫師在祖廟禱告後用龜甲占卜，卦象大吉。巫師斷卦象說：「雀生蒼鷹，反弱為強，乃霸主之兆。」宋偃大喜過望，立即宣告：這是應在自己身上，無能的剔成肝辜負先祖，應當受到懲罰。一班追隨的武士也狂熱呼應。當晚宋偃便糾集了幾百死士，黎明時分突然衝進宮中。剔成肝年老睡淺，正在枕邊逗弄一個剛剛入宮的十六歲少妃，突聞猛烈躁動，公服也沒穿，便從楊後的暗道鑽出了寢宮，帶著幾個親信跑到齊國去了。宋偃也不追趕，天亮立即就任國君。即位第一件事，便是宣布稱王（後人稱宋康王）。若僅僅是宣布稱王，雖則也令人意外，卻不足以令人震驚。

列國震驚處在於，宋偃的稱王大典變成了向「天地神鬼」的宣戰。

本來是祭天的高臺，宋偃卻派人將一隻盛滿豬牛羊三牲鮮血的皮囊掛了上去。宋偃挽起硬弓，搭上長箭，口中大罵：「上天聾聵無察，當射殺！」一箭射去，皮囊迸裂，鮮血噴濺。宋偃大吼：「射天功成！再撲地！」本來是祭地的禮壇，宋偃卻揮舞起兩丈長鞭捶扑地面，咒罵：「大地淫逸無行，孳生妖孽，該當鞭殺！」

在國人目瞪口呆的注視下，宋偃又操起鐵耒，向祭祀穀神、土神的祭壇（社稷）猛鏟，高喊：「鬼神為剔成肝張目，給本王毀了！」狂熱的追隨者高喊著「萬歲宋王」，蜂擁上去將宋國社稷拆成了廢墟。宋偃踩在天地鬼神的廢墟上，向前來瞻仰大典的國人大喊：「本王蒼鷹，高飛萬里！國人須呼本王為『萬歲』！宋國霸業，天地鬼神不能擋！」

一片連綿不斷的「萬歲」狂熱地持續了三天三夜。

消息傳開，列國無不大呼「荒誕絕古，匪夷所思」。時日不長，各國不約而同地將宋偃比作荒誕暴虐的夏桀。後來乾脆直呼為「桀宋」。齊威王本想藉此發兵，滅了這個狂妄的桀宋，卻慮及楚國魏國都一直對這條「小大魚」有意，擔心剛剛與魏國結盟，若因滅宋而與魏國成仇，便是因小失大了，反覆權衡，最後也就容忍了這個猖猖狂狂的桀宋。

宋國稱王不到三個月，又傳出了一個更加令人咋舌的消息——中山國宣布稱王！

這次，列國不是震驚，而是嘖嘖稱奇哈哈大笑，天下一片滑稽。

中山國是個奇特的邦國。一則，是白狄插進中原的一根楔子，始終被列國視為戎狄異類。二則，國土只有幾百里山地，國人半農半牧，是天下最窮的邦國。三則，兩次被消滅，全賴逃回大漠捲土重來而兩次復國，雖說頑強，可也算得軍制最舊、軍力最為孱弱的邦國。四則，以中山狼聞名天下，除了河西的獵戶平民，天下人但說「中山狼」，倒有一大半說的是中山國。

一開始立國，中山給自己的規格是「公國」一等諸侯。當時的魏趙韓尚是「侯國」，只有老諸侯燕國、齊國、秦國是「公國」。中山國非但稱公，而且也學習中原謚法（註：謚法，古代開創的死後追認制度，主要適用於國君與權臣，根據死者功業與為政特點確定名號），將幾代國君分別謚為文公、武公、桓公、成公。

此時的國君正當盛年，叫嚳。嚳親率遊騎五千，侵掠趙國邊境，不想一戰大勝，奪了一座城池與上萬頭牛羊。正在得意處，恰逢宋國稱王的消息傳來，嚳立即召來所有大臣，興奮地宣布：「自即日起，中山是王國，本公是國王！」大臣們立即贊同呼應，一片萬歲頌揚之聲。嚳也很聰明，立即大肆封賞了一通：丞相、上卿、上大夫、上將軍等，應有盡有。丞相立即提出：「中山國稱王，天下大事，當昭告列國，務使諸侯公認之。」嚳覺得大是有理，立即派出三十名快馬特使星夜出發，大小國家一律告知，務求天下皆知。

齊威王接見了中山國特使，一看「王書」，一通哈哈大笑：「嚳也中山狼，得志便猖狂。」中山國特使大為尷尬，竟不知如何應對。

不久，「嚳也中山狼，得志便猖狂」這句話傳了開來，列國無不大加嘲笑，拍案稱奇。只有趙國君臣氣得咬牙跺腳，恨不能一口吞了這隻中山狼。但後邊的燕國卻老是與趙國為敵，時不時在背後製造侵擾。趙國要滅中山國，又怕燕國這隻「老黃雀」在後，只好強忍作罷。

宋國、中山國稱王，各大國倒是沒有特別當真。就實力而言，若非大國間矛盾糾葛相互抗衡，誰都可以在三天內滅了這兩個王國。可有一個小戰國卻沉不住氣了，立即跟著宣布稱王。

這便是韓國稱王。

秦國崛起後，在七大戰國中，韓國便成了最小戰國。然韓國卻素有「勁韓」之名。所以有此名聲，一是韓國的宜陽是天下著名的鐵山，韓國的鐵兵器製造業一直為列國眼熱；二是立國初期曾經有一支規模不大的精兵。雖則如此，立國百年來，韓國卻一直處於受欺侮狀態。秦國、魏國、趙國、齊國、楚國都打敗過韓國，奪得過韓國的城池土地。韓昭侯初年，連二流的宋國都敢於攻打韓國，還奪取了韓國的黃池城（註：黃池，在今河南省封丘西南）。在整個韓國的前期歷史中，韓滅國擴地最少，要不是趁著一場內亂消滅了奄奄一息的鄭國，將都城遷到了新鄭，韓國可能連躋身七大戰國的資格都沒有。正是由於這種長期受欺，三十年前韓昭侯與申不害在韓國實行變法、改革軍制、建立新軍，韓國很是振作了一段，將近二十年沒有一個大國敢於侵犯韓國。

這段歷史成了韓國永遠的驕傲。只可惜好景不長，就在韓昭侯雄心勃勃地準備稱王時，魏國大舉攻韓，韓昭侯與申不害都在魏國攻韓的大血戰中慘死了。韓國新君為了穩定政局，部分地恢復了貴族舊制，新法大大地打了折扣。韓國的驕傲與榮譽流水般消失了，重新走向孱弱，又成了七強末座。

這一番大起大落，使韓國上層倍感羞惱。即位新君韓璉，為君父未能稱王耿耿於懷，為自己只能稱「侯」大感屈辱，硬生生想了個奇特的點子，命朝臣國人稱他為「威侯」——做王不成，也要做個威震天下的侯。整個戰國時期，在位自命者大約也就這韓璉一人。及至宋國稱王、中山國稱王的消息迭次傳來，韓璉和大臣們終於忍不住了，朝會上一拍即合，立即宣布稱王。

韓國稱王，給戰國帶來了新的騷動。

這次，各國真正地驚訝了，出現了一時沉默。

在此之前，戰國七強已經有了三個王國——楚魏齊。齊魏兩國的相王同盟，更對其他四強造成了強烈刺激。當此之際，韓國突然宣布稱王，可謂在剩下的四強中爆出了一個大冷門。論實力，目下最當稱王的是秦國；論資格，最當稱王的是燕國；論軍力，最當稱王的是趙國。可這三強都沒有宣布稱王，卻是最為孱弱的韓國率先稱了王。

列國的驚訝沉默被打破了。

魏國迅速提出「五國相王」的動議，又一次掀起了稱王相王的巨大波瀾。

這是魏國丞相惠施的謀劃。惠施是稷下學宮的名家大師，十多年前曾經在魏國做過一段大夫，自感未獲重用而離去。三年前經大梁「司士黨」與孟子向魏惠王鄭重推薦，又做了魏國丞相。論修學，惠施既不是兵家，也不是法家，而是專攻論辯術的「名家」。這名家，以探究萬物之間的「名」「實」關係為主旨，本是諸子百家中最遠離治國為政的學派。然則天下事多有詭異。這個專究名實、酷好辯論術的惠施，偏偏又是一個酷好參政熱中做官的人物。與他的同門莊周相反，終年奔走列國求仕，其頑強竟與孔孟儒家不相上下。於是惺惺相惜，孟子在自己執政無望的情勢下，著力薦舉了惠施入魏為相。惠施初當大政，雄心勃勃，一心想做出幾件驚人業績，令天下刮目相看。論才具特長，惠施不通兵事、不懂變法，在魏國這樣的老牌強國本來很難立足。可時勢湊巧，這時的魏國恰恰已經無心變法、無力軍爭，久挫心灰的魏惠王，只想在大國斡旋中來一些驚人之舉，以保持魏國的老霸光環。這種圖謀與惠施對自己功業方向的圖謀不謀而合。於是，惠施在魏國風光了起來。

韓國稱王，使惠施突然看到了，功業的希望正從大國摩擦的縫隙中放射出燦爛光華。惠施的想法歷來與常人不一般，否則也提不出「白馬非馬」之類的驚人論斷。

他對魏惠王說：「王雖名號，實則卻是邦國地位。一國稱王，其實在宣告受命於天，不受制於任何其他王國。齊魏相王，引起列國稱王風潮，足見名號之威力也。今韓國稱王，安知秦趙燕不會立即稱王？與其彼等自行稱王，莫如我大魏發起『列國相王』，實則使列王以我王為首，如此可重振魏國霸業也！」

「列國相王？也送秦國一個王號麼？」魏惠王很是興奮，但對秦國卻總是牙根發癢。

「也可不要秦國。」惠施本來的謀劃是包括秦國的。既然擋不住秦國，莫如大大方方承認秦國的王國地位，如此一來，既可使秦國與山東劇烈爭鬥，又可使魏國實際上擁有「賜秦王號」的天下盟主地位。但他見魏惠王對秦國耿耿於懷，立即改變了主意——在魏國，這個老國王的好惡是決然不能違背的，否則一件事也甭想做成。思忖間，他的新謀劃已流暢地湧了出來：「可行五國相王：魏韓趙燕，加上宋。如此可孤立秦國，使其不能東出。」

「好謀劃！」魏惠王拍案大笑，「只是啊，桀宋聲名狼藉，不能要。再說，要是承認了桀宋這個王位，三五年就不能滅他了，是麼？」

「那就是四國相王了。也可。」

「不，五國相王，加上中山！」

「啊……好好好，也好！」惠施本來驚訝得嘴巴都合不攏，居然硬生生地合上且一連串地叫好，也實在是想不出如何來讚美這則匪夷所思的王命。他本能地覺得，教中山國加入相王行列，完全可能使這場相王同盟變成兒戲。

「惠子有所不知。」魏惠王從來不稱惠施「丞相」官號，而只呼「惠子」，他見惠施愣怔，神祕笑道：「要燕趙受制於我，就得中山狼加盟。懂麼？」

「啊啊啊——明白，我王神明！」惠施驚愣得連「啊」幾聲，終於「明白」，還加了一句結結實實的讚頌。

終於，五國相王的會盟特使派出了。可是不到半月，卻傳來驚人消息：趙燕韓三國拒絕參加相王同盟。趙肅侯與燕文公公然大罵魏惠王「與中山狼一般無二」。韓宣惠王雖然沒有破口，卻也陰沉沉地當場撕碎了國書。一場「五國相王」的同盟霸主夢，就這樣輕易地破滅了。魏國非但沒能爭回老霸光環，反而引起了趙燕韓三國的強烈憤懣，也使齊楚兩個老牌王國大為不滿。

齊威王怒斥魏惠王「無恥負約」，將魏國逕自發動「五國相王」視為對齊國新霸權的挑戰，立即打出了反對中山國稱王的旗號，對燕趙兩國發出國書說：「與中山狼並王，恥莫大焉！願與兩國起兵，滅此朝食！」

趙肅侯卻沒有進攻中山，而是立即發兵南下，進攻魏國的黃城（註：黃城，今河南內黃西部）。北面的燕國突然撕破臉，立即在背後偷襲趙國。

趙國手忙腳亂，連忙從魏國撤軍，與燕國打了起來。

中山國新近稱王，樂得為大國互鬥火上澆油，毫不猶豫地發兵偷襲了燕國。

燕國兩面受敵，非但被中山奪取了三座城池，又被趙國殺得大敗。

韓國對魏趙兩個「三晉兄弟」向來憤恨，見魏國陷入糾纏，立即奪了魏國西南兩座小城，又在回兵途中順路奪了宋國兩座城池。韓宣惠王自感雪恥，下令舉國歡慶。

如此一來，中原列國頓時陷入了空前混戰：新稱王的宋國趁著亂象突然奇襲滕國，竟一舉滅了只有三座城池的滕國；又接連攻取了齊國一座城池，再接著滅了鄰近只有五座城池的薛國。除了魯國，宋國一口氣吞滅了齊國後院的兩個小國，竟猛然膨脹起來。宋偃宣布：要趁勢南下滅楚，成就殷商帝業！楚國不能忍受，立即發兵攻宋，卻不想竟在淮水北岸莫名其妙地敗給了宋國。楚威王大怒，認為魏國在背後支持桀宋，發誓要與魏國一決雌雄。

沸沸揚揚的稱王相王風潮，鬧烘烘地互相攻伐，中原陷入了戰國中期的第一次大亂。

如此亂象，由「五國相王」而起，氣得魏惠王像吞了一隻蒼蠅，一下子疏遠了惠施。直到三年後蘇秦合縱，魏國才重提「五國相王」，在蘇秦主持下抹平了這次事端。

這時，唯有強大的秦國不與任何邦國結盟，游離於中原的亂象之外。但卻趁著亂勢，不聲不響結結實實地打了幾仗，對山東六國形成了前所未有的威懾。

第一戰是秦楚大戰，楚軍大敗，舉國震恐，楚國被迫遷都。

秦國奔襲楚國房陵得手後，楚國朝野震恐，發誓要奪回這個大糧倉。楚威王命田忌統率楚國的戰勝之師，乘滅越聲威兼程北上，要將秦軍消滅在房陵。田忌對楚軍實力已經熟悉，但對秦國新軍卻很生疏。秦國齊國，一東一西相距千里，歷來很少交戰，進入戰國，這兩個大國還沒交過手。但田忌明白，山地的長途奔襲戰只能是精兵輕裝，不可能是秦國的重裝鐵騎。楚軍戰力雖差，但以精簡後的十萬楚軍對三兩萬秦軍，勝算還是有的。身為大將，若能打破秦國新軍銳士不可戰勝的神話般的聲威，也是田忌的莫大聲望。大軍未動，田忌便派出了數百名遊騎斥候，祕密探聽秦軍動靜。不久斥候回報：秦軍奇襲兵力只有兩萬餘，占領房陵後尚未撤出。田忌立即兵分兩路兼程北上：東路，前軍主將子蘭率領四萬騎兵，沿漢水谷地祕密向西北行進，在丹水山地設伏，堵住秦軍北撤退路；西路，自己率領重新整編的步騎六萬，乘舟師大船越雲夢澤，出郢都，正面進逼房陵與秦軍決戰。

無論從哪方面說，這都是一個周全的決戰方略。

楚威王認定這次大戰「萬無一失，楚軍必勝」，郢都連北上滅秦的王書都擬好了，單等房陵大捷便昭告天下，揮師關河。

可是，當田忌大軍到達房陵山地時，兩萬秦軍卻鬼魅般地消失了。

正在田忌驚疑未定之時，探馬急報：秦軍奇襲郢都，王城岌岌可危！

田忌星夜回師，卻在夷陵（註：夷陵，今宜昌地區的山地）峽谷突遭伏擊。五萬步騎軍兵在陡峭的山谷中血戰晝夜，最後只有數千人馬逃出。旬日之後，東路也傳來敗績：子蘭大軍反被一支由武關開出的秦軍截了後路，唯有子蘭率三千殘兵逃回。

楚威王大怒，下令緝拿田忌來郢都問罪。但當王命特使截住敗逃軍兵時，田忌已經不在軍中了。消息傳出，楚國舉朝恐慌——房陵屏障已失，大軍主力被殲，唯一可憑藉的統帥也神祕逃走，郢都完全暴露在房陵秦軍的威懾之下，豈非大險？匆忙聚商，楚威王與所有王族大臣連夜乘舟師進入雲夢澤避難。幸有一支頗具規模的水軍，這是楚國唯一強於秦國的地方，否則便真是大難臨頭了。三個月後，楚國為了避開秦軍鋒芒，遷都雲夢澤以東、長江南岸的壽春（註：壽春，今安徽壽縣西南），都城名字仍然叫作郢都。

第二仗，攻取韓國宜陽（註：宜陽，戰國時韓國設宜陽邑，在洛水中游，今洛陽西南），奪得韓國鐵山。

司馬錯奇兵戰勝楚國大軍，楚國被迫遷都後，秦國朝野大為振奮。司馬錯對山東列國的戰力有了更清楚的了解，在回師北上時向秦公嬴駟上書：順道出武關，奪取韓國的宜陽鐵山。嬴駟立即召叔父嬴虔與樗里疾會商，三人對司馬錯的用兵才能已經不再疑慮，立即快馬回書，贊同奪取宜陽。同時議定：樗里疾率領藍田一萬鐵騎，東出策應。

宜陽地處函谷關以東百餘里，東北距洛陽只有數十里，是洛水中游山地的咽喉要塞。因為這片山地有天下最為富饒的鐵礦石，所以韓國專門設置了宜陽邑鎮守宜陽鐵山。近百年來，圍繞著爭奪宜陽，韓國與幾乎所有的大國，包括宋國一類的二流國家都打過仗，無論如何，總是勝多敗少，確保了宜陽沒有丟失。韓國在申不害變法時曾經訓練出了十萬新軍，但在對魏國的新鄭大血戰中幾乎打光，僥倖剩下的，便是駐守宜陽的兩萬騎兵。那場大血戰後，新鄭國人死傷十餘萬，韓國財富也幾乎消耗殆盡，元氣大傷，根本無力擴充新軍。重新招募的五萬士卒，也缺乏精良軍器與充足糧草，嚴格訓練自然也是大打折扣，其戰力與申不害時期已經不可同日而語。唯獨駐守在宜陽的這兩萬騎兵是當年的勁韓鐵騎，堪稱真正的精銳之師。韓國攻宋、攻魏接連得手，靠的便是這支鐵騎主力。

正在大宴群臣滿城歡慶的時候，韓宣惠王突聞警報——秦國偷襲宜陽，激戰正酣！

「哐啷」一聲大響，韓宣惠王的銅爵掉在了鼎盤中，湯汁四濺。

拱衛新鄭的五萬步騎立即兼程疾行，開往宜陽救援。三天三夜之後，疲憊不堪的韓軍方才渡過伊水，看見了洛水北岸的宜陽城樓。韓將下令全軍埋鍋造飯，戰飯之後激戰秦軍。可炊煙剛剛升起，一股潰散的騎兵就衝了過來，戰馬騎士渾身鮮血，看得韓軍將士膽戰心驚。三言兩語，便知秦軍已經攻下宜陽，韓國兩萬精銳騎兵已經全軍覆沒。

逃回來的騎兵說，月黑風高的後半夜，秦軍步兵突然出現在宜陽城下，趁夜全力猛攻。待到天亮，韓軍守將清楚了秦軍全是步兵，便率領城內鐵騎殺出，要一舉消滅秦軍。誰知秦軍根本不退，反而築成步兵圓陣迎戰。宜陽騎兵被秦軍的傲慢激怒了，發誓要與秦軍步兵見個高低。鏖兵竟日，韓軍無法撼動秦軍步兵的大陣，反而死傷了兩千人馬。這時，天近暮色，大禍降臨，秦軍大隊鐵騎神奇地從漫山遍野殺了過來。韓國的宜陽鐵騎就這樣陷入兩面夾擊，兩個時辰便全軍覆沒了。只是不知何故，秦軍沒有追擊韓國援軍。

「那真叫害怕……」傷兵驚魂未定，「黑人，鐵馬，尖厲的號角，閃亮的長劍，我們還沒回過神來，就被分割成了碎塊！」

消息傳來，韓國朝野無不倒吸一口涼氣。要知道，申不害訓練的韓國鐵騎也是赫赫有名的天下勁旅，魏趙齊楚燕幾個大國無不忌憚三分，可如今竟被秦軍一夜之間全部殲滅，這秦軍銳士之戰力如何不令人膽寒？

第三戰，奪取魏國占領的崤山區域，全面控制崤山。

對秦國戰事的前期謀劃，司馬錯始終在壯大根基上做文章。楚國房陵是糧倉，韓國宜陽是鐵山。

緊接著，司馬錯看準了奪取峭山這步棋。峭山，是與秦、魏、周、韓、楚五國都大有干係的要塞山地。從位置看，它處在黃河東折處的南部，與桃林高地連成了一片廣袤的山塬，向西伸展到華山地帶，向南楔入楚國北部的丹水中游，向東則居高臨下地鳥瞰三川地區，與洛陽幾乎只有百里之遙，騎兵兩個時辰便可兵臨城下。峭山地帶的咽喉要塞就有三處——東邊函谷關、南邊武關、西邊桃林塞（註：桃林塞，春秋戰國時為要塞城堡，東漢設為潼關，在今潼關縣境內）。對於這五國，峭山都有「門戶」的意義。誰占據了峭山，誰便真正掌握了自己的國門。

長期以來，峭山與河西地區一樣，都是魏國占領的「飛地」。商鞅收復河西後，只收回了包括函谷關在內的峭山西部地帶，峭山的大部分地區尚處在分割拉鋸狀態。楚國占據了峭山南部，魏國控制了峭山東南部。也就是說，秦國的武關直接處在楚魏勢力範圍，函谷關外的東部山麓也在魏國手裡，峭山所具有威懾力的全部地段，並沒有被秦國全部掌控。從東出爭霸的眼光看，只要峭山處於分割狀態，秦國東部的封鎖就還沒有徹底打開，出得函谷關並不能長驅東進。

全部占據峭山，就是要使山東六國的門戶洞開，而秦國的防守要塞卻更加牢固。

在峭山東南，魏國駐紮了五萬守軍，一部駐紮在武關背後的洛水上游河谷，一部駐紮在函谷關外大河南岸的三門大峽谷內（註：即今黃河三門峽，在今河南三門峽市與山西平陸縣間）。洛水河谷以步兵為主，大峽谷以騎兵為主。魏國雖然衰落，但仍然是一流的強國富國，魏軍也仍然算是天下少有的幾支強大軍隊之一。訓練嚴酷敢打硬仗的「魏武卒」更是威名赫赫。但是，在桂陵大戰、馬陵大戰、秦魏河西大戰後，魏國的精銳主力已經基本拚光，剩下的各關隘駐軍全是守備之師，只有二流戰力。龐涓死後，魏國軍權先後由三任太子執掌，沒有再設上將軍。太子申掌兵伐齊被俘，後立太子赫不得魏惠王之心又被廢，目下是新太子魏嗣掌兵。魏嗣志大才疏，以「名將」自居，執掌軍權後兩次徵發，將魏軍兵力總數重新擴大為三十萬，一時頗有聲威，一心要打幾場大勝仗，復興大魏的霸主地位。

對秦國而言，這是新君臣第一次對中原強國的直接挑戰，也可以說是一種試探。魏國目下力量究竟如何？能否對秦國構成新的封鎖？都將在崤山之戰見出分曉。畢竟，魏國不是楚國，更不是韓國。

司馬錯提出奪取崤山的謀劃後，嬴駟立即帶領輕裝騎隊祕密東來。兩日後的深夜，嬴駟進了宜陽，與司馬錯、樗里疾會齊，君臣三人祕密謀劃了整整三日，議決由司馬錯統一指揮崤山之戰，樗里疾總攬後援，嬴駟坐鎮咸陽做萬一失利的應變準備。

旬日之後，正是月初。夜黑風高，崤山南麓的武關開出了一支偃旗息鼓的步兵，輕裝疾進，直撲洛水河谷。天將黎明，魏軍正在酣夢之中，突聞鼓聲如雷號角淒厲，漫山遍野的黑影潮水般壓了下來。魏軍驚慌大亂，自相踐踏，潰不成軍。兩個時辰後天色大亮，魏軍數千人拚命殺出重圍，沿洛水河谷向東逃竄。未走幾里，秦軍一支伏兵殺出，硬生生將魏軍殘部封堵在山谷之中。日色正午時分，崤山東南便恢復了平靜。這支秦軍步兵迅速集結，戰飯之後立即兼程北上，向函谷關外祕密運動。

三門大峽谷的黑夜一片靜謐，唯有大河濤聲隱隱可聞。魏軍騎兵操演了一天陣法，早已酣然入夢，連谷口的遊騎步哨都不再遊動，聚在山坳裡燃起篝火避風取暖，不消片刻，都呼呼大睡了。魏軍也是太大意了，認為這裡雖是山地峽谷，但卻在函谷之外，歷來是魏國的本土；西邊的函谷關，秦軍只有一萬步騎駐防，豈敢尋釁三萬鐵騎？東邊距重兵駐守的大梁不過一日路程，大軍隨時可到。對於風馳電掣的騎兵來說，這裡簡直就是平安谷。況且太子親統大軍，正要重振魏國雄風，哪裡還有人敢在這裡與魏國打仗？

突然，卻聞戰鼓如雷殺聲震天，火把如同白晝。黑色騎兵神奇地從峽谷深處鋪天蓋地地殺了出來。魏軍營寨立即大亂，人喊馬嘶，爭相逃竄。統兵大將從睡夢中驚醒，慌忙上馬發令，幾經彈壓，殺掉了幾十名驚慌逃竄者，主力才稍見聚攏。大將下令，向峽谷外突圍，在平原上與秦軍決戰。魏軍潮水般衝向谷口，忒煞作怪，谷口竟無一秦軍，暢通無阻。

「啊！秦軍主力——」前行騎士幾乎是尖叫起來。

漆黑的原野上出現了廣闊的火把海洋，橫寬無邊，正正地堵在魏軍騎兵面前——鐵馬面具，黑色森林，清一色的闊身長劍，正是秦國的鐵騎主力。

「殺！殺出去——」情知生死在即，魏軍大將怒吼著發出了死戰命令。魏國的紅色騎兵高舉著長劍，衝向了無邊的火把海洋。「嘩——」火把海洋的中央地帶卻退潮般迅速縮回，兩翼伸向無邊的夜色之中，將衝鋒的紅色集團倏忽圍困在火把海洋之中。

大河南岸的原野上，彌漫出驚心動魄的無邊喊殺。

深秋的太陽升起時，原野上沉寂下來，層層疊疊的紅色屍體從山外平川一直綿延到大峽谷深處。秦軍迅速清理了峽谷，修築起新的營寨。日落時分，大峽谷口已經豎起了一面黑色的「秦」字大纛旗。

消息傳到大梁，太子魏嗣暴跳如雷，立即就要出動大軍復仇。

「嗣兒，少安毋躁。」已經兩鬢斑白的魏惠王深深地歎了口氣，「如今大亂之勢，獵犬捕兔而虎狼在後的事還少麼？你沒打過大仗，萬一有差，大魏基業何人承繼？」

太子魏嗣頓時洩了氣，大罵秦國一通「蠻夷虎狼」了事。

此戰雖然規模不大，但卻打出了秦國的威風——一舉控制了崤山全部，一腳踏出了函谷關，迫使赫赫魏國忍氣吞聲，洛陽周室、韓國新鄭、楚國郢都盡皆噤若寒蟬，齊趙燕三大國也假裝不知道似的默不作聲。秦國的威懾力首次覆蓋了大河南岸，一股凜冽的寒氣開始彌漫中原。

然則，事情並沒有就此終止。

一鼓作氣，秦國打了第四仗——東出汾水，奪取晉陽（註：晉陽，今山西太原地區）。

商鞅收復河西，秦國在大河東岸僅僅占領了離石要塞，在河東地帶扎了一個小小的釘子，對趙國、中山國、燕國幾乎沒有任何威懾力。而這三個國家，都是秦國恨得牙癢，而又長期被魏國牽制得無法動手的國家。中山狼對河西的災難，已經使秦國朝野切齒。趙國屢次策動秦國西部後院的戎狄叛亂，又屢次參與瓜分秦國，幾乎與魏國不相上下。燕國則歷來以老牌貴族自居，蔑視秦國，不屑為伍，多次拒絕了秦國在困窘時期的修好請求。秦孝公視為國恥者，即六國「不屑與我會盟」。這種仇恨，秦國朝野是不可能忘記的。

如今情勢大轉，秦國的後續目標立即瞄準河東，要在這裡立下一個根基。

「奪取晉陽！這裡是河東腹心。」這次是樗里疾的主張。

「有理。」嬴虔立刻贊同。他青年時期長年在西北作戰，對西部戎狄與河東燕趙一帶特別熟悉，「晉陽不大，卻是兵家形勝之地。東南直接壓迫邯鄲，東北威懾中山，北面對燕國的雁門塞（註：雁門塞，當時的軍事隘口，即後來的雁門關）與代地可成攻勢。一石三鳥，好棋！」

「國尉之見？」嬴駟特別地看重司馬錯的評判。

「臣以為有理。」司馬錯處事細密，沉吟道，「只是，攻取晉陽，須得勞動太傅一場。」

「但憑國尉差遣！」嬴虔大是興奮，他已經二十多年沒有上過戰場了。

「好！奪取晉陽仍由國尉統一號令，太傅與上大夫襄助。」嬴駟斷然定板。

月餘之後的一個深夜，一支商旅馬隊祕密出了咸陽北阪星夜北上。這是嬴虔率領的一支由公室弟子組成的特殊馬隊。西周初期，嬴秦部族曾經三分流亡。一支進入西部半農半牧，後來立國成為諸侯之前，兩支較大的支脈曾經進入陰山草原，又從陰山南下，進入汾水流域的河谷草地，在那裡定居下來。餘部流散於東方山海之間，後來北上的秦人便成了後來的趙國。是故，秦人中流傳著「秦趙同族同宗」的說法。其中，一支「趙人」定居在晉陽，是晉陽地帶極為重要的一支力量。嬴虔的公室馬隊，就是要策動這支「趙人」認祖歸宗，做秦軍的接應力量，事後重新回歸秦國。

半個月後，司馬錯接到祕密消息：嬴虔大獲成功，「趙人」已經做好了接應準備。同時，司馬錯這時已經移帳離石要塞，聞訊立即下令：河西三萬鐵騎兼程北上，繞到晉陽北面待命。司馬錯親自率領八千輕裝步兵，從汾水河谷祕密北進，堵住晉陽正面，以防趙國騎兵增援。

旬日之後，嬴虔率領的「趙人」勇士與秦軍三萬鐵騎同時發動，內外夾擊。一夜之間，晉陽的一萬趙軍全部被殲。趙肅侯接報大驚，立即派出五萬騎兵挽救晉陽，眼看晉陽遙遙在望，不想卻被司馬錯的步兵堵在汾水西岸的龍山峽谷，激戰竟日，無法越過。次日，秦軍三萬鐵騎殺到，與趙軍騎兵展開了激烈廝殺。也是半日工夫，趙軍損失大半，僅餘萬餘騎突圍逃走。

晉陽一鼓而下，燕、趙、中山無不驚恐。

頗有氣焰的中山國首先發出修好和約，主動將臨近晉陽的三個隘口割讓給了秦國。

燕國百餘年從來沒打過大仗，面對秦軍威勢更是不敢貿然，只好以「秦雖無禮，卻也未侵掠我邦」為自慰，宣告作罷。趙國倒是真想打一場，但自覺憑一國之力不足以取勝，須聯合齊、楚、魏其中的一個大國方能出兵。可幾經聯絡，三大國各有搪塞，硬是沒有一個願意結盟出兵。齊國是唯一沒有與秦國直接衝突的大國，也是現下唯一可與秦國抗衡的大國。可是，齊國非但不想聯兵攻秦，反樂得看到與秦接壤的各國手忙腳亂，以便從中漁利。心念及此，一股涼氣頓時湧上趙肅侯脊梁。他恨透了這些無義邦國，更恨透了秦國。

「秦國蠻夷，虎狼之邦！」趙肅侯狠狠地大罵了一聲。

這句咒罵迅速傳開，「虎狼」立即成為秦國的代名。山東列國的口語中漸漸衍生出「虎狼之邦」、「虎狼之國」、「秦為虎狼」、「虎狼秦」、「秦虎狼」等關於秦國的諸多罵詞。罵歸罵，山東六國終是無可奈何。

罵了一段，中原戰國又恢復了相互攻伐的亂象。

三年之間，大大小小打了四十餘仗，沒有穩定的同盟，甚至沒有臨時的合力，只有混戰而沒有目標。只有秦國似乎游離於中原亂象之外，冷冷地窺視著一切可利用的裂痕與時機，隨時準備閃電般地出擊。

中原列國之間充滿了仇恨與猜忌，更對「虎狼秦國」神出鬼沒的襲擊戰恐懼不已，生怕這「虎狼」之災突然降臨到自己頭上。於是，各國紛紛在國界修築長城，將自己圈得壁壘森嚴。非但齊魏燕趙楚韓六大戰國開始修築邊境長城，連中山國、宋國也動手修築長城了。

「洪水猛獸，莫如虎狼之秦！」這句咒罵永遠地掛在了中原列國嘴上。

第六章 風雲再起

一、紅衣巫師的鼎卦

春草又綠，洛陽東門飛出了兩騎快馬，直向蘇莊外荒野的草廬而來。

正在古井臺上呼嚕曬太陽的大黃嗖地立了起來，昂首凝望片刻，立即衝到草廬門前「汪汪汪」地狂叫起來。茅屋裡，蘇秦正在揣摩那張〈天下〉圖，不時對照旁邊的一本羊皮冊子。這張大圖，是老師當年從周室太史令老聃那裡繪製的，原題〈一千八百諸侯圖〉。所不同的是，老師對這張圖做了詳細註文，註明了每個諸侯國的始封時間、歷代君主及滅亡時間。老師註文另成一冊，與大圖一合併，無異於一部最簡明的天下諸侯興亡史。春寒猶在，地上又很潮濕，蘇秦雙手攏在棉袷袖裡圍著羊皮大圖打轉，時不時還得一陣跺腳。

突聞大黃狂吠，蘇秦驚得一個激靈。他覺得奇怪，大黃遇到險情是從來不叫的，但叫，一定是它熟悉的人來了。父親是不會來的，縱然來了，大黃也不會如此叫法。那麼會是誰呢？蘇秦思忖著剛拉開門，大黃嗖地躥上了門前的土坎。

手搭涼棚遮陽遠望，蘇秦依稀看見泛綠的荒原上奔馳著兩匹快馬，就像兩朵朦朧的雲彩悠悠飄來——他的目力已經大減，看不清騎士的服色是黑是紅了。突然，蘇秦一陣心跳，莫非是張儀？不可能！若張儀有成，豈能等到今日才來找他？

「二哥——」清亮的喊聲隨著急驟的馬蹄聲迅速逼近，大黃已經「汪汪汪」地迎了上去，引來一陣蕭蕭馬鳴。啊，是蘇代蘇厲。蘇秦心頭一陣發熱，雙眼頓時潮濕了。三年不見，兩個小弟長大了，已經是英俊少年了。

「二哥……」轉眼之間，馬到屋前，兩個紅衣少年滾鞍下馬，卻吃驚得呆住了。

面前就是他們的二哥麼？就是那個曾經名動天下英挺瀟灑的名士蘇秦麼？一頭蓬亂灰白的長髮，一臉雜亂連鬢的長鬚，身後是破舊不堪的茅屋，面前是一望無際的荒草，他木然佇立著，一身襤褸破舊的皮袍，目光矇矓，黝黑乾瘦，活脫脫一個饑荒流民。

「二哥——」一聲哭喊，蘇代蘇厲跪倒在地，同時抱住了蘇秦。

原是滿懷喜悅激情而來，他們卻被眼前的景象深深震撼了。在少年兄弟的想像中，名士草廬孤身苦修，是一件充滿詩意的幻境，是只有世外高人才能品味的半仙生活。兄弟倆無數次地編織訴說著二哥的隱居境界——春日草長鶯飛，手執一卷踏青吟哦，當引來多少遊春少女的目光？夏日裡綠蔭古井，散髮赤腳晝眠夜讀，該是何等快意灑脫？秋風裡草廬明月，河漢燦爛，長夜佇立，仰問上蒼之奧祕，該是何等神奇意境？冬日裡漫天皆白，或輕裘擁爐而讀，或踏雪曠野而思，該是何等高潔情懷？兄弟倆相約，總有一日，他們也要像二哥那樣，做一番隱居苦修，品嘗一番高人境界。正因為如此想像，兄弟倆始終恪守著父親叮囑，三年內不擾亂二哥的清修。如今，二哥竟弄到了如此模樣，這一對堪稱錦衣玉食的兄弟如同遭受當頭棒喝，如何不感到震驚？

「脫胎換骨，豈在皮囊？」蘇秦雖只淡淡一笑，卻是充實明朗。

「二哥，你受苦了。」蘇代站起來低頭拉著蘇秦的手，一副不忍卒睹的樣子。

「二哥，你不覺得苦澀？」蘇厲畢竟年少，對蘇秦安適的笑容覺得驚訝。

看兩個弟弟悲天憫人的樣子，蘇秦不禁攬住了兩人肩膀，一陣舒暢明朗的開懷大笑，毫無蕭瑟淒楚，那是想裝也裝不出來的一種發自內心的輕鬆。

蘇代蘇厲終於破顏笑了：「二哥，我們給你報好消息來了。」蘇厲忍不住先露了底兒。

「三弟四弟，就坐在這裡說，屋裡陰涼。」

「二哥，你先吃點兒，邊吃邊聽。」蘇厲從馬鞍上拿下了一個皮袋打開，「父親特意從一個老獵戶手裡買了一隻逢澤麋鹿，二嫂……」蘇厲突然頓住，又期期艾艾道，「二嫂執意要親自做……」

蘇代歎息了一聲：「二哥，二嫂也可憐……不要記恨她。」

蘇秦不禁大笑搖頭：「夢也夢也，蘇秦若還記恨，豈非枉了這荒野草廬？來，我咥。」說著攤開荷葉，撕開一塊紅亮的鹿肉大嚼起來，「三弟，你說，我聽著。」

「二哥，我從大梁回來的，四弟從洛陽回來的。大事都清楚了。天下如今可是大亂了，我給你從頭說吧。」蘇代喘息了一下，一款一款地說起了這幾年的天下攻防大事，有聲有色，說到最後一聲感歎，「咳，總歸一個亂字，只有虎狼秦國占了大便宜！」

蘇厲滿面紅光：「亂世出英雄，二哥，你該再度出山了！二哥，你……」

蘇秦聽得很仔細很認真，沒有插問一句，一直在平靜地沉思，絲毫沒有兄弟倆預料的那種驚喜激奮。見兩個弟弟困惑的樣子，他在露出皮毛污黑的破衣襟上隨意地抹了幾下手，微微一笑：「看來，比我預料得快。我得想想，你倆明日再來。」

蘇代蘇厲相互看看，快快地走了。

望著兩個弟弟騎馬遠去的背影，蘇秦生出了一種奇特的感受——明明平靜得心如止水，卻覺得輕鬆得要飛了起來，充實得要喊了出來。不自覺地，他走進了茫茫荒草，越走越快，終於跌跌撞撞地跑了起來，湮沒在無邊的碧草浪中，一邊仰天大笑，一邊手舞足蹈地「啊啊啊」吼叫著。

「天意啊，天意——」一個蒼老的聲音在耳邊悠然響起。

「誰？誰在說話？」蘇秦氣喘噓噓地搖晃著，看見茫茫泛綠的葦草中搖曳著一個紅色身影，站定一看，紅袍竹冠，雪白散髮，清越得直如天人一般。「前輩高人，在下有禮了。」蘇秦恭敬地躬身一禮，他知道，這種老人只可能是尊貴神祕的王室大巫師。

「得遇雄貴，老夫不勝榮幸。」明明迎面而立，蒼老的聲音卻是那般曠遠。

「雄貴？你說我麼？」蘇秦低頭打量了自己一番，禁不住仰天大笑，「天下之大，當真無奇不有也。」

「老夫相術甚淺，不敢斷言。先生可願占得一卦？」

「天無常數，在下厲行入世，不信虛妄。」

老人微微笑道：「武王伐紂，太公踩龜甲而止卜。非不信也，乃有成算也。先生不信，亦是成算在胸。然天道幽微，豈是『厲行』二字所能包容？若有印證，豈非天道無欺？」

蘇秦肅然拱手道：「願受教。」

「你來看。」老人大袖一揮，身形轉開，指著原先擋在身後的一蓬青黃相間的奇特長草，「此乃老夫今日覓得的一株千年蓍草，以之占卜，可窺天地萬象之祕，先生何其大幸也。」

蘇秦暗暗驚訝。他與大多數經世名士一樣，雖不精專《周易》，卻也頗有涉獵。老師原本就是精研《周易》的大家，但卻從來不為弟子占卜，只是向他們講述《易》理與《易》家規矩傳聞，讓他們廣博學識而已。老師說過，千年蓍草為《易》家神物，功效大過龜卜時期的千年龜甲，可遇不可求。但凡覓得千年蓍草，必得為所遇第一人卜卦而鎮之，否則不能折草。看來，面前這位紅衣大巫師要給自己占卜，也並非心血來潮，《易》家規矩使然，何妨坦然受之？心念及此，默默一躬。

老人點點頭，寬大的衣袖中悠然現出一支細長的木劍，對著碧綠而又透著蒼黃的蓍草深深一躬，站定凝神，木劍輕輕揮出。但聽輕微脆響，一根三尺餘長的草枝筆直地在空中豎起，草葉在瞬息之間飄回蓍草蓬根，一根綠黃閃光的草莖，橫平著飄落在木劍之上。老人順勢坐地，木劍倏忽消失，蓍草已經平托在雙手之上。

「太極。」老人輕輕地念了一聲，蓍草莖神奇地斷開了短短一節，落在了老人兩腿間的袍面上。

「兩儀，日月，四季，五行，十二月，二十四氣。」隨著老人的念誦，蓍草莖迅速地一節節斷開落下，在紅色袍面上整齊地排列成一、二、二、四、五、十二、二十四共七個單元。

蘇秦看得驚訝了。他知道，蓍草占卜需要五十根草莖，「五十」之數的構成便是老人念誦的七個單元；有一根取出來始終不用，意味著天地混沌未開的「太極」；其餘的「兩儀」等四十九根便是用來占卜的實數。他驚訝的是，蓍草如何能如此神靈，竟能飛去草葉？竟能應聲斷開？如此說來，「千年蓍草之下，必有神龜伏之」也是可能的了？思忖之間，老人已經占卜完畢，悠然笑道：「鼎卦。」

蘇秦默然。他理解「鼎卦」的意義，卻覺得匪夷所思。

「先生通達《易》理，無須老朽細拆。」老人淡淡笑著，「只是這鼎卦之幽微在於『九三』。九三雖正，卻與『六五』相隔，主初行滯澀；然『九三』得正，唯守正不渝，終會『六五』。餘皆先生所能解，無須老朽多言也。」

「多謝大師。」蘇秦深深一躬。

「先生自去。老朽尚須為神蓍守正。」

蘇秦沒有多說，默默去了。他走得很慢，「鼎卦」的卦象彌漫在心頭揮之不去。

䷱ 鼎卦之象

在《周易》六十四卦之中，鼎卦與革卦相連，組成了一個因果相連的卦象。革卦的卦象是除舊布新——「革」，是將獸皮製成皮革的過程，除去獸皮舊物而產生的新皮，便是「革」。鼎卦的卦象則是合百物而更新——鼎為炊器，煮合百物而成美食的過程，便是「鼎」。鼎合百物是艱難的，生的硬的乾的濕的鹹的腥的，都要在鼎中合成，經過「火」而達成新物；鼎卦的上卦是「火」，下卦是「木」，木入火為烹飪之鼎。從卦理上說，鼎卦之大意，在闡釋賢才布新的大道——剛柔相濟，持之以恆，方能合百物而出新。

大巫師說的「鼎卦幽微處」，在於「鼎卦雖吉，卻有艱難」這個道理。此卦為自己占卜，所謂的「九三」一爻，是鼎卦中「才」的位置；而「六五」一爻，則是「君」的位置；「九三」與「六五」相隔了一爻，不能立即交會；但由於「九三」是正才之位，經「上火」催生，終於可合百物，而與「六五」交會……

想著想著，蘇秦不禁「噗嗤」笑了出來——這《周易》八卦確實奇特，每一卦都是用極為尋常極為簡單而又亙古不變的一種「物事」來做卦象，卻又能對最為紛繁複雜的人世萬象做出恰如其分的拆解，當真匪夷所思。就說方才這個鼎卦，竟用「煮飯」這個過程來說明天下亂象的整合，卻是那樣的妙不可言。看似簡單，細細一想，卻又複雜得不可思議。

「大哉伏羲！大哉文王！」蘇秦情不自禁地喃喃感慨。

儘管大巫師的鼎卦是一個令人鼓舞的「天機」，但蘇秦還是很快就將它拋在了腦後。如同當時所有的入世名士一樣，他從來不將自己的命運寄託在這種神祕遊移的預言上。原因很簡單，他了解一切神明預測的基本缺陷——模糊的斷語能解釋後來的一切：你勝利了，它能說通；你失敗了，它也能說通；你信它，它能說通；你不信它，它照樣能說通。

對於「上天」，蘇秦很讚賞兩個人的話。一個是稷下新秀名士荀況，他說：「天行有常，不為堯存，不為桀亡。」一個是老孟子，他說：「天聽自我民聽，天視自我民視。民心即天心。」說到底，天為何物？就是天下人心。順應人心做事，就是天下大道。行天下大道，自當以大道為本，當為則為，當不為則不為，何言吉凶？若天下人皆以吉凶決事決命，何來慷慨成仁捨生取義？何來吳起、商鞅一批「極心無二慮，盡公不顧私」的忠臣烈士？我蘇秦出山，雖然也為功業富貴，但所做之事卻是順應大道，吉凶二字何須在心？

草廬苦修，他一刻也沒有忘記揣摩天下風雲。每有心得，他都要將列國利害以各種方式拆解組合一遍。漸漸地，他形成了一個清晰的判斷：山東列國必將陷入互相算計攻伐的亂象，秦國必將東出，一一攻破中原戰國。面對這種即將到來的天下大亂，他當持何種方略應對？長策在胸，自可叱咤風雲改變天下格局；若無長策，縱然謀得高官厚祿，也無非是高車駟馬的行屍走肉，蘇秦何堪此等人生？三年來，蘇秦反覆思慮，多方演繹，終於形成了一套明晰的思路，一套周密可行的大方略。

蘇代蘇厲的到來，使蘇秦猛然醒悟——機會終於來了。

他原先預計，這種亂象至少要醞釀五年。沒有想到，三年之中天下已經大亂了。他等的就是這個亂世。天下不亂，列國無亡國危機，力挽狂瀾的長策徒然一篇說辭而已，他蘇秦也徒然一個狂士而已。秦國固要稱霸，然時機不到，說也白說。天下固要整合，然若無人人自危之亂象，說也白說。這就是「賢者守時，不肖者守命」的奧祕。

窺透時機，應時而出。這就是蘇秦孜孜三年，所浸潤出的大謀境界。

不覺回到草廬，蘇秦開始收拾準備。其實，草廬的一切日用物事都是任何家庭也用不著珍惜的粗物，根本用不著收拾交代。蘇秦所要準備的只有一件事——將那張〈天下〉繪製在永遠不可能丟失的地方。這件事他思謀已久，準備已久，但真做起來也不是一件容易事。從午後到天亮，整整八九個時辰，蘇秦才直起腰來，頹然倒在草榻上。

正午時分，馬蹄聲響，蘇代蘇厲準時來了。

蘇秦拉著兩個弟弟的手：「三弟四弟，我要走了。」

「何時？」蘇厲急迫地問。

「還問？自然是今日晚上了。」蘇代顯然成熟了許多。

蘇秦點點頭，似乎也想不起什麼叮囑的話，面對兩個聰慧絕頂的弟弟，什麼話都顯得多餘。見兩個弟弟似乎在等他開口，蘇秦終於說了句：「好生修習，蘇家也許要靠你們了。」

「此言差矣！」蘇厲這回倒是老氣橫秋，「二哥天下第一，豈能英雄氣短？」

蘇秦哈哈大笑：「好！四弟有志氣。二哥就做一回天下第一！」

蘇代鄭重其事道：「二哥，傍晚我倆在路口等你。」

「不用操心，一切都會準備好的。」蘇厲慷慨接口，比自己上路還激奮。

蘇秦肅然拱手：「多謝三弟四弟。」

「二哥如何恁般作怪？這像弟兄麼？」蘇厲面紅耳赤，先自急了起來。蘇代卻默默地低著頭沒有說話。

蘇秦長長地歎息了一聲，又微微一笑：「三弟四弟毋怪，自當初困頓歸來，為兄明白了一個道理：人須自立，不可將任何外助看作理所當然，包括骨肉親情。嫂不為炊，妻不下機，皆因我以家財出遊，而於家無益。蘇家本商人，利害所至，自當計較，我如何能以空泛大義求之於人？三弟四弟願助我一臂之力，為兄自當感謝了。」

蘇厲驚愕得說不出話來，只呆呆地看著鬚髮灰白雜亂的哥哥，彷彿突然間不認識這位兄長了。蘇代卻輕輕歎息一聲：「二哥，人間情義還是有的。自你獨處草廬，大嫂害怕大哥責罵，從不敢提你，蔫得霜打了一般。二嫂，更不用說了，每年交冬，她都要到這片荒田站幾個晚上，卻從來不敢走近茅屋……」

三兄弟一陣沉默，蘇秦笑道：「三弟四弟，顧不得許多了，我總歸還會回來。」

「成敗尋常事，家人總歸親。」蘇代喃喃吟誦了一句。

「家人或可親，成敗豈尋常？」蘇秦認真地回了一句。

蘇厲卻先「噗嗤」笑了，向蘇秦頑皮地做了一個鬼臉，三兄弟不禁哈哈大笑起來。

暮色時分，蘇秦對著草廬深深一拜，舉起那盞油燈對正了屋頂垂下的長長茅草。剎那之間，火苗騰起，整個茅屋頓時淹沒在熊熊烈焰之中。蘇秦一陣大笑，背起一個青布包袱，拿著那根青檀木棒，頭也不回地大步走了。奇怪的是，大黃始終沒有叫一聲，只是默默地跟著蘇秦。

官道路口，蘇代蘇厲守著一輛單馬輜車正在等候。月光下遙見蘇秦身影，蘇代迎了上來，接過蘇秦的包袱與木棒，利落地放到車身暗箱裡：「二哥，帶了一百金，在這個暗箱。衣服未及準備，遇見大市買了。」

蘇秦點點頭沒有說話，蹲下身子抱住了大黃的脖子，良久沒有抬頭。大黃伸出長長的舌頭，不斷舔著蘇秦的臉頰，喉嚨發出低沉的嗚嗚聲……終於，蘇秦站了起來，拍了拍蘇代蘇厲的肩膀，接過馬鞭轠繩跳上了軺車，「啪」的一個響鞭，轔轔去了。

「汪！汪汪！」大黃叫了起來，聲音從未有過的喑啞。

將近莊外，蘇秦不禁張望了一眼那片熟悉的樹林，驚訝地停住了車馬——月光下的小樹林道口，依稀佇立著一個白色身影。剎那之間，蘇秦愣怔了，他似乎意識到了什麼，怔怔地站在車上不知如何是好。慢慢地，白色身影一步步走到了軺車前，將一個包袱放在了道中，無聲地跪了下去，連三叩首，又猛然起身，飛一般地跑了……

蘇秦懵了。他分明聽見了樹林中沉重的喘息與嗚咽，卻釘在車上一般不能動彈。良久，蘇秦緩過神來跳下軺車，拿起了道中那個包袱，月光下，包袱皮上的四個鮮紅大字赫然在目——冷暖炎涼。心中一動，伸手輕撫，濕滑沾手，竟是血書大字！「轟」的一聲，蘇秦覺得熱血上湧，頹然坐到了地上。半晌，蘇秦慢慢站了起來，將包袱放進車廂，對著樹林深深一躬，回身跳上軺車去了。

白色身影出了樹林，站在道口久久地佇立著。轔轔車聲漸去漸遠，樹林邊響起了幽幽的歌聲——

燕燕於飛　差池其羽
遠送於野　我心傷悲
轔轔遠去　悠悠難歸
瞻望弗及　泣涕如雨

二、奉陽君行詐蘇秦

雖是四月初夏，邯鄲卻是楊柳新綠，寒意猶存。清晨起來，大霧濛濛，宮室湖泊樹林都變得影影綽綽一片混沌。寬袍大袖的趙肅侯出得寢宮，來到湖邊草地，做了幾個長身呼吸，開始縱躍蹲伏地操練起來。

「君父，練胡功要穿胡服。」隨著年輕的聲音，一個少年走出了樹林。

「雍兒麼？」趙肅侯一個跳躍回身，「噫！你這是胡服？好精神！來，我看看。」

少年趙雍穿著一身緊袖短衣，腳下是長腰胡靴，手中一柄彎月胡刀。與趙肅侯的寬袍大袖相比，顯得精幹利落別有神韻。趙肅侯打量一番，點頭笑道：「守邊一年，有長進。」

「君父，胡人比我快捷，大半與這衣著有關。」趙雍興奮地比畫著，「你看，這身胡服裡外四件，冷了最多加一件皮袍。我等一身，至少八九件，加上腰帶高冠寬袍大袖，裡外十幾件，累贅多了。我的千人隊，現下都是胡服，打了幾仗，利落得很。」

「嗯，不錯，軍中穿穿還行。打仗嘛，就要動若脫兔。」

突然，一陣沉重急促的腳步聲傳來，朦朧可見一個紅色的高眺身影大步匆匆走來。「是肥義，沒錯。」趙雍目力極好，只一瞥便認準來人。

「稟報君上。」丈許之遙，紅色身影高亢的聲音傳了過來，「齊國大舉興兵滅宋，派特使前來，約我共同起兵。」

「稟報奉陽君了麼？」趙肅侯淡淡地問。

「還沒有。臣請君上先行定奪。」肥義拱手一禮，低著頭不再說話。

趙肅侯面色陰沉地踱著圈子，良久沉默。

「君父，肥義將軍忠誠可嘉。」趙雍慷慨激昂，「軍國大計，理當國君決斷。」

趙肅侯沒有理睬兒子，回頭對肥義道：「稟報奉陽君，聽候定奪。」

「君上……」肥義看了看國君，終於沒有說話，大步轉身去了。

「君父，你要忍到國亂人散，方才罷休麼？」趙雍面色脹紅，幾乎要喊起來。

「住口！」趙肅侯一聲呵斥，四周打量一番，低聲道，「他統領大軍十餘年，又有上黨（註：戰國時趙國、韓國各有上黨郡，後來韓上黨歸併趙國，治所壺關〔今山西壺關以北〕）封地二百里，兵強馬壯，財貨殷實，不忍又能如何？」

「君父勿憂，我有辦法。」趙雍見父親又要四面打量，大手一揮，「百步之內，斷無一人。君父無須擔心。」

趙肅侯盯著這個英氣勃勃的兒子，悠然一笑：「力道幾何？」

「死士三百。」趙雍肅然挺身。

「三百人就想翻天？真有長進。」

「專諸刺僚，一身為公子光翻轉乾坤，況我三百死士！」

趙肅侯目光一閃，沉默良久，轉身逕自走了。趙雍略一思忖，跟著父親進了晨霧濛濛的樹林。

當肥義來到奉陽君府邸時，晨霧已經消散，府門外正是車水馬龍的當口。

奉陽君乃趙成侯的次子，趙肅侯的胞弟。趙成侯本有三個兒子，長子趙語，次子趙緤，三子趙城。趙成侯對三個兒子都很器重，每有親出，總由長子留邯鄲監國，兩個小兒子隨軍征戰。時間一長，次子三子成了軍中大將，趙語則時常執掌國政，順理成章地做了太子。趙成侯死後，次子趙緤不服太子趙語，起兵奪權。趙語應對沉穩，聯合三弟趙城打敗了趙緤，趙緤棄國逃亡到韓國去了。為了報答三弟，趙語將趙城封為奉陽君，封地擴大了兩倍。由於趙語不太通曉軍事，趙國又多有征戰，趙城兼領了上將軍。幾次勝仗，趙城的威望權勢漸漸膨脹了，趙城也漸漸威風起來了。

秦國奪取了晉陽，趙城領兵救援，卻差點兒做了秦軍俘虜。趙城惱羞成怒，要起傾國之兵與秦軍決戰。趙肅侯這回卻出奇地固執，堅決不贊同與秦國硬拚。他當著全體大臣，將國君大印捧在手上說：「奉陽君若一意孤行，請收下這傳國金印，趙語當即隱退山野。」趙城大為尷尬，硬是給悶了回去。

從此以後，奉陽君更是橫行國中，不將趙肅侯放在眼裡。許多大臣不滿奉陽君的專橫氣焰，紛紛祕密上書，請趙肅侯「殺奉陽君以安趙氏」。趙肅侯非但不置可否，反而又將丞相權力交給了奉陽君，請奉陽君「開府號令，總攝國政」。

如此一來，趙國幾乎成了奉陽君的天下。府邸整日間門庭若市冠帶如雲，趙城忙得不可開交。許多原先祕密上書的大臣眼看國君孱弱，也就順勢投奔到奉陽君門下，官位紛紛晉升了。只有這個萬騎將軍肥義落落寡合，該如何便如何，依舊時常找國君稟報軍情，官爵也就老是原地踏步了。

「噫！肥義也，稀客喲！」一個圓鼓鼓胖乎乎矮墩墩紅亮亮的白髮老頭兒，瞇縫著雙眼，滿臉堆笑地倚著門庭下的石柱，拉長聲調驚歎著。

肥義大步走上九級寬大的白玉臺階，淡淡道：「李舍人，肥義要見奉陽君。」

這個李舍人，本是奉陽君的門客家臣，當時一般統稱為舍人。李舍人多年追隨奉陽君，很出過一些斡旋朝局的點子，自奉陽君得勢，晉升了府邸總管。中原「三晉」魏趙韓同俗，都將總管稱為「家老」。近年來，這李家老在邯鄲紅得發紫，大小官員無不敬畏三分，見面莫不打拱作禮連呼「家老大人」，還要眼疾手快地給門庭一口銅箱裡擱點兒金貴物事進去，否則，你便得處處難堪。肥義是趙國大臣，不可能不知道奉陽君府邸的進門規矩，但卻公然直呼「家老大人」為「李舍人」，如何不教這位炙手可熱的李家老氣上心頭？雖則如此，李家老畢竟老辣，反倒拱手作禮笑道：「將軍乃國家干城，自當要務在身。奉陽君正在竹林苑晨練，將軍請了。」

肥義二話沒說，大袖一甩，逕自進府去了。

奉陽君府邸已經由六進擴展為九進，府後還建了一座水面林苑。所謂竹林苑，是第三進國政堂東邊的一片竹木花草園囿，除了一大片青森森的翠竹，還養著一些珍禽異獸。奉陽君久在軍旅，晨練原是尋常，肥義自然不去多想，直奔竹林苑而來。晨霧尚未消散，靜謐的竹林中忽然傳來粗重的喘息與細長的呻吟……肥義突然覺得異常，立即停住腳步，略微思忖，肥義對著青森森的竹林拱手高聲道：「萬騎將軍肥義，緊急晉見奉陽君，有軍國大事稟報。」

但聞竹林中婆娑陣陣，傳來粗重嘶啞的呵斥：「大膽肥義！私窺禁園，可知罪麼！」隨著話音，薄霧中轉出一個鬚髮斑白威猛壯碩的漢子，渾身淌汗，只在腰間裹著一片斑斕虎皮，彷彿一個遠古獵人。

「國家為上，臣不知罪。」肥義肅然拱手，低頭不看面前的奇異景觀。

「哼哼，趙國唯你肥義忠臣了？啊！」赤身「獵人」大喝，「來人！將肥義革去官爵，貶黜雲中大營，罰做苦役！」

霧氣繚繞中遙聞呼喝之聲，李家老領著一班武士上來，立即將肥義奪冠去服綁縛起來。肥義沒有絲毫驚慌，只是狠狠盯了李家老一眼，微微冷笑了一聲，便不由分說地被押走了。流散的晨霧中傳來一陣哈哈大笑。

一個帶劍軍吏匆匆走來：「啟稟奉陽君，洛陽蘇秦求見。」

「蘇秦？蘇秦是誰？」問話的虎皮「獵人」已經變成了衣冠整肅的奉陽君。

李家老笑道：「臣想起來也，此人就是幾年前說周說秦的那個游士，鬼谷子高足。天子賜王車，還拒絕了秦國的上卿高爵，名噪一時也，只是，不知後來為何沉寂了。」

「噢？好呵！」奉陽君笑了，「如此名士，求之不得。見。」

「主君且慢。」李家老低聲道，「容老臣探聽明白，以防背後黃雀。」

「也好。弄清他究竟真心投奔，還是別有他圖？」

「老臣明白。」圓圓的李家老一陣風似的隨著霧氣去了。

邯鄲是蘇秦的第一個目標。

方今天下，對秦國仇恨最深的莫過於魏楚趙韓四國。魏國是秦國的百年夙敵，楚國近年來受秦國欺侮最甚，韓國直接被秦國奪去了宜陽鐵山，趙國丟了晉陽之後，成為眼下受秦國威懾最為嚴重的中原國家。要在反秦大計上做文章，就要從這四國之中選擇一個入手。蘇秦做了反覆權衡，魏國實力最強，但魏惠王君臣消沉頹廢，想要他出頭挑起反秦重擔很難；楚國偏遠，素來對中原狐疑，雖可能成為反秦主力，但卻不適合做發起國；韓國太小，但有風吹草動都可能被秦國扼殺在搖籃。只有這個趙國，國力居中，民風剽悍善戰，在中原六大戰國中影響力僅僅次於魏齊兩國。更重要的是，趙國在列國衝突中素來敢做敢當，國策比較穩定；前代趙成侯與目下趙侯都算得明智君主，善於決斷權衡。凡此種種，都使蘇秦毫不猶豫地直奔了趙國。

一路北上，蘇秦對趙國的朝局已經瞭若指掌，決意先行說動奉陽君，然後晉見國君。聽說奉陽君有早起理政的習慣，他便趕在大清早前來晉見。一見那個圓乎乎滿臉堆笑的家老，蘇秦心知這是一個「人貓」，很自然地向銅箱中丟進了三個有天子銘文的「洛陽王金」。家老立即對他肅然起敬，安排好他在暖房等候，匆匆進去稟報了。

過得片刻，家老滿臉堆笑地碎步出來：「先生，奉陽君緊急奉詔，進宮去了，特意轉告先生，請先生明日晚上前來賜教。老朽當真慚愧也。」

「家老言重了。蘇秦明晚再來便是。」

回到客寓，蘇秦思量今日所遇，覺得大有蹊蹺。權傾一國如奉陽君者，天下無出其右。此公有清晨獨處園囿的嗜好，趙肅侯豈能不知？奉陽君緊急奉命云云，定是託詞不見而已；然卻又「特意轉告」明晚「賜教」，又分明是想見他。一推一拉，僅僅是一種小權謀麼？似乎是，又似乎不僅僅是。大挫重生，蘇秦已經對「順勢持己」有了新的感悟，對於權力場的雲譎波詭魚龍混雜也有了一種登高鳥瞰的心境。面對這剛烈專橫的奉陽君與柔膩陰險的「人貓」家老，蘇秦決意抱定一個主意，順勢而說，見機而作，絕不再糾纏於一國一邦。

次日暮色時分，蘇秦在家老殷勤的笑臉浸泡下見到了奉陽君。

煌煌燈下，兩人都對對方打量了一番。蘇秦看到的，是一個與這豪華府邸格格不入的粗壯黧黑的布衣村漢，兩隻瞇縫得細長的眼睛突然一睜，會放射出森森亮光。奉陽君看到的，是一個從容沉穩的布衣士子，鬢髮灰白，黝黑瘦削，幽幽的眼光教人莫測高深。

「先生策士，若以鬼之言說我，或可聽之。若言人間之事，本君盡知，無須多說。」剛剛坐定，奉陽君怪誕冰冷，似乎要著意給蘇秦一個難堪。

「以鬼之言見君，正是本意。」蘇秦微微一笑。

「噢？此話怎講？」

「貴府人事已盡，唯鬼言可行也。」

奉陽君突然一陣大笑：「好辯才！願聞鬼言。」

「我來邯鄲，正逢日暮，城郭關閉，宿於田野林畔。夜半之時，忽聞田間土埂與林間木偶爭辯。土埂云：『你原不如我。我是土身，無論急風暴雨，還是連棉陰雨，泡壞我身，我卻仍然復歸土地，天晴則又成埂。土地不滅，我便永生。你卻是木頭，不是樹木之根，便是樹木之枝。無論急風暴雨，還是連棉陰雨，你都要拔根折枝，漂入江河，東流至海，茫然不知所終。』請教奉陽君，土埂之言如何？」

「先生以為如何？」奉陽君似覺有弦外之音，卻又一片茫然，反問了一句。

「土埂之言有理。」蘇秦直截了當地切入本題，「無本之木，不能久長。譬如君者，無中樞之位，卻擁中樞之權，直如孤立之木，外雖枝繁葉茂，實卻危如累卵。若無真實功業，終將成漂流之木。」

奉陽君目光一閃，沒有說話，思忖有頃，擺手道：「先生請回館舍，明日再來。」

蘇秦情知奉陽君木然煩亂，拱手作別，逕自去了。

奉陽君黑著臉倚在長案上發呆。蘇秦的話使他感到一絲不安，「無中樞之位，卻擁中樞之權」，的確是權臣大忌，可是勢成騎虎，自己能退麼？聽這蘇秦話音，又似乎有轉危為安的妙策。可能麼？一介書生士子，能扭轉乾坤？正在思緒紛亂，一陣輕輕的腳步來到身邊。

「敢問主君，蘇秦如何？」李家老的聲音殷切恭謹，讓奉陽君覺得舒坦。

「你以為如何？」奉陽君臉上威嚴持重。

「臣有一問：蘇秦勸戒主君急流勇退，主君打算聽從麼？」

「不能。」奉陽君猶豫片刻，吐出了兩個字。

「如此臣則可言。臣觀蘇秦談吐，其辯才博學皆過主君。此人入趙，所圖謀者終為自己功業，主君只是他建功立業的墊腳石罷了。唯其如此，此人將對主君大為不利。」

「趕走蘇秦，開罪天下名士，誰還來投奔老夫？」

「主君勿憂。我有一計，可使蘇秦樂而去之，不累主君敬賢之名。」

「噢？說說看。」

家老湊近，一番低語，奉陽君哈哈大笑。

次日晚上，蘇秦悠然而來。奉陽君小宴款待，酒罷肅然求教。蘇秦格外真誠，剖析了奉陽君的危局，提出了一舉解脫危局的根本謀略——由奉陽君出面聯合六國抗秦，擁戴趙肅侯出任盟主，化解君臣猜疑，既建立真實功業，又不露痕跡地回歸臣子本職，如此奉陽君便可如土埂般永生。最後，蘇秦慷慨言志：「蘇秦本風塵布衣，不忍中原諸侯受強秦欺凌，願奮然助君以成大業，願君力挽狂瀾，做天下砥柱。赤子之心，願君明察。」

奉陽君兩眼一直看著蘇秦，臉上卻沒有任何表情。起初，蘇秦只以為此人機謀深沉，自是江河直下滔滔不絕，說了一個時辰，奉陽君仍是正襟危坐，絲毫不為所動。蘇秦覺得蹊蹺，停了話頭，端詳著奉陽君神情，等待他的發問。誰知奉陽君依舊木然端坐，終是一言不發。

「蘇秦告辭。」情知有異，蘇秦拱手一禮，逕自去了。

「先生留步。」身後傳來沙沙柔柔的聲音，李家老輕步追了上來，「老朽代主君送先生了。」

蘇秦淡淡一笑：「敢問家老：昨日粗談，奉陽君尚且動容；今日精談，奉陽君卻木然無動於衷，緣故何在？」

家老神祕地笑了笑，將蘇秦拉到道旁大樹下，先深深一個大躬，又幽幽一歎道：「先生機謀大，策劃高，我家主君才小量淺，不能施展。老朽恐先生有不測之危，便請主君絲棉塞耳，無聽談說。老朽慚愧，慚愧。」

蘇秦大是驚愕，愣怔片刻，縱聲大笑起來：「奇也！奇也！當真大奇也！」

待蘇秦笑聲平息，家老又是幽幽一歎：「雖則如此，先生遊歷諸侯，跋涉艱難，無非圖個錦衣玉食。老朽定然請求主君，資助先生以高車重金。老朽慚愧，慚愧。」

「噢——」蘇秦更加笑不可遏，「還有此等事？不聽我言，卻贈我錢？」

「還請先生明日再來。老朽慚愧，慚愧。」

「好好好，明日再來。」

「老朽慚愧，慚愧。」

蘇秦覺得大是滑稽，想忍也忍不住滿腔笑意，大笑著揚長去了。

回到館舍，蘇秦忍不住大笑了半日，惹得鄰居客人伸頭探腦嘖嘖稱奇。雖說天下之大無奇不有，然則自春秋以來，如此塞耳使詐者，當真是聞所未聞匪夷所思。一篇精心構思的宏大說辭，竟做了聾瞽塞聽，當真對牛彈琴。名士遊說有如此滑稽奇遇者，五百年也就我蘇秦一人耳。既遇如此滑稽褊狹之徒，何不順勢而下，成全了這個滑稽故事？

次日午後，蘇秦如約前往，李家老肅然迎出請入。奉陽君在正廳隆重設宴，連說一番「昨日受教，如醍醐灌頂」云云。李家老便急忙對著蘇秦使眼色。蘇秦又是一通大笑，也就勢說了一通「水土不服，便欲歸去」云云，雖都是口不應心，卻也是其樂融融。

酒宴之後，奉陽君「賜贈」了蘇秦許多貴重物事，除了黃金百鎰，軺車一輛，有三樣珍寶倒確實是蘇秦所沒有見過的：一是一顆明月珠，在幽暗中能光照丈許。二是白玉璧一只，李家老特意叮囑說這是楚國的荊山璧，與和氏璧齊名也。三是黑貂裘一領，能化雪於三尺之外。

「老朽慚愧慚愧。」李家老指點交代完畢，必恭必敬地看著蘇秦，生怕生出意外。

蘇秦卻大笑著接受了。

三、燕山腳下的古老城堡

一過易水，進入燕國地界。

蘇秦聽到的第一個消息是：老國君病倒，薊城禁止夜行了。

這個消息使蘇秦生出了幾分莫名其妙的不安。燕文公在位已經二十九年，是中原戰國中以「明智」著稱的老君主。蘇秦離趙赴燕，就是想從這個明智的老國君身上打開目下的僵局，若燕文公突然病逝，一個國喪至少耽延數月，再加上新君往往忙於理順朝局，一年內能不能見到新君都很難說。

但蘇秦絲毫沒有改變目標的念頭，反倒快馬加鞭，力圖早一日趕到薊城。

北上燕國，蘇秦還有一個朦朧的夢，就是見到那個至今還在他心目中保持著幾分神祕的天子女官。蘇秦原本的打算是：說燕成功，就正式請求拜見國后，能得片時交談，就了卻夙願了。當然，若說燕不成，這個夢想也就只有永遠地埋在心底了。可聽到燕文公病倒的消息後，蘇秦陡然覺得，無論如何都應該見到她。老國君病危，正是年輕美麗的國后即將失勢的尷尬時期，官場宮廷最是冷酷，一旦失勢便有可能發生各種危險。此時正是她獨木臨風之際，蘇秦既然知曉，自當義無反顧地助她一臂之力。

晝夜兼程，古老的城堡終於遙遙在望了。時當盛夏日暮，雄偉的燕山橫亙在蔚藍的天際之間，山麓的城堡顯得那般渺小。就在軺車向著山麓城堡疾馳的剎那之間，蘇秦倏忽感到了一陣涼爽。燠熱頓時消失，彷彿從蒸籠跳到了清涼的山溪，習習山風徐徐拂面，涼爽宜人，與中原盛夏不可同日而語。

古老的城堡果真是戒備森嚴，城外五六里有馬隊巡視，喝令一切車輛走馬緩行，在城門外驗身後方可入城。蘇秦到達護城河前時，正逢閉關號角吹響。按照尋常規矩，閉關號角半個時辰內吹過三遍，便要懸起吊橋關閉城門，未入城者便要等到次日清晨開關。蘇秦已經驗身，匆匆走馬，向吊橋而來。

「大膽！找死你！」一聲呵斥，一個軍吏猛衝過來挽住馬韁，硬生生將軺車拉得倒退幾步。再看面前，吊橋正在軋軋啟動，湍急的捲浪河水就在面前翻滾。

蘇秦一時懵懂，及至清醒過來，氣咻咻喊道：「一遍晚號關城，豈有此理！」

「咳！脾氣比我還大？」軍吏不禁「噗嗤」一笑了，「你這先生從天上掉下來的？戒嚴半月了，早關晚開，不知道你？沒淹死算你命大了，還喊。」

蘇秦粗重地歎息了一聲：「那，今晚不能進城了？」

「今晚？」軍吏又氣又笑，「你看著月亮做夢吧。」

蘇秦頓時沮喪，坐到石墩上癡癡地盯著護城河湍急的流水發呆。眼看月亮爬上了山頭，蘇秦依然癡癡地坐著，想到自己事事不順，不禁一陣長長歎息。

「哎？我都巡查幾圈了，你還在這兒守啊？」那個軍吏提著馬鞭走了過來，一番端詳，低聲笑道，「說說你入城原由，看我能不能想個法兒？」

蘇秦精神一振，連忙拱手一禮：「我乃洛陽士子蘇秦，為燕公帶來重大消息。小哥若肯幫襯，我當為小哥請賞。」

「與國事相干，有轉圜。隨我來。」軍士上馬，蘇秦上車，繞行到另一座城門前。軍吏揚鞭向城樓高喊：「東門尉聽了——有洛陽士子與國事相干，請放入城——」但聞城樓答話：「南門尉不必客氣。放吊橋——」蘇秦拱手道：「將軍原是南門尉，蘇秦失敬。」軍吏大笑：「先生一言，我就做了將軍，痛快！」眼見吊橋軋軋放下，軍吏一拱手：「先生請。告辭。」蘇秦未及答話，軍吏已經飛馬去了。

由於是單獨放行，東門尉沒有開啟正門，而教蘇秦軺車從便門進入。蘇秦進得便門甕城，道謝之餘頗感好奇：「既是國事相干，為何東門可進？南門不可通融？」年輕的東門尉鄭重其事地拱手回答：「國師祈天，南門夜開，不利國君病體。」蘇秦不禁想笑，可看著東門尉一臉肅然，也連忙鄭重點頭：「上天佑燕，國君無恙。」

正在此時，甕城（註：甕城，古代較大城堡在主要城門旁修建的屯兵、誘敵場所，四周城牆，形似天井大甕，謂之甕城）外軍士高喝：「國后車駕到——」

東門尉忙道：「先生稍等，國后車駕過去再出。」疾步匆匆地走出了甕城。

聽得「國后」二字，蘇秦的心一陣猛跳。是她麼？肯定是。國后能有幾個？從甕城幽暗的門洞看出去，一隊火把騎士當先，一片風燈侍女隨後，一輛華蓋軺車轔轔居中，車中端坐著一個女子，綠衣白紗，美麗肅穆……蘇秦一陣心跳，死死地抓住了車轅。

「嘖嘖嘖！國后當真賢德，每日都要去太廟祈福。」

「那是，國君痊癒，國后平安嘛！」

「難說。真正平安，要天天祈福？」

「噓——不許亂說！」東門尉低聲呵斥。

車馬過完，蘇秦不待東門尉點頭，跳上軺車轔轔出街。一陣疾馳，追上了國后車馬，尾隨到宮室街區，蘇秦軺車不能前行，只好看著那隊風燈侍女簇擁著華蓋軺車迤邐消失在層層疊疊的宮殿群落裡。

燕國自來貧弱，除了五六百年將宮室營造得頗為氣派之外，商市民居都無法與變法之後的中原戰國相比。薊城國人居住的街區大都簡陋破舊，石板砌的房屋極多，偶有高房大屋，不是官署，便是外國商人開的客寓。月亮尚在山頭，城中已經是燈火寥落，行人稀少了。與咸陽、大梁、臨淄的繁華夜市相比，薊城的夜晚的確是一片蕭瑟。加上燕山清風毫無暑氣，使人在盛夏的夜晚平添了幾分寒涼。蘇秦滿腹感慨，信馬由韁地在薊城轉來轉去，最後來到一家客寓門前，見風燈上大字赫然——洛燕居。店名很是雅致，一問之下，是洛陽商人開的，欣然住了下來。

蕭瑟夜晚有客人投宿，店中頓時一片欣然。片刻之間，店東出來相見，是個年過六旬的老人，雖白髮蒼蒼，卻矍鑠健旺。幾句寒暄，老店東得知蘇秦乃故里客官，倍覺親切，立即親設小宴為蘇秦洗塵。老人數十年未回過洛陽，殷殷請蘇秦詳說洛陽變化。及至聽蘇秦說了一番，老人感慨唏噓道：「赫赫王城，今不如昔，我輩愧對祖先矣！」

「敢問老人家，可是老周王族？」蘇秦知道，洛陽國人大抵都是周室部族。除了蘇家這樣的殷商後裔，經商之人極少。老人顯然不是殷商後裔的那種商人，倒很有可能是因某種變故逃離洛陽的王族子弟。

老人沉默不語，良久，慨然一歎：「洛陽薊城，俱都式微，周人氣運盡也！」

「燕為大國，如何式微？願聞前輩教誨。」蘇秦很想聽燕國目下情勢，連忙恭敬請教。

「先生當知，燕國乃周武王始封，召公奭為開國君主。目下，這燕國是天下唯一的姬姓諸侯了。若燕國氣象振興，周人或可有望。然燕國也是唯知安樂，不思振興，已被趙國齊國擠到了邊陲一隅，尚不知危難。國君病體懨懨，太子虎視眈眈，臣子惶惶不可終日，偌大薊城，無一中流砥柱……當真一言難盡也。」

蘇秦驚訝地看著老人，更加相信老人絕非尋常商人，思忖問道：「方才入城，見國后為國君祈福而歸，人皆讚頌。前輩以為如何？」

「洛陽唯此奇女子，惜乎埋沒燕山了。」老人粗重地歎息一聲，「國后本是王族公主，大義高才，自請嫁燕，欲助王族諸侯崛起，使周人重生。可入燕以來，國后多方求賢不成，反與權臣扞格，竟至一籌莫展。燕公病倒，國后更是舉步維艱了。國人唯知其賢，不知其難也。說到底，還是天不佑周人也！」

蘇秦心頭一陣發熱，不禁脫口而出：「前輩可是國后同支？」

老人默然良久：「先生何有此問？」

「煩請前輩告知國后：洛陽蘇秦入燕。」

老人看看蘇秦，默默點頭，一句話也沒問。

蘇秦一夜難眠，心中閃過與燕姬兩次不期而遇的情景，許多疑惑頓時明白，許多疑惑又叢生心頭。燕姬不是尋常的女官，竟是王族公主，這是他始終沒有料到的。作為公主，自請嫁燕救周，更是他沒有預料到的。在他心目中，一個天子女官嫁給諸侯國君，無論命運如何，都是無奈的悲涼的。那個綠衣白紗的美麗身影，其所以深深烙在他的心頭，不能說與他深深地為之扼腕無關。現下想來，燕姬原是自己走上祭壇，要以自己的毀滅來拯救衰落的王室部族的。一個女子有如此超乎尋常的情懷，確實令蘇秦怦然心動。春秋戰國多慷慨悲壯之士，蘇秦如同任何一個名士一樣，對那些孤忠苦憤的英雄，無不抱有深深的敬意。如今，一個隱藏在古老宮牆裡的女子，竟然就是這樣一個孤忠苦憤的名士女傑，豈能不教他感慨萬千。如此說來，當初在函谷關巧遇，燕姬請他入燕，當是她有意求賢了。可為何只是那麼輕輕一問，甚至連正面的請求都沒有？敬重他的選擇麼？為何她沒有將他當作一個有用賢士那樣，不惜一切手段地爭取甚至強迫過來？驚鴻一瞥，任君而去，這是一個興邦才女的作為麼？也許，只有一種理由能夠解釋……可是，蘇秦不願意那樣去想——那只是虛無縹緲的幻象，只是殘存在自己心底的依稀舊夢。

次日，蘇秦還是到宮室去了。宮廷多詭譎，不管外間如何傳聞，總是要親自嘗試一下才踏實。誰知他尚未報名求見，就被宮門將軍正色擋回：「國君有疾，朝野皆知，如何能見中原士子？若有國事，請到太子府處置。」

無可奈何，蘇秦怏怏回了洛燕居，思忖一番，開始埋首開列早已成竹在胸的〈說燕策〉綱目。他相信，無分遲早，衰頹的燕國總是需要他的。賢者守時，他就要等待這個機會。日暮時分，店僕送來燕國名吃胡羊蔥餅，蘇秦胡亂吃了兩塊，又埋首燈下了。

「嘭嘭嘭」，隨著輕輕的敲門聲，房門無聲地開了，一個面垂黑紗的白衣人已經站到了屋中。蘇秦絲毫沒有覺察，猶自埋首燈下。

「季子別來無恙？」白衣人輕輕的聲音。

蘇秦驀然回首，驚愕間心頭電閃：「你？你？是……」卻終是沒有說出。

「季子，你？連我的名字，都叫不出來了？」白衣人聲音有些顫抖，說著摘掉黑紗，脫去長大的士子白衣，一個秀髮如雲綠裙白紗的美麗女子宛然便在目前。

「燕姬……實在沒有想到。」蘇秦一時間有些手足無措。

「別動，我看看。」燕姬將蘇秦扳到燈下亮處，端詳有頃，淚光瑩瑩。

蘇秦心念一閃，肅然躬身：「國后，蘇秦入燕，多有唐突，尚望見諒。」

燕姬眼波一閃，釋然笑道：「季子請坐，能說說為何選擇了燕國麼？」

「我有改變天下格局之長策，需要從燕國迂迴入手。」說到正事，蘇秦頓時坦然。

「燕國只是棋子？」

「不，首要為燕國謀利。不安定燕國，何顯長策？」

燕姬靜靜地看著蘇秦的眼睛：「季子，你是天下大才，我沒有看錯。可當年在函谷關，我沒有強拉你來燕國，知道原由麼？」

蘇秦略一思忖：「國后，你知道蘇秦當日尚在稚嫩，不足以擔當大任。」

燕姬歎息了一聲，搖搖頭道：「我沒有那般遠見……季子，聽聽我的心裡話，我們都不要欺瞞自己了。洛陽王城初識君，便知君為天下英傑。燕姬固想挽回王族危難，心中也自知難為。周室衰微，根在久遠，時勢已過，滅亡難免。三皇五帝，夏商至今，誰曾見過萬世不朽的王室王族？燕姬身為王族之後，自當為王族之苟延殘喘盡孤憤之力。這是一條看不見盡頭的幽幽窮途，燕姬不想將一個天下英才拉著殉葬。你看中強國，要在那裡實現輝煌的功業，燕姬心裡很是清楚。鯤鵬展翼九萬里，燕姬豈忍將君當作蓬間雀？平心而論，若非王族之身，燕姬早隨君去了……」

「燕姬！」

「季子……」燕姬走了過來，輕輕抱住了蘇秦，低聲道，「日後有時日。」

蘇秦有些恍惚起來。本來他已經拿定主意，若能得見，只和燕姬說國事。自從他聽說燕姬是王族公主後，這個主意更堅定了。他覺得自己很清醒，一個自覺為沒落王族獻身的女才士，絕不會為了一個朦朧的夢幻使自己陷入私情糾葛之中，與其後患難料，不如一開始就不要發生。可是，燕姬的一番傾訴，竟然就如此輕易地模糊了自己的稜角，如此輕易地打碎了自己的堅壁，無論自己內心如何吶喊著「豈有此理」，他都無法抗拒那輕柔的擁吻。剎那之間，蘇秦覺得自己不清楚自己了，而在此前，他對自己的自制力是毫不懷疑的。多少次，他都滿懷憐惜地準備抱起妻子，與她完成敦倫大典，可最後都因為內心自責「虛情」而退卻了。蘇秦因此而相信，他在男女之事上是冷漠的，是永遠不會陷入私情糾葛的。從來不隱諱麗人嗜好的張儀，嘲笑他是「柳下惠坐懷不亂」，可也由衷地稱讚「蘇兄心如鐵石，堪當大任也」。今日是怎麼了，鐵石之心如何瞬間消於無形？

「季子，不要自責。」燕姬悠然一笑，「你對自己總是苛求過甚。情理人欲，與天地大道相合，有何慚愧？」說也奇怪，燕姬幾句話，蘇秦頓感舒坦明朗，不禁笑道：「蘇秦還是學未到家，慚愧。」燕姬不禁笑道：「噫？你如何與奉陽君那個家老一轍？」蘇秦驚訝道：「奇！你如何知道那個『慚愧』家老？」

「日前，奉陽君派家老率領三名趙國太醫，前來為燕公治病。」

「燕公接受麼？」蘇秦驀然心動。

「燕趙世仇，如何接受？可燕國正在艱難，又不好開罪趙國。」

「燕姬。」蘇秦肅然道，「我可化解燕趙糾葛，只不知燕公是否還清醒？」

燕姬沒有絲毫驚訝，淒婉一笑：「季子入燕，必是瞄著燕趙仇隙而來。否則，燕國也真是沒有價值。」

「燕姬……」

「季子，燕公沒有大病，三日內你可以見他。」

「沒有病？」蘇秦雖然驚愕，卻也立即一陣輕鬆，「宮闈深邃，又是一奇也。」

燕姬嫣然一笑：「日後你會知道的。季子，我得走了。」

「這就走？」蘇秦很驚訝，想到函谷關竟夜暢談，顯然大覺意外。

「等我消息。」燕姬匆匆說了一句，迅速地穿上白衣戴上黑紗，沒等蘇秦說話便帶上門出去了。

蘇秦怔怔地站著，覺得像一場夢。

發了一會兒呆，蘇秦漫步來到洛燕居後園，登上了土丘石亭。山風涼爽，碧藍的夜空星斗滿天。啊，天帝之車北斗星已經略微偏西了，除了玉衡光芒四射，其餘六星都是那樣混沌不清（註：古星象家認為，北斗星既是天帝之車「運於中央，臨制四鄉」，又在不同季節的不同時分指向不同分野，其光芒的明暗強弱，預示著分野之際的災異禍福。北斗七星分別是天樞、天璿、天璣、天權、玉衡、開陽、瑤光。「玉衡」是北斗第五星，與「天帝」（天權星）相連）；尤其是居於樞要的斗魁四星，盡皆暗淡昏黃。按照星象分野，此刻的玉衡所指，正是河西秦川所在。雖然天象難測，蘇秦更非占星家，但也許應了「象由心生」這句老話，今晚這北斗星象蘇秦卻看得分外清白：一星獨明而六星昏暗，這不分明便是天下大勢麼？蘇秦啊蘇秦，你要改變這種天下格局，卻是談何容易？燕國之行看來氣運不錯，能不能做成一個有氣勢的開端，還得看自己的作為；以燕姬的身分與神祕降臨來看，她是無法對燕公正面提及自己的，她所能提供的只是機會與條件，能否把握住這個難得的機會，歸根結蒂還要靠自己的真實謀劃。心念及此，蘇秦反倒覺得踏實了。如果自己依靠燕姬的薦舉力保而任職燕國，那在他是無法接受的。莫說燕姬是紅顏名士，即或燕姬是鬚眉豪傑，他也照樣無法接受。蘇秦出山，永遠有一個堅定的信念——依靠自己獨特的智慧與才華，打開一條獨特的功業大道，非如此，蘇秦枉修縱橫之學十餘年。

天將拂曉，蘇秦方才回到住房，心中雖是輕鬆，卻也疲憊不堪，倒頭便睡。一覺醒來，已是午後日斜。梳洗一畢，自覺神清氣爽，看見書案上擺著一盤鬆軟酥香的胡餅與一壺溫熱的米酒，立即大嚼一陣，風捲殘雲般一掃而光，愜意中正待起身，眼角餘光忽然瞄見一支竹簡孤零零地擺在書案中央。

蘇秦目力不濟，連忙拿過竹簡近看，頓見一行小字入眼——明日酉末進宮！

太陽一落下燕山，薊城一片暮色了。

燕文公覺得自己老了，一個顯然的感覺是心緒特多煩躁，憂心的事連棉不斷：秦國剛奪了趙國晉陽，捎帶搶去了燕國兩座小城；還未及反應，北邊胡人又有數萬騎兵搶掠騷擾；剛一出兵，西南邊中山國又趁火打劫；及至回兵，狡猾的中山狼又銷聲匿跡；正欲報復，東南邊齊國漁民又是明火執仗地爭奪湖泊水面。這些事還只算麻煩，最嚴重的是趙國這個老冤家正在邊境集結重兵，準備尋釁攻燕。

百思無計，燕文公與國后密商，決定稱病誘敵，同時祕密集結兵力，要一舉解決趙國威脅。

誰知事有乖戾，他染病不起的消息一傳出，太子卻想入非非，密謀發動宮變提早奪權。燕文公覺察後氣惱攻心，竟真的病倒了。若不是國后燕姬斡旋折衝，說服太子負荊請罪，又說服燕文公隱忍不發，燕國大局還真要崩潰了。期間，趙國奉陽君狐疑不定，假惺惺派來太醫「救治燕公」，燕文公只好壓下了太子事端，將計就計地認真病了起來。

暮色降臨，燕文公覺得憋悶，吩咐內侍將自己的病榻抬到湖泊竹林旁。待內侍退去，他坐了起來，在清涼的晚風中沿著湖邊漫步。走得一段，兩盞風燈從對面悠悠而來。燕文公知道，那一定是國后，別人到不了這裡，包括太子。

「國公，如何一個人出來走動了？」老遠傳來燕姬關切的聲音。

「你呀，當真了？」燕文公對年輕美麗的妻子幾年來的作為很是信服，見面便高興。

燕姬上來扶住燕文公笑道：「原本就是真的也。來，慢慢走，到亭下坐坐。」

這是一座寬敞的茅亭，腳下綠草如茵，背後竹林婆娑，面前波光粼粼，周遭晚風習習，加之燕山涼爽，夜無蚊蟲，真是湖邊一塊上佳的休憩所在。燕姬吩咐侍女在亭下石榻上鋪好竹席置好靠枕，扶著老國君舒適地斜倚石榻，然後吩咐侍女推來酒食車，說她要在湖邊與國公小酌。燕文公大是欣然，立即催促侍女快去快回。

「國公，我方才從太廟歸來，在宮門遇見一個求見士子。」

「又覺是個人才？」燕文公不經意地笑著。

燕姬笑了笑：「我倒是沒留意，只是在暗處聽他與宮門尉爭辯，方知他是洛陽名士蘇秦。國公可知此人？」

「蘇秦？噢——莫非是幾年前，名震一時的鬼谷子高足？」

「對，是他。他說『燕有大疾，我有長策。攔蘇秦者，燕之罪人也』。我便祕密喚來宮門尉，安頓他在宮門等候，又連忙趕來稟報國公。」

燕文公默然有頃，高聲吩咐：「來人！立即帶蘇秦從祕道入宮，在此晉見。」

「遵命。」竹林邊老內侍答應一聲，匆匆去了。

片刻之後，燕文公遙見一人隨著老內侍飄飄而來，月光下，但見來者散髮大袖，步態灑脫，內心先暗自讚賞。及至稍近，已能看清來者的服色是洛陽周人特有的深紅，燕文公更是平添了幾分親切，覺得在如此月夜清風中與一個來自故國的名士相見，縱無奇策，也是快事一樁。

「洛陽蘇秦，參見燕公。」

「先生請入座。」燕文公欠身作為還禮，「本公稍有不適，不能正襟危坐以全禮待之，尚請先生包涵。來人，上酒，為先生洗塵。」

幾年苦修，蘇秦目力本已減弱，但眼下卻毫無朦朧之感，只覺天上一輪明月，地上碧水綠草，雖無風燈照明，已是澄澈一片。茅亭下石榻上的國君，蘇秦也看得分外清楚，鬚髮斑白，乾瘦細長，晶亮的目光與喘息的聲氣大是不相符合。

「月是燕山明。先生，品一爵老燕酒，看比趙酒如何？」燕文公微笑舉爵，卻只是輕輕呷了一口。

蘇秦舉爵一飲而盡，置爵品咂：「肅殺甘冽，寒涼猶過趙酒。」

「好！老國人畢竟有品位。」燕文公大笑，「可笑趙人，竟傳我燕人不善釀酒也！」

「釀得好酒，又能如何？」

「先生差矣！」燕文公很興奮地把玩著酒爵，「酒乃宮室精華，無五百年王族生涯，不足以領略王酒奧祕。譬如〈大雅〉國樂，若非廟堂貴胄，豈能品得其中神韻？趙人暴發立國，粗俗鄙陋，以蠻辣趙酒風行於天下，豈不令人齒冷？」

「燕公博聞，可知天下貴胄，品位第一者何人？」蘇秦悠然笑問。

「噢？聞所未聞，何人堪稱『貴胄品位第一』？」

「魏國公子卬。」

「啊，公子卬？」燕文公大笑，「聲色犬馬之徒也，談何貴胄品位？」

「燕公但知其一，不知其二也。」蘇秦笑道，「所謂聲色犬馬之徒，乃此人敗國，天下指控之辭。究其衣食住行、鑒賞交遊、宮室建造、狩獵行樂而言，公子卬天下第一貴胄也。梁惠王（註：梁惠王，即魏惠王，因魏國遷都大梁而產生的當時稱謂）尚自愧弗如，何況他人乎？此人食不厭精膾不厭細，帶兵出征與商鞅爭奪河西，尚且要從千里之外的安邑洞香春飛馬定食；逢春必循古風，踏青和歌，與民間少女篝火相偎；行獵必駕戰車、帶獵犬、攜鷹隼，祭天地而後殺生；每飲宴必有各等級銅爵千尊以上，使每人爵位席次絲毫不差；每奏樂必〈大雅〉、〈小雅〉，樂師有差，必能立即校正；每入王宮遇梁惠王狎暱美姬，視而不見，談笑自若；收藏古劍，品嘗美酒，鑒賞婦人，更是精到之極。不瞞燕公，蘇秦不善飲酒，對老燕酒之品評，正是公子卬判詞也。」

「先生似有言外之意？」燕文公聽得仔細，卻覺得哪裡擰勁兒。

「一國之君，唯重王族血統，必墜青雲之志。處處在維護貴胄品位上與鄰國角力，縱然事事尊貴，亦徒有虛榮也。」蘇秦素來莊重，一番話直責燕文公。

「先生言如藥石，願聞教誨。」燕文公肅然坐起，拱手一禮。

「戰國以來，天下大爭，唯以實力為根本。然燕國卻百餘年幾無拓展，頹勢如年邁老翁。安樂無事，不見覆軍殺將，天下無過燕國也。此中根本，皆在公族虛榮之心，若瞽若聾，閉目塞聽，不思整肅實力，不思邦交周旋。若非燕國地處偏遠，早成衛、宋之二流邦國也，何能立身戰國之世？」

燕文公粗重地歎息：「先生痛下針砭，亦當有藥石長策。」

「強燕長策有八字：內在變法，外在合縱！」蘇秦清晰果斷。

燕文公眼睛驟然一亮：「敢請先生詳加拆解。」

「強國根本在變法，已經成天下公理，無須多言。然變法需要邦國安定，無得外患，否則不可能全力變法。目下燕國危難在外，得外事為先，邦交為重。而燕國外患，須得從天下大勢出發，一體解決，方為長遠之策。如今天下大勢之根本，在於強秦東出，威脅山東。尤其秦國占領晉陽之後，對燕國威脅也迫在眉睫。唯其如此，燕國解決外患，立足點也是八個字——修好趙國，合縱抗秦！」蘇秦一揮手，又江河直下，「燕與趙多年交惡，此為燕國大謬也。趙國在西南，如大山屏障一般，非但為燕國擋住了當年魏國霸主的兵鋒，而且為燕國擋住了今日秦國的兵鋒。趙國處四戰之地，國人悍勇善戰，兵勢強過燕國多矣。趙若攻燕，一日便能越過易水，而直抵薊城。若非中原亂象多有掣肘，趙國兵禍早已湮滅燕國了。當此情勢，燕國本當與趙國結盟修好，然燕國卻屢屢在趙國有外戰時襲擊趙國，以致仇隙日深，終致趙國決心策動滅燕大戰。究其竟，實屬燕國長期失誤所致。一舉安趙，燕國外患便消弭大半，燕國之聲望地位便立可奠定。此為修好趙國。」

「合縱抗秦如何？」

「秦為虎狼，已對山東構成滅國之患。然山東列國猶不自知，一味地相互攻伐，陷入一片亂象。長此以往，不消十餘年，秦必逐一吞併中原。此情此景，絕非危言聳聽。當此之時，中原列國本當結盟同體，形成山東一體合縱之大格局。若得如此，強國並存，天下安寧。惜乎無人登高一呼，連接天下。若燕公能做發軔之舉，燕國縱不是盟主，亦當成為堂堂大國。其時外患熄滅，境內安定，再行變法，燕國何愁不強？王族何愁不興？此為合縱抗秦也。」

「好！」燕文公聽得血脈僨張，霍然站了起來，「先生真長策，燕人舉國從之。」說罷，深深一躬。

「原是燕公賢明。」蘇秦連忙扶住燕文公。

「天佑燕國，賜我大才。」燕文公滿面紅光，興奮地對天一拜，又轉身看著蘇秦，「從明日起，先生便是燕國丞相，安趙合縱！」

「不妥。」蘇秦冷靜地搖搖頭，「安趙合縱，臣唯以特使之身可也。驟然大位，反使燕公與臣皆有諸多不便。」

燕文公驚訝了，思忖有頃，猛然拉住了蘇秦的雙手：「成功之時，卿必是大燕丞相！」

次日，燕文公書告諸臣病癒理事，首先召太子並樞要大臣與蘇秦會商國政。蘇秦對強燕大計做了整整一個時辰的陳述解說，竟意外地獲得了權臣的一致認可。燕文公更是高興，立即下詔：特封蘇秦為武安君，職任燕公全權特使，赴趙結盟合縱。權臣見蘇秦雖然高爵，卻並無實職，自然異口同聲地贊同，紛紛提議重賜蘇秦，以壯行色。燕文公當殿賜了蘇秦六進府邸一座、黃金千鎰（註：鎰，戰國重量單位，一鎰合二十兩，千鎰即兩萬兩）、絹帛三百匹、駕車名馬四匹、護衛騎士百人並一應旗號儀仗。

舉殿皆大歡喜，燕國君臣期待著一舉擺脫困守燕山的尷尬險境。蘇秦請准了三日準備之期。他不想在合縱功成之前搬入那座府邸，依舊住在洛燕居，只是到府邸去了一日，料理了出使的所有文書、印信，確定了兩名隨行文吏。事畢當晚，蘇秦策馬南門，找見了那個南門尉。

「哎呀先生，那日進城順當麼？」南門尉很是高興。

「兄弟，可願隨我建功立業，掙個爵位？」蘇秦開門見山。

南門尉困惑地笑了：「末將一介武夫，但不知派何用場？」

「做我的護衛副使如何？」

「護衛副使？」南門尉驚訝了，「先生做了公使？」

蘇秦點點頭：「官不大，願意去麼？」

南門尉慨然拱手：「末將荊燕願追隨先生！只……不敢當兄弟稱呼。」

蘇秦大笑：「好個荊燕，解我急難，成我大事，雖兄弟不能報也，何愧之有！」

「大哥在上，受兄弟一拜！」南門尉荊燕慷慨激奮，納頭便拜。

蘇秦連忙扶住：「荊燕兄弟，半個時辰後你到薊城將軍府交割，明日卯時到武安君府。」說完飛馬去了。

回到洛燕居已是初更，蘇秦用過晚飯閉門沉思，究竟該不該見燕姬一面？她方便不方便，會不會給她帶來麻煩？想了半日，一件事也想不清楚。正在暗自煩亂，門卻無聲地開了。蘇秦剛一回頭，一件白色物事凌空筆直飛來。他大驚跳開，那件物事卻輕飄飄地落在書案正中，毫無聲息。一打量，是摺疊緊湊的一方白絹。蘇秦不禁啞然失笑，隱約已經明白，拿起白絹打開，兩行大字赫然入目——盟約結成，當回燕國，以燕為本，可保無恙。

夜靜更深，明月臨窗，蘇秦怔怔地站著，心緒飛得很遠很遠。

四、明大義兮真豪傑

燕國使團大張旗鼓地出發了，薊城國人幾乎是傾城而出，夾道歡呼。多少年來，燕國朝野都沒有如此舒心過。一次特使出行，使君臣國人如過年節如迎大賓，似乎確實有些小題大做了。但蘇秦卻明白其中原由，他從夾道國人明朗真誠的笑臉上看到了渴望災難消弭的激動興奮，從朝臣們鄭重其事的恭敬中看到了他們為燕國能夠發動一次正義結盟而生出的驕傲。幾百年了，燕國人從來以「周天子王族諸侯」驕傲，以西周時代「靖北大國」的功勳驕傲。就是在禮崩樂壞的春秋時期，燕國北抗胡族，也是備受天下敬重的邦國。可進入戰國以來，燕國的光環消失了，外出燕人在列國再也不是受人敬重的大邦國人了，困守一隅，連中山狼這樣的蠻邦都敢挑釁燕國，燕國朝野如何不感到窩火？多少年來，燕國與趙國、齊國之所以錙銖必較，為的就是維持些許可憐的面子，守住些許脆弱的尊嚴。蘇秦一策點化，使燕國豁然開朗——燕國可以消弭兵災！燕國可以高舉抗暴安天下的正義大旗，成為厲行天道的大國！燕人以天下為己任的王族子民的胸懷立即顯現了出來，古老周人敬重功臣的傳統情懷，也淋漓盡致地湧現出來，如何能不感激這位來自洛陽王畿的天賜大才？

軺車轔轔，站在六尺車蓋下的蘇秦肅穆莊重，心頭反覆閃過白絹上的大字「以燕為本，可保無恙」。古老疲弱的燕國啊，誰能想到，你竟然會成為第一個接納合縱長策改變天下格局的國家！

十里郊亭，燕文公為蘇秦餞行：「蘇卿謹記，成與不成，速回薊城。」

蘇秦慨然舉爵：「受燕重託，忠燕之事，蘇秦決然不辱使命！」

綠衣白紗的國后燕姬走到百人騎隊面前，親自從內侍手中抱過酒罈，一碗一碗地斟滿了整齊排列在騎士面前的大碗，然後舉起一碗老燕酒道：「燕山壯士們：燕國安危在武安君，武安君安危在爾等。身為國后，為了燕國存亡，為了武安君平安，我敬壯士們一爵！」說完一飲而盡，躬身殷殷拜倒。肅然列隊的騎士們熱血沸騰了，全體刷地跪倒。荊燕拔劍高喝：「歃血——」百名騎士齊刷刷拔劍向掌中一勒，大手一伸，鮮血滴入了每個陶碗。

荊燕舉起血酒，激昂立誓：「義士報國，赴湯蹈刃！不負國后，不負武安君！」

「義士報國，赴湯蹈刃！不負國后，不負武安君！」百名騎士舉碗汩汩飲盡，一齊將碗摔碎。驟然之間，蘇秦熱淚盈眶。藉著向燕文公躬身告別，大袖一揮，遮住了自己的淚眼，轉身下令：「起行！」一跳上軺車轔轔去了。

當蘇秦車隊到達易水河畔時，接到探馬急報：趙國發生宮變，奉陽君府邸被圍困。

大權在握的奉陽君根本沒有覺察到危險在臨近，更沒有想到，此等危險是由被他貶黜邊地的肥義引出的。肥義原本就是與草原匈奴作戰的將軍，罰他到邊軍中做苦役，恰恰使他如魚得水，不久便生出了事端。

趙國大軍素來有步騎兩大勢力：步軍以奉陽君一族的封地為成長根基，主要駐守趙國南部，對中原作戰；騎兵以國君嫡系一族的封地為根基，主要駐守雁門、雲中、九原等隘口要塞，對匈奴作戰。那時，陰山草原尚在匈奴（胡人）之手，燕、秦、趙三國均受到匈奴遊騎的很大威脅。趙國北部邊境恰恰又與匈奴部族正面接壤，地域最廣闊，所受威脅最大。直至戰國中期，趙國邊患始終是匈奴大於中原。正因為如此，北邊的騎兵一直是趙國的主力大軍，但卻很少開進中原作戰。中原列國之所以經常占趙國便宜，卻又對趙國畏懼三分，顧忌的也就是這支騎兵大軍。趙國之所以屢敗於中原而篤定以「強趙」自居，倚仗的也是這支等閒不動的鎖邊力量。

趙肅侯目光深遠，將少年太子趙雍派到北邊錘鍊，為的就是掌控這支主力大軍。趙雍是一個膽識過人的少年英雄，與肥義一見如故，成了忘年至交。其時，肥義正是北邊騎兵的名將之一，深沉而有機謀，在軍中很有根基。趙雍將肥義薦舉給父親，趙肅侯立即調肥義入朝，做了官小權大的兵庫司馬，掌管全軍兵器配給。這兵庫司馬隸屬國尉，而國尉府歷來都是武職文事，奉陽君不屑掌管，給了國君面子，由著他去任命。肥義稟承國君叮囑，凡奉陽君調撥兵器，不駁不擋，只是及時稟報國君。如此兩三年中，倒是相安無事。這次偏偏遇上「人貓」李家老要捉弄肥義，使肥義去碰奉陽君的清晨大忌，引得奉陽君惱羞成怒，當場將肥義重貶治罪。

奉陽君聽「人貓」家老一番解說，自感藉此拔了一顆鐵釘子，高興得連呼快哉快哉。

正在奉陽君府邸舉酒相慶之際，大禍突然降臨——兩千精兵從天而降，包圍了府邸。原來，肥義權衡朝局，決意發動宮變。藉著屈辱難耐為由，肥義通聯軍中密友歃血為盟，立誓殺回邯鄲復仇。大事底定，肥義又與趙雍祕密聯絡，一拍即合，於是率兩千精騎星夜南下，在邯鄲城外的山谷隱蔽三日，換裝散流入城，重新祕密集結，在月黑風高的夜晚，突然包圍了奉陽君府邸。

奉陽君大怒，親自率領府中二百名甲士衝殺突圍。可血戰兩個時辰，二百名甲士全部戰死，也沒能邁出前院一步。絕望之下，奉陽君手刃全家老小十餘口，長聲嘶吼：「趙語，我何負於你？出此毒手——」憤怒剖腹，人已氣絕，兀自腹中插劍，跪立血泊之中。

肥義冷笑著一劍砍倒奉陽君屍體，喝令搜查李家老。這隻「人貓」被血戰嚇得魂飛膽裂，竟軟倒在茅廁裡，被押到肥義面前時尚禁不住屁滾尿流。肥義嘿嘿嘿笑了幾聲：「如此膩歪小人，當真令人噁心！」劍光一閃，李家老雪白的肥頭已經飛出了丈外。

突變發生，趙肅侯尚蒙在鼓中，及至得報，大剿殺已經完畢。趙肅侯迫於無奈，只好出面收拾殘局：立即賜肥義兵符，令其調兵封鎖邯鄲外要塞隘口；又命太子趙雍鎮守邯鄲，同時派出快馬特使，急召奉陽君一脈的在外將吏還都。趙肅侯自己則緊急召集文武百官，宣布奉陽君謀逆大罪，立即晉升了一批新貴，當殿剝奪了奉陽君親信將領的全部兵權。

一番緊急折騰，邯鄲總算沒有大亂。這時，奉陽君一脈的在外勢力也全部回到了邯鄲。趙肅侯下詔：除官升爵——每人爵升兩級，實職全部免除，封地變為虛封（只收賦稅而無治權）。至此，趙國局面才算大體穩定了下來。但從此以後，趙國的邊地將軍便在政局中開始擁有極為特殊的地位，致使軍人宮變成為趙國無窮的後患。大局方定，探馬急報：燕國武安君蘇秦出使趙國，已到邯鄲城外。

「燕國特使?」趙肅侯冷笑,「老朽之國,又來使詭計?不見。」
「父侯且慢。」趙雍上前低聲耳語了一陣。
趙肅侯思忖點頭:「也好,那你去迎他。」

倏忽之間,蘇秦又來到了邯鄲,然則今非昔比,心中不禁感慨萬分。
太子趙雍親自在北門外隆重迎接。將蘇秦護送到驛館住好,趙雍尚無離去之意。蘇秦已知邯鄲宮變情形,對這位尚未加冠而威猛厚重的太子頗有好感,也知他對趙侯大有影響,誠懇相邀飲茶清談。趙雍爽快,一口答應,兩人便在驛館庭院的竹林茅亭下品起茶來。
「武夫好酒,我只覺這茶太清苦了。」趙雍呷了一口笑道。
「太子不聞《詩》云:誰謂荼(註:荼,先秦時對「茶」的稱謂之一)苦?其甘如薺。」蘇秦悠然一笑,「茶之為飲,發乎神農氏,聞於魯周公。那時候,酒還在井裡呢。」
「酒如烈火,茶若柔水,可像趙燕兩國?」趙雍頗為神祕地笑著。
「此火此水,本源同一。若無甘泉,酒茶皆空。」蘇秦應聲便答。
「先生好機變,佩服。」趙雍不禁肅然,俄而微笑低聲道,「聞奉陽君家老與閣下交好,可有此事?」
蘇秦大笑一陣道:「此等人貓,想不到竟被奉陽君當作心腹,當真天殺也!」見趙雍欲言又止的樣子,蘇秦心中一動道,「太子,奉陽君一脈在燕國多有勢力,與遼東燕人淵源頗深。我在得知邯鄲事變後,已經快馬知會燕公,對奉陽君勢力多方監視,務使對趙國無擾。」
「先生周詳,父侯定然高興。」趙雍顯然輕鬆了許多,「恕我直言,燕國慣於騷擾趙國,盡做偷雞摸狗勾當,趙國朝野不勝其煩。然則說到底,趙國也無力全吞了燕國。趙國為中原扛著匈奴這座大山，中原列國還要趁機挖我牆腳，趙國壓力太大了。否則，趙國早對燕國算總帳了。趙雍心中無底：燕國雖然聽從先生，然則究竟能否改弦更張，從此停止偷襲？」

「能。」蘇秦坦然堅定，「太子所疑自有道理。蘇秦原本也覺燕國怪誕乖戾，入燕體察，方知燕國公室虛榮過甚，常以錙銖偷襲之利，維持貴胄尊嚴。今燕公悔悟，已明燕國利害之根本，和趙也得朝野擁戴，何能舊病復發做市井行徑？」

「好！要的就是這句話。」趙雍爽朗大笑，「先生且歇息半日，靜候佳音。」說完拱手一禮，匆匆去了。

蘇秦望著遠去的赳赳身影，不禁感慨讚歎：「天生趙雍，趙國當興也！」

次日清晨，荊燕匆匆來報：「國君特使來迎，車馬已到館門。」

蘇秦以為是趙雍親來，連忙迎出館門，卻見軺車下來一個決然不過十五六歲的少年，紅衣玉冠，面目清朗，一股勃勃英氣。蘇秦稍有愣怔，少年已經雙手捧著一卷竹簡深深躬下：「公子趙勝奉君命前來，恭迎武安君入宮。」雖然兩句話，卻是聲音朗朗輕重有致，大是清新。

「此兒少年加冠，又一個弱冠英才！」蘇秦心頭一閃，接過少年手中的國君君書展開，兩行大字赫然入目：「特命公子勝為特使，迎燕國武安君來落雁臺會商，趙侯即日。」方未合卷，但聞馬蹄沓沓，荊燕已經領著百人騎隊將蘇秦的軺車駕了過來。

「荊燕，就你隨我前往便了，護衛騎隊撤回。」蘇秦想的是凸顯對趙國的信任。

荊燕尚在猶豫，公子趙勝拱手朗聲道：「國君有命，武安君可帶全部護衛入宮。」

「既然如此，公子請。」蘇秦心中頓時一熱，也不想反覆推託。

「武安君請。」公子趙勝恭敬還禮，上前將蘇秦輕輕一扶上車。待蘇秦坐定，趙勝拱手道，「敢請馭手下車，趙勝為武安君駕車。」

荊燕目光一閃，就要制止。這個馭手是萬裡挑一的駕車劍術兩精通的奇才，而且是國后燕姬親自交到荊燕手中的，如何能輕易換了？燕趙世仇，誰敢掉以輕心？哪知尚未開口，卻見蘇秦笑道：「恭敬不如從命，正可領略公子車技了。」馭手看看荊燕，荊燕一擺手，馭手身形未動已躍起飛出，落在兩丈外的一匹備用戰馬身上。

「好！燕國有此奇士，當教我的幾個門客也見識一番。」公子趙勝顯然也是此道癡者，少年心性頓時流露，未見動作，人已經站上了車轅，兩手一展兩邊馬韁，輕輕一抖，軺車已經轔轔上街。片刻之間，軺車馬隊出了邯鄲北門，直向落雁臺飛來。公子趙勝立在車轅，英挺明朗，長髮隨著大紅斗篷迎風飄舞，當真是玉樹臨風。也不見他有大幅度動作，只是兩韁輕搖，偶爾一聲口哨，軺車卻始終是平穩飛馳，毫無劇烈顛簸。蘇秦多有遊歷，也算得駕車好手，卻真是驚歎這個少年公子的本領。要知道，他駕的是陌生車馬，要在搭手之間對車馬稟性立即感悟，豈是一件容易之事？

不消片刻，落雁臺已經遙遙在望。

落雁臺，是趙成侯時為慶賀雁門關對匈奴的一次大勝仗修建的，坐落在邯鄲城北的滱水南岸，實際上便是趙肅侯的行宮。落雁臺建在一座小山頂上，從山下開始，一百餘級的白色石梯直達山頂的綠色宮殿，遠遠望去，如在雲天。蘇秦知道趙國君主有個傳統，大事往往在宮外會商。今日趙侯將會見地選在落雁臺，應該是一個很好的徵兆。

車隊馬隊到得臺下，早有太子趙雍迎了上來，與趙勝左右陪伴著蘇秦登臺。燕國的百名騎士下馬在後緊緊跟隨。到達頂端下的平臺時，蘇秦命令衛隊止步，只許荊燕以副使身分跟隨。趙雍本來還要請衛隊上臺，被蘇秦堅持謝絕了。

落雁臺頂端實際上是一個碩大無比的石亭。除了「亭」後樹林中有兩排房屋作為起居飲食處所外，落雁臺廊柱環繞，四面臨風，居高鳥瞰，確實使人心胸頓時開闊。此時落雁臺上已經肅然聚集了趙國的十幾名實力權臣，趙肅侯居中就座，顯然已經將趙雍對蘇秦的試探說了，權臣們正在各自思忖，間或小聲議論一陣。

隨著內侍在臺口的高聲報號，蘇秦在趙雍、趙勝陪伴下踏進了落雁臺大廳。

「燕國特使武安君到——」

「燕使蘇秦，參見趙侯。」蘇秦深深一躬。

趙肅侯在座中大袖一伸遙遙虛扶：「先生辛苦，入座。」

一名紅衣老內侍立即輕步上前，將蘇秦引入趙肅侯左手靠下的長案前就座。蘇秦一瞄，趙雍已經坐在了他對面案前，少年公子趙勝竟然坐在趙雍之下，心中不禁暗暗驚訝，看來這個少年公子在趙國果然是個人物。

「先生使趙，何以教我？」趙肅侯淡淡開口。

「蘇秦使趙，事為兩端：一則為燕趙修好，二則為趙國存亡。」蘇秦肅然回答。

話音落點，座中一人高聲道：「肥義不明，敢問特使：前者尚在特使本分，後者卻分明危言聳聽！趙國有何存亡之危？尚請見教。」

「將軍看來，趙國固若金湯。蘇秦看來，趙國危如累卵。」

「轟——」一言落點，舉座騷動。一個白髮老臣顫巍巍道：「蘇秦大膽！百餘年來，趙國拓地千里，北擊匈胡，南抗中原，巍巍乎如泰山屹立，如何便有累卵之危？」

蘇秦悠然笑道：「國之安危，在於所處大勢。大勢危，雖有破軍殺將之功，終將覆沒，此春秋晉國所以亡也。大勢安，雖有數敗而無傷根本，此弱燕所以存也。趙國地廣兩千里，步騎甲士三十萬，糧粟有數年之存，隱隱然與齊魏比肩，堪稱當今天下強國。」蘇秦一頓，辭色驟然犀利，「然趙國有四戰之危、八方之險，縱能勝得三五仗，可能勝得連棉風雨經年久戰？」

「何來四戰之危、八方之險？當真胡說！」肥義顯然憤怒了，竟然用了「胡說」兩字。趙國人將匈奴胡人之說蔑稱「胡說」，意味亂七八糟的髒謬之言。這在趙人是很重的斥責了。蘇秦卻沒有計較，侃侃道：「四戰之危，乃趙國最主要的四個交戰國：魏趙之戰、秦趙之戰、韓趙之戰、燕趙之戰。此乃四戰。諸君公論，趙與四國之間，血戰幾曾停止過？」見座中一片寂然，無人應對，蘇秦接道，「更以大勢論，匈胡之危、中山之患、齊趙齟齬、楚趙交惡，再加秦魏韓燕經年與趙國開戰，豈非八方之險乎？」

滿座寂然，唯有肥義脹紅著臉喊道：「即便如此，奈何趙國！」

蘇秦大笑道：「匹夫之勇，亡國之患。趙國之危，更在心盲之危。」

「此言怎講？先生明言。」公子趙勝急迫插話。

「所謂心盲者，不聽於外，不審於內也。趙國自恃強悍，與天下列國皆怒目相向，動輒刀兵相見，外不理天下大勢，內不思順時而動，致成好勇鬥狠之邦，譬如盲人瞎馬，夜半臨池……」

「啊——」舉座大臣驚訝地一聲喘息，雖然很輕，寂靜中卻清晰可聞。

「依先生所言，天下大勢作何分解？」公子趙勝緊追不捨。

蘇秦應聲便答：「方今天下，人皆說亂象紛紛，列國間無友皆敵。此乃虛象也，此言亦大謬也。方今天下大勢之根本有二：其一，山東列國勢衰，陷入相互攻伐之亂象；其二，關西秦國崛起，利用六國亂象，大取黃雀之利。近四五年來，山東列國相互五十餘戰，大體上誰也沒占得一城之利。然則再看秦國：三五年來先奪房陵，大敗楚軍，威逼楚國遷都；再奪崤山全部，使魏國向東龜縮三百里；又奪韓國宜陽鐵山，鋒芒直指河內（註：河內，與「河外」相對，指黃河東折後的南岸平原；河外指北岸平原）沃野，對周韓魏如長矛直指咽喉；三奪趙國晉陽，直在趙國肋上插刀，在燕國門庭舞劍；唯餘齊國無傷，皆因相隔太遠。一朝中原打通，齊國頓臨大險。這便是如今天下大勢之要害——強秦威懾中原，而中原卻一片亂象，坐待秦國各個擊破，分而食之。趙為山東強國，不思大勢根本，一味牙眼相還，唯思些小復仇，豈非要被強秦與亂象湮沒哉！」

落雁臺大廳靜得唯聞喘息之聲，誰也提不出反駁，人人都覺得一股涼氣直貫脊梁。

「先生之策若何？」趙肅侯終於開口了。

蘇秦精神大振，胸臆直抒：「安國之本，內在法度，外在邦交。刀兵爭奪，邦交為先。今山東六國皆在強秦兵鋒之下，趙國又在山東六國之腹心。山東大亂，趙國受害最深，威脅最大。山東安，則趙國自安。唯其如此，趙國當審時度勢，藉燕趙修好之機，發動合縱盟約，六國一體，共同抗秦！如此則天下恢復均勢，趙國可保中原強國之位。」

「先生且慢。」肥義站了起來，「合縱盟約，如何約法？得說個明白才是。」

「合縱盟約，大要在兩點：其一，六國結盟，互罷刀兵；其二，任何一國與強秦開戰，五國得一齊出兵救援。救援之法，以開戰地點不同而不同。蘇秦擬定了六套互援方略，各有一圖，尚請將軍指教。」說著回身吩咐，「荊燕副使，請張掛六圖。」

荊燕利落地打開木箱，拿出六幅卷軸。趙勝大感興趣，連忙走過來幫忙，片刻將六幅卷圖張掛在六根粗大的廊柱上。趙國臣子幾乎人人都有過戎馬生涯，聚攏過來看得片刻，不消解說已經大體明白，不禁相互議論點頭，大有認同之意。

肥義看得最細，看罷也不與人交談，徑直走到蘇秦面前高聲問道：「六國同盟，我趙國吃虧最大，要為他邦流血死人，對麼？」

「將軍差矣！」蘇秦毫不迴避肥義鋒稜閃閃的目光，慨然高聲道，「恰恰是趙國得利最大。要說首當其衝之危害，當屬魏韓兩國。但得合縱，魏韓便成趙國南部屏障，秦國縱是虎狼，也不可能越過魏韓徑直從天外飛來。此中道理，將軍當不難明白。」

肥義沉默，又不得不點頭。

「然則，趙國總不至於只乘涼，不栽樹吧。」蘇秦跟了一句，頗有譏諷。

「豈有此理！先生輕我趙人也。」公子趙勝滿面脹紅，慷慨激昂，「老趙人剛烈粗樸，豈有安心乘涼之理？但為合縱同盟，趙國必為居中策應之主力大軍，先生豈可疑我趙國！」

蘇秦哈哈大笑：「公子快人快語，蘇秦失言了。」說罷深深一躬。

太子趙雍呵呵笑道：「先生一激，果然忍耐不得，當真趙人也。」

落雁臺中氣氛頓時輕鬆。趙肅侯從中央長案前站起，向蘇秦拱手一禮道：「先生長策，我君臣皆服，願從先生大計，燕趙修好，六國合縱，以圖恢復中原均勢，求得趙國長安。」

「趙侯明智，蘇秦不勝心感。」

趙雍上前與趙肅侯耳語了幾句，趙肅侯高聲道：「本侯書封：蘇秦為趙國上卿，兼做趙國特使，代本侯出使列國，同盟合縱。」

「好——」趙國臣子素來粗豪不拘禮儀，一片叫好拍掌。

趙肅侯出了座案，拉著趙勝向蘇秦走了過來：「上卿，這是公子勝，本侯最鍾愛的一個族孫，尚算聰敏才智，我已為他加冠了。本侯派他做副使，上卿意下如何？」

「臣謝過國君。」蘇秦深深一躬，「公子少年英才，蘇秦深為榮幸。」

趙雍在旁笑道：「勝侄，就帶我的雁門騎士隊去。」

「謝過大父，謝過族叔，趙勝定然不辱使命！」

「好！成得大功，國有重賞。」趙肅侯欣然激勵。

三日後，蘇秦車馬隊出了邯鄲南門，氣勢是任何特使都無法比擬的。這支車馬大隊分為三節，當先是趙勝的雁門百騎護持著兩面大旗，一面大書「燕國武安君蘇」，一面大書「趙國上卿蘇」；蘇秦的青銅軺車與六輛裝載禮品的馬拉貨車轔轔居中，荊燕的百騎護衛分成兩翼，將蘇秦車隊夾在中間；最後又是趙勝的二百雁門鐵騎與十二輛輜重車。公子趙勝總司這支軍馬的行止，號稱「燕趙騎尉」，懷抱令旗不斷地前後飛馬馳驅。

如此氣勢的出使，一路行來浩浩蕩蕩，尚未到達韓魏地界，新鄭、大梁已經是盡人皆知。也自然驚動了各方哨探斥候，各方探馬流星般飛馳列國都城。

五、大節有堅貞

渭水之上，一艘黑帆大官船正順流東下，南岸蔥蘢的驪山遙遙在望。船頭上一個黑矮的胖子正在凝望驪山，一副怡然自得的神態。突然，視線中出現了一騎快馬，沿著南岸官道飛一般向東追來。看看與官船平行之際，快馬拐下官道，直向渭水官船而來。「停船。」黑矮胖子一聲命令，大船錨鏈「咕咚咚」拋下，官船穩穩當當地停了下來。黑矮胖子看看岸邊兩三丈寬的蘆葦泥灘，高聲下令：「搭下長板。」話音落點，騎士已經飛馳到岸邊，疾如閃電的黑色駿馬陡然長嘶人立，馬上騎士已經藉著駿馬前衝之力高高躍起，大鷹般飛上了船頭。

「公子好身手。」黑矮胖子嘿嘿笑了。

青年騎士一甩臉上汗珠，連帶一個拱手禮道：「上大夫，事體緊急，我要即刻稟報君上。」

「公子隨我來。」上大夫樗里疾抬腳邁步的同時一聲長傳，「公子嬴華緊急晉見！」隨著聲音兩人下了短梯，來到中央大艙。國君嬴駟已經笑著迎了過來道：「小妹急得如此模樣，看來不是佳音啊。上冰茶。」嬴華未及說話，接過內侍遞上的一盆冰茶汩汩飲乾，摘去濕漉漉的束髮絲帶，一頭烏亮的長髮瀑布般披散在雙肩，瞬息之間變成了一個明朗英秀的女公子。她沒有絲毫消閒姿態，脹紅著臉急急道：「君上，山東六國要包圍秦國了！」

「別急別急，坐下，緩緩道來。」嬴駟笑著指指座案，「總還沒打進函谷關也。」

嬴華略帶羞澀地笑了笑，詳細說了各處斥候緊急報來的消息：燕趙異動以及蘇秦目下的遊說行止等，整整說了半個時辰。聽著聽著，嬴駟與樗里疾的臉色不約而同地陰沉下來。

「上大夫以為如何？」嬴駟緩慢地踱著步子。

「茲事體大，臣以為當立即召太傅、國尉商議才是。」

「這次渭水視察，又半途而廢了。」嬴駟一拳重重地砸在艙柱上，顯是深為痛心。這次嬴駟與樗里疾帶了五名老水工（註：水工，先秦時代對治水專家的稱謂，並非一般的工匠）沿渭水東下，本來是要勘察渭水沿岸的鹽鹼危害，確定治理方略，想盡早使根治秦川鹽鹼的工程動起來。這也是上大夫樗里疾極力推進的「先富根基」的主要部分，他力主在六國紛亂之時搶時間開工，兩三年內一舉改變秦川面貌。誰知剛剛勘察了一半，便遇到如此突然的大變故，如何不使嬴駟痛心？

「君上，存亡事急，當火急應對，遲則生變。」樗里疾沒有任何歎怨。

「來人。」嬴駟轉身下令，「快馬急傳，請太傅、國尉即刻前來會商。」

樗里疾立即接道：「大船靠上驪山碼頭等候。」

嬴華霍然起身：「君上特使只管東路國尉便了，我回咸陽。」話音落點，人已經出了船艙，只聽得一聲響亮悠長的呼哨，黑色駿馬已經從草灘嘶鳴飛來。嬴華從高高船頭一躍而起，飛上馬背，閃電般向西去了。

「君上，嬴華公子派得大用場也。」樗里疾悠然一笑。

「好啊，上大夫就給她想個大用場，省了她整日找我要事做。」

「嘿嘿，待臣與太傅、國尉合計合計再說。」樗里疾狡黠地笑笑點頭。

次日清晨，河灘晨霧尚未消散，太傅嬴虔與國尉司馬錯相繼從咸陽和函谷關趕到。樗里疾已經在昨日將水工繼續勘察的事安排妥當，見嬴虔、司馬錯上船，吩咐官船立即逆流西上，商議完畢正好趕到咸陽部署實施。嬴駟心細，料得嬴虔與司馬錯一路馳驅正在饑腸轆轆，吩咐內侍搬上酒菜在艙中擺開，叮囑二人放開吃喝，先邊吃邊聽。樗里疾便先將嬴華彙集的各路探報從頭至尾說了一遍，末了歸總道：「此事雖然重大，卻正在成勢之中。君上之意，當早日謀劃上佳應對之策，否則待六國勢成而後動，我必將陷入汪洋封堵之局面。」

「烏！」嬴虔一拳砸在案上，「這個蘇秦也忒歹毒，先殺了這個賊種，再破六國封堵！」

樗里疾嘿嘿笑了：「縱然殺了管用，也未必殺得了蘇秦。太傅，消消氣。」

嬴虔也是釋然一笑：「我一介武夫，只是會聽，你肥子肚大點子多，先說。」

「我揣摩了一個晚上，還真沒謀劃出破解蘇秦這連環合縱的法子。」樗里疾沮喪地搖搖頭，「不過，我想了兩個題外之法：一則，派一路特使，說動齊王與我秦國結盟，東西夾擊中原，共分天下。只要先穩住齊國，其餘五國勢力稍減，再徐徐圖之。二則，最好有一密使能見到蘇秦，說動蘇秦重返秦國。不要忘記，蘇秦最先是看重秦國的，此可謂釜底抽薪。君上、太傅、國尉，以為如何？」

「國尉以為如何？」嬴駟看著司馬錯，很想聽他如何說法。

司馬錯一直沉默思忖，見國君發問，拱手道：「臣以為，上大夫兩策可行。齊為山東第一強國，齊國若能暫時不動，六國結盟將有挫氣焰。此路特使，臣以為唯上大夫堪當大任。至於蘇秦，臣以為很難說動，此人目下聲勢顯赫，十有八九根本無法謀面……」

「謀面蘇秦，我來設法。」艙外守護的嬴華一步踏了進來，「要緊的是，誰來做說客？」

嬴虔微微一笑：「我看，還是肥子最合適。去齊國，順路捎帶辦了。」

「君上，容我與公子合計後再說，還是先定下大計。」樗里疾未置可否。

「好，且聽國尉說完。」嬴駟笑道，「何人實施，倒是不難。」

司馬錯接道：「臣以為還當謀及一點，既然有了蘇秦此等合縱奇士，秦國便得尋覓一個才智足可抗衡蘇秦的策士，否則，秦國將有很大危局。臣差強軍事，上大夫長於治國理民，對邦交縱橫均非所長。唯有覓得如此大才，秦國方可放開手腳。」

「妙！」樗里疾拍掌笑道，「一言提醒大夢人，我想起一個人，抗蘇足矣！」

「上大夫快說，誰？」嬴駟急迫發問。

「蘇秦師弟，張儀！」

「張儀？」君臣三人恍然點頭，又一齊默然。還是嬴駟道：「此人倒是曾經聽說，他還活著麼？」

樗里疾搖搖頭：「臣不知此人死活，唯知此人可抵蘇秦。不知死活，則有活的可能。」

嬴駟默然良久，斷然拍案：「好！察訪張儀，活要見人，死要見屍。」

暮色時分，船到咸陽，君臣祕密會商方才結束。當夜，咸陽宮大書房燈火徹夜通明，一道道君書、密令接連發出。嬴虔、樗里疾、司馬錯、公子嬴華一直守在出令堂緊急調度，忙到東方發白，方才平靜下來。

三日後，一支商旅車隊出了函谷關，過了洛陽，直向新鄭開來。

新鄭城正在熱鬧之中，韓國民眾奔相走告著一個消息：「結盟抗秦！韓國有救了！」蕭瑟冷清的商市不知不覺地熱鬧繁華了，郊野耕作的農人也放開喉嚨唱起了那首〈鄭風〉中有名的悲中遇喜的歌兒：

風雨淒淒　雞鳴喈喈
既見君子　云胡不夷
風雨瀟瀟　雞鳴膠膠
既見君子　云胡不瘳
風雨如晦　雞鳴不已
既見君子　云胡不喜

韓國朝野壓抑得太久了。自從韓昭侯申不害死後，韓國一直抬不起頭來，元氣大傷，民心沮喪，連宋國這般小瘋子都要來趁火打劫。雖然國君硬撐著宣布了稱王，事實上卻是誰也沒有高興起來。尤其是秦國強奪了宜陽鐵山之後，韓國朝野就像洩了氣的風囊，大罵了一陣「虎狼暴秦」便慘兮兮地沉默了。三晉之中，韓國與魏國有血戰大仇，與趙國也是齟齬不斷，如何能指望人家幫助奪回宜陽？齊國與秦國修好，不願再插手中原；燕國自身難保；楚國也被秦國逼得遷都淮南了。天下亂象紛紜，韓國竟找不到一個盟國，落到了在強秦虎視之下奄奄待斃的地步。當此之時，燕趙忽來與韓國結盟，如何不使韓國人驚喜萬分？尤其是趙國，在魏國衰落之後軍力已經是三晉之首，與趙國修好，無異於韓國有了一個使秦國顧忌的強大盟邦，韓國人當真是求之不得。消息傳開，朝野上下奔走相慶，一掃陰霾。

蘇秦預料得毫無差池，對韓國沒費唇舌，幾乎一拍即合。

韓宣惠王聽完蘇秦對天下大勢的分析與對韓國危境的估測，已經是挽起大袖，雙眼圓睜冒火，霍然而起，按劍長長歎息一聲道：「君毋多言，韓國若屈身事秦，天誅地滅！我韓國上下，願舉國追隨先生，合縱抗秦！」

當晚，蘇秦便與韓宣惠王達成盟約。韓宣惠王於新鄭大殿隆重宴請蘇秦一行，韓國君臣眾口一詞，發誓合縱，永不負約。席間，賓主無不慷慨激昂，頻頻大爵豪飲，直到三更方散。

回到驛館，公子趙勝與荊燕都醉到了十分，逕自呼呼酣睡了。蘇秦卻很清醒，因為他只飲溫順的蘭陵酒，不飲趙國烈酒，饒是如此，也還是臉色通紅腳下飄飄然。用冷水沖過全身，蘇秦酒意消去大半，在廳中鋪開那張〈天下〉大圖，踱步端詳著揣摩下面的三個大國——魏、楚、齊。六國合縱，這三國是最大的力量，是根本，三國中任何一個國家拒絕，都是合縱的失敗。雖然蘇秦頗有把握，但還是不敢掉以輕心。要知道，這三國的君主都是非同尋常：魏惠王與齊威王都是老一代國君，老辣狡黠，極難說動。楚威王雖然年輕，也是與趙肅侯同時即位的四十來歲的老資格國王了，楚國丟失房陵被迫遷都，楚威王決心在楚國推動第二次變法，當此之時，他願意加盟合縱麼……

突然，蘇秦聽見一種奇異的聲響，很沉悶很輕微很清晰很遙遠而且似乎越來越近。對，就在地下！蘇秦驟然一頭冷汗，霍然起身收拾藏好大圖，疾步走到劍架前取下長劍，在廳中悠然舞了起來。河西夜路與荒野草廬，已經使蘇秦不再對任何怪誕事體心懷畏懼，他要看看，這新鄭驛館有何詭異？

輕輕地，大廳深處的帷幕動了一下。蘇秦眼力不好，聽力卻是非凡，一陣極輕的嚓嚓聲已經被他敏銳地捕捉到了，卻渾然不覺，依然在悠悠舞劍。突然，蘇秦覺得身後一陣輕微異響，一個滑步轉身，驚訝得目瞪口呆——

那面書架竟變成一扇門無聲地開了！一個又黑又矮又胖的綠衣人擺著鴨步從「門」裡搖了出來，一個長躬，滿臉笑意道：「蘇子別來無恙？」幾乎就在他出來的同時，那道「門」立即無聲地合上了。剎那之間，蘇秦瞥見了「門」後暗影裡一片白色倏忽閃了一下，顯然，「門」後帷幕後都有人隱藏。

「你？如何是你？」蘇秦愣怔了。

「嘿嘿，蘇子做了大官，不識故人了？在下樗里疾，沒錯。如何進來，容當後說，先說正事如何？」黑矮肥子笑容可掬。

蘇秦冷冷道：「正事？身為上大夫，如此鼠竊狗偷，辦得正事麼？」

樗里疾又一個長躬道：「無奈之舉，尚請蘇子恕罪。」

「說吧，有何正事？」蘇秦指著長案，「請入座。」

樗里疾坦然就座，笑咪咪道：「蘇子，六國合縱能成功麼？」

「秦國已經怕了？」

樗里疾歎息一聲：「蘇子，當初秦國沒有重任留你，秦公深以為悔，至今猶在思念。」

蘇秦不禁大笑一陣道：「此等沒氣力話，樗里疾竟能說出來，當真一奇也！沒有合縱，秦公想得起蘇秦麼？當初秦國不用我策，自然無須重任留我，有何可悔？蘇秦不怨秦公，亦無悔當初。」

「好！不繞彎子。」樗里疾正色拱手，「秦公命我為特使，誠意相邀蘇子回秦，執掌丞相大任。望蘇子以強秦為根基，成就一番大業，名垂千古。」

「樗里子學問名士，當知刻舟求劍故事了。」蘇秦悠然一笑，「流水已去，心境非昨，如何能以今日之志，重蹈昨日覆轍？良禽固然擇木，也須持節自立。朝秦暮楚，終將自毀。耿耿此心，尚望秦公見諒。」

「蘇子襟懷，令人感佩。」樗里疾由衷讚歎，卻又口氣一轉道，「然則六國孱弱，一團亂象，蘇子明知不可而為之，豈非與孔老夫子奔走呼號井田制如出一轍？」

「此言大謬也！」蘇秦大笑，連連搖頭，「孔夫子逆時勢而動，如何能與蘇秦相比？方今天下，七大戰國皆非舊時諸侯，各有變法圖強之志。其中差別，唯在誰家變法更深徹更全面。目下而言，秦國當先。然則大潮洶湧，大爭連棉，安知六國中沒有一國超越秦國？昨日之志：蘇秦欲將秦國變法之實力，化為一統大業。今日之志：蘇秦欲將變法圖強之潮流，瀰漫山東六國，與秦國一爭高下！今日昨日，蘇秦皆無復辟守舊之心，唯有趁時成事之志，談何明知不可而為之？」

「好說辭！」樗里疾不禁拍案叫好，又喟然一歎，「若秦國有抗衡先生之才，蘇子之夢想，豈非終將成為泡影矣！」

「是麼？」蘇秦微微一笑，「天下大道，何懼抗衡？我這便向秦國薦舉一人，其才足以抗衡蘇秦，上大夫以為如何？」

「果真如此？」

「絕無虛言。」

「願聞姓名。」

「安邑張儀。」

「張儀？此人還活著麼？」

「張儀者，天不能死，地不能埋也。如何有死活之問？」

「敢問：張儀目下卻在何處？」

「秦國已經瞄上張儀了，只找他不見，可是？」

「蘇子慧眼，確實如此。」樗里疾坦率誠懇。

「安邑城外，涑水河谷，張家孤莊……」突然之間，蘇秦雙眼潮濕了。

「蘇子，樗里疾未能說動你，然樗里疾敬重你，告辭。」樗里疾站起身來肅然一拱，迅速消失在那扇已經打開的「門」裡了。

倏忽之間，一片若有所失的惆悵湧了上來，蘇秦心頭空蕩蕩的。雖然拒絕了秦國的策反，但他對秦國君臣的胸襟還是充滿了敬意。一個能夠真誠反省自己過失的國家，是最有力量的。這樣的國家，可以錯過犀首，錯過蘇秦，但決然不會再失去張儀。他們已經清醒過來，已經實實在在地開始行動了。能在韓國都城如此神祕地闖到自己面前，需要花費多麼巨大的努力，這是任何一個中原戰國都難以做到的。看來，當初自己確實沒有看錯，秦國的崛起強大是很難阻擋的。若有了張儀，秦國將更是另一番氣象。張儀將給這個長期閉關鎖國缺乏邦交斡旋經驗的西部戰國，帶去他獨特的智慧，並一定能使秦國以非凡的氣勢，一舉進入中原逐鹿的大戰場。

那時候，蘇秦的合縱大業或將更加艱難，也許，還有失敗的可能。如此說來，不該給秦國薦舉張儀麼？不！應該薦舉。從個人成敗而言，張儀一旦入秦，就必然是自己的競爭對手，誰成誰敗，實難逆料。但從他們一致憧憬的天下一統大業而言，他們的目標又都是一致的，都是立志結束天下戰亂，使華夏族群在統一國度裡蓬蓬勃勃地富裕壯大。這是老師當初給縱橫派立下的入門誓言——縱橫捭闔，四海為一。老師曾經諄諄告誡：「行可殊途，心須歸一。否則，縱橫家將淪為詐術。」一開始，他與張儀便選擇了各自認為最適合自己的國家：蘇秦志在秦國，張儀志在中原。一番風雨，他們的位置竟顛倒了過來，蘇秦施展於中原，張儀卻可能進入秦國。其間發生的一切災難波折，都是他們所無法預料也無法逆轉的，也許，這就是命運對他們安排的「殊途」。從根本上說，張儀的復出也是無可避免的，你蘇秦不薦舉，張儀就不會出山麼？果真那樣，也未免過低估計秦國的索賢能力了。

「上卿何須多慮，我有破解良策。」

蘇秦回身，大紅斗篷手持長劍的公子趙勝正笑吟吟站在廳中。蘇秦不禁訝然笑道：「奇也！公子不是大醉酣睡了麼？」

「趙國騎士，等閒飲得三四罈，一罈酒豈能醉我？」趙勝露出與年齡極不相稱的狡黠笑意，「此等小技，我早已覺察。我與荊燕大睡，就是給這黑肥子留個縫兒，看他鑽進來做甚？實不相瞞，也想見識一番先生志節。」

「公子不信蘇秦？」

「不。」趙勝搖搖頭，「先生是合縱策士，目下又是燕趙特使，何時不可見秦人？秦人又何時不能策反先生？阻攔密使，如同為淵驅魚，為叢驅雀。若先生志節不堅，早變也許比晚變更好。是以，我等只保先生全身，不阻攔先生與任何人接觸。不想先生精誠若此，趙勝敬佩之極！」

蘇秦不禁讚歎：「公子如此年少，卻有如此見識，令人刮目相看也。」

趙勝做了個受寵若驚的頑皮鬼臉：「哎哎哎，這是族叔教我的，與我無關啊。」

蘇秦笑了：「公子方才說的破解之策，要破解何事？」

「先生向秦國薦舉了張儀，卻又分明擔心張儀成為合縱勁敵，可是？」趙勝又驟然變得老到深沉，「我來料理此事，可保張儀不能為害。」

蘇秦哈哈大笑：「公子非我，如何知我之心？」

「人同此心，心同此理：功名大業，豈容他人分享！」

蘇秦不禁愣怔了，如此少年，卻如此熟諳人心本性。對這種在宮廷殺戮爭奪中浸泡長大的貴族公子，能解釋得清楚自己的想法麼？沉默良久，蘇秦慨然一歎：「公子啊，不要輕舉妄動。張儀只能對合縱有好處。此中奧祕，非一日所能看清也。」

「好，但依先生。」趙勝明亮的眼睛不斷地閃爍著。

「謝過公子。」蘇秦笑道，「明日趕赴魏國，公子有成算麼？」

「只要先生有成算。趙勝只保先生要見誰便能見誰。」趙勝說完，笑著一拱去了。望著趙勝的大紅斗篷，蘇秦心中又驀然浮現出樗里疾與張儀的影子。

新鄭城北的迎送郊亭外，停著一支正在歇息的商旅車隊。車夫們一邊忙著餵馬，一邊架起吊鍋煮飯。車隊、炊煙、道邊林木與熙熙攘攘的人喊馬嘶完全擋住了石亭。

石亭之下，樗里疾與公子嬴華正在低聲密談。樗里疾說服蘇秦的使命沒有完成，卻對蘇秦有了貼近的了解與真實的敬重。他沒有想到，蘇秦竟能薦舉張儀入秦與自己抗衡，更沒有想到蘇秦對張儀下落的判斷是那樣的自信而明確。回來說給嬴華，這位女公子也是大為意外。從咸陽出發時，嬴華已經向大梁與名士隱居的經常地點派出了訪查探馬，在新鄭的幾天已經紛紛接到回報，都沒有張儀的蹤跡。嬴華頓時茫然，一時沒了主意，聽得樗里疾一說，大是興奮，決意親自到河內訪查。

樗里疾與嬴華商議的是：若能找到張儀，如何動其心志？是樗里疾親自前來，還是嬴華見機行事？目下，樗里疾一定要趕在蘇秦之前穩住齊國，自然無法與嬴華一起趕到河內。嬴華雖是一個不讓鬚眉的女公子，見識本領也都極為出色，然則畢竟沒做過為國求賢這種大事。按照傳統，此等事該當由國君親自出面的。事關重大，嬴華一時沉吟，與平日的明朗果決大是不同。

「這樣。」樗里疾一揮手，「若情勢異常，斷不能錯失良機，公子當相機立斷。若情勢正常，有成算便動，若無成算，待我趕來便是。」

「好！一言為定。」嬴華心中有底，高興起來，舉起酒碗道，「上大夫身負重任，一路保重了。」汩汩飲盡。「罷了罷了。」樗里疾舉碗笑道，「長遠計，爭得張儀是根本，齊國是靠不住的。公子要做的，是一件布袋買貓的大事，難。乾了！」也是咕咚咚飲了。嬴華「哧」地笑了：「布袋買貓？此話怎講？」

「不明就裡，估摸著辦也。」

嬴華不禁大笑：「呀，聽說張儀利口無雙，要知道做貓，可饒不得你也！」

「慚愧慚愧，誰教他躲在暗處？」樗里疾笑著拱手，「公子，就此告辭。」

「後會有期。」嬴華也是一拱，大步出了石亭。

一聲輕輕的呼哨，三騎快馬上了官道，向河內方向疾馳而去。片刻之後，商旅車隊丟下了載重貨車與車夫，清一色的十餘騎快馬簇擁著一輛輜車，向東北大道去了。

六、秋霧迷離的張氏陵園

秋風乍起，涑水河谷滿目蒼黃，幽靜蕭瑟。

自從魏國遷都大梁，這道安邑郊野的狩獵河谷年復一年地冷清了。王公貴族與豪富巨商，都隨著王室南下大梁了，安邑的繁華富庶夢幻般消失了。秦國奪回了河西高地，占據了河東的離石要塞，安邑沒有了北大門，也失去了大河天險；趙國占據了上黨山地，安邑的東北面也完全敞開了。倏忽之間，這座昔日的天下第一都城，成了一座四面狼煙的邊塞孤堡。人口大減，商旅止步，涑水河谷中星羅棋布的狩獵山莊，也成了蛛網塵封狐兔出沒的座座廢墟。每當明月高懸，河谷裡的虎嘯猿啼隨著習習谷風遠遠傳開，即便是獵戶世家，也不敢在夜間踏入這道河谷。

就在這樣的月夜，河谷深處的松林裡卻亮著一盞燈火。林間小道上，一個纖細的身影正向著燈火走來。漸行漸近，松林中的一座大墓與墓旁的一座茅屋已經清晰可見。

「喲——張兄快來！」纖細身影驚叫著跳了起來。

一個高大的身影提劍衝出茅屋：「緋雲，別怕。」

「蛇！吔，好粗！跑了跑了。」纖細身影驚呼喘息著。

高大身影哈哈大笑：「秋風之蛇，困龍一條，饒它去也。」

「吔！我偏踩上了，又硬又滑。呸呸呸，一股腥味兒。」

「你呀，日後晚上不要來，餓不死張儀。」

「吔，就會瞎說。除了蛇我甚也不怕。快進去，餅還熱著。」說話間拉著張儀進了茅屋。

這是一間極為粗樸的陵園茅屋，門是荊條編的，後邊掛著一幅寬大的本色粗麻布做擋風的簾子。屋中大約一丈見方，牆角避風處的草墊蘆席上有一床絲棉被，算是臥榻了。除此之外，兩只滿當當的書箱、一片架在兩塊老樹根上的青石板書案、一口掛在牆上的吳鉤，便是這茅屋中的全部物事了。緋雲將提籃放在石板書案上，揭開苫布，利落地從籃中拿出一個飯布包打開，原是一摞熱氣騰騰的麵餅，又拿出一個飯包打開，卻是一塊紅亮的醬肉。

「呀，好香！甚肉？」張儀掛上吳鉤，興奮地搓著雙手。

「猜猜。」緋雲又拿出一包剝得光亮亮的小蒜頭，「吔！不曉得了吧。」

張儀不去湊近醬肉，只是站著使勁兒聳鼻頭，猛然拍掌：「兔肉！沒錯。」

「吔，野味兒吃精了，一猜就中。」緋雲頑皮地笑笑，「快吃，趁熱。」

張儀噙著口水悠然一笑：「不是吃精了，是餓精了。」說著就勢一跪，一手抓起醬兔肉，一手抓起熱麵餅蘸幾粒蒜頭，狼吞虎嚥地大嚼起來。

「張兄，有人要賃我家老屋做貨棧，你說奇也不奇？」緋雲邊掃地邊說話。

「如何如何？」張儀抹抹嘴笑了，「甚生意做到深山老林來了？當真一奇。」

「還有，一個年輕人帶了個小童，也住進了我家老屋。吔，你別急，聽我說。」緋雲拿起屋角木架上的陶壺給張儀斟滿了一碗涼茶，笑道，「那天我去山坳裡摘野菜，回來後聽張老爹說：一個公子探訪老親迷了路，又發熱，求宿一晚。張老爹於心不忍，教他住下了。我不放心，特意去看了看，那公子還真是發熱。我看他生得俊氣，人也和善，不像歹人，也沒說甚。誰知都三日了，他的熱燒還不見退。那小童除了天天給他熬藥，還出去打獵。小童說獵物放久了不好吃，要我等家人天天吃。這幾日便天天有肉了。你看這事兒？」

張儀沉吟著問：「要賃老屋的商人也來了？」

「吔，還沒。」緋雲笑道，「我沒答應。他也說他們東家還沒定主意，過幾日再來看看，東家要定了再和我說價，還說保我滿意。」

張儀咕咚咚猛喝了一碗涼茶，半日沒有說話。這兩件事來得蹊蹺，可一下子也說不清疑點在何處。要在十幾年前，安邑城外那可是商賈紛紛，租賃民居、夜宿郊野者實在平常得緊。可如今，這安邑已經成了孤城荒野，卻忽然有人前來經商，有人前來投宿，可真是少見。然則，天下事本來就沒有一成不變，若有商旅忽發奇想，要在這裡採藥獵獸也未可知；至於有人路病投宿，也並非荒誕不經，張儀自己不就多次投宿山野農家麼？如此想來，似乎又不值得驚奇生疑。可不管如何開釋，張儀心頭的那股疑雲都是揮之不去，連張儀自己都覺得不可思議。

終於，張儀定了主意：「任其自便，只是多長個心眼，暗中留心察看。」

「吔，我也是這般想法。你放心，誰也逃不過我的眼睛。」

張儀笑了：「心裡有數就好。走，我送你下山。」說著摘下吳鉤，順手拉開荊條門，與緋雲出了茅屋。緋雲紅著臉笑道：「不用送，我不怕吔。」張儀笑道：「你是不怕，我想出來走走。」緋雲高興地挽起張儀的胳膊：「是該走走的。吔，你的吳鉤練得如何？會使了麼？」張儀興致勃勃道：「越王這口吳鉤，還真不好練，要不是我還算通曉劍器，真拿它沒轍。」緋雲一撇嘴笑道：「那是當然，張兄天下第一吔。」張儀哈哈大笑：「你個小東西！跟著我海吹啊。」緋雲咯咯咯笑得打跌。

說話間到了山口，山腳下老屋的燈光已經遙遙可見。張儀站在山頭，直看著緋雲隱沒在老屋的陰影裡，方才轉身，本當回到茅屋，卻不由自主地沿著河谷走了下去。天空湛藍，月光明亮。涑水波濤拍打著兩岸亂石，虎嘯狼嗥隨山風隱隱傳來，都使得這山谷秋夜在幽靜之中平添了幾分蒼涼。

張儀對這道涑水河谷是太熟悉了，兒時的記憶，家族的苦難，自己的坎坷，都深深地扎根在這道河谷。但是，這道河谷給他打上最深烙印的，還是母親的驟然亡故。

當初，張儀從楚國雲夢澤連夜逃走，與緋雲一路北上，進入河外已經是冬天了。逃離雲夢澤時，張儀被打傷的兩條腿本來就沒有痊癒。幾個月的徒步跋涉，傷口時好時壞，不得不拄著一支木杖一瘸一瘸地艱難邁步。要不是緋雲頑強地撐持，張儀真不知道自己會不會突然倒在哪道荒山野嶺。

路過洛陽郊野的時日，張儀腿傷發作，倒在了路邊。田野耕耘的一個老人將他們當作饑荒流民，好心留他們在一間閒置的田屋裡住了下來。在那間四面漏風的田屋裡，張儀自己開了幾味草藥，教緋雲帶著越王送給他的那口吳鉤，到洛陽城賣了換錢抓藥。緋雲去了，也抓了藥，可也帶回了那口越王吳鉤。緋雲對他說遇上了一個好心店東，沒收錢。夜半更深，張儀傷疼不能入睡，看見和衣蜷縮在身邊的緋雲的頭巾掉了，圓乎乎的小腦袋在月光下青幽幽的，伸手一摸，一根頭髮也沒有了！

驟然之間，淚水湧滿了張儀的眼眶。一頭秀髮，對於一個含苞待放的少女，意味著誘人的魅力，意味著大貞大孝大節，更意味著對生命之源的恆久追念。「身體髮膚，受之天地父母，毫髮不能摧之。」男人名士尚且如此，更何況一個女子？可是，為了給他治傷，緋雲竟賣掉了滿頭青絲……

就在那一刻，張儀抹去了淚水，心中暗暗發下了一個誓願。

回到這條熟悉的河谷時，正是大雪紛飛的冬日。看到老屋門前的蕭疏荒涼，張儀心中猛然一沉。母親是嚴整持家的，雖然富裕不再，但小康莊院從來都是井井有條的。可如今，門前兩排大樹全成了光禿禿的樹根，青石板鋪成的車道也殘破零落，高大寬敞的青磚門房竟然變成了低矮破舊的茅草房。那時候，張儀幾乎不敢敲門，他不知道，迎接他的將是何種情景。他記得很清楚，當緋雲敲開屋門，老管家張老爹看見他時立即撲地大哭。張儀雙腿頓時一軟，跌坐在大雪之中……

當他踉踉蹌蹌地撞進母親的靈堂時，他像狼一樣地發出一聲慘嚎，一頭撞在靈案上昏了過去。後來，張老爹說，那年魏趙開戰，魏國敗兵洗掠了涑水河谷，砍樹燒火還拆了門房；幸虧主母認識一個千夫長，才免了老屋一場更大的劫難；從那以後，主母一病不起，沒大半年便過世了；臨終前，主母拿出一個木匣，只說了一句話：「交給儀兒，也許，他還會回來。」

留在張儀心頭永遠的疼痛，是母親的那幾行叮囑：「儀兒，黃泉如世，莫為母悲。人世多難，自強為本，若有坎坷，毋得氣餒。後院樹下石窟，藏得些許金玉，兒當於絕境時開啟求生。母字。」

掘開了後院大樹下的石窟，張儀拿出了那個鏽跡斑斑的小鐵箱，打開一看，除了六個金餅，全部是母親的金玉首飾……張儀看得心頭滴血，欲哭卻是無淚。母親留下了少婦時的全部首飾，素身赴了黃泉，沒有絲毫心愛的陪葬之物。對於張儀，這是永遠不能忍受的一種遺恨。他咬著牙打開了母親的墳墓，將金玉首飾與三身簇新的絲衣，裝進了自己親手打製的兩個木匣裡，放進了棺槨頂頭的墓廳。從那天晚上開始，張儀在母親的墓旁搭起了一間茅屋，身穿麻衣，頭戴重孝，為母親守喪了。

寒來暑往，在母親陵園的小松林中，張儀漸漸平靜了下來。

雖然他從未下山，但對天下大勢還是大體清楚的。這也虧了緋雲，她不但要與張老爹共同操持這個破敗的家，還時不時趕到安邑打探各種消息。半個月前，緋雲去了一趟大梁，回來後興奮地告訴他，蘇秦已經重新出山，謀劃合縱抗秦，燕趙韓都欣然贊同了！

「吔！我正好遇上蘇秦車隊進大梁，聲勢好大吔。幡旗、馬隊、車輛，整整有三里路長。蘇秦站在軺車上，嗬！大紅斗篷，白玉高冠，一點兒也不笑。只是他的頭髮都灰白了，教人心裡不好受。」緋雲說得眉飛色舞，最後卻嘟囔著歎息了一聲。

「你看得恁清楚？」

「吔！我爬到官道旁的大樹上，誰也看不見我。」

張儀不禁怦然動心了。蘇秦復出並不令人驚訝，那只在遲早之間。教他心動的，是蘇秦提出的嶄新主張——六國合縱，結盟抗秦！蘇秦對秦國關注得很早，與自己對秦國的淡漠大不相同，蘇秦第一次出山就選定了秦國，縱然沒有被秦國接納，何至於立即將秦國當作仇敵？不。這不是蘇秦的謀事方式，也不是歷來名士的傳統精神，其中一定另有原因。最大的可能，是蘇秦對天下大勢有了全新的看法。蘇秦思慮深徹，善於創新，正如老師曾經說的：「無中生有，暗夜舉火，蘇秦也。」一如今在山東大亂之際，蘇秦倡導六國合縱，當真是刀劈斧剁般一舉廓清亂象，使山東六國撥雲見日，一舉使天下格局明朗化。這豈非暗夜舉火，燭照天下？從這裡看去，用個人恩怨塗抹合縱抗秦，就顯得非常滑稽，至少張儀是嗤之以鼻的。

既然如此，張儀的出路何在？

半個月來，他一刻也沒有停止思索。蘇秦廓清了大格局，天下必將形成山東六國與秦國對峙的局面。他從聽到「合縱抗秦」這四個字，便敏銳意識到蘇秦必然成功。天下已經亂得沒有了頭緒，列國都想使局勢明朗化，都不想被亂象淹沒。當此之時，山東六國的君臣能拒絕具有「救亡息亂」巨大功效的合縱同盟麼？

可如此一來，張儀頓時就沒有了選擇。天下戰國七，蘇秦一舉居六，張儀又能如何？曾幾何時，天寬地闊的張儀，驟然之間只剩下了一條路，而且是自己最為陌生的一條路。自己的立足點一開始就在山東六國，並不看好秦國。第一番出山，自己幾乎就要大功告成，若非輕言兵事，錯料房陵之戰，早已是齊國丞相了。比較起來，蘇秦的第一次失敗，在於「策不應時」；自己的第一次失敗，則在於「輕言壞策」。也就是說，蘇秦敗在畫策本身，張儀敗在畫策之外。就第一次而論，張儀自覺比蘇秦要強出些許。可這一次呢？蘇秦當先出動，長策驚動天下，其必然成功處，正在於畫策切中時弊。此等情勢下，自己要在山東六國謀事，無異於拾人餘唾。想想，你張儀難道還能對山東六國提出另一套更高明的方略？提不出，那就只有跟在蘇秦身後打旋兒。

這是張儀無法忍受的，也是任何名士所不屑作為的。

看著天上月亮，張儀笑了。難道要被這個學兄逼得走投無路了麼？蘇兄啊，你也太狠了，將山東六國一網打盡，使張儀竟茫然無所適從，豈不滑稽？

「山月作證。」張儀對著天上月亮肅然拱手，「張儀定要與學兄蘇秦比肩天下，另闢大道。」

多日來，張儀揣摩思慮的重心，就是如何應對蘇秦的六國合縱。他做了一個推測：作為六國合縱所針對的秦國，不可能無動於衷；秦國要動，就要破解合縱；那麼，如何破解？誰來破解？便成為必然的兩個難題。第一個難題，他已經思慮透徹，有了應對之策。張儀堅定地認為，除了他這套謀劃，蘇秦的六國合縱無策可破。那麼，秦國有這樣的人才麼？他雖然對秦國頗為生疏，但大情勢還是明白的。商鞅之後，秦國似乎還沒有斡旋捭闔的大才。司馬錯雖然教他跌了一大跤，但司馬錯畢竟是兵家將才，秦國不會教一個難得的名將去分身外事。樗里疾呢？治國理民可也，伐謀邦交至多中才而已，豈是蘇秦對手？

放眼天下，唯張儀可抵蘇秦。

然則，秦國能想到這一點麼？難。秦國雖然強大，畢竟長期閉鎖，對天下名士一團朦朧，如何能知曉他張儀？那麼，只有一條路——主動入秦，遊說秦國，獻長策而與蘇兄較量天下。可是，能這樣做麼？在尋常情勢下，名士主動遊說無可非議。然則在蘇秦發動合縱後，天下便是壁壘分明的兩大陣營，當此之時，秦國若無迫切求賢之心，這秦國國君也就平庸之極了；對平庸之主說高明長策，那是註定的對牛彈琴；魏惠王、楚威王尚且如此，這個拒絕過蘇秦的秦國新君又能如何？說而不納，何如不說？可是，假若秦國君臣想到了自己，你張儀又該當如何？

想到這裡，張儀不禁哈哈大笑，覺得自己瞻前顧後婆婆媽媽的實在滑稽。這種事兒，神仙也難料，何須費力揣測？心思一定，張儀大步走上河岸，向松林陵園走來，堪堪走進林間小道，他驚訝地揉了揉眼睛。

出來時分明吹熄了燈火，如何茅屋卻亮了起來？

張儀隱身樹後，凝神察看傾聽片刻，已經斷定樹林中沒有藏身之人。他目力聽力都極為出色，從些微動靜中已經聽出茅屋中最多只有兩個人。於是他大步走出，挺身仗劍，堵在茅屋前的小道正中高聲喝問：「何方人士，夤夜到此？」

「吱呀」一聲，荊條門開了，一個粗壯的身影走出茅屋拱手作禮：「末將見過先生。」

「末將？究竟何人？直說了。」

「末將乃趙國騎尉，奉密令前來，請先生屋中敘話。」

「反客為主了？就在這裡說，省點兒燈油。」

騎尉笑了。「也好，月亮正亮。」回頭喊道，「墨衣，出來，吹了燈。」

屋內風燈滅了，走出來一個手持長劍身形瘦小的勁裝武士。張儀知道，趙國君主的衛士通常叫作「黑衣」，此人被稱為「墨衣」，無論如何也是個衛士頭目。從他的步態便可看出，這個墨衣定然是個一流劍士。張儀也不理會，逕自坐到小道旁一塊大石上：「說。」

騎尉又是一拱：「先生，我二人奉太子之命，請先生星夜赴邯鄲。」

「可有太子書簡？」

「趙國軍法：密令無書簡。這是太子的精鐵令牌，請先生勘驗。」

「不用了。太子召我何事？」

「太子只說：要保先生萬無一失。餘情末將不知。」

張儀悠然一笑：「既然如此，敢請二位回稟太子：張儀為母親守喪，不能離開。」

騎尉僵在那裡，似乎不知如何是好。這時，那個精瘦的墨衣說話了：「太子有令，務必請回先生，先生須得識敬才是。」

「如此說來，若是不去，便是不識敬了？」

騎尉拱手道：「我等奉命行事，敢請先生務必成全，無使強逼。」

「強人所難，還要人無強其難。趙人做事，可謂天下一奇也！」張儀哈哈大笑。

墨衣冷冰冰開口：「先生當真不去，只有得罪了。」

「如何得罪啊？」張儀性本桀驁，心中已經有氣，臉上卻依舊微笑。

「勝得我手中劍，我等便走。否則，只有強起了。」

「你手中劍？怕是你等兩個手中劍了。」

墨衣正要說話，騎尉搶先道：「那是自然，公事非私鬥，如何能與劍士獨對？」

「好！理當如此。」張儀豪氣頓生，霍然站起，「請。」

「墨衣，我先了。」騎尉大步走出，只聽「喀嗒」兩聲鐵音，一柄閃亮的厚背長刀已彈開刀格，提在手中。張儀本是老魏國武士世家出身，對三晉兵器本來熟悉，一看便知這是趙國改製的胡人長刀。這種刀以中原精鐵鍛鑄，背厚刃薄，刀身細長而略帶弧彎，砍殺容易著力，擊刺不失輕靈，且比胡人原刀形還長了一寸有餘。趙國在與匈奴騎兵的較量中屢占上風，與這種鋒銳威猛的戰刀大有干係。雖然如此，張儀卻是毫無畏懼。他相信手中這口越王吳鉤絕不輸於趙國的改製戰刀。

月光下，一道細長的弧形青光伴著嗡嗡振音閃過，張儀的吳鉤已經出鞘。

這吳鉤雖然也是弧形，卻是劍而不是刀。劍為雙刃，厚處在中央脊骨。刀為單刃，厚處在背。同是弧形，騎士戰刀較吳鉤要長，弧度自然小得些許；吳鉤稍短，其弧度幾乎接近初旬瘦月，而且還是雙刃。兩相比較，騎士戰刀專為戰場騎兵製造，稱手好使，即或未經嚴格訓練，也能仗著膂力使出威風。吳鉤卻大大不然，它本來就是吳越劍士的一種神祕兵刃，初上手極為彆扭，等閒人等根本無法劈刺擊殺，使用難度比騎士戰刀要高出許多。張儀自從接受了越王吳鉤，便在閒暇時悉心揣摩，也是他頗有劍術天賦，竟教他無師自通，自己摸索出了一套吳鉤使法。緋雲也喜歡劍法，見他練過幾次，驚訝得連連讚歎。此刻，張儀也知道趙國騎士的剽悍威猛，自然不會掉以輕心，吳鉤出鞘，右劍左鞘守定不動，準備後發制人。

騎尉抱劍作禮道：「太子敬重先生，我只與先生虛刺，劍沾其身即為勝。」

張儀冷笑：「我只會實刺，不會虛刺。」

旁邊的瘦子墨衣不勝其煩：「劍士之道，安得有虛？將軍當真架叨。」

騎尉無奈地笑笑：「先生執意如此，末將只好從命。看刀——」喊聲未落，騎士戰刀已經帶著勁急的風聲斜劈下來。這是騎士馬戰的基本功夫，最為威猛，對方若被砍中，大體是通體被斜劈為兩瓣。騎兵對步兵，居高臨下，這斜劈是威力極大使用最多的殺法。

張儀身材高大，對方也不在馬上，所以並沒有感到戰刀凌空的威力，但聽這刀風勁銳，便知這戰刀力道不凡。不及思索，張儀手臂一掠，吳鉤劃出一道寒光，魚躍波濤般迎了上去。但聽「叮」的一聲急響，騎尉的戰刀已經斷為兩截，刀頭飛上樹梢，又嘩啦啦削斷樹枝，「噗」地插進了地面。

「噫——」騎尉驚叫一聲，一躍跳開，「你有神兵利器？」

張儀哈哈大笑：「第一次用，不曉這越王吳鉤如此鋒銳，多謝陪練。」

瘦子墨衣冷冷一笑：「將軍戰刀是軍中大路貨，如何敵越王吳鉤？今日，也教先生見識一番趙國精兵。」說罷肩頭一抖，黑色斗篷蝙蝠一般飛了起來，竟堪堪地掛在了身後松樹枝丫上。只此一個動作，便見趙侯衛士的不同凡響。斗篷離身的同時，星光驟然一閃，墨衣手中已經出現了一支短劍。戰國之世，長劍已經成為多見兵器，短劍便多成為傳統劍士手中的利器，等閒人倒是很少見到了。傳統劍士的短劍，與越王吳鉤一樣，十有八九都是春秋時期著名鑄劍師的精品。紫藍色光芒一閃，張儀便知道墨衣手中短劍絕非凡品，微微一笑：「神兵相交，兩敗俱傷，豈不暴殄天物？」

「小瞧趙國劍士麼？」墨衣冷笑道，「駕馭名劍，自有劍道，豈能笨伯互砍？」言下之意，顯然在嘲笑張儀與騎尉的劍術。

張儀心知此人必是第一流劍士，自己雖然也略通劍器劍法，但畢竟不是用心精專，無法與此等劍士抗衡。但聽他說不與自己「互砍」，倒是輕鬆了一些，劍器互不接觸，那無非是他直接將我刺傷，而後再「請」走了。張儀自信墨衣做不到這一點，你不砍我砍，大節當頭，何顧些小規矩？舞開吳鉤護住自己，只要他劍器刺不到我身，又能奈我何？

「既然如此，足下開始。」張儀淡淡一笑。

「先生，看好了。」話音未落，黑色身影一躍縱起，一道紫藍色光芒向張儀頭頂刺來。張儀的吳鉤已經揮開，趁勢向上大掠一圈。誰知他上掠之時，墨衣已經越過他頭頂，就在他尚未轉身之際，右肩已經被刺中。一陣短促劇烈的痠麻疼痛，張儀右手吳鉤脫手飛了出去。黑色身影腳一點地，立即閃電般倒飛出去，在空中將吳鉤攬在手中，穩穩落地道：「先生還有何說？」

張儀咬牙撐持，才沒有坐倒，勉力笑道：「你，劍術無匹。我，卻不去。」

「先生不識敬，在下只好得罪了。」墨衣冷冷一笑，走了過來。

突然，一聲悠長粗厲的虎嘯，疾風般掠過山林。

瘦子墨衣愣怔了一下。騎尉笑道：「涑水河谷夜夜如此，平常得緊……」正說著卻驟然變色，「你你你，是人？是鬼？」張儀看去，見月光下的山口林間小道上，悠著一個細長的白色身影，長髮披散，手裡卻拄著一根竹杖，一陣清朗大笑傳來：「強人所難，這是誰家生意經？」

騎尉緩過神來，冷冷道：「你若是商家，趕快走開，莫管閒事！」

瘦子墨衣：「既看了，只怕不能教他走。」

白衣又一陣大笑：「我說要走了麼？戰國游俠，可有不管閒事者？」

「游俠？」墨衣拱手作禮，「敢問閣下高名大姓？」
「高名大姓？」白衣人驟然冷漠，「邯鄲墨衣，趁早離開，還先生安寧。」
「足下絕非正道游俠！將軍護著先生，我來料理他。」瘦子墨衣顯然被激怒了。
「且慢。」白衣人笑道，「先生並不認可兩位，無須你等護持，敢請先生作壁上觀。」說完向張儀深深一躬，「先生，這是一包傷藥，請到那邊石墩上自敷便了。」

片刻之間，張儀大為困惑。此人若是游俠，那當真是天下一奇。須知戰國游俠常常被時人稱為「帶劍之客」、「必死之士」，所謀求者皆是驚動天下的大事，極少到市井山野行走，即或隱居，也是等閒不過問民間瑣事。聞名天下的游俠如春秋的公孫臼、專諸、北郭騷、畢陽、偃息等，戰國的要離、聶政、孟勝、徐弱等（註：這些游俠都是戰國中期之前的游俠，戰國中後期還有諸多著名游俠，但在張儀之後，是未提及），都是在邦國上層行大義、除大惡的名士，幾乎沒有一個關注庶民恩怨的風塵游俠。此人自稱游俠，張儀自然難以相信，然若不是游俠，又何來此等行蹤本領？倒真是令人難以揣測，且先看下去再說，至少在當下，他對張儀不構成危害。於是張儀也不多說，走到小道邊石墩上坐下敷藥。

白衣人見張儀走開，回身笑道：「一齊來。」

騎尉、墨衣本來擔心張儀被游俠劫走，此時見此人並無幫手，張儀也泰然自若，自然便要先全力解決這個游俠。墨衣低聲道：「將軍掠陣，我來。」騎尉點點頭：「小心為是，此人大是蹊蹺。」墨衣冷笑一聲，逕自走到白衣人對面丈許：「游俠請了。」

白衣人見墨衣巋然不動，笑道：「讓先麼？好！」一個「好」字出口，竹杖啪啦脫手，但見森森光芒裹著「嗡——」的金鐵振音，一柄超長的異形彎劍已經凌空罩住了墨衣頭頂。墨衣大驚，一個貼地大滑步，堪堪躲開，森森光芒又如影隨形般從身後刺到，大是凌厲。慌忙之中，墨衣一個側滾，方得脫出劍鋒之外，額頭卻已是冷汗淋漓。見白衣人沒有追擊，墨衣氣哼哼問道：「閣下使何兵器？尚望見告。」

「此兵器天下無人識得，只讓你見識一番便了。」說罷，白衣人順手一掠，一道森森寒光竟從身邊一棵合抱粗的樹身掠出，沒有任何聲息，松樹也絲毫未動。白衣人悠然一笑：「敢請二位觀賞了。」墨衣與騎尉疑惑地走到樹前，藉著明亮的山月，分明可見大樹腰身有一道極細的縫隙。

「你是說，方才攔腰切斷了這棵大樹？」騎尉驚訝地拍打著樹身。

「將軍力大，一推便知，何用多說？」白衣人顯然不屑與之爭辯。

騎尉一個馬步扎穩，雙手按住樹身，猛然一推，縫隙之上的樹身驟然向外滑出，樹幹喀啦啦向裡壓來，如同疾步之人腳下打滑摔了個仰面朝天一般。騎尉、墨衣飛縱閃開，待大樹倒下，上前查看，留下的三尺樹身切面平滑如鏡，兀自滲出一片細密油亮的樹脂。墨衣二話不說，拉起騎尉便走。

白衣人拱手笑道：「敢請轉告趙雍，敢對先生非禮用強，墨孟不會旁觀。」

墨衣驟然回身道：「你？是墨家孟勝大師？」

「既知我師之名，便知天道不會泯滅。」

墨衣似乎還想問什麼，卻終於忍住沒說，拉著騎尉回身走了。

白衣人向張儀走過來道：「敢問先生劍傷如何？」張儀笑道：「他沒想狠刺，不妨事，多謝義士好藥了。」白衣人長出了一口氣：「涑水河谷看似荒僻，實則大險之地，先生守喪已過三年，該當換一個地方住了。」「這卻奇了。」張儀揶揄道，「義士怎知我守喪三年已滿？難道也是游俠職分麼？」白衣人笑道：「看這光潔的陵園小徑，看這草色變黑的茅屋，還有山林中踩出的毛道，只怕還不止三年也。」張儀從石墩上站了起來：「有眼力，只是我還不想到別處去。」白衣人笑道：「我只是提醒，此乃先生之事，該當自己決斷，在下告辭。」「且慢。」張儀目光一閃，「看義士年輕不凡，為何要冒游俠之名？」白衣人一怔道：「先生如何知我不是游俠？」張儀道：「戰國游俠，皆隱都城謀大事，不動則已，動則一舉成名，可有跑到荒僻山地，長做夜遊神者？」

白衣人驚訝了：「何言長做？在下是夜來路過而已。」

張儀大笑：「義士漏嘴了，若是匆匆過客，何以連四面山林踩踏的毛道都恁般清楚？若非旬日，轉不完這涑水河谷。」

白衣人沉默有頃，鄭重拱手道：「先生所言不差，在下本非游俠，只是見情勢緊急，臨機冒名罷了。」

「冒名也罷，又何須為墨家樹敵？」

白衣人臉上掠過一抹狡黠而又頑皮的笑：「先生窮追猛打，只好實言相告：在下本是宋國藥商，圖謀在涑水河谷獵取虎骨，已在此地盤桓多日。今夜進山查勘虎蹤，不意遇見有人對先生用強，是以出手，唐突處尚望先生見諒。」

「既是藥商，如何知曉彼等是趙國太子指派的武士？」

白衣人笑了：「先生果然周密機變，然這回卻是錯了。那是在下在大樹上聽到的，至於趙國太子之名，天下誰人不知，況我等遊走四方的商旅之人？再說了，在下不想暴露商家面目，只好將義舉讓名於墨家。否則，日後如何到邯鄲經商？」

至此，張儀完全釋疑，拱手道：「張儀稟性，心不存疑，義士見諒。」

白衣人嘟囔道：「這人當真難纏，做了好事，好像人家還欠他似的，審個沒完。」

張儀哈哈大笑道：「義士真可人也！走，到茅屋……啊，偏是沒有酒也。」

「先生有趣，想說痛飲，卻沒有酒。」

「兄弟莫介意，無酒有茶，涼茶如何？」

「先生大哥的茶，一定好喝。」

「先生大哥？」張儀不禁又是大笑，「大哥就大哥，先生就先生，選哪個？」

「大哥！」白衣人笑著拍掌。

「好兄弟！」張儀拍拍白衣人肩膀，慨然一歎，「風清月朗，萍水相逢，也是美事一樁，真想痛飲一番也。」

「大哥稍等。」白衣人話音落點，身影已在林木之中，片刻之間又飛步而回，舉著一個大皮囊笑道，「上好趙酒！如何？」

「好！月下痛飲，快哉快哉！」

「不問個明白麼？」

「日後問，走！茅屋去。」

「大哥差矣。谷風習習，山月朗朗，就這裡好。也省你燈油啊。我去拿陶碗。」說罷輕步飄飄，轉眼便從張儀的小茅屋中拿來了兩只大陶碗擺在大石墩上，解開皮囊細繩，咕咚咚倒下，一股凜冽的酒香頓時飄溢開來。

「當真好酒也！」張儀聳聳鼻頭，久違的酒香使他陶醉了，「來，兄弟，先乾了這碗！」

「哎哎哎，且慢，總得兩句說辭嘛，就這麼乾乾？」白衣人急迫嘟囔，有些臉熱。

張儀大笑一陣：「兄弟可人，大哥喜歡。為上天賜我一個好兄弟，乾！」

「上天賜我一個好大哥……乾！」白衣人驟然一碰張儀陶碗，汩汩飲盡。

仔細品聞酒香，張儀兀自感慨長吟：「酒啊酒，闊別三載，爾與我兄弟同來，天意也！」說罷猛然舉碗，長鯨飲川般一氣吞下，丟下酒碗，長長地喘息了一聲。

「大哥三年禁酒，當三碗破禁，再來。」白衣人說著又咕咚咚斟了一碗。

張儀自覺痛快，連飲三碗，方恍然笑道：「呵，你為何不飲？」

「小弟自來不善飲，尋常只是驅寒略飲一些。今夜不同，大哥三碗，小弟陪一，如何？」

「好。」張儀笑道，「不善飲無須勉強，我有學兄也不善飲，依然天下英雄。」

「大哥學兄是天下英雄，那大哥也是天下英雄了。」

「可是未必。蘇秦能成功，張儀未必能成功。」

「哎呀！大哥學兄是蘇秦麼？那真是個英雄也，如今走遍山東六國，蘇秦幾是婦孺皆知了。大哥去找蘇秦，不也大是風光了？」

張儀猛然飲乾一碗，目光炯炯地盯著白衣人，一臉肅然：「此話要在飲酒之前，你我就不是兄弟了。大丈夫生當自立，如何圖他人庇護？」

「啪！」白衣人打了自己一耳光，打拱笑道：「大哥志節高遠，小弟原是生意人無心之言，大哥寬恕才是。」

張儀也笑了：「兄弟也是商旅義士，原是我計較太甚，不說了，乾！」又大飲一碗。

白衣人陪著飲了一碗，又為張儀斟滿酒碗，輕輕地歎息一聲：「大哥要終老山林麼？」

張儀默然良久，喟然一歎：「天下之大，唯一處我從未涉足，可目下卻偏偏想去此地。」

「楚國偏遠，是那裡麼？」

「不，是秦國。」

「啊……」白衣人輕輕地驚叫了一聲，又連忙大袖掩面。

「兄弟害怕秦國？」

「有點兒，大父當年在秦國經商，被秦獻公殺了。」

張儀歎息道：「此一時彼一時。秦國自孝公商君變法，已經是法度森嚴的大國了。儘管我沒去過秦國，也曾鄙視秦國，但目下，我已經對秦國有了另一番見識。只是不知秦國有無求賢之心。須知蘇秦、犀首都不被重用而離開了秦國。商君死後，秦人似乎喪失了秦孝公之胸襟，又在排斥山東士子了。」

白衣人聽得眼睛一眨不眨，釋然笑道：「大哥毋憂，小弟的一車虎骨正要運往咸陽。大哥不妨與小弟先去咸陽看看，合則留，不合則去嘛。」

張儀大笑：「好！便是這般主意。」

「大哥痛快！那就三日後啟程如何？」

「也好。就三日後。」

這時明月淡隱，山後已經顯出魚肚白色，松林間已經降下白茫茫霜霧。兩人對飲了最後一碗趙酒，白衣人就消失在霜霧迷離的河谷裡。張儀看著那細長的白色身影漸漸隱沒，自覺胸中發熱，不禁長嘯一聲，左手拔出吳鉤力劈，一段枯樹喀啦裂開。

霜霧消散，紅彤彤的太陽爬到山頂時，緋雲送飯來了。張儀將昨晚的事大略說了一遍，緋雲驚訝得直咋舌：「吔，昨夜那公子住的老屋一直沒聲氣，我悄悄從窗下過了兩趟，聽出屋裡根本就沒人。你說，這公子是不是那公子？」張儀沉吟道：「有可能是。然不管此人身分如何，卻絕非邪惡之徒。不要說穿，借他之力，我先到秦國再說。」

緋雲點點頭：「那好，我趕緊回去收拾打理一下。吔，張老爹咋辦？」

「老錢金幣還有多少？請老人家到安邑買所房子安度晚年吧。」

「只有二百錢、三個金幣了。」

張儀大手一揮：「全給老人家。」

「老屋？」

「燒了。」張儀咬牙吐出兩個字。

「不燒！」緋雲紅著臉喊了一聲，「我來處置，不用你管。」一站起來匆匆走了。

想了想，張儀終於沒有喊回緋雲，任她去了。他知道，緋雲從五六歲的孤兒被母親領回，就一直在老屋與母親共度艱辛共嘗甘苦。鐵羽回鄉，又是緋雲與張老爹苦苦撐持，才保他守陵再造。緋雲與張老爹對張莊老屋的依戀，比四海為家的自己要強烈得多……罷了罷了，還是教他們處置，何須一定要擺出一副名士不留退路的作派？

心定了，張儀開始整理自己的隨身之物。衣物不用他操心，他也弄不清自己的衣裳有幾件。需要他自己動手的，是兩架書簡，還有自己三年來撰寫並謄刻就緒的一堆策論札記。那些札記是自己的心血結晶，也是自己痛徹反省的記錄，更是自己生命的一部分。他將必須攜帶的書簡裝進了一只大木箱，那些札記，則特意用母親留給他的那只鐵箱裝了，而且將那支小小的銅鑰匙繫在了脖頸貼身處。突然，張儀心中一動，又將兩只箱子搬到母親墓旁的一個小石洞裡，又用茅草苫蓋妥當，一宗宗做完，天也黑了下來。

奇怪，緋雲如何沒有上山送飯？出事了麼？心思一閃，張儀摘下吳鉤，大步出了茅屋。將及南面山口，突聞河谷中一陣隆隆沉雷。仔細一聽，張儀立即辨出這是馬隊疾馳，且是越來越近。張儀機警異常，看看四周，快捷地爬上了一棵枝繁葉茂的大樹。片刻之間，馬蹄聲止息，一片清晰沉重的腳步聲進了北面的山口。

時當明月初升，依稀可見一隊甲士開進了松林，散成了扇形，將茅屋圍了起來。一個帶劍軍吏高聲命令：「守住道口，不許任何人進來。荊燕將軍，點起火把，隨我去見先生。」說著便見一支火把點起，兩個身影走進了茅屋。片刻之後，兩個身影又走了出來，軍吏道：「先生顯然走了，我等也只好回去覆命了。」那個舉著火把的荊燕答道：「該不是趙國將先生請走了？我卻如何向武安君交令？」軍吏笑得很響：「老話真沒錯：燕人長疑趙。如今兩國結盟了，我若搗鬼，太子如何對武安君說話？」荊燕歎息一聲：「咳！也是天數，張儀沒貴命，武安君好心也沒用。」軍吏笑道：「將軍若不放心，可帶十騎留下，繼續訪查。」荊燕道：「武安君安危要緊，我如何放心得下？」

「既然如此，也不用費心了，有一信放著，先生會看到的。回兵。」

甲士們收攏成一隊，又出了北山口，片刻間便聞馬蹄聲隆隆遠去了。

張儀見馬隊遠去，下了大樹，走進茅屋點起風燈，發現石板書案上赫然一個扁薄的銅匣。看來，這就是他們方才說的信了。張儀拿起銅匣端詳，一摁中央銅鈕，銅匣無聲地彈了開來。匣中紅錦鋪底，一個火漆封口的羊皮紙袋正在中間。吳鉤尖端輕輕一挑，羊皮紙袋「嘶」地開了一個口，一頁羊皮紙「刷」地掉了出來，張儀拿起一看，極為熟悉的字跡立即撲進了眼簾：

張兄如面：合縱有望，其勢已成。我已向樗里疾薦兄入秦，望兄與時俱進，對我合縱。兄做對手，蘇秦當更惕厲奮發，再創長策。破我即助我，此之謂也。時勢詭譎，安邑不安，望兄作速入秦，大振雄風。蘇秦大梁秋日。

「好！」一眼瞄過，張儀已是血脈僨張。蘇秦已經在戰場上向他招手了，張儀豈能拖泥帶水？蘇秦如此襟懷氣度，張儀自當全力施展，使天下大浪淘沙。看來，入秦已是事不宜遲了。蘇秦既然已經向秦國上大夫薦舉了自己，便說明秦國已經知道了自己……

且慢！一個念頭突然生出：秦國既然知道了自己，為何卻沒有動靜？是秦國君臣遲鈍麼？抑或另有隱情？既然說不清楚，最好還是不要冒失，要沉住氣，做成大事不在三五日之間。一番權衡掂量，張儀已經冷靜下來：入秦是肯定的，只是不能貿然，這是最後一條路，不走則已，走則務必成功，如何能在撲朔迷離之時貪圖一時痛快？蘇秦說「時勢詭譎，安邑不安」，究是何意？對了，蘇秦肯定發現了「有人」對自己心懷叵測，提醒自己早日離開這裡。這「人」是誰？目下看來，似乎是趙國。可是，就必然沒有秦國麼？古往今來，國君求賢而佞臣殺賢的事數不勝數，若果樗里疾是個小人，擔心自己入秦威脅到他的權力，難保不私下「控制」自己，情勢沒有完全明朗之前，就無法排除這種可能。

思忖一番，張儀覺得自己還是按照原來謀劃行事較為穩妥——白身入秦，看清再說。

一陣匆匆腳步聲，緋雲送飯來了。張儀心中興奮雜亂，也確實餓了，狼吞虎嚥吃起來，及至吃完，卻見緋雲直抹眼淚，不禁驚訝：「緋雲，有事了？說呀！」

緋雲帶著哭聲道：「張老爹不要錢，也不離開老屋……我看，老人家有死心吔……」

張儀二話沒說，拉起緋雲便走。老人是張家的「三朝」管家了，從遷出安邑開始，張家上下便呼老人為「張老爹」。四十多年來，張氏家族的風雨滄桑就是老人的興衰榮辱，老人對張氏家族的忠誠、功勳幾乎是任何人都不能比擬的。如今，老人家絕望了麼？

陵園離老屋只是山上山下之隔。張儀大步匆匆，片刻到了老屋門前。三年未下山，他發現張莊已經比當初有了些許生氣，門前已經重新栽上了一片小樹林，茅草小門樓也變成了青磚門房。他顧不上細看，推開門進得庭院高聲道：「老爹！我回來了。」見無人應聲，緋雲輕輕推開了堂屋大門，驟然之間，緋雲哭叫起來：「老爹，何苦來呀——」

張儀急忙進屋，被眼前的景象驚呆了——張老爹跪在張儀母親的靈位前，鮮血流淌，腹部已經大開，雙手依然緊緊握著插在腹中的短劍。

「老爹……」張儀驟然哽咽，撲地跪倒，抱住了張老爹。

老人艱難睜開了眼睛：「公子……莫忘故土……」軟軟地倒在了張儀懷裡。

「老爹，安心走……」張儀淚如雨下，將老人的眼皮輕輕抹下，「緋雲，給老爹穿上最好的衣裳，安葬陵園……」

天將拂曉，霜霧迷濛，一輛靈車緩慢地駛上了通往張氏陵園的山道。太陽初升時分，一座新墳堆起在張儀母親的大墓旁。

「張兄吔，主僕同葬，自來未聞，你不怕天下嘲笑麼？」

「忠節無貴賤，大義在我心。他人嘲笑？鳥！」張儀憤憤然罵了一句。

緋雲忍不住笑了，笑臉上掛著兩行晶瑩的淚珠。

「大哥！教小弟好找。」隨著話音，那個英秀的白衣藥商飄然而來，走到近前卻覺得氣氛不對，稍作打量已經明白，立即走到那座新墳前肅然一躬：「老爹啊，多日蒙你關照，不想你卻溘然去了……老爹走好，晚輩年年來涑水，定會為你老人家掃墓祭奠的。」說罷長身拜倒，肅然三叩。

張儀不禁唏噓道：「兄弟啊，罷了。」緋雲走過去，抹著眼淚扶起了白衣後生。

「大哥。」白衣後生道，「涑水河谷已成多事之地，我等不妨今日便走如何？」

張儀默然片刻，看看緋雲，緋雲道：「給我兩個時辰，但憑張兄便了。」張儀點點頭道，「好，午後走。」

白衣後生笑道：「大哥尚不知我的名姓，實在慚愧。我叫應華，宋國應氏後裔。日後就叫我華弟吧。小妹，你可該叫我大哥。」

緋雲笑道：「吔，宋國應氏，那可是天下大商家了，難怪神祕兮兮。」

應華咯咯笑道：「不就悄悄捕老虎麼？小妹為我操心了。」

「你們倆呀，針尖兒對麥芒。」張儀笑道，「別聒噪了，分頭準備。華弟，我聽你吩咐。」

「大哥明斷。」應華笑道，「一路行止，都聽我，保你無事。」

秋日西沉，晚霞染紅了滿山松林的時分，一隊商旅車輛駛出了涑水河谷。上得官道，車隊轔轔疾行，沿著大河北岸直向西去了。

第七章 大成合縱

一、大梁公子出奇策

進了魏國，蘇秦有一種奇特的憋悶。

當他的三國車騎聲威赫赫地進入大梁時，這座天下最大的都城平靜得一點兒波瀾也沒有，非但郊野沒有觀者如潮的景象，連看熱鬧的傳統地方城門口也是冷冷清清的。街市照樣繁華錦繡，人流如梭，市聲如潮，可蘇秦無論如何也沒有感應到一種勃勃生氣。所能感到的，只是一種平靜的麻木，一種深刻的淡漠。蘇秦沒有偏見，不至於因為魏國人沒有夾道歡迎而對大梁生出失落或憤懣。對魏國，他是抱有最大期望的。他期望魏國成為六國合縱的真正軸心。雖然魏國衰落了，但按照諸般實力與曾經有過的輝煌，魏國依然是最適合扛起合縱大旗的盟主國。然進得大梁，蘇秦的心卻直往下沉。

住進華貴的國賓驛館，魏國掌管迎送的「行人」前來通報：「魏王尚在逢澤狩獵，兩日內不能還都，敢請武安君先行歇息。」趙勝氣得滿臉通紅：「豈有此理？我去找魏無忌說話。」匆匆大步走了。蘇秦送走行人，對荊燕笑道：「換上便服，到市井看看去。」

蘇秦曾經遊歷各國，每進一城，他都要先到市井街區轉轉看看。有時候竟日流連，許多名勝去處都被耽延了。蘇秦有個說法：「市井之區，邦之經脈，細細把之，可得國命。」當年遊臨淄，天下對齊國尚不看好，可在遊覽齊市三日後，蘇秦對老師詳細描述了臨淄的民生民氣，斷言：「齊國有強盛之象，絕不在魏國之下。」老師大為讚賞，對蘇秦的預言下了八字考語：「善把國脈，獨具慧眼。」教張儀很是發急了一陣子。對於大梁，蘇秦並不陌生，當年每次出遊，都要經過大梁，幾個月前北上燕趙，也還從大梁過了一趟。應該說，大梁是蘇秦所到次數最多的大都，也是蘇秦最熟悉的一座都城。

天下人將大梁的商市稱為魏市。魏市分成了老市、新市兩個區域，未做都城前的市區叫老市，做了都城後擴展的市區叫新市。經過一番歸併，老市街區成了私市交易的大市場，一切不受官府控制的貨品都在這個區域交易：絲綢、衣物、珠寶、家具、車輛、牲畜、五穀並各種日用器物分作了幾條大街，琳琅滿目，市聲如潮。新市被民間稱為「官市」，舉凡官府控制的物品都在這裡交易。當時各國控制的市易不盡相同，越是窮弱之國，控制的貨品就越是多。譬如燕國有一段禁止戰馬的交易，秦國在商鞅變法之前是連醋都禁止私自買賣的。當時的醋叫作「苦酒」，因為要用糧食釀造，所以常常在饑荒之年受到官府的控制。魏國是最先富強的大國，貨品限制最少，官市經營的主要是鹽、鐵、兵器三項。這個「鐵」主要指鐵料銅料——鑄鐵塊、銅錠以及源頭產品鐵礦石銅礦石等，而不是所有鐵製品。在鐵器成品中，官府尋常只控制兵器交易，其他鐵器則視國家情勢而定。魏國大約是各大戰國中控制最鬆弛的。商鞅變法後的秦國是「依法市易」，當是控制貨品最多的國家，但其控制的方式與山東六國又有不同。

對於官市，蘇秦尋常都是走馬觀花，走一遭便知大概。對於私市，蘇秦則看得仔細，他所說的「國脈」，根基便在這熙熙攘攘的私市人潮之中。

蘇秦出門，正在行將暮色而尚未掌燈之時。大梁是天下第一商市，其不夜鬧市也是天下有口皆碑的。按尋常慣例，這大半個時辰正是商家最為忙碌的一段。店小們一面要輪流吃飯，一面還要繼續招呼那些趁著「日市尾子」磨價錢的上門客官，還要同時準備燈火與適合夜市攞賣的特殊貨品，大體上每個店鋪在這時都要高聲呼喝一陣子，而且大多數店東或執事都要親自出來，幫著打點一番。蘇秦走遍天下大市，對這種夜市前的特殊嘈雜最是熟悉不過。可今日走進大梁私市，卻覺得空蕩蕩的，市人在慢慢消散，幾乎有一半店鋪在「呱嗒咣噹」地上門板，沒有上門的店鋪也是一番悠閒景象，只有眼見的幾家在點碩大的風燈準備夜市，一眼看去，也都是外國商家。蘇秦有些驚訝了，這是大梁夜市麼？

「老伯呵，如此早打門，不夜市了麼？」蘇秦上前問一個正在打門的老人。

「呵呵呵。」老人將門板交給一個後生，回身淡淡地笑著，「先生外國人，多日不來大梁了吧。也說不清因由，反正這大梁的夜市啊，不知教甚個風一吹，它就淡了，沒了。再去看看官市吧，半後晌就沒有人了，真是怪也。先生，你可是要買貨？」厚道的老人似乎覺得自己太嘮叨，耽擱了客人正事。

「只想買幾卷白簡罷了，沒大事。」

「看，前頭那街是文品街，都黑了一大半了。往常，文品街可是紅火得不得了呢。中原文士，誰不想在大梁買白簡、筆墨、羊皮紙，如今這大梁啊，沒人來了。看看，老朽又多說了。要在往常啊，這時辰，老朽哪裡有工夫和人說話？先生，你去買吧，前邊，走好了。哎，後會有期，後會有期。」

望著半明半暗的蕭條街市，蘇秦不禁有些悵然，曾幾何時，大梁繁華不再？

大梁商人素來領天下風氣之先，那種「天下第一」的張揚與得意是任何旅人都能感覺到的。他們可以放肆地嘲笑外國人的口音，也可以粗聲大氣地對買主喊出：「言不二價，這是大梁。」買主回頭，他們又會在背後撂上一句：「這是大梁，沒錢別來。」人們豔羨大梁，氣恨大梁，又對大梁商人的作派無可奈何，終了還得說一句：「誰教人家是魏國也。」當初，魏國北面攻趙、南面攻韓、東面威懾齊國、西面壓迫秦國、東南逼得楚國唯魏國馬首是瞻的時候，大梁人是何等的意氣風發，大梁的魏市是何等的風光？而今，大梁商人的聲音蒼老了，淒涼了，聽得出，瑣碎的嘮叨後面是大梁人的沮喪與麻木。

「走，到中原鹿去。」

中原鹿，是大梁最豪華的酒家，也是大梁名士聚集的中心。當初魏國都城在安邑的時候，安邑白氏的洞香春天下有名，也在於它是天下的消息集散中心。魏國遷都大梁，白氏商家隨著歲月流散，洞香春雖依舊留在安邑，卻也風光不再了。這時候，大梁的酒肆行業突然出現了一家更為豪闊的酒家，名字便叫中原鹿。市井傳聞：這中原鹿的真正主人，是魏國老丞相公子卬，大梁的酒肆都得讓它三分。開始，高傲的魏國人不認這個陌生而又咄咄逼人的新貴酒肆，力圖在大梁擁戴出一個像安邑洞香春那樣的名貴老店。無奈時過境遷，一則是名貴如洞香春那樣的赫赫老店，朝夕間無從尋覓；二則是以大梁富商為常客的酒肆人流，再也沒有了安邑那種高貴的底色，「天下名士爭往遊學，列國冠帶趨之若鶩」的景象，在大梁已經不復存在了。大梁做了都城，魏國人似乎也變了味兒：只要豪華舒適，對領先天下文明的自信與情趣卻是大大淡漠了。時日蹉跎，這中原鹿也順理成章地成了大梁上流人物的聚散之地，而大凡這種地方，不想做消息議論的湖海都難。

蘇秦就是想看看，想聽聽，仔細掂掂魏國的分量。

中原鹿很是氣派。一幢三層木樓，富麗堂皇地矗立在最寬闊的王街入口處，林木掩映，燈火通明；六開間的門庭前，三十六盞巨大的風燈照得六根大銅柱熠熠生光，美豔的侍女在燈下矜持柔媚地微笑著，像是天上仙子；西面樹林間的車馬場，高車駿馬穿梭進出，門庭前錦衣如流，各種華貴的服色燦爛交織令人目眩。這一切，都驕傲地宣示著這裡的財富等級，也冷森森地阻隔著貧寒布衣的腳步，與方才商市的蕭瑟落寞相比，直是另一重天地。

蘇秦駐足凝望，不禁輕輕地歎息了一聲。

「先生，這廂請了。」兩個仙子飄了過來，殷勤主動地引導蘇秦與荊燕。

「最大酒廳。」荊燕生硬地吩咐著。

「是了。」侍女輕柔地答應著，「請上樓，小女來扶先生。」

荊燕冷冷甩開仙子的小手，逕自寸步不離地跟在蘇秦身後，嘴裡嘟囔著：「這腳下軟得怪，要醉人一般，嘖嘖嘖！扶手都是金銅，魏國真富，烏！」蘇秦回頭使個眼色，荊燕臉紅了一下，板著臉不再吭聲了。

上得二樓，眼前頓時豁亮，偌大的廳堂用綠紗屏風隔成了幾十個小間，可見人影綽綽，可聞高談闊論，卻又互不相干，倒也是別有一番意味。蘇秦多有遊歷，自然知曉其中門徑，瞄得一眼道：「就在臨窗處。」侍女立即嫣然一笑，對一個飄過來的長裙侍女道：「先生要臨窗座席。」說完深深一禮，飄然去了。

長裙仙子一身輕紗，雪白的脖頸上拖一抹曳地的紅綾，長髮烏雲般垂在肩頭，渾身散發著醉人的香氣。「阿嚏！」荊燕不禁打了個響亮的噴嚏，口水立即星濺到仙子裸露的脖頸胳臂上。仙子一面咯咯笑著，一面輕柔利落地將手心一方白巾搗在了荊燕鼻頭上。荊燕大急，順手一推，仙子嬌笑一聲跌倒在地。荊燕卻彎腰頓足，「阿嚏阿嚏」地連連打起了更猛烈的噴嚏。仙子旋跌旋起，幾乎是起舞一般，又咯咯笑著飄過來扶荊燕。荊燕躲避不及，大吼一聲：「給我滾！」

仙子頓時臉色發青，嚶嚶抽泣著跪在地上：「小女得罪，敢請客官懲罰。」

「這這這，這是甚路數？起來起來，我又沒……」荊燕大急，手足無措。

蘇秦忍俊不禁，哈哈大笑道：「起來吧，我等小國寡民，沒經過這陣勢也。」

「多謝先生了。」仙子破涕為笑，「先生這廂請了。」再也不往荊燕身邊靠了。

臨窗確是雅座，既看得大梁街景，使荊燕一飽眼福，又聽得清全場議論之聲，使蘇秦大可靜心品評。落座之後蘇秦道：「兩鼎逢澤鹿，一罈趙酒，半罈蘭陵酒。你不用在此侍候，我等自飲。」那個仙子臉上笑著口中應著，飄飄去了。荊燕氣狠狠地嘟囔了一句：「烏！氣死布衣也。」蘇秦笑道：「兄弟忍住了，大梁風華奢靡，原非燕國可比。」荊燕也「嗤」地笑了：「大哥，你說這等國家，富得流油，還能打仗麼？」蘇秦笑道：「能否打仗，不在窮富，秦國不富麼？」正在說話間，一隊濃施粉黛的仙子飄了過來，一陣鶯聲燕語，擺好了鹿鼎，斟好了酒爵，又帶著一片香風飄去了。

荊燕聳聳鼻頭，眉頭大皺，回頭正要猛打噴嚏，卻生生頓住，霍然起身：「大哥，別動。」話音落點，荊燕站到了屏風入口，一柄短劍已經赫然在手。

蘇秦沒有覺察到如何異常，驚訝莫名，卻知道荊燕有「神獒」之稱，眼力聽力與嗅覺遠超常人，便也坐著沒動。荊燕回頭低聲道：「像是公子趙勝聲音，好像在找你。」

「趙勝？他如何找到這裡？有了意外麼？」偌大廳堂人聲哄嗡，蘇秦甚也沒聽見，但他相信荊燕絕不會聽錯，略一思忖道，「找趙勝過來，大事要緊。」

「噓——他來了。奇怪，兩個人。」

這時，蘇秦已經隱隱聽見侍女與趙勝的對話聲，似乎說那個先生不讓侍候……只要是趙勝，不管他帶來了何人，都已經不用擔心，蘇秦起身離座，準備與趙勝回去。

「先生，有個客官請見。」一個仙子飄進來柔聲稟報。

蘇秦一怔，驚訝這少年公子如何懂得這般古禮？思忖間也依禮高聲作答：「蘇秦掃庭以候，公子請了。」綠紗屏風外影影綽綽，可見趙勝拱手道：「在下帶來一位高朋，同來拜會先生。」蘇秦不禁笑道：「公子儘管進來。」

只聽趙勝一陣笑聲，走了進來道：「先生莫怪罪我，是我這姊丈哥非說甚『賓座如宅，禮同拜會』。你看，先生不是拘泥之人吧。」一通爆豆兒般快語，蘇秦荊燕都笑了起來。趙勝卻恍然道：「看看，還沒中介。先生，這位是公子魏無忌，我的未來姊丈。這位先生是武安君蘇秦。那位，是將軍荊燕。」

趙勝身後站著一位紅衣青年，端嚴凝重，氣度沉穩，上前來深深一躬：「無忌對先生心慕已久，今日得見，不勝榮幸。」轉身又一拱，「無忌見過副使。」

在二人進門時，蘇秦便早已留意到了這位公子，同是及冠青年，他與趙勝站在一起，顯然有一種趙勝所缺乏的沉穩厚重，先就有了好感，及至聽趙勝說，這位公子要在如此場合以古禮拜見自己，便覺此人不同流俗，莊重地一躬到底道：「蘇秦幸會公子。」

趙勝低聲道：「先生，換個地方說話，事情或有轉機。」

「好。」蘇秦精神頓時一振。這時只見一位素裝長裙的美麗女子走到了屏風外面：「請諸位跟我來。」說著將綠紗屏風順勢一推，面前出現了一條幽靜的小徑，走得三五丈便到盡頭。素裝女子又一擰牆上一個凸出的小木輪，便見牆面像大門一樣打開，裡面隆隆吊下一個巨大的銅筐。素裝女子先請四人進筐，然後她自己也走了進來，搖搖筐邊一條細繩，隱約聽見高處「丁零」一聲，銅筐徐徐升起，外面的牆面也徐徐合攏，片刻之間，銅筐便停了下來。素裝女子一摁牆邊機關，牆面又像門一般打開，女子對魏無忌笑道：「公子，這廂請，我已經安置妥當了。」

「好，你領道，先生請。」魏無忌對蘇秦拱手一禮，堅持請蘇秦先行。

蘇秦一行跟著女子走過一條鋪著大紅地氈的長廊，便覺眼前驟然一黑……仔細一看，竟來到了滿天繁星的露天樓頂。說是露天，四面卻是半人高的厚厚板壁，唯獨頭頂露出了一片碧空。夜風習習，滿城燈火盡收眼底，河漢燦爛如在身邊，彷彿置身於一艘大船，漂在無邊天河之中，說不出的開闊愜意。

「有此等佳境，果見公子品位高雅。」蘇秦不禁由衷讚歎。

「好地方！不憋氣！」荊燕高興拍掌，連連深呼吸幾番，「那味兒實在難受。」

趙勝笑道：「先生不知，我這預備姊丈是通天徹地，中原鹿這機密，魏王都不知道也。」

「又信口開河。」魏無忌笑道，「先生，此處總執事，曾經是我之門客，如此而已。」

這時，那個素裝女子走了過來道：「公子，收拾妥當，敢請入席。」

魏無忌做請，蘇秦跟著女子來到樓頂唯一的寬敞隔間內。此時正逢下旬，半個月亮剛剛爬上城樓，可見隔間內的四張長案上已經是酒菜齊備。素裝女子為每案斟了一爵，對魏無忌作了一禮道：「公子不要侍奉，我便去了，若有急需，搖鈴。」魏無忌笑道：「好了，你去，莫教任何人上來。」女子答應一聲，輕柔地飄走了。

四人落座，月光下相互矇矓，別有一番韻味。魏無忌舉爵笑道：「勉為東道，且先為先生洗塵。來，乾了此爵。」一飲而盡。

蘇秦正要說自己不能飲烈酒，及至舉爵，一股熟悉的蘭陵酒香撲鼻而來，不禁對這位公子的細緻周到大是感慨，一聲「多謝」，也舉爵一飲而盡。

趙勝先開了口：「先生，我也是在大廳找見公子的。我與他正在理論，他卻聽得外邊聲氣不對，說是像燕國武士打噴嚏。我出來一瞄，果然是先生的背影。他思忖一番，方才決斷在這裡拜會先生。」

魏無忌作禮道：「唐突冒昧，尚請先生恕罪。」

蘇秦對趙勝說法感到驚奇，爽朗笑道：「無妨無妨，人生何處不相逢也。」

荊燕恍然大悟：「敢問公子，燕國武士的噴嚏不一樣麼？」

魏無忌微微一笑道：「聽趙勝說，無忌只是覺得連打噴嚏，很不尋常罷了。」

荊燕大笑，上氣不接下氣道：「那，那味兒，香得，刺鼻……」

趙勝驚訝道：「荊兄啊，聽人說，只有狗不喜歡聞這種香氣，你也受不了麼？」

蘇秦忍不住「噗」地噴出了一口酒：「公子好眼力。荊燕被軍中稱為『神獒』，不知道吧。」魏無忌與趙勝哄然大笑，趙勝連連打拱道：「得罪得罪。」

荊燕卻大惑不解：「狗也不喜歡？難怪也。」

三人更加樂不可支，前仰後合大笑起來。

良久平息，趙勝向魏無忌努努嘴：「該你東道唱了。」魏無忌慨然一歎道：「先生有所不知，趙國贊同合縱後，我對大父魏王講說了此事。可大父王不置可否。念起先生終將前來，必能說服大父王，無忌也沒有再作糾纏。不想大父王明知先生已經從韓國出發來大梁，卻到逢澤去狩獵，當真令人汗顏。」

默然有頃，蘇秦道：「大梁朝局，可有微妙處？」

「今非昔比。」魏無忌臉色沉重，「自從魏國遷都大梁，朝野風氣大變。魏國恰似洩氣之鼓風皮囊，又好似霜打之秋草，一日一日地癟了，一日一日地乾了。大父也老了，雄心不再，除了狩獵，便是和老孟子談天說地。權臣們也都是花天酒地，沒有一個龐涓那般的強硬人物出來說話。連韓國都抖起了精神，魏國卻如此沉迷，無忌當真是欲哭無淚也。」

趙勝憤憤道：「先生不知，公子小輩，上有老祖父壓著，下有太子父親擋著，公子雖有主見，諸多朝臣也擁戴公子，老魏王卻是優柔寡斷，任何大事都是拿捏不住。」

「勝弟休得亂說。」魏無忌打斷了趙勝，顯然不想涉及朝局。

蘇秦明白此中奧祕，卻也不能理會，只是喟然一歎道：「魏王當政四十餘年，豈能不知秦國威脅？但能見得魏王，蘇秦必使他決斷合縱。」

魏無忌眼中驟然生光：「先生有此心志，無忌當全力促成。」

「如何做法？」趙勝緊緊追問。

「我陪先生直赴逢澤，可保先生見得大父。」

「何時可行？」趙勝目光炯炯。

「明日寅時出發，午後可趕到逢澤行營。」

「如此，蘇秦謝過無忌公子。」蘇秦站起來肅然一躬。

逢澤依然壯美如昔，所不同的是，湖畔山麓多了一道長長的城牆，城牆中有了一片巍峨的宮殿。這是遷都大梁後，丞相公子卬為魏惠王修建的狩獵行宮。可魏惠王說這裡陰冷，住了一次後再也不來了。後來每次來逢澤狩獵，魏惠王都堅持住在行轅大軍帳裡，說帳篷裡暖和舒適。這次也一樣，逢澤北岸的山凹地帶，便成了轅門行營的駐紮地。這裡避風向陽，在秋天是不可多得的小陽春之地。

站在山腰望湖臺上已經兩個時辰了，遙望茫茫逢澤，魏惠王也弄不清自己究竟想了些什麼？總歸是有些傷感，不想離開這渺茫的大湖。四十多年前，魏罃還是剛剛加冠躊躇滿志的英俊公子，奪太子、平內亂、首稱王、大戰天下，一舉成為戰國盟主。那時，魏國是中天的太陽，沒有一個國家不在她的煌煌光焰下誠惶誠恐。那時，安邑比大梁可是小多了，但是，魏惠王所有的驕傲卻都是在小小安邑獲得的，所有的夢想，也都是在安邑實現的。倏忽二十三年，他做了多少事情？魏國領土在那二十多年幾乎擴大了兩倍，三十萬鐵騎威震天下，幾乎就要滅了秦、趙、韓三國……可世事偏偏無常，不知不覺間魏國就萎縮了，他也老了。又是倏忽二十來年，河西千里全部丟了，離石要塞丟了，崤山西大門丟了，上黨北大門丟了，鉅野東大門也丟了，魏國又回到老祖父魏文侯時代的老疆域了。魏罃已經六十多歲，是滿頭霜雪的老人了。他平心靜氣地想了許久，還是覺得自己沒有鑄過何等大錯，一切都是天意——上天興我我則興，上天亡我我則亡，豈有他哉？

自從惠施做了外事丞相，魏惠王對陰陽五行說有了興趣，常常通宵達旦地與惠施商討。他說大梁風水不佳，累了國運，要惠施用陰陽學說多方論證，好再次遷都。然也奇怪，惠施雖說在論辯術之外酷愛陰陽說，卻偏偏彆扭，老是聒噪道：「我王切莫熱中此道，強兵富國於陰陽五行，臣未嘗聞也！」每每掃興，魏惠王只有邀請老孟子到大梁盤桓，終日說叨些遠古奇聞與小國寡民井田制，無奈老孟子雄心猶在，總是勸他「厲行仁政，廓清天下」。魏惠王覺得老孟子迂闊可愛，便老是打哈哈。老孟子總埋怨說「王顧左右而言他」。魏惠王更是哈哈大笑一通了事。老孟子一生清高，自也耐不得性子，終究是拂袖去了。

於是，魏惠王到逢澤行獵，也沒有心情邀惠施同來，只有孤獨地消磨這長長的時光。要說也不是沒有朝臣可見，沒有國事可議。然魏惠王歷來有「大王之風」，最煩大臣拿瑣碎細務來糾纏他，也最厭煩與大臣商討具體政務。除了任免丞相、征伐敵國，魏惠王以為其他所有事情都該是臣下「依法度辦理」。

六國使者常常說：「天下之大，魏國做官最輕鬆，權大事少俸祿高。」魏國官員卻每每愁眉苦臉地說：「魏國做官最煩惱，做不得事，立不得功，替人代罪做犧牲。」魏惠王也聽到了這些話，每次都是哈哈大笑了事，身為王者，豈能沒有包容四海的胸懷？不管朝野如何風吹草動，他依舊只見丞相，只說大事，剩下的時日寧可自己消磨。女人玩膩了，狩獵過去了，便對著煙波浩淼的大湖發發呆。

「稟報大王，公子無忌請見。」老內侍聲音很輕很柔。

「無忌？他來何事啊？」

「公子說，給大王舉薦一個清談名士。」

魏惠王笑了：「孫兒有心啊，知道找個人陪大父說話。好，宣他來。」

片刻間，魏惠王看見少孫帶著兩個人上了山階。站了半日，魏惠王自覺疲憊，斜躺在竹榻上閉目養神，準備享受難得的清談樂趣。

「無忌拜見大父。大父康健。」

魏惠王睜開眼睛笑道：「無忌啊，起來，難得你記掛大父，回頭賜你大珠一顆。」

「謝過大父。」魏無忌站了起來，「大父，這位是趙國公子勝，屢次請求一睹大父威儀，無忌斗膽帶了他來。」

魏惠王笑著：「公子勝？是我孫兒的那位內弟麼？一表人才，好！」

「趙勝參見王大父。王大父威儀皇皇，如中天之日，趙勝不勝榮幸。」趙勝本來玲瓏聰敏，一通頌詞清亮悅耳，說得順溜之極。魏惠王大樂：「起來起來，賜座。趙語後輩若此，大福也。」

「大父，這位是洛陽名士蘇秦。」

「蘇秦參見魏王——」

「蘇秦？蘇秦？」魏惠王思忖片刻，恍然笑道，「無忌啊，你對大父說過這位先生，好像是？噢，對了，合縱。」魏惠王竟從榻上站了起來，虛手相扶道，「大魏國求賢若渴，這無忌竟將先生做清談名士待之，豈有此理？先生請入座。」說完，魏惠王自己也在竹榻上坐了起來，以示敬賢之道。老內侍連忙走過去，給老王推過來一個高大的獸皮靠背，讓老魏王舒適地靠坐著。

蘇秦聽說過許多老魏王的傳聞，知道此王素有「敬賢不用賢」的名聲。天下許多大名士都與魏惠王有親密過從，最著名者如孟子、慎到、鄒衍、孫臏、許行等，但都是禮遇優厚而一一離去。至於商鞅、犀首、張儀等曾經被薦舉或撞到魏惠王面前而離去的名士，還不在其「敬賢」之內。不管途徑如何，只要一個名士能到魏惠王面前，這位大王都會很有耐心地聽你說話，如果說辭與國事無關，這位大王則更是虛心求教興致盎然。儘管如此，這樣的機會對於蘇秦仍然只有一次，而且不能失敗。

「蘇子遠來，何以教我？」魏惠王頗為鄭重地開始了敬賢之道。

「蘇秦無才，只想給魏王說個故事，聊作笑談。」

「噢？先生能說故事？好！聽聽了。」魏惠王臉色頓時舒展。

蘇秦微微一笑：「蘇秦生於村野，能知獸語。當日居破舊田屋夜讀，曾經聽到一場田鼠論戰，大是奇特，至今不能忘懷。」

「如何如何？田鼠論戰？」魏惠王哈哈大笑，「奇！先生好本事，快說來聽聽。」

「天旱饑荒，田中無糧，田鼠們大訴其苦，一致要搬遷到人家去謀生。一隻老碩鼠慷慨唏噓：『我輩原是家鼠，吃不愁，喝不愁，子孫繁衍不愁，五十三鼠居於一大戶之家，何等悠遊自在？』此言一出，群鼠大譁，紛紛責問老碩鼠：『為何搬家，使我輩流落荒野？』老碩鼠答曰：『不是我輩願意搬家，而是來了一隻黑貓。』群鼠憤憤然：『一隻黑貓算甚？我輩不是咬死過三隻黑貓麼？』老碩鼠歎息一聲：『那時我輩也是這樣想了，說定黑貓一出來，我輩便四面擁上，縱然被那廝咬死幾隻，也要撕碎了那黑物！剛剛說定，黑貓便吼叫著猛躥了出來。我鼠輩卻是爭相四散逃命。黑貓抓住了一隻逃得慢的，便細細吃了……如此反覆，兩個月後，鼠輩只剩下老奶奶我一個了。那日我正在傷心，黑貓又猛躥出來。老奶奶我也沒想活，與黑貓拚命廝咬！半個時辰，我渾身是血，還是與黑貓糾纏。不想黑貓突然吱吱尖笑說：『今日一個拚命，何如當初一齊拚命？若一齊拚命，我貓大人豈不嗚呼？』老奶奶我咬牙切齒地發誓：『若得逃出，定要讓鼠輩一齊拚命，咬死爾等貓類！』黑貓尖笑說：『鼠輩爾爾，還能一齊拚命？放你出去，看鼠輩如何變法？』如今，子孫們要回人家，先好好想想，敢不敢同心拚命？」一席話畢，鼠輩們竟無一吱聲，那隻老碩鼠嗚嗚哭了……」

聽著聽著，魏惠王皺起了眉頭，不禁搖頭道：「此等故事，大有意味。」

「敢問魏王，方今天下可有一隻大黑貓？」蘇秦依舊輕鬆地微笑著。

魏惠王眯起了一雙老眼，思忖沉默片刻，悠然笑道：「先生所言，也有道理。無忌向我說起過此事，當初也沒想到，燕國這個老蕎兒竟出了一回彩。先生若能第一個來大梁，由我大魏動議合縱，那是何等力道？如今麼，既然燕趙韓三國都合力了，老夫也樂觀其成吧。我大魏不懼秦國，然畢竟做過山東盟主，不能撇下盟邦也。」他說得一派真誠，趙勝卻只是想笑不敢笑地使勁兒努著嘴巴。魏惠王突然一拍竹榻道：「本王決斷，依趙國例：拜先生為上卿，派公子無忌做魏國特使，隨同先生促成合縱！」

「謝過魏王——」蘇秦心中大石落地，立即以臣子身分行了大禮。

「無忌謹遵大父之命！」魏無忌顯然也很興奮。

「趙勝代主父謝過魏王！」這位公子終於笑出了聲。

魏惠王擺擺手，慢悠悠道：「且慢。此等大事毋得急躁。若辦不下來，本王出面收拾，畢竟，我這老盟主比你等有數。上卿以為然否？」

蘇秦憋住笑意拱手正色道：「我王洞察深遠，臣自當遵命。」

魏惠王高興地呵呵笑了：「蘇卿果然幹練。來人，賞賜上卿府邸一座、全套出行儀仗、三百名鐵騎護衛，恩加一輛鑲珠王車，以壯蘇卿行色。」

蘇秦雖然久聞魏惠王出手豪闊不吝賞賜，但還是為這瞬間重賞驚訝了。燕文公、趙肅侯、韓宣惠王都是常規處置——未曾實建功效，君封止於儀仗。而據蘇秦觀察，在他的「捧辭」之前，魏惠王是決然沒有想到如此賞賜於他的。一言之喜，便寵愛有加。若一言有失呢？蘇秦驟然想起魏國官員們流傳的魏王口碑，不禁心中一抖。然則，這種賞賜是決然不能推辭的，蘇秦立即深深一躬：「臣謝過我王——我王萬歲——」

「好！」魏惠王指著小孫子，「無忌啊，還有你這個趙勝，要聽命於上卿，啊！」

「謹遵大父命。」魏無忌恭敬回答。

「遵命。」趙勝笑著作禮。

從望湖臺下來，魏無忌在行營官署辦理了王命君書並調兵虎符，主張立即回大梁。蘇秦欣然贊同，四人策馬加鞭，一夜疾行，次日清晨便回到了國賓驛館。

蘇秦在驛館設了小宴，四人聚酒，商議下一步行程。蘇秦慨然舉爵：「若無公子襄助，合縱幾乎半途而廢。為公子大義高風，我敬此一爵！」說罷破例地大飲了一爵趙酒。趙勝與荊燕也是同聲相應，大乾一爵。魏無忌卻慨然一歎道：「今日一行，先生當知我大魏國振興之難也。」說罷淚光瑩然，舉爵猛然飲盡。蘇秦心知魏無忌所指者何，卻也無法附和，輕輕一歎道：「魏有公子，後國之福也。」

趙勝哈哈笑道：「說那些何用？還是魏人不利落，放在趙國，打翻便是。」

魏無忌瞪了趙勝一眼，破顏為笑道：「大事要緊，先生指派，無忌聽命。」

蘇秦心中舒展，便說了下一個目標去楚國，並大體敘說了快馬使者在楚國的聯絡情勢，末了笑道：「如今這合縱特使已經是四國了，千餘人馬，加上車騎、輜重、儀仗，行止便要統一號令，否則無法合同做事。我意：無忌公子任行軍主將，統一調遣；公子勝與荊燕輔之，如何？」

趙勝拍掌笑道：「先生慧眼！我這預姊丈熟諳兵法，人稱兵癡，做行軍主將最妙不過！」

「勝弟又信口流淌。」魏無忌對蘇秦拱手笑道，「無忌只是比他長得兩歲，自當為先生分憂。若有不當，先生說破便是，無忌最忌客套虛禮。」

荊燕笑道：「我老燕武士一搭眼，便知公子有能耐，荊燕唯公子馬首是瞻。」

蘇秦慨然笑道：「不想公子果然知兵，此乃合縱大幸也！天賜公子於我，合縱如何不成？」又與三人舉爵同飲良久，方才分頭去做上路準備。

二、南國才俊多猛志

中原結盟的消息迅速傳到了楚國，郢都被震動了。

楚威王夜不能寐，在園林中悠悠漫步。秋風吹來，已經是夜涼如水，他卻覺得渾身燥熱。自他繼承王位十年來，楚國經歷了一個奇特的轉折：擴張與收縮並存，聲威與屈辱俱來。四年前一戰滅越，楚國完全占據了淮水江水以南的廣袤土地，楚國歷代君主的第一夢想，便是吞吳滅越，一統華夏泰半。這個夢想，在他手裡終於變成了事實，使他得到了「威加江南，振興大楚」的朝野讚頌。但接踵而來的卻是丟失房陵、喪師漢水、被迫遷都，使楚國蒙受了立國以來的最大屈辱。至今，楚威王都說不清楚國在自己這十年當中，究竟是得到的多，還是失去的多？每每捫心自問，他都覺得愧對列祖列宗。芈氏部族立國數百年，大半時間受到中原諸侯的強烈蔑視。北上中原爭霸，顯示問鼎中原的實力，便成為楚國的第一國策。能否與中原諸侯一爭高下，是楚國歷代君主的成敗標尺，與內政失誤、吳越騷擾相比，中原爭霸永遠都是第一位。楚莊王數年不鳴，一鳴驚人，就是內政失敗卻爭霸成功從而成為一代英主的。

如今，他雖然滅了越國，但卻在中原爭霸大業上一敗塗地，認真說起來，還是恥辱大於功勞。更何況，滅越之戰本來就不是楚國君臣的謀劃，而是張儀與田忌的功勞。想起這兩個人，楚威王就痛悔不已：一謀之失，一戰之敗，何至於怒而問罪，將兩個天下大才逼得逃出楚國？當時若能善待張儀、田忌，請兩個人留在楚國效力，彌補他們對楚國的損失，以兩人的名士本色，必能全力謀劃以報楚國。有此二人，楚國何至於狼狽若此？可自己當時血氣方剛，就是覺得這兩人誤了他的第二次變法時機，竟聽任昭睢加害於他們，當真是悔之晚矣。

一陣秋風掠過，楚威王猛烈地咳嗽了一陣，雪白的汗巾上咳出了一片血跡。

「稟報我王，左司馬屈原求見。」

「屈原……」楚威王粗重地喘息著坐到草地石墩上，「宣進來。」

內侍去了，楚威王卻疑惑起來。一個掌管軍中政務的司馬，在楚國只是個與下大夫相當的官員，若論官職，是沒有資格晉見國王的。可這個屈原不一樣，他是楚國老世族屈氏的貴胄子弟，職官在他身上便成了並不主要的東西。楚國的世族制一直沒有根除，昭、屈、景、黃、項五大部族始終是支撐楚國的根基力量，如果再算上王族羋氏，楚國的權力和財富幾乎被這六大部族全部分割。世族子弟在加冠前後的青年時期，在楚國的實際地位並不取決於官職大小，而取決於他在本族內所領封地的大小、繼承爵位或被賜爵位的高低。青年貴胄的官職，最多只表示著他是否有了實際功業而已。

這個屈原，是楚國世族中湧現出的一個新銳人物，加冠兩年便做了左司馬，名滿楚國朝野。究其竟，一則屈原是屈氏部族的嫡系長孫，加冠之時立即被賜亞大夫爵位，在族內襲受封地一百里；二則這屈原才華橫溢，性格又坦誠熱烈，在貴胄子弟中大有人氣。所以，青年屈原在郢都早已是聲名鵲起的名士了。

楚威王還記得，第一次見到屈原，是在自己即位的第二年。那次，老臣屈匄陪楚威王巡視雲夢澤，帶著他十餘歲的長孫屈原。那時，楚威王心思沉重，明月初升時便在船頭獨自徘徊。

「我王思治楚國，便當動手。」一個脆亮的聲音從他身後傳來。

回頭一看，一個英俊少年在月下如玉樹臨風，不由驚奇道：「子係何人？妄言君心。」

少年拱手回答：「布衣屈原，不敢妄言。」

楚威王恍然，對少年屈原的老成之氣頗有興致：「算我思治楚國，當如何動手？」

少年屈原沒有片刻猶豫，高聲回答：「效法商鞅，徹底變法！」

楚威王愣怔，不禁笑道：「為何不是效法吳起？吳子可是在楚國第一次變法了。」

「吳起不足效法，商君方為天下楷模。」少年依舊毫不猶豫。

「卻是為何？」楚威王第一次聽到楚國人說「吳起不足效法」，有些認真了。

「吳起治表不除根，商君治本真變法。」

楚威王當真驚訝了。一個弱冠少年，對國政大事竟有如此明確堅定的看法，真正是志不可量也。他關切地詢問了屈原的族脈、年齡、喜好，還談天說地般考察了一番屈原的學問，結果更是驚訝非常——這個少年對《詩》三百篇，幾乎能倒背如流！對天下流傳的名家著作如《計然策》、《商君書》、《吳子兵法》等，也是如數家珍。不知不覺的，他和這個少年屈原在船頭月下竟整整海闊天空說了一夜。

從那時候起，楚威王有了在楚國進行第二次變法的志向。倏忽八年，諸多梗阻，第二次變法被擱置了起來。漸漸地，屈原也二十多歲了，曾經幾次晉見，竟都沒有再請命實施變法。他隱隱約約地疑惑惋惜，這個才俊之士是否成名太早，雄心不再了……

「屈原參見我王。」一個英挺的身影已經站到了茅亭外邊。

楚威王恍然：「屈原啊，進來吧。」

屈原走進茅亭，見楚威王面色蒼白地斜倚在竹榻上，不禁驚訝關切地問道：「我王可是不適？當及早請名醫診治為是。」楚威王略顯疲憊地笑了：「略受風寒，咳嗽而已。坐下說。夤夜晉見，有何大事啊？」

屈原坐到了竹榻對面的石墩上：「啟稟我王，臣得遊騎探報：蘇秦率四國特使南下楚國，旬日後將到郢都。」

「曉得了，無非邀我結盟而已。如今天下，盟約最不值價也。」

「我王差矣。此次盟約絕非尋常，它是上天賜予楚國的一個大好時機！」

「噢？此話怎講？」楚威王淡淡笑了，覺得這個才俊之士又在故作驚人之語。

「臣請我王思之：十年以來，楚國二次變法擱置不行，因由何在？秦國奪我房陵、滅我大軍、迫我遷都於淮南小城。多年來，朝野無得片刻安定，豈能談得上變法？秦國威脅不除，楚國不得安寧。

這便是今日大局。此次蘇秦合縱中原，其所以已得四國響應，便在此大局已為天下共識。楚國若得與中原五大戰國結盟，非但秦國威脅消除，中原亂象亦可自滅。楚國至少十年安寧，豈非天賜良機？」

楚威王已經霍然坐起：「卿以為合縱有此功效麼？」

「臣雖不知合縱具體款約，但據臣遠觀：蘇秦能使三晉與老燕國冰釋恩怨糾葛，其中定然對列國有絕大裨益。天下第一利害，無非國家安危，豈有他哉！」

楚威王目光一閃，又陷入了沉默。

屈原一鼓作氣道：「我王思之：楚國雖經吳起短暫變法，然世族領地並未觸動，老楚國本土民治分割六塊；加之東滅吳越，擴地千里，增口兩百餘萬，吳越舊世族又形成新的世族領地；楚國之下，諸侯林立，但凡國家大事，不聚世族首領不能推行；王命不出二百里，政令不能統一。如此陳腐舊制，民不能治，財不能聚，兵不能齊，如何能與強秦抗爭？如何能與中原抗爭？商鞅變法之前，楚國已是外強中乾，勉力與中原保持均勢而已。強秦崛起，楚國立成風中之燭。當此之時，深徹變法乃楚國唯一選擇，合縱抗秦更是變法之唯一時機。我王若再猶豫，楚國將永遠被時勢拋棄！」

楚威王坐不住了，站起道：「依卿之見，與世族領主無須商討？」

「我王明斷！」屈原堅定果斷，「變法治本，正在根除世族割地，若要商討，豈非與虎謀皮？楚國諸侯林立，變法大計不能與中原一般大張旗鼓，須得依時而行，另闢蹊徑。」

「噢？卿有謀劃？快說。」

「臣有一請：敢請我王允准臣祕練一支精銳新軍，以為變法利器。與此同時，祕密制定新法，祕密網羅吏治人才。明年今日，可以雷霆之勢厲行變法。」

「啪！」楚威王拍案而起，卻又猛然打住，盯著笑道：「屈原啊，你可是世族貴胄，想過沒有，變法大潮一起，屈氏部族也將被淹沒？」

屈原粗重地喘息了一聲，聲音出奇的平靜淡漠：「極身無二慮，盡公不顧私。屈原誓做商君第二。」

「好！」楚威王拉住屈原的雙手，「卿做商君，我安得不做秦孝公？」

「我王有孝公之志，楚國大幸也！」

楚威王哈哈大笑：「來人，上酒！與屈子痛飲一番。」

片刻酒來，楚威王與屈原邊飲酒邊議論，變法大計便漸漸明晰起來。楚威王說，應當再有一個才智之士，與屈原共謀大事。屈原薦舉了公子黃歇。楚威王大笑道：「正合我意也！」酒過三爵，楚威王宣來出令掌書當場記錄，賜封屈原「執圭」爵位，左司馬升遷大司馬（註：執圭，楚國的第三級高爵，僅次於君、侯；大司馬，執掌全國軍事行政，同中原戰國的國尉職權）。

明月西沉，屈原方才出宮，打馬一鞭，向公子黃歇的府邸而來。

次日清晨，一支馬隊簇擁著一輛青銅軺車，向淮水北岸疾馳而去。軺車前一面「黃」字大旗迎風招展，軺車傘蓋下挺立著一個黧黑精悍的青年，頭戴六寸白玉冠，手持三尺吳鉤劍，金色斗篷鼓蕩飛揚，分外的意氣風發。這便是公子黃歇，奉屈原轉達的楚王命令：兼程北上，迎接合縱特使。

黃歇並非楚國芈氏王族，但母親卻是楚威王的族妹，雖是外戚，在楚國傳統中也算王族成員，也稱為「公子」。在楚國貴冑子弟中，青年黃歇是一個才智名士，機變多謀，隨和詼諧，極善應酬周旋，在楚國人望極好。說也奇怪，黃歇性情隨和，卻與奔放熱烈的屈原甚是相得，常常竟日盤桓，唱詩和歌，較武論文，情誼甚篤。時日一久，郢都便有了「雙子星」一說。楚威王其所以欣然贊同屈原薦舉黃歇為助手，共圖變法大計，非但因為黃歇是自己的外甥，更重要的是因為屈原與黃歇少年意氣相投，能夠坦誠共謀且風險共擔，對於祕密謀劃大事而言，精誠一心勝於智計百出。

楚威王所料不差，當屈原連夜向黃歇轉述了祕密謀劃後，黃歇二話沒說，義無反顧地全力投入。

他所承擔的第一個使命，便是北渡淮水，迎接蘇秦使團南來楚國。

按照列國使節來往的慣例，楚國無須迎出國界。事實上，趙、韓、魏三國也都沒有這樣做。但屈原力主破例出迎，楚威王思忖一番，也便贊同了。屈原有一個雄心勃勃的謀劃：楚國不能僅僅是參與合縱，而是要藉合縱之機，振興楚國聲望，力爭成為合縱盟主。此前，楚威王無論如何沒作此想，及待屈原剖析了六國情勢，方才贊同了這種做法，至於能否如願，楚威王確實心中無底。毋寧說，他之所以贊同，是想實地檢驗一下屈原的料事與謀劃能力。然則黃歇卻是一力贊同，且顯得極有成算：「噢呀，六國之中，唯楚國君明臣賢，一片亮色。蘇秦何許人也？豈能沒有此等眼光？」

對魏楚之間的淮北地帶，黃歇極為熟悉，馬隊沿潁水河谷北上，兩日後便走出了楚國北界二百里，卻還是不見蘇秦車騎蹤跡。黃歇不禁大起疑惑，派出飛騎斥候前出探測，半日之後得到回報：蘇秦車騎在女陽谷地遭遇神祕奇襲！黃歇大驚，立即催動馬隊疾馳北上。

這場襲擊，來得十分突然，異常神祕。

按照當時的官道，從大梁南下楚國，沿潁水西岸的大道直下是最近便的走法。魏無忌酷愛兵法，對魏國的地理山川自然是再熟悉不過。他謀劃的南下路線，也是這條大道。四國特使出使楚國，早已是天下皆知的事情，走捷徑小道當然遠不如官道來得萬全。魏無忌思慮周密，一路之上命斥候遊騎前出百里探路，全無絲毫異常。趙勝笑他「太得謹細，淑女出嫁一般」，他也只是一笑了之，絲毫沒有放鬆警覺。誰也想不到，在女陽這樣一個平平常常的地方，竟然真的出事了。

潁水西岸有座小城，名字很奇特，叫女陽（註：女陽，見《水經注》，亦做汝陽，今河南周口市西南）。據學問之士考究，此乃「缺稱」。此城本名「汝陽」，曾經是汝水的河道，小城在汝水之北，依地名慣例便叫了「汝陽」。不知何年，這條汝水斷流乾涸而改道，民間便呼為「死汝水」，老老實實地將「汝陽」變成了缺「氵」的「女陽」。而今，乾涸的河道變成了深深的土山峽谷，幾乎與潁水並肩南下。舊河道淤泥肥厚，又無人開墾，兩岸與谷中林木參天。潁水官道從女陽開始，自然利用了這段平坦的老河道，從峽谷密林中穿出，百里之後方重新回歸潁水西岸。

行至女陽城正當晌午，魏無忌下令在城外紮營歇息，明日黎明開始上路。如此調度，為的是要一個白日走完這段峽谷密林。紮營之後，魏無忌來到蘇秦大帳，與蘇秦祕密計議了一個時辰，諸事安排妥當方才歇息。

次日黎明，魏無忌下令拔營整裝。曙光初露時分，車騎馬隊已經進入了老河道峽谷。前行開路者，是趙勝率領的三百趙國騎士，斷後者是荊燕的兩百名燕國武士。魏無忌居中策應，率領魏國五百精銳與自己的一百名門客，親自護衛蘇秦軺車與輜重車隊。峽谷中旌旗招展，號角相聞，斥候穿梭，車馬轔轔，當真與一支大軍無異。天氣涼爽，車馬只在中途歇得片刻便連續趕路，暮色降臨時分，堪堪就要穿出谷口。

突然，一陣淒厲的虎嘯猿啼，道中戰馬紛紛人立嘶鳴。魏無忌大喝一聲：「騎士勒馬，毋得亂動！」話音未落，便聞隆隆雷聲轟鳴，山崖密林中滾下無數巨石，直衝馬隊中央砸下。與此同時，兩邊樹林中箭如驟雨，帶著勁急的嘯聲齊射中央軺車。剎那之間，魏無忌立刻明白，手中令旗一劈：「兩頭掩殺！中軍後撤！」話未落點，但聞「哐啷喀嚓」一陣巨響，蘇秦軺車驟然被砸翻壓碎，血濺當場。

只聽山崖上一聲虎嘯，滾石箭雨頓時消失。唯有趙燕馬隊呼嘯追殺的聲音響徹河谷。魏無忌卻巍然勒馬，魏國騎士的方陣也依舊旌旗如林，井然有序。

「鳴金！」魏無忌高聲下令。

一陣大鑼「鏜鏜」響，追殺的兩支馬隊迅速回撤。趙勝、荊燕旋風般捲到中央車隊前，幾乎是異口同聲：「先生如何了？」荊燕猛然瞥見那輛被砸得支離破碎的青銅軺車與地上的血跡，大吼一聲：

「魏無忌！武安君在哪裡？說！」燕國兩百名死士「刷」地舉起長劍，向旌旗林立的魏國馬隊圍了過來。趙勝驟然變色，一時間手足無措。

「將軍少安毋躁。」年輕的魏無忌面無表情，「啪啪啪」拍掌三聲，身後的一片旌旗分開，一個雙手執定一面大旗的紅衣騎士沓沓出列。荊燕驚喜地大叫一聲：「武安君！」滾鞍下馬便撲了過去。

「紅衣騎士」笑道：「荊燕魯莽，還不向公子賠禮？」荊燕恍然大悟，走到魏無忌馬前撲地拜倒，頭在地上直碰得咚咚響。魏無忌連忙下馬扶起：「將軍赤子之心，我卻如何承當？」

趙勝驚訝了：「車中死士是誰？」

蘇秦沉重一歎：「公子門客，天下義士也！」

魏無忌回身對一名書吏吩咐道：「速將舍人屍身收拾妥當，就高崗之上安葬。回得大梁，再為舍人請功定爵。」書吏一聲答應，帶人去辦理了。

蘇秦下馬肅然拱手：「公子，我去義士墓前祭奠了。」

「先生且慢。」魏無忌橫身當道，「古諺云：禮讓大義。此時刺客未必退盡，先生當以六國大義為重，豈能親身涉險？」

「有理！武安君當立即南下！」荊燕急吼吼地嚷道。

「那就別僵在這兒了，武安君，走。」趙勝笑著上前扶住蘇秦，要他上馬。

蘇秦正要上馬，卻聞峽谷外隆隆馬蹄急風暴雨般捲來。魏無忌驟然變色，厲聲大喊：「全體上馬！丟下輜重，退上北岸山頭！魏兵斷後！」就在趙燕兩支馬隊擁著蘇秦撤進密林，魏無忌的紅色鐵騎剛剛列成衝鋒隊形時，谷口馬隊隆隆湧入，一騎當先飛到，手舉一面黃色令旗高喊：「楚國公子黃歇到——對面可是魏無忌公子——」

魏無忌凝神觀察，見衣甲旗幟口音的確是楚國馬隊，走馬前出道：「我是魏無忌，黃歇公子何在？」話音落點，對面黃色馬隊分列，一輛輕便軺車疾馳而出，車中人遙遙拱手高聲急迫道：「噢呀，無忌公子，先生安在？」魏無忌拱手笑道：「黃歇公子別來無恙？先生無事。」說罷回身吩咐，「號角。」

一陣悠揚的牛角短號，山頭樹林的兩支馬隊隆隆下山。魏無忌高聲道：「先生，黃歇公子特意迎接你了。」蘇秦走馬上前道：「多謝公子了。」黃歇驚訝地對著蘇秦上下打量著，恍然大笑道：「噢呀，先生瞞天過海，好高明也！」蘇秦笑道：「此乃無忌公子謀劃，在下也是恭敬不如從命。這位是趙國公子勝，這位是燕國將軍荊燕。」三人相互見禮，略事寒暄，魏無忌便問：「前路如何？」黃歇笑道：「噢呀，楚國境內，跟我走便是了。」說著對魏無忌一拱，「末將請命，楚軍做先鋒。」魏無忌笑道：「豈敢言命？到得楚國，自當客隨主便了。」黃歇大笑道：「噢呀，還是魏公子爽快。好，楚軍開路！」

一陣號角，五色馬隊轔轔上路。黃歇來時已經安排好了沿途驛站的迎送事宜，軍食、馬料、宿營等幾乎沒有任何耽擱，三天行程，便到了郢都郊野。

時當午後，秋陽西沉，遙望十里長亭下旌旗招展，隱隱的鐘鼓大作。蘇秦遊說合縱已經四國，這是第一次遇到郊迎大禮。戰國之世禮儀大大簡化，這種帶有古風的郊迎禮儀已經很少了，且黃歇已經出迎數百里，還用隆重的郊迎麼？

正在疑惑，蘇秦見一輛青銅軺車迎面而來，六尺傘蓋下站立一人，大紅斗篷，白玉高冠，身穿軟甲，腰懸吳鉤，一副大鬍鬚飄拂胸前，威猛瀟灑盡在其身。蘇秦雖然目力不濟，卻也看得清爽，不禁高聲讚歎道：「江東子弟多才俊，好個人物也！」

黃歇哈哈大笑：「噢呀，武安君好眼力也！這是楚國大司馬屈原。屈兄，這是武安君，正在誇讚你。」軺車堪堪停穩，屈原肅然拱手作禮道：「屈原見過武安君，見過兩位公子。」

蘇秦三人一齊還禮，相互致意。屈原恭敬下車，扶蘇秦上了自己軺車，然後跳上馭手座位，親自為蘇秦駕車居中前行。魏無忌周到細緻，早命隨行司馬帶開輜重車隊，整肅儀仗隊形，大張四國旗旗，隨後沓沓跟進。對面郊亭下已是樂聲大起，莊重悠揚而又委婉動聽。與黃歇並馬的魏無忌笑問：「這是〈頌〉、〈雅〉、〈風〉麼？」黃歇笑著搖頭：「噢呀，屈原兄是樂道大師，肯定是他選的樂曲了。這是楚樂，不入《詩》，稍待問他便了。」

到得亭下，宴席已經擺好，蘇秦居中首座，屈原對面主位相陪，魏無忌、黃歇、趙勝、荊燕四案分列兩廂。黃歇笑道：「噢呀，這雲夢銀魚、蘭陵老酒，都是楚人口味，不知先生用得慣否？」趙勝興致勃勃道：「算你懵對了，先生不飲我趙酒，歷來只飲蘭陵酒。銀魚嘛，天下美味，多多益善。」黃歇哈哈大笑道：「噢呀，這可是屈原兄懵的，與我不相干了。」

一片笑聲中，屈原起身舉爵道：「武安君身負天下興亡，歷經艱險，兼程南來。屈原與公子黃歇奉我王之命，專程迎候。今日郊宴，特為先生並諸位洗塵。來，我與公子，先敬先生並諸位一爵。」說罷，與已經站起的黃歇一飲而盡。

蘇秦也舉爵起身：「多謝大司馬、黃歇公子，我等為楚國振興，乾此一爵！」

「為楚國振興，乾！」魏無忌三人同聲響應，一飲而盡。

屈原笑道：「先生與諸位遠道而來，先請一睹楚樂楚舞如何？」

「噢呀，這可是屈原兄親寫的歌兒了。」

蘇秦很想見識屈原的才華，自是欣然贊同。魏無忌、趙勝原是瀟脫不羈的貴公子，聽說屈原親自寫歌，更是齊聲叫好，只有荊燕微笑靜觀。屈原謙遜地笑笑：「此歌乃越人歌，不入《詩》，我略改幾句罷了，先生諸位聽個新鮮而已。」說罷，向亭外樂師班頭一揮手。

但聽龐大的編鐘陣形中飄出曠遠的樂聲，亭下瞬間便是亙古無人的幽幽山谷。八名身著粗樸短裙的半裸山姑，在曠遠的樂曲中飄了出來，舞了起來，一名同樣是山姑裝扮的女歌師婉轉明亮地唱了起來：

今日何日兮
得遇君子共一舟
明日何日兮
願偕君子四海遊
山有木兮木有枝
心思君兮君不知
君不知兮愁煞我
魂魄繞君兮到白頭
到白頭兮何所求
江水滄滄兮相知悠悠
……

隨著一聲響遏行雲的高腔，滿場靜寂，餘音猶自繞梁，久久不散。

「好！」蘇秦情不自禁地高聲讚歎，「樸實無華，情深意切，真正庶民心聲。」

魏無忌長吁一聲，彷彿剛剛從沉醉中醒來，恍然驚訝道：「素聞楚風雄健粗獷，山氣甚重，如何竟有如此本色動人之曲？」

「對呀對呀。」趙勝迫不及待，「這首歌兒唱得人心裡酸楚，卻又美得人心醉。看看，荊燕兄都抹眼淚了。」

屈原爽朗大笑道：「楚地數千里，隔山隔水不通言語，風習民歌豈能一律？方才乃楚地越歌，柔韌棉長天下無雙。楚歌更有〈射日舞〉，高頌九頭鳥之凶猛；〈山鬼舞〉，頌英靈魂魄生生不息。此等盡皆剛猛無匹，改日再請先生並諸位觀賞了。」

蘇秦意味深長地一歎：「大司馬所言無差，楚國山川廣袤，壑谷深邃，一朝振作，承擔天下重擔者，捨楚其誰也！」

屈原目光炯炯地看著蘇秦：「楚國振作，也許便在今朝。郊宴之後，敢請先生到我府一敘，屈原尚有請教處。」

「大司馬言請，蘇秦自當從命。」

郊宴禮罷，已是暮靄沉沉。蘇秦一行住進驛館，隨行的四國馬隊在驛館外空地紮營。一切安排妥當，屈原已經派車馬衛士來請。蘇秦邀魏無忌、趙勝同往，二人一齊推卻，魏無忌笑道：「盟約確定後，我等自當拜望屈原、黃歇。今日先生初談，涉及楚國利害，微妙處甚多，我等迴避為宜。」蘇秦見二人心中清白，釋然一笑，也不多說，自帶著荊燕去了。

屈原雖做了大司馬，卻依然住在自己原先的宅第。楚國原是地廣人稀，郢都又是新遷都城，城牆圈地甚廣，官署民居卻是疏疏落落，使人覺得空曠寂涼，遠不能與中原大都的繁華錦繡相比。屈原的府邸，是一所庭院寬敞房屋卻很少的園林式府邸。說是園林，其實也就是一大片草地、幾片小樹林、一片小湖泊，粗簡之象絕不能與洛陽、大梁、咸陽、臨淄的精緻庭院相比。只是那草地樹林中的幾座茅屋，卻是實實在在的別有情致，看得蘇秦嘖嘖讚歎。

黃歇笑道：「噢呀，屈原兄特立獨行，不愛廣廈樓臺，卻偏愛這草廬茅屋。」

屈原也笑了：「你倒是樓臺廣廈，湖光山色，卻偏偏愛到我這野人居來。」

蘇秦慨然一歎：「占地百餘畝，草廬三重茅，縱然隱居，亦非大貴而不能。天下多有貧寒布衣，幾人能得此茅屋一住？」

黃歇頓顯尷尬，黧黑的臉膛變得紫紅：「噢呀噢呀，此話怎說？原是小事一樁，先生卻當真了也！」

屈原卻對蘇秦深深一躬：「先生濟世情懷，令屈原汗顏。」

蘇秦心下讚歎，連忙拱手一禮道：「蘇秦唐突，敢請屈子見諒。」

「噢呀，這是么子一出？請請請，先生請進了。」黃歇呵呵笑著扶蘇秦走進了正中茅屋。

茅屋廳堂寬大，六盞風燈照得屋中通亮。屈原拍拍掌，三名侍女輕盈地進來擺置茶具。鼎爐、木盤、陶壺、陶碗，片刻間在四張紅木大案上安放整齊。屈原笑道：「先生雅士，今夜我等以茶代酒如何？」蘇秦本不嗜酒，自是欣然贊同。黃歇卻笑著擺手：「噢呀，你的茶太苦，我卻要淡些，茶醉可不好受也。」屈原大笑道：「何等時刻，能教你醉麼？今夜四爐，均是淡茶溫飲，如何？」

「淡茶溫飲。」蘇秦點頭微笑，「屈子為清談定調，當真妙喻也。」

黃歇揶揄笑道：「噢呀，屈原兄竟也學會了清談？嘖嘖嘖，奇聞一樁了。」

屈原大笑：「知我者，黃兄也。得罪處，尚請先生包涵。」

一直沒有說話的荊燕看看左右煮茶的四個侍女，又看看屈原：「大司馬，是否該摒退左右？」屈原揮揮手：「先生將軍放心便是，這幾個侍女都是啞女，不妨事。」

「啞女？」蘇秦臉色頓時陰暗下來。楚國的奴隸制遠遠沒有剷除，難道這個屈原，竟也在這美麗的茅屋園林中蓄養奴隸不成？一想到製作啞奴，蘇秦的心一陣劇烈的顫抖，身上驟然生出了雞皮疙瘩。只有那些精明可人的少男少女，才配被主人選定為啞奴坯子；被選定的少男少女，要被強迫吞下大小不等的燒紅的木炭塊，將咽喉發聲部位全部燒死；而後再天天服藥，使咽喉恢復吞嚥功能；再由專門的歌舞師訓練他們如何用身體動作表達各種意思。許多主人製作出啞奴，並不是自己使用，而是用來行賄或換取更多的黃金地產。蘇秦在洛陽時，一個老內侍曾經帶他看過一次王室尚坊製作啞奴，當那個美麗少女發出一聲慘絕人寰的叫聲時，蘇秦當場就昏了過去……至今，蘇秦依然不能忘懷那毛骨悚然的情景。屈原若有如此陰鷙癖好，如何能與之共謀大計？

看看蘇秦神色驚愕，黃歇哈哈大笑道：「噢呀噢呀，屈原兄這是從何說起？先生聽我說了：這四個啞女，都是屈原兄在奴人黑市上強買回來的。為此，屈原兄還殺了一個族長，只差被削爵。買回啞女，屈原兄請來樂舞大師教她們舞技，還教她們識文斷字，對她們就像親妹妹一般。昭雎丞相幾次要重金買這幾個啞女，屈原兄堅持不給。他啊，要將這幾個啞女送到太廟做樂舞女官。可這幾個女子啊，寧肯餓死，就是不離開屈原兄……」說到後面，黃歇唏噓不止了。

四個煮茶啞女一起回頭，殷殷地望著蘇秦，那種熱烈的首肯是不言而喻的。

蘇秦怦然心動，肅然拱手道：「屈子情懷，博大高遠，蘇秦多有得罪。」

屈原淚光閃爍，慨然一歎：「蘇子何出此言？以此罪屈原者，大義高風也。只是我楚人苦難良多，國弱民困，屈原不能救蒼生於萬一，此心何堪也！」

驟然之間，蘇秦覺得自己遇到了一個難得的奇才。此人才華橫溢，品格高潔，胸襟博大，志向高遠，更有激情勃發，當真是楚國的中流砥柱。有此人在楚國當政，六國合縱便堅如磐石，強秦的光焰便會迅速黯淡。心念及此，慨然拍案道：「屈子謀國救世，為天下立格，蘇秦願與屈子攜手並進，挽狂瀾於既倒。」

「好！」屈原慷慨激昂，「壯士同心，其利斷金。屈原願追隨蘇子，雖九死而無悔！」

「噢呀，苦茶一盞，明月作證啦。」黃歇不失時機地笑吟吟站起。

三人陶碗相碰，汩汩飲下了一碗碧綠的茶水。黃歇笑道：「噢呀，我看還是說說正題，六國合縱，談何容易啦？」

「各為國謀，公心自當本色。兩位有話明說便是，蘇秦不會客套。」

「敢問蘇子，六國合縱，相互間恩怨如何了卻？」屈原立即正色發問。

此一問正在要害。蘇秦遊說合縱的真正難處，也正在這裡。秦國的威脅，目下已經不難為各國承認，結盟抗秦也不難為各國接受，因為這是唯一可行的最好選擇，各國君臣都不是白癡。可是，中原戰國一百多年來相互攻伐，恩怨糾葛實在太深了。誰和誰都曾經做過盟友，誰和誰都曾經有過血海深仇。合縱是一種協同抗敵，最需要的自然是相互信任。可是，有這一百多年甚至三四百年的恩怨糾葛纏夾在中間，說不清道不明，信任從何談起？而沒有起碼的信任，合縱又從何談起？燕、趙、韓、魏四國其所以贊同合縱，也都是從強秦威脅與自身穩定出發的，但四國君主權臣都曾經撂下一句話：「該說的話，到時還是要說的。」

顯然，這「該說的話」不是別的，就是想討回令自己心疼的某些城堡土地，盡量使本國得到一個公道。每個國家都如此堅持，豈非又成了一鍋粥？除了燕、韓兩國，其餘的魏、楚、齊、趙四國實力大體相當，糾纏起來肯定是互不相讓，如果事先不能有一個成算在胸的斡旋方略，而只是一味迴避，合縱必將付諸東流。

屈原能提出這個問題，意味著楚國君臣很清醒其中利害。那齊國呢？齊威王更是一世威風，人稱戰國英主，又豈能不提到這個要害？看來，這個棘手的問題已經擺到案頭上來了。蘇秦自然有自己的方略，可是，他不能貿然拿出。

「屈子洞察要害，蘇秦敢問：以屈子之意，如何處置方為妥當？」

「噢呀先生，如何皮球又踢了回來？」

「屈子有問，必有所思。蘇秦實無定策，尚望屈子不吝賜教。」解釋中蘇秦又一次請教。

蘇秦虛懷若谷，屈原倒是不好再堅持其辭，沉默有頃，屈原緩緩道：「為合縱計，此事不宜不管，又不宜清算，當有一個適當的處置，使列國都能接受，蘇子以為然否？」

蘇秦點頭：「敢請屈子說下去。」

屈原微笑著搖搖頭：「言盡於此，方略還得蘇子釐定。」

蘇秦略感意外。他原以為屈原激情坦率，定會順著話題一吐為快，卻不料屈原突然打住。當然，方略由蘇秦提出，楚國便有見機迴旋的餘地，而如果由屈原提出，則楚國事實上就變成了一種事先承諾。但屈原又有基本思路，至少表示了楚國不會堅持清算，不會斤斤計較。從這等適可而止的應對來看，屈原絕不僅僅是個激情滿懷的詩家，而且是一個練達老到的無雙國士。面對如此人物，雕蟲小技只能適得其反，最好的辦法是以真誠對真誠，心換心地磋商出可行之策。想到此間，蘇秦一拱手道：「不敢說釐定。蘇秦的謀劃與屈子一轍：不宜迴避，不宜清算。大計是：秦國東出之前的舊帳，一概不提；秦國東出三年多來，中原六國間的爭奪，一律返回原狀。」

「噢呀，也就是說，六國間只清結這三年以來的土地、城池？」

「正是。公子以為如何？」

「噢呀……那小小幾座城池不打緊。這幾年倒是宋國、中山國占了諸多便宜了。」

屈原靜心思忖，「啪」地一拍長案：「好方略！合縱目標，在於抗秦。秦禍之前，一概不究。秦禍之後，爭奪作廢。如此一來，六國恩怨消解，唯餘對秦仇恨，妙！」

「噢呀，趙失晉陽，魏失崤山，韓失宜陽，楚失房陵，大仇盡在秦國！」黃歇興奮間卻又突然沉吟，「唯有齊燕兩國未被虎狼撕咬了，他等……」

蘇秦笑道：「公子毋憂，對齊、燕兩國，蘇秦自有主張，必使兩國鐵心合縱。倒是楚國，三年來失地最多，奪得淮北幾縣又須得退還韓、魏，楚王能否接受？」

屈原沉默良久，喟然一歎道：「楚國之難，不在我王。先生明日自知。」

三人又商討了一些細節，一路說來，不知不覺已是四更。秋霜晨霧輕紗般悠悠籠罩了樹林、茅屋、草地，蘇秦回到驛館，已經是雄雞高唱了。

辰時日上三竿，郢都王宮的大殿裡聚滿了楚國權臣。

楚威王聽了屈原的詳情稟報，覺得已經沒有必要再單獨會見蘇秦，便下書召集了這次朝會，教蘇秦直接面對楚國的貴胄權臣說話。邦交大事每每關係國家安危，沒有柱石階層的認同，國王也是孤掌難鳴。尤其是楚國，芈氏王族雖然勢力最大，但對於整個吞併吳越後的大楚國來說，依然是小小一部分而已。那廣袤的土地、人口，都要靠各個自領封地的部族勢力來聚攏彙集。沒有世族大臣的認可，舉國協力就是一句空話。將最終的決策權交由御前朝會，對於世族權臣是一種尊嚴和體面，對於楚王則是進退皆可自如。更重要的，是楚威王要藉此考驗蘇秦的膽識才華，以決定對合縱的信任程度。

郢都新宮的正殿不大，只有四十多個席位，權臣貴胄全數到齊，幾乎是座無虛席。蘇秦進來的時候，大殿中鴉雀無聲，大臣們目光炯炯地盯著這個紅衣高冠大袖飄飄鬢髮灰白卻又年輕冷峻的當世名士，豔羨妒忌讚賞氣憤，還夾雜著諸多說不清的滋味兒，一齊從銳利的目光和各異的神色中湧流出來。蘇秦卻是旁若無人，從容走到大殿中央的六級臺階下深深一躬：「蘇秦參見楚王——」

「先生無須多禮，請入座。」楚威王虛手示意，當值女官將蘇秦引導到王座左下側一個顯赫而又孤立的座席前。蘇秦坐定，抬眼向大殿瞄了一圈，便見兩邊各有三排座席，滿當當的人頭白髮者多黑髮者少，如屈原、黃歇等少壯人物都在前十座之後，不禁心中慨然一歎：「人道楚國暮靄沉沉，果不虛言矣。」心知今日必有一場口舌大戰，沉下心神默默思忖，靜候楚王開場。

「諸位大臣。」楚威王輕輕咳嗽了一聲，不疾不徐地開了口，「幾個月來，合縱之事已經在朝野傳開。然我楚國，尚未決定是否加盟合縱。先生身兼四國特使入楚，意在與我磋商合縱大計。今日朝會，便是議決之時。諸卿若有疑難，盡可垂詢於先生，以便先生為我解惑釋疑。」寥寥數語極為得體，卻又留下了極大的迴旋餘地。蘇秦聽得仔細，不禁暗暗佩服楚威王的狡黠。

殿中片刻沉默，前排一位老人顫聲發問：「老夫景玠，敢問先生：合縱抗秦，對我大楚究竟有何好處？先生彰明義理，公道自在人心也。」

這景玠是楚國五大世族之一的景氏宗主，封地數百里，私家勢力直追春秋小諸侯。景氏與王室融洽，景玠本人又方正博學，楚威王拜他做了太子傅，領侯爵，算是楚國一個四面都能轉圜的人物。蘇秦聽他的問題，便知其老謀深算——只引話題而不置可否。

「合縱抗秦，首利在楚。」蘇秦從容道，「強秦東出，楚國先失房陵，輜重糧倉盡被洗劫一空；再失漢水，步騎十萬潰不成軍。兩戰之後，楚國匆忙遷都，江水上游與漢水山地竟成空虛。若秦國一軍出夷陵，順江直下，直指楚國腹心；一軍出武關、下黔中，直逼郢都背後，楚國豈非大險？列位思之，秦國固然威脅中原五國，然可有一國如楚國這般屢遭欺凌踐踏？方今天下，楚國與秦國已成水火之勢，其勢不兩立。秦強則楚弱，楚強則秦弱。所謂合縱，實是楚國借中原五國之力以抗秦，於楚國有百利而無一害。唯其如此，合縱之利，首利在楚，列位以為然否？」

大殿中死一般寂靜。蘇秦絲毫沒有粉飾太平，而是赤裸裸地將楚國的屈辱困境和盤托出。對於楚國人，這是難以忍受的痛苦與屈辱。幾百年來，楚國屢屢挑戰中原，自詡「大楚堪敵天下」。對中原戰國，楚國歷來保持著極為敏感的大國尊嚴與戰勝榮譽。房陵大敗遷都淮南後，楚國君臣對恥辱保持了奇特的沉默，一次也沒有在朝會上公議過這些敗績。如今，誰也不願直面相對的傷口，竟被蘇秦公然撕開，楚國大臣的難堪可想而知。

「蘇秦大膽！」一個甲冑華貴的青年將軍霍然從後排站起，「子蘭問你：勝敗乃兵家常事，如何誇大其詞，說成亡國之危，滅我楚國威風，長虎狼秦國志氣！」

「子蘭公子，當真可人也。」蘇秦揶揄笑道，「一個大國，若將喪師失地、遷都避戰也看作吃飯一般經常，其國可知也。」

這子蘭乃是楚國首族昭氏宗主昭雎的侄子，任柱國將軍之職（掌都城護衛），卓爾不群，酷好談兵論戰，常以「名將之才」自詡，曾對田忌敗於秦師大加撻伐，對楚國兩次大敗也極是不服。此刻受蘇秦嘲笑，大是羞惱，面色脹紅，厲聲喝道：「蘇秦，楚國兩敗，皆因田忌無能，誤我楚國！若子蘭為帥，戰勝何難？」

蘇秦不禁哈哈大笑：「子蘭公子，若非田忌，楚國何能一戰滅越？」一語出口，斂去笑容正色道，「田忌雖非赫赫戰神，卻也是天下名將，一戰滅越，足以證明其絕非庸才。然則，同一名將，率同一大軍，勝於越而敗於秦，因由何在？非田忌無能，而在楚國實力疲弱也。秦國乃鐵騎新軍，楚國卻是戰車老卒；秦國糧草豐盛，楚國卻捉襟見肘；秦人舉國求戰，人皆銳士，楚國卻一盤散沙，人多畏戰。如此國情，雖吳起再生而不能戰勝，況乎未經戰陣的子蘭公子？」

「如先生所說，楚國唯有合縱一途了？」座中一個白髮老臣拍案而起。

蘇秦悠然一笑：「前輩若有奇策，合縱自成虛妄。」

「老夫卻是不信！」白髮老臣鬚髮戟張，「我項氏一族領有江東，可召三萬子弟兵。若大楚五族共奮，可成三十萬精銳大軍與秦國死戰！何須那牛拽馬不拽的合縱？」

蘇秦肅然拱手：「楚國項氏，尚武大族，前輩亦當是沙場百戰之身，何以論兵卻如此輕率？蘇秦敢問：縱然募得三十萬子弟，須得多久方能訓練成軍？戰馬須得幾多？甲冑、馬具、兵器、精鐵須得幾多？雲梯、弓弩、軍帳、旌旗、木材、布帛、獸皮，須得幾多？糧食、草料、乾肉、輜重、賦稅，須得增加幾多？以秦國之強之富，商鞅二十年變法，只練成新軍五萬。莫非老將軍有呼風喚雨之能，撒豆成兵之法，朝夕一呼，便有三十萬大軍？若非如此，三十萬子弟兵也只是魚腩而已，安有死戰一說？」

白髮老臣滿臉通紅，無言以對。這位項氏老將軍原是一時憤激，蘇秦問得合情合理，字字擊中要害，如何能強詞奪理？思忖無計，「咳」的一聲坐了下去。

「先生之言大謬！」一個老臣沙啞憤激地高聲問，「我黃氏不服：今日楚國，無論如何比當日秦國強大。當初六國鎖秦，秦國與誰合縱了？也未見滅亡，反倒成就了二十年變法！我楚國並未到衰敗崩潰之時，為何不能變法自強，卻要與中原五國沆瀣一氣？他們屢屢坑害楚國，還嫌不夠麼？」

此人乃公子黃歇的祖父，黃氏部族宗主，官居左尹（註：左尹，即令尹副職。楚國令尹即是丞相，副職為左尹、右尹。戰國尚左，左在右前）。黃氏部族領地雖然不算廣袤，卻與楚國王室淵源深厚，數代結親，子弟多是實權職位，在楚國影響甚大。此老說法自然須得認真對待。蘇秦起身拱手道：「左尹之言，及表不及裡，及末不及根。時移勢易，豈能做刻舟求劍之論？蘇秦敢問：楚國變法，最需要者何？」

大殿肅然無聲，眾臣被問得愕然，唯有屈原目光炯炯地盯著蘇秦。楚國大臣多認為楚國是經過吳起變法的新戰國，誰也沒想到楚國還要變法，又如何有人思慮變法需要什麼？一問之下，大臣們面面相覷。

「大凡一國變法，最根本者乃是國勢穩定。」蘇秦侃侃道，「何謂穩定？內無政變之憂，外無緊迫戰患，是謂穩定也。戰國百餘年，內亂外戰而能變法者，未嘗聞也！六國鎖秦之時，秦孝公忍辱割地與魏國媾和，又派密使分化六國盟約，方爭得一段安定，始能招賢變法。及至魏齊趙韓間四次大戰，中原無暇顧及秦國，方成就了秦國二十年變法，此乃天時之利也。若今日楚國變法，其志固然可嘉，然則天時何在？穩定何在？強秦在側，五敵環伺，楚國雖有三頭六臂，也當疲於奔命。喘息尚且不能，又何來變法時機？」

大殿中唯聞喘息之聲，大臣們有一種心驚肉跳的感覺。

蘇秦大袖一揮：「楚國若想變法振興，唯有合縱，捨合縱不能救楚國。因由何在？合縱能給楚國安定，能使強秦望楚而卻步，能使中原五國化敵為友，能使楚國安心內事，振翼重興。不結合縱，楚國危在旦夕也！」慷慨之中，蘇秦戛然而止。

「哼！」一聲冷笑在寂靜的大殿中清晰傳開，前排首座那位白髮蒼蒼的乾瘦老人緩緩站了起來。蘇秦知道，他是楚國令尹昭雎，楚國最大部族的宗主，在楚國實在是一言九鼎的人物，也是最令楚威王棘手的人物。

他慢悠悠地環視了一周，卻似乎誰也沒看，沙啞蒼老的聲音一字一頓，透出一種久居高位浸泡出來的矜持：「先生與諸公，大論合縱變法，無稽之談也。」一句話，便將蘇秦與論戰的楚國大臣全數否定。舉座錯愕，蘇秦卻是微微冷笑。昭雎依舊是誰也不看地掃視著全場，款款數落著，「誰說楚國要變法了？難道楚國沒有過變法麼？楚國是舊諸侯麼？楚國不是新戰國麼？我大楚立國數百年，從來都是領先時勢，未嘗落後也。稱王第一，稱霸第一，問鼎中原挑戰天子者，仍是第一。悼王吳起變法，與魏武侯同時，也是領天下之先。抹殺祖宗功業，侈談重新變法，居心究竟何在？」

如同肅殺秋風，殿中氣氛頓時冷僵。

對楚國君臣而言，這無疑是一個明確警告：楚國絕不會第二次變法，誰也不要想動搖楚國舊制。楚國大臣中本來也沒有變法呼聲，論戰中基於維護楚國體面，話趕話趕出來而已，誰也沒有當真去想。昭雎卻如同一隻老鷹，警覺地嗅出了其中的異常——如此話題會給居心叵測者提供變法口實。楚國之大，安知沒有野心勃勃之徒？若不藉此時機大敲一記警鐘，合縱一成，朝局便難以掌控。但是昭雎沒有料到，這一番既無對象又囊括全體的「訓誡」，卻使朝會宗旨猛然扭曲，楚國君臣頓時在赫赫合縱特使面前，公然暴露出深深的內政危機。這是邦交禮儀場合最大的忌諱，楚國君臣頓時陷入大大的難堪。

按照尋常規矩，要不要變法這種大政決策，非君王不能輕言。昭睢身為令尹，縱然是實力權臣，籠統的訓誡論斷也顯然是逾矩的。但是，其餘朝臣卻無法開口。而楚威王若出面矯正，則無論支持還是否定，都會將一個尚在祕密醞釀中的決策公然提前端出，只能使局面更加混亂。思忖之下，楚威王面色淡漠地保持沉默，殿中一片奇特的肅靜。

「令尹之言，歧路亡羊也。」蘇秦站了起來，臉上一副淡淡的微笑。昭睢一開口，他便看穿了這個首席權臣的用心，也看見了屈原眼中火焰般的光芒，看見了黃歇面如寒霜般的黑臉。可是，他們都不宜正面與昭睢碰撞，打開這個僵局的合適人選，只能是蘇秦。而且必須給這個老鷲一點兒顏色，壓下他的氣焰。否則，楚國在合縱中的作用將大受掣肘。

蘇秦氣定神閒地笑道：「今日朝會，本是議決合縱。變法之說，本為延伸之論，涉及合縱能夠給楚國帶來的利害而已，無人決意要在楚國變法，如何便成無稽之談？如何竟有『居心何在』之問？論辯爭鳴，歷來講究『論不誅心』，老令尹動輒凶險誅心，非但一言屠盡忠臣烈士，而且與合縱之議南轅北轍，置合縱大計於歧路亡羊之境，於國無益，於事無補，弦外之音卻大有殺氣。蘇秦敢問：老令尹究竟居心何在？」

「鬼谷子高足，果然名不虛傳也。」昭睢老到地笑了。蘇秦一句「弦外之音卻大有殺氣」使他心頭猛然一顫，立即斷定不能再教此人在這個話題上糾纏下去。打斷蘇秦，昭睢一臉莊重之色，「方才只是題外之話，權且作罷。老夫所疑者：六國間爭鬥百餘年，恩怨至深，一旦合縱，如何保得相互誠信？」

蘇秦見昭睢插斷，又主動找回話題，便知他已生退心，也樂得重回合縱本題，於是悠然笑道：

「六國宿怨，不可不計，不可全計。蘇秦以為：合縱盟約在於抗秦，秦國東出之前的六國爭奪，一筆勾銷；近三年以來的六國爭奪，各自返還原狀。老令尹以為如何？」

昭睢默然片刻，轉身向楚威王一禮：「此中利害，敢請我王定奪。」

楚威王心知昭睢做出一副尊王姿態，意在委婉地修飾方才的逾矩，卻依然是面無表情，不置可否，給了昭睢一個軟釘子。群臣卻少有覺察，一個高亢的聲音急迫發問：「右司馬靳尚不明：宋國奪我大楚的兩座城還不還？我大楚滅越，退不退？啊！」

「轟」的一聲，殿中哄堂大笑。

屈原霍然站起，一聲怒喝：「愚蠢靳尚，還不退下！」

蘇秦看時，原是後排座中一個面如冠玉的俊秀青年在說話。見屈原怒斥，他面紅耳赤地嘶聲喊道：「屈原，爾無非一個新任大司馬！我靳尚乃六年右司馬也，你敢當殿侮辱大臣？靳尚請我王秉公處置！」喊聲未落，殿中又是一陣哄然大笑。

這個靳尚，本是小吏世家子弟，因俊秀風流而被稱為「郢都美少」。偏偏這個「美少」懶於讀書修學，開口便顯愚笨可笑，卻又忒愛人前邀寵而爭口舌之功，每每引得人樂不可支。因了少年弱冠，反倒被人視為憨直可愛。有貴胄紈袴子弟者，便將這個「郢都美少」引薦給太子芈槐。不想這「美少」竟大得芈槐歡心，三五年間竟做了太子舍人。雖是下大夫一般的小官，畢竟進入了「臣子」之列，也是他祖輩小吏的靳氏家族最為榮耀的高職了。沒過幾年，太子芈槐又薦舉靳尚做了右司馬，與屈原這般貴胄俊才比肩了。屈原本非驕矜貴胄，更無蔑視平民子弟之心，無奈這靳尚每每在議論軍務時口沒遮攔，大嘴巴信口開河，惹得不苟言笑的一班軍中將領大為不快，屈原便開始從心底裡厭惡這個「金玉其外，敗絮其中」的市井痞子了。新近屈原做了大司馬，右司馬是他的部屬官員，理當出面申斥。可這靳尚仗恃太子寵愛，竟不將屈原放在眼裡。

楚威王大怒，「啪」地拍案：「來人！將豎子剝奪冠帶，趕出王宮，永不許為官！」

四名武士轟然一聲上前。靳尚「哇」的一聲坐地大哭道：「我王做主，靳尚冤枉！太子大哥，快來救救小弟弟啊……」楚威王面色陰沉之極，正要大發雷霆，四名武士已經猛然摀住靳尚嘴巴，將他飛一般拖了出去。

殿中寂然，無人再笑得出來。

這時黃歇站了出來，向楚王深深一躬，以慣有的詼諧口吻道：「嗅呀，我王明鑒：大國如江海，魚龍混雜也是常情，無須我王與這般豎子較真。臣以為，我王當決斷大計，決策合縱才是了。」

黃歇雖年輕，卻長於折衝周旋，言談溫和雅致，那笑在言先的「嗅呀」口頭禪，更是雖雷神火爆也不能峻拒的「善引子」。他寥寥數語，殿中氣氛頓時緩和下來。楚威王點頭笑道：「黃歇大是，本王倒是肝火過盛了。」隨即掃視大殿，肅然正色道，「朝會論戰，合縱大計已無異議，本王決斷：楚國加盟合縱，舉國跟從先生。今命：公子黃歇為本王特使，隨先生謀劃合縱；與合縱相關之內政，由大司馬屈原一併處置。」決斷完畢，轉身對著蘇秦深深一躬，「合縱功成，先生便是楚國丞相。」

蘇秦連忙大禮拜下：「外臣蘇秦，謝過楚王。」

朝會散去，魏無忌、趙勝、荊燕三人早已在驛館門口迎候蘇秦。蘇秦將朝會情形細細一說，三人興奮異常。正在談笑間，公子黃歇前來相邀到府中作客。黃歇已成楚王特使，將與一眾同行，本來也有諸多事務需要磋商確定。蘇秦一行略事安排，留下荊燕坐鎮，立即登車上馬，轔轔來到黃歇府邸。

進得正廳，宴席已經安置妥當。黃歇本是剛剛從王宮辦理出使王書出來，便先對蘇秦幾人講述了楚王對合縱的決心與期望，轉述了楚王的八個字——全力促成，願擔重責。蘇秦大為振奮，心中一塊大石頓時落地。如果說大殿朝會只是一種姿態，對黃歇的這八個字顯是楚王真實的意願了。楚為大國，又是受秦國傷害最深的國家，一旦加入，合縱便成功了一大半，蘇秦如何不感到高興？趙勝卻有疑惑，瞪著一雙大眼問：「這『願擔重責』卻待怎講？六國合縱，職責不同麼？」魏無忌卻只是微笑不語。

蘇秦爽朗笑道：「公子一時懵懂而已。六國合縱，須得有大國做盟主。此事蘇秦自有主張，只是尚未到商討時機。待齊國底定後，此事自會水到渠成。此時先告諸位：蘇秦必定處以公心，不使盟主之位成為合縱羈絆。」

「好！」魏無忌拍案讚歎，「有先生公心，合縱必有大成。」

黃歇端起酒爵笑道：「噢呀，楚國受秦欺凌最甚。我王之意，是願多出兵出糧，可沒有二心也。」

四人一陣大笑，卻聽院中有人高聲道：「好啊！聚酒行樂，竟無我份，豈有此理？」

「噢呀，屈原兄！」黃歇一聲笑叫，人已經到了廊下，「你不是進宮了麼？」

「進宮就不出來了？」屈原大袖飄飄，神采奕奕。

蘇秦三人已經站起：「大司馬酒中豪傑，來得正好，快請入座。」

屈原坐定，先與四人連乾了三爵，方才擱下大爵，慨然一歎：「想不到，今日朝會竟成楚國振興之轉機，屈原謝過先生了。」

蘇秦微笑道：「大司馬有好消息？」

屈原笑而不答，卻又逕自乾了一爵，粗重地喘息了一聲，顯然在壓制內心的興奮：「楚國，終於等到了這一日。屈原，終於等到了這一日！」雙眼潮濕，一拳砸在案上，大爵「咣噹」落地。蘇秦也不細問，舉爵慨然道：「來！為屈子耿耿情懷，乾！」五爵相撞，一飲而盡。

黃歇輕聲問：「決斷了？」

屈原輕輕點頭：「你走之後，立即開始。」

「噢呀，了不得了……」黃歇也激動得喘息起來。

蘇秦三人都沒有插話。誰都能感覺到，楚國將要發生一場出人意料的變化。在戰國大爭之世，除了變法，還能有何等大事使人激動若此？如此一個廣袤縱深的大國，若進行一場如同秦國那樣的雷霆變法，天下格局又當如何？閃念之間，一陣風暴不約而同地滾過三人的心田。蘇秦默默地慨然歎息，魏無忌緊緊咬著嘴唇，趙勝愣怔怔地瞪著雙眼。

「噢呀，都愣怔何來？我與屈兄並無密談了。」黃歇一陣大笑，「來來來，還是說正事了，幾時去齊國？」

蘇秦恍然笑道：「公子若無急務纏身，後日如何？」

「噢呀，一言為定，就後日了。」

「我已經派斥候探明，濰水正在枯水期，無須繞道……」魏無忌尚未說完，突聞府門馬蹄如雨，眾人驚愕間，荊燕已經大步匆匆進來道：「稟報武安君並無忌公子：斥候急報，濰水突然暴漲，水流湍急，河道漫溢十餘里！」

「如何？」魏無忌驟然站起，「咄咄怪事！十月初冬，何來洪水？」

眾人面面相覷，一時不知如何是好。屈原沉吟道：「濰水上游在魯國境內，有四條支流。當年楚齊爭戰，倒是都到上游峽谷堵過水，而後放水淹沒河道，阻止對方軍馬。可目下，誰肯花此等力氣？」

趙勝急迫道：「此事看來不簡單，即使河水退了，十餘里寬的爛泥塘，十天半月也過不了河。」

「能否繞路？」蘇秦急問。

魏無忌面色陰沉：「繞路而行，只有北上宋國、魏國，再經薛國、魯國到達臨淄，加上轉換關文，足足得磨上一個月。」

「噢呀不行，宋國這個地頭蛇惡氣正盛，一定從中作梗！稍有麻煩，豈不陰溝裡翻船了？」黃歇情知楚國與宋國交惡，實在是不放心這條路。

蘇秦思忖片刻，斷然道：「就過濰水！明日便出發。荊燕打前站，找幾條漁船等候。」

「我立刻便走。」荊燕一拱手轉身走了。

蘇秦五人又商議了片刻，散了酒宴，各自分頭準備去了。

三、壯士捨身兮濰水茫茫

檮里疾可是著急了，驛館庭院的綠草被他踩出了一大片白地。

來臨淄已經二十餘日了，竟然見不上老齊王，急得他直罵田因齊老梟。每當他想拂袖而去，那個專門陪他的公子田文便會說：「我王病情好轉，三兩日可見上大夫。」可當他興致勃勃地做好了準備，公子田文又會來說：「我王病情發作，敢請上大夫稍待兩日。」如此反覆了幾次，檮里疾也皮了。原本是著意趕到蘇秦前邊來臨淄，就是要先穩住齊國，使蘇秦的「六國合縱」少去一個重要支柱，變成瘸腿。可如今一耽擱，這「搶先一步」就變得毫無意義了。可要不見老齊王一面便走，又實在不妥，畢竟秦國現在要自己解困，是有求於齊國。等在這裡吧，又實在是著急。

今日，檮里疾又在庭院草地打圈子，懶得再罵齊王老梟，慢悠悠踱步，慢悠悠思忖，倒是冷靜了下來。對呀，這分明是那隻老梟有意拖延，既不想放他走，又不想立即見。這隻老梟意欲何為？對了，一定在等待蘇秦一行。這隻老梟要將秦國和「蘇秦五國」都握在自己手裡掂量一番，既要利用秦國壓「蘇秦五國」，又要利用「蘇秦五國」壓秦國，然後權衡取捨，使齊國從中謀到更大利市。呀，好一隻狡黠的老梟。想到這裡，檮里疾不由自主地笑了：「鳥！你個田因齊，竟敢拿咱黑肥子作耍。

咱就逗逗你這隻老梟，沒結果咱就不走，看你如何了結這場博戲？」

「上大夫啊，和誰說話？」一陣清朗的笑聲在背後響起。

「反正啊，沒和你這公子哥說話。」待樗里疾轉過身來，卻見一個英氣勃勃的青年笑吟吟地走來。此人身材高大，散披長髮，一身紅色軟甲，外罩一領大紅繡金斗篷，左手一口闊身長劍，活生生一個戰國劍士。樗里疾上下端詳一番，揶揄笑道：「雖說像個劍士，到底富貴氣忒重，少了布衣劍士的肅殺凜冽，倒像個荷花大少一般。」

來人大笑道：「樗里子，不管你如何罵，我還是沒辦法也。」

「你田文沒有辦法，我有辦法，怕甚來？」

「樗里子又要走？」田文目光驟然一閃。

「哼哼，你才要走。」樗里疾冷笑道，「我呀，吃不到豬肉也要守著豬，你齊國總得給一根豬骨頭了。」

「惡人自憐。」田文又是一陣大笑，「秦國威風八面，齊國敢得罪麼？樗里子哪裡是要一根骨頭，分明是要囫圇吞下一口肥豬也。」

「嘿嘿嘿，豈有此理？秦國可是沒拔過齊國一根豬毛也。」

田文笑不可遏地點點頭：「倒也是。哎，我說樗里子啊，我今日請老兄去市井一樂，如何啊？」

樗里疾將鼓起的肚皮拍得啪啪響，一本正經道：「老也肥也，能與你等少年風流同樂？罷了罷了。」

「哎——」田文神祕地笑笑，「臨淄聖境，天下獨一份，真不去？」

「那……」樗里疾眨眨秦人獨有的細長三角眼，「嘿嘿，莫非是國王後宮不成？好，走。」也不囉唆，跟著田文便走。到了驛館門口，一輛寬大的篷車正等在門口，田文笑吟吟伸手做請，樗里疾也不客氣地坐了進去。田文跟著坐進，腳下一跺，篷車放下前廂厚厚的垂簾，轔轔啟動了。

樗里疾在暗幽幽的車廂裡打量，只見這車廂特別寬敞，並排兩個寬大的座位，腳下還有隆起的腳凳，坐著特別舒適；不可思議的是，後邊還有一個小巧的臥榻，一個人蜷臥在那裡是綽綽有餘的，顯然，這是特製的一種篷車。「齊人費神，這叫甚車？」樗里疾笑問。田文笑道：「沒見過吧，這叫逍遙車，野遊是四馬駕拉。後面那張臥榻還可伸縮，小到一個座位，大到一張臥榻。榻下有一個暗箱，裡面酒肉茶齊全。鋪上錦被大枕，這逍遙車便一個銷金窟也，要不要改日試試？」

「嘖嘖嘖！」樗里疾不禁咋舌道，「臨淄貴胄了得，了得也！」

「秦人真是少見多怪。」田文大咧咧笑道，「這種車在臨淄多了去，我這逍遙車算最寒酸的了。齊王的逍遙車，車廂展開有一丈見方。就是幾個元老權貴的逍遙車，也是八九尺見方，裝三兩個美女大是寬敞也。」

樗里疾黑臉已經繃緊，本想痛斥一番，可轉念一想，卻嘿嘿嘿笑了：「臨淄已經領天下文明風華之先，超越大梁了。想必稷下學宮的士子們，也快一人一輛逍遙車了。」

「別繞著彎兒作踐齊國。」田文笑道，「文明風華？虧你想得出！灌我迷魂湯，教齊國繼續荒唐奢靡麼？稷下士子一人一輛，齊國不得趴下了麼？」

樗里疾哈哈大笑：「齊國有公子，總算還有一口氣了。」

田文慨然一歎：「樗里子，大石滾山，獨木也是難支。到了，下車。」

樗里疾下車，只見篷車停在一道街口，抬眼打量，街口的高大石坊正中有四個大字「綠谷勝境」，街中一色的綠頂木樓，雖不甚寬闊，卻整潔異常。最為不同的是，石坊下站著四名帶劍的文職小吏，在認真查勘每個進街人的照身牌。照身牌是齊國發給外國商人、使節的一個銅牌，上面刻有持牌者的畫像、姓名、國別，背面還有鑄牌尚坊的銅印，私人決計無法仿造。

田文低聲笑道：「樗里子，這裡只許外邦人士進去，尤其歡迎外邦商人，然則只能步行。」

樗里疾點點頭，揶揄笑道：「嘿嘿，這就是管仲老兒掏外國人錢袋的鳥物事麼？怕人家不給錢跑了，便不許坐車騎馬。還綠谷勝境，嘖嘖嘖！老面皮說得出。」

「管仲可是齊國功臣，不得亂說。」田文笑笑，「若非陪你，我也進不去。」

樗里疾大笑道：「啊，田文也有借光的時日嘛。好！帶你進去風光風光。」說著遞上特使銅牌，小吏驗看後對兩人恭敬作禮。樗里疾二話不說，拉著田文走了進去。

街兩邊全部是兩層的綠頂小木樓，仔細看去，各擅勝場，一座與一座決然不同。各個樓前臨街的正門，都矗立著一座石刻，石上刻著自己的字號：「綠月樓」、「散仙居」、「河漢春」、「白雲澗」、「雲雨渡」、「陽春雪」……樗里疾一路念叨，連呼肉麻，田文笑得不亦樂乎。最後，樗里疾指點道：「陽春雪嘛，差強人意。」

田文笑道：「那就進去，別夫子氣。」不由分說將樗里疾推進了「陽春雪」的門廳。不想這陽春雪豪華得令人咋舌。十丈見方的寬闊大廳，一色白玉大磚鋪地，光亮得能照出人影兒來。門廳兩邊，兩片婆娑搖曳的綠竹，在雪白的玉磚地面襯托下和諧雅致。大廳盡頭是一面幾乎與牆等高的銅鏡，將門廳外的綠色長街映成了無限縱深的甬道，客人迎面走來，彷彿要走向無可揣測的神祕去處。左面牆上一個孤零零的大字——食。右面牆上也是孤零零一個大字——色。

樗里疾看得渾身侷促，臉色脹紅道：「嘖嘖嘖！齊國真是富，這簡直就是金餅堆起來的，管仲老小子真黑，黑！」

「又村氣了？不聞孟夫子高論：食色，性也？」田文開心地看著樗里疾的窘態。

「嘿嘿，還孟夫子？老頭兒要知道兩個字寫在這裡，還不活活氣死？」

「噓——別扯了，媽媽來了。」

「媽媽？」樗里疾笑不可遏，「這地方有媽媽？你媽媽還是我媽媽？」

田文可勁兒捏了樗里疾一把，低聲道：「只是媽媽，誰的都不是。」

「莫得亂捏。誰的都不是，算甚媽媽？」樗里疾更是驚訝。

田文情急，伏在樗里疾耳邊狠狠道：「媽媽就是女人班頭。別聒噪了。」

一個身著白紗長裙的麗人輕盈走來，向田文款款一禮道：「公子請隨我來。」田文驚訝道：「媽媽如何識得我？」麗人嫵媚地笑了：「臨淄誰人不識君？公子光臨陽春雪，也是我門一大盛事呢，請到樓上消閒。」田文釋然笑道：「我陪這位貴客前來，先生口味很是高雅，媽媽留意了。」麗人一雙清凌凌大眼飛快地掃了樗里疾一番，莊重溫柔地微微一禮：「小女子見過先生。」舉止極是溫文爾雅。樗里疾不由自主地一拱手，竟冒出了一句道：「多承關照。」田文不禁「噗」地笑了。樗里疾頓覺狼狽，狠狠地瞪了田文一眼。那位麗人卻是嫣然一笑：「先生原是貴人雅客，請了。」說罷飄然舉步，帶二人繞過銅鏡，踏著猩紅鬆軟的厚厚地氈走上了樓梯。樗里疾看看金黃鋥亮的樓梯扶手，伸手一彈，竟是「噹」的一聲，不禁驚歎出聲道：「噫！真貨！」「阿嚏！」田文生生憋住笑意，卻打了個響亮的噴嚏，腳下踩空，身子猛然一閃。白裙麗人好像事先料到一般，輕輕偎身一扶，恰到好處地將田文身體穩住了。樗里疾卻嘿嘿笑了：「善有善報也。」麗人回首，眼角一瞟道：「先生詼諧可人，真名士呢。」一句話竟使樗里疾暖烘烘的，不禁又拱手道：「公子媽媽褒獎，如何敢當？」一句話出口，田文與女子不禁笑得跌坐在樓梯上，田文上氣不接下氣道：「你，你，你，媽媽……」樗里疾原是真不知曉此中規矩，認真搖頭道：「非也非也，君子不掠人之美，豈有爭媽媽之理？」看他認真爭辯的模樣，田文與女子更是笑作一團。

好容易上得樓來，麗人帶著兩人曲曲折折拐了好幾個彎兒，才來到一間綠紗環繞極為典雅的房間。麗人笑問：「公子、先生，先吃酒？先沐浴？」

田文道：「先沐浴了。」

「吃酒。嘿嘿，十日前我已沐浴過了。」樗里疾認真搖頭。

麗人第一次驚訝地張開了小口，又連忙用一方白巾捂在了臉上。田文哈哈大笑道：「老夫子也，你多久沐浴一次？」

「一個月。打起仗來就沒日子了。」

「早餿了！」田文笑叫，「別聒噪了，先沐浴。」

麗人已經被笑意憋得面色通紅，聞言連忙「啪啪」拍了兩掌，便見從左右綠紗後分別飄出兩名美麗活潑的少女，分頭向兩人作禮：「敢請大人行沐浴之樂。」田文笑道：「先請樗里先生，可要小心侍奉了。」麗人媽媽向少女只一瞄，那個少女立即斂笑低眉，化成了一個溫順淳樸的村姑對樗里疾羞怯怯道：「敢請阿大沐浴了。」

秦人土語將父親喚作「大」，這「阿大」幾近義父之意，後來演化作「乾大」，中原叫作「乾爹」。樗里疾年近四十，加之膚色黧黑粗糙，尋常也時不時以「老夫」自嘲，聽少女呼他「阿大」，自覺也當得如此少女的父輩，竟頓生淳樸鄉情，呵呵笑道：「好好好，阿大就沐浴一回。你等我，出來吃酒。」

「不等，此處是自個方便。」田文笑吟吟地拒絕了。

「如何能自個方便？要方便一起方便！」樗里疾已經走到了隔間口，卻回頭認真起來，高聲大嗓地叮囑。

田文道：「好了好了，一起方便，我等你。」

麗人與少女見樗里疾走了進去，不由自主地噴聲大笑，一齊軟倒在田文身上……

這時，突然傳來一陣急促沉重的腳步聲，一個男僕匆匆走了進來對麗人一躬道：「稟報東主，公子門客緊急求見公子。」

「何人？」田文急問。

「報名馮驩。」

田文霍然起身道：「請媽媽關照，貴客稍時出來，護送他到街口篷車，我去了。」說完也不待麗人回答，匆匆去了。

馮驩帶來了一個突然消息：濰水暴漲，蘇秦一行可能延期。田文頓時面色鐵青道：「走，回府計較。」坐在車中一言不發，心中卻是分外焦急。馮驩也不多問，專注驅車，片刻回到田文府邸。

田文是齊威王庶孫，被齊威王稱作「田氏新銳」，在齊國貴冑子弟中可謂獨領人望。這次，田文奉齊威王密令：全力斡旋「蘇秦五國」與秦國特使，為齊國謀劃最佳出路。田文很清楚，無論自己如何權衡，最終都要老齊王親自接見雙方做最後決斷。而這位曾經英氣勃勃的國王，如今年事已高，痼疾纏身，近日益見不善，眼看是隨時都可能溘然長逝。加之樗里疾又耗在這裡，蘇秦一行自然是越早到越好。為此，田文在六百多名門客（註：門客，春秋戰國時期貴族權臣私家聚養的士人，即所謂「養士」，主要為權臣謀劃利益並付諸實施）中遴選出三十人的一支精悍隊伍，交給文武全才的舍人（註：舍人，戰國時期貴族權臣的家臣稱謂，有才能的門客一般都是舍人，具體職責臨事而定）馮驩，由他率領這支人馬隨時探聽各國動向。蘇秦遊說趙國成功後，這支人馬撒開了大網，隨時將各種消息送到臨淄。蘇秦入楚，樗里疾入齊，齊國成為合縱與秦國雙方爭奪的焦點，這支人馬便更加忙碌了。眼下濰水莫名其妙地暴漲，馮驩他們竟查不出是何方神聖作祟，豈非咄咄怪事？若耽延日久，豈不大大誤事？

回到府邸，田文一面派出一個精明門客去驛館找理由向樗里疾解釋，一面立即與馮驩一班心腹門客商議。馮驩早有思索，提出了三路並進的主張：其一，由他率領二十名善於泅水的騎士連夜趕赴濰水，爭取渡過濰水接應蘇秦；其二，由兩名門客攜帶田文密件，連夜趕赴濰水岸邊徵集大船，能將蘇秦全部人馬接過來更好；其三，由馴馬奇士蒼鐵駕千里車，從齊魯邊境繞道濰水，若蘇秦一行走了遠道，立即用千里車將蘇秦一人先行接來。

馮驩說罷，其他人沒有異議，田文也欣然贊同，於是立即分頭出發。田文自己則急忙趕赴驛館安撫樗里疾，畢竟，這個秦國特使也是不能得罪的。馮驩馬隊出發的時候，蘇秦的五國使團剛剛抵達濰水東岸。

濰水發源於琅邪郡境內的濰山，是以名為濰水。琅邪郡本是越國後期的都城，楚國滅越後，琅邪之地成了楚國的北部邊境。濰水向西北獨立入海，流經臨淄東部平原，成為橫貫齊國境內的最大河流。濰水在獨立入海的二等河流中（古人將獨立入海的江、河、淮、濟四條大水稱為「四大名水」，沒有包括流程較短的獨立入海者），堪稱大水，水流豐富，河道寬闊，過山河段則狹窄湍急。其時，濰水在楚國境內的兩岸尚是人煙稀少的荒涼地區，數百里茫茫鹽鹼灘，連當時的越國都無心占領，而將長城修築在鹽鹼灘之南，楚國滅越後承襲了越國北境，無心派兵向北推進。齊威王初期，本想占據這塊茫茫蘆葦灘作為向南推進的根基，後來卻覺得攬在手裡反倒惹事，便將齊長城修築在可耕田的南部邊緣。於是，這片一望無際的茫茫鹽鹼地便成為楚齊兩國的一片無人緩衝區，倒也樂於為雙方所接受。

蘇秦的五國使團已經有了兩千多隨行軍馬，連同輜重車隊與文吏隨員，足足有三千人。按照魏無忌的調遣，從郢都乘楚國舟師的十艘大戰船，從淮水順流東下，穿過洪澤下船乘馬，兼程北上，再從齊國境內的高密城西渡濰水，直達臨淄。一路順利，第六日可到齊國境內。然趕到濰水岸邊，所有人都茫然無措了。

尋常清澈的濰水，變成了一條惡浪洶湧的渾濁泥流。岸邊良田統統被淹沒在齊腰深的泥水裡，河邊的官道也被浸成了踩不得人馬的軟根路。遙望西岸，黃蒙蒙無邊無際，莫說無船，縱然有船，這洶湧澎湃的泥水與西岸無邊無際的淺水爛泥，又如何能過？

「噢呀呀，洪水如此厲害，有船也不行！」黃歇急得聲音都變了調。

「狗賊子！一定是秦國使壞！」趙勝惡狠狠罵了一句。

「武安君，我看只有繞道了。」魏無忌看看蘇秦，又看看茫茫泥流，「選十匹快馬，武安君先行。路上若不出事，半個月可到臨淄。」

「其餘人馬？」荊燕急問。

「原地守候，能走再走。」

黃歇、趙勝都沒有說話，顯然也認為這是唯一的選擇了。趙勝少年心性，見蘇秦沒有異議，便急匆匆道：「選馬的事交給我，我有現成的五匹胡馬，保你一日六百里！」

「且慢。」蘇秦搖搖手，「繞道之煩之險，在郢都已經議過……沒有辦法，只有泅渡。」

「噢呀噢呀，泅渡？笑話！太險了！」黃歇連連擺手，臉都白了。

趙勝銳聲道：「武安君，如何泅渡？你會水麼？」

荊燕黑著臉：「萬萬不能！萬一出事，我無顏回老燕山。」

只有魏無忌沉默著，見蘇秦望著他，沉重地歎息了一聲道：「武安君一身繫天下安危。諺云水火無情……」

「諸位休要再說了。」蘇秦冷靜果斷，「齊王時時有不測之危，秦國也意圖拉過齊王。豈能耽延半月一月？合縱成敗，在此一舉。行百里半九十，豈能功敗垂成？」看看幾個人的沉重猶疑，蘇秦慨然一歎，「生死何足論，唯願死得其所也！我帶荊燕泅渡，三位公子繞道，其餘人馬原地守候。」

話音一落，幾個人「轟」一下嚷嚷起來，黃歇聲音最響：「噢呀，泅渡就泅渡！為何我就不算？

有比我水性更好的？」趙勝更是面紅耳赤：「武安君大謬，瞧不起我趙勝麼？趙國劍士有丟下正主兒不管的麼？大謬大謬！」魏無忌擺擺手，莊重地對蘇秦一拱手道：「武安君之言氣壯山河，泅渡便是。只是，武安君命無忌掌軍行止，須得聽我分派，不能亂了軍法。」

蘇秦點頭：「也好，公子分派。」

魏無忌轉身肅然道：「諸位聽我將令：公子黃歇，在楚國子弟中挑選三十名水中好手，隨侍武安君兩側，專司保護；公子趙勝，遴選十匹上等駿馬，帶二十名騎士牽馬泅渡；將軍荊燕，率領軍馬留守東岸；我魏無忌，帶領二十名壯士保護一應文箱泅渡。若無異議，立即分頭準備，半個時辰後泅渡！」

「我有異議！」荊燕慷慨激昂，「要我留下，荊燕立即自刎！我不能離開武安君，燕國壯士也不能離開武安君，就是這話！」說著鏘然拔劍，明晃晃的劍鋒已搭在了脖子上。

全場愕然。蘇秦也不知該如何說才好，原是他從安危考慮，不想教三個棟梁人物涉險，將燕國壯士看作自己老根，才首點荊燕跟隨，如今魏無忌卻將自己的安排顛倒了過來，荊燕又是如此激烈，委實難以處置。

默然良久，魏無忌輕輕一歎：「將軍放下劍，無忌留守便了。」

荊燕緩緩撤劍，卻驚訝地看著魏無忌，心中有些茫然。在他看來，趙勝最年輕，該當留守才是，如何魏無忌要自己留下？他可是行軍總管啊，可轉念一想，以趙勝的少年氣盛，又如何肯放棄英雄舉動？方才他還說蘇秦瞧不起他，爭執起來，魏無忌又該當如何？想想，荊燕深深一躬道：「多謝公子成全，荊燕永世不忘公子。」

魏無忌哈哈大笑道：「哪裡話來？我隨後設法趕來便是，也許，就是我留守合適。諸位，開始準備！」

三個人都匆匆去了，蘇秦對魏無忌慨然一拱道：「公子屈己容人，真乃全局之才。蘇秦先行一步，定設法早日接回公子。」魏無忌笑道：「不勞先生費心，走！我幫先生準備。」

最忙碌的要算黃歇。他將三百名楚國騎士與全部隨員集中起來，登上軺車高呼：「楚國壯士們，武安君為了天下安危，決意泅渡濉水！我黃歇也決意追隨。我要問，誰是水中高手？誰願共赴國難？左袒！」話音方落，人群轟然騷動，接著一片呼喊：「我是！」「我算一個！」「我等雲夢澤子弟，全數都是！」呼喊聲中，袒露的左臂齊刷刷舉成了一片黝黑樹林。

「好！楚國多義士，何愁楚不興！」黃歇奮然高呼，「雲夢澤子弟前出！」

楚國本是水鄉，雲夢澤漁民更是楚國腹地的澤國老民，幾乎人人熟悉水性，是楚國水軍的主要兵員地。從軍成為騎士的雲夢澤子弟，更是水陸兩硬的漁民精華。他們在左袒的同時，已經迅速地剝掉了全部甲冑，只留得貼身短褂，聽得黃歇呼喚，雲夢澤子弟呼嘯一聲大步前出，站成了白花花的一排。

「噢呀……」黃歇驟然哽咽了，「諸位壯士人人賜爵一級！但有犧牲，加爵三級，還鄉厚葬。」說罷深深一拜，跪倒在軺車轅上。

「雲夢子弟，誓死報國！」一聲吶喊，一片呼應，六十多名雲夢澤子弟齊刷刷跪倒了。

黃歇跳下軺車道：「諸位請起，聽我分派：水中鬥殺力強者，站左；善泅而膂力弱者，站右。」隊中一人高聲道：「公子下令便了，我等在水中無有弱者！」黃歇道：「好！左隊三十人護持武安君，十人前游開路，八人斷後，十人居中兩側護衛，兩人駕扶武安君泅渡。」

「遵命！」左邊三十人一聲呼應。

「右隊三十人，十人前行探水，十人輔助趙國壯士牽馬，十人巡迴救急。」

「遵命！」

「一刻準備，留言留物。一刻之後，全數列隊下水！」

雲夢澤子弟散開了，黃歇稍事收拾了自己，又對留守隨員交代了幾件事務，便匆匆來找蘇秦。一座小帳篷裡，蘇秦已經收拾妥當，魏無忌正在端詳品評。黃歇卻看得驚訝不止，但見蘇秦緊束灰髮，上身赤裸，全身唯有一件緊身布包著下身。紫銅色的肌肉結實飽滿，卻又是傷痕累累。「噢呀武安君，如何恁多傷疤了？」蘇秦尚未答話，趙勝急匆匆走了進來，魏無忌看著渾身雪白的黃歇與趙勝，不禁莞爾道：「赤裸裸相對，便見精鐵脆玉之別了。」

黃歇也笑了：「噢呀，你魏無忌難道還比武安君強了不成？」

趙勝也是驚歎不已：「呀！武安君並無征戰，如何直與老軍卒一般？」

「未經風霜，不成大器，信哉斯言矣！」魏無忌慨然一歎。

蘇秦笑了：「公子們鐘鳴鼎食，蘇秦蓬蒿布衣，時也命也，如何比得？」

「噢呀。」黃歇恍然道，「秋令時節，水是冰涼，先生裸身，如何受得？」

「無妨無妨。」蘇秦笑道，「我最耐寒，冰天雪地，也奈何不得我這裸身。」

此時，帳外號角齊鳴。四人連忙出帳，只見荊燕已經將泅渡隊列整肅列陣，高聲向魏無忌稟報：「泅渡陣式列成！敢請公子下令！」魏無忌轉身向黃歇一拱，雙手奉上令旗道：「水上之事，還是黃兄調遣妥當，魏無忌拜託了。」

黃歇肅然還禮：「大事臨頭，恭敬不如從命。」說罷大踏步跳上一輛軺車，令旗一劈高聲下令：「探水斥候，先行入水——」

十名雲夢澤子弟一聲呼喊，呼啦啦越過泥灘，撲入茫茫黃水。遙遙望去，他們在河面上散開成一字排列，布滿了大約一里寬的水面。漸漸地，他們的身影變成了小小黑點，出沒在滾滾泥浪之間，漸漸地水天蒼茫，什麼也看不見了。大約有半個時辰，對岸傳來悠揚粗重的螺號聲。

「噢呀，三長兩短。水底多險灘，水面多浮物，加倍小心！」黃歇轉身看看蘇秦，蘇秦平靜地點點頭。黃歇轉身高聲發令：「公子趙勝，率趙國壯士牽馬，先鋒泅渡！雲夢子弟十人游動救急！」令旗劈下，「出發——」

趙勝一聲大喝，趙國二十名勇士分別牽著鞍轡齊全嘶鳴跳躍的十匹陰山戰馬，走進了滔滔大水。只見趙勝居中關照，每三人一馬一個單元，兩個趙國勇士一前一後牽馬推馬，一個雲夢澤子弟左右游動救急。十個單元並排前進，河面不斷傳來蕭蕭馬鳴與趙勝尖銳的呼喝之聲，聽得岸邊人心驚肉跳。

半個時辰後，荊燕率領的八十名燕國騎士下水了。燕國派出的護衛騎士本是兩個百人隊，但反覆遴選，會水的只有八十人，但在這洶湧泥水中泅渡，本領顯然不如楚國子弟。荊燕畢竟不糊塗，不再堅持要燕國騎士全部泅渡，也不再堅持一定要親自護衛蘇秦泅渡，而是服從了黃歇命令，單獨率領燕國騎士泅渡了。這是水性最弱的一陣，黃歇又特意加派了落選的楚國子弟四十名，連同原來的十名雲夢澤子弟，共五十人與燕國騎士共同泅渡。饒是如此，茫茫河面也不斷傳來嗆水、溺水的救急呼喊，帶給岸邊陣陣慌亂。

良久，西岸終於傳來了又一陣螺號聲。

此時暮色已經降臨，黃歇有些猶疑：「武安君，明日再泅渡如何？」蘇秦卻沒有絲毫猶豫，「不，點起火把，連夜泅渡！」魏無忌大是感奮：「逆境益奮，武安君英雄本色也。來人，點起火把！拿酒！」

大片火把在沉沉暮色中燃起，魏無忌親自把酒，敬了蘇秦，敬了黃歇，敬了所有的雲夢澤子弟。而後魏無忌走上一座土丘，命令將三面牛皮大鼓全部抬上土丘，魏無忌脫去斗篷，走到居中大鼓前，拿過那對碩大的鼓槌：「武安君，無忌為你擂鼓壯行了！」

三鼓齊鳴，隆隆如雷。黃歇大喊：「壯士們，下水！——」

岸邊火把連天，一片吶喊。三十名雲夢澤子弟，人人手持一支火把，簇擁著蘇秦進入了洶湧的泥流，一個火把圈子便圍著蘇秦緩緩前進了。黃歇游在蘇秦的身邊，不斷高喝著推開漂來的樹木草堆。行至河心，驟然水深丈餘，波濤滾滾衝力極大，蘇秦頓感吃力，身體不由自主地隨浪漂去。兩名夾持護衛的雲夢澤子弟一聲大吼，不由分說一邊一個架住了蘇秦。恰在此時，一根巨大的斷樹在火把陰影中乘著浪頭沖了過來。右邊的黃歇一聲大喝，奮力猛推，不料黃歇力弱，水性又是堪堪自保，竟被斷木枯枝撞向一邊，胳膊上還劃開了大大一道血口。黃歇被撞得嗆水，連連猛咳間卻見斷木直沖蘇秦而去，不禁大驚失聲：「噢呀！」

這時，蘇秦右邊的雲夢子弟大叫一聲：「護住人了！」便全力沖向浪頭斷木。只見他躍起水面，迎著斷木的來勢一壓，用肩膀向斜刺裡頂去，瞬息之間，斷木偏開，水面上卻漂出一片殷紅的血水。

「兄弟呀——」隨著架扶蘇秦的雲夢子弟一聲哭嚎，三四名游過來的雲夢子弟順著斷木血水直追而下。大約一頓飯工夫，他們托著一個人艱難地游了回來。黃歇嘶聲喊問：「人有救麼？」一個子弟哭喊著：「枯枝插進了肚皮……」另一個子弟游過來稟報：「屈三是船家子弟，本來已經將斷木蕩開，水下枯枝卻刺進了腹中。還有一口氣，死活難說！」

此時已過深水河心，蘇秦在泥水中沉浮，淚水卻將臉頰泥巴沖開了兩道，腳一觸地，奮然從泥流中站起：「走！為這位兄弟治傷！」一聲嘶啞大喝，竟神奇地從泥流中走了出去……越過兩里多寬的泥灘，兩片火把終於相聚了。趙勝聽得動靜有異，早已命軍士鋪好了一堆乾茅草，並從馬具裡拿出了傷藥。趙勝迎到泥人，便要察看蘇秦黃歇。蘇秦啞聲大喊：「我沒事，快救楚國兄弟！」此時楚國子弟已經將屈三抬到了茅草堆上，火把已經圍了一圈。黃歇渾身帶血衝了過來道：「噢呀閃開，我來看。」但見火把照耀下，泥乎乎的屈三雙目緊閉，肚腹中還插著一根利劍般粗長的枯枝。「清水！傷藥！」隨著黃歇喊聲，已經有人端來大盆清水，將屈三身上沖洗乾淨。泥水一去，便見屈三肚腹腫成了一個巨大的淤青硬塊，枯枝周圍裂開成一個森森白口。面色蒼白如雪的屈三，眼見已經是奄奄一息了。

「兄弟呀，你就這樣去了！睜開眼，看看我！」一個泥人踉踉蹌蹌地衝進來，抱住屈三放聲大哭。扶持蘇秦的雲夢澤子弟，原是屈三一對雙胞胎兄弟。哥哥在水中已經知道弟弟凶多吉少，卻只是哭喊了一聲再不開口，咬緊牙關將蘇秦護過深水區，便昏了過去。此時哥哥醒來，一見兄弟慘狀，情知無救，大放悲聲。

「哥哥……我，我有爵位了……屈家，不做隸農了。」屈三神奇地醒了過來。

「噢呀屈三，我是黃歇。你有爵位！全家脫隸籍！你做千夫長！聽見了麼？」黃歇哽咽著嘶啞大喊，他精通醫道，心知屈三不行了，一時語不成聲。

蘇秦舉著一支火把走了過來，肅然跪倒在屈三身旁：「屈三兄弟，你是為我去的，你永遠都是我蘇秦的兄弟，永遠再不做奴隸……屈三！」

「武安君，公子，好，好……」帶著滿足的笑容，屈三安詳地閉上了雙眼。

「屈三啊……」雲夢澤子弟哭成了一片，跪倒在屈三身旁。

秋風蕭瑟，吹來了濰水的滾滾濤聲。五國壯士按照雲夢澤的古老習俗，將屈三的遺體放在了一隻獨木舟上，雲夢澤子弟喊著號子將獨木舟抬進了滾滾波濤，眼看著獨木舟隨著波峰浪谷漂向了北方的茫茫大海。

四、烈士暮年的最後決策

田文接到緊急密令，立即進宮。

已經近一個月沒見到老國王了，田文也是忐忑不安。他目下做的這件事干係實在重大，確實需要時時晉見國王，以便得到明確指令。可國王已經今非昔比，近年來深居簡出，極少接見臣下，自己一個後進公子，目下又無實職，連爵位也還沒有確定，又如何能隨意進出王宮？其實也不僅僅是田文，即或如父親田嬰，接任騶忌做了丞相，爵位又是靖郭君，在齊國可謂高爵重權的開府權臣，也是很長時間見不到老國王一次。雖則如此，朝中大臣可是誰也不敢掉以輕心。尋常時日，齊國大臣多有先斬後奏之事，近年來反倒都是謹慎有加，如履薄冰，未經王令，哪個官署也不敢就任何大事做主。倒不是齊國官員沒有了既往的率直坦誠，而是官員對老國王實在無法捉摸。經常在誰也無法預料的時刻，在誰也估摸不準的府邸，在誰也看不清有何重要性的事情上，往往就有緊急王書或緊急宣召降臨，而官員所得到的決策命令，又往往的出乎預料。

今日也是如此，田文實在想不到會在這個時刻緊急宣召他進宮。

三個月前，當蘇秦剛剛在燕國遊說成功的時候，田文第一次被祕密召進了王宮。就實而論，田文並沒有見到老國王，只是隔著一道帷帳，聽見了一個蒼老沙啞而又令人敬畏的聲音：「田文啊，你乃齊國王族之後進新銳，本王素寄厚望。」那個沙啞蒼老的聲音粗重地喘息了片刻，接著一口氣說了下去，「今聞急報：蘇秦遊說合縱抗秦。茲事體大，天下格局可能巨變。以大父老眼，中原五國受秦巨創，合縱必成。未來數月之內，蘇秦必到臨淄，秦國特使亦必到臨淄。然則，是否加盟合縱，齊國最難抉擇。齊國瀕臨東海，遠離秦國，與之素無深仇大恨。合縱抗秦，則齊國將無端樹一強敵。游離合縱之外，則中原五國將視我為另類，遲早亦是大禍。」田文清楚記得，說到這裡，帷帳後一陣蒼老沙啞的喉喘痰咳之聲，可是他卻絲毫不敢分心，依舊紋絲不動地跪坐在案前。片刻之後，蒼老沙啞的聲音舒緩了一些：「今召汝來，委汝重任：汝攜我王劍，全權周旋兩方，使我有迴旋餘地，可是明白？」

「田文絕不負大父王厚望。」

「王孫無官無爵，又是庶出，有難處麼？」沙啞蒼老的聲音平淡冷漠。

「為國效力，田文當克難全功。」

帷帳後再沒有了聲息，一個侍女走了出來：「大王入眠，公子可以走了。」

那次未曾謀面的接見，使田文在臨淄權力場驟然變成了一個神祕人物。尋常間逍遙平靜的公子府邸，變成了日間車馬穿梭夜來燈火通明的繁忙重地。在所有官署都冷清下來的時候，有如此一個公子府邸在日夜不息地操持，能不讓官場側目？但田文卻沒有時間去理睬，不僅僅是那口供奉在出令堂的王劍賦予了他無限的權力，也是因為他畢竟是丞相田嬰的兒子。

父親本是老齊王的少子，也是嬪妃庶出。長期酷烈的宮廷爭鬥，使父親變成了一個謹慎君子，在王族貴胄中最是平淡無奇。他經常告誡田文一班兒孫：「王族旁支坐大，歷來是國王大忌，爾等都要收斂鋒芒，莫得生出事端。」接任丞相，父親幾番推辭，想要提出召回上將軍田忌主持國政，可一想到田忌是自己的王族堂兄，又硬生生忍住了。父親當政，奉行「減政去冗」的辦法，除了邊防急務與賦稅糾葛，凡是大政一概壓下，等待老國王召見時請命定奪。如此一來，這個開府丞相也確實清閒了不少。父親見小兒子驟然變成了一個神祕的大忙人，風言風語多有流播，便來到田文府中想看個究竟。不想田文卻正在與馮驩等心腹門客祕密議事，匆匆迎得出來，頗是神不守舍。

「文，近日何事匆忙啊？」父親口氣雖然從容，目光卻是究根問柢的。

田文略微猶疑，終於明朗回答：「回稟父親：兒奉王命，絕非私家俗務。」

父親思忖片刻，默默地走了，一句話也沒有多說。田文心中歉疚，夜晚來到丞相府邸向父親賠禮。父親卻擺擺手制止了他，默然良久，父親開口了：「知曉大父何以委你麼？」田文道：「兒未嘗思之。」父親淡淡道：「你有王族之名，而無官職之身，似公似私，進退裕如。你有近千門客，盡皆白身（註：白身，指身無官職的布衣之士），可免王室國府人力之繁難。」田文默然點頭，承認父親說得對。「約束門客，慎之慎之。」父親叩著書案鄭重叮囑了一句，便出了書房。

家族是個特異的家族，田文自己，又是這個特異家族中的一個特異人物。

家族的特異處，在於這個「田」既是田氏王族的嫡系，又是一個庶出支脈。一百多年前，齊國的正宗君主是姜氏。齊國第一代接受周武王封號的諸侯君主，是太公姜尚。春秋中期，田氏部族漸漸強大，最後在田完時期終於實力超過公室，實際奪取了齊國政權。田完做了國君，齊國便成了今日的「田齊」。田氏宗室為了防備重蹈「姜齊」覆轍，一開始便採取了抑制嫡系庶出勢力膨脹的國策，立下定制：王族嫡系庶出子弟，可高爵，不可重權。在這種定制之下，嫡系宗脈實際上只能確定一個太子繼承王位，其他子弟，尤其是庶出子弟，則都只能尊貴榮華，而不能掌權任事。然則，田氏畢竟是齊國第一大部族，人口眾多，代有英才，全然不用，也在這大爭之世無法立足。於是，田氏王族的庶出子弟也漸漸有了脫穎而出的機會，時有幾個出色者做了實權重臣，庶出支脈便形成了新的田氏望族。二十多年前的上將軍田忌，是田氏庶出支脈的第一個顯赫重臣。目下的丞相田嬰，是田氏庶出支脈的第二個顯赫重臣。而田忌、田嬰又恰恰是同一庶出支脈的庶兄弟。短短二十餘年，同一庶出支脈湧現兩位當政大臣，這在齊國歷史上是絕無僅有的。

田文很明白，父親的謹慎根源正在這裡——木秀於林，風必摧之。

田文之特異，在於他「其身不正而才堪棟梁」。所謂其身不正，是說田文母親不是田嬰的正妻，而是小妾，田文是庶出而不是嫡出。在禮法嚴格的春秋中期，庶出子弟是沒有資格繼承父親爵位財產的，在家族中的地位自然也是二流。進入戰國，禮崩樂壞，長子世襲制被衝擊得接近於名存實亡，才能的重要性大大超出了身分的重要性，嫡庶大防也大大鬆弛，庶出子弟也多有取代嫡長而成正宗的。雖然大勢如此，但具體到每個家族每個庶出子弟身上，要突破這些傳統禮法，也絕非輕而易舉之事。

難處之一，庶出子弟必須有過人才能與特別功勳；難處之二，嫡出長子須得確實平庸無能。二者同時具備，庶出子弟才有入主正宗的可能。二者缺一，庶出子弟便只能成為憑藉自己實力去奮發的尋常士子。

但是，田文最為特立獨行處，尚不在身分的瑕疵，而在於他驚世駭俗的作為——門客眾多而多行俠義。戰國中期，權力競爭加劇，貴族權臣與王室子弟紛紛招募為私人所用之士。這種「士」不受王室官職與俸祿，由權臣貴胄從私家財產中提供優厚的生活待遇。士子受人知遇，忠人之事，成為專一為權臣貴胄謀劃私家行動的智囊庫。於是，天下出現了一個新詞——門客。招募門客，被稱為養士。戰國之世，養士之風已經成為一種特殊的風潮，趙國公子勝、魏國公子無忌、楚國公子黃歇、齊國公子田文，恰恰是當時天下最有名的四家養士公子。這時，「戰國四大公子」的名頭雖然還沒有叫響，但他們的養士之名，卻已經在天下傳開了。

田文的養士別出心裁。尋常私家養士，以尋覓謀略之士為主，養武士者相對少。趙國公子勝少年征戰，又兼趙國權力爭奪酷烈，喜歡招募劍士。魏公子無忌喜歡學家名士，門客少而精。楚公子黃歇喜歡風雅之士，門客常被他薦舉到國府做官。唯獨田文養士大有不同，無分學問身分，但有一技之長者均可成為他的門客。唯其如此，投奔田文的門客多有市井奇能之士。有一次來了三個市井之徒，田文問其特長本領，一人說善於學雄雞打鳴，一人說善於學狗叫，一人說善於盜物。田文大笑一通，令三人當場演技。雞鳴者一開口，笑得眾人前仰後合，雄雞、鬥雞、母雞的各種叫聲盡皆惟妙惟肖，引得庭院外一片雞鳴聲。狗吠者更是出色，夜半狗吠、春情狗吠、廝咬狗吠、覓食狗吠、撒歡狗吠等，不一而足，盡都可與真狗一般無二，竟引得田文的幾條凶猛獵犬狂吠不止。盜物者也是神奇，光天化日之下走過田文身邊，便拿掉了他藏在大袖中的白絲汗巾。田文心中一動，大笑一陣，竟收下了這三個雞鳴狗盜之徒。此舉轟動臨淄，引來朝野一片嘲笑，田文渾然不為所動，依舊我行我素。

然則，門下的有識之士也不滿了。一日，田文到門客大院視察，遠遠聽到當門傳來一陣「叮噹叮噹」的彈劍之聲，俄而一人高聲吟誦：「雞鳴狗盜兮豎子錦衣，磐磐壯士兮無車無魚。安得駿馬兮一去千里，高山大川兮藏我布衣。」田文聽得仔細，遙遙拱手道：「怨聲載道者，可是馮驩？」彈劍者淡淡道：「怨聲不隱，正是馮驩也。」田文笑道：「從此刻起，先生便是我門下舍人，總掌府事。」轉身吩咐家老，「即刻給先生配備駿馬高車，一等俸。」家老答應著疾步去了。馮驩愣怔良久，方才默默地深深一躬。出得庭院，隨行一個門客幽幽笑道：「一個酸布衣呻吟兩聲，便有了高車一等俸，公子何以服人？」田文一陣大笑道：「你也如此呻吟兩聲我聽，自然一視同仁。」門客頓時紅著臉不再多說了。

就是這個馮驩，一樁事便做了一件令田文刮目相看的大事。

那時候，天下除了秦國徹底廢除了分封制，其餘六大戰國還都程度不同地保留著封地制。齊國對貴族與功臣的封地素有寬厚之名，田嬰便領有封地二百餘里。田嬰家族與中原戰國的大家族一樣，也是內部分封：父親將自己所領的二百餘里封地，分給嫡長子田彤五十里，庶出子田文四十里，由他們自己掌管封地的民治賦稅。田文灑脫不羈，素來不屑於錢財算計，便派馮驩代他視察封地民治並清理所欠賦稅。

十日之後，一個門客飛騎回報：馮驩不聽隨行門客勸阻，竟將賦稅債券一把火燒了，更大膽的是，也把封邑大夫當場殺了。田文大驚，這燒債券還則罷了，封邑大夫可是國府直派的官吏，如何輕易殺得？他無暇多想，立即飛馬趕到封地，迎接他的卻是萬千民眾的夾道歡呼，「萬歲」之聲鋪天蓋地。

田文查實：封邑大夫非但剋扣賦稅，假造債券，而且苛虐治民，確實罪有應得。雖則如此，他自己一個白身公子也無權先斬後奏，更何況馮驩一個布衣門客？馮驩卻很是坦然：「殺掉一個酷吏，少收千石賦稅，卻得狡兔三窟，公子不以為然麼？」

「狡兔三窟？」田文感到驚訝。

「狡兔之窟，性命根基也。」馮驩的眼中閃射著狡黠的光芒，「天下大爭，齊國多事。自此以後，公子回到封地，便可得民死力，豈非一個永久洞窟？」

田文恍然大笑，非但一力承擔了「私殺吏員」的罪名，且對馮更是器重異常。否則，這次白身擔大任，馮驩如何能做他的行動總管？當然，父親寥寥數語，也明白地告訴他：大父國王完全知曉他的門客力量，而且正是要利用這種力量的布衣身分，以使國王與國府隱身到幕後周旋，你田文孺子白身，千萬不要掉以輕心。按此推測，國王對事件的每一步進展肯定也都清楚，只是不出面罷了。既然如此，卻為何要在他還沒有接觸蘇秦一行，事情還沒有任何眉目時召見他？「君心似海，猜不透也。」田文苦笑著搖搖頭。

「來者可是公子文？」一個輕柔清亮的聲音攔在了對面。

田文抬頭一看，不知不覺間已經來到了王宮最深處的碧玉池。奇也，軺車不得進宮，如何我的軺車能進到這裡來？匆促間田文顧不得細想，恭謹一禮道：「正是田文，奉召晉見。」

「公子隨我來。」綠紗長裙搖曳著身段隱沒在燈影之中。

對這些女官，田文可是不敢怠慢，一言不發地跟著走便是。近年來，祖父老國王性情大變，身邊內侍、護衛、文吏竟然全部換成了清一色女子，從妙齡少女到白髮老婦，王宮女子竟多達數百。如果是魏惠王如此，天下任誰也不會感到奇怪，魏罃本來就是個浮華紈袴子弟也。可齊威王田因齊卻是天下有名的正經君主，不近女色厭惡奢靡勤於政事宵衣旰食，懲治貪吏的酷烈壯舉曾經使天下為之變色。如此一個英名四播的君主，晚年隱身於深深宮闈，沉溺於裙帶海洋，當真是不可思議。然而，更不可思議的是，他的威懾光芒卻並未因此絲毫減弱。本性桀驁不馴的田文，唯獨對祖父老國王敬佩有加，常感到以自己的閱歷與智慧尚遠遠不能看清這座雲遮霧障的高山。

碧玉池實際上是一個一百餘畝的大湖，湖邊草地樹林，湖中島嶼相望。一到暮色，座座島嶼的亭臺上風燈點起，在碧波蕩漾的水面上恰似一座座仙山。田文沒有來過碧玉池，可知道這是老國王晚年開鑿的大湖，一建成便釘在了這裡，再也不去其他宮殿，更不去臨淄外的那幾座行宮。從湖邊向裡走，先過了一片草地，再過了一片竹林，又過了一片森森松林，田文看見了一片隱隱燈火，漸行漸近，燈火也大亮起來。

在看見燈光一片的時候，領路的女官將他「交接」給了另一個白紗長裙的女官，腳下也變成了白玉鋪就的大道，一座城堡式的宮殿被遍體燈火照得一片通明，背後卻是一座黑黝黝的大山。田文不禁大為驚訝，臨淄地處海濱平原，哪裡來如此一座大山？仔細一想，恍然——這座大山定然是開鑿大湖的泥土堆積而成，山下城堡也定然是依山而建，山外依然是王家園囿。恍如仙境的燦爛城堡外，看不見一個護衛甲士，也沒有任何弦歌之聲，寂靜得就像天上的洞府。

走進城門，田文又被「交接」給一個紅紗長裙的女官。穿過曲曲折折的回廊，田文也始終沒有看見一個衛士。大約一頓飯的辰光，田文隨女官來到一片竹林前，穿過竹林，一座很是普通的青磚大屋矗立在面前。趁著女官又在「交接」的時刻，田文稍稍打量了一番，這座青磚大屋的牆體完全是一丈見方的巨大石板拼砌而成，房高三丈有餘，很可能是兩層石樓。一丈之下，看不見一個窗戶，只有接近屋頂的部分有三個方洞。

進得大屋門廳，迎面一陣暖氣烘烘撲來，與外面的蕭瑟寒涼頓然兩重天地。過得門廳，是一座巨大的影壁，影壁後有一片不大不小的天井庭院。庭院中花木蔥蘢，飄出的香氣直如春日郊野般清新。穿過天井庭院，進入了一間明亮寬敞的大廳，大紅地氈，帳幔四垂，靜悄悄的一個人也沒有。

「敢請公子入座，稍候片刻。」紫衣女官飄然捧來一盞熱茶，又飄然去了。

一盞熱茶堪堪飲完，田文額頭已經滲出了細細汗珠。他喜歡粗豪的生活，一旦進入這細巧豪華的深宮重地，一時竟有些手足無措。突然，他聽見帳幔上方有一種奇特的軋軋之聲，彷彿城堡在放吊橋一般。田文目力耳力都很敏銳，立即判斷出這是樓上放下的一種天車，隨著軋軋聲止息，天車顯然已經落地了。田文心中清楚，卻只是肅然端坐，目不四顧地品茶。

「稟報我王，公子文奉命來到。」紫衣女官不知何時飄了出來，站在田文身旁。

田文連忙站起，對著帳幔後深深一躬道：「田文參見大父王——」

「田文麼？入座便了。」帳幔後傳來那個熟悉的蒼老沙啞的聲音，「蘇秦將至，樗里疾未去，你當進入直面周旋也，可有難處？」

聽到這威嚴中不失關切的天音，田文心中一動，幾乎就要說出自己的難處，但還是生生忍住，高聲答道：「為國效力，田文自當冒死犯難。」

「赤心報國，孺子可教，田氏有後也。」蒼老沙啞的聲音喟然讚歎，片刻喘息後緩緩道，「本王特命：田文立為田嬰世子，以本王特使之身與蘇秦等斡旋，建功後另行封賞爵位。」

「田文謝過我王！」

「田文，記住八個字：不卑不亢，不罪強梁。非如此，不保齊國。」

「田文謹記我王教誨。」

「一個月內，你可隨時晉見。好了，去吧。」

田文還沒有來得及拜辭，那軋軋聲就升上了高處。田文尚在愣怔，帳幔後飄然出來一個紫衣玉冠的中年女官，雙手捧著一個小小玉匣：「公子，這是齊王的令箭、虎符，一月後繳回。敢請收好了。」田文對著玉匣深深一拜，接過來抱在懷中。

出得宮門，一輛軺車已經候在白玉大道，一名女官請田文上車。片刻之間，軺車已轔轔駛出王宮。田文下車，換乘自己的軺車飛馳而去了。

回到府中，田文還是在夢中一般，幾乎不能相信這夢寐以求的尊貴就如此這般地如願以償了？蘇秦將到，田文最感尷尬的就是自己的身分。魏無忌、趙勝、黃歇三人，都是名副其實的王室公子，另加特使銜，代表三國自然是名正言順。就連燕國荊燕，也是副使頭銜。可是自己卻只是一個白身公子，而且還不是正宗世子，徒有一個公子名義罷了。如此身分，如何與燕國武安君、五國上卿蘇秦與三國公子特使會談大事？邦國交往，自古以來便是身分對等者的周旋，自己矮了一大截，豈不尷尬難堪？田文沒有更大的奢求，只想有個王室特使職分，事情便順理成章了。他也想過，若老國王始終「忘記」此事，那便意味著馬上要換人與蘇秦周旋了。迫在眉睫了還是沒換，便當不會忽略這個關鍵環節。突然召見，他也曾想過可能會解決這個難題，但他還是沒有料到自己的祖父老國王出手竟是如此大器——世子、特使、令箭、虎符，一舉便將田文變成了齊國的實力貴冑。

世子是根基地位，是最根本的身分。在春秋之前，天子與諸侯國君的嫡長子才稱為「世子」。有世子身分，才有繼承王位、君位與財產的權力。入得戰國，天子與諸侯國君的「世子」都升了格，稱為「太子」。於是，「世子」便成了貴冑繼承人的稱謂。田嬰家族是王室支脈，爵位是靖郭君，又是開府丞相，其繼承者自然便是「世子」。貴冑權臣確立世子如同國君確立太子一樣，歷來有「立嫡立長」與「立賢立能」兩種章法。在凝滯平靜的年月，立嫡立長自然是難以動搖的法統。但在戰國大爭之世，立賢立能卻成為主流呼聲。雖則如此，立嫡立長還是優先，除非嫡長不賢不肖，立賢立能還是不能理所當然。能否立賢立能，一則靠家族首領的遴選確認，二則便是國君的指定。尋常時日，國君是不干預的，但在關鍵權臣的繼承人確定上，國君一旦指定，那便是不可改變的王命。齊威王君命田文為田嬰世子，那便是將田文確立為田嬰家族的嫡系繼承人，田嬰家族的全部權力、榮耀、財富，都理所當然地由田文繼承。對於田文這樣一個庶出子弟，這是最重要的命運改變。有此身分，特使與否便立即顯得無足輕重了。

令箭，是他在一個月內隨時晉見國王的特殊權力。虎符，則是他一個月內可任意調動齊國兵馬的特殊權力。在老國王的晚年，將如此權力賜予一個新銳後進，是臨淄權臣無論如何也難以想像的。

田文在後園裡轉了半個時辰，方才慢慢平靜下來。他決定立即去見父親，畢竟，在此等大事上裝聾作啞，是會令父親難堪的。不想匆匆回到丞相府，在門廳便恰恰遇上父親派去接他的書吏。原來父親也同時接到了老國王的君書，要田嬰立即為田文舉行世子加冠的大典。田嬰已經將大典確定在次日清晨，要將田文召來叮囑細節，並在家族聚會中一併公布。此時，田文無可推託，一切聽任父親做主了。

次日清晨，田氏宗廟舉行了盛大的「王命世子加冠」大典。一個時辰中，田文便從一個庶出子變成了靖郭君世子，名正言順的王族公子，田文的府邸也變成了世子府。

隆重的典禮剛剛結束，門客斥候飛騎回報：蘇秦一行冒死泅渡濰水，馮驩已經妥為接應，晚間當抵達臨淄。田文聽罷，立即命令國賓驛館作速布置準備接待。傳令騎士剛走，田文驀然想起一事，隨後飛車來到驛館。

樗里疾正在悠悠漫步，不防田文匆匆而來，嘿嘿笑道：「你這小子，又要來糊弄老夫了？明告你，那個鳥地方，老夫再也不去了。」

田文哈哈大笑道：「天下之大，上大夫見識見識何妨？」

「嘿嘿嘿，留下你去見識吧，老夫可要多活幾年。」說著黧黑的臉膛紅了。

田文笑不可遏：「也就是上大夫可人，別人啊，田文還不費這番心思。」

樗里疾笑罵：「鳥！也就是老夫孤陋寡聞，才上你這惡當！」

兩人笑得一陣，田文拱手道：「上大夫，這驛館住得長了也憋悶，換個地方如何？」

「噢？換到何處？」

「王宮之南，稷下學宮大師堂，如何？」

「也好。齊國也就稷下學宮是個正經地方，老夫還真想見識見識。」

「揀不如撞，現下就搬過去如何？」

「你這小子，總是風風火火。好，恭敬不如從命，寄人籬下，也只有任人欺侮了。」

「上大夫竟日罵我，田文才是受氣包。」

「哪裡哪裡？」樗里疾大笑間，卻突然壓低聲音頗為神祕地低聲道，「哎，老實說，你小子敢不敢到秦國去？」

「到秦國？」田文驚訝笑道，「做鹽商還是馬商？」

「出息？做丞相。」樗里疾一字一頓，神色鄭重。

田文驚訝得張開口卻不知道要說什麼，懵了片刻，不禁哈哈大笑道：「上大夫啊上大夫，一次綠街，你個老哥哥當真恨我了？捉弄人好狠也。」

「胡說甚來？」樗里疾正色道，「樗里疾乃秦國特使，如何能拿此等事兒戲？」

「茲事體大，我還回不過神來，容我想想再說。」田文笑道，「來，我幫你收拾。」

「沒的啥收拾，你坐在這兒等便了，片時就好。」樗里疾說著擺著鴨步搖進了大廳，只聽一陣呼喝，不消兩盞茶工夫，便與三個隨從護衛走了出來。隨從抬著一口木箱，樗里疾自己背著一個包袱，若非衣飾差別，還真是難分主僕。田文不禁暗自感歎：秦人如此實在，秦風如此簡樸，秦國安得不強？若是中原六國特使，連送的帶買的，任誰也得幾車行囊了。

護送樗里疾到稷下學宮安置好，田文又與這位黑胖子特使盤桓了半日，覺得樗里疾快人快語，爽朗詼諧，當真投機。老國王叮囑他「不罪強梁」，就是指不能無端得罪秦國特使。目下看來，想得罪這位黑胖子還真是不容易。他是軟硬不吃，又從來沒有恃強凌弱的大國強橫脾性，硬是與你磨叨，你是弱國臣子，又能拿他如何？看看到了午後，田文還是硬著心腸告辭了，惹得樗里疾噴噴噴地感歎了好一陣子。

這時，蘇秦一行已經到了淄水西岸，臨淄城樓已經遙遙在望了。

「公子郊迎先生了！」馮驩指著遠處的煙塵旗幟，興奮地喊了起來。眾人望去，但見寬闊的臨淄官道上一面大旗當先，馬隊軺車銳急而來，直如離弦之箭，將滾滾煙塵遠遠地拋在了身後。

「好快！絕非尋常車馬。」趙勝不禁高聲讚歎。

馮驩道：「諸位有所不知，公子門客中有一班馴馬奇才，是以多有良馬飛車。接無忌公子的那輛車，才是真正的日行千里，人稱『追造父』！」

「噢呀，追造父？那無忌公子明日就該到了！」黃歇大笑起來。

蘇秦凝望著對面漸漸逼近的車馬旗幟，已經朦朧看見了那個斗大的「田」字，想到這是合縱成敗的最後關頭，不禁一陣感奮，打馬一鞭迎了上去，黃歇趙勝荊燕等立即飛騎隨後，迎向了田文車馬。

田文已經遠遠看見了馮驩，心知對面是蘇秦一行，便將軺車放緩了速度徐徐打量而來。面前這隊人馬不過二百餘人，沒有旌旗，沒有軺車儀仗，普通得如同一支民間商旅。將近半箭之地，田文清晰地看見了鬢髮灰白衣衫仍然沾滿泥巴的蘇秦，心中不禁肅然起敬：一個布衣之士，歷經磨難而胸懷遠大抱負，面臨急難，不惜捨身泅渡，此等氣概天下能有幾人？感慨之間，田文已經跳下軺車遙遙拱手：「齊國田文，奉王命恭迎武安君並諸位公子。」

蘇秦也下馬迎來：「蘇秦多謝齊王，多謝公子。來，這位是楚國公子黃歇，這位是趙國公子勝，這位是燕國副使荊燕將軍。還有一位是魏國公子無忌，可惜留在了濰水營地。」

田文與幾人一一見禮，末了慨然笑道：「武安君毋憂。我已得飛鴿信報：蒼鐵已經在濰水接到了公子無忌，今夜定然可到臨淄聚齊。」

蘇秦驚訝：「蒼鐵何許人也？如此之快？」

「噢呀，就是那個『追造父』了。」

田文笑道：「此人與田文也是一段奇遇，日後說與武安君消閒。諸位一路鞍馬勞頓，請登車入臨淄，田文為諸位洗塵接風！」說罷一揮手，馬隊中便駛出了四輛青銅傘蓋軺車。田文請蘇秦四人登車，一聲令下，馮驩率馬隊開路，田文自己殿後，護衛著蘇秦車隊轔轔西去。

到得臨淄，驛館已經是燈火通明，護衛森嚴。驛丞向田文稟報：諸位大人的住所、騎士營地與接風酒宴已經準備妥當，請令定奪。田文與蘇秦略一商議，先行安頓騎士在驛館外樹林中紮營，蘇秦幾人先到住所梳洗更衣，半個時辰後開宴。

接風宴席排在了驛館正廳，倒也是富麗堂皇。按照田文目下的地位與權力，本當在自己府邸舉行這場接風宴席。但田文的原有府邸太小，只有五開間六進，偏院還住滿了門客，多有不便。最主要的是田文想到了老國王的叮囑「不卑不亢」，接風宴席設在驛館，便是國事，進退皆可斡旋，又避免了「私結外使」的嫌疑，倒也不失為兩全之地。

田文正在大廳門口等候，突然聽得驛館門外響遏行雲般的蕭蕭馬鳴。心中一動，快步走出大門，便見一輛奇特的無蓋黑篷車堪堪停在門口，四匹雄駿的胡馬正在噴鼻嘶鳴。一個黑衣勁裝的精瘦漢子拱手高聲稟報：「蒼鐵奉命趕回，貴客安然接到！」田文大喜，正要上前迎接客人，卻見一人已經從篷車中跳下，內穿鐵色軟甲，外罩大紅斗篷，一頂六寸玉冠，分外的凝重挺拔。田文肅然行禮：「得見公子無忌，榮幸之至。」魏無忌從容作禮笑道：「公子俠義雄奇，魏無忌三生有幸也。」對答兩句，兩人大笑執手，連袂進了驛館。

蘇秦剛到廳中，驚訝得揉了揉眼睛：「啊，真是公子無忌麼？」

田文大笑道：「大活人一個，如假包換！」

「嗅呀！神奇神奇，我以為齊國人虛應故事了。」黃歇興匆匆走了進來，連聲驚歎。

「大兄！」趙勝在門外便喊了起來，衝進來拉住魏無忌笑叫，「真是神！早知道有這般神車，也不用泅渡了。」

田文笑道：「車再神，最多也只能坐兩人，你還是得泅渡。」

眾人不由一陣大笑，田文道：「來來來，入席！無忌公子不用梳洗，正好！」

六張長案早已排好，蘇秦東面居中，田文對面相陪，魏無忌、黃歇、趙勝、荊燕兩側就座。田文舉爵高聲道：「武安君並諸位今日趕到，恰遇時日。來，先乾一爵，為諸位洗塵！」

「乾！」銅爵相向，眾人都一飲而盡。

「嗅呀，這齊酒如此厲害了？」飲慣了柔順蘭陵酒的黃歇，咂著嘴滿臉通紅地嚷起來。

「也是，沒想到齊酒如此凜冽。」蘇秦也是額頭冒汗，嘖嘖連聲。

趙勝卻大是精神：「好酒好酒！與我趙酒堪稱伯仲之間。」

魏無忌只是淡淡微笑，渾無覺察，舉爵笑道：「我要敬公子文一爵，多謝你的駿馬神車。否則，魏無忌無今日口福也。」一大飲而盡。

「好酒量！」田文高聲讚歎，「齊酒取海濱山泉釀就，後勁忒長，尋常人須間歇飲之。無忌公子顛簸千里，空腹連飲兩大爵，佩服！」

「諸位兄長不知道麼？我這大父是有名的海量君子，從來只飲不說。」

魏無忌笑道：「休聽趙勝之言，無忌只是憨飲而已，與諸位善品善飲差之遠矣。」

席間一陣笑聲，蘇秦舉爵向田文道：「齊國有此好酒，公子有此大才，合縱便是吉兆。來，我等與公子再乾一爵！」說罷也是一飲而盡。

田文爽朗大笑：「聞武安君棉長柔韌，竟能連飲齊酒，田文夫復何言？乾！」飲罷一爵，心知蘇秦要將話頭引入正題，不禁置爵慨然道，「武安君，諸位兄臺，齊國之事，田文自是一力為之。只是齊國近年與中原列國來往稀疏，國政多有微妙，田文尚不知我王如何決斷。」

「噢呀，那個秦國樗里疾，是否也在臨淄了？」

田文點頭道：「實不相瞞，樗里疾來臨淄一月，尚未見到齊王。」

「咄咄怪事！那他如何不走？」趙勝少年心性，急不可耐地插了進來。

蘇秦道：「此人韌性極好，齊王不做最後決斷，他是不會離開臨淄的。」

「噢呀，齊王狐疑不決，難處究竟何在了？」

蘇秦向魏無忌微微一笑：「公子以為如何？」

「齊王之疑，根在魏國。」魏無忌不假思索地回答，「魏國衰敗，直接事端便在與齊國兩次大戰：圍魏救趙之桂陵大戰，圍魏救韓之馬陵大戰。兩戰之後，魏國三十萬精銳大軍連同名將龐涓，悉數覆滅。此後，秦國商鞅藉此百年不遇之良機，一舉殲滅魏國僅存的五萬鐵騎、八萬河西守軍，非但收回河西，而且占據了河東要塞離石。魏國被迫遷都大梁，從此一落千丈。齊魏兩戰，乃魏國衰敗之樞紐。」魏無忌沉重地歎息了一聲，「齊王之慮，在於魏國能否丟開這個大仇，真正與齊國和解。」

趙勝急迫道：「就是說，魏齊能和解，則齊國加盟合縱；不能，則與秦國結盟？」

蘇秦點點頭：「誠如是也，魏公子大有眼力。」

「噢呀，這魏王齊王，都是老王。人老記仇。一輩子釀的陳酒，還真難變淡。」

田文一直沒有說話，內心卻大是驚訝。自己一直以為，老國王不做決斷，是年老難以理事，甚或是昏聵不明雄風不再喪失了判斷能力，卻如何就沒有想到這一層？魏無忌一說，田文立即恍然，老國王對他的所有模糊叮囑都變得清晰起來，拖住樗里疾的意圖也頓時清楚。田文自感慚愧，不禁慨然拍案道：「諸公所言，田文頓開茅塞。然則，不知武安君可有解開我王心結之良方？」

蘇秦正待說話，突聞大廳門外一陣急驟的馬蹄聲。眾人不禁一怔，這驛館雖非官署，可也是國賓重地，等閒斥候是不能馳馬直入的。田文是東道主，立即站起疾步而出，旋即又大步進來向蘇秦拱手道：「我王書令，即刻召見武安君與公子無忌。」

廳中一片肅然。作為使節，晉見國君自然是越早越好，這是值得高興的。但是，這無疑立即印證了蘇秦與魏無忌的判斷，六國合縱的最後一個關口便赫然矗立在面前。攻克此關，合縱大功告成，否則便是功虧一簣。座中各人都是六國合縱的直接主事者，頓時都感到了一種沉重的壓力。蘇秦肅然站起，向座中拱手環禮一周，看看魏無忌，便欲舉步。

「且慢！」黃歇破天荒地忘記了「噢呀」話頭，離座起身，高舉銅爵，「來，我等為武安君，為魏公子壯行，一乾此爵！」

六只大銅爵鏘然碰撞，盡都一飲而盡。蘇秦已經緩過神來，朗聲笑道：「諸位繼續痛飲，靜候佳音。二位公子，走。」

三輛軺車轔轔駛過臨淄市街，駛入王宮，駛入碧玉池畔，又換馬穿過草地、竹林與樹林，才被女官領引到一座大殿等候。田文心中忐忑，不知老國王要在哪裡召見他們，面對蘇秦與魏無忌又不好啟齒，只有沉默。幸虧只等得片刻，便有一名紫衣女官前來宣令：「敢請武安君、魏公子無忌、公子文，到二陵殿晉見。」田文一聽，更是困惑莫名，齊王宮中幾曾有過一個二陵殿？這會是何等地方？思忖之間，女官已經領引著三人穿過幾道回廊，來到了一座燈火通明的青磚大屋前。田文恍然笑了，這不就是往昔老國王常常議事的大政殿麼，何時改名叫了二陵殿？不過能在這裡接見蘇秦魏無忌，田文總算鬆了一口氣，他最怕祖父老國王一時糊塗，將赫赫蘇秦弄到帳幔四垂的密室，自己再從天而降，豈不貽笑天下？

進得大殿，蘇秦不禁驚訝了。從門廳到正廳，幾十盞白紗風燈照得通明一片，晶瑩光潤的白玉地面中央是一片巨大的紅色地氈，地氈中央是三張長大書案。最引人注目的，是兩邊牆壁上的巨大壁畫。一邊大書「桂陵之戰」，一邊大書「馬陵之戰」，畫的正是兩場伏擊戰的激烈場面。「馬陵之戰」將龐涓慘死的場面畫得尤為真切。雖然驚訝，蘇秦對齊威王的用意卻是一目了然，反倒是微笑著欣賞了兩邊壁畫。再看魏無忌，卻是兩眼一瞄再也不看，臉上渾然無覺一般。

正在此時，紫衣女官高宣一聲：「齊王駕到——」

隨著尖銳清亮的聲音，中央巨大的木屏後走出一位年邁老人：一身寬大鬆軟的布衣，一頭白如霜雪的鬚髮，一臉清晰可見的黑色老人斑；沒有高高的天平冠，沒有華貴威嚴的王服，也沒有象徵權力的三尺王劍。任誰看見，也不會想到這便是叱咤風雲威震中原一舉將齊國變成一流強國的齊威王。

蘇秦略微一怔，躬身拜下道：「五國特使蘇秦，魏國公子無忌，參見齊王。」

老人站在六級王階上，靜靜地注視著兩人，目光犀利得如同兩柄長劍，蒼老沙啞的聲音迴盪在大殿：「蘇秦？好！是個人才：跋涉於坎坷，崛起於沉淪，終成大器也。」

「齊王獎掖，催臣惕厲自省。蘇秦謝過齊王。」

「公子文，請兩位入座。」老人的布衣大袖擺了擺，兩位女官飄了過來，輕柔地將老人扶進王案後的座榻之上，還給老人腳下墊上了一個厚厚的絲棉枕。這樣一來，高坐的老人好像一個居高臨下的仙翁一般。老人坐定，微微平息了喘息，悠然問道：「先生此來，何以教我？」

「蘇秦為六國合縱而來齊國。天下大勢，齊王洞察深徹，不用蘇秦贅述，但憑齊王決斷。」蘇秦破天荒的簡潔利落，全無條分縷析雄辯滔滔的說辭。

老人無聲地笑了：「田因齊老矣，聽不得長篇大論了。先生簡約如此，老夫也就直言了。先生可曾想到，此殿何名？」

「二陵殿。」

「何謂二陵？」

「桂陵、馬陵，兩次大戰。」

「兩次大戰，何國受益？何國受害？」

「齊秦大益，魏國大害。」

老人喟然一歎：「先生明白人也。齊國有恩於秦，齊秦結盟，當是水到渠成。若加盟合縱，齊國卻是有大仇於魏，齊魏接壤，豈非弄巧成拙？既丟了秦國，又與強鄰為敵？此中利害，先生如何權衡？」

蘇秦思忖，齊王果然老辣，三言兩語便將利害攤開，向合縱開價，逼魏國做出明確承諾，而且將秦齊結盟鄭重端出，用了「水到渠成」來說，顯然是想教蘇秦與魏無忌知道，他的本意是想與秦國結盟的。事實上，樗里疾還沒有見到齊威王，齊國在兩方之間還是保持著一種不偏不倚的中立。老齊王如此說法，顯然是想表示一個明確強硬的姿態：不滿足齊國的要求，他就會「水到渠成」地與秦國結盟。對於齊威王這樣曾經滄海的君主，任何避實就虛的說辭，他都會不屑一顧，要使他轉變，只有一個辦法：必須明確回答他的要求，行還是不行。

蘇秦看了看鎮靜自若的魏無忌，向齊威王高聲道：「六國合縱，關鍵便是同心協力。齊王所慮，大在情理之中。蘇秦素無虛詞，不想徒然擔保。公子無忌乃魏王嫡孫特使，魏齊怨恨，公子無忌可向齊王申明。」

「先生真睿智之士也。」齊威王喟然一歎，突然沉聲問，「無忌公子，魏王之意，究竟如何？」瞬息之間，這位老人眼中又閃出淩厲的光芒。

魏無忌生性持重，雖然心中已經全然明白齊王的意圖，卻依然不想急於說話，就要等老齊王發問。如此姿態，也是要給老齊王一個印象：魏國也不是急於要和齊國修好，魏國完全是從天下大局出發而「被迫」做出痛苦抉擇的。若急於表明心跡，反倒容易使年老多疑的齊王誤以為魏國另有所圖。

見齊王發問，魏無忌鄭重作禮道：「啟稟齊王：魏王與國中大臣，原是對齊國有深仇大恨。然則強秦東出，屠戮中原，大勢所迫，兼武安君運籌策劃之功，我王方才決意加盟合縱，並決意與齊國泯滅恩仇，永久修好。強秦虎狼，目下唯獨對齊國沒有直接侵掠，齊國若能加盟合縱，實為大義之舉，列國自當以齊國為楷模，銘記齊國大恩。若與齊國計較舊恨，實為泯滅良知之舉。我王雖則多有缺失，然則大敵當前，還是決意從大局出發，向齊王申明兩則：其一，魏國推齊國為合縱盟主，以盟主號令是從；其二，願與齊國單獨訂立盟約，各守疆土，永久修好。」

「噢？」齊威王悠長的一聲感歎，驚訝、欣賞、疑問盡在其中，「魏王比老夫大是年長，果真有如此明銳？無忌公子，魏王最多是點點頭而已，這般分量之言辭，恕老夫無禮，老魏王說不出來。」片刻停頓喘息，老人又是讚賞感慨，「魏罃後輩若此，老夫眼紅得緊也！」語氣突然又是一轉，「公子明言：你既非太子，又無實職，做得老魏王之主麼？」

「有關合縱，魏無忌做得主。」

「好。然則，老夫如何才能踏實？」

這一問大有深意，魏無忌此前已經說過，魏國要與齊國單獨結盟修好，只因兩國有根深柢固的老仇恨。可齊威王仍然有此一問，顯然是不相信一簡盟約。思忖之間，魏無忌已經明白，斷然答道：「齊王若有疑慮，魏無忌願留齊國，以做人質。」

「好！有膽識。」齊威王拍案激賞，「有得先生、公子，本王決斷：齊國加盟合縱。」

「齊王明斷！」蘇秦與魏無忌想不到齊威王如此明快，不禁同聲讚歎。

「呵呵呵。」齊威王也高興地笑了，「至於盟主，齊國是不做的了。盟主之國，須得與秦國有大仇者擔當，請先生另行謀劃了。從今日起，合縱涉齊之事，由公子文全權處置。」

田文驚訝得愣怔了片刻，方才拜下高聲道：「臣田文領命！」

齊威王疲倦地揮了揮手，紫衣女官高聲宣道：「召見禮成——」話音落點，年邁的國王已經靠在大枕上睡著了，一陣蒼老的鼾聲粗重地迴盪在大殿。

回到驛館，蘇秦對焦急等候的黃歇三人備細說了情由，幾個人都是感慨萬分。黃歇興奮地提出重開夜宴，田文哈哈大笑，連聲吩咐擺酒慶功。這一場酒直喝到東方發白，除了不再飲齊酒的蘇秦與東道主田文，人人都醉倒了。

就在矇矓的秋霜晨霧中，王宮女官快馬馳入驛館，宣布了齊威王的緊急書命：賜封公子田文為孟嘗君。

蘇秦心中一動：「不好！公子即速進宮，否則只怕是來不及了。」

田文大驚，飛馬進宮，大約一個時辰，王宮中傳來消息：老國王薨了（註：《禮記》載：天子之死為「崩」，諸侯國君之死為「薨」，戰國相同）！

及至午後幾人酒醒，蘇秦將情由一說，幾人不禁愕然。良久，黃歇長歎一聲道：「噢呀，老齊王一世英雄，去得也太快了，只可惜呀……」趙勝紅著臉急道：「你究竟想說甚？吞吞吐吐好不急人。」黃歇吭哧片刻道：「噢呀，我是擔心，老齊王突然一去，往前會不會有絆馬坑了？」蘇秦搖頭道：「該當不會。合縱是老齊王最後的決斷，依他在最後時刻突然封田文以孟嘗君看，對身後的合縱大事，他定有妥善部署。我等只是要計議一番，如何參加老齊王的葬禮？無忌公子，你以為我等當如何行止？」魏無忌一直在沉默深思，似有恍惚，竟沒有聽見蘇秦的話。黃歇笑了，上前拍了一下魏無忌肩膀：「噢呀魏公子，老王去了，齊國新君自然不會留你做人質，該當高興的了。」魏無忌已經清醒，卻只是搖搖頭不說話。趙勝不耐道：「呀，又是一個溫吞水！公子說得對，老哥哥搖個甚頭？」

蘇秦擺了擺手，制止了黃歇趙勝的攪擾道：「黃兄見事不透。老齊王若在，絕不會將無忌公子做人質。新王即位，卻恰恰有可能將公子扣下做人質。」

話音落點，便聽「噢呀」兩聲，黃歇趙勝一齊驚訝問道：「卻是為何？」

蘇秦悠然道：「舉凡征戰沙場的英雄君主，邦國仇恨都銘刻不忘，睡覺都對仇敵睜著一隻眼，老而彌辣。尋常人便以為，他們對敵國錙銖必較。實則不然，英雄君主都喜歡實力較量，都有一個明確信條：實力雄厚，邦國自安；沒有實力，在在皆空。兩位想想，戰國以來，哪個明君雄主看重過人質？老齊王若在，斷然不會扣留無忌公子做人質。他要的只是魏國一種承諾，但絕不會把邦國安危最終押在這種承諾之上。新君不然，未經錘鍊，總喜歡將邦國安危繫於某種形式，以為有了人質，便會有邦國安全。無忌之憂，正在此也。」

「噢呀，慚愧慚愧！」黃歇紅著臉道，「難怪屈原老說我不深。看來要多讀書才是了。」

趙勝深深一躬：「先生教誨，趙勝茅塞頓開。」

魏無忌笑了：「我這些許心思，教武安君一說倒是有板有眼。實則我也沒有想透，只是覺得些許不妙而已。」

四人笑了一番，正在計議如何得見孟嘗君，以確定如何應對齊國國喪，卻聞驛館外馬蹄如雨，孟嘗君田文身穿白衣重孝，帶著兩名宮中女官飛馬到來。進得正廳，孟嘗君對眾人深深一拜道：「老王薨去，田文一來報喪，二來宣告老王遺命。」一說罷起身，對兩名女官一招手，紫衣女官打開一卷竹簡高聲宣讀：「齊王特書：本王朝夕薨去，合縱特使蘇秦等無須為本王葬禮耽延於臨淄，宜作速運籌合縱會盟大典。齊王田因齊三十七年秋月。」

另一名綠衣女官接著打開一卷竹簡高聲宣讀：「齊王特書：魏公子無忌者，大賢大才，當隨同蘇秦等籌劃合縱，齊國不得將其扣為人質。孟嘗君田文，不得受本王葬禮約束，當隨同蘇秦等奔波合縱。齊王田因齊三十七年秋月。」

兩書讀罷，廳中一片肅然沉默，人們都被老國王感動了。良久，蘇秦帶頭向案頭王書伏地大拜，哽咽長呼：「齊王明銳，大義垂範，蘇秦等謹遵遺命！」魏無忌淚如泉湧，一句話也說不出來。

當晚，蘇秦的六國人馬離開了臨淄。行前，蘇秦率領四公子特意到齊威王靈柩前肅穆祭奠，並向守靈的太子田辟疆哀悼作別。既不能參加國喪葬禮，早早離開臨淄自然是上策。為了向這位英雄一世的老國王表示敬意，統率行止的魏無忌下令：三日以內，六國人馬白衣白甲，禁酒禁樂，直到河內營地方可開禁。

五、蘇秦佩起了六國相印

大河從洛陽頭頂洶湧東去，南岸便成了廣闊的平原。說平也不盡平，在這敖倉以西二百里處，有兩座山頭平地拔起，時人叫大伾山。伾者，兩山重疊之象也。其所以叫大伾山，原是這兩座山連體崛起，高大重疊而又顯赫孤立。若在群山叢中，這兩座山本也是微不足道的小丘。可它偏偏生在緊靠大河的南岸平原，便顯得不同凡響了。春秋戰國時人，但凡以「大」字為某事命名，極讚其崇高偉岸。人如「大禹」，水如「大河」。此山冠以「大」字，足見其在時人眼中的顯赫不凡。但是，這個「大」字也絕不僅僅是山有險峻雄奇便能得到的，更重要的是，這座山有著久遠的神性，有著極為重要的要塞地位。

西周時期，大伾山本來是鄭國北部的界山。山上山下林木蒼莽，鄭國就勢圈為「鄭圃」，將大伾山做了鄭國公室的專有狩獵區域。周穆王喜好出遊狩獵，聞得鄭圃多有鳥獸，便率王師三千，東來射鳥獵獸。來到山下，周穆王棄車換馬全副戎裝，立即登山圍獵。掌管天下山澤的虞人（註：虞人，西周時掌管天下山林水面的官員，本稱「虞」，春秋戰國稱「虞人」）連忙帶領三百軍士在前面掠林搜山，驅趕出隱藏的走獸大鳥以供天子射殺。不想掠至山腰，驟然發現一隻斑斕猛虎伏在蘆葦叢中。眼看天子就在後面，虞人驚慌大呼：「虎伏葭中！我王退後！」周穆王的馬前猛士奔戎一聲大喝，勢如奔雷，飛步趕來，撲入蘆葦叢中與猛虎徒手相搏。未及一刻，奔戎手執猛虎雙耳，騎著猛虎來到周穆王馬前。奔戎一聲大吼，猛虎長嘯一聲，匍匐在天子面前。群臣軍士高呼：「猛虎臣服！天子萬歲！」周穆王大喜過望，高聲下令：「虎為獸王，將其永久關押此山，毋加傷害。」奔戎便將猛虎關進一隻山洞，洞口用大石堆砌，大書了「虎牢」二字。

從此之後，人們一提起大伾山，便都呼為「虎牢」。

春秋時期，鄭國一度稱霸中原。當時的大諸侯晉國是晉成公在位，他聯絡中小諸侯三十餘國，會盟於黃河北岸，決心遏制鄭國。經過三日祕密商議，會盟諸國在大伾山修建了一座可以駐屯十萬大軍的城堡，這座城便命名為虎牢關。虎牢關築成，諸侯盟軍堵在了鄭國大門口，逼得鄭國不得不與盟國議和罷兵。從此，鄭國小霸一蹶不振了。

進入戰國，鄭國被韓國吞滅，但虎牢關卻被吳起率軍奪歸了魏國，成為魏國向崤山與函谷關推進的要塞基地。秦國強大後奪回了函谷關與崤山，趁勢推進到函谷關以東，虎牢關的位置驟然顯得更為重要，成了整個中原的西大門。這時的虎牢山與虎牢關，歷經百餘年修葺擴建，已經成為雄奇險峻的赫赫關城。後世《水經注》如此描述虎牢關：「縈帶伾阜，絕岸峻周，高四十丈許，城張翕險，崎而不平。」就是說，虎牢關南有汜水北有濟水縈繞，建在大伾山的中央山腰，居高臨下地控制著東西兩面的要道，城高四十多丈，依山勢開合，險峻異常（註：虎牢關在秦末置縣，即城皋縣，遺址在今河南滎陽汜水鎮西）。

蘇秦選中了虎牢關，要在這裡舉行六國合縱的會盟大典。

會盟地點的確定並不是輕而易舉的。出得臨淄的第一夜，他們整整商討了兩個時辰。尋常時期，會盟地點是由盟主國確定的。今盟主未定（實際上要在會盟時方能確定），與盟各國都想會盟在自己的國土內舉行，以顯示本國的實力地位。六國合縱，未定盟主，地點的選擇自然會有一番微妙的糾葛。黃歇最先提出：會盟當在楚國的淮北。韓國派使委婉提醒蘇秦：最好在新鄭會盟，以壯弱韓聲威。趙勝提出在上黨，理由是使秦國不敢覬覦河東。燕國自知偏遠，沒有提出動議。唯獨齊國孟嘗君提出在別國舉行，齊國目前不宜做東。魏無忌始終沒有說話，只說此事非大節，當由蘇秦決斷。一番思忖，眾人都不再說話，只是望著蘇秦。

「虎牢關。」蘇秦似乎早已想好，悠然微笑著講說了虎牢關的歷史變遷，最後笑道，「虎牢會盟，恰似當年晉國會盟諸侯，遏制鄭國霸權。且虎牢關直面函谷關，抗秦壯志昭昭大白，豈不大長六國志氣？」

「好！虎牢關。」眾人大是振奮，異口同聲地拍掌贊同。

會盟地點一確定，眾人一致公推將韓國新鄭作為會盟後援基地，以示對唯一沒有派特使參與商議的韓國的撫慰。大計定下，各特使便回國稟報並商定會盟日期。荊燕回燕國，趙勝回趙國，黃歇回楚國，魏無忌回魏國。蘇秦顧忌孟嘗君回去後可能被國喪羈絆，極力主張孟嘗君留下，與自己一起到新鄭籌劃會盟事務。眾人一致勸說，孟嘗君也就認可了。次日一早，眾人在大河岸邊約定了回報日期，便分道揚鑣了。

卻說蘇秦與孟嘗君帶領六國護衛三千餘人，先行趕到虎牢關外紮好大營，立即派一員魏國將軍持魏王令箭與蘇秦書簡進關聯絡。這時的虎牢關，已變成了魏國的抗秦西大門，由青年將軍晉鄙率領五萬精銳鎮守。晉鄙驗看了令箭書簡，親率一千軍馬與十輛牛車，拉著幾十頭豬羊與幾十罈大梁酒前來犒勞。蘇秦見晉鄙穩健厚重不苟言笑，言談間也是甚為相投，便在飲酒間委託晉鄙輔助孟嘗君進行前期勞作，晉鄙豪爽地答應了。蘇秦見大事已定，次日清晨帶著一百鐵騎南下新鄭了。

這時，韓國正面臨一場大戰，朝野間充滿了緊張氣氛。

原來，蘇秦在幾個月前離開韓國後，韓國加盟合縱的消息便傳到了宋國。狂妄的宋王偃，立即感到這是大撈韓國一把的最後機會，立即祕密準備，撤回了駐守在邊境的全部兵馬，並派出密使與秦國聯絡，要兩路大舉進攻韓國，圖謀一舉破韓。不想在宋國的韓國商人將消息祕密傳回了韓國，韓國頓時緊張起來。一個宋國已經令韓國大為頭疼，再加上秦國泰山壓頂，韓國豈能保全？於是韓國一邊緊急備戰，一邊派出飛騎斥候打探合縱消息，一邊派出緊急特使向三晉老根——魏趙兩國求救。

正當風聲鶴唳之際，蘇秦到來了。韓宣惠王一聽大喜過望，立即親自出城郊迎。及至蘇秦將合縱經過情形備細說明，宣惠王感奮不已，虔誠地向蘇秦一躬到底：「先生天下大器，救韓國於水火之際，自今日伊始，先生便是我韓國丞相！」蘇秦連忙謙讓，韓宣惠王卻生怕跑了這個目下能調動六國兵馬的救星，更是力勸不止，且立即命內侍捧來丞相大印，親自佩在蘇秦腰間方才作罷。

蘇秦喟然一歎道：「韓王聽臣一言：蘇秦斷定，宋國秦國必在三幾日內銷聲匿跡，宋國很可能還要派使與韓國結盟修好。此非蘇秦之力，而是合縱之力也。」

「是麼？」韓宣惠王迷惘地睜大了眼睛，突然高聲道，「先生莫忙，看個水落石出再走。」情急之相，顯是生怕蘇秦走了。

蘇秦哈哈大笑：「大事未了，蘇秦如何走得？」

三日之後，斥候傳來密報：秦國沒有出兵；宋國特使上路，前來議和修好。消息傳開，新鄭頓時沸騰，比打了一場大勝仗還熱鬧。韓宣惠王大宴蘇秦，感慨之情溢於言表：「合縱未動，不戰而屈人之兵。丞相奇才矣！大哉合縱也！」

就這樣，蘇秦佩著韓國相印、帶著六百名韓國的鐵騎護衛與韓國的太子特使，一起回到了虎牢關。幾天之中，孟嘗君已經指揮軍士將會盟場地的各國行轅駐地大體劃好，唯等蘇秦定下次序式樣，便可動工搭建。蘇秦將韓國的情由說了一遍，感慨良多。孟嘗君大笑不止道：「世事忒煞作怪！背晦之時，要官都沒有，氣運來時，不當官都不行。我看呀，先生這相印不止一個也。」蘇秦揶揄笑道：「孟嘗君是說自己？」「對對對，我也是。」孟嘗君連連點頭，「一個庶出子，正在提心吊膽的當口，爵位高冠就雨點般地來了，打得你緩不過氣來。」蘇秦破天荒開懷大笑：「孟嘗君啊，當真可人！莫怪雞鳴狗盜之徒也追隨。」兩人同聲大笑，引得另一座帳篷的韓國太子連忙派人來問有何好事，兩人更是樂不可支。

正在蘇秦準備盟約文本，孟嘗君搭建會盟祭壇的忙碌時刻，荊燕飛馬趕回，帶來了一個驚人的噩耗：老燕公溘然病逝了。

蘇秦想起燕公對合縱的發軔之功，對自己的知遇大恩，不禁悲從中來，跌足大哭，在虎牢山北麓專門設置了一個祭壇，向北遙遙拜祭。直到入夜，荊燕才獨自走進蘇秦大帳，將一個密封的銅管交給了他。蘇秦默默打開，赫然一幅白紗，娟秀兩行大字：

蘇子無恙乎？別來甚念。燕公驟薨，大志東流。新君稱王，我心惴惴。唯有大隱，可得全節。思君歸來，點我迷津。君業巍巍，遠人慰矣。

蘇秦讀罷，百感交集，癡癡愣怔了半日。

大半年來六國奔波，雖說是風雲變幻驚險坎坷，卻也是淋漓盡致揮灑才華的快意歲月。在環環相扣的緊張斡旋中，燕姬已經深深地沉到了他的心底。驟然之間，燕文公病逝，燕姬成了孤懸老樹的一片綠葉，酷烈的權力風雨，是隨時都有可能將這片綠葉撕碎的。「新君稱王，我心惴惴」，可見燕國宮廷絕不平靜，燕姬已經覺察到了暗藏的危險。「唯有大隱，可得全節」，燕姬是個奇女子，在燕文公晚年多病的幾年中，她一直是燕國舉足輕重的人物，與太子也一直相處得頗好。然則一國新君即位，就是一場權力重新分配的衝突，傳統的權力絕不允許一個女子夾在其中，除非她本身具有極大的實力。燕姬雖有斡旋之才，卻決然不是強力女主之氣象。在此危機四伏的關頭，她置身權力場之外而「大隱」，的確不失為保全自己的明智選擇。至於如何大隱？蘇秦相信燕姬能找到最合適的方式。想到燕姬一時尚無性命之憂，蘇秦心中略感寬慰，不禁長長出了一口粗氣。合縱正在最後的要緊關頭，自己如何能北上燕國？也只有等合縱告成之日，再回燕國與她相見了。

這一夜，蘇秦生平第一次難以入眠，大帳踱步，直到東方發白。

日上三竿，孟嘗君來邀蘇秦去視察盟主祭天臺，將及大帳，突聞馬蹄聲疾。孟嘗君手搭涼棚一望，便見一騎火紅色駿馬風馳電掣般衝下官道，衝進了軍營，瞬息之間飛到了中央大帳前。見孟嘗君仗劍而立，騎士滾鞍下馬道：「公子無忌緊急書簡！」孟嘗君連忙打開，一行大字怵目驚心——魏王病逝，舉國哀痛，國喪在即，會盟似可稍緩。

「豈有此理！」孟嘗君憤憤地嘟囔了一句，快步直入大帳。

蘇秦還和衣伏在長案上，聽得高聲疾步，猛然睜開眼睛，見孟嘗君神色有異，心中不禁一沉，人已霍然站起。孟嘗君面色陰沉地將竹簡遞給蘇秦，卻是一句話不說。蘇秦湊近一看，驚訝得愣怔了片刻。孟嘗君冷笑道：「魏王做了五十一年國王，比我王還年長十多歲，憑甚說也是老喜喪了。如今卻要藉國喪之機延緩會盟，真真豈有此理！果真延遲，我對齊國朝野如何開釋？莫非齊王國喪就比不得魏王麼？」蘇秦尚在嗟歎惋惜之中，孟嘗君的憤憤之情，卻使蘇秦頓時醒悟——此事不能等閒視之，如果會盟因此而更改，第一件大事違了誠信，六國合縱便可能就此效尤。蘇秦思忖片刻冷靜了下來道：「孟嘗君少安毋躁，我等得好生揣摩此事。」
「揣摩？」孟嘗君揶揄笑道，「先生真乃鬼谷子高足也，明是魏國做大，能揣摩出小來？」
蘇秦心知齊魏結怨極深，孟嘗君的刻薄也在情理之中，只是他身為合縱總使，卻一定要熄滅了這點火星：「孟嘗君，你以為魏無忌此人如何？」
「無忌公子沒說的，大器局。」
「如此說來，無忌公子不會提出延緩之說了？」
「那是自然。定是新君昏聵，要彰顯自己的大孝之名。」
「果然如此，無忌公子難道就不能勸諫？」
孟嘗君困惑地笑了：「對也，這無忌公子如何就不據理力爭？報來國君之意，將火炭團撂給先生，豈不惹天下英雄一笑麼？」
「無忌公子頗有機謀，絕非不能力爭，而是想借你我之力。」蘇秦頗有神祕意味地笑了笑，「以我揣摩，無忌公子乃新君之子，父王主張延緩會盟而全力守喪，無忌公然反對似有不妥。於是，公子將此意在報喪書簡中一併提及，教你我反對，他來助力，如此似乎順當一些。孟嘗君以為然否？」
孟嘗君恍然大笑：「有道理！先生果然揣摩有術，田文大長見識。誰去大梁？」
「我去。最遲兩日便回。」
「好！田文守營，等候楚趙消息。」
兩人議定，蘇秦立即忙了起來。先向新燕王修書陳明利害，力主按期赴盟。書簡寫成，荊燕立即帶著書簡飛馬北上。為防楚國有變，蘇秦又向黃歇與屈原各自修書一卷，派兩名楚國軍吏兼程南下。「趙國近便，有事我一併融通，祭臺工期不能拖延。」蘇秦匆匆叮囑了孟嘗君一句，便帶著十名燕國騎士奔赴大梁去了。

說也費解，恰恰在這最要緊的關頭，幾個大國都出了事。齊威王、魏惠王、燕文公三個老國君一個接一個病逝。趙肅侯、楚威王兩個正在盛年的國君，又同時臥病不起。只剩下一個韓宣惠王，一日三探，急得團團轉。當此時刻，蘇秦沒有慌亂。冷靜揣摩之後，他認為這正是合縱的生死關口，也是自己終生功業的生死關口，能夠挽狂瀾於既倒，合縱可成，功業可建；否則合縱效尤，功業流水，自己將永遠成為天下嘲笑的人物。蘇秦的稟性特長，正在於他的柔韌強毅。他在奔赴大梁的途中，已經接到了楚國趙國的緊急書簡，但仍然風風火火地趕赴大梁。

魏無忌正在忙碌國喪，聽得蘇秦到來，立即趕回府中。兩人祕密商議了一個時辰，蘇秦連夜赴魏王靈堂祭奠。遵照傳統喪禮，太子魏嗣只得在靈堂旁的偏殿會見了蘇秦，對推遲會盟表示了深深的歉意，反覆申明了自己的大孝之心。

「敢問太子，何謂大孝？」

「恪守古禮：麻衣重孝，守陵三載，是為大孝。」

「敢問太子，古往今來，可有一位國君做到了麻衣重孝守陵三載？」

魏嗣愣怔半日道：「以先生之見，何謂大孝？」這位太子本是個心無定見之人，被一些心腹謀士說動，決意以大孝彰顯名節而在天下立格，使朝野景仰，不想蘇秦一問，立即沒了主意。

蘇秦從容道：「大孝者：明大義，守君道，彰社稷，強國家也。」見魏嗣依然愣怔懵懂，蘇秦坦率莊重道，「目下天下動盪，強秦虎視在側，大義之所在於邦國安危，社稷存亡；君道之要，在於外卻強敵，內安朝野。唯其如此，可使泉下之先人瞑目，可使新君之功業大顯。否則，國家破，庶民散，縱有麻衣守陵，何以為孝？」

魏嗣沉默片刻，起身一躬到底：「先生之言，當頭棒喝也！魏嗣決意跟從先生，如期會盟，建功立業，以慰父王泉下之靈。」

蘇秦大拜還禮道：「國無主則亂，太子當立即除服即位，稱王建制。一月半之後，虎牢關再會。」

魏嗣大是振作，提出教無忌隨同蘇秦前往籌劃。蘇秦卻執意要魏無忌留下，輔佐新君安定朝局。魏嗣感動得涕淚唏噓，直將蘇秦送出王宮之外，又叮囑魏無忌郊送十里方罷。蘇秦本來很想有魏無忌這樣一個幫手，但又怕魏嗣中途再變，新君只有教魏無忌留下督促魏嗣。魏無忌也明白蘇秦心意，依依不捨地將蘇秦送到十里亭下，對蘇秦說了趙國的許多宮廷內情，方才看著蘇秦上馬去了。

及至蘇秦馬不停蹄地趕到邯鄲，趙勝早在等候了。稍作計議，趙勝立即帶領蘇秦去見主政的太子趙雍。趙肅侯操勞成疾，近日突發腿疾，竟然臥榻不起，事屬突然。趙雍與趙勝拿不定主意，不知如何對君父說起合縱的緊急。蘇秦見趙雍趙勝叔侄依然如故，便知趙國並無國策變化之憂，也就放下心來。三人通氣之後，蘇秦入宮求見趙侯。

肅侯趙語雖然在位已經二十四年，五十歲剛剛出頭，正在盛年之期。但這趙語少年時多有坎坷，三次受傷，患了莫名暗疾，加之即位後晝夜操勞，腿疾發作後便只有長年臥榻了。蘇秦見到趙肅侯時，他正在臥榻上聽人讀簡，小小寢宮中彌漫著濃濃的草藥氣息。從帷幕外望去，臥榻上的趙肅侯滿頭白髮枯瘦如柴，一副英雄暮年的悲涼氣象。驀然之間，蘇秦想起了白髮蒼蒼的齊威王的最後時刻，不禁感慨萬端，雙眼模糊了起來。

「帳外，可是蘇秦先生？」趙肅侯聲音雖弱，卻是耳聰目明，神志清醒。

「蘇秦參見趙侯。」

「先生遠來，莫非合縱有變麼？」

「君上明鑒：齊魏燕三王薨去，楚王與趙侯又驟然患病，蘇秦恐合縱有流沙之危，特來稟報，以求良策。」蘇秦語氣很是沉重。

趙肅侯霍然坐起，目光炯炯有神道：「先生毋憂，趙語坐著輪椅車，也當撐持合縱！」一語擲地，字字金石，大是英雄本色。在這位國君心目中，合縱雖然名義上從燕國發起，然而只是在真正有實力的趙國加盟之後，合縱才成為真正可行的天下大計。趙語始終認為，趙國才是合縱大業的真正根基。趙人自來多英雄豪情，視支撐危局為最大榮耀。當此六國合縱面臨夭折之際，趙語想起與父親趙仲周旋終生的幾個老國王都撒手去了，中原戰國唯有他一棵老樹參天了，支撐合縱，捨我其誰？

蘇秦肅然一躬：「但有趙侯，天下何憂。」

趙肅侯哈哈大笑：「老夫也是來日無多，權當最後風光也！」

趙勝在旁高聲道：「孫兒欲與先生同去，敢請大父允准！」

「男兒本色在功業，守在邯鄲老死麼？去！跟先生長長見識。」趙肅侯笑著答應了。

邯鄲事定，蘇秦心中稍安，次日清晨便與趙勝兼程南下。兩天後趕到虎牢關，楚國方面還是沒有消息。蘇秦反覆思忖，終是心有不安，請孟嘗君與趙勝在虎牢關留守，自己又馬不停蹄地南下了。蘇秦雖說是一色的快馬輕騎，但楚國山重水複，不似中原大道可放馬馳騁，想快也快不到哪裡去。蘇秦斷然下令：減人不減馬，每人兩馬，輪換騎乘，晝夜兼程。如此一來，原先的護衛騎士由十人變成了五人，連帶蘇秦六人十二馬，晝夜不停地趕路。

整整四個晝夜，除了就餐餵馬，沒有片刻歇息。到達郢都城下時，十二匹戰馬齊齊頹然臥倒，五名騎士也滾落馬下，橫七豎八地倒臥在泥水之中。只有蘇秦搖搖晃晃地走到守門軍吏面前，堪堪亮出了楚王的白玉令箭，便軟軟地倒在了城門之下……

黃歇聞訊，一面派人飛馬通報屈原，一面帶著太醫駕著軺車飛赴郢都北門。來到城門，只見一人倒臥在雨後泥水中，面色蒼白瘦削，鬚髮灰白雜亂，兩股之間的布衣已經滲出了殷紅的一片。驟然之間，黃歇大是驚慌，手忙腳亂地將蘇秦抱起登車，馬不停蹄地回府急救。片刻之後，屈原也匆匆趕到了。太醫堪堪將蘇秦的衣服艱難地剝下，只見兩條大腿間被馬鞍磨破的血肉猶自涔涔滲著血珠，血漬汗污已經使衣褲結成了硬板，一片濃烈的汗臭和血腥味立即彌漫開來。黃歇驚訝得「噢呀」連聲，緊張地前後張羅。屈原卻是淚眼矇矓，久久地沉默著。及至將昏迷的蘇秦安置到臥榻，太醫說了聲「無得大礙」，屈原便大踏步轉身去了。

「噢呀屈兄，待先生醒來計較一番再說了。」黃歇見屈原神色激奮，連忙勸阻。

「何須等待？我去稟報楚王！」屈原大袖一甩，逕自去了。

一個時辰後，屈原與一隊軍馬護衛著一輛黃色篷車來到了黃歇府邸前。車篷張開，四名內侍從車廂抬下了一張臥榻，臥榻上躺著枯瘦蒼白的楚王。臥榻抬到正廳，黃歇方才匆匆迎出，一個大禮參拜，卻是默然無語。

「先生情勢如何？」臥榻上的楚威王喘息著問。

「噢呀，臣啟我王：先生昏迷，尚未醒來。」

「進去。我要，親守先生醒來。」

臥榻抬進兩面竹林通風極好的大寢室，安置在蘇秦榻前三尺處。兩名侍女將楚威王扶起，靠在一個厚厚軟軟的大枕上。楚威王靜靜看著昏迷的蘇秦，覺得他比半年前消瘦蒼老了許多，那灰白的鬢髮，那細密深刻的魚尾紋，活生生一個久經滄桑的老人。一個剛及而立之年的英雄名士，如此百折不撓，如此不畏艱險，在六國合縱的奔波中折磨得如此疲憊蒼老，當真令六國君臣汗顏。

「噢呀，先生醒來了！」黃歇興奮地叫了起來。

「低聲些個。」屈原走到榻前端詳，輕聲道，「先生醒了？我王來探視先生了。」

蘇秦悠悠睜開了眼睛，覺得那股沉沉棉棉的睡意實在難以掙脫，但魂魄深處卻總是轟轟響著一個聲音，使他不能安寢。那個聲音熟悉極了，河西夜行隨時都有可能倒下時，那個聲音使他挺了過來；草廬苦讀，昏昏欲睡時，那個聲音又使他挺了過來。如今，這個轟轟作響的聲音又在心底迴盪著，將他從無邊的矇矓中硬生生拖了出來……他看到了屈原的盈眶淚水，看到了黃歇的驚喜交加，看到了坐在臥榻上的那個蒼白枯瘦的黃衣人——楚王？正是楚王！蘇秦心中一震，竟霍然坐了起來要行禮參見，卻又眼前發黑，頹然跌坐在榻上被屈原黃歇兩邊扶住。

「先生有傷，躺臥便了。」楚威王連忙叮囑。

蘇秦閉目片刻，大是振作，堅持拜見了楚威王，又冒著滿頭虛汗簡略敘說了各國決斷，最後目光炯炯地看著楚威王：「楚王乃合縱軸心，不知病體能支否？」

楚威王微微一歎笑道：「芈商病體支離，本想延緩會盟之期。奈何先生奮身南來，令我等君臣汗顏。先生若此，我等何堪麻木？」喘息一陣，楚威王正色道，「楚秦勢不兩立，本王決意如期會盟，但聽先生號令。」

「楚王壯心，令人感佩之至。」蘇秦肅然一躬到底，「蘇秦尚有一請，敢請楚王做合縱盟主，擔縱約長重擔！」

楚威王道：「先生可與列國君主計議過？」

「計議妥當，各國都贊同楚國擔綱，蘇秦亦認為楚王最為適當。」

屈原很是振奮：「先生之意，大有利於楚國變法振興，我王當義不容辭！」

「噢呀，我王擔當縱約長，可大增六國同仇敵愾之氣，大好事！」

楚威王蒼白的臉上泛出了一片紅暈，微微笑道：「既然先生信得芈商，楚國就勉為其難了。只是六國抗秦，聯軍事大，不可落空，尚請先生與屈卿仔細斟酌一個可行謀劃，會盟時當全力落實。」

蘇秦見楚威王胸有成算，顯然也是有此準備，頓覺寬慰道：「楚王所說極是，蘇秦已有大致謀劃，晚間當與屈原大司馬、黃歇公子細加磋商。」

大計商定，楚威王回宮去了。蘇秦心頭一鬆，酣然睡去，第二天傍晚方才醒轉，梳洗之後頓覺神清氣爽饑腸轆轆。黃歇打開一罈陳年蘭陵酒，陪著蘇秦大大饕餮了一頓。飯罷蘇秦笑道：「正好！沒耽擱晚間議事，走，到屈原兄府上去。」黃歇哈哈大笑：「噢呀，都過去十二個時辰了，這是第二個晚上也。」蘇秦愣怔片刻，不禁大笑起來：「糊塗糊塗，快去找屈原兄！」

「不用找，我自己來也。」但聽廳中一陣笑聲，屈原已經甩著大袖飄了進來。

三人一陣笑談，開始商議蘇秦的「六國聯軍案」，直到五更雞鳴。

此日午後，蘇秦與黃歇帶著二十名護衛騎士匆匆北上了。

回到虎牢關，荊燕也已經返回，帶來了燕國新君的書簡，申明了燕國發軔合縱當如期赴約的意願。至此，六國皆在國內生變的關頭扭轉了過來，重新堅定了合縱意向，可說是大勢已經明朗了。除了魏無忌尚在大梁，蘇秦合縱的原班人馬悉數聚齊。蘇秦設宴與眾人痛飲了一番，而後分派各人職責：黃歇輔助蘇秦準備一應文告；趙勝人馬負責擴整各國的行轅場地並中央會盟行轅；荊燕職司營地護衛；孟嘗君爵位最高，籌劃儀仗並職司迎賓特使。分派一定，虎牢關外頓時緊張忙碌起來，晝夜燈火，人喊馬嘶，整整熱鬧了一個月。

西元前三三三年深秋，中原六大戰國的國君齊聚虎牢關，舉行了隆重的合縱會盟大典。這時候，除了趙國沒有稱王，其餘五國都已經成了王國：楚威王、齊宣王、魏襄王、燕易王、韓宣惠王。其中齊魏燕韓四王都是三十歲左右的青壯國君，器宇軒昂，儀仗宏大，一片勃勃生機。楚威王與趙肅侯是會盟大典的軸心，偏偏兩人都身患痼疾，一個坐著竹榻被抬進行轅，一個坐著輪椅被推進行轅，給會盟大典平添了幾分悲壯。

蘇秦主持了六王初會，公推楚威王為縱約長，會盟大典有聲有色地鋪排開來。

第一日，舉行了極為隆重的祭天大典。祭天臺設在大伾山的頂峰，臺高十丈，從山麓下的軍營望去，幾乎是直入雲霄。縱約長楚威王被三十六名楚國壯士輪流抬上祭天臺。到得臺頂，山風呼嘯，眾人無不擔心祈禱。可楚威王竟神奇地站了起來，天平冠燦然生光，黃絲大袖飄飄飛舞，雲中天神一般。那高亢沙啞的聲音從天上飛來，在大河平原上悠悠飄盪：「伏唯天帝兮芈商拜祭：六國多難，強秦肆虐，生靈塗炭，國將不國。今六國結盟，合縱抗秦。祈望天帝佑我社稷，保我蒼生，使我六國，永世康寧……」

山下六國的萬千人馬一片歡呼。

次日是盟約大典。趙肅侯宣讀了「六國合縱盟約」。這個盟約簡潔凝鍊，只有六條：

六國君主，會盟虎牢，同心盟誓，約法六章：

其一，六國互為盟邦，泯滅恩怨，共視虎狼秦國為唯一公敵。

其二，秦攻一國，即六國受攻，同心反擊。

其三，六國各出大軍，組得合縱盟軍，縱約長得賜封大將。

其四，自盟約伊始，六國與秦斷絕邦交，杜絕商旅，同心鎖秦。

其五，六國各派特使周旋合縱事宜，但有所請，無得拒絕。

其六，六國共視蘇秦為本國丞相，賜相印，授權力，總攬合縱大局。

盟約宣罷，全場雷鳴般雀躍歡呼。「萬歲合縱！」「同心抗秦！」歡呼聲席捲了大河平原。趁熱打鐵，六國君主在行轅大帳立即歃血盟誓，在羊皮盟約上莊嚴地蓋上了六國君主的鮮紅大印，國各一份，盟約正式告成。之後，各國君主立即指派了本國的合縱特使，其中四個大國特使當場被君主封為高爵特使：魏國魏無忌，立封信陵君；齊國田文，已封孟嘗君；趙國趙勝，立封平原君；楚國黃歇，立封春申君。

第三日為最後盟會，在楚威王主持下六國議定了各自當出的盟軍兵馬：楚國十五萬，齊國八萬，魏國八萬，趙國十萬，燕國五萬，韓國五萬，共計五十一萬大軍。兵馬議定後，舉行了盛大的六王大宴，席間最為隆重的儀式，便是六國君主一一向蘇秦授本國相印。

那時候，各國丞相的權力不盡相同，名稱也各有差異，但卻都是總攬國政的開府丞相。蘇秦兼領各國相職，自然不會是實實在在的開府理事丞相，而是一種總攬邦交大事的「外相」。戰國為大爭之世，邦交斡旋常常勝過雄兵十萬，干係邦國安危，所以丞相權力的一大半便是外事。如今六國將外事大權一體交於蘇秦，當真是曠古未有的同心壯舉。當六顆金印光燦燦地用銅匣、玉匣各自捧出，又一顆一顆佩上蘇秦腰間皮帶時，樂師席奏響了莊嚴肅穆的〈大雅〉樂曲，行轅大帳觥籌交錯，一片讚頌歡呼……

一顆一顆地接受了沉甸甸的金印，蘇秦的心情卻出奇平靜。一個布衣之士，往往終生奔波而不能求一顆金印，朝夕之間，他卻佩起了六顆相印。平靜淡漠的笑容下，他有些恍惚了。驀然之間，他想起了張儀，那偉岸的身軀，那瀟脫的談笑，驟然間清晰地浮現在眼前。張儀啊，好師弟，你在何方？是守在陵園還是去了秦國？

國家圖書館出版品預行編目資料

大秦帝國．第二部，國命縱橫 / 孫皓暉著．
-- 初版．-- 臺北市：麥田出版：家庭傳媒
城邦分公司發行，2013.02
冊；　公分．--（歷史小說；44-45）
ISBN 978-986-173-852-9（上冊：平裝）
ISBN 978-986-173-853-6（下冊：平裝）

857.7　　　　101025374

歷史小說 44
大秦帝國　第二部 國命縱橫（上）

作　　者／孫皓暉
責任編輯／黃暐勝　吳惠貞　林怡君
校　　對／呂佳真

副總編輯／林秀梅
編輯總監／劉麗真
總 經 理／陳逸瑛
發 行 人／涂玉雲
出　　版／麥田出版
104 台北市中山區民生東路二段 141 號 5 樓
電話：(886)2-2500-7696　傳真：(886)2-2500-1966；2500-1967
部落格：http://blog.pixnet.net/ryefield
發　　行／英屬蓋曼群島商家庭傳媒股份有限公司城邦分公司
104 台北市民生東路二段 141 號 2 樓
書虫客服服務專線：(886)2-2500-7718；2500-7719
24 小時傳真服務：(886)2-2500-1990；2500-1991
服務時間：週一至週五 09:30-12:00．13:30-17:00
郵撥帳號：19863813　戶名：書虫股份有限公司
讀者服務信箱 E-mail：service@readingclub.com.tw
歡迎光臨城邦讀書花園　網址：www.cite.com.tw
香港發行所／城邦（香港）出版集團有限公司
香港灣仔駱克道 193 號東超商業中心 1 樓
電話：(852) 2508-6231　傳真：(852) 2578-9337
E-mail：hkcite@biznetvigator.com
馬新發行所／城邦（馬新）出版集團【Cite(M)Sdn. Bhd.】
41, Jalan Radin Anum, Bandar Baru Sri Petaling,
57000 Kuala Lumpur, Malaysia.
電話：(603) 9057-8822　傳真：(603) 9057-6622

封面設計／小子設計
印　　刷／一展彩色製版有限公司

■ 2013 年 2 月 1 日　初版一刷　　Printed in Taiwan.

定價／ 450 元

ISBN　978-986-173-852-9